BASTEI LÜBBE

SCIENCE FICTION- UND FANTASY-Jubiläumsbände
im BASTEI-LÜBBE-Programm:

21 201 Isaac Asimov · Robotervisionen
21 202 Joy Chant · König der Nebelinsel
21 203 Wolfgang Hohlbein · Charity
21 204 Wolfgang Hohlbein · Die Kinder von Troja
21 205 Traumwelten · Nobelpreisträger schreiben Fantasy
21 206 Judith Tarr · Die Zauberin von Alamut
21 207 Marion Zimmer Bradley · Die Farben des Alls
21 208 Barbara Hambly · Gefährtin des Lichts
21 209 Larry Niven · Planetenträume
21 210 Margaret Weis/Tracy Hickman · Himmelsstürmer
21 211 Robert A. Heinlein · Die Marionettenspieler
21 212 David Eddings · Der Thron im Diamant

David Eddings
Der Thron im Diamant

Fantasy-Roman

Ins Deutsche übertragen
von Lore Straßl
Mit Kartenzeichnungen
von Helmut W. Pesch

BASTEI
LÜBBE

BASTEI-LÜBBE-TASCHENBUCH
Band 21 212

Erste Auflage:
Februar 1994

Deutsche Hardcover-Lizenz-
ausgabe 1991 by
Gustav Lübbe Verlag GmbH &
Co., Bergisch Gladbach
Originaltitel: The Diamond Throne
Titelillustration: Geoff Taylor
Umschlaggestaltung:
Agentur Kochlowski
Satz: KCS GmbH,
Buchholz/Hamburg
Druck und Verarbeitung:
Brodard & Taupin, La Flèche,
Frankreich
Printed in France

ISBN 3-404-21212-6

Der Preis dieses Bandes
versteht sich einschließlich der
gesetzlichen Mehrwertsteuer.

INHALT

Für Eleanor und Ralph,
für Mut und Treue.
Vertraut mir.

PROLOG

GHWERIG UND DER BHELLIOM

(Aus der Sage der Trollgötter)

Zu Anbeginn der Zeit, lange ehe die Urväter von Styrikum in Felle gehüllt und mit Keulen bewaffnet aus den Bergen und Wäldern von Zemoch auf die Ebenen von Mitteleosien schlurften, hauste in einer Höhle, tief unter dem ewigen Schnee Thalesiens, ein zwergenwüchsiger, mißgestalteter Troll namens Ghwerig. Sein Volk hatte ihn seiner ungeheuren Habgier und auch seiner Häßlichkeit wegen verstoßen, und so rackerte er sich allein in den Tiefen der Erde ab, auf Suche nach Gold und kostbaren Edelsteinen, die er auf seinen argwöhnisch gehüteten Hort häufte. Schließlich kam der Tag, an dem er in einen Stollen tief unter der froststarren Erdoberfläche vordrang und im flackernden Schein seiner Fackel einen leuchtend blauen Edelstein in die Wand gebettet sah, größer als seine Faust. Vor Aufregung an allen knorrigen, krummen Gliedern zitternd, kauerte sich auf den Boden des Ganges und stierte gierig auf den riesigen Edelstein. Die Erkenntnis übermannte ihn, daß dessen Wert den seines gesammelten Hortes übertraf, welchen er in Jahrhunderten mühsamer Arbeit zusammengetragen hatte. Mit allergrößter Vorsicht begann er das Gestein rundum herauszumeißeln, Splitter um Splitter, um den wertvollen Stein aus dem Felsen zu befreien, in dem er seit Erschaffen der Welt geruht hatte. Und als immer mehr vom Juwel zum Vorschein kam, erkannte er dessen ungewöhnliche Form, und ihm kam ein Gedanke. Wenn es ihm gelang, ihn unbeschädigt zu bergen, wäre er imstande, durch behutsames Schleifen und Polieren diese Form noch zu vervollkommnen und dadurch seinen Wert um ein Tausendfaches zu erhöhen.

Nachdem es ihm schließlich geglückt war, den Stein aus seinem felsigen Bett zu brechen, trug er ihn geradewegs zu der Höhle, in der sich seine Werkstatt und sein Hort befanden. Gleichmütig spaltete er einen Diamanten von unschätzbarem Wert und fertigte aus den Stücken Werkzeuge, mit denen er seinen kostbaren Fund bearbeiten konnte.

Jahrzehnte schliff und polierte Ghwerig den Stein mit unendlicher Geduld im Licht rußiger Fackeln und murmelte dazu unentwegt Anrufungen und Zaubersprüche, die das unbezahlbare Juwel mit all der Macht des Guten oder Bösen der Trollgötter erfüllen sollte. Als er den Schliff vollendet hatte, besaß der Stein, der von tiefstem Saphirblau war, die Form einer Rose. Er gab ihm den Namen Bhelliom, Blumenstein, und er glaubte, daß die Kraft dieser edlen Saphirrose jeden Wunsch zu erfüllen vermochte.

Doch obwohl der Bhelliom von der Macht der Trollgötter durchdrungen war, wollte der Stein sie nicht auf seinen mißgestalteten und häßlichen Besitzer übertragen. In rasendem Zorn hämmerte Ghwerig mit den Fäusten auf den Felsboden seiner Höhle. Er beschwor seine Götter und brachte ihnen Gold und Silber als Opfergaben dar. Da taten sie ihm kund, daß es einen Schlüssel gebe, die Macht des Bhelliom freizusetzen, damit nicht ein jeder sich dieser Kraft bedienen könne, wenn ihn danach gelüste. Dann offenbarten die Trollgötter Ghwerig, was er zu tun habe, um die Herrschaft über seinen Stein zu gewinnen. Der Troll nahm die Splitter, die beim Schliff der Saphirrose unbemerkt in den Staub zu seinen Füßen gefallen waren, und fertigte ein Paar Ringe. Aus feinstem Gold schmiedete er sie und besetzte jeden mit einem polierten, ovalen Splitter des Bhelliom. Als die Ringe vollendet waren, streifte er sie über seine Ringfinger und hob die Saphirrose mit beiden Händen empor. Das tiefe, glühende Blau der Splitter des Bhelliom floh in den Mutterstein zurück, und die Steine in den Ringen, die er an den knorrigen Händen trug, waren nunmehr so bleich wie Diamanten. Und als er den Blumenstein jetzt hielt, spürte er die Größe seiner Macht, und das Wissen, daß dieses von ihm erschaffene Kleinod bereit war, ihm untertan zu sein, erfüllte ihn mit Glückseligkeit.

Groß waren die Wunder, die Ghwerig im Lauf unzähliger Jahrhunderte mit der Macht des Bhelliom wirkte. Doch schließlich kamen die Styriker in das Land der Trolle. Als die Älteren Götter von Styrikum vom Bhelliom erfuhren, begehrte ein jeder von ihnen den Stein seiner Macht wegen. Doch Ghwerig war schlau; er versiegelte die Eingänge zu seiner Höhle mit Zaubern, die alle ihre Bemühungen, den Bhelliom an sich zu bringen, zunichte machten.

Dann aber kam jene Zeit, da sich die Jüngeren Götter von Styrikum berieten, denn die Macht, welche der Bhelliom auf jedweden Gott übertragen könnte, der ihn in seinen Besitz brächte, beunruhigte sie, und sie entschieden, daß eine solche Kraft nicht auf Erden freigesetzt werden dürfe. So beschlossen sie, dem Stein die Macht zu nehmen. Für diese Aufgabe wählten sie die zierliche Göttin Aphrael aus ihren Reihen. Aphrael reiste sodann gen Norden, und dank ihrer Zierlichkeit gelang es ihr, durch einen Felsspalt zu schlüpfen, der so schmal war, daß Ghwerig es nicht für nötig gehalten hatte, ihn zu versiegeln. Kaum hatte sie die Höhle erreicht, hob Aphrael die Stimme zu einem Lied. So süß sang sie, daß sie Ghwerig damit bezauberte und ihre Anwesenheit ihn nicht mißtrauisch machte. Also lullte Aphrael ihn ein. Als der Trollzwerg mit verträumtem Lächeln die Augen schloß, zog sie ihm den Ring von der Rechten und tauschte ihn gegen einen Reif mit einem gewöhnlichen Brillanten. Ghwerig fuhr hoch, als er die Berührung spürte, doch als er auf seine Hand blickte, steckte nach wie vor ein Ring an seinem Finger. Er entspannte sich wieder und erfreute sich am Gesang der Göttin. Nachdem ihm aufs neue die Augen in süßer Gelöstheit zugefallen waren, zog die behende Aphrael den Ring von seiner Linken und ersetzte auch ihn durch einen Brillantreif. Wieder wurde Ghwerig aus dem Schlummer gerissen, starrte erschrocken auf seine linke Hand, doch der Anblick des Ringes beruhigte ihn, denn dieser sah so aus wie der zweite von jenem Paar, das er mit den Splittern des Blumensteins verziert hatte. Aphrael sang weiter für ihn, bis er schließlich in tiefen Schlaf sank. Da stahl sich die Göttin davon und nahm die Ringe mit sich, die der Schlüssel zur Macht des Bhelliom waren.

An einem späteren Tag holte Ghwerig den Bhelliom aus seinem kristallenen Behältnis, um sich seiner Macht zu bedienen, doch die vertauschten Ringe erwiesen sich als nutzloser Tand. Der Zorn Ghwerigs überstieg alle Maßen. Er suchte landein, landaus nach der Göttin Aphrael, um sich seine Ringe zurückzuholen, doch er fand sie nicht, obgleich er sich jahrhundertelang darum mühte.

Und daran änderte sich nichts, solange Styrikum über die Berge und Ebenen von Eosien herrschte. Doch dann kam die Zeit, da aus dem Osten die Elenier herbeiritten und in dieses Land einfielen. Nach Jahrhunderten des Umherstreifens gelangten einige auch in den hohen Norden von Thalesien, wo sie die Styriker und ihre Götter vertrieben. Und als die Elenier von Ghwerig und seinem Bhelliom hörten, suchten sie in ihrer Gier nach dem sagenhaften und unschätzbar kostbaren Edelstein, suchten überall in den Bergen und Tälern von Thalesien nach den Eingängen zur Höhle des Trollzwerges. Sie wußten jedoch nur vom unermeßlichen Wert des Bhelliom, nicht aber von der Macht in seinen azurblauen Tiefen.

Schließlich fiel es Adian von Thalesien zu, dem mächtigsten und listigsten Helden des Altertums, das Rätsel zu lösen. Trotz der Gefahr für seine Seele suchte er Rat bei den Trollgöttern; er brachte ihnen Opfer dar, und schließlich ließen sie sich erweichen und offenbarten ihm, daß Ghwerig zu bestimmten Zeiten auf der Suche nach der Göttin Aphrael von Styrikum durch das Land streifte, um ein Ringpaar wieder an sich zu bringen, das sie ihm entwendet hatten. Doch verrieten sie ihm nicht die wahre Bedeutung dieser Ringe. Sodann reiste Adian in den hohen Norden, wo er ein halbes Dutzend Jahre lang in jeder Morgendämmerung darauf wartete, daß sich Ghwerig sehen ließe.

Als der Trollzwerg schließlich erschien, trat Adian in Verkleidung an ihn heran und behauptete, er wisse, wo Aphrael zu finden sei, und daß er ihm den Aufenthalt der Göttin für einen Helm feines Gelbgold verraten würde. Ghwerig ließ sich täuschen und führte Adian geradewegs zum verborgenen Haupteingang seiner Höhle. Dann nahm er des Helden Helm, ging in seine Schatzkammer und füllte ihn bis zum Rand mit feinem Gold. Nachdem er damit die Höhle verlassen hatte, versiegelte er den Eingang wieder. Er gab Adian das Gold, und der Mann täuschte ihn aufs neue und behauptete, Aphrael hielt sich in der Provinz Horset an der Westküste von Thalesien auf. Ghwerig eilte nach Horset, um die Göttin aufzusuchen. Und wieder brachte Adian seine Seele in Gefahr, indem er die Trollgötter anflehte, Ghwerigs Zauberversiegelung zu brechen, damit er in die Höhle eindringen könne. Die launischen Götter erfüllten ihm den Wunsch.

Als das Morgenrot die Eisfelder des Nordens aufflammen ließ, trat Adian mit dem Bhelliom in der Hand aus Ghwerigs Höhle. Mit dem Kleinod reiste er auf schnellstem Weg nach Emsat, der Hauptstadt seines Reiches, wo er eine Krone für sich anfertigte und diese mit dem Bhelliom schmückte.

Der Zorn Ghwerigs war grenzenlos, als er mit leeren Händen in seine Höhle heimkehrte und feststellte, daß er nicht nur die Schlüssel zur Macht des Bhelliom verloren hatte, sondern daß ihm nun auch noch der Blumenstein gestohlen worden war. Von da an lauerte er immerfort des Nachts in den Wiesen und Wäldern vor der Stadt Emsat auf eine Gelegenheit, seinen Schatz zurückzuholen, doch die Nachfahren Adians hüteten das Kleinod wohl und verhinderten, daß Ghwerig auch nur in seine Nähe kam.

Nunmehr trug es sich jedoch zu, daß Azash, ein Älterer Gott von Styrikum, der lange schon auf den Bhelliom und die Ringe zur Erschließung seiner Macht begierig war, seine Horden aus Zemoch ausschickte, um die Kleinode mit Waffengewalt an sich zu bringen. Die Könige des Westens taten sich mit den Rittern der Kirche zusammen, um den Armeen Othas von Zemoch und seines finsteren styrischen Gottes Azash Einhalt zu gebieten. Und König Sarak von Thalesien begab sich mit einigen seiner Vasallen an Bord eines Schiffes und stach von Emsat südwärts in See. Er hinterließ den königlichen Befehl, daß seine Grafen ihm folgen sollten, sobald ganz Thalesien zu den Waffen gerufen war. Doch es war König Sarak nicht vergönnt, das große Schlachtfeld auf den Ebenen von Lamorkand zu erreichen – ein zemochischer Speer hatte ihm bei einem unbedeutenden Scharmützel nahe dem Vennesee in Pelosien das Leben geraubt. Obwohl selbst tödlich verwundet, nahm ein getreuer Vasall die Krone seines gefallenen Monarchen an sich und kämpfte sich zum sumpfigen Ostufer des Sees durch. Hart bedrängt und dem Tod nahe warf er dort die Krone in das dunkle, morastige Wasser des Sees, während Ghwerig, der seinem verlorenen Kleinod gefolgt war, aus seinem Versteck im nahen Sumpf hilflos zusehen mußte.

Die Zemocher, die König Sarak getötet hatten, machten sich sogleich daran, in den braunen Tiefen zu stochern, um die Krone zu bergen und sie Azash im Triumphzug zu überbringen.

Ihre Suche wurde jedoch durch einen Trupp alzionischer Ritter unterbrochen, die von Deira herangezogen kamen, um an der Schlacht von Lamorkand teilzunehmen. Die Alzioner stürzten sich auf die Zemocher und töteten sie bis auf den letzten Mann. Den getreuen Vasallen des thalesischen Königs bestatteten sie ehrenvoll, sodann ritten sie weiter, ohne zu ahnen, daß die sagenhafte Krone Thalesiens im Schlamm unter den schmutzigen Wassern des Vennesees begraben lag.

In Pelosien verstummten seither die Gerüchte nicht, daß in mondlosen Nächten die schattenhafte Gestalt des Trollzwergs an den sumpfigen Ufern zu sehen ist. Da es Ghwerig seiner mißgestalteten Gliedmaßen wegen nicht wagt, in die dunklen Tiefen des Sees vorzudringen, kriecht er am Ufer entlang und schreit sein Verlangen nach dem Bhelliom hinaus oder tanzt heulend vor Verzweiflung, weil ihm die Saphirrose nicht antwortet.

ERSTER TEIL

CIMMURA

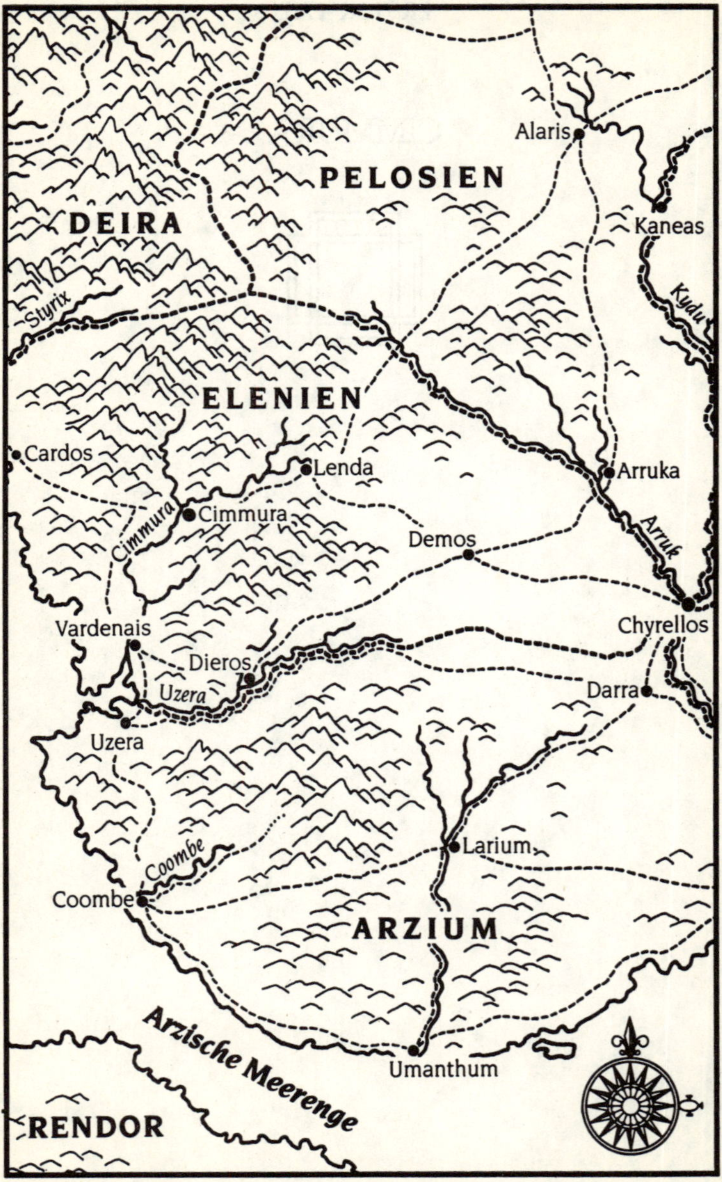

PELOSIEN
Alaris
Kaneas
Kydu
DEIRA
Styrix
ELENIEN
Cardos
Lenda
Cimmura
Cimmura
Arruka
Arruk
Demos
Chyrellos
Vardenais
Dieros
Uzera
Darra
Uzera
Larium
Coombe
Coombe
ARZIUM
Arzische Meerenge
Umanthum
RENDOR

1

Es nieselte. Ein leichter, silbriger Regen rieselte aus dem nächtlichen Himmel, wob Schleier um die trutzigen Wachttürme von Cimmura, ließ die Fackeln zu beiden Seiten des breiten Stadttors zischen und verlieh den Pflastersteinen der Straße, die zur Stadt führte, schwarzen Glanz. Ein einsamer Reiter näherte sich dem Tor. Er war in einen dunklen, schweren Reiseumhang gehüllt und saß auf einem hochbeinigen, zottigen Fuchs mit langer Nase und wilden Augen. Der Reiter war ein großer Mann mit dichtem schwarzem Haar, schwerem Knochenbau und kräftigen Muskeln, doch ohne eine Spur überschüssigen Fettes. Seine Nase war irgendwann einmal gebrochen worden. Er saß mit der typischen Wachsamkeit des erfahrenen Kriegers im Sattel.

Er hieß Sperber und war zehn Jahre älter, als er aussah, weil die Jahre sich weniger im furchigen Gesicht spiegelten, sondern sich in gut einem halben Dutzend kleiner Gebresten und Beschwerden bemerkbar machten. Zudem wies sein Körper mehrere breite, bläuliche Narben auf, die immer bei feuchtem Wetter schmerzten. Heute spürte er sein Alter und wünschte sich nichts als ein warmes Bett in der sogenannten Herberge, die sein Ziel war. Endlich kam Sperber nach Hause – nach einem Jahrzehnt, in dem er ein anderer mit anderem Namen in einem Land gewesen war, in dem es fast nie regnete, wo die Sonne auf einen gebleichten weißen Amboß aus Sand und Felsen hämmerte, wo die Häuserwände dick und weiß waren, um ihren Schlägen zu widerstehen, und wo anmutige Frauen im Silberlicht des frühen Morgens mit großen Tonkrügen auf den Schultern und schwarzen Schleiern vor dem Gesicht zum Brunnen gingen.

Der große Fuchs schüttelte den Regen aus dem zottigen Fell und kam vor dem Wachthaus am Tor im rötlichen Lichtkreis der Fackeln zum Stehen.

Ein bartstoppeliger Wächter in rostbeflecktem Harnisch und Helm und einem mit Flicken besetzten Umhang, den er nachlässig über eine Schulter geworfen hatte, stolperte heraus und baute sich schwankend vor Sperber auf.

»Brauch' Euren Namen«, sagte er mit weinschwerer Stimme.

Sperber blickte ihn durchdringend an, dann öffnete er seinen Umhang, damit der Mann das schwere Silberamulett sehen konnte, das an einer Kette um seinen Hals hing.

Der nicht mehr ganz nüchterne Wächter riß die Augen auf und wich einen Schritt zurück. »Oh!« murmelte er. »Verzeiht, Herr. Ihr dürft passieren.«

Ein anderer Wächter streckte den Kopf aus dem Wachthaus. »Wer ist es, Raf?« fragte er.

»Ein pandionischer Ritter«, antwortete der Gefragte nervös.

»Was will er in Cimmura?«

»Pandionern stellt man keine Fragen, Bral«, antwortete Raf. Er lächelte unterwürfig zu Sperber hoch. »Ein Neuer«, erklärte er als Entschuldigung und deutete mit dem Daumen über die Schulter auf seinen Kameraden. »Wird es auch noch lernen. Können wir Euch irgendwie behilflich sein?«

»Nein, danke«, erwiderte Sperber. »Seht lieber zu, daß Ihr aus dem Regen kommt, wenn Ihr Euch nicht erkälten wollt.«

Er warf dem Mann mit dem grünen Umhang eine kleine Münze zu und ritt in die Stadt ein. Das Klappern der eisenbeschlagenen Hufe seines Fuchses auf dem Kopfsteinpflaster der Straße hallte von den Hauswänden wider.

Das Viertel ums Stadttor war eine ärmliche Gegend mit heruntergekommenen, dicht aneinandergedrängten Häusern, deren erste Stockwerke über die nasse schmutzige Straße ragten. Primitive Schilder baumelten an rostigen Haken knarrend im Nachtwind und machten auf diesen oder jenen, inzwischen längst geschlossenen Laden aufmerksam. Ein dürrer Straßenköter trottete mit triefnassem Fell und dünnem, eingezogenem Schwanz übers Pflaster. Ansonsten war die dunkle Straße verlassen.

An der Ecke einer Querstraße flackerte eine Fackel. Eine ausgezehrte Dirne in einem fadenscheinigen blauen Umhang stand hoffnungsvoll darunter, wie ein bleiches, ängstliches Gespenst. »Möchtet Ihr Euch vergnügen, Herr?« fragte sie mit dünner, flehender Stimme. Die Augen in dem eingefallenen, ausgehungerten Gesicht waren groß und scheu.

Sperber hielt an, beugte sich aus dem Sattel und schüttete ein paar kleinere Münzen in ihre schmutzige Hand. »Geh heim, kleine Schwester«, sagte er freundlich. »Es ist spät und naß, es werden sich heute nacht keine Kunden mehr einfinden.« Dann richtete er sich wieder auf, ritt weiter, und sie starrte ihm staunend und dankbar nach. Er bog in eine Seitengasse ein, sah huschende Schemen vor sich, hörte eilige Schritte in der regnerischen Dunkelheit und vernahm Flüstern in den tiefen Schatten auf der linken Seite.

Der Fuchs schnaubte und legte die Ohren zurück.

»Ruhig, ruhig, kein Grund zur Aufregung«, flüsterte Sperber sanft. Seine Stimme war von jener Art, die andere Menschen unwillkürlich aufhorchen ließ. Dann sagte er laut zu den beiden Straßenräubern, die im Dunkeln lauerten: »Ich würde euch ja gefällig sein, Nachbarn, aber es ist spät und ich bin nicht in Stimmung für derlei Abwechslung. Plündert lieber einen betrunkenen jungen Laffen aus, und nutzt die Chance, ein bißchen länger am Leben zu bleiben.« Um seinen Worten Nachdruck zu verleihen, riß er den nassen Umhang auf, damit der lederumwickelte Griff seines schmucklosen Breitschwerts an seiner Seite zu sehen war.

Eine fast greifbare, erschrockene Stille setzte ein, die alsbald vom hastigen Trappeln fliehender Füße durchbrochen wurde.

Der große Fuchs schnaubte abfällig.

»Du hast ja so recht«, bestätigte Sperber und zog den Umhang wieder enger um sich. »Wollen wir unseren Weg fortsetzen?«

Sie gelangten auf einen großen Marktplatz mit zischenden Fackeln ringsum; an den meisten der schreiend bunten Buden waren die Vorhänge inzwischen heruntergezogen. Nur noch wenige unbeirrbare Händler boten ihre Ware lautstark den achtlos Vorübereilenden an, die nichts anderes wollten, als aus dem Regen nach Hause zu gelangen. Sperber zügelte sein Pferd, als eine Gruppe betrunkener junger Edler aus der Tür einer verrufenen Schenke torkelte und grölend und lärmend den Platz überquerte. Sperber wartete ruhig, bis sie in einer Nebenstraße verschwunden waren; dann blickte er sich um, mehr wachsam denn mißtrauisch.

Hätten sich mehr Leute auf dem fast leeren Platz aufgehalten, wäre Krager möglicherweise sogar Sperbers scharfen Augen entgangen. Der Mann war mittelgroß und ungepflegt; sein nasses, fast farbloses Haar klebte am schmalen Schädel, den weinroten

Umhang hatte er schlampig am Hals zugezogen, und seine Stiefel waren schmutzig. Er schlurfte über den Platz, und seine wäßrigen Augen blinzelten kurzsichtig durch den Regen.

Sperber zog scharf den Atem ein. Er hatte Krager seit jener Nacht in Cippria, vor fast zehn Jahren, nicht mehr wiedergesehen. Der Mann war stark gealtert, sein Gesicht war noch grauer, die Tränensäcke und Hängebacken waren noch schlaffer geworden, doch es war ohne Zweifel Krager.

Da eine rasche Bewegung Aufmerksamkeit erregt hätte, saß Sperber langsam ab und führte sein großes Pferd zum grünen Stand eines Lebensmittelhändlers, wobei er darauf achtete, das Tier zwischen sich und dem Kurzsichtigen im weinroten Mantel zu halten.

»Guten Abend, werter Herr«, sagte er mit bedrohlich ruhiger Stimme zu dem braungewandeten Krämer. »Ich muß etwas erledigen. Paßt auf mein Pferd auf, ich bezahle Euch dafür.«

Die Augen des bartstoppeligen Krämers leuchteten auf.

»Denkt nicht einmal daran!« warnte Sperber. »Das Pferd würde Euch nicht folgen, egal, was Ihr versucht – ich dagegen schon, und das würde Euch ganz sicher nicht gefallen. Begnügt Euch mit dem Geld und verschwendet keinen Gedanken mehr daran, das Pferd zu stehlen!«

Der Händler starrte ins düstere Gesicht des großen Mannes, schluckte schwer und verbeugte sich zittrig. »Euer Wunsch ist mir Befehl, Herr«, beeilte er sich hastig zu versichern. »Ich schwöre Euch, daß Euer edles Roß bei mir sicher ist.«

»Edles *was*?«

»Edles Roß – Euer Pferd.«

»Oh! Wie freundlich von Euch.«

»Kann ich sonst noch etwas für Euch tun, Herr?«

Sperber blickte über den Platz auf Kragers Rücken. »Habt Ihr vielleicht ein Stück Draht, ungefähr so lang . . .« Er maß etwa drei Fuß mit den ausgebreiteten Armen ab.

»Wäre möglich, Herr. Die Heringsfässer sind mit Draht zusammengebunden. Laßt mich nachsehen.«

Sperber verschränkte die Arme, lehnte sich an den Sattel des Braunen und beobachtete Krager über den Pferderücken hinweg.

Die Bilder der vergangenen Jahre, Bilder von sengender Sonne und Frauen, die im ersten Mondlicht zum Brunnen gingen, schwanden, und er sah sich plötzlich im Viehhof von Cippria wieder, roch den Gestank von Mist und Blut an sich, kostete den Geschmack von Furcht und Haß im Mund und spürte die Schmerzen, die ihn schwächten, als seine Verfolger mit gezückten Schwertern nach ihm suchten.

Er verdrängte die Bilder der Vergangenheit und konzentrierte sich auf die Gegenwart. Er hoffte sehr, daß der Krämer ein Stück Draht finden würde. Für das, was er vorhatte, war Draht gut geeignet. Lautlos und sauber, und mit ein bißchen Geschick konnte er es wie das Werk eines Styrikers oder Pelosiers aussehen lassen. Es ist nicht so sehr Krager selbst, dachte er, während die Erregung in ihm wuchs. Krager war für Martel nie viel mehr als ein unbedeutendes Werkzeug gewesen, genau wie Adus nie mehr als eine Waffe in seiner Hand gewesen war. Es zählte nur, was Kragers Tod für Martel bedeuten würde.

»Das ist das Beste, was ich finden konnte, mein Herr.« Der Krämer kehrte aus der hinteren Abtrennung seiner Zelttuchbude zurück und streckte ihm ein Stück rostigen, biegsamen Draht entgegen. »Tut mir leid, aber ein längeres Stück habe ich nicht.«

»Ist schon gut.« Sperber nahm den Draht und spannte ihn zwischen den Händen. »Das ist genau das richtige.« Dann drehte er sich zu seinem Pferd um. »Bleib du hier, Faran.«

Der Fuchs entblößte als Antwort die Zähne. Sperber lachte leise und machte sich daran, in einigem Abstand hinter Krager den Platz zu überqueren. Wenn der Kurzsichtige irgendwo in einem dunklen Hauseingang gefunden würde, wie ein Bogen nach hinten gespannt, den Draht um Hals und Fußgelenke geschlungen und die Augen aus einem blauen Gesicht hervorquellen oder mit dem Gesicht im Becken eines öffentlichen Bedürfnishauses – ja, das würde Martel erschüttern, ihn schmerzen, ihm vielleicht sogar Angst einjagen. Und möglicherweise reichte es aus, um ihn aus seinem Bau zu locken. Sperber hatte jahrelang auf eine Gelegenheit gewartet, an Martel heranzukommen. Unter dem Umhang glätteten seine Finger vorsichtig die geknickten und verdrehten Stellen im Draht, während er sich an sein Opfer heranpirschte.

Seine Sinne waren nun fast übernatürlich geschärft. Deutlich hörte er das Zischen des Nieselregens in den Flammen der Fackeln, die den Platz umgaben, und sah die orangefarbene Spiegelung ihres flackernden Lichts in den Pfützen auf dem Kopfsteinpflaster. Aus irgendeinem Grund erschien ihm dieses funkelnde Glühen beeindruckend schön. Sperber fühlte sich gut – vielleicht besser als irgendwann in den letzten zehn Jahren.

»Herr Ritter? Ritter Sperber? Seid Ihr es wahrhaftig?«

Verärgert und lautlos fluchend drehte Sperber sich rasch um. Sorgfältig geringelte Löckchen rahmten das mit Wangenrot geschminkte Gesicht des Mannes ein, der ihn angesprochen hatte. Er trug ein safrangelbes Wams, ein lavendelfarbenes Beinkleid, einen apfelgrünen Umhang und weinrote, spitze Schuhe. Der zierliche, nutzlose Degen an seiner Seite und der breitkrempige Hut mit der flaumigen Federzier wiesen ihn als Höfling aus, als einen der kleinen Hofbeamten und Schmarotzer, die sich wie Ungeziefer im Schloß eingenistet hatten.

»Wieso seid Ihr nach Cimmura zurückgekehrt?« Entrüstung lag in der hohen, schrillen Stimme des Gecken. »Ihr wurdet verbannt!«

Sperber warf einen raschen Blick zu dem Mann hinüber, den er verfolgte. Krager näherte sich einer Seitenstraße und würde jeden Augenblick außer Sichtweite gelangen. Es war jedoch immer noch möglich, ihn zu fassen. Ein rascher, kräftiger Hieb konnte diesen papageienbunten Laffen in den Schlaf schicken, dann wäre Krager durchaus noch einzuholen. Aber gallenbittere Enttäuschung stieg in Sperber auf, als ein Wachttrupp mit schweren Schritten auf den Marktplatz marschierte. Die Chance war dahin, sich dieses aufdringlichen Stutzers zu entledigen, ohne Aufmerksamkeit zu erregen. Er bedachte den wie in Wohlgerüchen Gebadeten mit drohendem Blick.

Der Höfling wich erschrocken zurück, sah rasch zu den Soldaten, die nun an den Buden entlangschritten und die Verschlüsse der heruntergezogenen Zelttuchbehänge überprüften. »Ich bestehe darauf, daß Ihr mir sofort sagt, weshalb Ihr zurückgekehrt seid!« Er bemühte sich um einen gebieterischen Tonfall.

»*Ihr* besteht darauf?« Sperbers Verachtung war unverkennbar.

Erneut blickte der andere hastig auf die Soldaten, was ihm offenbar ein Gefühl der Sicherheit verlieh, denn er richtete sich hochmütig auf. »Ich nehme Euch fest, Sperber. Ich verlange, daß Ihr mir Rechenschaft ablegt!« Er griff nach Sperbers Arm.

»Rührt mich nicht an!« knurrte Sperber und schlug die Hand des Gecken zur Seite.

»Ihr habt mich geschlagen!« keuchte der Höfling und umklammerte die schmerzende Rechte mit der Linken.

Sperber packte den Laffen mit einer Hand an der Schulter und zog ihn zu sich heran. »Wenn Ihr mich noch einmal anrührt, reiße ich Euch die Eingeweide aus dem Leib! Und nun geht mir aus dem Weg!«

»Ich rufe die Wache!« drohte der Laffe.

»Und wie lange, glaubt Ihr, werdet Ihr danach noch leben?«

»Ihr könnt mir nicht drohen. Ich habe mächtige Freunde!«

»Aber sie sind nicht hier, oder? Ich dagegen schon.« Sperber schob ihn verächtlich zur Seite, drehte sich um und ging.

»Ihr Pandioner könnt euch diese Unverschämtheiten nicht mehr leisten! In Elenien herrschen jetzt Gesetz und Ordnung!« schrie ihm der Herausgeputzte schrill nach. »Ich eile sogleich zu Baron Harparin und teile ihm mit, daß Ihr nach Cimmura zurückgekommen seid und mich geschlagen und bedroht habt!«

»Gut«, brummte Sperber, ohne sich umzudrehen oder im Schritt innezuhalten. »Tut das.« Sein Grimm und seine Enttäuschung steigerten sich so sehr, daß er die Zähne zusammenbeißen mußte, um seine Selbstbeherrschung zu bewahren. Da kam ihm eine Idee. Sie mochte zwar läppisch, ja kindisch sein, aber er fand sie recht passend. Er blieb stehen, straffte die Schultern und murmelte etwas auf styrisch, während seine Finger verschlungene Zeichen in die Luft schrieben. Er stockte, als ihm das Wort für Karbunkel nicht einfiel. Schließlich benutzte er statt dessen Eierbeule und beendete seine Beschwörung. Dann drehte er sich leicht, blickte auf seinen Quälgeist und richtete den Zauber auf ihn. Lächelnd setzte er seinen Weg über den Platz fort. Gewiß, es war kindisch, das wußte er selbst, aber so war er manchmal eben.

Er gab dem Krämer eine Münze fürs Pferdehüten, schwang sich in Farans Sattel und ritt im Nieselregen über den Platz – ein breitschultriger Mann in grobem wollenem Umhang auf einem gefährlich dreinblickenden Fuchs.

Die Straßen außerhalb des Platzes waren menschenleer und dunkel, nur an den Kreuzungen zischelten rußige Fackeln im Regen und warfen ihren schwachen orangeroten Schein aufs Pflaster. Farans Hufe klapperten laut auf den verlassenen Straßen. Unmerklich ruckte Sperber im Sattel. Das Gefühl, das sich in ihm regte, war nur ganz schwach, kaum mehr als ein Prickeln der Haut um Schultern und Nacken, doch er vermochte es sogleich zu deuten. Jemand beobachtete ihn, jemand, der keine guten Absichten hegte. Wieder rutschte Sperber leicht im Sattel und bemühte sich, diese Bewegung als normales Unbehagen eines sattelmüden Reiters erscheinen zu lassen. Seine Rechte war nun jedoch unter dem Umhang verborgen und legte sich um den Schwertgriff. Das drückende Gefühl von Bösem verstärkte sich, und schließlich sah er im flackernden Fackelschein an der nächsten Kreuzung eine dunkelgrau vermummte Gestalt, die so sehr mit den Schatten und dem Nieselregen verschmolz, daß sie kaum zu erkennen war.

Der Fuchs spannte die Muskeln und zuckte mit den Ohren.

»Ich sehe ihn, Faran«, versicherte Sperber ihm ruhig.

Weiter klapperten die Hufe über das Kopfsteinpflaster der Straße. Sie ritten durch den Fackelschein an der Kreuzung. Sperbers Augen paßten sich wieder der Dunkelheit an, doch der Vermummte war bereits in einem Durchgang oder hinter einer der schmalen Türen in der Häuserfront verschwunden und mit ihm Sperbers Gefühl, beobachtet zu werden. Die Straße barg momentan keine Gefahr mehr. Faran trottete weiter mit klappernden Hufen über die nassen Kopfsteine.

Sperbers Ziel, die Herberge, befand sich in einer abgelegenen Gasse hinter einem Hof mit festem Eichentor und erstaunlich dicken und hohen Mauern. Eine schwach glimmende Laterne hing neben einem verwitterten Holzschild, das bedrohlich knarrte, während es im regenschweren Wind hin und her schwang. Sperber lenkte Faran dicht an das Tor, lehnte sich im Sattel zurück und trat mit einem gespornten Fuß mehrmals kräftig auf die von Nässe dunklen Planken. Seine Tritte erfolgten in einem ganz gestimmten Takt.

Er wartete.

Alsbald öffnete das Tor sich krächzend nach innen, und die schattenhafte Gestalt des schwarzgewandeten Pförtners blickte hinaus. Der Mann, ebenfalls Ordensritter, nickte kurz und riß das Tor weiter auf, um Sperber einzulassen.

Der große Pandioner ritt in den naßglänzenden Hof und saß ab. Der Pförtner schloß und verriegelte das Tor hinter ihm, dann schlug er die Kapuze über dem stählernen Helm zurück und verbeugte sich. »Willkommen, Herr Ritter«, begrüßte er Sperber förmlich.

»Für Förmlichkeiten ist die Nacht zu weit vorangeschritten, Kamerad«, entgegnete Sperber mit einer knappen Verneigung.

»Förmlichkeit ist die Seele der Höflichkeit, Herr Sperber«, erwiderte der Pförtner ironisch. »Ich übe mich darin, wann immer sich die Gelegenheit ergibt.«

»Wie Ihr meint.« Sperber zuckte die Schultern. »Kümmert Ihr euch um mein Pferd?«

»Selbstverständlich. Euer Knappe, Kurik, ist hier.«

Sperber nickte und löste die zwei schweren ledernen Satteltaschen.

»Ich bringe sie Euch hinauf, Kamerad«, erbot sich der Pförtner.

»Nicht nötig. Wo ist Kurik?«

»Im Obergeschoß, erste Tür, gleich neben der Treppe. Möchtet Ihr noch etwas zu essen?«

Sperber schüttelte den Kopf. »Nur ein Bad und ein warmes Bett.« Er wandte sich seinem Pferd zu, das eingenickt war, wobei es ein Hinterbein leicht angezogen hatte, so daß der Huf auf der Spitze ruhte. »Wach auf, Faran!« sagte er.

Der Fuchs öffnete die Augen und starrte ihn unfreundlich an.

»Geh mit diesem Ritter«, wies ihn Sperber an. »Und laß dich nicht hinreißen, ihn zu beißen oder zu treten oder ihn an die Wand des Stalles zu drücken – und steig ihm auch nicht auf die Füße!« sagte er streng.

Der große Fuchs legte für einen Moment die Ohren zurück, dann seufzte er wie ein Mensch.

Sperber lachte. »Gebt ihm ein paar Möhren«, bat er den Pförtner.

»Wie haltet Ihr es mit diesem übellaunigen Biest nur aus, Sperber?«

»Wir passen gut zusammen«, entgegnete Sperber. »Es war ein feiner Ritt, Faran«, wandte er sich wieder an das Tier. »Danke, und angenehmen Schlaf.«

Der Fuchs drehte ihm den Rücken zu.

»Haltet die Augen offen«, warnte Sperber den Pförtner. »Jemand beobachtete mich, als ich hierherritt, und ich hatte das Gefühl, daß es etwas mehr als müßige Neugier war.«

Die Züge des Pförtners wurden hart. »Ich kümmere mich darum.«

»Gut.« Sperber drehte sich um, überquerte die naßglänzenden Steine des Hofes und stieg die Stufen hinauf, die zu der überdachten Galerie rings um das Obergeschoß der Herberge führte.

Diese Herberge war ein wohlgehütetes Geheimnis, das nur wenige in Cimmura kannten. Obgleich sie sich scheinbar nicht von den Dutzenden ähnlichen in der Stadt unterschied, wurde sie von den pandionischen Rittern betrieben und erwies sich als sichere Zuflucht für einen jeden aus ihren Reihen, der aus dem einen oder anderen Grund nicht die Annehmlichkeiten ihres hiesigen Ordenshauses am Ostrand der Stadt nutzen wollte.

Oben angekommen, blieb Sperber vor der nächsten Tür stehen und tippte mit den Fingerspitzen dagegen. Nach einem Moment öffnete sie ein kräftiger Mann mit eisengrauem Haar und kurz gestutztem und dennoch struppigen Bart. Seine lange Weste, das Beinkleid sowie die Stiefel waren aus schwarzem Leder, ebenso der Gürtel, von dem ein schwerer Dolch hing. Kräftige Muskeln schwollen an den nackten Armen und Schultern. Er war kein schöner Mann, und seine Augen wirkten hart wie Achat. »Du kommst spät«, sagte er statt einer Begrüßung.

»Es gab einige Schwierigkeiten unterwegs«, antwortete Sperber lakonisch und trat in die warme, von Kerzen und offenem Feuer erhellte Stube.

Der Breitschultrige schloß die Tür hinter ihm und schob den Riegel scharrend vor. Sperber betrachtete ihn. »Ich hoffe, es ging dir gut, Kurik«, sagte er zu dem Mann, den er seit zehn Jahren nicht gesehen hatte.

»So einigermaßen. Zieh den nassen Umhang aus.«

Sperber grinste, stellte die Sattelbeutel auf dem Boden ab und öffnete die Spange seines triefenden Wollumhangs. »Wie geht es Aslade und den Jungen?«

»Sie wachsen«, brummte Kurik und nahm den Umhang. »Meine Söhne wachsen in die Höhe und Aslade in die Breite. Das Leben auf dem Land tut ihr gut.«

»Du magst doch rundliche Frauen, Kurik«, erinnerte Sperber seinen Knappen und alten Freund. »Deshalb hast du sie doch geheiratet, oder?«

Wieder brummte Kurik und musterte die hagere Gestalt des Ritters. »Du hast dir wohl nie Zeit zum Essen genommen, Sperber«, stellte er anklagend fest.

»Versuch nicht, mich zu bemuttern, Kurik!« Sperber ließ sich in einen schweren Eichenstuhl fallen und schaute sich um. Boden und Wände der Stube waren aus Stein, dicke, rußige Balken stützten die niedrige Decke. Unter dem Steinboden des Kamins prasselte Feuer und füllte den Raum mit Licht und tanzenden Schatten. Zwei Kerzen brannten auf dem Tisch, und an zwei gegenüberliegenden Wänden standen schmale Pritschen. Doch als erstes wanderte Sperbers Blick zu dem schweren Ständer, der neben dem Fenster stand, dessen blaue Vorhänge zugezogen waren. Von diesem Ständer hing eine vollständige, schwarz emaillierte Paraderüstung, daneben lehnte ein großer schwarzer Schild mit dem Wappen seines Geschlechts an der Wand: ein in Silber gearbeiteter Sperber mit gespreizten Schwingen, der einen Speer in den Krallen hielt. Neben dem Schild stand in seiner Scheide ein schweres Breitschwert, dessen Griff mit Silberdraht umwickelt war.

»Du hast vergessen, es einzuölen, ehe du fortgegangen bist«, beklagte sich Kurik. »Ich habe eine ganze Woche gebraucht, um den Rost wegzukriegen. Streck deinen Fuß her.« Er bückte und plagte sich, Sperber erst den einen, dann den anderen Reitstiefel auszuziehen. »Warum mußt du immer durch den tiefsten Schlamm spazieren?« knurrte er, während er die Stiefel neben den Kamin warf. »Ich habe in der Kammer nebenan ein Bad für dich vorbereitet. Schlüpf aus deinem Zeug. Ich wollte mir ohnehin deine Verwundungen ansehen.«

Sperber seufzte müde und stand auf. Mit der erstaunlich sanften Hilfe seines barschen Waffengefährten entkleidete er sich.

»Du bist ja naß bis auf die Haut!« bemerkte Kurik und berührte den klammen Rücken seines Schutzherrn behutsam mit seiner schwieligen Hand.

»Das bringt der Regen manchmal mit sich.«

»Bist du mit den Wunden jemals zu einem Feldscher gegangen?« fragte Kurik vorwurfsvoll und tupfte behutsam auf die breiten bläulichen Narben, die Sperbers Schultern und die linke Seite der Brust bedeckten.

»Ein Heiler hat sie sich angesehen. Ein Feldscher war nicht zu finden, also ließ ich der Natur ihren Lauf.«

Kurik nickte. »Das merkt man! Steig jetzt in die Wanne. Ich hole dir etwas zu essen.«

»Ich bin nicht hungrig.«

»Spielt keine Rolle! Du siehst ja aus wie ein Gerippe! Aber nun, da du zurück bist, werde ich dich nicht in diesem Zustand umherwandeln lassen!«

»Willst du mir sagen, was ich zu tun habe? Wer gibt dir das Recht?«

»Mein Zorn! Du hast mich halb zu Tode erschreckt! Zehn Jahre warst du fort, und man hat kaum etwas von dir gehört – und das Wenige war unerfreulich genug!« Kuriks Augen wurden plötzlich weich und er umfaßte Sperbers Schultern so kraftvoll, daß es einen anderen in die Knie gezwungen hätte. »Willkommen zu Hause!« sagte er mit belegter Stimme.

Sperber umarmte seinen alten Freund mit rauher Herzlichkeit. »Danke, Kurik. Es ist gut, zurück zu sein.«

»So«, Kuriks Gesicht war wieder hart, »aber jetzt marsch ins Bad! Du stinkst!« Er drehte sich um und verließ die Stube.

Sperber lächelte und ging in die angrenzende Kammer. Er stieg in die hölzerne Wanne und ließ sich behaglich in das dampfende Wasser sinken. Er war so lange ein anderer Mann mit einem anderen Namen gewesen – Mahkra hatte man ihn genannt –, daß kein Bad diese andere Identität hätte wegwaschen können, aber es tat gut, sich zu entspannen und vom heißen Wasser und der körnigen Seife den Staub der trockenen, sonnenverbrannten Küste von der

Haut lösen zu können. Während er seine hageren narbigen Gliedmaßen schrubbte, zog sein Leben als Mahkra in der Stadt Jiroch in Rendor vor seinem inneren Auge vorbei. Er entsann sich des kleinen, kühlen Ladens, in dem Mahkra als einfacher Bürger Messingkrüge, Süßwaren und exotische Duftwässer verkauft hatte, während die dicken weißen Wände auf der gegenüberliegenden Straßenseite den grellen Sonnenschein blendend zurückgeworfen hatten. Er erinnerte sich an die Stunden endlosen Plauderns in der kleinen Weinstube an der Ecke, wo Mahkra den sauren rendorischen Weißwein geschlürft und heimlich Informationen gesammelt hatte, die er dann an seinen Freund und Mitpandioner Voren weiterleitete – Informationen über die neue eshandistische Gesinnung in Rendor, über geheime Waffenlager in der Wüste und über die Tätigkeiten der Agenten Kaiser Othas von Zemoch. Er dachte an die schwülen, dunklen Nächte und den Duft von Lillias, Mahkras schmollmundiger Liebsten, und an den Beginn jeden neuen Tages, an dem er ans Fenster getreten war, um zuzusehen, wie die Frauen im Morgengrauen zum Brunnen gegangen waren. Er seufzte. »Und wer bist du jetzt, Sperber?« fragte er sich leise. »Ganz gewiß kein Händler mehr, der Messing, kandierte Datteln und Duftstoffe verkauft, sondern wieder ein pandionischer Ritter? Ein Zauberer? Streiter der Königin? Nun, vielleicht nicht. Vielleicht nichts weiter als ein arg mitgenommener und müder Mann, der ein paar Jahre und Narben zuviel besitzt und viel zu viele Gefechte hinter sich hat.«

»Bist du denn überhaupt nicht auf den Gedanken gekommen, deinen Kopf vor der Sonne zu schützen, während du in Rendor warst?« fragte Kurik. Er stand mit vorwurfsvoller Miene in der Tür und hielt einen Morgenmantel und ein rauhes Badetuch in den Händen. »Wenn einer erst anfängt, Selbstgespräche zu führen, ist es ein sicheres Zeichen, daß er zu lange in der Sonne war!«

»Ich habe nur laut nachgedacht, Kurik. Ich war lange von zu Hause fort, und es wird ein paar Wochen dauern, bis ich mich wieder eingelebt habe.«

»Ein paar Wochen hast du aber vielleicht nicht. Hat dich jemand erkannt, als du in die Stadt gekommen bist?«

Sperber erinnerte sich an den Gecken auf dem Marktplatz und

nickte. »Einer von Harparins Speichelleckern hat mich auf dem Platz beim Westtor gesehen.«

»Da haben wir's schon! Du wirst morgen im Schloß deine Aufwartung machen müssen, sonst wird Lycheas auf seiner Suche nach dir jeden Stein in Cimmura umdrehen!«

»Lycheas?«

»Der Prinzregent – ein unehelicher Sohn von Prinzessin Arissa und vermutlich irgendeines besoffenen Seemanns oder ungehenkten Taschendiebs.«

Sperber richtete sich plötzlich auf und blickte ihn hart an. »Ich glaube, du solltest mir erst einmal einiges erklären, Kurik!« sagte er. »Ehlana ist die Königin. Wieso braucht ihr Reich einen Prinzregenten?«

»Wo warst du denn, Sperber? Auf dem Mond? Ehlana ist vor einem Monat erkrankt.«

»Sie ist doch nicht tot?« Ein schwerer Klumpen drückte auf seinen Magen, als er daran dachte, daß der jungen Frau etwas zugestoßen sein könnte, an die er sich als bleiches, wunderschönes kleines Mädchen mit ernsten grauen Augen erinnerte, dessen Kindheit er miterlebt und das er auf seltsame Weise geliebt hatte, obwohl es erst acht gewesen war, als König Aldreas Sperber ins Exil nach Rendor verbannt hatte.

»Nein«, antwortete Kurik, »nicht tot, obwohl sie es genausogut sein könnte.« Er hob das große, rauhe Badetuch. »Steig aus der Wanne. Ich erzähle es dir, während du ißt.«

Sperber nickte und stand auf. Kurik rubbelte ihn trocken, dann half er ihm in den weichen Morgenmantel. Auf dem Tisch in der Stube wartete eine Platte mit dampfenden Bratenscheiben, die in Soße schwammen, ein halber Laib dunkles Bauernbrot, ein Riesenstück Käse und ein Krug gekühlter Milch. »Iß!« befahl Kurik.

»Was war hier los?« fragte Sperber heftig, als er sich an den Tisch setzte und zu essen anfing. Er staunte selbst, als er bemerkte, welch gewaltigen Hunger er mit einemmal hatte. »Fang ganz am Anfang an!«

»Na gut.« Kurik zog den Dolch aus der Scheide und schnitt dicke Scheiben vom Laib. »Du weißt, daß die Pandioner nach deiner Abreise im Mutterhaus zu Demos bleiben mußten?«

Sperber nickte. »Ich hörte es. König Aldreas mochte uns nie sehr.«

»Das war die Schuld deines Vaters. Aldreas mochte seine Schwester *sehr,* und dann zwang ihn dein Vater, eine andere zu heiraten. Das trug nicht dazu bei, seine Gefühle für den pandionischen Orden zu heben.«

»Kurik«, rügte Sperber, »so spricht man nicht vom König.«

Kurik zuckte die Schultern. »Er lebt nicht mehr, also kann es ihn nicht kränken, und was er für seine Schwester empfand, weiß doch jeder. Die Diener im Schloß ließen sich von jedem bestechen, der sehen wollte, wie Arissa splitternackt durch die oberen Korridore zum Schlafgemach ihres Bruders ging. Aldreas war ein schwacher König, Sperber. Er stand völlig unter dem Einfluß von Arissa und dem Primas Annias. Nachdem die Pandioner in Demos festgesetzt worden waren, hatten Annias und seine Unterpriester die Dinge ziemlich in der Hand. Du kannst froh sein, daß du während dieser Jahre nicht hier warst.«

»Möglich«, brummte Sperber. »Woran ist Aldreas gestorben?«

»An der Fallsucht, behauptet man. Ich glaube eher, daß ihn die Freudenmädchen überanstrengten, die ihm Annias nach dem Tod seiner Gemahlin heimlich ins Schloß schleppte.«

»Kurik, du bist ja schlimmer als eine Klatschbase!«

»Ich weiß«, gab der Knappe gleichmütig zurück. »Das ist eines meiner Laster.«

»Und dann wurde Ehlana zur Königin gekrönt?«

»Richtig. Von da an änderten sich die Dinge. Annias war überzeugt gewesen, daß er sie beherrschen könnte wie zuvor Aldreas, doch da hatte er sich getäuscht. Sie rief den Hochmeister Vanion aus dem Mutterhaus in Demos zu sich und ernannte ihn zu ihrem persönlichen Berater. Danach befahl sie Annias, sich bereit zu machen, in ein Kloster zu gehen, um über die für einen Kirchenmann schicklichen Tugenden zu meditieren. Annias kochte natürlich vor Wut und begann sofort Komplotte zu schmieden. Ständig waren Boten zwischen hier und der Abtei unterwegs, in die Prinzessin Arissa gesteckt worden war. Arissa und Annias sind alte Freunde und hatten gewisse gemeinsame Interessen. Jedenfalls schlug Annias vor, Ehlana sollte sich mit ihrem unehelichen

Vetter Lycheas vermählen, doch sie lachte dem Primas ins Gesicht.«

»Das kann ich mir bei ihr gut vorstellen.« Sperber lächelte. »Ich habe sie selbst erzogen und sie gelehrt, was sich schickt. An welcher Krankheit leidet sie denn?«

»Offenbar der gleichen, an der ihr Vater starb. Sie hatte einen Anfall und erlangte ihr Bewußtsein nicht wieder. Die Hofärzte sagten alle, daß sie die Woche nicht überleben würde, doch da griff Vanion ein. Er erschien mit Sephrenia und elf anderen Pandionern am Hof – alle in voller Rüstung und mit geschlossenen Visieren. Sie wiesen die Ärzte und das Gefolge der Königin aus dem Krankengemach, hoben Ehlana aus dem Bett, kleideten sie in ihr Throngewand und setzten ihr die Krone auf ihr Haupt. Dann trugen sie sie in den Audienzsaal, setzten sie auf den Thron und versperrten die Tür. Niemand weiß, was sie in dem Saal gemacht haben, doch als sie die Tür wieder öffneten, saß Ehlana in Kristall gehüllt auf dem Thron.«

»Wa-as?« rief Sperber.

»Es ist so klar wie Glas. Man kann jede Sommersprosse auf ihrem Näschen sehen, aber man kann sie nicht berühren. Der Kristall ist härter als Diamant. Annias ließ fünf Tage lang Männer mit Hammer und Meißel daran arbeiten, doch sie brachten nicht einmal einen Kratzer zuwege!« Kurik blickte scharf Sperber an. »Könntest du es schaffen?«

»Ich? Kurik, ich wüßte nicht einmal, wie ich es anfangen müßte. Wir hatten zwar eine Grundausbildung bei Sephrenia, aber mehr auch nicht. Verglichen mit ihr sind wir unwissend.«

»Nun, was immer Sephrenia auch getan hat, es hält die Königin am Leben. Man kann ihr Herz schlagen hören – wie eine Trommel hallt es durch den Thronsaal. Während der ersten Wochen kamen die Leute in Scharen herbei, nur um es zu hören. Man sprach sogar von einem Wunder und daß der Thronsaal zur heiligen Stätte erklärt werden sollte. Annias verschloß jedoch die Tür, berief den Bastard Lycheas nach Cimmura und ernannte ihn zum Prinzregenten. Das war vor etwa zwei Wochen. Dann ließ er alle seine Feinde verhaften. Die Verliese unter dem Dom quellen schier über von ihnen. So stehen momentan die Dinge. Du hast dir für die Rückkehr die richtige Zeit ausgesucht!« Er machte eine Pause und blickte seinen Schutzherrn an. »Was ist in Cippria passiert, Sperber? Die Nachrichten, die hier ankamen, waren nicht sehr ergiebig.«

Sperber zuckte die Schultern. »Nichts Besonderes. Erinnerst du dich an Martel?«

»Der Renegat, dem Vanion die Ritterschaft absprach? Der mit dem weißen Haar?«

Sperber nickte. »Er kam mit zwei Knechten nach Cippria, wo sie zur Verstärkung fünfzehn oder zwanzig Meuchler anheuerten. In einer dunklen Straße stellten sie mir einen Hinterhalt.«

»Daher deine Narben?«

»Ja.«

»Aber du bist entkommen.«

»Wie du siehst. Rendorische Halunken sind ein bißchen empfindlich, wenn das Blut auf dem Pflaster und an den Wänden ihr eigenes ist. Nachdem ich etwa ein Dutzend Angreifer niedergestreckt hatte, verlor der Rest den Mut. Ich entkam ihnen und gelangte zum Stadtrand. Ich zog mich in ein Kloster zurück, bis meine Wunden verheilt waren. Dann nahm ich Faran und schloß mich einer Karawane nach Jiroch an.«

Kurik blickte ihn nachdenklich an. »Wäre es möglich, daß Annias etwas mit dem Überfall zu tun hatte? Er haßt deine Familie, weißt du? Und es ist ziemlich sicher, daß er es war, der Aldreas überredete, dich zu verbannen.«

»Mir kam hin und wieder der gleiche Gedanke. Annias und Martel standen schon früher in Verbindung. Jedenfalls finde ich, daß der teure Primas und ich über so allerlei reden müssen!«

Die Betonung ließ Kurik aufblicken. »Du bringst dich in Schwierigkeiten!« warnte er.

»Sie werden nicht so schlimm sein wie die, die Annias erwarten, falls ich herausfinde, daß er hinter dem Überfall steckte.« Sperber richtete sich auf. »Ich muß mit Vanion reden. Ist er noch hier in Cimmura?«

Kurik nickte. »Im Ordenshaus am Ostrand der Stadt, aber dorthin kannst du jetzt nicht, sie schließen das Osttor bei Sonnenuntergang. Jedenfalls solltest du gleich morgen früh deine Aufwartung im Schloß machen. Annias wird nämlich bestimmt nicht lange zögern, dich zum Gesetzlosen zu erklären, weil du unerlaubt aus der Verbannung zurückgekehrt bist. Es ist ratsamer, du tust selbst den ersten Schritt, ehe sie dich wie einen gewöhnlichen Verbrecher vorführen lassen. Du wirst dir etwas Überzeugendes einfallen lassen müssen, um nicht ebenfalls in den Verliesen zu enden!«

»Das glaube ich nicht«, widersprach Sperber. »Ich habe ein Dokument mit dem Siegel der Königin, in dem meine Rückkehr genehmigt wird.« Er schob seinen Teller zur Seite. »Die Schrift ist zwar etwas kindlich und von Tränen verwischt, aber gültig dürfte es trotzdem sein.«

»Sie weinte? Das habe ich ihr gar nicht zugetraut!«

»Sie war damals erst acht, Kurik, und aus irgendeinem Grund mochte sie mich sehr.«

»Du hast diese Wirkung auf so manchen Menschen.« Kurik blickte auf Sperbers Teller. »Bist du satt?«

Sperber nickte.

»Dann sieh zu, daß du ins Bett kommst. Du hast einen anstrengenden Tag vor dir!«

Es war viel später in dieser Nacht. Die Stube war schwach von den orange glühenden Kohlen im Kamin beleuchtet, und von der Pritsche an der anderen Wand drang der regelmäßige Atem Kuriks an Sperbers Ohren. Das hartnäckige Schlagen eines losen Fensterladens ein paar Straßen entfernt reizte irgendeinen dummen Hund zum Bellen, und Sperber wartete schlaftrunken, daß der Köter naß oder seiner ruhestörenden Beschäftigung müde genug wurde, sich in seine Hütte zurückzuziehen.

Daß Sperber Krager auf dem Marktplatz gesehen hatte, mußte nicht mit Sicherheit bedeuten, daß Martel sich in Cimmura aufhielt. Krager war sein Laufbursche und des öfteren einen halben Kontinent von seinem Herrn entfernt. Hätte der brutale Adus den regennassen Platz überquert, bestünde kein Zweifel, daß Martel sich in der Stadt aufhielt. Aus zwingendem Grund mußte Adus fest an der Leine gehalten werden.

Es würde nicht schwierig sein, Krager zu finden. Er war ein schwacher Mann mit den üblichen Lastern und der üblichen Berechenbarkeit schwacher Männer. Krager würde leicht aufzuspüren sein, und Krager würde wissen, wo Martel zu finden war. Diese Information ließ sich leicht aus ihm herausholen.

Sperber bewegte sich ganz leise, um seinen Getreuen nicht aufzuwecken, als er die Beine aus dem Bett schwang, ans Fenster trat und in den Regen starrte, der schräg auf den von Laternen beleuchteten Hof fiel. Abwesend legte Sperber die Hand um den silberumwickelten Griff des Breitschwerts, das neben seinem Paradepanzer stand. Er fühlte sich gut an – wie der Händedruck eines guten alten Freundes.

Vage, wie immer, ging ihm die Erinnerung an den Klang von Glocken durch den Kopf. Den Glocken war er in jener Nacht in Cippria gefolgt. Erschöpft, verwundet und allein war er in der nach Mist stinkenden Nacht im Viehhof dem Klang der Glocken gefolgt und schließlich beinahe darauf zugekrochen. Dann endlich hatte er die Mauer erreicht und sich an den alten Steinen entlanggetastet, bis er zum Tor gelangte. Dort war er zusammengebrochen.

Sperber schüttelte den Kopf. Das lag lange zurück. Merkwürdig, daß er sich noch so deutlich an die Glocken zu erinnern vermochte. Mit der Hand um den Schwertgriff starrte er hinaus in die letzten Nachtstunden, beobachtete den Regen und entsann sich des Glockenklangs.

2

Sperber hatte seine Paraderüstung angelegt und schritt rasselnd im Kerzenschein der Stube hin und her, um sich wieder daran zu gewöhnen. »Ich hatte völlig vergessen, wie schwer sie ist«, gestand er.

»Du bist verweichlicht«, rügte Kurik. »Du brauchst mindestens einen Monat auf dem Übungsfeld, um wieder in Form zu kommen! Bist du sicher, daß du sie heute tragen willst?«

»Es ist ein formeller Besuch, Kurik, und formelle Anlässe erfordern formelle Kleidung. Außerdem möchte ich keinen falschen

Eindruck erwecken. Ich bin der Streiter der Königin, und die Etikette verlangt, daß ich Paradepanzer trage, wenn ich ihr meine Aufwartung mache.«

»Sie werden dich nicht zu ihr vorlassen«, prophezeite Kurik und reichte seinem Schutzherrn den Helm.

»Nicht lassen?«

»Tu nichts Törichtes, Sperber. Du bist ganz auf dich gestellt!«

»Gehört Graf von Lenda noch dem Rat an?«

Kurik nickte. »Er ist alt und hat nicht viel zu sagen, doch bringt man ihm immer noch zu große Hochachtung entgegen, als daß Annias es wagte, ihn abzusetzen.«

»Dann habe ich zumindest einen Freund dort.« Sperber nahm Kurik den Helm ab und stülpte ihn über den Kopf. Das Visier schob er hoch.

Kurik ging zur Fensterbank, um Sperbers Schwert und Schild zu holen. »Der Regen läßt nach«, stellte er fest, »und es wird hell.« Er kam zurück, legte Schwert und Schild auf den Tisch und langte nach dem silberfarbenen Wappenrock. »Streck die Arme aus«, wies er Sperber an.

Sperber spreizte die Arme, und Kurik drapierte den Wappenrock über Sperbers Schultern, dann schnürte er die Seiten. Alsdann wickelte er den langen Schwertgürtel zweimal um seines Schutzherrn Hüfte.

Sperber langte nach dem Schwert in der Scheide. »Hast du es geschärft?« fragte er.

Kurik antwortete mit einem finsteren Blick.

»Entschuldige.« Sperber befestigte die Scheide an den schweren Stahlknöpfen des Gürtels und schob sie auf die linke Seite.

Kurik hängte das lange schwarze Cape an die Schulterplatten der Rüstung, dann machte er ein paar Schritte zurück und musterte Sperber von oben bis unten. »Na ja, es geht«, brummte er. »Ich bringe dir den Schild. Beeil dich lieber. Im Schloß steht man früh auf. Dadurch gewinnt man Zeit, Komplotte zu schmieden.«

Sie verließen die Stube und stiegen die Treppe zum Herbergshof hinunter. Der Regen hatte nachgelassen, nur der böige Morgenwind peitschte vereinzelte Schauer aufs Pflaster. Noch zogen Wolkenfetzen über den grauen Himmel, aber im Osten breitete sich bereits ein Streifen bleiches Gelb aus.

Der Pförtnerritter holte Faran aus dem Stall und half Sperber mit Kuriks Unterstützung in den Sattel.

»Sei im Schloß vorsichtig, mein Gebieter«, mahnte Kurik. »Die Wächter der königlichen Leibgarde werden wahrscheinlich nicht Partei ergreifen, aber Annias hat auch einen Trupp Kirchensoldaten im Schloß stationiert. Du mußt davon ausgehen, daß alle Rotuniformierten Feinde sind.« Er reichte den kunstvoll gehämmerten schwarzen Schild hinauf.

Sperber schnallte den Schild fest. »Du siehst im Ordenshaus nach Vanion?« fragte er seinen Knappen.

Kurik nickte. »Sobald das Osttor geöffnet wird.«

»Ich werde wahrscheinlich dort hinreiten, sobald ich im Schloß fertig bin. Komm trotzdem hierher zurück und warte auf mich.«

»Riskiere nicht zuviel, mein Gebieter.«

Sperber nahm vom Pförtner die Zügel entgegen. »Habt Dank, Herr Ritter. Wenn Ihr mir nun auch noch das Tor öffnen würdet, werde ich dem Bastard Lycheas meine Aufwartung machen.«

Der Pförtner lachte und schwang das Tor auf.

Faran trat mit stolzem, elegantem Schritt hinaus und setzte die Hufe in übertrieben klapperndem Stakkato auf. Das große Pferd hatte einen eigenartigen Hang, auf sich aufmerksam zu machen, ganz besonders dann, wenn Sperber in voller Rüstung auf ihm ritt.

»Werden wir nicht beide ein bißchen zu alt für dieses Getue?« sagte Sperber trocken.

Faran achtete nicht darauf, sondern stolzierte wie ein Paradepferd weiter.

So früh am Morgen waren in Cimmura nicht viele Leute unterwegs – nur ein paar eilige Handwerker und noch schläfrige Händler. Die Straßen waren glatt, und der Wind spielte mit den bunt bemalten Schildern über den Geschäften, daß sie knarrend hin und her schwangen. Die meisten Fensterläden waren noch geschlossen, lediglich hinter ein paar offenen deutete goldenes Kerzenlicht auf Frühaufsteher hin.

Sperber bemerkte, daß seine Rüstung bereits zu riechen angefangen hatte – es war diese alte vertraute Geruchsmischung von

Stahl, Öl und dem Lederharnisch, der jahrelang den Schweiß aufgesogen hatte. Dieser Geruch, den Sperber in den sonnenglühenden Straßen und Gewürzläden von Jiroch so gut wie vergessen hatte, überzeugte ihn fast mehr als der vertraute Anblick von Cimmura, daß er wieder zu Hause war.

Hin und wieder rannte ein Hund auf die Straße und bellte Roß und Reiter an, während sie vorüberritten, doch Faran blickte nur verächtlich auf die Kläffer hinab und stolzierte unbeirrt über das Kopfsteinpflaster.

Das Schloß lag im Zentrum der Stadt. Es war ein beeindruckendes Bauwerk, das die Häuser ringsum weit überragte, mit hohen Türmen, an deren Spitzen vor Nässe schwere, bunte Fahnen träge im Wind schlugen. Eine Mauer mit Brustwehr riegelte das Schloß von der Stadt ab. Vor langer Zeit hatte einer der elenischen Könige die Mauer außen mit weißem Kalkstein verkleiden lassen. Das hiesige Klima und die dicke Rauchdecke, die zu manchen Jahreszeiten auf die Stadt drückte, hatten diese Verkleidung mit streifigem, schmutzigem Grau überzogen.

Das Tor der Schloßmauer war breit und wurde von einem halben Dutzend Posten in der dunkelblauen Uniform der Leibgarde bewacht.

»Halt!« befahl einer der Männer, als Sperber näher kam. Der Posten stellte sich in die Mitte des Eingangs und streckte seine Pike aus. Sperber tat, als hätte er ihn nicht gehört, und Faran trottete geradewegs auf den Gardisten zu. »Ich sagte, Ihr sollt anhalten, Herr Ritter!« befahl der Posten erneut. Da sprang einer seiner Kameraden auf ihn zu, packte ihn am Arm und zerrte ihn aus dem Weg. »Das ist der Streiter der Königin!« riet er dem Kameraden eindringlich zu. »Stell dich ihm *nie* in den Weg!«

Auf dem Innenhof saß Sperber ab, etwas schwerfällig wegen der unbequemen Rüstung und des großen Schildes. Ein Posten kam mit vorgesteckter Pike auf ihn zu.

»Guten Morgen, werter Herr«, grüßte Sperber ruhig.

Der Gardist zögerte.

»Paßt auf mein Pferd auf«, wies Sperber ihn an. »Ich komme bald zurück.« Er drückte dem Soldaten Farans Zügel in die Hand und stieg die breite Freitreppe zum Schloßeingang hoch.

»Herr Ritter!« rief ihm der Posten nach.

Ohne sich umzudrehen, ging Sperber weiter die Stufen empor. Vor der Flügeltür standen zwei Blauuniformierte, ältere Männer, die er zu kennen vermeinte. Die Augen des einen weiteten sich, und er grinste plötzlich. »Willkommen zu Hause, Ritter Sperber«, rief er erfreut und öffnete dem schwarzgerüsteten Ritter die Tür.

Sperber dankte ihm mit einem freundlichen Kopfnicken und betrat das Schloß. Der stählerne Schuhschutz und die Sporen klirrten auf den polierten Fliesen. Nahe der Tür stieß er auf einen Höfling mit pomadegesteiften Löckchen und weinfarbigem Wams.

»Ich will mit Lycheas sprechen, sagte Sperber schroff. »Führt mich zu ihm.«

»Aber . . .« Der Mann war leicht erblaßt, doch jetzt richtete er sich straff auf und sagte mit hochmütiger Miene: »Wie seid Ihr . . .«

»Habt Ihr mich nicht verstanden, guter Mann?« fragte Sperber scharf.

Der Laffe im weinroten Wams zuckte zurück. »S-sofort, Ritter Sperber«, stammelte er. Er drehte sich um und ging den breiten Mittelkorridor voraus. Seine Schultern zitterten merklich. Sperber fiel auf, daß der Höfling ihn nicht zum Thronsaal führte, sondern zu der Ratskammer, in der sich König Aldreas gewöhnlich mit seinen Ratgebern besprochen hatte. Ein schwaches Lächeln huschte über die Lippen des breitschultrigen Ritters, als er daran dachte, daß die Anwesenheit der jungen Königin, ganz in Kristall gehüllt, eine dämpfende Wirkung auf die Ambitionen ihres Vetters haben mußte, selbst den Thron zu besteigen.

Die Tür zur Ratskammer wurde von zwei Posten in der roten Uniform der kirchlichen Truppe bewacht – Soldaten des Primas Annias. Automatisch überkreuzten die beiden ihre Piken, um den Eintriff zu verwehren.

»Der Streiter der Königin möchte dem Prinzregenten einen Besuch abstatten«, sagte der Höfling mit schriller Stimme zu ihnen.

»Wir haben keine Anweisungen, den Streiter der Königin einzulassen«, entgegnete einer der Posten.

»Ihr habt sie jetzt«, sagte Sperber. »Öffnet die Tür!«

Der Mann im weinroten Wams wollte davoneilen, doch Sperber hielt ihn am Arm zurück. »Ich habe nicht gesagt, daß Ihr gehen könnt, guter Mann!« Dann blickte er wieder den Posten an. »Öffnet die Tür!« wiederholte er.

Einen Augenblick herrschte drückende Stille, während die beiden Soldaten erst Sperber und dann einander nervös anstarrten. Schließlich schluckte einer schwer, zog seine Pike zurück und langte nach der Türklinke.

»Ihr müßt mich melden!« wandte sich Sperber an den Höfling, den er noch mit den eisenbehandschuhten Fingern am Arm hielt. »Wir möchten doch niemanden überraschen, nicht wahr?«

Mit verstörtem Gesicht trat der Mann an die jetzt offene Tür und räusperte sich. »Der Streiter der Königin«, meldete er mit sich überschlagender Stimme. »Der pandionische Ritter, Herr Sperber.«

»Danke, guter Mann«, sagte Sperber. »Ihr dürft jetzt gehen.«

Der Höfling eilte davon.

Die Ratskammer war sehr groß. Ein blauer Teppich dämpfte die Schritte, und die Vorhänge waren vom gleichen Blau. Kerzen brannten in Leuchtern entlang den Wänden und auch auf dem langen, polierten Ratstisch, der in der Mitte des Raumes stand. Drei Männer saßen an diesem Tisch, auf dem Schriftstücke ausgebreitet waren, ein vierter hatte sich halb erhoben.

Letzterer war Primas Annias. Der Kirchenmann war in den vergangenen zehn Jahren hagerer geworden, und sein Gesicht wirkte grau und ausgezehrt. Das im Nacken zusammengehaltene Haar war nun mit silbernen Strähnen durchzogen. Er trug ein langes, schwarzes Obergewand, und der mit Edelsteinen besetzte Anhänger, das Zeichen seines Amtes als Primas von Cimmura, hing von einer dicken Goldkette um seinen Hals. Seine weit aufgerissenen Augen verrieten sein Erschrecken, als er Sperber erkannte.

Der Graf von Lenda, ein weißhaariger Herr in den Siebzigern, der ein weiches graues Wams trug, grinste offen, und seine strahlend blauen Augen im furchigen Gesicht blitzten erfreut. Die Miene des berüchtigten Knabenfreundes, Baron Harparin, war vor Überraschung erstarrt. Seine Kleidung war in schreienden, einander kaum verträglichen Farben gehalten. Neben ihm saß ein unförmiger dicker Mann in Rot, den Sperber nicht kannte.

»Sperber!« rief Annias scharf, nachdem er sich von seinem Schrecken erholt hatte. »Was wollt Ihr hier?«

»Ich hörte, Ihr habt nach mir suchen lassen, Exzellenz«, entgegnete Sperber. »Ich dachte, ich erspare Euch die weitere Mühe.«

»Ihr habt Eure Verbannung gebrochen, Sperber!« sagte Annias zornig.

»Das ist einer der Punkte, über die wir sprechen müssen. Ich hörte, daß der Bastard Lycheas als Prinzregent eingesetzt sei, bis die Königin wieder genesen ist. Laßt ihn rufen, damit wir das Ganze nicht zweimal durchgehen müssen.«

Erneut weiteten sich Annias' Augen, diesmal vor Schock und Entrüstung.

»Er ist doch ein Bastard, oder nicht?« fragte Sperber. »Seine Herkunft ist schließlich kein Geheimnis, weshalb also darum herumreden? Die Klingelkordel ist dort drüben, soweit ich mich entsinne. Zieht mal daran, Annias, und schickt einen Eurer Speichellecker den Prinzregenten holen.« Der Graf von Lenda kicherte unverhohlen.

Annias warf dem alten Herrn einen wütenden Blick zu und trat zu den zwei Klingelzügen, die an der hinteren Wand hingen. Seine Hand zögerte zwischen den beiden.

»Begeht keinen Fehler, Exzellenz!« warnte ihn Sperber. »Es könnte ein schlimmes Ende nehmen, falls statt eines Lakaien ein Dutzend Soldaten hereinkämen!«

»Macht schon, Annias!« drängte der Graf von Lenda. »Mein Leben ist ohnehin fast zu Ende, und ich hätte nichts dagegen, diese Welt inmitten von Kampfgetümmel zu verlassen!«

Annias biß die Zähne zusammen und zog an der roten Klingelschnur statt an der blauen. Einen Augenblick später öffnete sich die Tür, und ein junger Lakai trat ein. »Exzellenz?« Er verbeugte sich vor dem Primas.

»Richtet dem Prinzregenten aus, daß hier seine sofortige Anwesenheit erforderlich ist.«

»Aber . . .«

»Sofort!«

»Jawohl, Exzellenz.« Der Lakai eilte davon.

»Na, seht Ihr, wie einfach das war?« sagte Sperber zu Annias. Dann ging er zu dem weißhaarigen Grafen von Lenda, zog seinen Rüsthandschuh aus und nahm die Hand des Greises. »Ihr seht gut aus, Graf«, sagte er.

»Ich lebe noch, meint Ihr das?« Lenda lachte. »Wie war es in Rendor, Sperber?«

»Heiß, trocken und sehr staubig.«

»So war es dort schon immer, mein Junge. Schon immer.«

»Wollt Ihr meine Frage beantworten?« fragte Annias scharf.

»Bitte, Exzellenz«, entgegnete Sperber salbungsvoll und hob eine Hand, »erst wenn der Prinzregent hier ist. Wir müssen doch die Etikette wahren, meint Ihr nicht?« Er zog eine Braue hoch. »Sagt doch«, fügte er hinzu, »wie geht es seiner Mutter – gesundheitlich, meine ich? Ich kann ja nicht erwarten, daß ein Kirchenmann über die Bedürfnisse von Prinzessin Arissa näher Bescheid weiß – obwohl so ziemlich jeder andere in Cimmura davon erzählen könnte.«

»Ihr geht zu weit, Sperber!«

»Heißt das, daß Ihr nichts davon wußtet? Meine Güte, alter Junge, Ihr solltet Euch wahrhaftig auf dem laufenden halten!«

»Wie *barbarisch!«* flüsterte Baron Harparin dem fetten Mann in Rot zu.

»Das ist eine Sache, von der Ihr nichts versteht, Harparin«, sagte Sperber. »Ich hörte, Eure Neigungen gehen in eine andere Richtung.«

Die Tür öffnete sich, und ein pickeliger junger Mann mit schmutzig blondem Haar und schlafflippigem Mund trat ein. Er trug einen grünen, mit Hermelin verbrämten Umhang und eine schmale goldene Krone. »Ihr wolltet mit mir sprechen, Annias?« Seine Stimme klang näselnd, beinahe winselnd.

»Eine Staatsangelegenheit, Hoheit«, erwiderte Annias. »Ihr müßt in einem Fall von Hochverrat ein Urteil fällen.«

Der junge Mann starrte ihn dümmlich an.

»Dies ist Ritter Sperber, der mit voller Absicht gegen den Befehl Eures seligen Oheims, König Aldreas, verstoßen hat. Sperber hatte die strikte Anweisungen, in Rendor zu bleiben, es sei denn, ein königlicher Befehl beordere ihn zurück. Schon seine Anwesenheit in Elenien macht ihn schuldig.«

Lycheas wich mit sichtlicher Furcht vor dem schwarzgerüsteten Ritter mit dem finsteren Gesicht zurück; er riß die Augen weit auf, und sein Mund hing schlaff hinab. »Sperber!« echote er schlotternd.

»Eben der!« entgegnete Sperber. »Der teure Primas hat die Angelegenheit jedoch ein wenig übertrieben dargestellt, fürchte ich. Als ich mein Amt als erblicher Streiter der Krone antrat, schwor ich, den König – oder die Königin – zu beschützen, wann immer Gefahr für das königliche Leben bestand. Dieser Eid hat Vorrang über jegliche Anordnung – königlicher oder sonstiger Art –, und das Leben der Königin ist ganz offensichtlich gefährdet!«

»Das ist reine Sophistik, Sperber!« brauste Annias auf.

»Ich weiß«, antwortete Sperber milde, »aber Sophistik ist die Seele des Gesetzes.«

Der Graf von Lenda räusperte sich. »Ich habe mich mit diesen Gesetzen eingehend befaßt«, erklärte er, »und Ritter Sperber hat sie richtig zitiert. Sein Eid, die Krone zu beschützen, ist in der Tat vorrangig!«

Prinz Lycheas war in einem weiten Bogen um Sperber zur anderen Tischseite gegangen. »Das ist absurd!« sagte er nun. »Ehlana ist krank, jedoch nicht in körperlicher Gefahr.« Er setzte sich auf den Stuhl neben dem des Primas.

»Die Königin«, verbesserte ihn Sperber.

»Was?«

»Die Anrede für sie ist ›Ihre Majestät‹ – oder zumindest ›Königin Ehlana‹. Es ist höchst unziemlich, sie nur beim Namen zu nennen! Wie ich also feststellen muß, ist es meine Pflicht, sie ebenso vor mangelndem Respekt zu schützen wie vor körperlicher Gefahr. Die genaue Auslegung des Gesetzes in dieser Beziehung ist mir nicht ganz vertraut, ich halte es deshalb für das beste, meinen alten Freund, den Grafen von Lenda, entscheiden zu lassen, ehe ich Eurer Hoheit meine Forderung durch meine Sekundanten überbringen lasse.«

Lycheas wurde kreidebleich. »Forderung?«

»Das ist völliger Unsinn!« rief Annias. »Eine Forderung wird weder überbracht noch angenommen! Sperber bedient sich dieser durchsichtigen Ausrede lediglich, um seinen Verbannungsbruch zu rechtfertigen. Wenn er keinen schriftlichen Beweis erbringen kann, daß er gerufen wurde, ist er des Hochverrats überführt!« Der Primas lächelte dünn.

»Ich dachte schon, Ihr würdet nicht danach fragen, Annias.«

Sperber langte unter seinen Schwertgürtel und brachte ein zusammengefaltetes Stück Pergament hervor, das mit einem blauen Band umwickelt war. Er öffnete die Schleife und faltete das Pergament auf. Der blutrote Stein seines Rings funkelte im Kerzenlicht. »Dieses Schreiben enthält alles Erforderliche«, sagte er, nachdem er das Schriftstück überflogen hatte. »Es ist mit Unterschrift und Siegel der Königin versehen, und die Anweisung Ihrer Majestät an mich sind eindeutig.« Er streckte den Arm aus und reichte dem Grafen von Lenda das Pergament. »Was ist Eure Meinung, mein Graf?«

Der alte Herr nahm das Schriftstück und las es. »Es ist zweifellos das Siegel der Königin«, bestätigte er, »ebenso ist es die Handschrift Ihrer Majestät. Sie befiehlt Sir Sperber, sich sogleich nach ihrer Thronbesteigung bei ihr zu melden. Es ist eine rechtsgültige königliche Order, meine Herren.«

»Laßt mich sehen!« schnaubte Annias.

Lenda reichte das Pergament an ihn weiter.

Der Primas preßte die Lippen zusammen, als er es rasch las. »Es ist nicht datiert!« erklärte er.

»Verzeiht, Exzellenz«, warf Lenda ein, »aber es gibt keine gesetzliche Vorschrift, daß ein königliches Dekret datiert sein muß.«

Annias kniff die Augen zusammen und fragte scharf: »Wo habt Ihr das her?«

»Es befindet sich schon geraume Zeit in meinem Besitz«, erklärte Sperber.

»Zweifellos wurde es ausgestellt, ehe die Königin den Thron bestieg.«

»Hat ganz den Anschein, nicht wahr?«

»Es ist wertlos!« Der Primas nahm das Pergament in beide Hände, als wolle er es zerreißen.

»Was ist die Strafe für die Vernichtung eines königlichen Dekrets, mein Graf von Lenda?« erkundigte sich Sperber ruhig.

»Hinrichtung.«

»Das dachte ich mir. Macht schon, Annias, zerreißt es! Es wird mir ein Vergnügen sein, das Urteil persönlich zu vollstrecken – nur um Zeit und Kosten für ein langwieriges Gerichtsverfahren zu sparen.« Sperber hielt Annias' flammenden Blicken gelassen stand.

Nach einem Moment warf der Primas das Schriftstück verärgert auf den Tisch.

Lycheas hatte mit wachsender Besorgnis zugesehen. Da erst fiel ihm etwas auf. »Euer Ring, Ritter Sperber«, sagte er mit seiner winselnden Stimme, »er ist das Zeichen Eures Amtes, nicht wahr?«

»Sozusagen. Tatsächlich ist dieser Ring und der Ihrer Majestät die symbolische Verbindung zwischen ihrer Familie und meiner.«

»Gebt ihn mir!«

»Nein.«

Lycheas' Augen quollen hervor. »Ich habe Euch soeben einen königlichen Befehl erteilt!« brüllte er.

»Nein, es war eine persönliche Bitte, Lycheas. Ihr könnt gar keine königlichen Befehle erteilen, da Ihr nicht der König seid!«

Lycheas blickte unsicher auf den Primas, der kaum merklich den Kopf schüttelte. Der pickelige junge Mann errötete.

»Der Prinzregent wollte sich den Ring nur näher ansehen, Ritter Sperber«, erklärte der Kirchenmann besänftigend. »Wir suchten sein Gegenstück, den Ring, den König Aldreas trug, aber er ist verschwunden. Habt ihr vielleicht eine Ahnung, wo wir ihn finden könnten?«

Sperber spreizte die Hände. »Aldreas trug ihn am Finger, als ich nach Cippria aufbrach. Die Ringe werden üblicherweise nicht abgenommen, demnach ist zu vermuten, daß er ihn noch trug, als er starb.«

»Das war nicht der Fall.«

»Vielleicht hat ihn die Königin.«

»Nicht, soweit wir feststellen konnten.«

»Ich will diesen anderen Ring«, beharrte Lycheas, »als Zeichen meiner Würde!«

Sperber blickte ihn belustigt an. »Welcher Würde? Der Ring gehört Königin Ehlana, und falls jemand versuchen sollte, ihn Ihrer Majestät wegzunehmen, sehe ich mich gezwungen, einzugreifen.«

Plötzlich spürte er ein leichtes Prickeln. Es schien, als brannten die Kerzen in ihren goldenen Haltern etwas schwächer, und die blaue Ratskammer wurde düsterer. Sogleich murmelte er in styrischer Sprache einen Gegenzauber, während sein Blick forschend über die Gesichter der Anwesenden wanderte, um den Ursprung dieses ziemlich plumpen Zauberversuchs aufzudecken. Als er den Gegenzauber freigab, bemerkte er, wie Annias zusammenzuckte, und er lächelte finster. Dann richtete er sich auf.

»Und jetzt wollen wir zur Sache kommen!« sagte er hart. »Was, genau, ist König Aldreas zugestoßen?«

Der Graf von Lenda seufzte. »Es war die Fallsucht, Ritter Sperber«, antwortete er betrübt. »Die Anfälle begannen vor mehreren Monaten und häuften sich zusehends. Der König wurde immer schwächer und schließlich . . .« Er zuckte die Schultern.

»Als ich Cimmura verließ, litt er nicht unter der Fallsucht«, sagte Sperber.

»Sie befiel ihn plötzlich«, entgegnete Annias kühl.

»Scheint so. Wie ich hörte, ist die Königin ebenfalls daran erkrankt?« Annias nickte.

»Und es gab niemanden, dem das merkwürdig vorkam? Es hat nie zuvor einen solchen Fall im Geschlecht des Herrscherhauses gegeben. Und ist es nicht eigenartig, daß Aldreas erst im Alter von vierzig Jahren erkrankte, während die Symptome bei seiner Tochter auftraten, kaum daß sie achtzehn geworden war?«

»Ich habe keine Erfahrung in der Heilkunst, Sperber«, sagte Annias. »Ihr könnt ja die Leibärzte befragen, wenn Ihr möchtet, aber ich bezweifle, daß Ihr auf irgend etwas stoßt, das wir nicht bereits selbst erkannten.«

Sperber brummte etwas und schaute sich in der Ratskammer um. »Ich glaube, das ist alles, was hier zu besprechen war. Ich gehe jetzt zur Königin.«

»Kommt nicht in Frage!« rief Lycheas.

»Ich frage auch nicht, Lycheas«, erwiderte der große Ritter schroff. »Darf ich das zurückhaben?« Er deutete auf das Pergament, das noch auf dem Tisch vor dem Primas lag.

Es wurde ihm gereicht, und er überflog es noch einmal rasch. »Hier steht es«, sagte er, als er den gesuchten Satz gefunden hatte. »›Ihr habt Euch sofort nach Eurer Rückkehr zu mir zu begeben.‹ Das ist unmißverständlich!«

»Was habt Ihr vor, Sperber?« fragte der Primas argwöhnisch.

»Ich führe nur Befehle aus, Exzellenz. Ich habe Order, die Königin aufzusuchen, und genau das werde ich tun.«

»Die Tür zum Thronsaal ist verschlossen!« kläffte Lycheas.

Sperber bedachte ihn mit einem beinahe väterlichen Lächeln. »Schon gut, Lycheas, ich habe einen Schlüssel.« Er legte die Rechte unmißverständlich um den silberumwickelten Schwertgriff.

»Ihr würdet es nicht wagen . . .«

»Laßt es darauf ankommen.«

Annias räusperte sich. »Dürfte ich etwas sagen, Eure Hoheit?«

»Selbstverständlich, Exzellenz«, antwortete Lycheas rasch. »Die Krone hat immer ein offenes Ohr für den Rat der Kirche.«

»Die Krone?« echote Sperber.

»Eine Floskel, Ritter Sperber«, erklärte Annias. »Solange die Königin nicht selbst dazu imstande ist, spricht Prinz Lycheas für die Krone.«

»Nicht zu mir!«

Annias wandte sich wieder an Lycheas. »Die Kirche rät, dem ziemlich plumpen Verlangen des Streiters der Königin stattzugeben. Niemand soll *uns* der Unhöflichkeit bezichtigen. Außerdem rät die Kirche, daß der Prinzregent und der gesamte Rat Ritter Sperber zum Thronsaal begleitet. Man sagt, er sei bestimmter Zauber fähig, und um das Leben der Königin zu schützen, dürfen wir nicht zulassen, daß er sich dieser Mittel voreilig bedient, ohne eingehende Beratung mit den Leibärzten.«

Lycheas tat, als dachte er darüber nach. Dann erhob er sich. »Wir werden Eurem Rat folgen, Exzellenz«, erklärte er. »Ihr werdet aufgefordert, uns zu folgen, Ritter Sperber.«

»Aufgefordert?«

Lycheas zog vor, das zu überhören, und schritt majestätisch zur Tür.

Sperber ließ Baron Harparin und den Fetten in Rot an sich vorbei und schloß sich dem Primas an. Er lächelte entspannt, doch aus seinen leisen Worten klang kein Humor. »Versucht das nie wieder, Annias!« warnte er.

»Was?« fragte der Primas erstaunt.

»Eure Zauberei. Erstens seid Ihr nicht sehr gut in dieser Kunst, und es ärgert mich, meine Zeit damit zu verschwenden, gegen die Bemühungen von Laien anzugehen. Zweitens ist es Kirchenleuten verboten, sich in Magie zu versuchen, soweit ich mich entsinne.«

»Ihr habt keine Beweise, Sperber.«

»Ich brauche auch keine, Annias. Mein Eid als pandionischer Ritter genügt sowohl vor einem Zivil- als auch vor einem Kirchengericht. Belassen wir es dabei. Aber richtet nie wieder irgendwelche Zaubersprüche gegen mich!«

Der Rat und Sperber folgten Lycheas einen mit Kerzen beleuchteten Gang entlang zu der breiten Flügeltür des Thronsaals. Lycheas blieb davor stehen, zog einen Schlüssel aus seinem Wams und schloß sie auf. »Gut denn«, sagte er zu Sperber, »sie ist offen. Begebt Euch zur Königin – was immer Ihr Euch davon versprecht.«

Sperber nahm eine brennende Kerze aus einem silbernen Wandhalter am Gang und betrat den dunklen Raum.

Es war kühl, fast klamm im Thronsaal, und die Luft roch abgestanden, ja modrig. Er ging die Wand entlang und zündete eine Kerze nach der anderen an, dann auch die in den mehrarmigen Leuchtern zu beiden Seiten des Thrones.

»Soviel Licht braucht Ihr wahrhaftig nicht, Sperber«, rief Lycheas, der an der Tür stehengeblieben war.

Sperber achtete nicht auf ihn. Er streckte die Hand aus, betastete vorsichtig den Kristall, welcher den Thron einschloß, und spürte Sephrenias vertraute Ausstrahlung in dessen Innern. Dann hob er bedächtig die Augen, um in Ehlanas bleiches, junges Gesicht zu blicken. Was ihr Aussehen betraf, so hatte sich an ihr erfüllt, was schon das Kind versprach. Sie war nicht einfach hübsch, wie es viele junge Mädchen sind, sie war schön. Ihre Züge waren von makelloser Vollkommenheit, hellblondes, langes Haar rahmte ihr zartes Gesicht ein. Sie trug ihr Amtsgewand und die schwere Goldkrone von Elenien. Ihre schmalen Hände ruhten auf den Thronlehnen, ihre Augen waren geschlossen.

Er erinnerte sich, daß er sich anfangs bitter über den Befehl König Aldreas' geärgert hatte, der ihn zum Hüter des jungen Mädchens machte. Doch bald hatte er erkannt, daß sie keine eingebildete Göre war, sondern eine ernsthafte kleine Dame mit flinkem Verstand, gutem Gedächtnis und wachem Interesse. Nachdem ihre anfängliche Schüchternheit ihm gegenüber verflogen war, hatte sie angefangen, ihm eingehende Fragen über alles zu stellen, was im

Schloß und im Reich vorging, und so hatte ihre Ausbildung in Staatskunst und der komplizierten Politik am königlichen Hofe fast zufällig begonnen. Nach wenigen Monaten waren sie bereits gute Freunde, und er hatte sich immer auf ihre täglichen Gespräche gefreut, in denen er behutsam ihren Charakter formte und sie auf ihre Aufgabe als Königin vorbereitete.

Sie nun wie im Tod erstarrt zu sehen, schnitt ihm ins Herz, und er schwor sich, die Welt aus den Angeln zu heben, wenn er ihr nur auf diese Weise helfen könnte, ihre Gesundheit und ihren Thron wiederzuerlangen. Es machte ihn wütend, sie so zu sehen, und er verspürte das völlig irrationale Bedürfnis, auf alles einzuschlagen, als könne er ihr Bewußtsein mit physischer Gewalt wiedererwecken.

Und dann hörte und fühlte er es. Der Klang schien mit jedem Augenblick deutlicher und lauter zu werden. Es war ein regelmäßiges, festes Pochen, dem Schlag einer Trommel ähnlich. In stetigem Rhythmus, ohne zu stocken, schwang es durch den Saal, daß jeder, der eintreten mochte, sehr wohl hörte, daß Ehlanas Herz noch schlug.

Sperber zog sein Schwert und entbot seiner Königin den Gruß. Dann ließ er sich in tiefster Hochachtung und Liebe auf ein Knie fallen. Er beugte sich vor und küßte sanft den harten, kalten Kristall, während ihm plötzlich Tränen in die Augen traten. »Jetzt bin ich da, Ehlana«, murmelte er, »und ich werde dafür sorgen, daß alles wieder gut wird.«

Der Herzschlag wurde lauter, als hätte sie auf unerklärliche Weise seine Worte vernommen.

Sperber hörte Lycheas an der Tür abfällig kichern, und er nahm sich das Versprechen ab, mit dem Bastardvetter der Königin einige unangenehme Dinge anzustellen, falls sich die Gelegenheit dazu ergab. Dann stand er auf und ging zur Tür zurück.

Lycheas blickte ihm spöttisch lachend entgegen. Den Schlüssel zum Thronsaal hielt er noch in der Hand. Als Sperber an ihm vorbeischritt, nahm er Lycheas den Schlüssel ab. »Ihr werdet ihn nicht mehr brauchen«, sagte er. »Ich bin jetzt hier und kümmere mich darum.«

»Annias!« rief Lycheas in schrillem Protest.

Dem Primas jedoch genügte ein kurzer Blick auf das finstere Gesicht des Streiters der Königin. »Laßt ihm den Schlüssel«, sagte er knapp.

»Aber . . .«

»Ich sagte, laßt ihm den Schlüssel!« schnaubte Annias. »Wir brauchen ihn ohnedies nicht. Soll doch der Streiter der Königin den Schlüssel des Raumes aufbewahren, in dem sie schläft.« Seine Stimme hatte einen häßlichen Beiklang, und Sperber ballte die noch behandschuhte Rechte.

»Würdet Ihr auf dem Rückweg zur Ratskammer mit mir gehen, Sir Sperber?« bat der Graf von Lenda und legte eine Hand auf des Ritters gerüsteten Unterarm. »Mein Schritt ist manchmal unsicher und ich finde einen kräftigen jungen Mann an meiner Seite beruhigend.«

»Selbstverständlich, Graf.« Sperber öffnete die Faust. Als Lycheas die Ratsmitglieder durch den Korridor zur Ratskammer zurückführte, schloß Sperber die Tür und sperrte sie zu. Dann reichte er seinem väterlichen Freund den Schlüssel. »Würdet Ihr ihn bitte für mich aufbewahren, Graf?«

»Gerne, Ritter Sperber.«

»Und wenn es Euch möglich ist, dann sorgt dafür, daß die Kerzen im Thronsaal immer brennen. Dunkelheit ist Ihrer Majestät nicht würdig.«

»Ich kümmere mich darum.«

Sie schritten nun ebenfalls den Korridor entlang.

Der Greis blickte ihn an. »Wißt Ihr, Sperber, man hat eine Menge Ecken und Kanten übersehen, als man Euch den letzten Schliff gab.«

Sperber grinste ihn an.

»Ihr könnt *wahrhaftig* beleidigend sein, wenn Euch der Sinn danach steht.« Lenda schmunzelte.

»Ich tue mein Bestes, Graf.«

»Seid hier in Cimmura besonders vorsichtig, Sperber«, mahnte ihn der alte Herr leise. »Annias hat an jeder Ecke Spitzel. Lycheas wagt ohne seine Erlaubnis nicht einmal zu niesen. Der wirkliche Herrscher in Elenien ist der Primas, und er haßt Euch.«

»Ich mag ihn auch nicht sonderlich.« Sperber fiel etwas ein. »Ihr habt Euch heute auffällig auf meine Seite geschlagen, Graf. Könnte das unangenehme Folgen für Euch haben?«

Der Graf von Lenda lächelte. »Das bezweifle ich. Ich bin zu alt und zu machtlos, als daß Annias eine Bedrohung in mir sehen könnte. Ich bin höchstens ein Ärgernis für ihn, und er ist viel zu berechnend, als daß er deswegen gegen mich vorginge.«

Der Primas wartete an der Tür zur Ratskammer auf sie. »Der Rat hat die Lage besprochen, Herr Sperber«, sagte er kalt. »Die Königin befindet sich offensichtlich in keiner Gefahr. Ihr Herzschlag ist kräftig, und der Kristall um sie undurchdringlich. Sie bedarf in ihrem Zustand keines Beschützers. Der Rat befiehlt Euch deshalb, daß Ihr in das hiesige Haus Eures Ordens zurückkehrt und dort bleibt, bis Ihr neue Anweisungen erhaltet.« Ein eisiges Lächeln zog über seine Lippen. »Ober bis Euch die Königin persönlich rufen läßt, natürlich.«

»Selbstverständlich, Exzellenz. Genau das wollte auch ich vorschlagen. Ich bin nur ein einfacher Ritter, und im Ordenshaus unter meinen Brüdern ist mir wohler als hier im Schloß.« Er lächelte. »Ich fühle mich am Hofe völlig fehl am Platz.«

»Es ist mir nicht entgangen.«

»Das dachte ich mir.« Sperber drückte die Hand des Grafen von Lenda zum Abschied. Dann blickte er Annias ins Gesicht. »Auf Wiedersehen, Exzellenz.«

»*Falls* wir uns wiedersehen.«

»Oh, das werden wir, Annias. Das werden wir ganz gewiß.« Sperber drehte sich auf dem Absatz und schritt den Korridor hinunter.

3

Das Ordenshaus der pandionischen Ritter in Cimmura lag etwas außerhalb des östlichen Stadttors. Im Grunde genommen war es in jeder Hinsicht eine Burg – mit hohen Mauern, Brustwehr und trutzigen Türmen an jeder Ecke. Einlaß gestattete eine Zugbrücke über einen tiefen Graben, der mit spitzen Pfählen gespickt war. Die Zugbrücke war heruntergelassen, doch vier schwarzgerüstete Pandioner auf kräftigen Streitrossen bewachten sie.

Sperber zügelte Faran am äußeren Ende der Brücke und wartete. Es waren einige Formalitäten erforderlich, ehe man in einem pandionischen Ordenshaus Zutritt fand. Er stellte fest, daß ihn diese Formalitäten erstaunlicherweise nicht störten. Sie waren während der Jahre seines Noviziats Teil seines Lebens gewesen, und die Einhaltung dieser uralten Gebräuche erschien ihm als Erneuerung und Wiederbestätigung seiner Identität. Während er auf die rituelle Herausforderung wartete, versanken die sonnenglühende Stadt Jiroch und die Frauen, die im stahlgrauen Morgenlicht zu den Brunnen gingen, immer tiefer in seiner Erinnerung, wurden schwächer und nahmen den ihnen gebührenden Platz unter allen anderen Erinnerungen ein.

Zwei Ritter näherten sich langsam zu Pferde, und die Hufe der Tiere hallten auf den fußdicken Planken der Zugbrücke. Sie blieben vor Sperber stehen. »Wer seid Ihr, der Ihr Einlaß in das Haus der Soldaten Gottes begehrt?« fragte einer.

Sperber hob das Visier als symbolisches Zeichen friedlicher Absicht. »Ich bin Sperber«, antwortete er, »ein Soldat Gottes und Mitglied dieses Ordens.«

»Wie können wir Euch erkennen?« fragte der zweite Ritter.

»An diesem Zeichen.« Sperber langte in den Ausschnitt seines Wappenrocks und zog ein schweres silbernes Amulett heraus, das an einer Kette um seinen Hals hing. Jeder Pandioner trug ein solches Amulett.

Die beiden Ritter gaben vor, es sorgfältig zu betrachten.

»Dies ist wahrlich Ritter Sperber von unserem Orden«, erklärte der erste. »Wahrlich«, bestätigte der zweite, »und sollen wir ihm nun – äh ...« Er stockte.

»Einlaß in das Haus der Soldaten Gottes gewähren«, half ihm Sperber.

Der zweite Ritter verzog das Gesicht. »Dieser Teil entschlüpft mir jedesmal«, brummte er. »Danke, Sperber.« Er räusperte sich und begann noch einmal: »Wahrlich«, sagte er, »und sollen wir ihm nun Einlaß in das Haus der Soldaten Gottes gewähren?«

Der erste Ritter grinste unverhohlen. »Es ist sein Recht, dieses Haus unbehindert zu betreten, denn er ist einer von uns. Seid gegrüßt, Ritter Sperber. Tretet ein, und möge unter diesem Dach Friede mit Euch sein.«

»Und mit Euch und Euren Kameraden, wohin Ihr Euch auch immer begeben möget«, entgegnete Sperber und beendete damit das Ritual.

»Willkommen zu Hause, Sperber«, sagte der erste Ritter nunmehr herzlich. »Ihr wart lange fort.«

»Ihr erinnert Euch? War Kurik hier?«

Der zweite Ritter nickte. »Vor etwa einer Stunde. Er sprach mit Vanion, dann ging er wieder fort.«

»Gehen wir hinein«, schlug Sperber vor. »Ich brauche eine Menge von dem Frieden, den ihr mir gewünscht habt, und ich muß mit Vanion reden.«

Die beiden Ritter wendeten ihre Pferde, dann ritten die drei über die Zugbrücke.

»Ist Sephrenia noch hier?« fragte Sperber.

»Ja«, antwortete der zweite Ritter. »Sie kam, kurz nachdem die Königin erkrankte, aus Demos. Seither ist sie noch nicht ins Mutterhaus zurückgekehrt.«

»Gut, ich muß auch mit ihr sprechen.«

Die drei hielten vor dem Burgtor an. »Dies ist Ritter Sperber, ein Angehöriger unseres Ordens«, sagte der erste Ritter zu den beiden, die am Tor geblieben waren. »Wir haben uns seiner überzeugt und bürgen für sein Recht, das Haus der Ritter Pandions zu betreten.«

»So tretet denn ein, Ritter Sperber, und Friede mit Euch in diesem Haus.«

»Ich danke Euch, Kamerad, und Friede auch mit Euch.«

Die vier Ritter machten ihm Platz, und Faran schritt ohne eine Aufforderung seines Herrn dahin.

»Du kennst das Ritual ebensogut wie ich, nicht wahr?« murmelte Sperber.

Faran zuckte mit den Ohren.

Auf dem Burghof eilte ein Lernritter herbei, der noch nicht das Recht hatte, Rüstung und Sporen zu tragen, und griff nach Farans Zügel. »Willkommen, Herr Ritter«, sagte er.

Sperber hängte den Schild an den Sattelknauf und schwang sich mit rasselnder Rüstung vom Pferderücken. »Danke«, sagte er. »Habt Ihr eine Ahnung, wo ich Sir Vanion finden kann?«

»Ich glaube, er ist im Südturm, Herr.«

»Nochmals danke.« Sperber machte sich daran, den Hof zu überqueren, blieb jedoch nach den ersten Schritten abrupt stehen und drehte sich um. »Oh, seid vorsichtig mit meinem Pferd«, warnte er. »Es beißt.« Der Novize zuckte zusammen und entfernte sich ein paar Schritte von dem großen, häßlichen Fuchs, behielt jedoch die Zügel fest in der Hand.

Das Pferd warf Sperber einen bösen Blick zu.

»Es gehört sich so, Faran«, erklärte ihm Sperber. Dann stieg er die abgetretenen Stufen hoch, welche in die jahrhundertealte Burg führten.

Im Innern war es kühl und dämmrig, und die wenigen Ordensbrüder, denen Sperber in den Korridoren begegnete, trugen Kutten mit Kapuzen, wie es in einem sicheren Haus üblich war. Allerdings verriet vereinzeltes stählernes Klirren, daß die Angehörigen dieses Ordens unter der einfachen Kleidung gerüstet waren. Es wurden keine Grüße ausgetauscht, und die Brüder Pandions gingen mit gesenkten Köpfen und von Kapuzen beschatteten Gesichtern unbeirrt ihren Pflichten nach.

Sperber streckte die Hand vor einem der Vermummten aus, die Handfläche ihm zugewandt. Pandioner berührten einander selten. »Verzeiht, Bruder«, sagte er, »wißt Ihr, ob Hochmeister Vanion noch im Südturm ist?«

»Ja, er ist noch dort«, antwortete der Ritter.

»Danke, Bruder. Friede sei mit Euch.«

»Und mit Euch, Herr Ritter.«

Sperber folgte dem fackelerhellten Korridor, bis er zu einer schmalen Wendeltreppe gelangte, die sich zwischen den dicken Steinmauern den Südturm hochwand. Die Tür am Kopfende wurde von zwei jungen Pandionern bewacht. Sperber kannte keinen von beiden. »Ich muß mit Hochmeister Vanion sprechen«, erklärte er. »Ich heiße Sperber.«

»Könnt Ihr Euch ausweisen?« fragte einer und bemühte sich, seine junge Stimme barsch klingen zu lassen.

»Das habe ich soeben getan!«

Die Rüge hing schwer in der Luft, während die beiden jungen Ritter verlegen nach einem höflichen Ausweg aus der Lage suchten, in die sie sich gebracht hatten. »Wie wäre es, wenn ihr die Tür öffnet und Vanion meldet, daß ich hier bin?« schlug Sperber vor. »Wenn er mich erkennt, gut. Wenn nicht, könnt ihr zwei immer noch versuchen, mich die Treppe hinunterzudrängen.« Er betonte das Wort *versuchen* nicht übermäßig.

Die beiden blickten einander an, dann öffnete einer vorsichtig die Tür und schaute in den Raum dahinter. »Verzeiht tausendmal, Hochmeister Vanion«, entschuldigte er sich, »aber hier ist ein Pandioner namens Sperber. Er sagt, er möchte mit Euch sprechen.«

»Gut«, antwortete eine vertraute Stimme. »Ich habe ihn bereits erwartet. Schickt ihn herein.«

Die beiden Ritter wirkten noch zerknirschter als zuvor und machten Sperber Platz.

»Vielen Dank, meine Brüder«, sagte Sperber. »Friede sei mit euch.« Dann trat er durch die Tür. Der Raum dahinter war groß, hatte kahle Steinwände, grüne Vorhänge an den schmalen Fenstern und einen Teppich in gedämpftem Braun. Unter der Bogenöffnung des Kamins prasselte ein Feuer, und in der Mitte des Gemachs stand ein kerzenbeleuchteter Tisch mit schweren Stühlen ringsum. Zwei Personen, ein Mann und eine Frau, saßen an diesem Tisch.

Vanion, der Hochmeister der pandionischen Ritter, war in den vergangenen zehn Jahren nur wenig gealtert. Sein Haar und Bart waren nun eisengrau, und ein paar neue Falten durchzogen sein Gesicht, doch keine Spur von Altersschwäche zeichnete es. Er trug Kettenhemd und silbernen Wappenrock. Als Sperber eintrat, erhob er sich und kam ihm um den Tisch herum entgegen. »Ich wollte schon einen Trupp zu Eurer Unterstützung ins Schloß schicken«, sagte er und legte die Hände auf Sperbers gepanzerte Schultern. »Ihr hättet nicht allein dorthin gehen sollen, wißt Ihr?«

»Vielleicht nicht, aber es verlief alles recht gut.« Sperber zog die stählernen Handschuhe aus, nahm den Helm ab, löste das Schwert vom Gürtel und legte alles auf den Tisch. »Es ist schön, Euch wiederzusehen, Vanion«, sagte er und ergriff die Hand des Älteren. Vanion war immer ein strenger Lehrer gewesen, der bei den jungen

Männern, die er zu pandionischen Rittern ausbildete, keine Schwächen und Fehler duldete. Obgleich Sperber nahe daran gewesen war, diesen Mann während seines Noviziats zu hassen, betrachtete er den freimütigen Hochmeister nun als einen seiner engsten Freunde, und ihr Händedruck verriet ihre gegenseitige Zuneigung.

Dann drehte sich der große Ritter zu der Frau um. Sie war klein und von der seltsam anrührenden Vollkommenheit, die man manchmal bei zierlichen Menschen findet. Ihr Haar war schwarz wie die Nacht, ihre Augen tiefblau. Ihre Züge waren ganz offensichtlich nicht von elenischem, sondern jenem fremdartigen Schnitt, der sie als Styrikerin auswies. Sie trug ein weich fallendes, weißes Gewand, und vor ihr auf dem Tisch lag ein großes, aufgeschlagenes Buch. »Sephrenia!« grüßte er sie herzlich. »Wie gut Ihr ausseht!« Er nahm ihre Hände in die seinen und küßte ihre Handflächen im rituellen styrischen Gruß.

»Ihr wart lange fort, Sperber«, erwiderte sie. Ihre Stimme war weich und melodisch mit leicht singendem Tonfall.

»Würdet Ihr mich segnen, kleine Mutter?« bat er, und ein Lächeln erhellte sein hartes Gesicht. Er kniete vor ihr nieder. Die Anrede war styrisch und wies auf die enge persönliche Bindung zwischen Lehrerin und Schüler seit alter Zeit hin.

»Gerne.« Ihre Hände berührten sanft sein Gesicht, und sie sprach die styrischen Worte des rituellen Segens.

»Danke«, sagte er schlicht.

Dann tat sie etwas, was bei ihr selten vorkam. Während ihre Hände noch sein Gesicht hielten, beugte sie sich vor und küßte ihn leicht. »Willkommen zu Hause, Lieber«, murmelte sie.

»Es tut gut, wieder hierzusein. Ihr habt mir gefehlt.«

»Obwohl ich Euch oft gescholten habe?« fragte sie lächelnd.

»Schelten tut nicht weh.« Er lachte. »Selbst das habe ich vermißt.«

»Ich glaube, bei dem haben wir unsere Sache gut gemacht, Vanion«, wandte sie sich an den Hochmeister. »Unter uns gesagt, wir haben einen echten Pandioner aus ihm gemacht.«

»Einen der besten«, bestätigte Vanion. »Ich glaube, Sperber verkörpert jene Art von Ritter, wie sie die Gründer des Ordens sich vorstellten.«

Sephrenia nahm unter den pandionischen Rittern eine ungewöhnliche Stellung ein. Nach dem Tod des styrischen Mentors, der die Novizen in den ›Geheimnissen‹ unterwiesen hatte, wie die Styriker es nannten, hatte sie am Tor des Mutterhauses des Ordens in Demos gestanden. Sie war weder gewählt noch gerufen worden, sondern einfach erschienen und hatte die Pflichten ihres Vorgängers übernommen. Üblicherweise verachteten und fürchteten Elenier Styriker, die ein seltsames, fremdartiges Volk waren, das in winzigen Ortschaften tief in den Wäldern und Bergen lebte. Sie beteten eigenartige Götter an und übten Magie aus. Wilde Geschichten über abscheuliche Riten, bei denen elenisches Fleisch und Blut geopfert wurden, hatten jahrhundertelang unter den leichtgläubigeren Eleniern die Runde gemacht, und hin wieder fielen blutrünstige Horden betrunkener Landsleute in Siedlungen ahnungsloser Styriker ein. Die Kirche verurteilte solche Greueltaten aufs schärfste. Die Kirchenritter, die ihre ausländischen Lehrer kennen und achten gelernt hatten, gingen sogar noch einen Schritt weiter als die Kirche und verkündeten, daß sie jeden Überfall auf styrische Ortschaften umgehend auf strengste Weise bestrafen würden. Trotz dieses organisierten Schutzes mußten Styriker, die eine elenische Ortschaft oder Stadt betraten, damit rechnen, geschnitten, verhöhnt, ja sogar mit Steinen und Unrat beworfen zu werden. Deshalb war Sephrenias Erscheinen in Demos nicht ohne Gefahr für Leib und Leben gewesen. Ihre Motive waren unklar, doch sie war all die Jahre getreu ihren Pflichten nachgegangen, und es hatte nicht lange gedauert, bis die Pandioner sie ohne Ausnahme liebten und achteten. Selbst Vanion, der Hochmeister des Ordens, suchte häufig ihren Rat.

Sperber blickte auf das Werk, das vor ihr auf dem Tisch lag. »Ein Buch, Sephrenia?« sagte er mit vorgetäuschtem Staunen. »Hat Vanion Euch doch endlich überredet, lesen zu lernen?«

»Ihr wißt, was ich davon halte, Sperber«, erwiderte sie. »Ich schaue lediglich die Bilder an.« Sie deutete auf den herrlichen Bildschmuck auf der Seite. »Ich hatte schon immer eine Vorliebe für kräftige Farben.«

Sperber zog einen Stuhl heran und setzte sich mit knarrender Rüstung.

»Habt Ihr Ehlana gesehen?« fragte Vanion und kehrte zu seinem Platz auf der anderen Tischseite zurück.

»Ja.« Sperber blickte Sephrenia an. »Wie habt Ihr das gemacht?« erkundigte er sich. »Sie so versiegelt, meine ich.«

»Es ist ziemlich kompliziert.« Sie hielt inne und blickte ihn nachdenklich an. »Aber vielleicht seid Ihr dazu bereit«, murmelte sie. Sie erhob sich. »Kommt hierher, Sperber«, forderte sie ihn auf und trat an den Kamin. Erstaunt erhob er sich und folgte ihr.

»Blickt in die Flammen, Lieber«, sagte sie sanft und bediente sich der alten Anrede, die ihm noch aus der Zeit seines Noviziats vertraut war.

Gebannt durch ihre Stimme, starrte er ins Feuer. Schwach hörte er sie styrische Worte flüstern, dann strich sie mit der Hand langsam über die Flammen. Ohne sich dessen bewußt zu sein, sank er auf die Knie und ließ keinen Blick vom Feuer.

Etwas bewegte sich. Sperber beugte sich vor und starrte gebannt auf die kleinen, bläulichen Flammenzungen, die um den Rand eines verkohlten Eichenklotzes tänzelten. Das Blau weitete sich, wuchs immer mehr, und im Innern dieses leuchtenden Blaus vermeinte er eine Gruppe von Gestalten zu sehen, die mit dem Flackern des Feuers schwankten. Das Bild wurde stärker, und Sperber erkannte, daß er den Meilen entfernten Thronsaal im Schloß vor sich sah. Zwölf gerüstete Pandioner, die ein zierliches junges Mädchen trugen, schritten über den Fliesenboden. Das Mädchen lag nicht auf einer Bahre, sondern auf den flachen Klingen von zwölf glänzenden Schwertern, die von den zwölf schwarz gerüsteten Rittern mit geschlossenen Visieren unerschütterlich gehalten wurden. Vor dem Thron hielten sie an; dann trat die weißgewandete Sephrenia ins Bild. Sie hob eine Hand und sagte offenbar etwas, obwohl Sperber nur das Prasseln des Feuers zu hören vermochte. Mit einer beängstigend ruckartigen Bewegung setzte sich das junge Mädchen auf. Es war Ehlana. Ihr Gesicht war verzerrt und ihre weit offenen Augen wirkten leer.

Unbedacht streckte Sperber die Hand nach ihr aus und stieß direkt in die Flammen.

»Nein!« rief Sephrenia scharf und zog seinen Arm zurück. »Ihr dürft nur zusehen!«

Das Abbild Ehlanas zitterte krampfartig, als es auf die Füße kam und offensichtlich den lautlosen Befehlen der zierlichen Frau in Weiß folgte. Gebieterisch deutete Sephrenia auf den Thron, und Ehlana stolperte, ja taumelte die Stufen des Podests hoch, um ihren rechtmäßigen Platz einzunehmen.

Sperber weinte. Er versuchte noch einmal, nach seiner Königin zu greifen, aber Sephrenia hielt ihn mit sanfter Berührung zurück, die dennoch fest wie eine Eisenkette war. »Nur beobachten, Lieber«, mahnte sie.

Die zwölf Ritter bildeten nunmehr einen Kreis um die Königin auf dem Thron und die Weißgewandete an ihrer Seite. Ehrfurchtsvoll streckten sie ihre Schwerter aus, so daß die beiden Frauen von Stahl umringt waren. Sephrenia hob die Arme und sprach. Ganz deutlich konnte Sperber ihre Anspannung sehen, als sie die Worte eines Zaubers rief, den er sich nicht einmal vorzustellen vermochte.

Die Spitze eines jeden der zwölf Schwerter begann zu glühen, zusehends stärker und heller. Sie tauchten das Podest in tiefes, silberweißes Licht. Und dieses Licht von den Schwertspitzen schien sich um Ehlana und ihren Thron zu verdichten. Da rief Sephrenia ein Wort und schwang dabei in schneidender Bewegung den Arm hinab. In diesem Augenblick erstarrte das Licht um Ehlana, und sie wurde so, wie Sperber sie an diesem Morgen im Thronsaal gesehen hatte. Das Abbild von Sephrenia dagegen erschlaffte und brach auf dem Podest neben dem in Kristall gehüllten Thron zusammen.

Die Tränen strömten jetzt über Sperbers Gesicht, und Sephrenia nahm zärtlich seinen Kopf in ihre Arme. »Es ist nicht leicht, Sperber«, versuchte sie ihn zu trösten. »Auf diese Weise ins Feuer zu sehen, öffnet das Herz und deckt unser wahres Ich auf. Ihr seid viel sanfter, als Ihr glauben machen wollt.«

Er wischte sich mit dem Handrücken über die Augen. »Wie lange wird der Kristall sie am Leben erhalten?« fragte er.

»Solange wir dreizehn leben, die wir dort waren«, antwortete Sephrenia. »Im Höchstfall ein Jahr nach elenischer Zeitmessung.«

Er starrte sie an.

»Es ist unsere Lebenskraft, die ihr Herz am Leben hält. Wenn die Jahreszeiten wechseln, wird einer nach dem anderen ausfallen, und einer von den dreizehn, die dabei waren, muß dann die Last der Ausgeschiedenen übernehmen. Schließlich – wenn jeder einzelne von uns alles gegeben hat, was er zu geben vermochte – wird Eure Königin sterben.«

»Nein!« rief Sperber heftig. Er blickte Vanion an. »Wart Ihr auch dabei?«

Der Hochmeister nickte.

»Wer noch?«

»Dies zu erfahren würde Euch nichts nützen, Sperber. Wir wußten alles, was uns erwartete, und gingen freiwillig.«

»Wer wird die Last auf sich nehmen, die Ihr erwähnt habt?« fragte Sperber Sephrenia.

»Ich.«

»Das ist noch nicht entschieden!« widersprach Vanion. »Eigentlich kann es jeder, der dabei war.«

»Nur wenn wir den Zauber ändern, Vanion«, entgegnete sie mit einem Hauch Befriedung.

»Wir werden sehen.«

»Aber was nutzt es?« fragte Sperber. »Ihr habt Ehlana lediglich ein weiteres Jahr geschenkt, und das zu einem schrecklichen Preis. Und sie weiß es nicht einmal!«

»Wenn wir die Ursache der Krankheit entdecken und eine Heilmöglichkeit finden können, läßt sich der Zauber rückgängig machen«, erklärte Sephrenia. »Wir haben ihr Leben verlängert, um uns Zeit zu verschaffen.«

»Gibt es Fortschritte?«

»Ich habe jeden Arzt und Heiler in Elenien darauf angesetzt«, versicherte ihm Vanion, »ebenso andere in verschiedenen Landesteilen von Eosien. Sephrenia beschäftigt sich mit der Möglichkeit, daß die Krankheit nicht natürlichen Ursprungs ist. Wir stoßen jedoch auf einigen Widerstand. Die Hofärzte weigern sich, uns zu unterstützen.«

»Dann werde ich zum Schloß zurückkehren«, erklärte Sperber finster. »Vielleicht kann ich sie zu größerer Hilfsbereitschaft überreden.«

»Wir dachten selbst bereits daran, doch Annias läßt alle Ärzte streng bewachen.«

»Was führt Annias eigentlich im Schilde?« stieß Sperber zornig hervor. »Wir wollen doch lediglich Ehlana helfen. Weshalb legt er uns all die Steine in den Weg? Will er den Thron für sich?«

»Ich glaube, er hat ein Auge auf einen größeren Thron geworfen«, erwiderte Vanion. »Der Erzprälat Cluvonus ist alt und sein Gesundheitszustand bedenklich. Es würde mich nicht wundern, wenn Annias der Meinung ist, daß ihm die Mitra der Erzprälatur gut stehen würde.«

»Annias? Erzprälat? Vanion, das ist lächerlich!«

»Das Leben ist voller Lächerlichkeiten, Sperber. Alle Ritterorden sind selbstverständlich gegen ihn, und unsere Meinung hat großes Gewicht in der Hierokratie, aber Annias hat beide Hände tief im Säckel von Elenien und ist mit Bestechungsgeldern außerordentlich großzügig. Ehlana hätte ihm den Zugang zu diesem Geld verwehren können, doch sie wurde krank. Das wiederum könnte als Grund dafür herhalten, daß Annias Ehlanas Krankheit höchst willkommen ist.«

»Und er will Arissas Bastard an ihrer Statt auf den Thron setzen?« Sperbers Grimm wuchs von Minute zu Minute. »Vanion, ich habe diesen Lycheas heute kennengelernt. Er ist schwächer – und dümmer – als König Aldreas es war. Außerdem ist er unehelich.«

Vanion spreizte die Hände. »Eine Abstimmung des königlichen Rates könnte sein Recht auf den Thron anerkennen, und Annias beherrscht den Rat.«

»Nicht den ganzen!« knirschte Sperber. »Nach den Buchstaben des Gesetzes bin auch *ich* Ratsmitglied, und ich könnte die Abstimmung beeinflussen, wenn dieser Punkt je zur Debatte käme. Ein öffentlicher Zweikampf oder auch zwei wären vielleicht ein Mittel, die Meinung der Ratsmitglieder zu ändern.«

»Ihr seid unbesonnen, Sperber«, rügte Sephrenia.

»Nein, ich bin zornig. Ich habe das starke Bedürfnis, mir einige Leute vorzunehmen!«

Vanion seufzte. »Wir können noch keine Entscheidung treffen.« Dann schüttelte er den Kopf und wechselte das Thema. »Was geht in Rendor denn nun *wirklich* vor?« fragte er. »Vorens Berichte waren alle sehr vorsichtig abgefaßt, weil ja befürchtet werden mußte, daß sie in die falschen Hände fallen könnten.«

Sperber stand auf. Sein Mantel wallte um die Fußgelenke, als er zu einem der schmalen Fenster ging. Immer noch bedeckten schmutzige graue Wolken den Himmel, und Cimmura schien darunter zu kauern, als mache es sich für einen neuerlichen Winter bereit.

»Es ist sehr heiß dort«, murmelte er wie zu sich selbst, »und trocken und staubig. Die Sonne gleißt auf den weißen Häuserwänden und blendet die Augen. Im ersten Tageslicht, noch ehe die Sonne aufgeht, wenn der Himmel wie geschmolzenes Silber aussieht, schreiten verschleierte Frauen in schwarzen Gewändern mit Tonkrügen auf den Schultern stumm durch die Straßen, auf ihrem Weg zu den Brunnen.«

»Ich hatte Euch falsch eingeschätzt, Sperber«, sagte Sephrenia melodisch. »Ihr habt die Seele eines Poeten.«

»Nicht wirklich, Sephrenia. Ich halte es nur für nötig, daß ihr euch Rendor vorstellen könnt, um zu verstehen, was dort vorgeht. Die Sonne prallt wie Hammerschläge auf den Kopf, und die Luft ist so heiß und trocken, daß das Denken schwerfällt. Rendorer suchen einfache Antworten. Die Sonne läßt ihnen keine Zeit zum Nachdenken. Das erklärt vielleicht, was ursprünglich mit Eshand geschah. Ein einfacher Hirte, dessen Gehirn halb ausgedörrt ist, ist nicht gerade das logische Gefäß für irgendeine Art von Gottheit. Ich glaube, im Grunde genommen gab die sengende Sonne den Anstoß für die eshandistische Häresie. Diese armen Narren hätten *jegliche*, selbst die absurdeste Idee aufgegriffen, solange sie ihnen nur die Chance gab, umherzuwandeln – und so vielleicht ein bißchen Schatten zu finden.«

»Das ist eine ungewöhnliche Erklärung für eine religiöse Bewegung, die ganz Eosien in einen dreihundert Jahre währenden Krieg stürzte«, bemerkte Vanion.

»Ihr müßt es selbst erleben«, entgegnete Sperber und kehrte zu seinem Stuhl zurück. »Jedenfalls erhob sich vor etwa zwanzig Jahren einer dieser sonnengedörrten Phantasten in Dabur.«

»Arasham?« frage Vanion. »Wir hörten von ihm.«

»So nennt er sich zumindest«, antwortete Sperber. »Wahrscheinlich wurde er jedoch mit einem anderen Namen geboren. Religiöse Führer neigen dazu, ihre Namen des öfteren zu ändern, um sie den

Vorstellungen ihrer Anhänger anzupassen. Soviel ich weiß, ist Arasham ein ungebildeter, nicht gerade Reinlichkeit liebender Eiferer mit wenig Bezug zur Wirklichkeit. Er ist etwa achtzig, sieht Dinge, die niemand sieht, und hört Stimmen, die niemand hört. Seine Anhänger haben weniger Verstand als ihre Schafe. Freudig würden sie die Reiche im Norden angreifen – wenn sie nur herausfinden könnten, wo Norden ist. Das ist eine ernsthaft debattierte Angelegenheit in Rendor. Ich habe einige dieser Leute gesehen. Die Ketzer, die schuld daran sind, daß sich die Mitglieder der Hierokratie in Chyrellos jede Nacht zitternd unter der Bettdecke verkriechen, sind nicht viel mehr als heulende Wüstenderwische, schlecht bewaffnet und ohne militärische Ausbildung. Ehrlich, Vanion, ich würde mir mehr Sorgen über den nächsten Schneesturm machen denn über eine Auferstehung der Eshandistischen Häresie in Rendor.«

»Das könnte nicht offener gesagt werden!«

»Ich habe zehn Jahre meines Lebens einer nichtvorhandenen Gefahr wegen vergeudet. Ich bin sicher, Ihr verzeiht mir einen gewissen Ärger über das Ganze.«

»Auch Ihr werdet lernen, Geduld zu üben, Sperber.« Sephrenia lächelte. »Wenn Ihr erst ein reifes Alter erreicht.«

»Ich dachte, das hätte ich bereits.«

»Noch lange nicht.«

Da grinste er sie an. »Wie alt seid Ihr denn, Sephrenia?«

Sie blickte ihn resigniert an. »Was habt ihr Pandioner nur, daß ihr alle dieselbe Frage stellen müßt? Ihr *wißt*, daß ich Euch nicht antworten werde. Könnt Ihr Euch denn nicht damit begnügen, daß ich älter bin als Ihr, und es dabei bewenden lassen?«

»Ihr seid auch älter als ich«, fügte Vanion hinzu. »Ihr wart meine Lehrerin, als ich nicht älter war als die Knaben vor meiner Tür.«

»Und sehe ich so unendlich alt aus?«

»Meine teure Sephrenia, Ihr seid so jung wie der Frühling und so weise wie der Winter. Ihr habt uns alle verwöhnt, wißt Ihr das? Seit wir Euch kennen, verliert selbst die schönste Maid ihren Reiz auf uns.«

»Ist er nicht liebenswert?« Sie lächelte Sperber an. »Gewiß gibt es keinen anderen mit so betörender Zunge.«

»Hört ihm lieber einmal zu, wenn ein Schüler eine Lanze nicht richtig pariert«, antwortete Sperber. Er bewegte die Schultern unter dem drückenden Gewicht der Rüstung. »Was tut sich sonst? Ich war lange fort und dürste nach Neuigkeiten.«

»Otha ruft zu den Waffen«, antwortete Vanion. »Nach Meldungen aus Zemoch gilt sein Interesse Daresien und dem Tamulischen Reich, aber ich habe da so einige Zweifel.«

»Und ich ein paar mehr«, sagte Sephrenia. »In den Reichen des Westens wimmelt es mit einemmal von styrischen Herumtreibern. Sie lagern an Kreuzungen und verhökern einfache styrische Waren, aber keine hiesige styrische Gruppe erkennt sie als Angehörige an. Aus irgendeinem Grund überschwemmen uns Kaiser Otha und sein grausamer Gebieter mit Beobachtern. Es wäre nicht das erste Mal, daß Azash die Zemocher dazu treibt, den Westen anzugreifen. Etwas ist hier versteckt, das er verzweifelt begehrt, und das wird er nicht in Daresien finden.«

»Es ist auch nicht das erste Mal, daß Zemocher zu den Waffen gerufen wurden«, erinnerte Sperber und lehnte sich zurück. »Doch nichts tat sich.«

»Ich fürchte, diesmal könnte es ernst werden«, widersprach Vanion. »Als er früher seine Streitkräfte sammelte, tat er es immer an der Grenze, und sobald die vier Ritterorden ihm im Lamorkand entgegenmarschierten, löste er seine Armeen auf. Er stellte uns auf die Probe, weiter nichts. Diesmal jedoch sammelt er seine Truppen hinter den Bergen – außer Sicht, sozusagen.«

»Soll er kommen«, brummte Sperber. »Wir haben ihn vor fünfhundert Jahren aufgehalten. Das könnten wir noch einmal, wenn es sein muß.«

Vanion schüttelte den Kopf. »Wir wollen nicht, daß es zu Ähnlichem kommt wie nach der Schlacht am Randerasee – ein Jahrhundert der Hungersnot, der Seuchen und des völligen Zusammenbruchs der Gesellschaft. Nein, mein Freund, *das* wollen wir wahrhaftig nicht.«

»*Wenn* wir es verhindern können«, fügte Sephrenia hinzu. »Ich bin Styrikerin und weiß noch besser als ihr Elenier, wie absolut böse der Ältere Gott Azash ist. Wenn er wieder westwärts zieht, *muß* er aufgehalten werden, koste es, was es wolle!«

»Dafür sind die Kirchenritter da«, sagte Vanion. »Momentan können wir allerdings nichts anderes tun, als Otha nicht aus den Augen zu lassen.«

»Ich erinnere mich gerade an etwas«, warf Sperber ein. »Als Aldreas mich nach Cippria schickte, sollte ich mich bei dem dortigen elenischen Konsul melden – einem Diplomaten, der *zufällig* Annias' Vetter ist. An einem späten Abend befahl er mich zu sich. Ich war unterwegs zu seinem Haus, als Martel, Adus und Krager – gemeinsam mit einer größeren Anzahl einheimischer Meuchler – aus einer Seitenstraße auf mich einstürmten. Sie hätten unmöglich wissen können, daß ich diesen Weg nehmen würde, wenn es ihnen nicht jemand gesagt hätte. Fügt dies der Tatsache hinzu, daß Krager zurück in Cimmura ist, wo man einen Preis auf seinen Kopf ausgesetzt hat, dann könnt Ihr ein paar interessante Schlüsse ziehen.«

»Ihr meint, daß Martel für Annias arbeitet?«

»Die Möglichkeit besteht, meint Ihr nicht auch? Annias war nicht sehr glücklich darüber, daß mein Vater Aldreas zwang, davon Abstand zu nehmen, seine eigene Schwester zu heiraten. Es ist durchaus denkbar, daß er der Meinung war, hier in Elenien freiere Hand zu haben, wenn das Geschlecht Sperber in einer finsteren Gasse in Cippria erlischt. Natürlich hat Martel seine eigenen Gründe, mich nicht zu mögen. Ich finde, Ihr habt wirklich einen Fehler gemacht, Vanion. Ihr hättet uns allen eine Menge Schwierigkeiten ersparen können, wenn Ihr mir nicht befohlen hättet, meine Forderung zurückzuziehen.«

Vanion schüttelte den Kopf. »Nein, Sperber«, entgegnete er. »Martel war Angehöriger unseres Ordens, und ich wollte nicht, daß ihr einander zu töten versucht. Außerdem konnte ich nicht völlig sicher sein, wer den Zweikampf gewinnen würde. Martel ist sehr gefährlich!«

»Ich ebenfalls.«

»Ich gehe keine unnötigen Risiken mit Euch ein, Sperber. Dazu seid Ihr mir zu wertvoll.«

»Es ist ohnehin zu spät, sich jetzt noch Gedanken darüber zu machen.«

»Wie sehen Eure Pläne aus?«

»Ich *soll* hier im Ordenshaus bleiben, aber ich glaube, ich werde mich ein wenig in der Stadt umschauen und sehen, ob mir Krager nicht wieder über den Weg läuft. Wenn ich ihn mit irgend jemandem in Verbindung bringen kann, der für Annias arbeitet, werde ich ein paar brennende Fragen beantworten können.«

»Vielleicht solltet Ihr noch kurze Zeit warten«, riet ihm Sephrenia. »Kalten ist bereits auf dem Rückweg von Lamorkand.«

»Kalten? Ich habe ihn seit Jahren nicht mehr gesehen.«

»Sie hat recht, Sperber«, stimmte Vanion ein. »Kalten ist in Gefahrensituationen ein guter Mann, und die Straßen von Cimmura können ebenso gefährlich sein wie die Gassen von Cippria.«

»Wann wird er voraussichtlich eintreffen?«

Vanion zuckte die Schultern. »Bald, vielleicht schon heute.«

»Dann warte ich, bis er hier ist.« Plötzlich hatte Sperber einen Einfall. Er lächelte seine Lehrerin an und stand auf.

»Was tut Ihr, Sperber?« fragte sie mißtrauisch.

»Oh, nichts«, antwortete er. Er begann Styrisch zu sprechen und zog dabei mit den Fingern Zeichen durch die Luft. Als er den Zauber vollendet hatte, gab er ihn frei und streckte eine Hand aus. Ein vibrierendes Summen erfolgte, und die Kerzen brannten ein wenig schwächer, wie auch die Flammen im Kamin. Als es wieder heller wurde, hielt er einen Strauß Veilchen in der Hand. »Für Euch, kleine Mutter«, sagte er. Er verbeugte sich und reichte ihr die Blumen. »Weil ich Euch liebe.«

»Oh, danke, Sperber.« Lächelnd nahm sie den Strauß entgegen. »Ihr wart immer der aufmerksamste meiner Schüler. Ihr habt jedoch *staratha* nicht ganz richtig betont«, fügte sie hinzu. »Ihr wart nahe daran, Eure Hand mit Schlangen zu füllen!«

»Ich werde üben«, versprach er.

»Tut das.«

Respektvolles Klopfen wurde an der Tür laut.

»Ja?« rief Vanion.

Die Tür wurde geöffnet, und einer der zwei jungen Wächter trat ein. »Ein Bote aus dem Schloß wartet draußen, Herr Vanion. Er sagt, er hat den Befehl, mit Ritter Sperber zu sprechen.«

»Was wollen sie denn *jetzt*?« murmelte Sperber.

»Laßt ihn ein«, wies Vanion den jungen Ritter an.

»Jawohl, Herr Vanion.« Der junge Mann verbeugte sich knapp und ging.

Das Gesicht des Boten war Sperber vertraut. Das blonde Haar war auch jetzt sorgfältig geringelt, und die schreienden Farben seiner Gewandung – das safrangelbe Wams, das lavendelfarbene Beinkleid, der apfelgrüne Umhang und die weinroten Schuhe – paßten noch immer nicht zusammen. Das Gesicht des Gecken wies eine völlig neue Zier auf: seine Nasenspitze war mit einem großen und sichtlich äußerst schmerzhaften Karbunkel geschmückt. Ohne viel Erfolg versuchte er, diese Eiterbeule mit einem Spitzentuch zu verbergen.

Er verbeugte sich vor Vanion. »Herr Hochmeister«, sagte er, »der Prinzregent entbietet Euch seine Größe.«

»Bitte erwidert sie für mich«, entgegnete Vanion.

»Seid versichert, daß ich das tun werde, mein Herr.« Dann wandte der Papageienbunte sich an Sperber. »Die Botschaft ist für Euch, Herr Ritter«, erklärte er.

»Dann laßt sie mich wissen«, sagte Sperber mit übertriebener Höflichkeit. »Meine Ohren sind gespitzt.«

Der Laffe ignorierte es. Er holte ein Pergament aus seinem Wams und begann mit großer Geste zu lesen. »Durch königliches Dekret wird Euch von Seiner Hoheit befohlen, sogleich zum Mutterhaus der pandionischen Ritter in Demos zu reisen und Euch dort Euren religiösen Pflichten zu widmen, bis er es für angebracht hält, Euch wieder ins Schloß zu beordern.«

»Aha«, sagte Sperber.

»Versteht Ihr die Botschaft, Ritter Sperber?« fragte der Geck und reichet ihm das Pergament.

Sperber machte sich nicht die Mühe, das Schreiben zu lesen. »Sie war durchaus verständlich. Ihr habt Euren Auftrag auf eine Weise ausgeführt, die Euch Ehre macht.« Sperber blickte den Parfümierten an. »Darf ich Euch einen Rat geben, guter Mann? Ihr solltet diesen Karbunkel von einem Arzt untersuchen lassen. Wenn er nicht bald aufgeschnitten wird, schwillt er so stark an, daß Ihr nicht mehr um ihn herum sehen könnt.«

Der Geck zuckte bei dem Wort *aufgeschnitten* zusammen. »Meint Ihr wirklich, Ritter Sperber?« fragte er kläglich und senkte das Spitzentuch. »Kann nicht vielleicht ein kalter Umschlag . . .«

Sperber schüttelte den Kopf. »Nein, guter Mann«, sagte er mit vorgetäuschtem Mitleid. »Ich bin sicher, daß ein Umschlag hier nichts nutzt. Seid tapfer, mein Freund. Aufschneiden ist die einzige Hilfe.«

Das Gesicht des Höflings verdüsterte sich. Er verbeugte sich und verließ das Turmgemach.

»Habt *Ihr* ihm das angetan, Sperber?« fragte Sephrenia argwöhnisch.

»Ich?« Er blickte sie mit Unschuldsmiene an.

»Diese Wucherung ist nicht natürlichen Ursprungs!«

»Na so was?« sagte er. »Wer hätte das gedacht?«

»Nun?« sagte Vanion. »Werdet Ihr dem Befehl des Bastards Folge leiste?«

»Natürlich nicht!« schnaubte Sperber. »Ich habe hier in Cimmura viel zu tun.«

»Ihr werdet ihn erzürnen.«

»Na und?«

4

Wieder bedeckte drohendes Grau den Himmel, als Sperber das Ordenshaus verließ und rasselnd die Treppe zum Burghof hinunterstieg. Der Novize brachte Faran aus dem Stall, und Sperber musterte den Jungen nachdenklich, der etwa achtzehn und sehr groß war. Seine kräftigen Handgelenke ragten ein gutes Stück aus dem zu kleinen, erdfarbenen Kittel.

»Wie heißt Ihr, junger Mann?« fragte Sperber.

»Berit, Herr Ritter.«

»Was sind Eure Pflichten hier?«

»Man hat mir noch keine bestimmten Aufgaben zugewiesen, Herr Ritter, deshalb versuche ich mich nützlich zu machen, wo ich kann.«

»Gut. Dreht Euch um.«

»Herr Ritter?«

»Ich will Euch messen.«

Berit war sichtlich verwirrt, aber er tat wie geheißen. Sperber maß seine Schulterbreite mit den Händen. Obgleich er knochig wirkte, war der Jüngling sehr muskulös. »Ihr seid geeignet«, brummte Sperber.

Berit drehte sich noch verwirrter um.

»Ihr werdet eine Reise machen«, erklärte ihm Sperber. »Packt zusammen, was Ihr braucht, während ich Euren Begleiter hole.«

»Jawohl, mein Herr.« Berit verbeugte sich achtungsvoll.

Sperber langte nach dem Sattelknauf und schwang sich auf Farans Rücken. Berit reichte ihm die Zügel, und Sperber stupste den Fuchs zum Trott. Sie überquerten den Hof, Sperber erwiderte den Gruß der Torwächter, dann ritt er über die Zugbrücke durchs Osttor.

Auf den Straßen von Cimmura herrschte nun geschäftiges Treiben. Arbeiter schleppten, hin und wieder ächzend, schwere lehmfarbene Säcke durch enge Gassen, und Krämer und Verkäufer in blauen Kitteln standen an den Türen ihrer Läden neben ihrer bunten Ware. Dann und wann ratterte ein Karren über das Kopfsteinpflaster. Nahe der Kreuzung zweier schmaler Straßen marschierte ein Trupp Kirchensoldaten in ihren roten Uniformen in herausforderndem Gleichschritt. Sperber wich ihnen nicht aus, sondern trieb Faran mit festen Schritt geradewegs auf sie zu. Widerwillig öffneten sie eine Gasse, um ihn hindurchzulassen. »Danke, werte Herren«, sagte er höflich.

Sie antworteten nicht.

Er zügelte Faran. »Ich sagte, danke, werte Herren.«

»Nichts zu danken«, antwortete einer der Soldaten mürrisch.

Sperber wartete.

». . . Herr Ritter«, fügte der Soldat verdrossen hinzu.

»So ist es schon viel besser, Freund.« Sperber ritt weiter.

Das Tor der Herberge war verschlossen. Sperber beugte sich im Sattel zur Seite und klopfte mit den Fäusten in den Rüsthandschuhen auf das dicke Holz. Der Pförtner, der das Tor öffnete, war nicht derselbe, der ihn in der vergangenen Nacht eingelassen hatte. Sperber saß ab und reichte dem Mann Farans Zügel.

»Werdet Ihr ihn bald wieder brauchen, Herr Ritter?« erkundigte sich der Pförtner.

»Ja. Ich bleibe nur ganz kurz hier. Würdet Ihr so freundlich sein, das Pferd meines Knappen zu satteln, guter Mann?«

»Selbstverständlich, Herr Ritter.«

»Ich danke Euch.« Sperber legte eine Hand auf Farans Hals. »Benimm dich!« mahnte er.

Faran wandte hochmütig den Kopf ab.

Rasselnd stapfte Sperber die Stiege hoch und klopfte an die Tür am Kopfende.

Kurik öffnete. »Nun? Wie ist es gegangen?«

»Nicht schlecht.«

»Jedenfalls lebst du noch. Hast du die Königin gesehen?«

»Ja.«

»Erstaunlich!«

»Sagen wir, ich beharrte darauf. Du wirst nach Demos zurückkehren.«

»Du sagtest nicht ›wir‹, Sperber.«

»Ich bleibe hier.«

»Ich nehme an, du hast gute Gründe dafür.«

»Lycheas hat mir befohlen, ins Mutterhaus zurückzukehren. Ich beabsichtige, diesen Befehl mehr oder weniger zu ignorieren, aber ich möchte mich frei in Cimmura bewegen können, ohne beschattet zu werden. Im Ordenshaus ist ein Novize von etwa meiner Statur. Wir stecken ihn in meine Panzerrüstung und setzen ihn auf Faran. Dann könnt ihr zwei in ganz offensichtlichem Gehorsam nach Demos reiten. Solange der Junge das Visier geschlossen hält, werden die Spitzel des Primas glauben, ich halte mich an den Befehl.«

»Es wird klappen, nehme ich an. Aber es gefällt mir gar nicht, dich hier allein zu lassen.«

»Ich werde nicht allein sein. Kalten kommt entweder heute oder morgen hierher.«

»Das hört sich schon ein wenig besser an. Kalten ist zuverlässig.« Kurik runzelte die Stirn. »Ich dachte, er wäre nach Lamorkand verbannt worden? Wer hat ihn zurückgerufen?«

»Das hat Vanion nicht gesagt. Aber du kennst doch Kalten. Vielleicht hatte er ganz einfach genug von Lamorkand und beschloß, selbst zu handeln.«

»Wie lange soll ich in Demos bleiben?« erkundigte sich Kurik, während er seine Sachen zusammenpackte.

»Mindestens einen Monat. Die Straße wird wahrscheinlich bewacht. Ich werde dir Bescheid geben. Brauchst du Geld?«

»Geld brauche ich immer, Sperber.«

»In der Wamstasche ist etwas.« Sperber deutete auf seine getrocknete Reisekleidung über einer Stuhllehne. »Nimm dir, was du brauchst.«

Kurik grinste ihn an.

»Laß mir wenigstens ein *bißchen* was!«

»Selbstverständlich, mein Gebieter.« Kurik verbeugte sich übertrieben. »Soll ich deine Sachen packen?«

»Nein, ich komme nach Kaltens Ankunft hierher zurück. Es ist ziemlich schwierig, ungesehen ins Ordenshaus hinein und wieder heraus zu gelangen. Ist die Hintertür der Schenke noch offen?«

»Gestern war sie es jedenfalls. Ich sehe mich dort hin und wieder mal um.«

»Das dachte ich mir.«

»Ein Mann braucht ein paar Laster, Sperber. Dann hat er wenigstens was zu büßen, wenn er in die Kapelle geht.«

»Wenn Aslade erfährt, daß du gesoffen hast, wird sie dir den Bart anzünden.«

»Dann werden wir eben dafür sorgen müssen, daß sie es nicht erfährt, nicht wahr, mein Gebieter?«

»Warum werde ich nur immer in deine häuslichen Probleme hineingezogen?«

»Das hilft dir, in der Wirklichkeit zu bleiben. Nimm dir selbst eine Frau, Sperber. Dann würden andere Frauen nicht auf den Gedanken kommen, dir besondere Aufmerksamkeit zu schenken. Ein Verheirateter ist sicher. Ein Unbeweibter jedoch ist eine ständige Herausforderung für fast jede Frau.«

Etwa eine halbe Stunde später stiefelten Sperber und sein Knappe die Stiege zum Hof hinunter, schwangen sich auf ihre Pferde und ritten durchs Tor. Durch die Kopfsteinstraßen klapperten sie zum Osttor der Stadt.

»Man beobachtet uns«, sagte Kurik leise.

»Das will ich auch *hoffen*!« antwortete Sperber ebenso leise. »Ich würde ungern stundenlang herumreiten, bis jemand auf uns aufmerksam wird.«

An der Zugbrücke mußten sie das Ritual der Ordensritter noch einmal hinter sich bringen, ehe sie darüber und auf den Hof reiten durften, wo Berit auf sie wartete.

»Das ist Kurik«, sagte Sperber beim Absitzen zu ihm. »Ihr beide werdet nach Demos reiten. Kurik, dieser junge Mann heißt Berit.«

Kurik musterte den Akolythen von oben bis unten. »Er hat die richtige Statur«, brummte er schließlich. »Vielleicht muß ich ein paar Riemen kürzen, aber deine Rüstung müßte ihm einigermaßen passen.«

»Das glaube ich auch.«

Ein anderer Novize kam aus dem Haus und nahm die Zügel der beiden Pferde.

»Dann kommt mal mit, ihr zwei«, forderte Sperber Kurik und Berit auf. »Wir werden Vanion einweihen und danach unseren Ersatzmann in meine Rüstung stecken.«

Berit blinzelte verwirrt.

Kurik lachte. »Ihr werdet befördert, Berit. Da sieht man wieder mal, wie schnell man bei den Pandionern aufsteigen kann! Gestern ein Novize, heute Streiter der Königin.«

»Ich erkläre es Euch bei Vanion«, sagte Sperber zu dem Jüngling. »Die Geschichte ist nicht so interessant, daß ich sie zweimal durchkauen möchte.«

Der Nachmittag war halb vorgerückt, als die drei wieder aus dem Ordenshaus traten. Berit ging etwas unbeholfen in der ungewohnten Rüstung, und Sperber trug einfaches Beinkleid und Kittel.

Kurik blinzelte zum Himmel. »Ich glaube, es gibt bald Regen.«

»Ihr werdet schon nicht schmelzen«, antwortete Sperber.

»Darum geht es nicht«, versicherte ihm sein Knappe. »Es macht mir nur keinen Spaß, gleich wieder den Rost von deiner Rüstung abkratzen zu müssen.«

»Das Leben ist schwer.«

Kurik brummelte und half Sperber, Berit in Farans Sattel zu helfen. »Du wirst diesen jungen Mann nach Demos bringen«, befahl

Sperber dem Fuchs. »Versuche dich so zu benehmen, als säße ich auf deinem Rücken!«

Faran blickte ihn fragend an.

»Es würde zu lange dauern, es jetzt zu erklären. Es liegt völlig an dir, Faran, aber bedenke, daß er meine Rüstung trägt und du dir vermutlich die Zähne brechen würdest, falls du versuchst, ihn zu beißen.« Sperber wandte sich wieder an seinen Knappen. »Grüß Aslade und die Jungs von mir.«

»Mach' ich.« Kurik nickte und schwang sich in den Sattel.

»Benehmt euch nicht übertrieben auffällig«, riet Sperber, »aber vergewissert euch, daß ihr gesehen werdet – und Kurik, sorg dafür, daß Berit das Visier geschlossen hält!«

»Ich passe schon auf. Also, kommt, mein Gebieter«, wandte sich Kurik an Berit.

»Mein Gebieter?«

»Gewöhnt Euch daran, Junge«, brummte Kurik. »In der Öffentlichkeit muß man Euch für ihn halten.« Er wendete sein Pferd. »Auf Wiedersehen, Sperber.« Dann ritten die beiden zur Zugbrücke.

Der Rest des Tages verging ruhig. Sperber saß in der Zelle, die ihm Vanion zugewiesen hatte, und las ein muffiges altes Buch. Bei Sonnenuntergang schloß er sich den Brüdern im Speisesaal an und nahm das einfache Abendmahl mit ihnen ein, dann schritten sie gemeinsam in einer kleinen Prozession zur Kapelle. Sperbers Religiosität war nicht sehr tief, aber er verspürte wieder dieses Gefühl der Erneuerung, als er zu den Gebräuchen seines Noviziats zurückkehrte.

Vanion zelebrierte die Abendmesse und hielt eine lange, eindringliche Predigt über die Tugend der Demut. Wie früher döste Sperber mittendrin ein.

Am Ende der Predigt weckte ihn die Stimme eines Engels. Ein junger Ritter mit butterfarbenem Haar und einem Hals wie eine Marmorsäule hob die klare Tenorstimme zu einem Lobgesang. Sein Gesicht strahlte, und seine Augen leuchteten vor Inbrunst.

»War meine Predigt wirklich so einschläfernd?« murmelte Vanion und schritt neben Sperber her, als sie die Kapelle verließen.

»Vermutlich nicht, aber ich bin nicht in der Lage, dies zu beurteilen. Habt Ihr wieder von dem einfachen Maßliebchen gepredigt, das in den Augen Gottes schön wie die Rose ist?«

»Ihr habt diese Predigt schon mal gehört?«

»Des öfteren.«

»Die alten sind die besten.«

»Wer ist euer Tenor?«

»Ritter Parasim. Er hat sich eben erst seine Sporen verdient.«

»Ich möchte ja nicht unken, Vanion, aber er ist zu gut für diese Welt.«

»Ich weiß.«

»Gott wird ihn wahrscheinlich bald heimholen.«

»Das ist Sache Gottes, nicht wahr, Sperber?«

»Tut mir einen Gefallen, Vanion. Bringt mich nicht in eine Lage, in der ich derjenige sein könnte, der ihn möglicherweise in den Tod schickt.«

»Auch das ist Gottes Sache. Schlaft gut, Sperber.«

»Ihr ebenfalls, Vanion.«

Es mochte gegen Mitternacht sein, als die Tür von Sperbers Zelle krachend aufschwang. Sperber rollte sich flink von seiner engen Pritsche und kam mit gezücktem Schwert auf die Füße.

»Tu das nicht!« brummte der große blonde Mann an der Tür gereizt. Er hielt eine Kerze in der einen und einen Weinbeutel in der anderen Hand.

»Hallo, Kalten«, begrüßte Sperber seinen Jugendfreund. »Wann bist du angekommen?«

»Vor etwa einer halben Stunde. Ich dachte schon, ich müßte die Mauer erklimmen«, sagte der Blonde verärgert. »Wir haben Frieden! Warum ziehen sie die Zugbrücke jede Nacht hoch?«

»Wahrscheinlich aus Gewohnheit.«

»Willst du das nicht endlich weglegen?« Kalten deutete auf das Schwert in Sperbers Hand. »Oder muß ich den ganzen Beutel etwa allein austrinken?«

»Entschuldige.« Sperber lehnte sein schmuckloses Schwert gegen die Wand.

Kalten stellte seine Kerze auf den kleinen Tisch, warf den Weinbeutel auf Sperbers Pritsche, dann schlang er die Arme wie ein Bär um seinen alten Freund. »Schön, dich wiederzusehen!«

»Das wollte ich auch gerade sagen«, versicherte ihm Sperber. »Nimm Platz.« Er deutete auf den Hocker am Tisch und setzte sich selbst auf die Bettkante.

»Wie war Lamorkand?«

Kalten schüttelte sich. »Kalt, naß und unruhig. Lamorker sind mir nicht gerade die liebsten Menschen auf Gottes weiter Erde. Wie war Rendor?«

Sperber zuckte die Schultern. »Heiß, trocken und wahrscheinlich ebenso unruhig wie Lamorkand.«

»Ich hörte, daß du dort unten Martel in die Quere gekommen bist. Hast du ihm zu einer schönen Beerdigung verholfen?«

»Er ist mir entwischt.«

»Du läßt nach, Sperber!« Kalten nahm den Umhang ab. Borstige blonde Löckchen schauten aus dem Ausschnitt seines Kettenhemds. »Hast du vor, die ganze Nacht auf dem Weinbeutel sitzen zu bleiben?« fragte er anzüglich.

Sperber brummelte, zog den Stöpsel heraus und hob den Beutel an die Lippen. »Nicht schlecht«, lobte er. »Wo hast du ihn her?« Er reichte dem Freund den Beutel.

»Hab' ihn gegen Sonnenuntergang in einer Schenke am Weg gekauft. Mir ist gerade noch rechtzeitig eingefallen, daß es in Pandionischen Ordenshäusern nur Wasser zu trinken gibt – oder auch Tee, wenn Sephrenia anwesend ist. Dumme Sitte!«

»Wir sind immerhin ein religiöser Orden, Kalten.«

»In Chyrellos gibt es ein halbes Dutzend Patriarchen, die sich jeden Abend vollaufen lassen.« Kalten setzte den Beutel an und nahm einen tiefen Schluck. »Ich hätte zwei mitnehmen sollen«, brummte er. »Ach übrigens, in der Schenke ist mir Kurik mit einem jungen Hüpfer begegnet, der deine Rüstung trug.«

»Das hätte ich mir denken müssen«, sagte Sperber trocken.

»Jedenfalls erzählte mir Kurik, daß du hier bist. Ich wollte ja eigentlich dort übernachten, aber als ich hörte, daß du von Rendor zurück bist, beschloß ich weiterzureiten.«

»Ich bin gerührt.«

Kalten lachte und reichte ihm den Weinbeutel.

»Hielten sich Kurik und der Novize wenigstens ein bißchen zurück?« erkundigte sich Sperber.

Kalten nickte. »Sie waren in einer Nebenstube, und der junge Bursche hielt das Visier geschlossen. Hast du schon mal jemanden gesehen, der versucht durch sein Visier zu trinken? Was Komischeres ist mir noch nie untergekommen. Übrigens waren auch zwei einheimische Dirnen dort. Dein junger Pandioner erwirbt inzwischen vielleicht ein bißchen Erfahrung.«

»Ist auch an der Zeit«, meinte Sperber.

»Ob er das auch mit geschlossenem Visier versucht?«

»Diese Mädchen sind gewöhnlich recht anpassungsfähig.«

Kalten lachte. »Kurik hat mich über die Lage hier aufgeklärt. Glaubst du wirklich, daß du dich in Cimmura herumtreiben kannst, ohne daß dich jemand erkennt?«

»Nun, ich dachte an irgendeine Verkleidung.«

»Dann fang am besten mit einer falschen Nase an«, riet ihm Kalten. »Dein gebrochener Geierschnabel fällt doch sofort auf!«

»Du mußt es ja wissen! Schließlich hast du mir die Nase gebrochen!«

»Es war beim Spiel!« verteidigte sich Kalten.

»Schon gut, ich habe mich daran gewöhnt. Wir reden morgen am besten mit Sephrenia. Ihr wird schon etwas einfallen.«

»Ich hörte schon, daß sie hier ist. Wie geht es ihr?«

»Wie immer. Sephrenia ändert sich nie.«

»Stimmt.« Kalten nahm einen weiteren Schluck aus dem Beutel und wischte sich mit dem Handrücken über die Lippen. »Weißt du, ich glaube, ich war eine große Enttäuschung für sie. Sie bemühte sich so sehr, mir die Geheimnisse beizubringen, aber ich kam einfach nicht mit der styrischen Sprache zurecht. Jedesmal, wenn ich versuchte, ›*ogeragekgasek*‹ zu sagen, habe ich mir fast den Kiefer ausgerenkt.«

»Okeragukasek«, verbesserte ihn Sperber.

»Wie du meinst. Ich halte mich lieber an mein Schwert und laß die anderen mit Magie spielen.« Er beugte sich auf seinem Hocker vor. »Angeblich sollen sich die Eshandisten in Rendor wieder rühren. Stimmt das?«

»Sie sind keine große Gefahr.« Sperber zuckte die Schultern und lehnte sich auf seiner Pritsche zurück. »Sie heulen, machen draußen die Wüste unsicher und überschütten einander mit Schlagwörtern. Das ist eigentlich alles. Geht in Lamorkand irgendwas Interessantes vor?«

Kalten schnaubte. »Sämtliche Barone führen Privatkriege gegeneinander. Im ganzen Reich stinkt es nach Rachedurst. Kannst du dir vorstellen, daß sogar ein Bienenstich einen Krieg ausgelöst hat? Ein Graf wurde gestochen und erklärte dem Baron den Krieg, dessen Bauern der Bienenstock gehört. Seit zehn Jahren kämpfen sie deswegen miteinander.«

»Das ist eben Lamorkand! Was noch?«

»In der Gegend östlich von Motera wimmelt es nur so von Zemochern.«

Sperber richtete sich abrupt auf. »Vanion sagt, daß Otha zu den Waffen ruft!«

»Ohta macht alle zehn Jahre mobil.« Kalten streckte seinem Freund den Weinbeutel entgegen. »Ich glaube, das tut er nur, damit seine Leute nicht unruhig werden.«

»Machen die Zemocher etwas Besonderes in Lamorkand?«

»Nicht daß ich wüßte. Sie stellen eine Menge Fragen – hauptsächlich über alte Sagen und Überlieferungen. Zwei oder drei Zemocher findet man in fast jeder Ortschaft. Sie fragen alte Weiber aus und spendieren den Männern in den Schenken Wein und Bier.«

»Merkwürdig«, murmelte Sperber.

»Das trifft auf so gut wie jeden und alles aus Zemoch zu«, bestätigte Kalten. »Vernunft wurde dort nie sonderlich großgeschrieben.« Er stand auf. »Ich suche mir eine Pritsche und schaffe sie hierher, dann können wir uns über die alten Zeiten unterhalten, bis wir einschlafen.«

»Nichts dagegen.«

Kalten grinste. »Wie damals, als dein Vater uns auf dem Pflaumenbaum erwischte.«

Sperber schüttelte sich. »Seit fast dreißig Jahren versuche ich das zu vergessen.«

»Ja, dein Vater hatte eine sehr kräftige Hand. An den Rest des Tages erinnere ich mich nicht mehr so deutlich – von den Bauchschmerzen wegen der vielen Pflaumen abgesehen. Ich bin gleich zurück.« Er drehte sich um und verließ Sperbers Zelle.

Es war schön, wieder mit Kalten zusammenzusein. Sie waren gemeinsam in Sperbers Elternhaus in Demos aufgewachsen, nachdem Kaltens Familie ums Leben gekommen war, und ehe die beiden Jungen ihre Noviziatsausbildung im pandionischen Mutterhaus begonnen hatten. In vieler Hinsicht standen sie sich näher als Brüder. Gewiß, Kalten hatte ein paar Untugenden, aber ihre Freundschaft bedeutete Sperber mehr als alles andere.

Nach einer Weile kehrte der große Blonde zurück und zerrte eine Pritsche hinter sich her. Dann lagen die beiden im schwachen Kerzenschein und schwelgten bis in die frühen Morgenstunden in Erinnerungen. Alles in allem war es eine sehr schöne Nacht.

Sie standen früh auf und zogen über der Rüstung die Kutten an, die die Pandioner im Ordenshaus trugen. Den morgendlichen Zug zur Kapelle ließen sie aus und machten sich statt dessen auf die Suche nach der Frau, die ganze Generationen von pandionischen Rittern in dem komplizierten Fach ausgebildet hatte, das schlicht ›Geheimnisse‹ genannt wurde.

Sie fanden sie hoch oben im Südturm vor einer Tasse Tee. »Guten Morgen, kleine Mutter«, grüßte Sperber an der Tür. »Gestattet Ihr, daß wir uns zu Euch setzen?«

»Tretet ein, meine Herren Ritter.«

Kalten kniete vor ihr nieder und küßt ihre beiden Handflächen. »Segnet Ihr mich, kleine Mutter?« bat er.

Sie lächelte, legte die Hände an seine Wangen und sprach den Segen auf styrisch.

»Aus irgendeinem Grunde fühle ich mich danach immer besser«, gestand er und erhob sich wieder. »Obwohl ich die Wörter nicht alle verstehe.«

Sie blickte die beiden durchdringend an. »Ich sehe, daß ihr vorgezogen habt, die Morgenmesse nicht zu besuchen.«

»So sehr wird Gott uns schon nicht vermissen.« Kalten zuckte die Schultern. »Außerdem kenne ich Vanions Predigten ohnehin alle auswendig.«

»Und welchen Schabernack habt ihr für heute ausgeheckt?« fragte sie.

»Schabernack?« entgegnete Kalten mit Unschuldsmiene.

Sperber lachte. »Glaubt uns, wir dachten überhaupt nicht an irgendeinen Schabernack. Wir wollen nur etwas erledigen.«

»In der Stadt?«

Sperber nickte. »Das einzige Problem ist, daß wir beide in Cimmura ziemlich gut bekannt sind. Wir dachten, Ihr könntet uns vielleicht mit einer Verkleidung helfen.«

Sie musterte die beiden kühl. »Ich spüre deutlich, daß ihr mir etwas verheimlicht. Also, heraus mit der Sprache. Worum geht es bei dieser ›Erledigung‹?«

»Nun, wir haben vor, einen alten Freund aufzusuchen«, antwortete Sperber. »Einen Kerl namens Krager. Er weiß so allerhand, was er uns vielleicht mitteilen möchte.«

»Worum geht es?«

»Er weiß, wo Martel ist.«

»Das wird Krager euch bestimmt nicht verraten!«

Kalten zog an seinen Fingern und ließ die Gelenke knacken – ein Geräusch, das ein Schaudern verursachte, weil es an das Brechen von Knochen denken ließ. »Möchtet Ihr mit uns wetten, Sephrenia?«

»Werdet ihr zwei denn nie erwachsen? Ihr bleibt offenbar ewige Lausejungen!« »Liebt Ihr uns nicht deshalb so sehr, kleine Mutter?« Kalten grinste.

»Welche Art von Verkleidung würdet Ihr uns empfehlen?« fragte Sperber.

Sie spitzte die Lippen und betrachtete die beiden Männer nachdenklich. »Ein Höfling und sein Junker«, meinte sie schließlich.

»Niemand würde mich für einen Höfling halten!« protestierte Sperber.

»Diese Rolle habe ich ja auch nicht Euch zugedacht. Euch kann ich *fast* wie einen anständigen Junker herrichten. Und wenn wir Kalten erst in ein Satinwams stecken und sein langes blondes Haar locken, wird man ihm den Höfling durchaus abnehmen.«

»Satin kleidet mich wirklich gut«, murmelte Kalten bescheiden.

»Warum können wir nicht einfach als zwei gewöhnliche Arbeiter gehen?« fragte Sperber.

Sie schüttelte den Kopf. »Gewöhnliche Arbeiter haben entweder

Angst, wenn sie mit Edlen zusammenkommen, oder katzbuckeln. Könntet ihr das glaubhaft spielen?«

»Ich denke, sie ist da auf einen wunden Punkt gestoßen«, sagte Kalten zu Sperber.

»Außerdem tragen Arbeiter keine Schwerter, und ich kann mir nicht vorstellen, daß ihr in Cimmura unbewaffnet sein wollt.«

»Sie denkt wirklich an alles«, bemerkte Sperber anerkennend.

»Also gut«, sagte Sephrenia, »sehen wir, was wir tun können.«

Mehrere Akolythen wurden im Ordenshaus herumgeschickt, um verschiedene Dinge zu bringen. Sephrenia begutachtete jeden Gegenstand eingehen, wählte einige aus, während sie andere als unbrauchbar zurückschickte. Nach zwei Stunden verließen beide Männer Sephrenias Gemach, die kaum noch Ähnlichkeit mit den beiden Pandionern besaßen, die es betreten hatten. Sperber trug eine einfache Livree, ähnlich der Kuriks, und ein Kurzschwert. Ein borstiger Bart klebte an seinem Gesicht, und eine blaue Narbe verlief über die gebrochene Nase und verschwand unter einer schwarzen Klappe, die sein linkes Auge bedeckte.

»Das Ding kitzelt«, beschwerte sich Sperber und hob die Hand zum Gesicht, um an dem falschen Bart zu kratzen.

»Finger weg, bis der Kleister trocken ist!« rügte sie und schlug ihm leicht auf die Fingerknöchel. »Und schlüpft in einen Handschuh, damit man den Ring nicht sehen kann!«

»Erwartet Ihr wahrhaftig, daß ich dieses Spielzeug trage?« fragte Kalten und schwang einen leichten Degen. »Ich will ein Schwert, keine Stricknadel!«

»Höflinge tragen keine Breitschwerter, Kalten«, erinnerte sie ihn. Sie musterte ihn kritisch. Sein Wams war aus leuchtend blauem Satin mit roter Paspelierung und Verzierung, das Beinkleid von gleichem Rot. Dazu trug er weiche Halbstiefel, da es keine spitzen Schuhe gab – wie sie gerade in Mode waren –, die an seine übergroßen Füße gepaßt hätten. Sein Umhang war von hellem Rosa, und sein frisch gekraustes blondes Haar wallte über den Kragen. Ein breitkrempiger Hut mit weißem, wippendem Federbusch zierte sein Haupt. »Ihr seht gut aus, Kalten«, sagte sie zufrieden. »Man dürfte Euch den Höfling glauben – wenn ich erst Rouge auf Eure Wangen aufgetragen habe.«

»Kommt überhaupt nicht in Frage!« Er wich vor ihr zurück.

»Kalten!« sagte sie streng. »Setzt Euch!« Sie deutete auf einen Stuhl und langte nach einem Rougetiegelchen.

»Muß das sein?«

»Ja. Also setzt Euch!«

Kalten blickte Sperber drohend an. »Wenn du lachst, kannst du dich auf etwas gefaßt machen. Also denk gar nicht erst daran!«

»Ich?«

Da das Ordenshaus ständig von Agenten des Primas Annias beobachtet wurde, machte Vanion einen Vorschlag, der sowohl listig wie praktisch war. »Ich muß ohnehin ein paar Sachen in unsere Herberge schaffen«, erklärte er. »Annias weiß, daß die Herberge vom Orden geführt wird, also machen wir uns nicht verdächtig. Wir verstecken Kalten im Wagen und machen diesen guten, ehrlichen Burschen zum Fuhrmann.« Er blickte den nun bärtigen Sperber mit der Augenklappe durchdringend an. »Wo in aller Welt habt Ihr Haar für seinen Bart gefunden, das seinem echten so täuschend gleicht?« fragte er Sephrenia neugierig.

Sie lächelte. »Wenn Ihr das nächste Mal in den Stall geht, dann seht Euch den Schweif Eures Pferdes nicht zu genau an.«

»*Mein* Rappe?«

»Es war das einzige schwarze Pferd im ganzen Stall, Vanion, und sehr viel brauchte ich ja nicht.«

»*Mein* Pferd?« wiederholte er gekränkt.

»Wir alle müssen dann und wann Opfer bringen«, sagte sie. »Das verlangt der Pandionische Eid, oder habt Ihr das vergessen?«

5

Der Wagen war klapprig, und das Zugpferd lahmte. Sperber lümmelte auf dem Kutschbock, die Zügel lässig in einer Hand, und achtete scheinbar kaum auf die vielen Menschen ringsum.

Die Räder wackelten und knarrten, als der Wagen über Unebenheiten der gepflasterten Straße holperte. »Sperber, mußt du unbedingt durch jedes Loch und über jeden Stein fahren?« Kaltens Stimme klang gedämpft durch die Kisten und Ballen, die im Wagen um ihn aufgestapelt waren.

»Sei still!« zischte Sperber. »Da kommen zwei Kirchensoldaten!«

Kalten stieß ein paar saftige Flüche aus, ehe er verstummte.

Der Gesichtsausdruck der Kirchensoldaten in ihren roten Uniformen wirkte ausgesprochen verächtlich, während sie durch die belebten Straßen schritten. Die Arbeiter und blaubekittelten Händler machten ihnen eilig Platz. Sperber zügelte seine Schindmähre und hielt den Wagen direkt in Straßenmitte an, so daß die Soldaten gezwungen waren, um ihn herumzugehen. »Morgen, die Herren«, grüßte er sie.

Sie funkelten ihn finster an und schritten um den Wagen herum.

»Einen schönen Tag!« rief Sperber ihnen nach.

Sie achteten nicht auf ihn.

»Was sollte das denn?« fragte Kalten leise.

»Wollte nur meine Verkleidung prüfen«, antwortete Sperber und schüttelte die Zügel.

»Und?«

»Und was?«

»Alles in Ordnung?«

»Sie haben mir nicht einmal einen zweiten Blick gegönnt.«

»Wie weit ist es denn noch zur Herberge? Ich ersticke schier unter all dem Zeug!«

»Nicht mehr sehr weit.«

»Überrasch mich doch mal, Sperber. Fahr ausnahmsweise um wenigstens ein Schlagloch und eine Unebenheit herum – nur der Abwechslung halber.«

Der Wagen holperte weiter.

Am verriegelten Herbergstor kletterte Sperber vom Kutschbock und klopfte das rhythmische Signal auf das dicke Holz. Kurz darauf öffnete der Pförtner das Tor. Er musterte Sperber, dann sagte er: »Tut mir leid, Freund, aber die Herberge ist voll belegt.«

»Wir haben nicht vor zu bleiben, werter Herr«, entgegnete Sperber. »Wir bringen lediglich ein paar Vorräte aus dem Ordenshaus.«

Die Augen des Pförtners weiteten sich. Er betrachtete den breitschultrigen Mann eingehender. »Seid Ihr es, Ritter Sperber?« fragte er schließlich ungläubig. »Ich hatte Euch nicht erkannt.«

»Das ist ja der Zweck der Übung. Man soll mich gerade nicht erkennen.«

Der Pförtner öffnete das Tor, und Sperber führte den müden Gaul auf den Hof. »Du kannst jetzt raus«, rief er Kalten zu, nachdem der Pförtner das Tor wieder verriegelt hatte.

»Du mußt mich erst mal von all dem Zeug befreien!«

Sperber schob einige Kisten zur Seite, und Kalten wand sich heraus.

Der Pförtner bedachte den großen Blonden mit einem belustigten Blick.

»Heraus damit! Sagt es schon!« forderte Kalten ihn wütend auf.

»Daran würde ich nicht einmal im Traum denken, Herr Ritter.«

Sperber hob eine längliche Kiste vom Wagen und legte sie sich auf die Schulter. »Laßt Euch von jemandem beim Abladen helfen«, riet er dem Pförtner. »Hochmeister Vanion schickt Euch diese Sachen. Und kümmert Euch bitte um das Pferd. Es ist müde.«

»Müde? Halbtot wäre zutreffender.« Der Pförtner betrachtete das klapprige Tier.

»Es ist nur alt. Irgendwann wird es uns nicht besser ergehen. Ist die Hintertür zur Schenke offen?« Er blickte über den Hof zum Eingang.

»Sie ist immer offen, Ritter Sperber.«

Sperber nickte, und er und Kalten überquerten den Hof.

»Was ist in der Kiste, die du da schleppst?« fragte Kalten.

»Unsere Schwerter.«

»Sehr schlau, aber dürfte es nicht etwas schwierig sein, sie zu ziehen?«

»Nicht, wenn ich die Kiste erst aufs Pflaster geworfen habe.« Sperber öffnete die Tür. »Nach Euch, mein Herr.« Er verbeugte sich spöttisch.

Sie tasteten sich durch einen überfüllten Lagerraum und gelangten in eine schäbige Schenke. Das einzige Fenster war blind von einer scheinbar jahrhundertealten Staubschicht, und das Stroh auf dem Boden vermoderte. Die Schankstube stank nach abgestandenem Bier, verschüttetem Wein und Erbrochenem. Spinnweben überzogen die niedrige Decke, und die grob gezimmerten Tische und Bänke waren arg mitgenommen. Nur drei Personen hielten sich in der Stube auf: der mürrisch dreinblickende Wirt, ein Betrunkener, der an einem Tisch neben der Tür saß, den Kopf auf die verschränkten Arme gebettet, und eine schlampige Dirne in rotem Gewand, die in einer Ecke döste.

Kalten ging zur Tür und schaute die Straße auf und ab. »Es ist noch nicht viel los da draußen«, brummte er. »Wie wär's mit einem Krug oder auch zwei, bis das Viertel aufgewacht ist?«

»Wie wär's statt dessen mit Frühstück?«

»Sagte ich doch.«

Sie setzten sich an einen Tisch, und der Wirt kam herbei, ohne sich anmerken zu lassen, daß er sie als Pandioner erkannte. Er fuhr mit einem schmutzigen Lappen über eine Bierlache auf der Tischplatte. »Was wollt ihr?« Seine Stimme klang verdrossen.

»Bier«, knurrte Kalten.

»Bringt uns auch Brot und Käse«, fügte Sperber hinzu.

Der Wirt brummte etwas und ging.

»Wo hast du Krager gesehen?« fragte Kalten leise.

»Auf dem Marktplatz am Westtor.«

»Das ist eine heruntergekommene Gegend.«

»Krager ist auch ein heruntergekommener Kerl.«

»Wir könnten dort natürlich mit der Suche anfangen, aber das dürfte Zeit kosten. Krager könnte sich in jedem Rattenloch von Cimurra verkrochen haben.«

»Hattest du etwas Dringenderes vor?«

Die Dirne in Rot schleppte sich müde auf die Füße und schlurfte über das Stroh zu ihrem Tisch. »Ich kann wohl nicht annehmen, daß einer von euch feinen Herren sich ein bißchen vergnügen möchte?« fragte sie mit gelangweilt klingender Stimme. Ein Schneidezahn fehlte ihr, und das rote Gewand war sehr tief ausgeschnitten. Gewohnheitsgemäß beugte sie sich vor, um ihnen einen Blick auf ihre schlaffen Brüste zu gewähren.

»Es ist noch etwas früh, kleine Schwester«, antwortete Sperber. »Trotzdem danke.«

»Wie geht's Geschäft?« fragte Kalten sie.

»Lahm. In der Früh ist es immer lahm.« Sie seufzte. »Ich kann wohl nicht annehmen, daß ihr einem durstigen Mädchen was zu trinken anbieten wollt?« fragte sie hoffnungsvoll.

»Warum nicht?« entgegnete Kalten. »Wirt«, rief er. »Bringt der Dame auch was zu trinken.«

»Vielen Dank, mein Herr«, sagte die Dirne. Sie schaute sich in der Schankstube um. »Was für eine schäbige Spelunke«, sagte sie seufzend. »Ich würde gar nicht hierherkommen – aber ich arbeite nicht gern auf der Straße.« Wieder seufzte sie. »Wißt ihr was?« sagte sie. »Mir tun die Füße weh. Ist das nicht schlimm für jemand in meinem Gewerbe? Man sollte meinen, mir würde eher der Rücken zu schaffen machen. Noch einmal, danke, mein Herr.« Sie drehte sich um und schlurfte zu ihrem Tisch zurück.

»Ich unterhalte mich gern mit Dirnen«, erklärte Kalten. »Sie haben eine so unkomplizierte Lebensauffassung.«

»Das ist aber eine merkwürdige Freizeitbeschäftigung für einen Ordensritter.«

»Gott hat mich als Krieger angeworben, Sperber, nicht als Mönch. Ich kämpfe, wann immer er es mir befiehlt, aber über den Rest meiner Zeit verfüge ich frei.«

Der Wirt brachte Krüge und Bier und eine Platte mit Brot und Käse. Sie aßen und unterhielten sich dabei halblaut.

Eine Stunde später hatten sich weitere Gäste eingefunden: nach Schweiß riechende Arbeiter, die sich eine Verschnaufpause gönnten, und ein paar Händler aus den Läden in der Nähe. Sperber stand auf und schaute aus der Tür. Zwar war die schmale Straße nicht sehr verkehrsreich, aber es gab nun genügend Passanten, die sie unauffällig als Sichtschutz benutzen konnten. Er kehrte zum Tisch zurück. »Ich glaube, es ist an der Zeit, uns auf den Weg zu machen, mein Gebieter«, sagte er zu Kalten. Er griff nach der länglichen Kiste.

»In Ordnung«, erwiderte Kalten. Er leerte seinen Krug, erhob sich, schob den Hut auf den Hinterkopf und taumelte dabei. Unterwegs zum Ausgang stolperte er mehrmals und torkelte ein wenig, als er auf die Straße hinaustrat. Sperber folgte ihm, die Kiste trug er wieder auf der Schulter. »Übertreibst du nicht ein bißchen?« murmelte er, als sie um die Ecke bogen.

»Ich bin eben ein typischer, dem Trunk verfallener Höfling, Sperber. Und schließlich kommen wir aus einer Schenke.«

»Sie liegt jetzt hinter uns. Wenn du dich zu betrunken aufführst, erregen wir Aufmerksamkeit. Ich glaube, es ist Zeit für eine wundersame Ausnüchterung.«

»Du nimmst der Sache den ganzen Spaß, Sperber«, beschwerte sich Kalten. Er hörte zu torkeln auf und rückte den federbuschigen Hut wieder schicklich zurecht.

Als sie eine Kreuzung erreichten, spürte Sperber ein vertrautes Prickeln. Er setzte die Kiste ab und fuhr sich mit dem Ärmel seines Kittels über die Stirn.

»Was ist los?« fragte Kalten und hielt ebenfalls an.

»Die Kiste ist schwer, mein Gebieter«, antwortete Sperber laut genug, daß die Vorüberkommenden es hören konnten. Leise fügte er hinzu: »Wir werden beobachtet.« Er ließ den Blick verstohlen über die beiden Seiten der Straße schweifen.

Die vermummte Gestalt stand an einem Fenster im ersten Stock, teilweise hinter einem dichten grünen Vorhang verborgen. Sie hatte große Ähnlichkeit mit derjenigen, die ihn bereits in der Nacht seiner Ankunft auf den regennassen Straßen beobachtet hatte.

»Hast du ihn entdeckt?« fragte Kalten leise und tat, als müsse er den Kragen seines rosa Umhangs glatt streifen.

Ächzend hob Sperber die Kiste wieder auf die Schulter und murmelte: »An einem Fenster im ersten Stock – über dem Kerzengießergeschäft.«

»Geht endlich weiter, Mann!« befahl Kalten laut. »Der Tag schreitet voran.« Während er die Straße entlangstolzierte, spähte er rasch zu dem Fenster mit den grünen Vorhängen hinauf.

Sie bogen um eine Ecke. »Seltsamer Bursche, nicht wahr?« bemerkte Kalten. »Normalerweise zieht man sich im Haus nicht die Kapuze ins Gesicht.«

»Vielleicht hat er was zu verbergen.«

»Denkst du, er hat uns erkannt?«

»Schwer zu sagen. Ich bin nicht sicher, aber ich glaube, es ist derselbe, der mich beobachtete, als ich in der Stadt ankam. Ich konnte ihn zwar nicht gut sehen, wohl aber spüren, und dieser hat die gleiche Ausstrahlung.«

»Kann Magie unsere Maskerade durchdringen?«

»Mühelos. Magie sieht den Menschen, nicht die Kleidung.

Gehen wir durch ein paar Gassen und schauen, ob wir ihn abschütteln können, falls er sich entschließt, uns zu folgen.«

»Gut.«

Es war schon fast Mittag, als sie den Marktplatz am Westtor erreichten, wo Sperber Krager gesehen hatte. Dort gingen sie getrennte Wege. Sperber nahm die eine, Kalten die andere Richtung. Sie befragten die Händler an den bunten Buden und die Kaufleute in den gediegeneren Läden und beschrieben Krager, so gut sie konnten. Auf der hinteren Seite des Platzes traf sich Sperber wieder mit seinem Freund. »Hast du was erfahren?« erkundigte er sich.

Kalten nickte. »Da drüben ist ein Weinhändler. Er sagte, ein Mann, auf den die Beschreibung zutrifft, kommt drei- oder viermal am Tag an seinen Stand und kauft jeweils eine Flasche arzischen Rotwein.«

»Das ist zweifellos Krager.« Sperber grinste. »Wenn Martel herausfindet, daß der Kerl wieder säuft, wird er ihm in die Kehle greifen und ihm das Herz zum Hals herausziehen.«

»Kann man das tatsächlich?«

»Ja, wenn der Arm lang genug ist und man weiß, wonach man greifen muß. Hat der Weinhändler dir gesagt, von woher Krager gewöhnlich kommt?«

Kalten nickte. »Aus dieser Straße dort.«

Sperber kratzte sich grübelnd an seinem Roßhaarbart.

»Wenn du den abreißt, wird Sephrenia dich übers Knie legen und der den Hintern versohlen!«

Hastig nahm Sperber die Hand vom Gesicht. »Hat Krager sich heute schon eine Flasche geholt?«

Wieder nickte Kalten. »Vor etwa zwei Stunden.«

»Er wird die erste Flasche ziemlich schnell leeren. Wenn er wie früher säuft, wird er sich nach dem Aufwachen nicht nur schlecht fühlen, sondern auch Nachdurst haben.« Sperber schaute sich auf dem belebten Markt um. »Gehen wir ein Stück die Straße hoch, wo nicht ganz so viele Leute sind, und warten auf ihn. Sobald seine Flasche leer ist, wird er sich eine neue holen.«

»Dann sieht er uns doch! Immerhin kennt er uns beide!«

Sperber schüttelte den Kopf. »Er ist so kurzsichtig, daß er kaum weiter als seine Nasenspitze sehen kann. Außerdem würde er nach einer Flasche Wein nicht einmal seine eigene Mutter erkennen.«

»Krager hat eine Mutter?« Kalten tat erstaunt. »Ich dachte, er wäre einfach unter einem verrotteten Baumstamm hervorgekrochen.«

Sperber lachte. »Suchen wir ein geeignetes Fleckchen, wo wir auf ihn warten können.«

»Dürfen wir lauern?« fragte Kalten eifrig. »Ich hatte seit Jahren keine Gelegenheit mehr dazu.«

»Dann lauere, mein Freund.«

Sie schritten die Straße hoch, auf die der Weinhändler gedeutet hatte. Nach einigen hundert Schritten zeigte Sperber auf den schmalen Eingang zu einer Gasse.

»Dort wäre vielleicht eine günstige Stelle, um ihm aufzulauern. Wenn Krager vorbeikommt, können wir ihn in die Gasse zerren und ungestört unser kleines Gespräch führen.«

»Richtig«, bestätigte Kalten mit boshaftem Grinsen.

Sie überquerten die Straße und betraten die Gasse. Haufen fauliger Abfälle reihten sich zu beiden Seiten, und ein Stückchen weiter befand sich ein öffentliches Pissoir, das unangenehmen Geruch ausströmte. Kalten wedelte die Hand vor der Nase. »Manchmal lassen deine Entscheidungen zu wünschen übrig, Sperber. Hättest du nicht ein etwas wohlriechenderes Plätzchen aussuchen können?«

»Weißt du«, entgegnete Sperber, »das hat mir gefehlt, als wir getrennt waren – dieser ständige Strom von Beschwerden!«

Kalten zuckte die Schultern. »Ein Mann braucht ein Gesprächsthema.« Er langte unter sein azurblaues Wams, zog ein kleines Krummesser heraus und befestigte es an der Sohle seines Halbstiefels. »Ich krieg' ihn zuerst!« sagte er.

»Wen?«

»Krager. Ich darf mit ihm anfangen.«

»Wie kommst du darauf?«

»Du bist mein Freund, Sperber. Freunde lassen ihren Freunden immer den Vortritt.«

»Ist das nicht auch umgekehrt der Fall?«

Kalten schüttelte den Kopf. »Du magst mich mehr als ich dich. Das ist nur natürlich. Ich bin viel liebenswerter als du.«

Sperber bedachte ihn mit einem langen Blick.

»Dafür sind Freunde da, Sperber«, erklärte Kalten gewinnend. »Um uns auf unsere kleinen Unzulänglichkeiten aufmerksam zu machen.«

Sie warteten und behielten die Straße aus dem Gasseneingang im Auge. Es herrschte kaum Betrieb, denn es gab dort nur wenige Läden, die meisten Häuser dienten als Lager und Wohnstätten.

Eine Stunde verging, eine zweite.

»Vielleicht hat er sich in den Schlaf gesoffen«, meinte Kalten.

»Nicht Krager. Er verträgt mehr als ein ganzes Regiment. Er wird schon kommen.«

Kalten steckte den Kopf aus dem Eingang und blinzelte zum Himmel. »Es wird wieder regnen«, brummte er.

»Es wäre nicht das erste Mal, daß wir naß werden.«

Kalten zupfte an seinem auffallenden Wams und rollte die Augen. »Aber S-sperber«, lispelte er. »Du *weiß-ßt*, daß S-satin Flecken bekommt, wenn er naß-ß wird.«

Sperber schüttelte sich vor Lachen, bemühte sich jedoch, es zu dämpfen.

Eine weitere Stunde verging, ohne daß Krager sich zeigte.

»Die Sonne wird bald untergehen«, gab Kalten zu bedenken. »Vielleicht hat er in einem andern Weinladen eingekauft.«

»Warten wir noch ein Weilchen«, bestimmte Sperber.

Der Angriff erfolgte ohne Warnung. Acht oder zehn stämmige Burschen in grober Kleidung, mit blanken Schwertern in den Händen, kamen in die Gasse gestürmt. Kaltens Degen flog sirrend aus der Scheide, während Sperber blitzschnell nach dem Kurzschwert langte. Der vorderste Angreifer krümmte sich röchelnd, als ihn Kaltens schmale Klinge durchbohrte. Während Kalten den Degen zurückzog, trat Sperber an ihm vorbei. Er parierte den Schwerthieb eines Angreifers und stieß ihm die Klinge in den Leib. »Öffne die Kiste!« brüllte er Kalten zu, während er einen weiteren Schlag parierte.

Die Gasse war zu eng, als daß mehr denn zwei der Meuchler gleichzeitig hätten angreifen können, und obwohl Sperbers Klinge nicht so lang war wie die der Gegner, konnte er sie doch in Schach halten. Hinter sich hörte er das Bersten von Holz, als Kalten die längliche Kiste mit Tritten zersplitterte. Und schon stand er mit seinem Breitschwert in der Hand neben Sperber. »Ich übernehme«, brummte Kalten. »Hol du dir dein Schwert!«

Sperber wirbelte herum und rannte zum Gasseneingang zurück. Er warf das Kurzschwert fort, zerrte seine eigene Waffe aus den Holztrümmern und wirbelte wieder herum. Kalten hatte zwei Angreifer niedergestreckt und drängte die anderen Schritt um Schritt zurück. Allerdings drückte er eine Hand an seine Seite, und Sperber sah, daß Blut durch die Finger quoll. Er stürmte an ihm vorbei und schwang sein schweres Schwert mit beiden Händen. Er spaltete den Kopf eines Meuchlers und trennte einem anderen den Arm ab, dann rammte er die Schwertspitze tief in die Brust eines dritten, daß der Schurke gegen die Wand taumelte und Blut aus seinem Mund sprudelte.

Die restlichen Angreifer flohen.

Sperber drehte sich um und sah, wie Kalten sein Schwert aus der Brust des Mannes zog, den sein Freund zum Einarmigen gemacht hatte. »Du darfst einen noch lebenden Gegner niemals hinter dir zurücklassen, Sperber«, tadelte er. »Selbst ein Einarmiger kann dir eine Klinge in den Rücken stoßen. Außerdem soll man eine Arbeit immer erst beenden, ehe man sich der nächsten zuwendet.«

»Wie fühlst du dich?« fragte Sperber ihn besorgt.

»Es ist nur ein Kratzer.«

»Kratzer bluten nicht so. Laß mich sehen.«

Die klaffende Wunde an Kaltens Seite war lang, aber offenbar nicht sehr tief. Sperber riß einem Toten den Ärmel seines Kittels ab, knüllte ihn zusammen und preßte ihn auf Kaltens Wunde. »Halt das fest!« wies er ihn an. »Und drück ein bißchen darauf, um das Bluten zu stillen.«

»Ich wurde schon öfter verletzt, Sperber. Ich weiß, was man tun muß.«

Sperber blickte auf die blutigen Leichen, die in der Gasse herumlagen. »Ich glaube, wir sollten uns lieber verziehen«, meinte er. »Der Lärm könnte irgend jemanden neugierig gemacht haben.« Er runzelte die Stirn. »Ist dir etwas an diesen Burschen merkwürdig vorgekommen?« fragte er.

Kalten zuckte die Schulter. »Sie waren nicht sehr geschickt.«

»Das meine ich nicht. Räuber, die Leute in Gassen überfallen, achten gewöhnlich nicht sehr auf ihr Erscheinungsbild. Diese Burschen aber sind alle glatt barbiert.« Er rollte eine Leiche herum und riß den dicken Baumwollkittel vorn auf. »Ist *das* nicht interessant?« brummte er. Der Tote trug unter dem einfachen Kittel ein rotes Wams mit gesticktem Wappen auf der linken Brustseite.

»Kirchensoldaten«, knurrte Kalten. »Könnte es sein, daß Annias uns nicht mag?«

»Schon möglich. Verschwinden wir. Die Überlebenden holen vielleicht Hilfe herbei.«

»Wohin? Ins Ordenshaus oder in die Herberge?«

Sperber schüttelte den Kopf. »Irgend jemand hat unsere Maskerade durchschaut, und Annias rechnet sicher damit, daß wir zu einem von beiden zurückkehren.«

»Da magst du recht haben. Irgendeinen Vorschlag?«

»Ich kenne ein Versteck. Es liegt nicht sehr weit von hier. Kannst du gehen?«

»Ich kann so weit gehen wie du. Ich bin jünger, oder hast du das vergessen?«

»Ja, aber nur um sechs Wochen.«

»Jünger ist jünger, Sperber. Wir wollen doch nicht auf Zahlen herumreiten.«

Sie schoben ihre Breitschwerter unter die Gürtel und verließen die Gasse. Sperber stützte seinen verwundeten Freund, als sie ins Freie traten.

Die Straße, der sie folgten, wurde zusehends verwahrloster, und sie gelangten bald in ein wahres Labyrinth von engen Straßen und Gassen. Die Häuser waren groß und heruntergekommen, und es wimmelte nur so von zerlumpten Leuten, die der Schmutz und die Armut ringsum nicht zu stören schien.

»Ist es noch weit?« fragte Kalten. »Ich werde allmählich müde.«

»Gleich gegenüber der nächsten Straßenkreuzung.«

Kalten brummte und drückte die Hand fester auf seine Seite, als er Sperber folgte.

Die Blicke der Bewohner dieses Elendsviertels waren unfreundlich, ja feindselig. Kaltens Kleidung wies ihn als Angehörigen der herrschenden Klasse aus, und diese Leute, noch unter der untersten

Sprosse der Gesellschaftsleiter, hatten nichts übrig für Höflinge und ihre Diener.

Als sie die Kreuzung erreichten, führte Sperber seinen Freund in eine schlammige Gasse. Sie hatten den größeren Teil davon hinter sich, als ein untersetzter Mann mit einer rostigen Pike in der Hand aus einem Eingang trat und ihnen den Weg versperrte.

»Was habt ihr hier zu suchen?« fragte er drohend.

»Ich muß mit Platime sprechen«, antwortete Sperber.

»Ich glaube nicht, daß er irgendwas von dem hören möchte, was du ihm sagen willst. Wenn ihr klug seid, dann verschwindet aus dieser Gegend, ehe die Nacht hereinbricht. Im Dunkeln ist hier schon der eine oder andere ums Leben gekommen.«

»Und manchmal sogar im Hellen«, entgegnete Sperber und zückte sein Schwert.

»Im Handumdrehen kann ich ein Dutzend Männer hier haben!«

»Und mein Freund mit der gebrochenen Nase kann deinen Kopf abgehackt haben, ehe sie da sind«, versicherte ihm Kalten.

Der Untersetzte wich mit ängstlicher Miene zurück.

»Also, wie sieht es aus, mein Freund?« fragte Sperber. »Bringt Ihr uns zu Platime, oder wollen wir uns ein bißchen miteinander beschäftigen?«

»Ihr habt kein Recht, mir zu drohen!«

Sperber hob sein Schwert, damit der Mann es gut sehen konnte. »Das gibt mir alles Recht der Welt, guter Mann. Lehnt Eure Pike an die Wand und führt uns zu Platime – und zwar auf der Stelle.«

Der Untersetzte zuckte zusammen, dann lehnte er die Pike vorsichtig an die Hauswand, drehte sich um und ging die Gasse voraus. Etwa hundert Schritte weiter endete sie als Sackgasse, und eine steinerne Treppe führte zu einer Kellertür.

»Dort unten.« Der Mann deutete auf die Tür.

»Geht voraus«, befahl Sperber. »Ich will Euch nicht hinter mir haben, Freund. Ihr scheint mir ein Mann zu sein, der dazu neigt, Fehler zu machen, wenn es darum geht, andere einzuschätzen.«

Mürrisch stieg der Untersetzte die schmutzigen Stufen hinunter und klopfte zweimal an die Tür. »Ich bin's!« rief er. »Sef. Hier sind zwei Edelleute, die mit Platime sprechen wollen.«

Nach einer Pause rasselte eine Kette. Die Tür schwang einen

Spalt weit auf und ein bärtiger Kopf schaute heraus. »Platime mag keine Edelleute«, erklärte er.

»Ich werde seine Einstellung ändern«, antwortete Sperber. »Geht aus dem Weg, Mann.«

Der Bärtige blickte auf das Schwert in Sperbers Hand, schluckte und öffnete die Tür.

»Ihr geht wieder voraus, Sef«, wies Kalten ihren Führer an.

Sef trat durch die Tür.

»Begleitet uns, Freund«, wandte sich Sperber an den Bärtigen, als er und Kalten ebenfalls eingetreten waren. »Wir haben gern Gesellschaft.«

Die Stufen führten zwischen modrigen Steinwänden hinunter, von denen Feuchtigkeit wie Tränen troff. Am Fuß der Treppe öffnete sich ein sehr großes Kellergewölbe. In einer Grube in der Mitte brannte ein Feuer, das die Luft verräucherte, und entlang den Wänden befanden sich einfache Pritschen und Strohlager. Etwa zwei Dutzend Männer und Frauen in verschiedenartigster Kleidung saßen auf diesen Pritschen und Strohlagern, tranken und beschäftigten sich mit Würfelspiel.

In der Nähe der Grube lungerte ein großer dicker Mann mit struppigem schwarzem Bart in einem Sessel und streckte die Füße dem Feuer entgegen. Er trug ein Wams aus verschossenem orangefarbenem Satin mit vielen Flecken auf der Brust und hielt einen silbernen Krug in einer Prankenhand.

»Das ist Platime«, erklärte Sef nervös. »Er ist ein wenig betrunken, ihr solltet deshalb vorsichtig sein, meine Herren.«

»Wir kommen schon zurecht«, versicherte ihm Sperber. »Danke für Eure Hilfe, Sef. Ich weiß nicht, was wir ohne Euch gemacht hätten.« Dann führte er Kalten um die Feuergrube herum.

»Wer sind all die Leute?« erkundigte sich Kalten leise und ließ den Blick über die Männer und Frauen auf den Liegestätten wandern.

»Diebe, Bettler, ein paar Meuchler, vermutlich, und dergleichen eben.«

»Du hast ja nette Freunde, Sperber.«

Platime untersuchte sorgfältig eine Halskette mit Rubinanhänger. Als Sperber und Kalten vor ihm stehenblieben, hob er die trüben Augen und musterte sie. Besonders Kaltens Aufzug schien ihn zu interessieren.

»Wer hat die beiden eingelassen?« brüllte er.

»Wir ließen uns gewissermaßen selbst ein, Platime«, erklärte ihm Sperber. Er steckte sein Schwert zurück unter den Gürtel und schlug die Augenklappe hoch, damit sie seine Sicht nicht mehr behinderte.

»Nun, dann könnt ihr euch auch gewissermaßen selbst wieder hinauslassen.«

»Das käme uns momentan nicht sehr gelegen, fürchte ich«, sagte Sperber.

Der feiste Mann im orangen Wams schnippte mit den Fingern, und die Leute an den Wänden standen auf. »Ihr seid bedenklich in der Minderzahl, Freund.« Platime blickte bedeutungsvoll auf seine Mannen.

»So geht es uns in letzter Zeit ziemlich oft.« Kaltens Hand lag um den Griff seines Breitschwerts.

Platime kniff die Augen zusammen. »Eure Kleidung und dieses Schwert passen nicht so recht zusammen!« stellte er fest.

»Dabei bemühe ich mich so sehr, meine Aufmachung entsprechend abzustimmen.« Kalten seufzte.

»Wer seid ihr beiden?« fragte Platime nun mißtrauisch. »Der da ist wie ein Höfling aufgeputzt, aber ich glaube nicht, daß er wirklich zu den wandelnden Schmetterlingen aus dem Schloß gehört.«

»Was sagst du dazu? Er sieht den Dingen auf den Grund«, wandte Kalten sich an Sperber, dann blickte er Platime an. »Wir sind Pandioner.«

»Ordensritter. Ich dachte mir doch so was Ähnliches. Aber warum dann die vornehme Kleidung?«

»Wir sind beide ziemlich gut bekannt«, erwiderte Sperber. »Wir wollten uns jedoch frei in der Stadt bewegen, ohne gleich entdeckt zu werden.«

Platime warf einen unmißverständlichen Blick auf Kaltens blutige Seite.

»Ich habe das Gefühl«, meinte er dann, »daß *jemand* eure Verkleidung durchschaut hat. Vielleicht besucht ihr auch bloß die falschen Schenken. Wer hat Euch verwundet?«

»Ein Kirchensoldat.« Kalten hob die Schultern. »Er hatte Glück mit einem Stich. Dürfte ich mich setzen? Aus irgendeinem Grund fühle ich mich etwas wackelig auf den Beinen.«

»Bringt ihm einen Hocker!« brüllte Platime. Dann betrachtete er wieder die beiden. »Weshalb sollten Kirchensoldaten gegen Ordensritter kämpfen?«

»Staatsintrigen.« Sperber zuckte die Achseln. »Sie sind manchmal etwas undurchsichtig.«

»Bei Gott, da habt Ihr recht. Aber was wollt ihr hier?«

»Wir brauchen ein Fleckchen, wo wir eine Weile unterkriechen können«, erklärte ihm Sperber. Er schaute sich um. »Euer Keller dürfte da recht gut geeignet sein.«

»Bedaure, Freund. Ich habe durchaus Mitgefühl mit einem Mann, der eine Auseinandersetzung mit den Kirchensoldaten hatte, aber ich betreibe hier mein Geschäft, das Außenstehende nichts angeht.« Platime blickte auf Kalten. Er war auf einen Hocker gesunken, den ein zerlumpter Bettler gebracht hatte. »Habt Ihr den Mann getötet, der Euch das antat?«

»Ich nicht, aber er.« Kalten deutete auf Sperber. »Ich tötete ein paar andere, aber mein Freund erwischte die meisten.«

»Kommen wir doch zur Sache«, schlug Sperber vor. »Ich glaube, Ihr schuldet meiner Familie einen Gefallen, Platime.«

»Ich hatte nie was mit Edelleuten zu tun«, widersprach Platime, »außer daß ich hin und wieder mal dem einen oder anderen die Kehle durchgeschnitten habe. Also ist es unwahrscheinlich, daß ich Eurer Familie irgendwas schulde.«

»Diese Schuld hat nichts mit Geld zu tun. Vor langer Zeit wollten Euch ein paar Kirchensoldaten hängen. Mein Vater hat es damals verhindert.«

Platime blinzelte. »Ihr seid Sperber?« rief er überrascht. »Ihr seht Eurem Vater gar nicht sonderlich ähnlich.«

»Das liegt an seiner Nase«, warf Kalten ein. »Wenn man einem Mann die Nase bricht, ändert das seine ganze Erscheinung. Warum wollten die Soldaten Euch aufhängen?«

»Es war alles ein Mißverständnis. Ich erstach einen Burschen. Er trug keine Uniform, wie hätte ich da wissen sollen, daß er Offizier der Garde des Primas war?« Verärgert schüttelte Platime den Kopf.

»Dabei hatte er nur zwei Silberstücke und eine Handvoll Kupfermünzen in seinem Beutel.«

»Erkennt Ihr die Dankesschuld an?« drängte Sperber.

Platime zupfte an seinem borstigen Bart. »Muß ich wohl.«

»Dann bleiben wir also hier.«

»Ist das alles, was ihr wollt?«

»Nicht ganz. Wir suchen einen Mann – einen Kerl namens Krager. Eure Bettler kommen in der ganzen Stadt herum, ich möchte, daß sie nach ihm Ausschau halten.«

»Geht in Ordnung. Könnt Ihr ihn beschreiben?«

»Besser noch, ich kann ihn Euch zeigen.«

»Das verstehe ich nicht ganz, Freund.«

»Das werdet Ihr aber gleich. Habt Ihr ein Becken oder eine Schüssel zur Hand – und ein bißchen sauberes Wasser?«

»Müßte zu besorgen sein. Was habt Ihr vor?«

»Er will im Wasser ein Bild von Kragers Gesicht schaffen«, erklärte Kalten. »Das ist ein alter Trick.«

Platime wirkte beeindruckt. »Ich hab' gehört, daß ihr Pandioner alle Zauberer seid, aber ich hab' so was noch nie gesehen.«

»Sperber kann das besser als ich«, gestand Kalten.

Ein Bettler schleppte ein zerbeultes Becken mit leicht trübem Wasser herbei. Sperber ließ es ihn auf dem Boden absetzen, konzentrierte sich darauf und murmelte fast unhörbar die styrischen Worte eines Zaubers. Dann fuhr er bedächtig mit der Hand über das Becken, und Kragers aufgedunsenes Gesicht erschien.

»Also, *das* ist ja ein Ding!« staunte Platime.

»Es ist gar nicht so schwierig«, versicherte ihm Sperber bescheiden. »Ruft Eure Leute, es sich anzusehen. Ich kann es nicht ewig halten.«

»Wie lange könnt Ihr es?«

»Etwa zehn Minuten. Danach zerfließt es.«

»Talen!« schrie der Fette. »Komm her!«

Ein schmutziger Junge von ungefähr zehn Jahren schlurfte herbei. Er trug einen zerlumpten, dreckigen Kittel und darüber eine lange Weste aus rotem Satin, die einst ein vornehmes Wams gewesen war, dem er die Ärmel herausgetrennt hatte. »Was willst du?« fragte er keß.

»Kannst du das abzeichnen?« Platime deutete auf das Bild im Wasser.

»Natürlich. Aber warum sollte ich?«

»Weil ich dir die Ohren langziehe, wenn du es nicht tust.«

Talen grinste frech. »Dazu müßtest du mich erst fangen, Dicker, und ich kann viel schneller laufen als du.«

Sperber schob einen Finger unter sein Lederwams und fischte eine kleine Silbermünze heraus. »Würdest du es dafür abzeichnen?« Er hielt die Münze hoch.

Talens Augen leuchteten auf. »Dafür bekommt Ihr ein Meisterwerk«, versprach er.

»Wir wollen nur ein genaues Abbild.«

»Was immer Ihr sagt, Patron.« Talen verbeugte sich spöttisch. »Ich hole meine Sachen.«

»Taugt er wirklich was?« fragte Kalten Platime, als der Junge zu einer Pritsche an der Wand rannte.

Platime zuckte die Schultern. »Ich bin kein Kunstsachverständiger«, antwortete er. »Aber er verbringt jede Minute mit Bildermalen – wenn er nicht bettelt oder stiehlt.«

»Ist er nicht noch etwas jung für Euren Berufszweig?«

Platime lachte. »Er hat die geschicktesten Finger in Cimmura. Er könnte Euch die Augen aus dem Gesicht stehlen, und Ihr würdet es erst bemerken, wenn Ihr irgendwas genauer ansehen wollt.«

»Ich werde daran denken«, brummte Kalten.

»Es könnte bereits zu spät sein, Freund. Hattet Ihr nicht einen Ring am Finger, als Ihr hereingekommen seid?«

Kalten blinzelte, dann hob er die blutbesudelte Linke und starrte darauf. Der Ring war verschwunden.

6

Kalten zuckte zusammen. »Vorsicht, Sperber. Das tut *wirklich* weh!«

»Ich muß die Wunde erst auswaschen, ehe ich sie verbinden kann«, brummte Sperber und fuhr fort, sie mit einem weingetränkten Tuch zu betupfen.

»Aber kannst du nicht ein bißchen sanfter vorgehen?«

Platime watschelte um die rauchige Feuergrube herum und beugte sich über die Pritsche, auf der Kalten lag. »Kommt er wieder in Ordnung?« erkundigte er sich.

»Wahrscheinlich«, brummte Sperber. »Er hat schon mehrmals viel Blut gelassen und sich wieder erholt.« Er legte das nasse Tuch zur Seite und griff nach einem langen Linnenstreifen. »Setz dich auf«, wies er seinen Freund an.

Kalten ächzte, stützte sich auf die Rechte und richtete sich auf. Sperber machte sich daran, den Streifen um Kaltens Brustkorb zu wickeln.

»Nicht so fest!« beschwerte sich Kalten. »Schließlich muß ich ja auch noch atmen können.«

»Hör auf zu jammern!«

»Haben sich diese Kirchensoldaten aus einem bestimmten Grund mit euch angelegt?« fragte Platime. »Oder bloß zum Zeitvertreib?«

»Sie hatten Gründe«, antwortete Sperber und verknotete Kaltens Verband. »Wir waren in letzter Zeit nicht sehr nett zu Primas Annias.«

»Wie schön. Ich weiß ja nicht, was Ihr Edelleute von ihm haltet, aber das Volk haßt ihn.«

»Nun, wir jedenfalls können ihn nicht ausstehen.«

»Genau wie wir. Besteht eine Chance, daß Königin Ehlana wieder gesund wird?«

»Wir arbeiten daran.«

Platime seufzte. »Ich glaube, sie ist unsere einzige Hoffnung, Sperber. Denn es wäre schrecklich für Elenien, wenn Annias nach Belieben schalten und walten könnte.«

»Vaterlandsliebe, Platime?« fragte Kalten.

»Nur weil ich ein Dieb und Mörder bin, heißt das noch lange nicht, daß ich kein getreuer Elenier wäre. Ich achte die Krone wie jeder andere Bürger auch. Sogar Aldreas habe ich geachtet, so schwach er auch war.« Platime kniff verschwörerisch die Augen zusammen. »Hat seine Schwester ihn wirklich verführt?« fragte er. »Es gingen da so allerlei Gerüchte um.«

Sperber zuckte die Schultern. »Schwer zu sagen.«

»Sie geriet außer Rand und Band, nachdem Eurer Vater Aldreas gezwungen hatte, sich mit Königin Ehlanas Mutter zu vermählen, wißt Ihr.« Platime kicherte. »Sie war ganz sicher gewesen, daß sie ihren Bruder heiraten würde und so an die Macht käme.«

»Wäre das denn nicht ungesetzlich gewesen?« fragte Kalten.

»Annias sagte, er habe eine Möglichkeit gefunden, das Gesetz zu umgehen. Jedenfalls verschwand Arissa nach Aldreas' Hochzeit aus dem Schloß. Ein paar Wochen später fand man sie in dem billigen Freudenhaus am Fluß. So gut wie jeder in Cimmura hatte sich mit ihr vergnügt, ehe man sie gewaltsam fortbrachte.« Er blickte Sperber an. »Was hat man eigentlich mit ihr gemacht? Ihr den Kopf abgehackt?«

»Nein«, antwortete Sperber. »Sie ins Nonnenkloster von Demos gesperrt. Man ist dort sehr streng.«

»Dort wird sie wohl Ruhe finden. Nach allem, was ich hörte, war Prinzessin Arissa eine sehr unternehmungslustige junge Frau.« Er richtete sich auf und deutete auf eine Pritsche in der Nähe. »Ihr könnt die dort nehmen«, sagte er zu Sperber. »Ich habe jeden Dieb und Bettler in Cimmura auf diesen Krager angesetzt. Wir werden es noch in derselben Stunde erfahren, wenn er irgendwo den Fuß auf die Straße setzt. Inzwischen könnt Ihr ruhig ein wenig schlafen.«

Sperber nickte und stand auf. »Wie fühlst du dich?« fragte er Kalten.

»Könnte schlimmer sein.«

»Brauchst du irgendwas?«

»Wie wär's mit Bier – natürlich nur, um das Blut zu ersetzen, das verlorenging.«

»Natürlich.«

Es war unmöglich zu erkennen, wie spät es war, da der Keller keine Fenster hatte. Sperber spürte eine leichte Berührung. Er war sofort hellwach und faßte die Hand, die ihn ungewollt aus dem Schlaf gerissen hatte.

Talen, der schmutzige Junge, verzog das Gesicht. »Man soll sich nie an fremden Taschen versuchen, wenn man bibbert«, murmelte er mehr zu sich als zu Sperber. Er wischte sich den Regen aus dem Gesicht. »Es ist ein abscheulicher Morgen da draußen.«

»Hast du etwas Bestimmtes in meinen Taschen gesucht?«

»Nein – ich dachte nur, vielleicht finde ich irgendwas Brauchbares.«

»Würdest du mir den Ring meines Freundes zurückgeben?«

»Warum nicht. Ich hab' ihn sowieso bloß genommen, um in Übung zu bleiben.« Talen langte unter seinen nassen Kittel und zog Kaltens Ring heraus. »Ich habe das Blut für ihn abgewaschen«, sagte er, während er den Ring bewunderte.

»Kalten wird es zu schätzen wissen.«

»Ach, übrigens, ich hab' den Kerl gefunden, den ihr sucht.«

»Krager? Wo?«

»Er ist in einem Hurenhaus in der Löwenstraße.«

»In einem Freudenhaus?«

»Vielleicht braucht er ein bißchen Liebe.«

Sperber setzte sich auf. Er tastete nach seinem Bart, um sich zu vergewissern, daß er noch festklebte. »Reden wir mit Platime.«

»Soll ich Euren Freund aufwecken?«

»Laß ihn schlafen. In seinem Zustand nehme ich ihn ohnehin nicht mit in den Regen hinaus.«

Platime schnarchte in seinem Sessel, öffnete jedoch sogleich die Augen, als Talen auf seine Schulter tippte.

»Der Junge hat Krager gefunden«, erklärte ihm Sperber.

»Ich nehme an, Ihr wollt ihn Euch schnappen?«

Sperber nickte.

»Denkt Ihr, daß die Soldaten des Primas noch nach Euch suchen?«

»Wahrscheinlich.«

»Und sie wissen, wie Ihr ausseht?«

»Ja.«

»Dann werdet Ihr nicht weit kommen.«

»Das Risiko muß ich eingehen.«
»Platime«, sagte Talen.
»Ja?«
»Erinnerst du dich, wie wir Wiesel ganz schnell aus der Stadt bringen mußten?«
Platime brummte, kratzte seinen Wanst und blickte Sperber nachdenklich an. »Wie sehr hängt Ihr an Eurem Bart?«
»Nicht sehr. Warum?«
»Wenn Ihr bereit wärt, ihn abzubalbieren wüßte ich vielleicht, wie Ihr Euch in Cimmura sehen lassen könntet, ohne erkannt zu werden.«
Sperber machte sich daran, Büschel aus dem falschen Bart zu zupfen.
Platime lachte. »Ihr hängt *wahrhaftig* nicht sehr daran!« Dann blickte er Talen an. »Hol aus der Truhe, was er brauchen wird.«
Talen lief zu einer riesigen Holztruhe in einer Kellerecke und kramte darin herum, während Sperber sich vom restlichen Bart befreite. Der Junge kehrte mit einem zerlumpten Umhang und einem Paar Schuhe zurück, die aussahen wie zerschlissene Lederbeutel.
»Was in Eurem Gesicht ist noch falsch?« fragte Platime.
Sperber nahm Talen den zerlumpten Umhang ab und schüttete ein wenig von Platimes Wein auf einen Zipfel. Damit rieb er sich das Gesicht ab und entfernte die Spuren von Sephrenias Klebstoff und die bläuliche Narbe.
»Und die Nase?« fragte Platime.
»Nein, die ist echt.«
»Wie habt Ihr Euch die so gebrochen?«
»Das ist eine lange Geschichte.«
Platime zuckte die Schultern. »Zieht Eure Stiefel und die lederne Hose aus und schlüpft statt dessen in diese Schuhe und den Umhang.«
Sperber plagte sich aus den Stiefeln und dem engen Lederbeinkleid. Talen warf ihm den Umhang über, zog ihn straff um Sperbers Körper und verknotete einen Zipfel an der Schulter, so daß Sperber völlig darin eingehüllt war. Der Umhang reichte ihm fast bis zu den Knien.

Platime musterte ihn. »Zieh die Schuhe an und schmiert Euch Schmutz auf die Beine. Ihr seht ein wenig zu sauber aus.« Talen kehrte zu der Truhe zurück und kam mit einer schmuddeligen Kappe wieder, einem langen, dünnen Stock und einem Streifen schmutzigen Rupfen.

»Setzt die Mütze auf und bindet den Fetzen um die Augen«, wies ihn Platime an.

Sperber tat es.

»Könnt Ihr durch die Binde sehen?«

»Nicht sehr gut, nur verschwommen.«

»Ich möchte auch nicht, daß Ihr sehr gut seht. Ihr sollt ja blind sein. Hol ihm eine Bettelschüssel, Talen.« Platime wandte sich wieder Sperber zu. »Geht ein bißchen umher, übt. Tastet mit dem Stock vor Euch herum, aber prallt hin und wieder gegen irgendwas und vergeßt nicht zu stolpern.«

»Ein interessanter Vorschlag, Platime, aber ich weiß genau, wohin ich will. Wird das nicht Argwohn erregen?«

»Talen wird Euch führen. Ihr werdet ein ganz gewöhnliches Bettlerpaar sein.«

Sperber zog den Gürtel ein wenig hoch und rückte das Schwert zurecht.

»Das werdet Ihr hierlassen müssen«, sagte Platime. »Ihr könnt einen Dolch unter dem Umhang verbergen, aber ein Blinder mit Breitschwert wäre wohl doch etwas zu auffällig.«

»Ich fürchte, Ihr habt recht.« Sperber nahm das Schwert ab und reichte es dem Feisten im orangenen Wams. »Verliert es nicht«, mahnte er. Dann begann er den unsicheren Gang eines Blinden zu üben und mit dem langen dünnen Stock auf den Boden zu tippen.

»Nicht schlecht«, lobte Platime nach einigen Minuten. »Ihr lernt schnell, Sperber. Das ist gut genug, um glaubwürdig zu erscheinen. Das Betteln kann Euch Talen unterwegs beibringen.«

Talen kam mit einer hölzernen Kiste. Sein linkes Bein sah nun auf groteske Weise verdreht aus, er stützte sich auf eine Krücke und hinkte. Seine auffallende Weste hatte er ausgezogen und trug nun ebenfalls Lumpen.

»Tut das nicht weh?« Sperber deutete mit dem Stock auf das Bein des Jungen.

»Nicht sehr. Man muß den Fuß nur auf der anderen Seite aufsetzen und das Knie abbiegen.«

»Es sieht sehr echt aus.«

»Natürlich. Ich habe auch viel Übung.«

»Seid ihr beide jetzt bereit?« fragte Platime.

»Ich schätze, so bereit man unter den gegebenen Umständen sein kann«, antwortete Sperber. »Ich fürchte nur, daß meine Bettelei nicht sehr überzeugend sein wird.«

»Talen kann Euch das Nötigste beibringen. So schwer ist es nicht. Viel Glück, Sperber.«

»Danke. Ich brauche es wahrscheinlich.«

Es war Vormittag, und es regnete immer noch, als Sperber und sein junger Führer die Kellertreppe hochstiegen und die schlammige Gasse entlangstapften. Sef stand wieder Wache in einem geschützten Hauseingang, schenkte den beiden jedoch keine Beachtung, als sie vorüberkamen.

Kaum erreichten sie die Straße, nahm Talen einen Zipfel von Sperbers Umhang und zog ihn daran hinter sich her. Sperber tastete sich voran, mit dem Stock auf das Kopfsteinpflaster tippend.

»Es gibt verschiedene Möglichkeiten zu betteln«, erklärte der Junge, als sie ein kurzes Stück gegangen waren. »Manche machen es so, daß sie sich einfach irgendwohin setzen und die Schüssel vor sich stellen. Aber das bringt nicht viel ein – außer vor einer Kirche an einem Tag, wenn über Mildtätigkeit gepredigt wurde. Einige halten die Schüssel jedem vor die Nase, der vorübergeht. Auf diese Weise kriegt man mehr Münzen, doch es verärgert manche Leute so sehr, daß sie einem die Schüssel oder die Fäuste ins Gesicht schlagen. Ihr seid jedoch angeblich blind, also müssen wir es ein wenig anders angehen.«

»Muß ich etwas sagen?«

Talen nickte. »Schließlich müßt Ihr ja auf Euch aufmerksam machen. Es genügt für gewöhnlich, wenn Ihr sagt: ›Eine milde Gabe!‹ Für lange Reden ist sowieso keine Zeit, außerdem sprechen die Leute nicht gern mit Bettlern. Wenn jemand was geben will, möchte er es so schnell wie möglich hinter sich bringen. Versucht trostlos zu klingen. Winseln wäre falsch, aber Ihr solltet versuchen, stockend zu reden – als wärt Ihr den Tränen nah.«

»Betteln ist eine regelrechte Kunst, wie mir scheint.«

Talen zuckte die Schultern. »Es ist so ähnlich, als wolle man was verkaufen, nur umgekehrt. Doch Ihr müßt es mit ein oder zwei Worten tun, also legt Euer Herz hinein. Habt Ihr ein paar Kupferstücke bei Euch?«

»Falls du sie mir nicht gestohlen hast, schon. Warum?«

»Wenn wir am Hurenhaus sind, müßt Ihr ein paar in die Schüssel legen, damit es so aussieht, als hättet Ihr schon eine Weile gebettelt.«

»Ich verstehe nicht so recht, was du vorhast?«

»Ihr wollt doch warten, bis dieser Krager herauskommt, nicht wahr? Wenn Ihr ihn selbst herausholen wollt, bekämt Ihr es wahrscheinlich mit den Rausschmeißern zu tun, die im Haus für Ordnung sorgen.«

Er musterte Sperber von oben bis unten. »Ihr würdet vielleicht mit ihnen fertig«, meinte er dann, »aber das macht zuviel Lärm, und dann könnte es sein, daß die Puffmutter die Wache ruft. Es ist schon besser, draußen zu warten.«

»Also gut, warten wir draußen.«

»Wir stellen uns vor die Tür und betteln, bis er herauskommt.« Der Junge machte eine Pause. »Werdet Ihr ihn umbringen? Und wenn, darf ich zuschauen?«

»Nein. Ich will ihm nur ein paar Fragen stellen.«

»Oh.« Das klang ein wenig enttäuscht.

Es regnete jetzt stärker, und von Sperbers Umhang tropfte es seine nackten Beine hinunter.

Sie erreichten die Löwenstraße und bogen nach links. »Das Hurenhaus ist gleich da vorn«, sagte Talen, während er Sperber am Zipfel seines nassen Umhangs hinter sich herzog. Plötzlich blieb er stehen.

»Was ist los?« fragte Sperber.

»Konkurrenz«, antwortete der Junge. »Ein Einbeiniger lehnt an der Wand neben der Tür.«

»Bettelt er?«

»Was sonst?«

»Und nun?«

»Das ist kein großes Problem. Ich sag' ihm bloß, daß er woanders hingehen soll.«

»Wird er denn auf dich hören?«

Talen nickte. »Ganz sicher, wenn ich ihm sage, daß Platime den Platz uns zugeteilt hat. Wartet hier. Ich bin gleich zurück.«

Der Junge humpelte mit seiner Krücke die regenglatte Straße zu der roten Freudenhaustür hoch und redete kurz auf den Einbeinigen ein, der dort bettelte. Der Mann funkelte ihn kurz an; dann kam sein fehlendes Bein auf wundersame Weise aus seinem groben Kittel zum Vorschein, und er stapfte mit seiner Krücke unter dem Arm brummelnd davon.

Talen kehrte zu Sperber zurück und führte ihn zur Freudenhaustür. »Lehnt Euch an die Wand und streckt die Schüssel aus, wenn jemand in die Nähe kommt. Doch haltet sie nicht direkt vor ihn, denn Ihr seht ihn ja scheinbar nicht. Also zielt ein wenig daneben.«

Ein sichtlich wohlhabender Kaufmann kam mit eingezogenem Kopf und fest in seinen dunklen Umhang gehüllt vorbei. Sperber streckte seine Schüssel aus. »Eine milde Gabe«, bat er mit flehender Stimme.

Der Kaufmann achtete nicht auf ihn.

»Nicht schlecht«, lobte Talen. »Aber denkt daran, Eure Stimme ein bißchen stockend klingen zu lassen.«

»Hat er deshalb nichts in die Schüssel geworfen?«

»Nein. Kaufleute geben nie was.«

»Oh!«

Ein paar Arbeiter in Lederkitteln kamen die Straße hoch. Sie unterhielten sich laut und torkelten leicht.

»Almosen«, bat Sperber.

Talen schniefte und wischte sich die Nase am Ärmel ab. »Habt Erbarmen, gute Meister«, rief er mit belegter Stimme. »Helft meinem armen blinden Vater und mir.«

»Warum nicht?« entgegnete ein Arbeiter gutgelaunt. Er kramte in einer Tasche, brachte ein paar Münzen zum Vorschein und blickte sie an. Dann wählte er ein kleines Kupferstück aus und warf es in Sperbers Schüssel.

Ein anderer kicherte. »Er will wahrscheinlich genug zusammenkriegen, daß er hineingehen und sich mit den Mädchen vergnügen kann.«

»Das ist seine Sache, oder nicht?« entgegnete der Großzügige, während sie weiterstapften.

»Der erste Erfolg«, lobte Talen. »Schiebt das Kupferstück in Eure Tasche. Wir dürfen nicht *zu* viele Münzen in der Schüssel haben.«

Während der nächsten Stunde nahmen Sperber und sein jugendlicher Lehrer etwa ein Dutzend Münzen ein. Nach den ersten Erfolgen betrachtete Sperber es als Herausforderung und empfand ein Triumphgefühl, wann immer es ihm gelungen war, einem Vorübergehenden eine Münze zu entlocken.

Eine prunkvolle, von zwei prächtigen Rappen gezogene Kutsche kam die Straße hoch und hielt vor der roten Tür an. Ein Lakai sprang von seinem Trittbrett hinten an dem Gefährt, zog eine Stufe an der Seite der Kutsche hervor und öffnete die Tür. Ein ganz in grünen Samt gekleideter Edelmann stieg aus. Sperber kannte ihn.

»Es kann eine Weile dauern, Süßer«, sagte der Edle und streichelte über das knabenhafte Gesicht des Lakaien. »Die Kutsche soll ein Stück straßab auf mich warten.« Er kicherte wie ein Gänschen. »Jemand könnte sie erkennen, und ich möchte wahrhaftig nicht, daß die Leute glauben, ich würde *so* ein Haus besuchen.« Er rollte die Augen und stolzierte zur roten Tür.

»Ein Almosen für einen Blinden«, bettelte Sperber und streckte die Schüssel aus.

»Aus dem Weg, Lumpenpack!« Der Edle wedelte mit der Hand, als wolle er eine lästige Fliege verscheuchen. Er öffnete die Tür und trat ein, während seine Kutsche wieder anfuhr.

»Merkwürdig«, murmelte Sperber.

»Ja, ein seltsamer Vogel.« Talen grinste.

»Also, das hätte ich nie erwartet – Baron Harparin besucht ein Freudenhaus!«

»Auch Edle haben Bedürfnisse, oder nicht?«

»Harparin ganz sicher, aber ich glaube nicht, daß die Mädchen da drinnen imstande wären, sie ihm zu stillen. Er könnte allerdings *dich* interessant finden.«

Talen errötete. »Vergeßt es«, wehrte er ab.

Sperber runzelte die Stirn. »Weshalb geht Harparin in das Freudenhaus, in dem Krager sich einquartiert hat?«

»Kennen sie einander?«

»Kann ich mir nicht vorstellen. Harparin ist ein Ratsmitglied und enger Freund von Annias. Krager ist ein drittklassiger Gauner. Wenn sie sich da drinnen treffen, gäbe ich viel darum zu hören, worüber sie reden.«

»Dann geht doch hinein.«

»Was?«

»Es ist ein öffentliches Haus und auch Blinde brauchen Liebe. Nur fangt da drin keine Schlägerei an.« Talen schaute sich vorsichtig um. »Fragt nach Naween. Sie arbeitet nebenbei für Platime. Sagt ihr, daß er Euch schickt. Dann sorgt sie schon dafür, daß Ihr diesen Harparin belauschen könnt.«

»Beherrscht Platime denn die ganze Stadt?«

»Nur die Unterseite davon. Annias beherrscht die Oberseite.«

»Kommst du mit mir hinein?«

Talen schüttelte den Kopf. »Shanda hat eine etwas merkwürdige Auffassung von Sittlichkeit. Sie duldet keine Kinder im Haus – jedenfalls keine Knaben.«

»Shanda?«

»Die Puffmutter.«

»Hätte ich mir eigentlich denken sollen. Kragers Freundin heißt Shanda – eine sehr dünne Frau?«

Talen nickte. »Mit Essigmiene.«

»Ja, das ist sie.«

»Kennt sie Euch?«

»Ich bin ihr vor zwölf Jahren mal begegnet.«

»Die Augenbinde verbirgt den größten Teil Eures Gesichts, außerdem ist es schummerig im Haus. Ihr dürftet keine Schwierigkeiten haben, wenn Ihr Eure Stimme ein bißchen verstellt. Geht hinein. Ich bleibe hier und passe auf. Ich kenne jeden Wachtmann und Spitzel von Cimmura vom Ansehen.«

»Gut.«

»Habt Ihr genug Geld für ein Mädchen? Ich kann Euch was leihen, wenn es nicht reicht. Shanda wird Euch zu keiner ihrer Damen vorlassen, ohne daß Ihr sie zuvor bezahlt.«

»Es dürfte reichen – außer du hast mich inzwischen ausgeplündert.«

»Traut Ihr mir so etwas zu, Herr Ritter?«

»Ja. Also, warte jetzt. Es könnte allerdings eine Weile dauern.«

»Amüsiert Euch gut. Naween soll sehr feurig sein, hab' ich gehört.«

Sperber antwortete nicht darauf. Er öffnete die rote Tür und trat in das Haus.

Die Eingangshalle war dämmerig und schwül von aufdringlich süßem, billigem Parfüm. Sperber spielte weiter den Blinden. Er schwang den Stock von Seite zu Seite und pochte an die Wände. »Hallo?« rief er mit piepsiger Stimme. »Ist jemand da?«

Die Tür am hinteren Ende der Halle öffnete sich und eine dünne Frau in gelbem Samtgewand kam hindurch. Sie hatte strähniges, schmutzigblondes Haar, eine mißbilligende Miene und Augen, die hart wie Achate wirkten. »Was willst du?« fragte sie scharf. »Hier darfst du nicht betteln!«

»Ich bin nicht zum Betteln gekommen«, versicherte ihr Sperber, »sondern zum Kaufen – vielmehr zum Ausleihen.«

»Hast du denn Geld?«

»Ja.«

»Laß sehen.«

Sperber langte unter seinen Umhang, holte ein paar Münzen hervor und zeigte sie ihr auf dem Handteller.

Die dünne Frau kniff verschlagen die Augen zusammen.

»Zieh es gar nicht erst in Erwägung«, warnte er sie.

»Du bist ja gar nicht blind«, sagte sie anklagend.

»Du merkst aber auch alles.«

»Und was willst du?« fragte sie.

»Ein Freund erzählte mir von Naween.«

»Ah, Naween. Sie ist in letzter Zeit sehr gefragt. Ich lasse sie rufen – sobald du bezahlt hast.«

»Wieviel?«

»Zehn Kupferstücke – oder eine silberne Halbkrone.«

Sperber gab ihr eine kleine Silbermünze, und Shanda verschwand durch die Tür. Einen Augenblick später kehrte sie mit einem vollbusigen braunhaarigen Mädchen von etwa zwanzig Jahren zurück.

»Das ist Naween«, sagte Shanda. »Ich wünsche euch viel Spaß.« Sie lächelte Sperber kurz und geziert an, dann schwand das Lächeln und sie verließ die Eingangshalle.

»Du bist also gar nicht wirklich blind?« fragte Naween kokett. Sie trug ein fast durchsichtiges, leuchtend rotes Gewand und hatte Grübchen.

»Nein«, gab Sperber zu, »nicht wirklich.«

»Gut. Ich habe es noch nie mit einem Blinden gemacht, wüßte also nicht, was auf mich zukäme. Gehen wir hinauf, ja?« Sie führte ihn zu einer Treppe. »Möchtest du irgendwas Besonderes?« Sie lächelte ihn über die Schulter an.

»Momentan möchte ich eigentlich nur lauschen«, antwortet er.

»Lauschen? Worauf?«

»Platime schickt mich. Shanda hat hier einen Freund aufgenommen – einen Kerl namens Krager.«

»Ein unscheinbares Männchen, das schlecht sehen kann?«

»Genau. Ein Edelmann in grünem Samt kam gerade herein, und ich glaube, daß er und Krager sich unterhalten. Es würde mich sehr interessieren zu hören, was sie reden. Könntest du das möglich machen?« Er zog den Rupfenstreifen von den Augen.

»Dann willst du gar nicht wirklich . . .« Sie verzog die üppigen Lippen zum Schmollmund.

»Heute nicht, kleine Schwester«, antwortete er. »Mich beschäftigen andere Dinge.«

Sie seufzte. »Schade. Du gefällst mir, Freund. Wir hätten uns sehr gut amüsieren können.«

»Vielleicht ein andermal. Kannst du es einrichten, daß ich Krager und seinen Freund unbemerkt belauschen kann?«

Wieder seufzte sie. »Ich denke schon. Sie sind oben. Wir können Feders Kammer benutzen. Sie besucht ihre Mutter.«

»Ihre Mutter?«

»Auch Dirnen haben eine Mutter, weißt du? Feders Kammer ist gleich neben der, die Shanda ihrem Freund überlassen hat. Wenn du das Ohr an die Wand drückst, müßtest du hören können, was sie reden.«

»Gut. Gehen wir. Ich möchte nichts versäumen.«

Die Kammer am hinteren Ende des oberen Korridors war nur

mit dem Nötigsten ausgestattet. Eine Kerze brannte auf dem Tisch. Naween schloß die Tür, schlüpfte aus ihrem Gewand und streckte sich auf dem Bett aus. »Nur um den Schein zu wahren«, flüsterte sie, »falls jemand hereinschaut. *Oder* falls du dir es später doch noch anders überlegst.« Sie blinzelte ihm bedeutungsvoll zu.

»Welche Wand?« fragte er leise.

Sie streckte den Finger aus. »Die dort!«

Er ging zur anderen Seite und drückte das Ohr an die rußige Wand.

»... für meinen Herrn Martel«, sagte gerade eine bekannte Stimme. »Ich brauche einen Beweis, daß Euch wirklich Annias geschickt hat, und daß Eure Nachricht tatsächlich von ihm kommt!«

Es war Krager. Sperber grinste triumphierend und lauschte.

7

»Der Primas sagte schon, daß Ihr ein wenig mißtrauisch sein würdet«, erklang die hohe Stimme Harparins.

»Auf meinen Kopf ist hier in Cimmura ein Preis ausgesetzt«, erklärte Krager. »Unter diesen Umständen dürfte Vorsicht wohl angebracht sein.«

»Würdet Ihr die Signatur – und sein Siegel – erkennen, wenn Ihr es seht?«

»Ja«, antwortete Krager.

»Gut. Hier ist ein Pergament von ihm, das mich ausweist. Vernichtet es, nachdem Ihr es gelesen habt.«

»Nein, das werde ich nicht. Martel möchte den Beweis gewiß mit eigenen Augen sehen. Warum hat Annias seine Anweisungen nicht einfach aufgeschrieben?«

»Überlegt doch, Krager«, sagte Harparin. »Eine Botschaft könnte in falsche Hände fallen.«

»Ein Bote ebenfalls. Habt Ihr je gesehen, was die Pandioner mit Leuten machen, die für sie interessante Nachrichten haben?«

»Wir nehmen doch an, Ihr sorgt dafür, daß man Euch nichts entlocken kann.«

Krager lächtelte spöttisch. »Täuscht Euch nicht, Harparin, sagte er mit schleppender Stimme. »Mein Leben mag zwar nicht viel wert sein, aber es ist das einzige, das ich habe.«

»Ihr seid ein Feigling!«

»Und Ihr seid – was immer Ihr seid. Zeigt mir das Pergament.«

Sperber hörte Knistern. »Also gut«, erklang Kragers schwerfällige Stimme. »Das ist des Primas' Siegel.«

»Habt Ihr getrunken?«

»Natürlich. Was kann man in Cimmura denn sonst schon tun? Außer man hat andere Vergnügen – wie Ihr, vielleicht.«

»Ich mag Euch nicht sehr, Krager.«

»Ich bin auch nicht gerade begeistert von Euch, Harparin. Aber wir können damit leben, nicht wahr? Also sagt mir schon, was Ihr ausrichten sollt, und dann geht. Euer Parfüm dreht mir so langsam den Magen um.«

Ein eisiges Schweigen folgte, dann erklang wieder des Barons Stimme, sehr deutlich, sehr betont, als spreche er zu einem Kind oder einem Dummkopf: »Hört gut zu, was Annias Martel ausrichten läßt: Er soll so viele Männer um sich scharen, wie er braucht, und sie alle in schwarze Rüstungen kleiden. Sie sollen die Banner der pandionischen Ritter tragen – jede Näherin kann sie anfertigen, wenn Martel sie aufzeichnet, er kennt sie. Dann sollen sie möglichst auffällig zur Burg von Graf Radun reiten, dem Oheim König Dregos' von Arzium. Wißt Ihr, wo sie liegt?«

»Auf der Straße von Darra nach Sarrinium, nicht wahr?«

»Stimmt. Graf Radun ist ein frommer Mann, er wird die Ordensritter ohne Zögern einlassen. Sobald Martel in der Burg ist, soll er alle Krieger töten, die sich dort aufhalten. Es dürfte keinen großen Widerstand geben, denn Radun unterhält nur eine kleine Wächterschar. Er hat eine Gemahlin und mehrere unverheiratete Töchter. Annias wünscht, daß ihnen allen mehrmals Gewalt angetan wird.«

Krager lachte. »Das würde Adus auch ohne Anweisung machen.«

»Gut. Aber sagt ihm, er braucht es nicht hinter verschlossenen

Türen zu tun. Radun hat mehrere Kirchenleute in seiner Burg. Wir wollen, daß sie alle dabei zusehen. Wenn Adus und seine Männer mit dem Weibsvolk fertig sind, sollen sie ihnen die Kehle durchschneiden. Radun soll gefoltert und dann enthauptet werden. Nehmt seinen Kopf mit, wenn ihr die Burg verlaßt, aber sorgt dafür, daß genügend persönlicher Zierat und Kleidungsstücke an seinem Körper bleiben, daß man ihn identifizieren kann. Metzelt danach auch alle anderen in der Burg nieder – *außer* den Kirchenleuten. Nachdem sie alles mit angesehen haben, laßt Ihr sie laufen.«

»Warum?«

»Damit sie König Dregos in Larium von den Greueltaten berichten können.«

»Der Zweck des Ganzen ist wohl, daß Dregos den Pandionern den Krieg erklärt?«

»Nein, nicht ganz – obwohl es dazu natürlich ebenfalls kommen könnte. Sobald Ihr dort fertig seid, schickt Ihr einen Boten auf schnellem Pferd zu mir nach Cimmura, um mir zu melden, daß der Auftrag ausgeführt ist.«

Wieder lachte Krager spöttisch. »Nur ein Trottel würde eine solche Botschaft ausrichten. Er hätte ein Dutzend Messer im Leib, noch ehe er ausgeredet hat!«

»Ihr seid *wahrhaftig* mißtrauisch, Krager!«

»Lieber mißtrauisch als tot. Und die Männer, die Martel dingen wird, werden nicht anders denken. Erzähl mir besser ein bißchen mehr über dieses Komplott, Harparin.«

»Mehr braucht Ihr nicht zu wissen.«

»Martel schon. Er läßt sich von niemandem als Werkzeug benutzen!«

Harparin murmelte eine Verwünschung. »Also gut. Die Pandioner mischen sich in des Primas Angelegenheiten. Die geplante Greueltat gibt Annias die Möglichkeit, sie alle wieder in ihr Mutterhaus in Demos zurückzuschicken und sie dort festzusetzen. Dann wird er einen Bericht über das Gemetzel anfertigen und diesen persönlich der Hierokratie und dem Erzprälaten vorlegen. Ihnen wird nichts anderes übrigbleiben, als den pandionischen Orden aufzulösen. Die Führer – Vanion, Sperber und die anderen

– werden in die Verliese unter der Basilika von Chyrellos geworfen. Noch keiner hat sie je lebend verlassen.«

»Das wird Martel gefallen.«

»Das hat Annias auch nicht anders erwartet. Die Styrikerin, Sephrenia, wird natürlich als Hexe verbrannt.«

»Dann sind wir sie endlich los.« Wieder setzte eine Pause ein. »Das ist aber nicht alles, oder?« fragte Krager schließlich.

Harparin antwortete nicht.

»Ziert Euch nicht, Harparin«, mahnte Krager. »Wenn *ich* das alles durchschaue, könnt Ihr sicher sein, daß Martel es erst recht durchschauen wird. Also rückt mit dem Rest heraus!«

»Na gut.« Harparins Stimme klang verdrossen. »Die Pandioner werden wahrscheinlich Widerstand leisten und ganz sicher versuchen, ihre Führer zu beschützen. In diesem Fall wird die Armee gegen sie eingesetzt. Das gibt Annias und dem königlichen Rat die Möglichkeit, den Notstand zu erklären und gewisse Gesetze zu erlassen.«

»Was sind das für Gesetze?«

»Sie betreffen die Thronfolge. Elenien wird sich quasi im Kriegszustand befinden, und Ehlana ist ganz offensichtlich nicht in der Lage zu handeln. Also wird sie zugunsten ihres Vetters, des Prinzregenten Lycheas, abdanken.«

»Arissas Bastard – der Jammerlappen?«

»Ihm kann durch ein Dekret des Rates rechtliche Anerkennung verliehen werden. Ich würde an Eurer Stelle meine Zunge hüten, wenn ich über Lycheas spreche, Krager. Verleumdung des Königs ist Hochverrat, das *kann* auch rückwirkend gelten, wißt Ihr?«

Drückendes Schweigen setzte ein.

»Einen Moment!« rief Krager schließlich. »Ich habe gehört, daß Ehlana ohne Bewußtsein ist – und in Kristall oder dergleichen gehüllt.«

»Das ist kein Problem.«

»Wie kann sie ihre Abdankung unterzeichnen?«

Harparin lachte. »In der Abtei von Lenda gibt es einen Mönch, der seit einem Monat ihre Unterschrift übt. Er beherrscht sie inzwischen sehr gut.«

»Schlau! Was geschieht mit ihr, nachdem sie abgedankt hat?«

»Sobald Lycheas gekrönt ist, erhält sie eine prächtige Bestattung.«

»Aber sie lebt doch noch, oder?«

»Na und? Wenn es sein muß, wird sie eben mit ihrem Thron beigesetzt.«

»Dann gibt es nur noch ein Problem, nicht wahr?«

»Ich sehe keines.«

»Weil Ihr nicht vorausschauend denkt, Harparin. Der Primas wird sehr rasch handeln müssen. Wenn die Pandioner Wind von der Sache bekommen, ehe er der Hierokratie in Chyrellos seinen Bericht vorlegen kann, werden sie Schritte unternehmen, seine Anschuldigungen zu entkräften.«

»Das wissen wir. Deshalb müßt ihr uns ja die Botschaft zukommen lassen, sobald der Graf und seine Leute tot sind!«

»Sie würde euch nie erreichen. Jedem, den wir damit auf den Weg schickten, wäre sogleich klar, daß man ihn umbrächte, sobald er sie übermittelt; er würde zweifellos damit gar nicht erst zu euch kommen, sondern sich rasch nach Lamorkand oder Pelosien absetzen.« Krager machte eine Pause. »Zeigt mir Euren Ring.«

»Meinen Ring? Weshalb?«

»Es ist ein Siegelring, nicht wahr?«

»Ja, mit dem Wappen meines Geschlechts.«

»Alle Edelleute haben Ringe dieser Art, nicht wahr?«

»Selbstverständlich.«

»Gut. Sagt Annias, er soll auf den Klingelbeutel im hiesigen Dom achten. Eines Tages wird sich unter den Münzen ein Ring befinden, und zwar einer mit dem Wappen des Grafen Radun. Annias wird die Nachricht verstehen, und der Bote kann sich unbeschadet entfernen.«

»Ich glaube nicht, daß Annias dieser Vorschlag gefallen wird.«

»Das kann er halten, wie er will. Also, wieviel?«

»Wieviel was?«

»Geld. Was ist Annias bereit, Martel für seine Hilfe zu bezahlen? Er bekommt die Krone für Lycheas und die Alleinherrschaft über Elenien. Was ist ihm das wert?«

»Er sprach von zehntausend Goldkronen.«

Krager lachte. »Ich fürchte, da wird Martel erst mal verhandeln wollen.«

»Die Zeit drängt, Krager!«

»Dann wird Annias wohl auch nicht auf diesem Preis beharren. Wie wär's, wenn Ihr ins Schloß zurückkehrt und ihm sagt, daß etwas mehr Großzügigkeit angebracht ist? Es könnte dazu kommen, daß ich den ganzen Winter mit Vorschlägen und Gegenvorschlägen zwischen Annias und Martel hin und her reiten muß.«

»Das Staatssäckel ist nicht gerade prall gefüllt, Krager.«

»Kein Problem, teurer Baron. Erhöht die Steuern – oder laßt Annias in die Kirchenkasse greifen.«

»Wo hält sich Martel gegenwärtig auf?«

»Darüber darf ich nicht reden.«

Sperber fluchte leise und nahm das Ohr von der Wand.

»War es interessant?« erkundigte sich Naween. Sie lag immer noch auf dem Bett.

»Sehr.«

Sie räkelte sich sinnlich. »Bist du sicher, daß du es dir nicht doch noch anders überlegen willst, nachdem du nun erfahren hast, worauf du aus warst?«

»Tut mir leid, kleine Schwester«, bedauerte Sperber. »Ich habe heute noch sehr viel zu erledigen. Außerdem bezahlte ich Shanda bereits den Preis für dich. Warum willst du haben, was nicht nötig ist?«

»Berufsehre. Außerdem mag ich dich, mein großer Freund mit der gebrochenen Nase.«

»Ich fühle mich geschmeichelt.« Er kramte in seiner Tasche, holte eine Goldmünze hervor und gab sie ihr. Sie starrte ihn in stummer Dankbarkeit an. »Ich ziehe mich lieber zurück, ehe Kragers Freund sich verabschiedet.« Sperber ging zur Tür.

»Besuch mich doch mal, wenn du nicht so beschäftigt bist«, flüsterte sie.

»Ich werde sehen, was sich machen läßt.« Er band den Rupfenstreifen wieder vor die Augen, öffnete die Tür und trat leise auf den Korridor; dann ging er in die schummerige Eingangshalle hinunter und trat auf die Straße.

Talen lehnte an der Wand neben der Tür und versuchte sich auf diese Weise ein wenig vor dem Regen zu schützen. »Hattet Ihr Spaß?« erkundigte er sich.

»Ich habe herausgefunden, was wichtig für uns ist.«

»Das meinte ich nicht. Naween ist angeblich die Beste in ganz Cimmura.«

»Das kann ich nicht beurteilen. Ich war nicht zu meinem Vergnügen im Haus.«

»Ich bin enttäuscht von Euch, Sperber.« Talen grinste. »Aber wahrscheinlich bei weitem nicht so sehr wie Naween. Man sagt, sie liebt ihre Arbeit.«

»Du hast eine verkommene Phantasie, Talen.«

»Ich weiß, und Ihr habt keine Ahnung, wie sehr ich das genieße.« Sein Knabengesicht wurde ernst und er schaute sich verstohlen um. »Sperber«, fragte er schließlich, »verfolgt Euch jemand?«

»Das wäre durchaus möglich.«

»Ich spreche nicht von Kirchensoldaten. Am Ende der Straße stand ein Mann – zumindest nehme ich an, daß es ein Mann war. Er trug eine Mönchskutte, und die Kapuze verbarg sein Gesicht, deshalb bin ich mir nicht sicher.«

»Es gibt viele Mönche in Cimmura.«

»Aber keinen wie diesen. Mir wurde kalt, als ich ihn nur ansah.«

Sperber blickte ihn scharf an. »Hattest du so ein Gefühl früher schon mal gehabt, Talen?«

»Einmal. Platime hatte mich zum Westtor geschickt, um dort jemanden zu treffen. Zur gleichen Zeit kamen ein paar Styriker zum Tor, und nachdem sie durch waren, war ich nicht mehr imstande, meinen Auftrag auszuführen. Es dauerte zwei Tage, bis ich dieses schreckliche Gefühl abschütteln konnte.«

Es hatte keinen Sinn, dem Jungen hier die Wahrheit zu sagen. Viele Menschen waren empfänglich, doch weiter reichte es selten. »Ich würde mir an deiner Stelle keine Gedanken darüber machen«, sagte Sperber. »Jeder hat dann und wann ein so merkwürdiges Gefühl.«

»Vielleicht«, brummte Talen skeptisch.

»Wir sind hier fertig«, sagte Sperber. »Kehren wir zu Platimes Unterkunft zurück.«

Auf den verregneten Straßen Cimmuras herrschte jetzt mehr Betrieb. Edelleute in farbenprächtigen Umhängen und Arbeiter in einfachen braunen oder grauen Kitteln eilten vorüber. Sperber blieb nichts übrig, als sich mit seinem Blindenstock voranzutasten, um keinen Argwohn zu erregen. Erst gegen Mittag waren er und Talen in Platimes Keller zurück.

»Warum hast du mich nicht aufgeweckt?« fragte Kalten erbost. Er saß auf der Kante seiner Pritsche und löffelte in einer Schale mit dickem Eintopf.

»Du brauchtest deine Ruhe.« Sperber löste die Binde von den Augen. »Außerdem regnet es stark.«

»Hast du Krager gesehen?«

»Nein, aber gehört, was ebenso gut war.« Sperber ging um die Feuergrube herum zu Platime. »Könnt Ihr mir einen Wagen mit Fuhrmann beschaffen?«

»Wenn Ihr einen braucht.« Platime hob seinen Silberkrug und trank geräuschvoll. Bier schwappte über und spritzte auf sein orangenes Wams.

»Ja. Ich brauche einen«, versicherte ihm Sperber. »Kalten und ich müssen ins Ordenshaus zurück. Zweifellos suchen uns die Soldaten des Primas noch, deshalb dachte ich, wir könnten uns in einem Wagen verstecken.«

»Fuhrwerke sind langsam. Wäre eine Kutsche mit geschlossenen Vorhängen nicht besser?«

»Habt Ihr denn eine?«

»Mehrere sogar. Gott meinte es in letzter Zeit gut mit mir.«

»Das freut mich.« Sperber drehte sich um. »Talen!« rief er.

Der Junge kam zu ihm.

»Wieviel Geld hast du heute morgen aus meinen Taschen gestohlen?«

»Nicht viel«, gestand er vorsichtig. »Warum?«

»Ich möchte es genau wissen!«

»Sieben Kupferstücke und eine Silbermünze. Weil Ihr ein Freund seid, habe ich das Gold in Eure Taschen zurückgesteckt.«

»Ich bin gerührt.«

»Ihr wollt Euer Geld zurück, nehme ich an.«

»Behalt es – als Bezahlung für deine Hilfe.«

»Ihr seid großzügig, Meister.«

»Ich bin noch nicht fertig. Ich möchte, daß du Krager für mich im Auge behältst. Ich werde die Stadt vermutlich für eine Weile verlassen, möchte aber über ihn auf dem laufenden bleiben. Falls er Cimmura verläßt, gehst du zu der Herberge in der Rosenstraße. Kennst du sie?«

»Die, die von den Pandionern betrieben wird.«

»Wie hast du denn das herausgefunden?«

»Das weiß doch jeder!«

Sperber beließ es dabei. »Klopf dreimal an das Tor und nach einer kurzen Pause noch zweimal. Ein Pförtner wird öffnen. Sei höflich zu ihm, denn er ist ein Ritter. Sag ihm, daß der Mann, an dem Sperber interessiert ist, die Stadt verlassen hat. Sieh zu, daß du ihm sagen kannst, welche Richtung Krager eingeschlagen hat. Kannst du dir das alles merken?«

»Soll ich es wiederholen?«

»Nicht nötig. Der Nachtpförtner der Herberge wird dir eine halbe Krone für die Auskunft geben.«

Talens Augen leuchteten auf.

Sperber wandte sich wieder an Platime. »Habt Dank, mein Freund. Und betrachtet Eure Dankesschuld als abgetragen.«

»Ich habe sie bereits vergessen.« Der feiste Mann grinste.

»Platime ist sehr gut, wenn es darum geht, Schulden zu vergessen«, warf Talen frech ein. »Seine jedenfalls.«

»Eines Tages wird dich dein Schandmaul in ernste Schwierigkeiten bringen!«

»In keine, aus der meine Füße mich nicht retten könnten!«

»Lauf zu Sef und sag ihm, er soll die Grauen vor die Kutsche mit den blauen Rädern spannen und sie vor die Tür bringen.«

»Was krieg' ich dafür?«

»Ich werde die Prügel verschieben, die ich dir gerade geben wollte«, knurrte Platime.

»Genügt.« Talen grinste und rannte davon.

»Ein kluger Junge.

»Er ist der Beste«, bestätigte Platime. »Ich glaube, er wird mein Nachfolger, wenn ich bereit für den Ruhestand bin.«

»Dann ist er also der Kronprinz.«

Platime lachte schallend. »Der Kronprinz der Diebe! Klingt nicht schlecht! Wißt Ihr was, Sperber, ich mag Euch.« Immer noch lachend, klopfte der Fette dem breitschultrigen Ritter auf die Schulter. »Wenn ich je wieder etwas für Euch tun kann, braucht Ihr es mich nur wissen zu lassen.«

»Danke, ich werde daran denken, Platime.«

»Ich mache Euch sogar einen Sonderpreis.«

»Danke«, sagte Sperber, diesmal allerdings ein wenig ironisch. Er griff nach seinem Schwert neben Platimes Stuhl und ging zu seiner Pritsche, um wieder in die eigene Kleidung zu schlüpfen.

»Wie geht es dir?« fragte er Kalten.

»Gut.«

»Freut mich. Mach dich bereit zum Aufbruch.«

»Wohin gehen wir?«

»Zurück ins Ordenshaus. Ich habe etwas erfahren, das Vanion wissen muß.«

Die Kutsche war nicht neu, aber stabil und gut gepflegt. Die dichten Vorhänge waren zugezogen und verbargen die Fahrgäste sicher vor neugierigen Blicken. Zwei Falben waren davorgespannt, die sich wie ein Ei dem anderen glichen.

Kalten lehnte sich in dem Ledersitz zurück. »Kommt es mir nur so vor, oder bringt es ein Dieb zu größeren Reichtümern als ein Ritter?«

»Wir haben diesen Beruf nicht des Geldes wegen gewählt, Kalten«, erinnerte ihn Sperber.

»Das ist geradezu schmerzlich offensichtlich, mein Freund.« Kalten streckte die Beine aus und verschränkte zufrieden die Arme. »Weißt du«, sagte er. »Ich könnte an so was Gefallen finden.«

»Tu's lieber nicht«, riet ihm Sperber.

»Aber du mußt zugeben, daß es viel bequemer ist, als sich den Hintern wund zu reiten.«

»Unbequemlichkeit ist gut für die Seele.«

»Meiner Seele fehlt nichts, Sperber, aber mein Hintern wird allmählich abgenutzt.«

Die Kutsche fuhr mit erstaunlicher Geschwindigkeit durch die Straßen; so hatten sie das Osttor bald hinter sich und hielten vor der Zugbrücke des Ordenshauses an. Sperber und Kalten stiegen hinaus in den tristen, grauen Nachmittag, Sef wendete die Kutsche sofort und lenkte sie in die Stadt zurück.

Nach dem üblichen Ritual, das ihnen Zutritt in die Burg verschaffte, begaben sich Sperber und Kalten sogleich in das Studiergemach des Hochmeisters im Südturm. Vanion saß an einem großen Tisch in der Mitte des Raums vor einem Stoß Schriftstücke, und Sephrenia hatte es sich am prasselnden Feuer bequem gemacht, wie fast immer mit einer Tasse Tee in der Hand. Sie blickte mit geheimnisvoller Miene in den tanzenden Flammen.

Vanion schaute auf und sah die Blutflecken an Kaltens Wams. »Was ist passiert?« rief er.

»Unsere Verkleidung war nutzlos.« Kalten zuckte die Schultern. »Ein Trupp Kirchensoldaten lauerte uns in einer Gasse auf. Es ist nichts Ernstes.«

Sephrenia stand auf und trat zu ihnen. »Wurde die Wunde schon versorgt?«

»Sperber hat sie verbunden.«

»Wie wäre es, wenn ich sie mir ansehe? Sperbers Verbände sind manchmal ein wenig schlampig. Setzt Euch und öffnet das Wams.«

Kalten brummelte ein bißchen, gehorchte jedoch.

Sie wickelte den Verband auf und betrachtete die Verletzung mit gespitzten Lippen. »Habt Ihr sie überhaupt ausgewaschen?« fragte sie Sperber.

»Ja, mit etwas Wein.«

Sie seufzte. »O Sperber!« Sie ging zur Tür und schickte einen der jungen Wächter nach den Sachen, die sie benötigte.

»Sperber konnte etwas erfahren«, wandte Kalten sich an den Hochmeister.

»Was?«

»Ich habe Krager gefunden«, berichtete Sperber. Er zog einen Stuhl heran und setzte sich. »Er ist in einem Freudenhaus am Westtor untergekrochen.«

Sephrenia zog eine Braue hoch. »Was hattet Ihr in einem Freudenhaus zu suchen, Sperber?«

»Das ist eine lange Geschichte«, antwortete er leicht errötend. »Vielleicht erzähle ich Euch einmal alles. Jedenfalls ging Baron Harparin in dieses Freudenhaus und . . .«

»Harparin?« unterbrach Vanion ihn überrascht. »In einem Freudenhaus? Er hatte da noch weniger zu suchen als Ihr.«

»Er traf sich dort mit Krager. Es gelang mir, ins Haus zu kommen und in die Kammer neben derjenigen zu gelangen, wo sie ihre Unterredung führten.« Rasch berichtete er die Einzelheiten von Primas Annias' verwickeltem Komplott.

Vanion hatte grimmig die Augen zusammengekniffen, als Sperber endete. »Annias ist noch ruchloser, als ich dachte. Ich hätte nie erwartet, daß er sein Gewissen mit Massenmord belasten würde.«

»Wir werden es doch verhindern, nicht wahr?« fragte Kalten, während Sephrenia seine Wunde säuberte.

»Natürlich«, antwortete Vanion abwesend. Er schaute gedankenverloren zur Decke hoch. »Mir ist auch schon etwas eingefallen.« Er blickte Kalten an. »Seid Ihr in der Verfassung zu reiten?«

»Es ist ja kaum mehr als eine Schramme«, versicherte ihm Kalten und blickte auf Sephrenia, die gerade eine Kompresse auf die Wunde legte.

»Gut. Ich möchte, daß Ihr Euch zum Mutterhaus in Demos begebt. Nehmt dort mit, wen Ihr findet, und reitet sogleich zu Graf Raduns Burg in Arzium. Haltet Euch jedoch von den Hauptverbindungsstraßen fern. Wir möchten ja nicht, daß Martel etwas erfährt. Und Ihr, Sperber, führt die Ritter von hier. Schließt euch dann Kalten irgendwo in Arzium an.«

Sperber schüttelte den Kopf. »Wenn wir als Trupp ausreiten, wird Annias daraus schließen, daß wir etwas vorhaben. Und wenn er Verdacht schöpft, könnte er das Ganze abblasen und die Burg des Grafen ein andermal angreifen, wenn wir nicht mehr dort sind.«

Vanion runzelte die Stirn. »Das stimmt. Vielleicht könnten sich Eure Männer jeweils zu nicht mehr als zweien oder dreien nach und nach aus Cimmura schleichen?«

»Das würde zu lange dauern«, gab Sephrenia zu bedenken, die gerade einen frischen Verband um Kaltens Brustkorb wickelte. »Und sich davonzuschleichen erregt mehr Aufmerksamkeit, als wenn man offen die Stadt verläßt.« Sie schürzte überlegend die Lippen. »Gehört die Klosteranlage auf der Straße nach Cardos immer noch dem Orden?«

Vanion nickte. »Aber sie ist baufällig.«

»Wäre jetzt nicht die richtige Zeit, sie wieder instand zu setzen?«

»Ich fürchte, ich verstehe Euch nicht so recht, Sephrenia.«

»Wir brauchen einen plausiblen Vorwand, einen Großteil der hiesigen Pandioner gleichzeitig von hier abzuziehen. Ihr könntet Euch zum Schloß begeben und dem Rat erklären, daß Ihr alle Eure Ritter braucht, um dieses Kloster wieder herzurichten. Annias wird sich insgeheim sogar darüber freuen, weil ihm das sehr gelegen kommt. Ihr nehmt dann mehrere Wagenladungen voll Baumaterialien und Werkzeug, damit es echt aussieht, und verlaßt die Stadt damit. Sobald Ihr Euch weit genug von Cimmura entfernt habt, könnt Ihr die Richtung ändern, ohne daß irgend jemand davon erfahren muß.«

»Das könnte sich durchführen lassen, Vanion.« Sperber nickte. »Kommt Ihr mit uns?«

»Nein«, antwortete der Hochmeister. »Ich muß nach Chyrellos reiten und ein paar befreundete Mitglieder der Hierokratie auf Annias' Vorhaben aufmerksam machen.«

Wieder nickte Sperber. Dann fiel ihm etwas ein. »Ich bin mir nicht ganz sicher, aber ich glaube, jemand beschattet mich hier in Cimmura, und dieser Jemand ist meines Erachtens kein Elenier.« Er lächelte Sephrenia an. »Ihr habt mich gelehrt, selbst die fast unmerkliche Berührung durch einen styrischen Geist zu erkennen. Nun, dieser Beobachter ist offenbar in der Lage, mich aufzuspüren, egal welcher Maskierung ich mich bediene. Ich bin ziemlich sicher, daß er die Kirchensoldaten auf Kalten und mich ansetzte, und das bedeutet, daß er mit Annias in Verbindung steht.«

»Wie sieht er aus?« fragte Sephrenia.

»Schwer zu sagen. Er trägt eine Kutte mit Kapuze, die sein Gesicht fast völlig verbirgt.«

»Er kann Annias nichts mehr melden, wenn er tot ist«, sagte Kalten schulterzuckend. »Leg ihm unterwegs nach Cardos einen Hinterhalt.«

»Ist das nicht etwas zu plump?« sagte Sephrenia mißbilligend und verknotete den Verband.

»Ich bin ein einfacher Mann, Sephrenia. Komplizierte Dinge verwirren mich.«

»Ich muß mir noch ein paar Einzelheiten überlegen«, erklärte Vanion. Er blickte Sephrenia an. »Kalten und ich werden bis

Demos miteinander reiten. Möchtet Ihr ins Mutterhaus zurückkehren?«

»Nein. Ich begleite Sperber für den Fall, daß sein styrischer Schatten uns zu folgen versucht. Ich dürfte imstande sein, etwas gegen ihn zu unternehmen, ohne ihn gleich umzubringen.«

»Gut.« Vanion stand auf. »Sperber und Kalten«, befahl er, »Ihr kümmert Euch um Wagen und Baumaterialien. Ich begebe mich ins Schloß und lüge ein wenig. Sobald ich zurück bin, brechen wir alle auf.«

»Und was möchtet Ihr, daß ich inzwischen tue, Vanion?« fragte Sephrenia.

Er lächelte. »Wie wäre es, wenn Ihr Euch noch eine Tasse Tee gönnt?«

»Danke, Vanion. Ich glaube, das werde ich tun.«

8

Es war bitterkalt geworden, und aus dem grauen Nachmittagshimmel fielen erste Schneeflocken. Einhundert pandionische Ritter in schwarzer Rüstung und wärmendem Umhang trieben ihre Pferde mit klingelndem Zaumzeug durch das dichtbewaldete Grenzgebiet vor Arzium. Sperber mit Sephrenia hielten die Spitze. Sie alle saßen bereits fünf Tage im Sattel.

Sperber blinzelte zum Himmel und zügelte den Rappen. Der Hengst bäumte sich auf und schlug mit den Vorderhufen durch die Luft. »Laß das!« knurrte Sperber gereizt.

»Er ist sehr lebhaft, nicht wahr?« Sephrenia lächelte.

»Allerdings, aber sonderlich klug ist er nicht. Ich bin froh, wenn wir Kalten eingeholt haben und ich Faran zurückbekomme.«

»Warum halten wir an?«

»Es ist bald Abend, und das Wäldchen dort drüben sieht so aus, als wäre es frei von struppigem Dickicht. Ein günstiger Platz für unser Nachtlager.« Er hob die Stimme und donnerte über die Schulter: »Ritter Parasim!«

Der jugendliche Ritter mit dem butterfarbenen Haar trabte herbei. »Ja, Ritter Sperber?« fragte er mit seinem hellen Tenor.

»Wir übernachten hier. Schlagt Sephrenias Zelt auf, sobald die Wagen hier sind, und kümmert Euch darum, daß sie alles hat, was sie braucht.«

»Es ist mir eine Ehre, Ritter Sperber.«

Ein kaltes Blau färbte den Himmel, als das Lager errichtet war und Sperber Posten eingeteilt hatte. Er stapfte vorbei an den Zelten und prasselnden Kochfeuern, um sich zu Sephrenia an das kleine Feuer vor ihrem Zelt zu setzen. Ein Lächeln huschte über seine Züge, als er den offenbar immer gegenwärtigen Teekessel an einem eisernen Dreibein singen hörte, das sie über die Flammen gestellt hatte.

»Amüsiert Euch etwas, Sperber?« fragte sie.

»Nein. Nein, eigentlich nicht.« Er ließ den Blick über die jugendlichen Ritter schweifen, die um ihre Kochfeuer lagerten. »Sie kommen mir alle so erstaunlich jung vor«, murmelte er, mehr zu sich als zu ihr, »kaum mehr als Knaben.«

»Das liegt im Wesen der Dinge, Sperber. Die Alten treffen die Entscheidungen, die Jungen führen sie aus.«

»War ich jemals so jung?«

Sephrenia lachte. »O ja, mein lieber Sperber. Ihr könnt Euch gar nicht vorstellen, wie jung Ihr wart, Ihr und Kalten, als Ihr zu Euren ersten Unterrichtsstunden zu mir gekommen seid. Ich fühlte mich, als hätte man mir die Sorge für zwei Wickelkinder überantwortet.«

Verlegen verzog er das Gesicht. »Damit wäre meine Frage wohl beantwortet, nicht wahr.« Er streckte die Hände zum Feuer. »Es ist eine kalte Nacht. Ich glaube, die Jahre in Jiroch haben mein Blut verdünnt. Mir war noch kein einziges Mal richtig warm, seit ich in Elenien zurück bin. Hat Parasim Euch Euer Essen gebracht?«

»Ja. Er ist ein sehr netter Junge, findet Ihr nicht?«

Sperber lachte. »Wenn er das zu Ohren bekäme, empfände er es wahrscheinlich als Kränkung.«

»Stimmt es etwa nicht?«

»Natürlich, aber das würde nichts ändern. Junge Ritter sind immer sehr empfindlich.«

»Habt Ihr ihn singen gehört?«

»Einmal. In der Kapelle.«

»Er hat eine begnadete Stimme, nicht wahr?«

Sperber nickte. »Ich finde, daß er eigentlich nicht in einen Kriegerorden gehört. Dem Wesen nach paßte er wahrscheinlich viel besser in ein normales Kloster.« Wieder schaute er sich um, dann trat er aus dem Lichtschein, zerrte einen Baumstamm neben das Feuer und breitete seinen Umhang darüber. »Nicht eben ein Sessel«, sagte er entschuldigend, »aber doch besser, als wenn Ihr auf dem Erdboden sitzen müßtet.«

»Danke, Sperber.« Sephrenia lächelte. »Wie aufmerksam.«

»Ganz so trostlos ist es um meine Manieren wohl doch nicht bestellt.« Er blickte sie ernst an. »Ich fürchte, dies ist eine sehr anstrengende Reise für Euch.«

»Ich schaffe es schon.«

»Gewiß, aber es ist nicht nötig, daß Ihr aus lauter Rücksicht Entbehrungen auf Euch nehmt, die nicht sein müssen. Wenn Euch friert oder der Ritt zu sehr anstrengt, dann sagt es mir bitte.«

»So schlimm wird es nicht werden, Sperber. Styriker sind eine zähe Rasse.«

»Sephrenia . . .« Er zögerte kurz. »Wann wird der erste der zwölf Ritter sterben, die mit Euch im Thronsaal waren?«

»Das ist wirklich unmöglich zu sagen, Sperber.«

»Werdet Ihr es wissen – jedesmal wenn einer stirbt, meine ich?«

»Ja. Zur Zeit bin ich diejenige, zu der ihre Schwerter gebracht werden.«

»Ihre Schwerter?«

»Die Schwerter waren die Hilfsmittel für den Zauber und symbolisieren die Bürde, die weitergetragen werden muß.«

»Wäre es nicht vernünftiger gewesen, diese Verantwortung aufzuteilen?«

»Das wollte ich nicht.«

»Das könnte ein Fehler gewesen sein.«

»Möglich, aber selbst dann würde ich mich nicht anders entscheiden.«

Grimmig stapfte er hin und her. »Wir sollten an einer Heilung arbeiten, statt durch halb Arzium zu reiten!« rief er erregt.

»Auch das ist wichtig, Sperber!«

»Ich könnte es nicht ertragen, Euch und Ehlana zu verlieren!« stöhnte er. »Und Vanion.«

»Es ist immer noch Zeit, Lieber.«

Sperber seufzte. »Habt Ihr es einigermaßen bequem?«

»Ja. Ich habe alles, was ich brauche.«

»Dann versucht, wohl zu schlafen. Wir brechen schon früh wieder auf. Gute Nacht, Sephrenia.«

»Schlaft wohl, Sperber.«

Als sich das Morgengrauen in den Wald stahl, erwachte er. Er legte die Rüstung an und fröstelte bei der Berührung der kalten, klammen Platten. Dann duckte er sich durch die Klappe des Zeltes, das er mit noch fünf Rittern teilte, und schaute sich in dem schlafenden Lager um. Sephrenias Feuer züngelte vor ihrem kleinen Zelt, und ihr weißes Gewand schimmerte im harten Licht des erwachenden Morgens und des Glühens der Flammen.

»Ihr seid schon früh auf«, stellte er fest, während er sich näherte.

»Das gilt auch für Euch. Wie weit ist es bis zur Grenze?«

»Wir dürften sie noch heute überqueren.«

Plötzlich drangen die Klänge einer Flöte an ihre Ohren. Die Melodie war in Moll, doch sie klang nicht schwermütig, sondern voll zeitloser Heiterkeit.

»Ein Hirte?« staunte Sperber.

»Nein«, entgegnete sie. »Kein Hirte.« Sie stand auf. »Kommt mit, Sperber«, forderte sie ihn auf und führte ihn weg vom Feuer.

Der Himmel wurde heller, während sie den Klängen der Flöte bis zu der Wiese südlich ihres Lagers folgten und sich dem Posten näherten, den Sperber dort aufgestellt hatte.

»Habt auch Ihr es gehört, Ritter Sperber?« erkundigte sich der schwarzgepanzerte Wächter.

»Ja. Könnt Ihr sehen, wer es ist, oder von woher es kommt?«

»Sehen noch nicht, aber ich glaube, es kommt von dem Baum in der Mitte der Wiese. Möchtet Ihr, daß ich Euch begleite?«

»Nein, bleibt hier. Wir werden uns umsehen.«

Sephrenia war inzwischen weitergegangen, geradewegs auf den Baum zu, von dem die ungewöhnliche Weise offenbar ausging.

»Laßt mich lieber vorausgehen«, sagte Sperber, als er Sephrenia eingeholt hatte.

»Es besteht keine Gefahr, Sperber.«

Als sie den Baum erreichten, spähte Sperber durch die dämmrigen Äste zur Krone hinauf und sah den geheimnisvollen Flötenspieler: ein kleines Mädchen von etwa sechs Jahren. Es hatte langes, glänzend schwarzes Haar und große Augen, die so tief wie die Nacht waren. Ein Kranz aus geflochtenem Gras schmückte seine Stirn und bändigte das Haar. Es hockte auf einem Ast und entlockte seine Weise einer simplen, vielröhrigen Flöte, wie Ziegenhirten sie gern bliesen. Obwohl die Luft eisig war, trug das Mädchen nur einen kurzen, gegürteten Linnenkittel, aus dem die nackten Arme und Beine ragten. Grasflecken zogen sich über seine bloßen Füße, die es überkreuzte, wie es so sicher und mit heiterer Gelassenheit dasaß.

»Was macht die Kleine da oben?« fragte Sperber verwundert. »Es gibt in dieser Gegend weder Dörfer noch Einödhöfe.«

»Ich glaube, sie hat auf uns gewartet«, antwortete Sephrenia. »Sie ist eine Styrikerin, und styrische Kinder sind gewöhnlich schüchtern.« Sie schob die Kapuze zurück und sprach in einem Dialekt zu dem Mädchen, den Sperber nicht verstand.

Die Kleine senkte die Flöte und lächelte. Ihre Lippen waren wie ein kleiner rosa Flitzebogen.

Sephrenia stellte ihr eine weitere Frage in eigenartigem, sanftem Tonfall.

Das kleine Mädchen schüttelte den Kopf.

»Wohnt sie etwa in einem Haus im Wald?« fragte Sperber.

»Sie ist nicht in dieser Gegend daheim«, erwiderte Sephrenia.

Sperber schaute sich um. »Nun, wir können sie nicht hierlassen. Er streckte dem Kind die Arme entgegen. »Komm herunter, Kleine«, forderte er sie auf.

Sie lächelte ihn an und rutschte den Ast hinunter in seine Hände. Sie war sehr leicht, und ihr Haar roch nach Gras und Bäumen. Zutraulich schlang sie die Arme um seinen Hals, dann runzelte sie das Näschen beim Geruch seiner Rüstung.

Kaum hatte Sperber sie auf die Füße gestellt, trippelte sie zu Sephrenia, nahm die Hände der zierlichen Frau in die ihren und küßte sie. Etwas ausgesprochen Styrisches schwang zwischen der Frau und dem kleinen Mädchen, etwas, das Sperber nicht verstehen konnte. Sephrenia hob die Kleine auf den Arm und drückte sie an sich. »Was habt Ihr mit ihr vor, Sperber?« fragte sie seltsam angespannt. Es schien ihr sehr wichtig zu sein.

»Wir werden sie mitnehmen müssen – zumindest bis wir jemand Geeigneten finden, dem wir sie anvertrauen können. Kehren wir ins Lager zurück und sehen nach, ob wir etwas zum Anziehen für sie haben.«

»Und Frühstück.«

»Möchtest du das, Flöte?« fragte Sperber das Kind.

Die Kleine lächelte und nickte.

»Warum habt Ihr sie so genannt?«

»Wir müssen sie doch irgendwie rufen, bis wir ihren richtigen Namen erfahren – sofern sie einen hat. Gehen wir ans Feuer, wo es warm ist.« Er drehte sich um und stapfte voraus über die Wiese zum Lager.

Sie überquerten die Grenze nach Arzium nahe der Stadt Dieros und vermieden auch jetzt eine Berührung mit den Einheimischen. Sie ritten parallel zur ostwärts führenden Straße, doch in sicherer Entfernung, weil auf dieser Straße verhältnismäßig starker Verkehr herrschte.

Das Königreich Arzium unterschied sich beträchtlich von Elenien. Ganz im Gegensatz zu seinem nördlichen Nachbarn war Arzium ein Reich von Mauern. Sie säumten die Straßen und durchschnitten des öfteren ohne ersichtlichen Grund offenes Weideland. Die Mauern waren dick und hoch, und Sperber mußte seine Ritter manchmal auf langen Umwegen um sie herumführen. Voller bitterer Ironie erinnerte er sich an die Worte eines Patriarchen des vierundzwanzigsten Jahrhunderts. Als ›Gottes Steingarten‹ hatte er Arzium nach einer Reise von Chyrellos nach Larium bezeichnet.

Am folgenden Tag gelangten sie in ein großes Gehölz winterkahler Birken. Als sie tiefer in den kalten Wald vordrangen, roch Sperber Rauch und sah alsbald eine dichte dunkle Decke auf die weißen Stämme drücken. Er ließ den Trupp anhalten und ritt voraus, um zu kundschaften.

Nach etwa einer Meile sah er einen Weiler styrischer Häuser von schlichter Bauweise. Alle brannten lichterloh, und Leichen lagen rundum. Sperber fluchte. Er wirbelte den jungen Rappen herum und jagte zu seiner Gruppe zurück.

»Was ist los?« erkundigte sich Sephrenia, als sie seine finstere Miene bemerkte. »Woher kommt der Rauch?«

»Voraus lag eine winzige styrische Ortschaft. Wir wissen beide, was der Rauch bedeutet.«

»Ah!« Sie seufzte.

»Bleibt Ihr besser mit der Kleinen hier, bis die Toten beerdigt sind.«

»Nein, Sperber. Auch so etwas gehört zu ihrem Erbe. Alle Styriker wissen, daß dergleichen geschieht. Außerdem kann ich den Überlebenden vielleicht helfen – falls es welche gibt.«

»Wie Ihr meint.« Nagende Wut hatte ihn erfaßt. Er winkte seine Männer stumm weiter.

Es sah so aus, als hätten sich die bedauernswerten Styriker zu verteidigen versucht, sich jedoch gegen die Übermacht der Angreifer, trotz deren primitiver Waffen, nicht halten könne. Sperber teilte seine Männer ein – einige schaufelten Gräber, andere löschten die Feuer.

Mit leichenblassem Gesicht schleppte sich Sephrenia über das Schlachtfeld. »Unter den Toten sind nur wenige Frauen«, sagte sie. »Ich nehme an, daß die anderen in den Wald geflohen sind.«

»Seht zu, ob Ihr sie zur Rückkehr bewegen könnt«, bat Sperber. Er blickte zu Parasim, dem die Tränen über das Gesicht rannen, während er ein Grab aushub. Der junge Ritter war von seinem Gemüt her für diese Art von Arbeit ganz offensichtlich ungeeignet. »Parasim«, rief Sperber, »begleitet Sephrenia.«

»Jawohl, Ritter Sperber.« Parasim schluchzte noch einmal auf und ließ die Schaufel fallen.

Die Toten waren schließlich zur letzten Ruhe gebettet, und Sperber sprach ein kurzes elenisches Gebet über den Gräbern. Vermutlich schickte es sich für Styriker nicht, aber er wußte nicht, was er sonst hätte tun können.

Etwa eine Stunde später kehrten Sephrenia und Parasim zurück. »Und?« fragte Sperber.

»Wir haben sie gefunden«, erklärte Sephrenia, »aber sie wollen den Wald nicht verlassen.«

»Ich kann es ihnen wahrhaftig nicht verdenken.« Sperber zuckte die Schultern. »Sehen wir zu, daß wir wenigstens ein paar Häuser so weit wieder instand setzen können, daß die Frauen Schutz vor dem Wetter haben.«

»Das wäre nur Zeitvergeudung, Sperber. Sie werden nicht hierher zurückkommen. Das gehört zum styrischen Glauben.«

»Konnten sie Euch einen Hinweis geben, welchen Weg die schurkischen Elenier genommen haben?«

»Was habt Ihr vor, Sperber?«

»Sie zu strafen. Das gehört zum elenischen Glauben.«

»Nein. Ich werde es Euch nicht sagen, wenn Ihr das vorhabt!«

»Ich werde es nicht tatenlos hinnehmen, Sephrenia! Ihr könnt es mir sagen oder nicht, das ist Euch überlassen. Ich finde ihre Fährte auch so, wenn es sein muß!«

Sie blickte ihn traurig an, bis ihr plötzlich ein Gedanke kam. »Wie wär's mit einem Handel, Sperber?«

»Ich höre.«

»Ich sage Euch, wo Ihr sie finden könnt, wenn Ihr versprecht, keinen zu töten.«

»Also gut«, erklärte er sich widerstrebend einverstanden, doch seine Miene blieb finster. »Welchen Weg nahmen sie?«

»Ich bin noch nicht fertig. Ich kenne Euch und weiß, daß Ihr manchmal bis zum Äußersten geht. Schickt einen anderen.«

Grimmig schaute er sich um. »Lakus!« brüllte er.

»Nein!« Sie hielt ihn zurück. »Nicht Lakus. Er ist so schlimm wie Ihr!«

»Wen dann?«

»Parasim.«

»Parasim?«

»Er ist sanfter. Wenn wir ihm sagen, daß er niemanden töten soll, wird er keine Fehler begehen.«

»Also gut«, knirschte Sperber. »Parasim«, wandte er sich an den jungen Ritter, der mit traurigem Gesicht in der Nähe stand. »Nehmt ein Dutzend Männer und jagt die Bestien, die das hier getan haben! Tötet keinen, aber sorgt dafür, daß sie es alle sehr, sehr bedauern werden, je auf diesen Einfall gekommen zu sein.«

»Jawohl, Ritter Sperber.« Parasims Augen funkelten plötzlich wie Stahl. Sephrenia wies ihm die Richtung, und er ging zu den anderen Rittern. Unterwegs hielt er inne und riß einen Dornbusch aus. Er packte ihn mit einer behandschuhten Faust und schlug damit grimmig nach einer friedlichen Birke, daß sich ein gutes Stück der weißen Rinde löste.

»O je«, murmelte Sephrenia.

»Er wird es schon richtig machen.« Sperber lachte freudlos. »Ich setze hohe Erwartungen in diesen jungen Mann und sein Gefühl, das Richtige zu tun.«

Flöte stand in einiger Entfernung zwischen den Gräbern und blies eine sanfte Weise, in der unendliche Trauer lag.

Das Wetter blieb kalt und unfreundlich, doch schneite es nur wenig. Nach einer Woche steten Rittes erreichten sie eine Burgruine ungefähr zwanzig Meilen westlich der Stadt Darra. Kalten und der Haupttrupp der pandionischen Ritter warteten dort.

»Wir dachten schon, ihr hättet euch verirrt«, begrüßte der blonde Mann sie, als er ihnen entgegenstapfte und vor Sperber anhielt. Neugierig blickte er auf Flöte, die in Sperbers Umhang gehüllt vor seinem Sattel saß und deren Füße nackt an einer Seite des Rappen baumelten. »Hast du dich nicht etwas spät zur Gründung einer Familie entschlossen?«

»Wir sind unterwegs auf sie gestoßen«, erklärte Sperber. Er hob das kleine Mädchen zu Sephrenia hinüber.

»Warum habt ihr der Kleinen denn nicht wenigstens Schuhe angezogen?«

»Haben wir ja, aber sie verliert sie immer wieder. An der anderen Seite von Darra liegt ein Nonnenkloster. Wir bringen sie dorthin.« Sperber betrachtete die Ruine, die auf dem Hügel über ihnen kauerte. »Ist dort ein wenig Schutz vor dem Wetter zu finden?«

»Ein bißchen, zumindest vor dem Wind.«

»Dann laß uns da unterschlüpfen. Hat Kurik Faran und meine Rüstung gebracht?«

Kalten nickte.

»Gut. Der Rappe ist etwas ungebärdig, und Vanions alte Rüstung hat mich wundgerieben, an mehr Stellen, als ich aufzählen möchte.«

Sie stapften den Hang hinauf und in die Ruine. Kurik und der

Novize Berit warteten auf sie. »Ihr habt lang gebraucht«, stellte Kurik vorwurfsvoll fest.

»Es war ja auch ein langer Weg«, verteidigte sich Sperber. »Und die Wagen sind eben nicht sehr schnell.«

»Du hättest vorausreiten können!«

»Auf den Wagen sind Proviant und Ausrüstung.«

»Sehen wir zu, daß wir in die Wärme kommen. Ich habe in dem Wachtturm da drüben, oder was von ihm übrig ist, ein Feuer entfacht.« Er blickte mit merkwürdigem Gesichtsausdruck auf Sephrenia, die Flöte auf den Armen trug. »Erhabene«, begrüßte er sie achtungsvoll.

»Lieber Kurik«, sagte sie warm. »Wie geht es Aslade und den Knaben?«

»Es geht ihnen gut, Sephrenia«, antwortete er. »Sogar sehr gut.«

»Freut mich, das zu hören.«

»Kalten sagte, daß Ihr dabeisein würdet. Ich habe kochendes Wasser für Euren Tee.« Er blickte auf Flöte, die sich an das Gesicht Sephrenias kuschelte. »Habt Ihr Geheimnisse vor uns bewahrt?«

Sie lachte glockenhell. »Das können Styriker am besten, Kurik.«

»Folgt mir in die Wärme.« Er drehte sich um und führte sie über den Innenhof, auf dem Schutt herumlag. Berit blieb zurück, um erst die Pferde zu versorgen.

»War das eine gute Idee, ihn mitzubringen?« Sperber deutete mit einem Daumenzucken über die Schulter auf den Novizen. »Er ist noch etwas jung für eine richtige Schlacht.«

»Er wird sich gut halten, Sperber«, versicherte ihm Kurik. »Ich habe ihn in Demos ein paarmal auf den Übungsplatz mitgenommen und ihm so allerlei beigebracht. Er stellt sich gar nicht so dumm an und lernt schnell.«

»Na gut, Kurik. Aber wenn der Kampf beginnt, hältst du dich in seiner Nähe. Ich möchte nicht, daß ihm was zustößt.«

»Habe ich etwa je zugelassen, daß *dir* etwas zustößt?«

Sperber grinste seinen Freund an. »Wenn ich mich recht entsinne, nein.«

Sie übernachteten in der Ruine und brachen früh am nächsten Morgen auf. Sie waren nun etwa fünfhundert Mann stark, und sie ritten unter einem immer noch düsteren Himmel südwärts.

Nur ein kleines Stück außerhalb von Darra lag ein Nonnenkloster mit gelben Sandsteinmauern und einem roten Ziegeldach. Sperber und Sephrenia bogen von der Straße ab und überquerten eine winterbraune Wiese zu dem Haus.

»Wie heißt das Kind?« erkundigte sich die Äbtissin in schwarzer Schwesterntracht, als sie die beiden in einen kargen Raum führte, den ein einziges, kleines Feuerbecken zu wärmen versuchte.

»Sie spricht nicht, Mutter Oberin«, erklärte ihr Sperber. »Aber sie spielt fast die ganze Zeit auf ihrer Flöte, deshalb haben wir sie Flöte genannt.«

»Das ist ein unziemlicher Name, mein Sohn.«

»Dem Kind macht es nichts aus, Mutter Oberin«, warf Sephrenia ein. »Habt ihr irgend etwas unternommen, ihre Eltern zu finden?«

»Die Gegend, in der wir sie fanden, war menschenleer«, erklärte Sperber.

Die Abtissin blickte Sephrenia ernst an. »Es ist ein styrisches Kind. Wäre es nicht vielleicht besser, sie einer Familie ihrer eigenen Rasse und ihres Glaubens anzuvertrauen?«

»Wir sind in dringender Sache unterwegs«, erwiderte Sephrenia, »und Styriker können sehr schwer zu finden sein, wenn sie es darauf anlegen.«

»Es ist Euch doch klar, daß wir sie im elenischen Glauben erziehen werden, wenn sie bei uns bleibt.«

Sephrenia lächelte. »Ihr mögt es *versuchen*, Mutter Oberin. Ich fürchte nur, Ihr werdet feststellen, daß sie für eine Bekehrung nicht zugängig ist. Kommst du, Sperber?«

Sie gesellten sich wieder zu der Kolonne und ritten unter aufklarendem Himmel südwärts weiter, zunächst in gleichmäßigem Trott, dann im donnernden Galopp. Als sie eine Kuppe überquert hatten, riß Sperber an Farans Zügel und starrte verblüfft auf Flöte, die mit verschränkten Beinen auf einem großen Stein saß und auf ihrer Syrinx trillerte. »Wie bist du . . .«, begann er, dann drehte er sich um. »Sephrenia!« rief er, doch die Weißgewandete saß bereits ab und ging zu dem Kind. Sie redete sanft in dem Sperber fremden styrischen Dialekt zu der Kleinen.

Flöte senkte ihre Syrinx und lächelte Sperber verschmitzt zu. Lachend hob Sephrenia sie auf die Arme.

»Wie hat sie es geschafft, vor uns hierzusein?« fragte Kalten verdutzt.

»Wer weiß?« brummte Sperber. »Ich bringe sie am besten gleich zurück.«

»Nein, Sperber!« entgegnete Sephrenia entschieden. »Sie will mit uns kommen.«

»Wie bedauerlich für sie. Ich werde jedenfalls kein kleines Kind in eine Schlacht mitnehmen!« erklärte Sperber fest.

»Kümmere dich nicht um sie, Sperber. Ich sorge für sie.« Sephrenia lächelte das Kind an, das sich in ihren Armen an sie schmiegte. »Ich nehme mich ihrer an, als wäre sie mein eigenes.« Sanft drückte sie die Wange an Flötes glänzendes Schwarzhaar. »Auf gewisse Weise ist sie das auch.«

Sperber gab auf. »Ihr macht ja doch, was Ihr wollt.«

In dem Moment, als er Faran wendete, verspürte er plötzlich eine Eiseskälte und ein Gefühl unerbittlichen Hasses. »Sephrenia!« knirschte er.

»Ich spürte es ebenfalls!« rief sie und drückte das kleine Mädchen fester an sich. »Es ist gegen das Kind gerichtet!«

Flöte wehrte sich kurz, und Sephrenia setzte sie sichtlich überrascht ab.

Das Gesicht der Kleinen wirkte angespannt, doch eher gereizt oder verärgert denn verängstigt. Sie setzte die Syrinx an die Lippen und begann zu spielen. Diesmal war es ganz anders als zuvor, keine beschwingte Mollmelodie, sondern eine schrille Weise, die drohend klang.

Da ertönte in einiger Entfernung ein erschrockenes, schmerzerfülltes Heulen, das rasch immer leiser wurde, als würde der, der es ausstieß, mit unvorstellbarer Geschwindigkeit fliehen.

»Was war das?« keuchte Kalten.

»Ein unfreundlicher Geist«, erklärte Sephrenia ruhig.

»Was hat ihn vertrieben?«

»Das Flötenspiel des Kindes. Es hat ganz den Anschein, als hätte sie gelernt, sich selbst zu schützen.«

»Verstehst du, was hier vorgeht?« Kalten blickte Sperber an.

»Nicht mehr als du. Reiten wir weiter, wir haben noch zwei schwere Tage im Sattel vor uns.«

Die Burg von Graf Randun, dem Oheim von König Dregos, kauerte auf einem hohen, überhängenden Felsen. Wie viele der Burgen in diesem südlichen Reich suchte sie hinter dicken Mauern Schutz. Der Himmel war wieder klar, und die Mittagssonne blendete, als Sperber, Kalten und Sephrenia, die immer noch Flöte vor sich auf dem Sattel hatte, über eine breite Wiese mit gelb verfärbtem Gras auf die Burg zuritten.

Ohne Zögern wurden sie eingelassen, und auf dem Hof begrüßte sie der Graf, ein stämmiger Mann mit muskulösen Schultern und silberdurchzogenem Haar. Er trug ein dunkelgrünes Wams mit schwarzer Borte und einer steif gestärkten Halskrause – eine Mode, die seit Jahrzehnten in Elenia verpönt war. »Es ist eine Ehre für mein Haus, Ritter der Kirche willkommen heißen zu dürfen«, versicherte er höflich, nachdem die Besucher sich vorgestellt hatten.

Sperber schwang sich von Farans Rücken. »Eure Gastlichkeit ist legendär, Graf«, bedankte er sich. »Doch unser Besuch dient nicht nur dazu, Euch unsere Aufwartung zu machen. Könnten wir uns irgendwo, vor fremden Ohren geschützt, unterhalten? Wir haben etwas sehr Dringliches mit Euch zu besprechen.«

»Selbstverständlich«, erwiderte der Graf. »Wenn ihr bitte mit mir kommen würdet.« Sie folgten ihm durch die breite Eingangstür in die Burg und durch einen mit Kerzen erhellten und mit Binsen ausgelegten Gang. Der Graf holte einen Messingschlüssel aus einer Tasche und sperrte die Tür am Ende des Korridors auf. »Mein privates Studiergemach«, sagte er bescheiden. »Ich bin sehr stolz auf meine Sammlung von Büchern. Ich besitze nahezu zwei Dutzend.«

»Beachtlich«, murmelte Sephrenia.

»Vielleicht möchtet Ihr einiges lesen, Ehrenwerte?«

»Die Dame liest nicht«, erklärte Sperber. »Sie ist Styrikerin und Bewahrerin der Geheimnisse. Sie befürchtet, Lesen könnte ihre besonderen Fähigkeiten beeinträchtigen.«

»Eine Hexe?« Der Graf blickte die zierliche Frau staunend an. »Wahrhaftig?«

»Wir ziehen andere Bezeichnungen vor, Herr Graf«, antwortete Sephrenia milde.

»Bitte nehmt Platz.« Der Graf deutete auf einen großen Tisch, auf den die Wintersonne kalt durch ein sorgsam vergittertes Fenster fiel. »Ihr habt mit Eurer Andeutung auf die dringende Angelegenheit meine Neugierde geweckt.«

Sperber nahm Helm und Eisenhandschuhe ab und legte sie auf den Tisch. »Ist Euch der Name Annias, Primas von Cimmura, ein Begriff, Graf?«

Die Züge des Grafen spannten sich. »Ich habe von ihm gehört«, antwortete er knapp.

»Dann ist Euch sein Ruf bekannt?«

»Allerdings.«

»Gut. Durch Zufall erfuhren Ritter Kalten und ich von einem Komplott, das der Primas ausheckte. Glücklicherweise ahnt er nicht, daß wir davon wissen. Ist es Eure Gewohnheit, Kirchenritter so offen aufzunehmen?«

»Natürlich. Ich achte die Kirche und verehre ihre Ritter.«

»In wenigen Tagen, spätestens einer Woche, wird ein größerer Trupp in schwarzer Rüstung und mit den Standarten der pandionischen Ritter an Euer Tor kommen. Ich rate Euch dringend, ihnen den Einlaß zu verwehren.«

»Aber . . .«

Sperber hob eine Hand. »Es sind keine *echten* Pandioner, Graf, sondern Söldner unter dem Befehl eines Abtrünnigen namens Martel. Wenn Ihr sie einlaßt, werden sie alle in Eurer Burg töten – mit Ausnahme von einem oder auch zwei Kirchenherren, die Kunde dieser Greueltat übermitteln sollen!«

»Das ist ja ungeheuerlich!« stieß der Graf hervor. »Welchen Grund hätte der Primas, mich derart zu hassen?«

»Das Komplott ist nicht gegen Euch gerichtet, Graf Radun«, erklärte ihm Kalten. »Der Mord an Euch soll die pandionischen Ritter in Verruf bringen. Annias hofft, daß die Hierokratie daraufhin so erzürnt sein wird, daß sie den Orden auflöst.«

»Ich muß sofort einen Boten nach Larium senden!« Der Graf erhob sich. »Mein Neffe kann in wenigen Tagen mit einer Armee hier sein.«

»Das ist nicht nötig, Graf«, versicherte ihm Sperber. »Ich habe fünfhundert gut gerüstete Pandioner – echte – in dem Wald unmittelbar nördlich Eurer Burg versteckt. Mit Eurer Erlaubnis bringe ich zur Verstärkung Eurer Wachtmannschaft hundert Ritter in die Burg. Denkt Euch einen Grund aus, die Söldner nicht einzulassen, wenn sie hier eintreffen.«

»Wird man das nicht für merkwürdig halten?« fragte Randun. »Ich bin für meine Gastfreundschaft bekannt, schon gar, wenn es sich um Ritter der Kirche handelt.«

»Die Zugbrücke«, sagte Kalten.

»Was meint Ihr?«

»Sagt ihnen, die Winde, mit der Ihr die Zugbrücke bewegt, sei gebrochen. Bittet sie um etwas Geduld. Sagt Ihnen, Ihr hättet bereits Männer an der Arbeit.«

»Ich habe nicht die Absicht zu lügen«, entgegnete der Graf steif.

»Das wird nicht nötig sein, Graf«, beruhigte ihn Kalten. »Ich werde die Winde brechen, dann ist es keine Lüge.«

Der Graf starrte ihn kurz an, dann lachte er schallend.

»Die Söldner werden außerhalb der Burg warten«, fuhr Sperber fort, »und Eure Mauer wird ihnen wenig Platz zum Manövrieren lassen. Wir werden sie dann von hinten angreifen.«

Kalten grinste breit. »Das ist fast wie eine Käseraspel, wenn wir erst anfangen, sie an Eurer Mauer aufzureiben.«

»Und ich kann so allerlei interessante Dinge von der Brustwehr zu ihnen hinunterschicken«, fügte der Graf, nun ebenfalls grinsend, hinzu. »Pfeile, große Steine, siedendes Pech – und dergleichen.«

»Wir werden großartig zurechtkommen, Graf«, versicherte ihm Kalten.

»Selbstverständlich werde ich dafür sorgen, daß diese Dame und das kleine Mädchen hier sicher untergebracht werden«, versprach der Graf.

»Nicht nötig, Herr Graf«, lehnte Sephrenia ab. »Ich werde mit Ritter Sperber und Ritter Kalten zu unserem Versteck zurückkehren. Dieser Martel, den Ritter Sperber erwähnte, ist ein ehemaliger Pandioner. Er hat sich eingehend mit geheimen Wissenschaften befaßt, deren Studium ehrbaren Menschen verboten ist. Es könnte sein, daß er seine Fähigkeiten anwendet, und dann bin ich am besten dazu berufen, Gegenmaßnahmen zu ergreifen.«

»Aber das Kind . . .«

»Das Kind muß bei mir bleiben«, antwortete Sephrenia in einem

Ton, der keinen Widerspruch duldete. Sie blickte zu Flöte hinüber, die gerade neugierig ein Buch aufschlagen wollte. »Nein!« rief sie, und wahrscheinlich schärfer als beabsichtigt. Sie erhob sich und nahm der Kleinen das Buch weg.

Flöte seufzte, und Sephrenia sagte rasch etwas in dem Dialekt zu ihr, den Sperber nicht verstand.

Da unmöglich abzuschätzen war, wann Martels Söldner vor der Burg erscheinen würden, zündeten die Pandioner in dieser Nacht keine Feuer an. Und als der nächste Morgen klar und kalt dämmerte, rollte sich Sperber aus seinen Decken und blickte schaudernd auf seine Rüstung, denn zweifellos würde es mindestens eine Stunde dauern, bis die Körperwärme die klamme Kälte aus dem Stahl vertrieben hatte.

Er entschloß sich, das Anlegen der Rüstung noch etwas aufzuschieben, und gürtete vorerst nur das Schwert, schlang den dicken Umhang über die Schultern und stapfte durch das schlafende Lager zu einem schmalen Bach, der ganz in der Nähe durch den Wald plätscherte, in dem sich die Pandioner verborgen hielten.

Er kniete sich ans Ufer, schöpfte Wasser mit beiden Händen, trank einen Schluck; dann gab er sich einen Ruck und wusch sich das Gesicht in dem eisigen Naß. Schließlich erhob er sich, trocknete mit dem Saum des Umhangs sein Gesicht und stieg über den Bach. Die soeben aufgehende Sonne schien golden in den laublosen Wald. Sie sandte ihre Strahlen schräg durch die dunklen Stämme, und im Gras zu Sperbers Füßen glühten flammend die Perlenketten der Tautropfen. Sperber schritt durch den Wald.

Er hatte etwa eine halbe Meile zurückgelegt, als er durch die Bäume eine Wiese sah. Beim Näherkommen hörte er Hufschlag. Irgendwo voraus kanterte ein Pferd über die grasige Lichtung, und die Klänge einer Hirtenflöte erfüllte die Morgenluft.

Sperber bahnte sich einen Weg zum Rand des Wäldchens, schob das Gestrüpp dort ein wenig zu Seite und spähte hindurch.

Farans rötliches Fell glitzerte in der frühmorgendlichen Sonne, während er in weiten Kreisen über die Wiese tollte. Er trug weder Sattel noch Zaumzeug, und sein Schritt, seine Haltung verrieten schiere Lebensfreude. Flöte lag auf Farans Rücken und blies in ihre Syrinx, den Kopf zwischen seine kräftigen Schultern gekuschelt. Sie hatte die Knie übereinandergeschlagen und trommelte mit einem Füßchen den Takt auf Farans Hinterbacke. Ungläubig starrte Sperber auf das Gespann, dann trat er hinaus auf die Lichtung und stellte sich mit seitwärts gestreckten Armen dem langbeinigen Fuchs in den Weg. Faran fiel in Schritt und blieb schließlich dicht vor seinem Herrn stehen.

»Was fällt dir ein?« schrie ihn Sperber an.

Faran verzog hochmütig die Miene und wandte den Blick ab.

»Bist du völlig übergeschnappt?«

Faran schnaubte und peitschte mit dem Schwanz. Flöte ließ sich bei ihrem Lied gar nicht erst stören, klopfte jedoch mit dem grasfleckigen Füßchen mehrmals gebieterisch auf Farans Kruppe, der daraufhin vorsichtig an seinem tobenden Herrn vorbeischlich und dann wieder ausgelassen über die Wiese tollte, begleitet von Flötes unerschütterlicher Weise.

Fluchend rannte Sperber hinter ihnen her, gab es jedoch nach ein paar Metern keuchend auf.

»Interessant, nicht wahr?« Sephrenia war aus dem Wald herausgetreten und am Rand der Lichtung stehengeblieben. Ihr weißes Gewand schimmerte in der Morgensonne.

»Könnt Ihr sie aufhalten?« bat Sperber sie besorgt. »Sie wird herunterfallen und sich verletzen.«

»Nein, Sperber«, widersprach Sephrenia. »Sie wird nicht herunterfallen.« Sie sagte es auf jene eigenartige Weise, in die sie hin und wieder verfiel. Trotz der Jahrzehnte, die Sephrenia schon in elenischer Gesellschaft zubrachte, blieb sie Styrikerin vom Scheitel bis zur Sohle, und Styriker hatten den Eleniern schon immer Rätsel aufgegeben. Die Jahrhunderte, die der Kriegerorden der elenischen Kirche bereits mit seinen styrischen Lehrern zusammenarbeitete, hatte die Ordensritter jedoch gelehrt, das Wort ihrer Lehrmeister nicht in Frage zu stellen.

»Na ja, wenn Ihr sicher seid.« Sperber blickte ein wenig zweifelnd über die Wiese auf Faran, von dessen üblicher Bosheit nichts zu bemerken war.

»Ja, Lieber.« Beruhigend legte Sephrenia eine Hand auf seinen

Arm. »Ich bin ganz sicher.« Auch sie blickte zu dem mächtigen Streitroß und seiner winzigen Reiterin, die nach wie vor vergnügt durch den goldenen Sonnenschein tollten. »Laßt die beiden noch ein Weilchen spielen«, riet sie.

Am Vormittag kehrte Kalten von seinem Aussichtspunkt südlich der Burg zurück, wo er und Kurik die Straße von Sarrinium im Auge behalten hatten. »Noch nichts«, meldete er, als er mit klirrender Rüstung absaß. »Meinst du, Martel könnte die Straßen meiden und querfeldein reiten?«

»Nicht sehr wahrscheinlich«, entgegnete Sperber. »Er *will* ja gesehen werden, hast du das vergessen? Er braucht viele Zeugen.«

»Daran habe ich nicht gedacht«, gestand Kalten. »Läßt du die Straße von Darra bewachen?«

Sperber nickte. »Das machen Lakus und Berit.«

»Berit?« fragte Kalten erstaunt. »Der Novize? Ist er für so was nicht noch ein bißchen zu jung?«

»Das gibt sich. Er ist geschickt und hat gesunden Menschenverstand. Außerdem ist ja Lakus dabei, der auf ihn aufpaßt.«

»Du hast wahrscheinlich recht. Ist noch was von dem Ochsen übrig, den der Graf uns als Spießbraten geschickt hat?«

»Bedien dich. Heiß ist er allerdings nicht mehr.«

Kalten zuckte die Schultern. »Besser kalten Braten als gar keinen.«

Der Tag schleppte sich dahin, wie Tage es so an sich haben, die man mit Warten verbringt. Am Abend stapfte Sperber mit nagender Ungeduld durch das Lager. Schließlich trat Sephrenia aus dem kleinen Zelt, das sie mit Flöte teilte. Sie stemmte die Hände in die Hüften und stellte sich vor den großen Ritter in der schwarzen Rüstung. »Würdet Ihr damit aufhören?« sagte sie verärgert.

»Womit?«

»Mit Eurem Hin- und Herlaufen! Ihr klirrt bei jedem Schritt, und das ist außerordentlich störend!«

»Tut mir leid. Ich werde auf der anderen Seite des Lagers klirren.«

»Warum setzt Ihr Euch nicht ganz einfach?«

»Die Nerven, glaube ich.«

»Nerven? Ihr?«

»Sie kneifen mich manchmal.«

»Laßt Euch woanders kneifen!«

»Jawohl, kleine Mutter«, versicherte er ihr gehorsam.

Es war wieder kalt am nächsten Morgen. Kurz vor Sonnenaufgang kam Kurik leise ins Lager geritten. Behutsam schritt er durch die Reihen der in ihre schwarzen Umhänge gehüllten, noch schlafenden Ritter, bis er Sperber fand. Er tippte ihm leicht auf die Schulter. »Steh auf. Sie kommen.«

Sperber war sofort auf den Beinen. »Wo ist Kalten?« fragte er, während Kurik die schwarze Rüstung über das gepolsterte Unterwams seines Herrn schnallte.

»Er wollte sichergehen, daß es zu keinen unliebsamen Überraschungen kommt. Er hat sich ihrer Kolonne angeschlossen.«

»Es hat *was*?«

»Keine Bange, Sperber. Sie tragen alle schwarze Rüstungen, er wird gar nicht auffallen.«

»Würdest du mir das bitte umbinden?« Sperber händigte seinem Knappen ein helles Band aus, wie es jeder seiner Ritter im Kampf tragen sollte, um die echten Pandioner von den falschen unterscheiden zu können, da ja beide Seiten schwarzgewandet sein würden.

Kurik nahm das rote Band. »Kalten trägt ein blaues«, erklärte er. »Es paßt zu seinen Augen.« Er knotete das Band um Sperbers Oberarm, dann trat er einen Schritt zurück und begutachtete seinen Herrn. »Allerliebst!« bemerkte er und rollte die Augen.

Sperber klopfte seinem Freund lachend auf die Schulter. »Komm, wecken wir die Kinder auf.« Er blickte über das Lager auf die zum größten Teil noch sehr jugendlichen Ritter.

»Ich habe eine schlechte Neuigkeit für dich, Sperber«, sagte Kurik, als sie durchs Lager gingen, um die schlafenden Pandioner wachzurütteln.

»Heraus damit!«

»Der Führer der Kolonne ist nicht Martel.«

Enttäuschung brandete in Sperber auf. »Wer denn?«

»Adus. Sein Kinn war blutverschmiert. Ich glaube, er ißt wieder rohes Fleisch.«

Sperber fluchte.

»Sieh es doch so: Ohne Adus wird die Welt zumindest ein bißchen sauberer sein, und ich könnte mir vorstellen, daß Gott sich ihn sowieso vorknöpfen will.«

»Na, dann werden wir uns darum kümmern, daß Gott nicht mehr länger auf ihn warten muß.«

Sperbers Ritter halfen einander in die Rüstungen, als Kalten ins Lager trabte. »Sie haben hinter dem Berg südlich der Burg angehalten«, meldete er, ohne abzusitzen.

»Wäre es nicht möglich, daß sich Martel irgendwo in ihrer Mitte aufhält?« fragte ihn Sperber hoffnungsvoll.

Kalten schüttelte den Kopf. »Ich fürchte nein.« Er richtete sich in den Steigbügeln auf und rückte das Schwert zurecht. »Greifen wir sie doch gleich jetzt an«, schlug er vor. »Mich friert.«

»Ich glaube, Graf Radun wäre sehr enttäuscht, wenn wir ihm keine Gelegenheit gäben mitzukämpfen.«

»Da magst du allerdings recht haben.«

»Ist dir irgend etwas Ungewöhnliches an den Söldnern aufgefallen?«

»Nein, außer, daß sie gewiß nicht zur Elite gehören – und gut die Hälfte sind Rendorer.«

»Rendorer?«

»Sie riechen nicht sehr gut, oder?«

Sephrenia kam mit Parasim und Flöte auf sie zu.

»Guten Morgen, Sephrenia«, grüßte Sperber sie.

»Warum die Geschäftigkeit?« erkundigte sie sich.

»Wir bekommen Besuch und dachten, wir wollten ihm vielleicht entgegenreiten.«

»Martel?«

»Nein, leider nur Adus und ein paar Freunde. »Er klemmte sich den Helm, den er bisher in der Hand gehalten hatte, unter den linken Arm. »Da Martel sie nicht führt und Adus schon Schwierigkeiten mit seiner Muttersprache hat, also wohl kaum ein Wort Styrisch herausbringen würde, glaube ich nicht, daß irgend jemand unter ihnen ist, der genug Zauberkraft besitzt, auch nur eine Fliege von der Wand zu jagen. Ich fürchte, das bedeutet, daß Ihr den anstrengenden Ritt umsonst auf Euch genommen habt. Ich möchte, daß Ihr Euch hier im Wald versteckt haltet, wo Ihr in Sicherheit seid. Ritter Parasim wird bei Euch bleiben.«

Enttäuschung beschattete das Gesicht des jungen Ritters.

»Nein, Sperber«, lehnte Sephrenia ab. »Ich brauche keinen Beschützer, und dies ist Parasims erste Schlacht. Wir sollten sie ihm nicht vorenthalten.«

Parasims Gesicht leuchtete dankbar auf.

Kurik kehrte durch den Wald von seinem Posten zurück, wo er den Gegner beobachtet hatte. »Die Sonne geht auf«, meldete er, »und Adus führt seine Männer über die Kuppe jenes Hügels.«

»Dann reiten wir wohl besser los«, sagte Sperber.

Die Pandioner schwangen sich in die Sättel und ritten vorsichtig durch den Wald zum Rand der weiten Wiese, die Graf Raduns Burg umgab. Dort warteten sie und beobachteten die schwarzgerüsteten Söldner, die im Schein der goldenen Morgensonne den Hang heruntertrabten.

Adus, der nur in Grunz- und Rülpslauten sprach, ritt zum Burgtor und las stockend von einem Blatt Papier, das er in Armlänge vor sich hielt.

»Kann er denn nicht frei reden?« fragte Kalten leise. »Er bittet doch nur, in die Burg eingelassen zu werden.«

»Martel will kein Risiko eingehen«, erwiderte Sperber. »Bei Adus kann es schon vorkommen, daß ihm nicht einmal sein eigener Name mehr einfällt.«

Adus las seine Bitte vor. Er stolperte über das Wort ›einzulassen‹ – es hatte ja auch mehr als eine Silbe.

Da erschien Graf Radun auf der Brustwehr und erklärte bedauernd, daß die Winde gebrochen sei, mit der die Zugbrücke hinuntergelassen wurde. Er bat seine Besucher, ein wenig Geduld zu haben, bis sie gerichtet sein würde.

Adus brauchte eine Weile, bis er das begriff und darüber nachgrübelte. Die Söldner saßen ab und machten es sich im Gras am Fuß der Burgmauern bequem.

»Das verspricht ja, fast einfach zu werden«, brummte Kalten.

»Wir müssen jedenfalls dafür sorgen, daß keiner entkommt«, erinnerte ihn Sperber. »Ich möchte nicht, daß jemand zu Annias reitet und ihm berichtet, was *wirklich* geschehen ist.«

»Ich finde immer noch, daß Vanion es zu schlau anzugehen versucht.«

»Vielleicht ist er deshalb Hochmeister, und wir sind nur Ritter.« Ein rotes Banner flatterte plötzlich über der Burgmauer.

»Das Signal!« sagte Sperber. »Radun und seine Männer sind bereit.« Er stülpte den Helm auf den Kopf, griff nach den Zügeln und hielt Faran mit fester Hand zurück, während er sich in den Steigbügeln aufrichtete und ›Vorwärts!‹ donnerte.

9

»Nicht die geringste Hoffnung?« fragte Kalten.

»Nein«, antwortete Sperber traurig und legte Ritter Parasim behutsam auf den Erdboden. »Er ist tot.« Er strich das Haar des jungen Ritters aus der Stirn und schloß die Lider über den starren Augen.

»Er war Adus noch nicht gewachsen«, meinte Kalten.

»Ist diese Bestie wirklich entkommen?«

»Ich fürchte ja. Nachdem er Parasim niedergemetzelt hatte, floh er mit etwa einem Dutzend Überlebender in südliche Richtung.«

»Laß ihn von einem Trupp jagen«, sagte Sperber düster, während er die Arme des gefallenen Ritters über der Brust verschränkte. »Sie sollen ihn ins Meer hetzen, wenn es nicht anders geht.«

»Möchtest du, daß ich den Trupp führe?«

»Nein. Du und ich, wir müssen nach Chyrellos.« Er hob die Stimme: »Berit!«

Der Novize rannte herbei. Er trug ein altes Kettenhemd, das mit Blut bespritzt war, und einen eingebeulten Fußsoldatenhelm ohne Visier. In der Rechten hielt er eine bedrohlich aussehende, langschäftige Streitaxt.

Sperber sah sich das Blut am Kettenhemd des schlaksigen Jünglings eingehend an. »Ist etwas davon Eures?«

»Nein, Herr«, versicherte ihm Berit. »Alles ihres.« Er deutete auf die toten Söldner, die auf dem Schlachtfeld lagen.

»Gut. Was haltet Ihr von einem langen Ritt?«

»Wie Ihr befehlt, Herr.«

»Gute Manieren hat er jedenfalls«, stellte Kalten fest. »Berit, Ihr solltet zumindest zuvor fragen, wohin es geht, ehe Ihr Euch bereit erklärt.«

»Ich werde es mir merken, Ritter Kalten.«

»Kommt mit«, sagte Sperber zu dem Novizen. »Wir müssen erst mit Graf Radun reden, ehe Ihr aufbrecht.« Er wandte sich an Kalten. »Stell einen Trupp zu Adus' Verfolgung zusammen. Die Männer sollen sich beeilen. Ich möchte nicht, daß er dazu kommt, einen seiner Leute nach Cimmura zu schicken, um Annias zu berichten. Laß die übrigen Männer die Verwundeten versorgen und unsere Toten begraben.«

»Was ist mit denen?« Kalten blickte zu den Leichen des Feindes, die unterhalb der Burgmauer lagen.

»Laß sie verbrennen.«

Sie trafen Graf Radun auf dem Innenhof. Der Burgherr trug Rüstung und hielt sein Schwert in der Hand. »Ich weiß jetzt, daß der Ruf der Pandioner wohl verdient ist«, sagte er.

»Danke, Graf.« Sperber verneigte sich knapp. »Ich möchte Euch um einen, nein, zwei Gefallen bitten.«

»Ich werde Euch gewiß keinen abschlagen.«

»Seid Ihr einigen Angehörigen der Hierokratie in Chyrellos persönlich bekannt?«

»Mehreren sogar. Und der Patriarch von Larium ist ein entfernter Vetter.«

»Sehr gut. Ich weiß zwar, die Jahreszeit ist ungünstig für eine Reise, aber ich möchte Euch bitten, mich bei einem kleinen Ritt zu begleiten.«

»Selbstverständlich. Wohin soll es gehen?«

»Nach Chyrellos. Meine zweite Bitte ist etwas persönlicherer Natur. Ich benötige Euren Siegelring.«

»Meinen Ring?« Der Graf hob die Hand und blickte überrascht auf den schweren Goldring mit seinem Wappen.

Sperber nickte. »Schlimmer noch, ich kann Euch nicht garantieren, daß ich imstande sein werde, ihn Euch zurückzugeben.«

»Ich fürchte, ich verstehe nicht so recht.«

»Berit soll den Ring nach Cimmura bringen und ihn während des Gottesdienstes im Dom in den Klingelbeutel werfen. Der Primas Annias wird darin den Beweis sehen, daß sein Komplott erfolgreich war und daß Ihr und Eure Familie nicht mehr lebt. Er wird daraufhin mit dem Ring nach Chyrellos eilen und uns Pandioner vor der Hierokratie des Mordes an Euch bezichtigen.«

Graf Radun grinste breit. »Und dann werdet Ihr mit mir auf der Bildfläche erscheinen und die Dinge richtigstellen?«

Sperber grinste ebenfalls. »So ist mein Plan.«

»Das könnte den Primas in einige Verlegenheit bringen.« Der Graf zog den Ring vom Finger.

»Das ist unsere Absicht, Graf.«

»Um diesen Preis wäre der Verlust des Ringes zu ertragen.« Radun händigte Berit den Wappenring aus.

»Gut denn«, wandte sich Sperber an den jungen Novizen. »Reitet mir auf dem Weg nach Cimmura keine Pferde zuschanden! Und gebt uns genug Zeit, Chyrellos vor Annias zu erreichen.« Er kniff überlegend die Augen zusammen. »Die Morgenmesse dürfte das beste sein.«

»Herr Ritter?«

»Werft den Ring bei einer Morgenmesse in den Klingelbeutel. Geben wir Annias einen ganzen Tag, seinen Triumph auszukosten, ehe er nach Chyrellos aufbricht. Tragt gewöhnliche Kleidung, wenn Ihr den Dom aufsucht, und betet ein bißchen – damit es überzeugend wirkt. Und laßt Euch nicht in der Nähe des Ordenshauses oder der Herberge an der Rosenstraße sehen.« Er blickte den Jüngling an, und erneut befiel ihn Trauer über den Verlust von Ritter Parasim. »Ich kann Euch nicht garantieren, daß keine Gefahr für Euer Leben besteht, Berit«, sagte er ernst, »darum kann ich Euch nicht befehlen, diesen Auftrag zu übernehmen.«

»Ein Befehl ist unnötig, Ritter Sperber«, versicherte ihm Berit.

»Gut. Holt jetzt Euer Pferd. Ihr habt einen weiten Ritt vor Euch.«

Es war fast Mittag, als Sperber und Graf Radun die Burg verließen. »Wann, glaubt Ihr, könnte Primas Annias frühestens in Chyrellos sein?« fragte der Graf.

»In zwei Wochen. Berit muß erst in Cimmura eintreffen, ehe Annias aufbrechen kann.«

Kurik ritt auf sie zu. »Alles bereit!« meldete er Sperber.

Sperber nickte. »Dann hol jetzt Sephrenia.«

»Ist das wirklich eine so gute Idee, Sperber? Es könnte in Chyrellos gefährlich werden.«

»Möchtest *du* ihr sagen, daß sie hierbleiben muß?«

Kurik wand sich. »Ich verstehe, was du meinst.«

»Wo ist Kalten?«

»Drüben am Waldrand. Aus irgendeinem Grund schürt er ein Freudenfeuer.«

»Vielleicht ist ihm kalt.«

Die Wintersonne schien strahlend am eisblauen Himmel, als Sperber und sein Trupp aufbrachen. »Gewiß wäre das Kind in den Mauern meiner Burg besser aufgehoben, Erhabene«, wandte Graf Radun sich an Sephrenia.

»Sie würde nicht bleiben, Herr Graf«, entgegnete Sephrenia leise. Sie drückte die Wange an Flötes Haar. »Außerdem«, fügte sie hinzu, »ist es mir ein großer Trost, sie bei mir zu haben.« Sie sah sehr bleich und müde aus, und ihre Stimme klang schwach. In einer Hand trug sie Ritter Parasims Schwert.

Sperber trieb Faran neben ihren Schimmelzelter. »Fühlt Ihr Euch nicht gut?« fragte er.

»Nicht sonderlich«, gestand sie.

»Woran liegt es?« fragte er besorgt.

»Parasim war einer der zwölf Ritter im Thronsaal von Cimmura.« Sie seufzte. »Ich muß nun seine Bürde zusammen mit meiner eigenen tragen.« Sie schwenkte leicht das Schwert.

»Ihr seid doch nicht krank, oder?«

»Nicht auf die Weise, die Ihr meint, nein. Ich werde nur eine Weile brauchen, mich an die zusätzliche Last zu gewöhnen.«

»Besteht die Möglichkeit, daß ich sie Euch abnehme?«

»Nein, Lieber.«

Er holte tief Atem. »Sephrenia, hängt Parasims Geschick mit dem zusammen, was mit den zwölf Rittern geschehen wird?«

»Das ist sehr schwer zu beantworten, Sperber. Der Pakt, den wir mit den Jüngeren Göttern schlossen, bestimmt das nicht so genau.« Sie lächelte schwach. »Doch wenn in diesem Mond ein zweiter Ritter fallen sollte, wissen wir, daß es lediglich ein trauriger Zufall war und nichts mit dem Pakt zu tun hatte.«

»Heißt das, daß wir jeden Monat einen der zwölf verlieren werden?«

»Mond!« verbesserte sie. »Alle achtundzwanzig Tage. Höchstwahrscheinlich. Die Jüngeren Götter neigen dazu, in diesen Dingen methodisch vorzugehen. Macht Euch um mich keine Sorgen, Sperber. Ich werde mich bald daran gewöhnt haben und mich wieder besser fühlen.«

Von der Burg Graf Raduns nach Darra waren es hundertachtzig Meilen. Am Morgen des vierten Tages ihrer Reise sahen sie von einer Hügelkuppe aus die roten Ziegeldächer der Stadt unter sich und den blassen Rauch Hunderter von Schornsteinen steil in der windstillen Luft aufsteigen. Ein schwarzgerüsteter Pandioner erwartete sie auf dem Hügel.

»Ritter Sperber«, grüßte er und hob das Visier.

»Ritter Olven!« Sperber kannte das narbige Gesicht des Kämpen.

»Ich habe eine Nachricht von Hochmeister Vanion. Er ersucht Euch, in größter Eile nach Cimmura zurückzukehren.«

»Nach Cimmura? Warum diese Änderung des Planes?«

»König Dregos ist dort eingetroffen und hat Wargun von Thalesien und Obler von Deira eingeladen. Er möchte die Krankheit Königin Ehlanas untersuchen – und ob die Ernennung des Bastards Lycheas als Prinzregent gerechtfertigt ist. Vanion glaubt, daß Annias seine Anklage gegen unseren Orden bei dieser Sitzung erheben wird, um von einer Untersuchung abzulenken, die sich als peinlich für ihn erweisen könnte.«

Sperber fluchte. »Berit hat inzwischen einen beachtlichen Vorsprung. Sind bereits alle Könige in Cimmura eingetroffen?«

Olven schüttelte den Kopf. »König Obler ist zu alt, um schnell zu reisen, und wahrscheinlich braucht man erst eine Woche, König Wargun auszunüchtern, ehe er von Emsat aufbrechen kann.«

»Verlassen wir uns lieber nicht darauf«, sagte Sperber. »Am besten wir reiten querfeldein bis Demos und dann geradewegs nach Cimmura. Ist Vanion noch in Chyrellos?«

»Nein. Er kam auf seinem Weg nach Cimmura durch Demos. Patriarch Dolmant war bei ihm.«

»Dolmant?« staunte Kalten. »Wer leitet dann die Kirche?«

»Ritter Kalten«, warf Graf Radun steif ein, »die Leitung der Kirche liegt in den Händen des Erzprälaten.«

»Verzeiht, Graf«, entschuldigte sich Kalten. »Ich weiß, wie sehr Arzier die Kirche verehren, aber seien wir doch ehrlich, Erzprälat Cluvonus ist fünfundachtzig und schläft meistens. Dolmant macht nicht viel Aufheben darum, aber der Großteil der in Chyrellos getroffenen Entscheidungen stammt von ihm.«

»Reiten wir los«, drängte Sperber.

Nach einem Gewaltritt von vier Tagen erreichten sie Demos, wo Ritter Olven sie verließ, um ins Mutterhaus der Pandioner zurückzukehren, und nach weiteren drei Tagen gelangten sie im Ordenshaus in Cimmura an.

»Wißt Ihr, wo Hochmeister Vanion sich aufhält?« fragte Sperber den Novizen, der auf den Hof kam, um ihre Pferde zu übernehmen.

»Im Südturm, Herr – mit Patriarch Dolmant.«

Sperber nickte. Er ging voraus und stieg die schmale Turmtreppe hinauf.

»Gott sei Dank, daß Ihr noch rechtzeitig angekommen seid!« begrüßte ihn Vanion.

»Hat Berit den Ring des Grafen bereits abgeliefert?« erkundigte sich Sperber.

Vanion nickte. »Vor zwei Tagen. Ich hatte ein paar Mann im Dom, die aufpaßten.« Er runzelte leicht die Stirn. »War es klug, eine solche Mission einem Novizen anzuvertrauen, Sperber?«

»Berit ist ein verläßlicher junger Mann«, erklärte Sperber, »und in Cimmura kaum bekannt. Im Gegensatz zu den Rittern.«

»Ich verstehe. Ihr hattet den Befehl, und die Entscheidung war Eure. Wie ging es in Arzium?«

»Adus führte die Söldner«, antwortete Kalten. »Von Martel war nichts zu sehen. Ansonsten verlief alles mehr oder weniger wie geplant. Adus entkam uns jedoch.«

Sperber holte tief Atem. »Wir haben Parasim verloren«, sagte er bedrückt. »Es tut mir leid, Vanion. Ich habe versucht, ihn aus der Schlacht herauszuhalten.«

Vanions Augen verschleierten sich vor plötzlicher Trauer.

»Ich weiß«, murmelte Sperber und legte kurz die Hand auf die

Schulter des Älteren. »Ich mochte ihn auch sehr.« Der rasche Blick, den Vanion und Sephrenia wechselten, entging ihm nicht. Sie nickte knapp, womit sie dem Hochmeister wohl bedeutete, daß Sperber wußte, daß Parasim einer der Zwölf gewesen war. Sperber richtete sich auf und machte Graf Radun und Vanion miteinander bekannt.

»Ich schulde Euch mein Leben, Hochmeister Vanion«, sagte Radun, als sie sich die Hände schüttelten. »Bitte sagt mir, wie ich die Schuld begleichen kann.«

»Das tut Ihr schon mit Eurer Anwesenheit in Cimmura, Herr Graf.«

»Sind die anderen Könige bereits bei meinem Neffen?« erkundigte sich der Graf.

»Einstweilen nur Obler«, antwortete Vanion. »König Wargun ist noch auf See.«

Ein hagerer Mann in strenger schwarzer Soutane saß beim Fenster. Er war silberhaarig und mochte Ende Fünfzig sein. Er hatte ein asketisches Gesicht und sehr wache Augen. Sperber schritt durch das Gemach und kniete vor ihm nieder. »Eminenz«, grüßte er den Patriarchen von Demos.

»Ihr seht gut aus, Ritter Sperber«, erwiderte der Kirchenfürst. »Es ist schön, Euch wiederzusehen.« Er blickte über Sperbers Schulter. »Besucht Ihr auch fleißig den Gottesdienst, Kurik?« fragte er den Knappen.

»Äh – wann immer es sich machen läßt, Eminenz«, antwortete Kurik leicht errötend.

»Sehr gut, mein Sohn«, sagte Dolmant. »Ich bin sicher, Gott freut sich immer über Euren Besuch. Wie geht es Aslade und den Jungen?«

»Sie sind wohlauf, Eminenz. Danke der Nachfrage.«

Sephrenia hatte den Patriarchen inzwischen eingehend gemustert. »Ihr habt offenbar schon lange nicht mehr ordentlich gegessen, Dolmant«, stellte sie fest.

»Ich vergesse es manchmal«, gestand er. Dann lächelte er sie verschmitzt an. »Meine Gedanken sind zu sehr mit der Bekehrung der Heiden beschäftigt. Sagt, Sephrenia, seid *Ihr* endlich bereit, Eurem Heidentum abzuschwören und Euch zum wahren Glauben zu bekennen?«

»Noch nicht, Dolmant«, antwortete sie ebenfalls lächelnd. »Doch ich weiß Eure Frage zu würdigen.«

Nun lachte er laut. »Ich hielt es für das beste, das möglichst rasch zu klären, damit wir uns unterhalten können, ohne daß diese Frage unbeantwortet über unseren Köpfen schwebt.« Er blickte interessiert auf Flöte, die im Gemach herumtrippelte und das Mobiliar begutachtete. »Und wer ist diese schöne Kind?«

»Ein Findling, Eminenz«, erklärte Sperber. »Wir sind in Arzium auf sie gestoßen. Sie redet nicht. Wir nennen sie Flöte.«

Dolmant blickte auf die grasfleckigen Füße der Kleinen. »War keine Zeit, sie zu baden?«

»Das wäre ungehörig, Eminenz«, erwiderte Sephrenia.

Der Patriarch schaute sie verwundert an; dann richtete er den Blick auf Flöte. »Komm her zu mir, Kind.«

Flöte ging vorsichtig auf ihn zu.

»Sprichst du nicht – wenigstens zu mir?«

Sie hob ihre Syrinx und blies einen fragenden Ton.

»Ich verstehe«, sagte Dolmant. »Nun denn, Flöte, nimmst du meinen Segen an?«

Sie blickte ihm ernst in die Augen und schüttelte den Kopf.

»Sie ist eine Styrikerin, Dolmant«, erklärte Sephrenia. »Ein elenischer Segen hätte keine Bedeutung für sie.«

Da griff Flöte nach der dünnen Hand des Patriarchen und legte sie auf ihr Herz. Dolmants Augen weiteten sich plötzlich, und seine Miene wirkte besorgt.

»Sie wird Euch jedoch ihren Segen geben«, sagte Sephrenia. »Und werdet *Ihr* ihn annehmen?«

Dolmants Augen waren immer noch geweitet. »Ich glaube, ich sollte es nicht«, sagte er. »Aber, Gott helfe mir, ich nehme ihn an – und gern.«

Flöte lächelte ihn an und küßte ihn auf beide Handflächen. Dann wirbelte sie fliegenden Haares davon und ihre Flöte trillerte freudig. Tiefes Staunen lag auf dem Gesicht des Patriarchen.

»Ich nehme an, ich werde ins Schloß gerufen, sobald König Warun angekommen ist«, sagte Vanion. »Annias wird sich die Gelegenheit nicht entgehen lassen, die Beschuldigung in meiner Anwesenheit vorzutragen.«

Er blickte Graf Radun an. »Hat Euch irgend jemand bei Eurer Ankunft gesehen, Graf?« fragte er.

Radun schüttelte den Kopf. »Ich hatte mein Visier geschlossen, Hochmeister Vanion, und auf Ritter Sperbers Rat das Wappen auf meinem Schild bedeckt. Ich bin sicher, niemand weiß, daß ich in Cimmura bin.«

»Gut.« Vanion grinste plötzlich. »Wir möchten Annias die Überraschung doch nicht verderben.«

Die erwartete Aufforderung, im Schloß zu erscheinen, kam zwei Tage später. Vanion, Sperber und Kalten schlüpften in die einfachen Gewänder, die Pandioner üblicherweise innerhalb des Ordenshauses anzulegen pflegten, trugen darunter jedoch Kettenhemd und Schwert. Dolmant und Radun hatten sich mit schwarzen Mönchskutten mit Kapuzen vermummt. Sephrenia trug ihr übliches Weiß. Sie hatte längere Zeit zu Flöte gesprochen, und offenbar hatte die Kleine sich einverstanden erklärt, im Ordenshaus zu bleiben. Kurik gürtete ein Schwert. »Es könnte ja zu Schwierigkeiten kommen«, sagte er zu Sperber, ehe die Gruppe aufbrach.

Der Tag war kalt und unfreundlich, der Himmel bleigrau, und ein schneidender Wind pfiff durch die Straßen von Cimmura, als sie mit Vanion an der Spitze zum Schloß ritten. Wenige Fußgänger waren unterwegs. Sperber wußte nicht so recht, ob die Bürger des Wetters wegen in den Häusern blieben oder ob ein Gerücht die Runde gemacht hatte, daß es zu Unruhen kommen könnte.

Unweit des Schloßtors bemerkte Sperber eine vertraute Gestalt. Ein lahmer Betteljunge in zerlumpten Umhang stemmte sich mit seiner Krücke aus der Ecke, in der er Unterschlupf gesucht hatte. »Ein Almosen, edle Herren, ein Almosen«, flehte er herzerweichend.

Sperber zügelte Faran und kramte in seinem Gewand nach ein paar Münzen.

»Ich muß mit Euch sprechen, Sperber«, flüsterte der Junge, nachdem die anderen außer Hörweite waren.

»Später«, antwortete Sperber und beugte sich aus dem Sattel, um die Kupferstücke in die Bettelschale des Jungen zu werfen.

»Nicht viel später, hoffentlich«, sagte Talen bibbernd. »Ich bin am Erfrieren.«

Am Schloßtor kam es zu einer kurzen Verzögerung, weil die Posten Vanions Begleitern den Einlaß verwehren wollten. Kalten löste das Problem, indem er den Umhang zurückschlug und die Hand unmißverständlich um den Schwertgriff legte. Es erfolgte kein weiterer Einwand. Der kleine Trupp ritt durch das Tor und saß auf dem Schloßhof ab.

»So was macht mir Spaß«, sagte Kalten selig.

»Es gehört nicht viel dazu, dich glücklich zu machen, hm?« meinte Sperber.

»Ich bin ein einfacher Mensch, mein Freund – mit einfachen Freuden.«

Sie schritten geradewegs zur blaubehangenen Ratskammer, wo die Könige von Arzium, Deira und Thalesien auf throngleichen Sesseln neben Lycheas saßen. Hinter jedem König stand ein Mann in Paraderüstung. Die Wappen der drei anderen Kriegerorden zierten ihre offenen Umhänge. Abriel, Hochmeister der cyrinischen Ritter von Arzium, stand mit strenger Miene hinter König Dregos; Darellon, Hochmeister der alzionischen Ritter von Deira, hinter dem greisen König Obler; und der grobknochige Komier, Führer der genidianischen Ritter, stand hinter König Wargun von Thalesien. Obwohl der Tag kaum begonnen hatte, war Warguns Blick bereits getrübt. Die Hand, mit der er einen Silberkelch hielt, zitterte merklich.

Die elenischen Ratgeber saßen an einer Seite der Kammer. Graf Lendas Gesicht wirkte besorgt, Baron Harparins dagegen geradezu selbstgefällig.

Primas Annias trug eine purpurne Soutane, und sein ausgemergeltes Gesicht verriet kalten Triumph, als Vanion eintrat. Als er die Begleitung des pandionischen Hochmeisters sah, blitzten seine Augen wütend. »Wer hat Euch erlaubt, dieses Gefolge mitzubringen, Hochmeister Vanion?« fragte er heftig. »In der Vorladung war keine Rede von Begleitung!«

»Ich brauche keine Genehmigung, Exzellenz«, erwiderte Vanion kalt. »Meine Stellung ist Legitimation genug.«

»Das stimmt«, warf Graf von Lenda ein. »Gesetz und Sitte sind Stützen der Stellung des Hochmeisters.«

Annias bedachte den alten Mann mit haßerfülltem Blick. »Wie

beruhigend es ist, von jemandem beraten zu werden, der sich so gut mit den Gesetzen auskennt«, sagte er sarkastisch. Dann fiel sein Blick auf Sephrenia. »Entfernt diese styrische Hexe aus meinen Augen!« befahl er.

»Sie bleibt«, erklärte Vanion kalt.

Die Blicke der beiden Männer durchbohrten einander, bis Annias schließlich zuerst die Augen senkte. »Nun gut, Vanion. Die Angelegenheit, die ich Ihren Majestäten unterbreiten werde, ist so ernst, daß ich mich bemühen werde, meinen natürlichen Abscheu vor der Anwesenheit einer heidnischen Zauberin zu unterdrücken.«

»Ihr seid zu gütig«, murmelte Sephrenia.

»Macht schon weiter, Annias«, sagte König Dregos gereizt. »Wir sind zusammengekommen, um gewisse Regelwidrigkeiten bezüglich des elenischen Thrones zu untersuchen. Was ist dies für eine dringliche Sache, die Ihr für so wichtig haltet, unsere Untersuchung zu verzögern?«

Annias richtete sich hoch auf. »Eine Angelegenheit, die Euch direkt betrifft, Majestät. Vergangene Woche griff ein größerer Trupp Bewaffneter eine Burg im Osten Eures Reiches an.«

König Dregos' Augen funkelten. »Weshalb wurde ich nicht benachrichtigt?«

»Verzeiht, Majestät. Ich selbst erfuhr erst kürzlich von diesem Vorfall und hielt es für angebracht, die Sache diesem Rat vorzutragen, statt Euch schon zuvor davon zu informieren. Diese Greueltat trug sich zwar innerhalb der Grenzen Eures Reiches zu, aber sie ist von größter Bedeutung für alle vier westlichen Reiche.«

»Kommt zur Sache, Annias«, knurrte König Wargun. »Spart Euch die Langatmigkeit für Eure Predigten.«

»Euer Wunsch ist mir Befehl, Majestät. Es gibt Zeugen dieses Verbrechens, und ich halte es für das beste, wenn ihr alles von ihnen erfahrt statt aus zweiter Hand von mir.« Er drehte sich um und winkte einem der rotuniformierten Kirchensoldaten zu, die an beiden Längswänden der Kammer Wache standen. Der Soldat trat durch eine Seitentür und ließ einen nervösen Mann ein, der bei Vanions Anblick sichtlich erbleichte.

»Habt keine Angst, Tessera«, beruhigte ihn Annias. »Solange Ihr die Wahrheit erzählt, habt Ihr nichts zu befürchten.«

»Jawohl, Exzellenz«, murmelte der Mann.

»Das ist Tessera«, stellte Annias ihn vor, »ein Kaufmann dieser Stadt, der erst vor kurzem aus Arzium zurückkehrte. Berichte, was Ihr dort erlebt habt, Tessera.«

»Nun, Exzellenz, es hat sich so zugetragen, wie ich es Euch bereits erzählte. Ich war geschäftlich in Sarrinium. Auf dem Rückweg überraschte mich ein Unwetter, und ich suchte Zuflucht in der Burg von Graf Radun, der so gütig war, mich aufzunehmen.« Tessera sprach in dem Singsang, dessen sich manche bedienen, wenn sie etwas Auswendiggelerntes aufsagen. »Jedenfalls«, so fuhr er fort, »wollte ich gleich wieder weiter, nachdem das Gewitter vorübergezogen war, und sattelte gerade in der Stallung des Grafen mein Pferd, als ich auf dem Hof viele Männer hörte. Ich spähte durch einen Türspalt, um zu sehen, was vorging. Der Hof war voll von pandionischen Rittern.«

»Seid Ihr sicher, daß es Pandioner waren?« unterbrach ihn der Primas.

»Jawohl, Exzellenz. Sie trugen schwarze Rüstungen und hielten pandionische Banner. Es ist weitum bekannt, daß der Graf ein großer Freund der Kirche und ihrer Ritter ist; er hatte sie ohne Zögern eingelassen. Kaum befanden sie sich innerhalb der Burgmauern, zogen sie ihre Schwerter und begannen zu morden!«

»Mein Oheim!« rief König Dregos erschrocken.

»Der Graf versuchte natürlich, gegen sie zu kämpfen, doch bei ihrer Überzahl war er rasch entwaffnet. Sie banden ihn an einen Pflock in der Mitte des Burghofs. Sie töteten alle Männer in der Burg und dann ...«

»*Alle* Männer?« unterbrach ihn Annias mit plötzlich finsterem Gesicht.

»Sie töteten alle Männer in der Burg und dann ...« Tessera zögerte. »Oh, das hätte ich fast vergessen. Sie töteten alle Männer in der Burg – *außer* den Kirchenherren –, und dann zerrten sie des Grafen Gemahlin und Töchter auf den Hof. Sie rissen ihnen die Kleider vom Leib und taten ihnen vor den Augen des Grafen Gewalt an.«

Ein Schluchzen entrang sich den Lippen des arzischen Königs. »Meine Muhme und meine Basen!« rief er.

»Ruhig, Dregos«, murmelte König Wargun und legte die Hand auf die Schulter des anderen Königs.

»Dann«, fuhr Tessera fort, »nachdem die Frauen mehrmals geschändet worden waren, zerrte man sie vor den gefesselten Grafen und schnitt ihnen, einer nach der anderen, die Kehle durch. Der Graf weinte und versuchte sich loszureißen, aber seine Stricke waren zu fest gebunden. Er flehte die Pandioner an aufzuhören, doch die lachten nur und setzten das Gemetzel fort. Schließlich, als seine Gemahlin und seine Töchter alle tot in ihrem Blut lagen, fragte er die Meuchler, warum sie das taten. Einer, ich glaube, es war ihr Anführer, antwortete, es geschähe auf Anordnung Herrn Vanions, des Hochmeisters der Pandioner.«

König Dregos sprang auf. Er weinte herzzerreißend und wollte sein Schwert ziehen. Annias trat vor ihn. »Ich teile Eure Empörung, Majestät, doch ein rascher Tod für dieses Ungeheuer Vanion wäre viel zu gnädig. Hören wir uns doch an, was dieser gute, ehrliche Mann noch zu berichten hat. Fahrt fort, Tessera.«

»Es gibt nicht mehr viel zu erzählen, Exzellenz«, erwiderte der Kaufmann. »Nachdem die Pandioner alle Frauen getötet hatten, marterten sie den Grafen, bis er dem Tod nahe war, dann enthaupteten sie ihn. Danach trieben sie die Kirchenherren aus dem Tor und plünderten die Burg.«

»Danke, Tessera.« Annias winkte einem anderen Soldaten zu, der durch dieselbe Seitentür ging, um einen Mann in bäuerlichem Kittel hereinzubringen. Der Mann hatte einen unsteten Blick und zitterte.

»Nenn deinen Namen, Bursche«, befahl Annias.

»Ich bin Verl, Euer Exzellenz, ein ehrlicher Leibeigener auf dem Graf Radun sein Land.«

»Und was machst du hier in Cimmura? Ein Leibeigener darf den Besitz seines Herrn nicht ohne dessen Erlaubnis verlassen!«

»Ich bin davongelaufen, Euer Exzellenz, wie der Graf und seine Familie umgebracht war.«

»Kannst du uns sagen, was passiert ist? Warst du Zeuge dieser Greuel?«

»Nicht direkt, Euer Exzellenz. Ich hab' auf einem Feld bei der Burg gearbeitet, da sind viele Männer in schwarzer Rüstung und mit dem Banner der Pandioner aus dem Burgtor geritten. Einer hat dem Graf sein Kopf auf seiner Lanze aufgespießt gehabt. Ich hab' mich versteckt, aber ich hab' sie reden und lachen hören, wie sie vorbeigeritten sind.«

»Was haben sie gesagt?«

»Der mit dem Kopf vom Graf hat gesagt, daß sie diese Tro ... Trophäe nach Demos bringen müssen, damit Herr Vanion weiß, daß sie seinen Befehl ausgeführt haben. Wie sie vorbei waren, bin ich in die Burg gerannt, aber da waren alle tot. Und weil ich Angst gehabt hab', daß die Pandioner vielleicht zurückkommen, bin ich davongelaufen.«

»Warum bist du nach Cimmura gekommen?«

»Um Euch die Schandtat zu melden, Euer Exzellenz, und damit Ihr mich beschützt. Ich hab' Angst gehabt, daß mich die Pandioner suchen und umbringen täten, wenn ich in Arzium geblieben wär'.«

»Warum habt Ihr das getan?« schrie Dregos Vanion an. »Mein Oheim war immer ein Freund Eures Ordens!«

Auch die anderen Könige funkelten den pandionischen Hochmeister zornig an.

Dregos wirbelte zu Prinz Lycheas herum. »Ich verlange, daß dieser Mörder in Ketten gelegt wird!«

Lycheas bemühte sich vergeblich, majestätisch zu wirken. »Euer Verlangen ist nur recht und billig, Majestät«, näselte er. Er warf rasch einen Zustimmung heischenden Blick auf Annias. »Wir befehlen deshalb, daß dieser Missetäter Vanion ...«

»Verzeiht, Königliche Hoheiten«, unterbrach ihn der Graf von Lenda, »aber dem Gesetz nach hat Hochmeister Vanion das Recht, sich zu verteidigen.«

»Was könnte er schon zu seiner Verteidigung vorbringen?« fragte Dregos mit gequälter Stimme.

Sperber und seine Gruppe waren an der hinteren Wand der Ratskammer stehengeblieben. Sephrenia machte eine unmerkliche Geste, und Sperber beugte sich über sie. »Jemand setzt hier Magie ein«, wisperte sie. »Deshalb glauben die Könige diesen lächerlichen Beschuldigungen auch so widerspruchslos. Der Zauber erzeugt Leichtgläubigkeit.«

»Könnt Ihr ihm entgegenwirken?«

»Nur, wenn ich weiß, von wem er ausgeht.«

»Von Annias. Er versuchte einen Zauber an mir, als ich nach meiner Rückkehr hierherkam.«

»Ein Kirchenmann?« fragte sie überrascht. »Na gut. Ich kümmere mich darum.« Sie bewegte die Lippen und schob die Hände in die Ärmel, um zu vermeiden, daß jemand bemerkte, wie sie gestikulierte.

»Nun, Vanion«, höhnte Annias, »was habt Ihr zu Eurer Verteidigung zu sagen?«

»Diese Männer sind zweifellos Lügner«, erwiderte Vanion verächtlich.

»Warum sollten sie lügen?« Annias wandte sich an die Könige, die in der Nähe des Eingangs saßen. »Sobald ich diese Zeugen gehört hatte, sandte ich einen Trupp Kirchensoldaten zur Burg des Grafen, um festzustellen, inwieweit diese Aussagen der Wahrheit entsprechen. Ich erwarte sie in etwa einer Woche zurück. Um es gar nicht erst zu weiteren Greueltaten kommen zu lassen, würde ich empfehlen, daß die pandionischen Ritter ihre Waffen abzugeben haben und das Ordenshaus nicht verlassen dürfen.«

König Obler strich durch seinen langen grauen Bart. »Unter den gegebenen Umständen halte auch ich das für angebracht«, sagte er weise. Er wandte sich an Darellon, den Hochmeister der alzionischen Ritter. »Werter Darellon, schickt einen Bevollmächtigten nach Deira. Beauftragt ihn, Eure Ritter nach Elenien zu bringen. Sie sollen die hiesigen zivilen Ordnungshüter unterstützen, die Pandioner zu entwaffnen und zu bewachen.«

»Ich werde Euren Befehl sofort ausführen, Majestät.« Darellon starrte finster auf Vanion.

Der greise König von Deira blickte König Wargun und König Dregos an. »Ich kann nur raten, daß auch die Cyriniker und Genidianer Truppen hierherschicken. Wir sollten diese Pandioner völlig absondern, bis wir die Unschuldigen von den Schuldigen trennen können.«

»Kümmert Euch darum, Komier«, befahl König Wargun.

»Laßt auch Ihr Eure Ritter hierherkommen, Abriel«, wies König Dregos den Hochmeister der Cyriniker an. Voll Haß funkelte er Vanion an. »Ich hoffe sehr, Eure Männer versuchen Widerstand zu leisten!«

»Eine vorzügliche Idee, Königliche Hoheiten«, sagte Annias und verbeugte sich. »Gestattet, daß ich noch etwas vorschlage. Würden Eure Majestäten, sobald meine Leute zurückkommen und die Meucheltaten bestätigt haben, mit mir und diesen beiden rechtschaffenen Zeugen nach Chyrellos reisen? Wir können dort diese ganze Angelegenheit der Hierokratie und dem Erzprälaten persönlich mit unserer Empfehlung vorlegen, daß der pandionische Orden aufgelöst wird. Dieser Orden untersteht der Kirche, und nur sie kann die endgültige Entscheidung treffen.«

»Ja«, knirschte Dregos, »entledigen wir uns dieses pandionischen Abschaums ein für allemal.«

Ein dünnes Lächeln huschte über des Primas Lippen. Doch plötzlich zuckte er zusammen und wurde kreidebleich, als Sephrenias Gegenzauber zu wirken begann.

In diesem Augenblick trat Dolmant vor und schob die Kapuze seines Mönchskittels zurück, um sein Gesicht zu zeigen. »Gestattet ihr, daß ich spreche, Königliche Hoheiten?« fragte er.

»Eh ... Eminenz«, stammelte Annias erschrocken. »Ich wußte nicht, daß Ihr in Cimmura seid.«

»Ich nahm auch nicht an, daß Ihr das wußtet. Wie Ihr selbst festgestellt habt, unterstehen die Pandioner dem Gesetz der Kirche. Als ranghöchster anwesender Kirchenmann halte ich es für meine Pflicht, den Vorsitz dieser Anhörung zu übernehmen. Es sei jedoch gewürdigt, wie Ihr die Angelegenheit bisher durchgeführt habt.«

»Aber ...«

»Das genügt, Annias«, verwies Dolmant ihn. Er wandte sich nunmehr an die Könige und Lycheas, der ihn offenen Mundes anstarrte.

»Majestäten«, begann der Patriarch. Er verschränkte die Hände im Rücken und stapfte wie in tiefer Nachdenklichkeit versunken hin und her. »Dies ist wahrlich eine ernste Anschuldigung. Laßt uns jedoch zunächst den Leumund der Ankläger bedenken. Wir haben hier einerseits einen einfachen Kaufmann und einen geflohenen Leibeigenen. Der Beschuldigte andererseits ist der Hochmeister eines Ordens von Kirchenrittern, ein Mann, dessen Ehrenhaftigkeit stets über alle Zweifel erhaben war. Warum sollte ein Mann von Hochmeister Vanions Stand ein solches Verbrechen begehen? Ja, wir haben auch noch keinerlei Beweis, daß die angeblichen Greueltaten wahrhaftig begangen wurden. Wir wollen doch nicht voreilig handeln!«

»Wie ich bereits erwähnte, Eminenz«, warf Annias ein, »habe ich Kirchensoldaten nach Arzium gesandt, sich am Tatort umzusehen. Außerdem befahl ich ihnen, die Kirchenherren aufzusuchen, die sich zur Zeit des Verbrechens auf Graf Raduns Burg aufhielten und Zeugen der Greuel wurden, und sie nach Cimmura zu bringen. Ihre Aussagen dürften alle Zweifel beheben.«

»Ach ja«, sagte Dolmant, »was das betrifft, könnte ich uns vielleicht ein wenig Zeit ersparen. Zufällig habe ich jemanden bei mir, der aus erster Hand bezeugen kann, was sich auf der Burg des Grafen Radun zutrug. Und seine Aussage kann ganz sicher von niemandem hier in Frage gestellt werden.« Er blickte auf den vermummten Grafen Radun, der sich unauffällig in der hinteren Ecke der Ratskammer aufgehalten hatte. »Wärt Ihr so freundlich näher zu treten, Bruder?« bat er.

Annias kaute an einem Fingernagel. Er war ihm deutlich anzusehen, wie es in ihm kochte, weil Dolmant ihm die Sache aus der Hand genommen und noch dazu einen unerwarteten Zeugen mitgebracht hatte.

»Würdet Ihr Euer Gesicht zeigen, Bruder?« bat Dolmant sanft. Radun lächelte hart, als er seine Kapuze zurückwarf.

»Oheim!« rief König Dregos überrascht.

»Oheim?« König Wargun sprang auf und schüttete in seiner Verblüffung den Wein um.

»Das ist Graf Radun – mein Oheim«, erklärte Dregos mit immer noch staunend geweiteten Augen.

»Ihr seid offenbar auf wundersame Weise wiederauferstanden, Radun.« Wargun lachte. »Meinen Glückwunsch. Verratet mir doch, wie Ihr es geschafft habt, Euren Kopf so gut anzukleben?«

Annias war kreideweiß. Er starrte ungläubig und wie gelähmt auf den Grafen. »Wie seid Ihr . . .«, platzte er heraus. Dann fing er sich. Er blickte sich wild um, als suche er einen Fluchtweg. Schließlich gelang es ihm doch, sich einigermaßen zu fassen. »Königliche Hoheiten«, stammelte er, »ich wurde von falschen Zeugen irregeführt. Bitte verzeiht mir.« Er schwitzte jetzt sichtlich. Plötzlich wirbelte er herum. »Nehmt diese beiden Lügner fest!« Er deutete auf Tessera und Verl, die sich beide angstschlotternd duckten. Mehrere rotuniformierte Wächter zerrten die beiden aus der Ratskammer.

»Annias ist rasch mit Ausreden bei der Hand«, murmelte Kalten Sperber zu. »Wieviel würdest du wetten, daß die beiden es fertigbringen, sich noch vor Sonnenuntergang aufzuhängen – mit ein bißchen Nachhilfe natürlich.«

»Ich wette nicht, Kalten«, flüsterte Sperber, »jedenfalls nicht bei so was.«

»Hättet Ihr die Güte, uns zu erzählen, was sich auf Eurer Burg wirklich zutrug, Graf Radun?« bat Dolmant.

»Das ist rasch erzählt, Eminenz«, erwiderte Radun. »Ritter Sperber und Ritter Kalten kamen vor einiger Zeit zur Burg und teilten mir mit, daß eine größere Abteilung Krieger, als Pandioner verkleidet, versuchen würden, sich durch List Zutritt in die Burg zu verschaffen, um meine Familie und mich zu ermorden. Sie dagegen hatten einige echte Pandioner mitgebracht. Als dieser Trupp eintraf, ging Ritter Sperber mit seinen Männern gegen die falschen Pandioner vor und vertrieb sie.«

»Welch ein Glück!« rief König Obler. »Wer von diesen wackeren Streitern ist Ritter Sperber?«

Sperber trat vor. »Ich, Majestät.«

»Wie habt Ihr von diesem Komplott erfahren?«

»Rein zufällig, Majestät. Ich hörte, wie davon gesprochen wurde. Sogleich teilte ich es Hochmeister Vanion mit, und er befahl Kalten und mir, Vorsichtsmaßnahmen zu ergreifen.«

König Dregos stand auf und stieg von seinem erhöhten Sitz. »Ich habe Euch unrecht getan, ehrenwerter Vanion«, sagte er schwer. »Ihr hättet nicht edler handeln können, und ich habe Euch beschuldigt! Könnt Ihr mir vergeben?«

»Es gibt nichts, was ich euch zu vergeben hätte, Majestät«, versicherte ihm Vanion. »Unter den Umständen hätte ich genau das gleiche getan.«

Der arzische König nahm des Hochmeisters Hand und drückte sie fest.

»Sagt, Ritter Sperber, wärt Ihr imstande, die Verschwörer zu identifizieren?« fragte nun König Obler.

»Ich konnte ihre Gesichter nicht sehen, Majestät.«

»Wie bedauerlich.« Der greise König seufzte. »Es hat ganz den Anschein, als hätte es sich um ein weitreichendes Komplott gehandelt. Die beiden Männer, die hier vor uns aussagten, gehörten offenbar dazu und hatten den Auftrag, auf ein bestimmtes Zeichen hin vorzutreten und ihre zweifellos gut einstudierten Lügen vorzutragen.«

»Genau das war auch mein Gedankengang, Majestät«, bestätigte Sperber.

»Aber wer ist der Drahtzieher? Und gegen wen war das Komplott wirklich gerichtet? Gegen Graf Radun, etwa? Oder König Dregos? Oder gar Hochmeister Vanion?«

»Das mit Sicherheit festzustellen, könnte sich als unmöglich erweisen – es sei denn, die sogenannten Zeugen lassen sich überreden, die Namen ihrer Mitverschwörer zu nennen.«

»Ihr habt es genau erkannt, Ritter Sperber.« König Obler blickte Primas Annias streng an. »Es liegt nun an Euch, Exzellenz, dafür zu sorgen, daß der Kaufmann Tessera und der Leibeigene Verl zum Verhör zur Verfügung stehen. Wir alle wären sehr ungehalten, sollte einem oder gar beiden etwas zustoßen, das dies unmöglich macht!«

Annias' Gesicht wirkte starr, als er dem König von Deira versicherte: »Ich werde beide gut bewachen lassen.« Er winkte einem seiner Soldaten zu, murmelte Anweisungen, woraufhin der Soldat erbleichte und aus der Ratskammer eilte.

»Ritter Sperber«, polterte Lycheas, »Ihr hattet den Befehl, in Demos zu bleiben, bis Ihr anderslautende Anweisungen bekommen würdet. Wie konntet Ihr Euch da anmaßen . . .«

»Seid still, Lycheas!« zischte Annias.

Das pickelige Gesicht des jungen Mannes färbte sich rot.

»Ich meine, Ihr solltet Euch bei Hochmeister Vanion entschuldigen, Annias«, sagte Dolmant betont.

Annias erbleichte und wandte sich steif an den Führer der Pandioner. »Bitte nehmt meine Entschuldigung an, ehrenwerter Vanion«, sagte er knapp. »Ich wurde von Lügnern irregeführt.«

»Selbstverständlich, mein teurer Primas«, entgegnete Vanion. »Wir alle begehen dann und wann einen Fehler, nicht wahr?«

»Ich glaube, damit wäre die Sache mehr oder weniger erledigt«, sagte Dolmant. Er warf einen Seitenblick auf Annias, der sich offensichtlich größte Mühe gab, seiner Gefühle Herr zu werden. »Seid versichert, Annias«, fuhr der Patriarch von Demos fort, »ich werde der Hierokratie diese Angelegenheit in einem so wohlwollenden Licht wie nur möglich vortragen und mein Bestes tun, daß Ihr nicht als *völliger* Idiot dasteht.«

Annias biß sich auf die Lippe.

»Sagt, Ritter Sperber«, fragte nun wieder König Obler, »konntet Ihr die Männer, die sich der Burg des Grafen näherten, auf irgendeine Weise identifizieren?«

»Der Mann, der sie führte, heißt Adus, Eure Hoheit«, antwortete Sperber. »Er ist dümmlich und das Werkzeug des abtrünnigen Pandioners Martel. Viele Männer seines Trupps waren einfache Söldner, der Rest Rendorer.«

»Rendorer?« König Dregos kniff die Augen zusammen. »Es ist in letzter Zeit zu Spannungen zwischen meinem Reich und Rendor gekommen, aber dieses Komplott erscheint mir doch ein wenig zu verschlungen, als daß Rendorer dafür verantwortlich gemacht werden könnten.«

»Wir könnten Stunden mit Mutmaßungen vergeuden«, warf König Wargun ein, der seinen leeren Kelch zum Nachfüllen ausstreckte. »Eine Stunde auf der Streckbank im Verlies dürfte genügen, daß uns sowohl der Kaufmann wie der Leibeigene die Namen ihrer Mitverschwörer nur zu gern verraten.«

»Die Kirche ist gegen solche Methoden, Majestät«, sagte Dolmant.

Wargun schnaufte abfällig. »Walten nicht die geschicktesten Inquisitoren der Welt in den Verliesen unter der Basilika von Chyrellos?«

»Die Inquisition wurde abgeschafft.«

»Möglich«, brummte Wargun. »Aber hier handelt es sich um eine weltliche Angelegenheit, und unsere Hände sind nicht durch die Skrupel der Kirche gebunden. Ich jedenfalls habe nicht vor zu warten, bis Ihr eine Antwort aus diesen beiden herausbeten könnt!«

Lycheas, der sich immer noch über die Zurechtweisung durch Annias kränkte, richtete sich in seinem Sessel auf.

»Wir sind beglückt, daß sich diese Angelegenheit auf so erfreuliche Weise aufgeklärt hat«, sagte er, »vor allem, daß die Meldungen, Graf Raduns Dahinscheiden betreffend, jeglicher Wahrheit entbehren. Ich stimme mit dem Patriarchen von Demos überein, daß wir diese Untersuchung als abgeschlossen betrachten können – außer natürlich, Hochmeister Vanions erhabene Zeugen hätten einen Hinweis auf den Drahtzieher dieses ungeheuerlichen Komplotts.«

»Nein, Hoheit«, entgegnete Vanion, »gegenwärtig haben wir nichts Weiteres vorzubringen.«

Lycheas bemühte sich, ohne großen Erfolg, majestätisch zu wirken, als er sich an die Könige von Thalesien, Deira und Arzium wandte. »Unsere Zeit ist knapp bemessen, werte Hoheiten. Jeder von uns muß über ein Reich herrschen und es gibt zweifellos vielerlei, was unserer persönlichen Aufmerksamkeit bedarf. Ich schlage vor, wir sprechen Hochmeister Vanion unsere Anerkennung für seine Unterstützung aus, die Situation zu klären, und gestatten ihm nun, sich zurückzuziehen, damit wir uns Staatsangelegenheiten zuwenden können.«

Die Könige nickten zustimmend.

»Ihr dürft Euch nun mit Euren Freunden zurückziehen, ehrenwerter Vanion«, sagte Lycheas herablassend.

»Danke, Hoheit.« Vanion verneigte sich steif. »Es war uns eine Freude, Euch zu Diensten gewesen zu sein.« Er drehte sich zur Tür um.

»Einen Moment, Hochmeister Vanion«, rief Darellon, der schmächtige Ordensobere der alzionischen Ritter. Er trat vor die Könige. »Da Eure Majestäten sich nun Staatsangelegenheiten zuwenden werden, ziehen auch wir – Hochmeister Komier, Hochmeister Abriel und ich – uns zurück. Wir sind in der Staatskunst kaum bewandert und wären bei euren Diskussionen von wenig Nutzen. Die Sache jedoch, die heute morgen an unser Ohr kam, bedarf der Besprechung durch die Kriegerorden. Sollte es zu neuerlichen Verschwörungen dieser Art kommen, müssen wir vorbereitet sein, Schritte dagegen zu unternehmen.«

»Ganz meine Meinung«, pflichtete ihm Komier bei.

»Eine vorzügliche Idee, Darellon«, lobte König Obler. »Wir wollen nicht noch einmal überrascht werden. Laßt mich wissen, was ihr beschlossen habt.«

»Ihr könnt Euch auf mich verlassen, Majestät.«

Die Hochmeister der drei anderen Orden marschierten vom Podest der Könige hinunter und schlossen sich Vanion an, der sie aus der prunkvollen Ratskammer führte. Auf dem Korridor grinste der stämmige Ordensobere der genidianischen Ritter unverhohlen. »Großartig gemacht, Vanion.«

»Freut mich, daß es Euch gefallen hat.«

»Mein Gehirn muß wohl noch schlaftrunken gewesen sein. Ich war nahe daran, die Beschuldigungen zu glauben«, gestand Komier.

»Dafür wart Ihr nicht voll verantwortlich, ehrenwerter Komier«, warf Sephrenia ein.

Er blickte sie fragend an.

»Laßt mich der Sache erst noch auf den Grund gehen«, sagte sie nachdenklich.

Der kräftige Thalesier blickte Vanion an. »Annias steckt dahinter, nicht wahr?« fragte er scharfsichtig, während sie durch den Gang schritten. »Es war sein Plan, habe ich recht?«

Vanion nickte. »Die Anwesenheit der Pandioner in Elenien ist ihm bei seinen Vorhaben hinderlich. Er hielt das für eine wirkungsvolle Möglichkeit, sich unser zu entledigen.«

»Die elenische Politik ist manchmal etwas verwickelt. In Thalesien ist man da direkter. Wie mächtig ist der Primas von Cimmura eigentlich?«

Vanion zuckte die Schultern. »Er hat die Stimmenmehrheit des Königlichen Rates. Das macht ihn mehr oder weniger zum Herrscher des Reiches.«

»Will er den Thron für sich?«

»Das glaube ich nicht. Er spielt lieber den unbemerkten Drahtzieher. Er versucht, Lycheas für den Thron herauszuputzen.«

»Lycheas ist unehelich, nicht wahr?«

Vanion nickte.

»Wie kann ein Bastard König werden? Niemand weiß, wer sein Vater ist.«

»Annias glaubt offenbar, daß er dieses Problem umgehen kann.

Ehe Sperbers Vater einschritt, hatte der ehrenwerte Primas König Aldreas schon fast überzeugt, daß rechtlich nichts einzuwenden wäre, wenn er seine Schwester heiratete.«

»Wie abscheulich!« Komier schauderte.

»Ich hörte, daß Annias auf den Thron des Erzprälaten in Chyrellos erpicht ist«, sagte Abriel, der grauhaarige Hochmeister der cyrinischen Ritter zu Patriarch Dolmant.

»Das Gerücht kam auch mir zu Ohren«, bestätigte Dolmant mild.

»Die heutige Demütigung ist ein ganz schöner Rückschlag für ihn, nicht wahr? Die Hierokratie sieht es gar nicht gern, wenn ein Kirchenmann sich in der Öffentlichkeit derart zum Narren macht.«

»Dieser Gedanke kam auch mir.«

»Ich nehme an, Eurer Bericht wird sehr präzise sein?«

»Das ist meine Pflicht, Hochmeister Abriel«, antwortete Dolmant salbungsvoll. »Da ich selbst Angehöriger der Hierokratie bin, kann ich doch unmöglich irgendwelche Tatsachen verheimlichen, nicht wahr? Ich werde dem Hohen Kirchenrat die *ganze* Wahrheit vortragen müssen.«

»Anders wünschen wir es auch gar nicht, Eminenz.«

»Wir müssen uns eingehend darüber unterhalten, Vanion«, sagte Darellon, der Ordensführer der alzionischen Ritter nun ernst. »Diesmal wurde ein Komplott gegen Euren Orden geschmiedet, doch es betrifft uns alle. Das nächst Mal könnte es gegen einen anderen von uns gerichtet sein. Könnten wir irgendwo darüber reden, wo wir vor fremden Ohren völlig sicher sind?«

»In unserem Ordenshaus am Ostrand der Stadt«, entgegnete Vanion. »Ich kann garantieren, daß sich keine Spitzel des Primas innerhalb seiner Mauern aufhalten.«

Während sie durch das Schloßtor ritten, fiel Sperber etwas ein, das er fast vergessen hätte. Er hielt Faran zurück, bis Kurik, der am Ende der Kolonne ritt, ihn eingeholt hatte.

»Was ist los?« fragte sein alter Freund.

»Halten wir an, ich möchte mit dem Betteljungen sprechen.«

»Das zeugt nicht von guten Manieren, Sperber. Zu einem Treffen aller vier Hochmeister kommt es vielleicht einmal im Leben, und zweifellos wollen sie dir Fragen stellen.«

»Wir können sie einholen, ehe sie das Ordenshaus erreichen.«

»Was willst du eigentlich von einem Betteljungen?« fragte Kurik gereizt.

»Er arbeitet für mich.« Sperber musterte seinen Freund. »Welche Laus ist dir denn über die Leber gelaufen, Kurik?«

»Nicht so wichtig«, knurrte Kurik.

Talen kauerte noch in dem Mauerwinkel. Er hatte sich fest in seinen zerlumpten Umhang gewickelt und bibberte.

Sperber saß ein paar Schritte entfernt ab und tat, als schnalle er den Sattel fester. »Was wolltest du mir sagen?« fragte er leise.

»Der Mann, den ich für Euch beschatten sollte«, begann Talen, »Krager? Er verließ Cimmura ungefähr zur selben Zeit wie Ihr, kehrte jedoch etwa eine Woche darauf zurück. Er hatte jemand bei sich – einen Kerl, der auffällt, weil er weißes Haar hat, obwohl er noch gar nicht so alt ist. Jedenfalls verschwanden sie im Haus dieses Barons, der so scharf auf kleine Jungs ist. Sie blieben mehrere Stunden bei ihm, dann verließen sie die Stadt wieder. Am Osttor kam ich so nah an sie heran, daß ich hören konnte, was sie zum Torwächter sagten, als er fragte, wohin sie reisen. Nach Cammorien.«

»Tüchtiger Junge«, lobte Sperber und warf eine Goldkrone in die Bettelschale.

Talen zuckte die Schultern. »Ein Kinderspiel.« Er biß der Probe halber in die Münze und steckte sie dann unter seinen Kittel. »Danke, Sperber.«

»Warum hast du es denn dem Pförtner in der Rosenstraße nicht gesagt?«

»Die Herberge wird beobachtet, und ich wollte kein Risiko eingehen.« Talen blickte über die Schulter des Ritters. »Hallo, Kurik. Hab' dich schon lang nicht mehr gesehen.«

»Ihr zwei kennt euch?« fragte Sperber leicht überrascht.

Kurik errötete verlegen.

»Ihr würdet nicht glauben, wie lange wir schon befreundet sind, Sperber«, sagte Talen mit einem verschmitzten Blick auf Kurik.

»Das reicht, Talen!« wies Kurik ihn scharf zurecht. Dann wurde seine Miene ein wenig weicher. »Wie geht es deiner Mutter?« Seltsam gefühlvoll klang seine Stimme.

»Es geht ihr ganz gut. Wenn man zusammenrechnet, was ich verdiene und was du ihr hin und wieder gibst, hat sie ein recht ordentliches Auskommen.«

»Werde ich im dunkeln gelassen?« erkundigte sich Sperber freundlich.

»Es ist rein persönlich, Sperber«, erklärte ihm Kurik. Dann wandte er sich wieder an den Jungen und fragte scharf: »Was machst du auf der Straße, Talen?«

»Ich bettle, Kurik. Siehst du?« Talen hielt seine Schale hoch. »Dafür ist sie da. Möchtest du vielleicht um alter Zeiten willen etwas reinwerfen?«

»Ich habe dich in eine gute Schule geschickt, Junge!«

»Oh, sie war wirklich sehr gut, das versicherte der Schulmeister uns dreimal am Tag – bei den Mahlzeiten. Er und die anderen Lehrer aßen Fleisch, und die Schüler bekamen Haferbrei. Ich mag Haferbrei nicht sehr, deshalb ging ich in eine andere Schule.« Er deutete weitausholend auf die Straße. »Das ist jetzt mein Klassenzimmer. Gefällt es dir? Der Unterricht, die Fächer, die ich hier lerne, sind weit nützlicher als Rhetorik oder Philosophie oder diese langweilige Theologie. Wenn ich aufpasse, verdiene ich genug, mir selbst Fleisch zu kaufen – oder was ich sonst will.«

»Ich sollte dich übers Knie legen!« drohte Kurik.

»Aber Vater!« Der Junge riß übertrieben erschrocken die Augen auf. »Das könntest du mir doch nicht antun!« Er lachte. »Außerdem müßtest du mich dazu erst erwischen! Das ist die erste Lektion, die ich in meiner neuen Schule lernte. Möchtest du sehen, was für ein guter Schüler ich war?« Er griff nach seiner Krücke, umklammerte die Bettelschüssel und rannte davon. Sperber mußte zugeben, daß er sehr flink war. Kurik fluchte.

»Vater?« fragte Sperber.

»Ich hab' dir doch gesagt, daß es dich nichts angeht, Sperber!«

»Seit wann haben wir Geheimnisse voreinander, Kurik?«

»Du läßt also nicht locker?«

»Ich? Pure Neugier, nichts weiter. Das ist eine Seite an dir, die ich nicht kannte.«

»Ich war vor einigen Jahren ein bißchen leichtsinnig.«

»So kann man es wohl auch nennen.«

»Deine klugen Bemerkungen haben mir gerade noch gefehlt, Sperber!«

»Weiß Aslade davon?«

»Natürlich nicht! Es würde sie sehr unglücklich machen, wenn ich es ihr erzählte. Ich schwieg, um ihr dieses Herzeleid zu ersparen. Das ist ein Mann seinem Weib doch schuldig, oder nicht?«

»Ich verstehe völlig, Kurik«, versicherte ihm Sperber. »War Talens Mutter denn so schön?«

Kurik seufzte und seine Miene wurde weich. »Sie war achtzehn und wie ein Frühlingsmorgen. Ich kam nicht dagegen an, Sperber. Ich liebe Aslade, aber . . .«

Sperber legte einen Arm um die Schultern seines Freundes. »So geht es manchmal, Kurik. Laß dich deshalb nicht von Schuldgefühlen verzehren.« Er richtete sich auf. »Sehen wir zu, daß wir die anderen einholen«, schlug er vor und schwang sich in den Sattel.

ZWEITER TEIL

CHYRELLOS

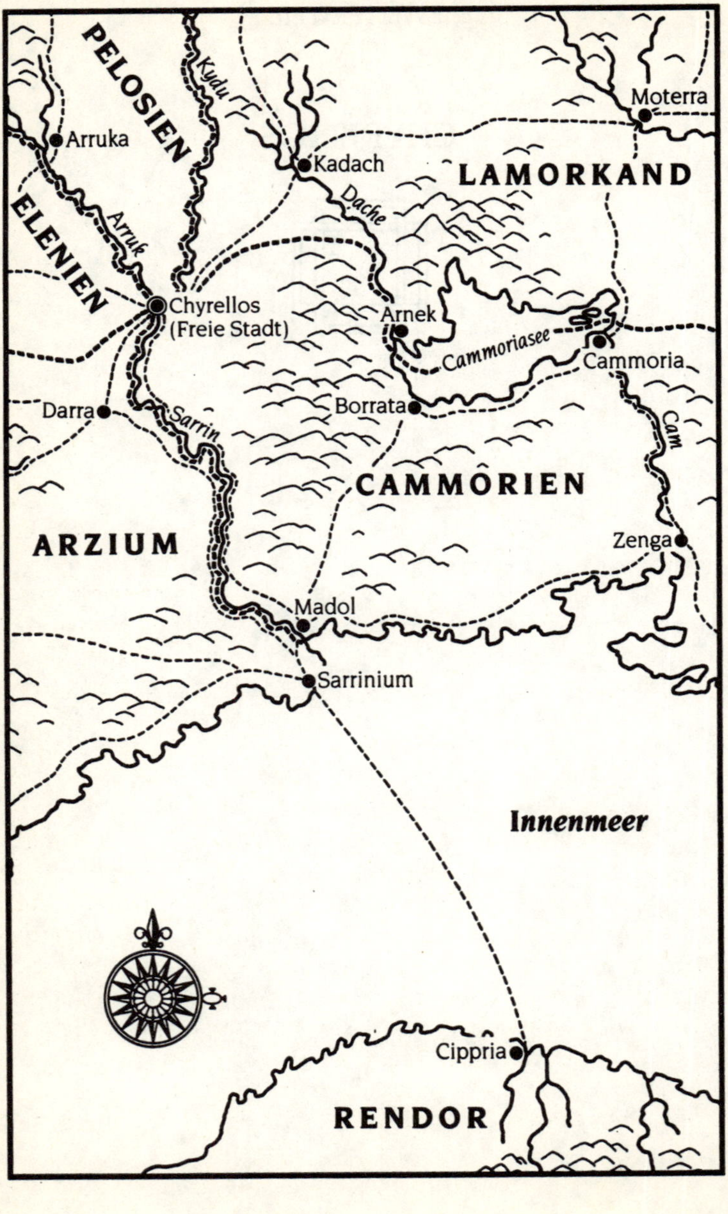
PELOSIEN
Kydu
Arruka
ELENIEN
Arruk
Kadach
Dache
Moterra
LAMORKAND
Chyrellos
(Freie Stadt)
Arnek
Cammoriasee
Cammoria
Darra
Sarrin
Borrata
Cam
CAMMORIEN
ARZIUM
Zenga
Madol
Sarrinium
Innenmeer
Cippria
RENDOR

10

Hochmeister Abriel, Ordensoberer der cyrinischen Ritter von Arzium, hatte den grünen Vorhang zurückgezogen und blickte aus dem Fenster von Vanions Studiergemach im Südturm des pandionischen Ordenshauses auf die Stadt Cimmura. Abriel war ein stämmiger Sechziger mit Silberhaar. Sein faltiges Gesicht mit den tiefliegenden Augen verriet keinen Humor. Er hatte bei ihrer Ankunft Schwert und Helm abgenommen, trug jedoch noch seine Rüstung und seinen blaßblauen Umhang. Als ältestem der vier Hochmeister überließen die anderen ihm den Vorsitz. »Ich bin sicher, wir wissen jetzt über das meiste Bescheid, was sich hier in Elenien zutrug«, begann er, »aber es gibt noch ein paar Dinge, über die wir gern Näheres erfahren würden. Gestattet Ihr, daß wir Euch noch einiges fragen, Vanion?«

»Selbstverständlich«, versicherte ihm Vanion. »Wir werden alle unser möglichstes tun, Eure Fragen zufriedenstellend zu beantworten.«

»Gut. Wir waren uns früher in so mancherlei nicht einig, aber in dieser Lage wollen wir alle Unstimmigkeiten beiseite legen.« Wie alle Cyriniker bediente sich Abriel einer wohlüberlegten, förmlichen Sprache. »Ich denke, es wäre ratsam, mehr über diesen Martel zu wissen.«

Vanion lehnte sich in seinem Sessel zurück. »Er war ein Pandioner«, erklärte er mit einem Hauch Traurigkeit. »Ich sah mich gezwungen, ihn aus dem Orden zu verweisen.«

»Das ist ein bißchen wenig, Vanion«, sagte Komier. Im Gegensatz zu den anderen trug der grobknochige Mann mit den kräftigen Schultern und Prankenhänden ein Kettenhemd statt des formellen Plattenpanzers. Wie die meisten Thalesier war der Hochmeister der genidianischen Ritter blond, und seine buschigen Brauen verliehen seinem Gesicht etwas Ungeschlachtes. Während er sprach, spielte er unentwegt mit dem Griff seines Breitschwerts, das vor ihm auf dem Tisch lag. »Wenn uns dieser Martel Schwierigkeiten bereitet, sollten wir alle soviel wie möglich über ihn wissen.«

»Martel war einer unserer Besten«, sagte Sephrenia leise. Sie saß in ihrem weißen Kapuzengewand, mit der Teetasse in der Hand, vor dem Feuer. »Er war ungemein bewandert in den Geheimnissen. Das war es wohl, was zu seiner Verfehlung führte, glaube ich.«

»Er war auch sehr geschickt mit der Lanze«, gestand Kalten wehmütig. »Auf dem Übungsplatz gelang es ihm regelmäßig, mich aus dem Sattel zu heben. Sperber war wahrscheinlich der einzige, der sich mit ihm messen konnte.«

»Worum handelt es sich bei dieser Verfehlung, von der Ihr spracht, Sephrenia?« erkundigte sich Hochmeister Darellon. Der Ordensobere der alzionischen Ritter von Deira war ein schlanker Mann Ende Vierzig. Sein deiranischer Panzer wirkte fast zu schwer für seine schmächtige Statur.

Sephrenia seufzte. »Es gibt unendlich viele styrische Geheimnisse«, erklärte sie. »Einige sind verhältnismäßig einfach – simple Zauber und Beschwörungen. Martel lernte sie rasch. Jenseits der allgemeinen Magie befindet sich ein tieferer, weitaus gefährlicherer Bereich. Jene von uns, die Ordensritter in die Geheimnisse einweisen, halten ihre Schüler diesem Gebiet der Magie fern, da es keinem praktischen Zweck dient und einiges beinhaltet, was für die Seelen von Eleniern gefährlich ist.«

Komier lachte. »Vieles bedroht die Seelen von Eleniern, Erhabene. Ich selbst verspürte einen heftigen Ruck in der meinen, als ich zum erstenmal Verbindung zu den Trollgöttern aufnahm. Ich vermute, euer Martel hat sich mit Dingen befaßt, die er lieber hätte lassen sollen?«

Wieder seufzte Sephrenia. »Ja. Er bat mich, ihn die verbotenen Geheimnisse zu lehren. Er war sehr hartnäckig – das ist einer seiner Wesenszüge. Ich verweigerte es ihm natürlich, aber es gibt abtrünnige Styriker ebenso wie abtrünnige Pandioner. Martel kam aus einer sehr wohlhabenden Familie und konnte es sich leisten, für die gewünschte Unterweisung zu bezahlen.«

»Wer ist ihm auf die Schliche gekommen?« fragte Darellon.

»Ich«, antwortete Sperber. »Ich ritt von Cimmura nach Demos. Das war kurz bevor König Aldreas mich in die Verbannung schickte. Etwa neun Meilen vor Demos steht ein Wald. Es war kurz vor Einbruch der Dunkelheit, als ich daran vorbeiritt und zwischen den Bäumen ein ungewöhnliches Licht sah. Ich pirschte mich näher heran und entdeckte Martel. Er hatte eine glühende Kreatur beschworen. Der Schein, der von ihr ausging, blendete mich so sehr, daß ich ihr Gesicht nicht erkennen konnte.«

»Das ist auch besser so, Sperber«, sagte Sephrenia.

»Ja, wahrscheinlich. Martel redete styrisch mit dieser Kreatur und befahl ihr, seinen Willen zu tun.«

»Das scheint mir nichts Ungewöhnliches zu sein«, sagte Komier. »Wir alle haben dann und wann die eine oder andere Art von Geistern beschworen.«

»Was Martel beschworen hat, war kein Geist, Hochmeister Komier«, erklärte Sephrenia. »Es war ein Damork. Die Älteren Götter von Styrikum erschufen sie als ihre Sklaven. Die Damorks haben außergewöhnliche Kräfte, jedoch keine Seele. Ein Gott kann sie aus jenem unvorstellbaren Ort rufen, an dem sie hausen, und über sie verfügen, ohne daß er die Macht über sie verliert. Der Versuch Sterblicher, sie zu rufen, ist reiner Wahnsinn. Kein Sterblicher ist imstande, einen Damork zu beherrschen. Was Martel getan hat, ist von allen Jüngeren Göttern strengstens verboten.«

»Und von den Älteren Göttern?« wollte Darellon wissen.

»Die Älteren Götter haben keine Regeln – nur Schrullen und Begierden.«

»Sephrenia, Martel ist Elenier«, gab Dolmant zu bedenken. »Vielleicht fühlte er sich nicht an die Verbote der Götter von Styrikum gebunden.«

»Wer sich der Geheimnisse Styrikums bedient, ist an die styrischen Götter gebunden, Dolmant«, erwiderte sie.

»Ich frage mich, ob es nicht vielleicht ein Fehler war, die Ordensritter mit styrischer Magie ebenso zu rüsten wie mit den üblichen Waffen«, sagte Dolmant nachdenklich. »Sind es nicht Kräfte, die man besser ruhen lassen sollte?«

»Diese Entscheidung wurde vor über neunhundert Jahren getroffen, Eminenz«, erinnerte ihn Abriel, der an den Tisch zurückkehrte. »Und wären die Ritter der Kirche nicht in Magie bewandert gewesen, hätten die Zemocher jene Schlacht auf den Ebenen von Lamorkand gewonnen.«

»Möglich«, murmelte Dolmant.

»Fahrt fort, Sperber«, bat Komier.

»Viel mehr gibt es nicht zu erzählen. Ich hatte keine Ahnung, was der Damork war, bis Sephrenia es mir später erklärte, doch ich wußte, daß es verboten war, eine solche Kreatur zu beschwören. Nach einer Weile verschwand sie, und ich ritt auf die Lichtung, um mit Martel zu reden. Wir waren Freunde, und ich wollte ihm klarmachen, daß das, was er getan hatte, verboten war, aber er war wie verwandelt. Er schrie mich an, meine Nase nicht in seine Angelegenheiten zu stecken. Da blieb mir keine Wahl. Ich ritt zu unserem Mutterhaus in Demos und berichtete Vanion und Sephrenia, was ich gesehen hatte. Sephrenia klärte uns auf, worum es sich bei dieser Kreatur handelte und wie gefährlich ihre herrenlose Anwesenheit auf dieser Welt ist. Vanion befahl mir daraufhin, mit einem Trupp seiner Männer zu dem Wald zu reiten, Martel festzunehmen und zur Befragung ins Mutterhaus zu bringen. Martel begann zu toben, als wir uns ihm näherten, und griff zum Schwert. Er ist ein ausgezeichneter Fechter, und der Wahnsinn erhöhte seine Kräfte. Ich verlor zwei sehr liebe Freunde an diesem Tag. Schließlich gelang es uns jedoch, ihn zu überwältigen und in Ketten zum Mutterhaus zu schleifen.«

»An den Knöcheln«, fügte Kalten hinzu. »Im Zorn kann Sperber sehr hart sein.« Er lächelte seinen Freund an. »Du hast dich bei ihm dadurch nicht gerade beliebt gemacht, Sperber.«

»Das war auch nicht meine Absicht. Er hatte soeben zwei meiner Freunde getötet, und ich wollte ihm ausreichend Grund geben, meine Herausforderung anzunehmen, sobald Vanion mit ihm fertig war.«

»Jedenfalls«, erzählte nun Vanion weiter, »ließ ich Martel zu mir bringen. Er hat seine Handlungen gar nicht zu leugnen versucht. Ich untersagte ihm, sich weiterhin der verbotenen Kräfte zu bedienen, aber er weigerte sich, mir dieses Versprechen zu geben. So blieb mir keine andere Wahl, als ihn aus dem Orden zu verweisen. Ich enthob ihn seiner Ritterwürde, hieß ihn, die Rüstung abzugeben, und setzte ihn vors Tor.«

»Das könnte ein Fehler gewesen sein«, meinte Komier. »Ich hätte ihn hingerichtet. Hat er diese Kreatur wieder beschworen?«

Vanion nickte. »Ja. Aber Sephrenia rief die Jüngeren Götter von Styrikum an. Sie trieben diesen Damork aus und nahmen Martel seine gefährlichste Kraft. Er zog sich geschlagen zurück und schwor uns allen Rache. Er ist immer noch gefährlich, doch zumindest kann er keine solchen Plagen mehr herbeibeschwören. Er verließ Elenien und hat sich während der letzten zehn oder zwölf Jahre an Bestbezahlende als Söldner verdingt.«

»Dann ist er nur ein gewöhnlicher Söldner?« fragte Darellon. Das schmale Gesicht des schmächtigen Alzioners wirkte angespannt.

»Kein ganz gewöhnlicher«, berichtigte Sperber. »Er hat pandionische Ausbildung und hätte der Beste von uns werden können. Außerdem ist er ungemein schlau und hat gute Beziehungen zu Söldnern in ganz Eosien. Ohne Mühe konnte er in kürzester Zeit eine Armee aufstellen. Außerdem ist er völlig skrupellos. Soviel ich weiß, hat er auch jeglichen Glauben verloren.«

»Wie sieht er aus?« erkundigte sich Darellon.

»Er ist ein wenig über mittelgroß«, beschrieb ihn Kalten, »etwa im gleichen Alter wie Sperber und ich, aber er hat weißes Haar – schon seit er in den Zwanzigern war.«

»Wir sollten alle die Augen nach ihm offenhalten«, meinte Abriel. »Wer ist der andere – dieser Adus?«

»Adus ist eine Bestie«, antwortete Kalten. »Nachdem Martel aus dem Orden ausgeschlossen worden war, heuerte er Adus und einen Kerl namens Krager als seine Knechte an. Adus ist Pelosier, glaube ich, er könnte auch ein Lamorker sein. Da er kaum imstande ist zu reden, läßt sich sein Akzent schwer identifizieren. Er ist ein Wilder ohne jegliche menschlichen Gefühle. Es macht ihm Spaß, Menschen zu töten – ganz langsam –, und das kann er sehr gut.«

»Und der andere?« fragte Komier. »Krager?«

»Krager ist verhältnismäßig intelligent«, antwortete Sperber. »Er ist ein ganz gewöhnlicher Schurke – Falschmünzer, Erpresser, Betrüger und dergleichen –, aber er ist labil. Martel betraut ihn mit den Aufgaben, für die Adus zu dumm ist.«

»Welcher Art ist die Verbindung zwischen Annias und Martel?« erkundigte sich Graf Radun.

»Wahrscheinlich rein geschäftlich, Graf.« Sperber zuckte die Schultern. »Martel ist käuflich und glaubt an nichts. Man munkelt, daß er irgendwo eine halbe Tonne Gold versteckt hat.«

»Ich hatte recht«, sagte Komier unverblümt. »Ihr hättet ihn töten sollen, Vanion!«

»Ich erbot mich dazu«, warf Sperber ein. »Aber Vanion sagte nein.«

»Ich hatte meine Gründe«, entgegnete Vanion.

»Hat es irgend etwas Wichtiges zu bedeuten, daß sich unter dem Trupp, der Graf Raduns Familie ausrotten sollte, Rendorer befanden?« fragte Abriel.

»Wahrscheinlich nicht«, erwiderte Sperber. »Ich kam erst vor kurzem von Rendor zurück. Es gibt dort einen Söldnerverband, ebenso wie in Pelosien, Lamorkand und Cammorien. Martel greift darauf zurück, wann immer er eine größere Schar braucht. Rendorische Söldner gehören keinem besonderen Glauben an, weder dem eshandistischen noch sonst einem.«

»Haben wir ausreichend Beweise gegen Annias, die wir der Hierokratie in Chyrellos vorlegen könnten?« erkundigte sich Darellon.

»Ich fürchte nein«, bedauerte Patriarch Dolmant. »Annias hat viele Stimmen in den oberen Kirchenräten gekauft. Jegliche Anklage müßte mit unanfechtbaren Beweisen belegt werden. Das einzige, was wir bisher haben, ist jedoch lediglich ein belauschtes Gespräch zwischen Krager und Baron Harparin. Annias könnte sich da mühelos herauswinden – oder sich einfach herauskaufen.«

Komier lehnte sich in seinem Sessel zurück und tupfte mit einem Finger ans Kinn. »Ich glaube, der Patriarch hat da den Nagel auf den Kopf getroffen. Solange Annias über das elenische Staatssäckel verfügen kann, ist er in der Lage, seine Komplotte zu finanzieren und sich Unterstützung in der Hierokratie zu erkaufen. Wenn wir nicht wachsam sind, besticht er sich einen Weg bis zur Erzprälatenschaft hinauf. Wir alle ständen ihm dann und wann im Weg, und ich nehme an, sein erster Schritt als Erzprälat wäre, alle vier Kriegerorden aufzulösen. Besteht irgendeine Möglichkeit, zu verhindern, daß er sich weiterhin aus dem Reichsschatz bedient?«

Vanion schüttelte den Kopf. »Er hat das führende Wort im Königlichen Rat – der einzige, der sich ihm widersetzt, ist der Graf von Lenda. Durch Mehrheitsbeschluß erhält er alles Geld, das er braucht.«

»Was ist mit der Königin?« fragte Darellon. »Fügte auch sie sich ihm – ehe sie erkrankte, meine ich?«

»Keineswegs«, erwiderte Vanion. »Aldreas war ein Schwächling, der alles tat, was Annias ihm riet. Ehlana ist ganz anders, und sie verabscheut Annias.« Er zuckte die Schultern. »Aber sie ist krank, und Annias hat freie Hand, bis sie wieder gesund ist.«

Abriel begann tief in Gedanken versunken hin und her zu stapfen. »Das wäre denn unser logischer Kurs, meine Herren. Wir müssen alles tun, um irgendeine Möglichkeit zu finden, Königin Ehlana zu heilen.«

Darellon trommelte auf die polierte Tischplatte. »Annias ist äußerst gerissen. Es dürfte ihm nicht schwerfallen, unsere Pläne zu erraten, und er wird zweifellos alles tun, uns aufzuhalten. Wenn es uns tatsächlich gelingen sollte, eine Möglichkeit zu finden, Ehlana zu heilen, würde das dann nicht das Leben der Königin in Gefahr bringen?«

»Sperber ist der Streiter der Königin, Hochmeister Darellon«, warf Kalten ein. »Er kann sie beschützen – vor allem, wenn ich ihn dabei unterstütze.«

»Irgendwelche Fortschritte, was Heilmittel und dergleichen betrifft, Vanion?« fragte Komier.

»Die hiesigen Ärzte stehen vor einem Rätsel«, antwortete Vanion. »Ich habe jedoch nach anderen geschickt, allerdings ist noch keiner eingetroffen.«

»Ärzte hören nicht immer auf solche Rufe«, bemerkte Abriel. »Und wahrscheinlich vor allem dann nicht, wenn der Vorsitzende des Königlichen Rates daran interessiert ist, daß die Königin *nicht* wieder gesund wird.« Er überlegte. »Die Cyriniker haben gute Beziehungen zu Cammorien. Habt Ihr schon daran gedacht, Eure Königin zur medizinischen Fakultät der Universität von Borrata zu bringen? Es gibt dort Koryphäen gerade im Bereich ungewöhnlicher Krankheiten.«

»Ich fürchte, wir können es nicht wagen, die Kristallhülle um Ehlana aufzulösen«, sagte Sephrenia. »Sie ist gegenwärtig das einzige, was die Königin am Leben erhält. Eine Reise nach Cammorien würde sie nicht überleben.«

Der Hochmeister der cyrinischen Ritter nickte nachdenklich. »Vermutlich habt Ihr recht, Erhabene.«

»Nicht nur das«, fügte Vanion hinzu, »Annias würde nie zulassen, daß wir sie aus dem Palast holen.«

Abriel nickte düster. Er überlegte kurz. »Es gibt eine Alternative. Sie kann natürlich eine gründliche Untersuchung des Patienten durch einen Arzt nicht ersetzen, aber manchmal hilft auch sie – zumindest habe ich davon gehört. Ein erfahrener Arzt kann einer genauen Beschreibung von Symptomen viel entnehmen. Das wäre mein Vorschlag, Vanion. Fertigt eine Liste aller Einzelheiten an, die Ihr über Königin Ehlanas Krankheit wißt, und schickt jemanden damit nach Borrata.«

»Das übernehme ich«, erbot sich Sperber. »Mir liegt auch aus persönlichen Gründen sehr an der Genesung der Königin. Außerdem ist Martel in Cammorien – oder hat sich zumindest angeblich dorthin begeben –, und er und ich haben ein paar Dinge zu klären!«

»Damit kommen wir zu einem anderen Punkt«, sagte Abriel. »In Cammorien herrscht große Unruhe. Jemand wiegelt dort das Volk auf. Es ist im Augenblick nicht gerade der sicherste Ort der Welt.«

Komier lehnte sich wieder zurück. »Meine Herren, was haltet Ihr davon, wenn wir der Welt unsere Einigkeit zeigen?« wandte er sich an die anderen Hochmeister.

»Woran denkt ihr?« fragte Darellon.

»Ich finde, daß wir alle von dieser Sache betroffen sind«, erwiderte Komier. »Es liegt in unser aller Interesse, daß Annias den Thron des Erzprälaten nicht besteigt. Jeder von uns hat Recken, die ihre Kameraden an Geschicklichkeit und Mut überragen. Ich denke, es wäre eine gute Idee, wenn jeder von uns einen dieser Streiter auswählt und zur Unterstützung Sperbers nach Cammorien schickt. Dieser Beistand kann nicht schaden, und die Abordnung von Männern aus allen vier Orden wird die Welt davon überzeugen, daß die Ordensritter in dieser wichtigen Angelegenheit wie ein Mann zusammenstehen.«

»Sehr gut, Komier«, pflichtete Darellon ihm bei. »Es gab in den letzten Jahrhunderten Unstimmigkeiten zwischen den einzelnen Kriegerorden, und zu viele Leute glauben immer noch, daß wir uneins sind.« Er wandte sich an Abriel. »Habt Ihr eine Ahnung, wer hinter den Unruhen in Cammorien steckt?«

»Viele glauben, daß es Otha ist«, erwiderte der Cyriniker. »Er infiltriert seit etwa sechs Monaten die mittleren Reiche.«

»Wißt Ihr«, sagte Komier, »ich fürchte, daß wir irgendwann etwas gegen Otha unternehmen müssen – etwas Endgültiges.«

»Das würde bedeuten, daß wir es mit Azash zu tun bekommen«, gab Sephrenia zu bedenken, »und ich glaube nicht, daß wir das wollen.«

»Können denn die Jüngeren Götter von Styrikum nichts gegen ihn unternehmen?« frage Komier sie.

»Das möchten sie nicht«, erwiderte sie. »Die Kriege der Menschen sind schlimm genug, doch ein Krieg zwischen den Göttern wäre über alle Maßen furchtbar.« Sie blickte Dolmant an. »Der Gott der Elenier soll allmächtig sein. Könnte die Kirche ihn nicht bitten, sich gegen Azash zu stellen?«

»Ich nehme an, das wäre möglich«, entgegnete der Patriarch. »Das Problem ist jedoch, daß die Kirche die Existenz Azashs nicht anerkennt – genausowenig wie die irgendeines anderen styrischen Gottes. Es ist eine Frage der Theologie.«

»Wie kurzsichtig!«

Dolmant lachte. »Meine teure Sephrenia, ich dachte, Ihr wüßtet, daß dies das Wesen des kirchlichen Verstandes ist. Wir sind alle so. Wir finden eine Wahrheit und klammern uns daran. Allem anderen verschließen wir die Augen. Es verhindert Verwirrung.« Er blickte sie interessiert an. »Verratet mir, Sephrenia, welchen heidnischen Gott betet Ihr an?«

»Das darf ich nicht«, antwortete Sephrenia ernst. »Ich sage nur so viel, daß es kein Gott ist. Ich diene einer Göttin.«

»Eine weibliche Gottheit? Welch absurde Vorstellung!«

»Nur für einen Mann, Dolmant. Für Frauen ist das ganz natürlich.«

»Ist da noch irgend etwas, das wir wissen sollten, Vanion?« fragte Komier.

»Ich glaube, wir haben an alles gedacht, Komier.« Vanion blickte Sperber an. »Fällt Euch noch etwas ein?«

Sperber schüttelte den Kopf. »Nein, ich glaube nicht.«

»Was ist mit diesem Styriker, der die Kirchensoldaten auf uns gehetzt hat?« erinnerte ihn Kalten.

»Stimmt, das hatte ich fast vergessen«, gestand Sperber. »Das war etwa zu der Zeit, als ich Krager und Harparin belauschte. Kalten und ich waren verkleidet, doch ein Styriker durchschaute unsere Maskerade. Kurz darauf wurden wir von Annias' Männern überfallen.«

»Ihr glaubt, es bestand eine Verbindung?« fragte Komier.

Sperber nickte. »Der Styriker schlich mir bereits seit mehreren Tagen nach, und ich bin ziemlich sicher, daß er die Soldaten auf Kalten und mich hetzte. Das deutet auf eine Verbindung zu Annias hin.«

»Das ist nur eine Vermutung, Sperber. Annias ist für seine Abneigung gegenüber Styrikern bekannt.«

»Die jedoch nicht groß genug ist, auf ihre Hilfe zu verzichten, wenn er glaubt, daß er sie braucht. Er wendet Magie an, dabei habe ich ihn zweimal ertappt.«

»Ein Kirchenmann?« rief Dolmant erstaunt. »Das ist strengstens verboten!«

»Genauso wie das Komplott gegen Graf Radun es war, Eminenz. Ich glaube nicht, daß Annias sich an irgendwelche Bestimmungen hält. Er ist nicht gerade ein fähiger Magier, doch allein die Tatsache, daß er weiß, wie Magie gehandhabt wird, beweist, daß er unterrichtet wurde, und das kann nur ein Styriker getan haben.«

Darellon verschränkte die schlanken Finger vor sich auf dem Tisch. »Es gibt solche Styriker und andere«, bemerkte er. »Wie Abriel bereits erwähnte, kam es in letzter Zeit in den mittleren Reichen zu styrischen Einwanderungen, hauptsächlich aus Zemoch. Wenn Annias einen Styriker suchte, ihn in die Geheimnisse einzuweisen, könnte er durchaus an den Falschen geraten sein.«

»Wäre es möglich, daß Ihr die Dinge noch komplizierter seht, als sie sind, Darellon?« meinte Dolmant. »Nicht einmal Annias würde etwas mit Otha zu tun haben wollen.«

»Vorausgesetzt, er *weiß*, daß er es mit Otha zu tun hat!«

»Meine Herren«, sagte Sephrenia eindringlich, »bedenkt, was sich heute vormittag zutrug. Hätte sich auch nur einer von Euch – oder den Königen, denen Ihr dient – von den durchsichtigen Anschuldigungen des Primas Annias täuschen lassen? Sie waren plump, ja kindisch. Ihr Elenier seid ein feinsinniges, intelligentes

Volk. Wenn Euer Verstand wach gewesen wäre, hättet ihr über Annias' närrische Versuche gelacht, die Pandioner in Verruf zu bringen. Doch das habt Ihr nicht. Ebensowenig Eure Könige. Und Annias, der so listig wie eine Schlange ist, trug seinen Fall vor, als hielte er ihn für einen Geniestreich.«

»Worauf wollt Ihr hinaus, Sephrenia?« fragte Vanion.

»Ich finde, wir sollten uns näher mit Hochmeister Darellons Überlegungen befassen. Die Vorstellung heute morgen hätte einen Styriker überzeugt. Wir sind ein einfaches Volk, und unseren Magiern fällt es nicht schwer, uns zu ihrer Denkart zu bekehren. Ihr Elenier seid skeptischer, logischer. Ihr laßt euch nicht so leicht täuschen – außer ihr wurdet unmerklich beeinflußt.«

Dolmant beugte sich vor. Seine Augen verrieten, daß er durchaus zu einem Wettstreit in Logik bereit war. »Aber Annias ist ebenfalls Elenier, noch dazu mit einem Verstand, der in theologischen Streitgesprächen geschult ist. Weshalb hätte er dann so plump vorgehen sollen?«

»Ihr geht davon aus, daß Annias heute morgen aus eigenem Antrieb sprach, Dolmant. Ein styrischer Zauberer – oder jemand, der von einem solchen beherrscht wird – würde seinen Fall auf eine Weise vortragen, die ein einfacher Styriker verstehen kann, und sich dann darauf verlassen, daß seine Magie überzeugt.«

»Benutzte etwa jemand diese Art von Magie in der Ratskammer?« erkundigte sich Darellon mit besorgter Miene.

»Ja«, antwortete sie leise.

»Ich glaube, wir kommen vom Thema ab«, warf Komier ein. »Wir müssen zusehen, daß Sperber sich sofort auf den Weg nach Borrata macht. Je schneller wir eine Möglichkeit finden, Königin Ehlana zu heilen, desto schneller können wir die Bedrohung durch Annias völlig beseitigen. Sobald ihm der Zugang zur Schatzkammer verwehrt ist, ist es mir gleich, mit wem – oder was – er paktiert.«

»Macht Euch zum Aufbruch bereit, Sperber«, riet Vanion. »Ich werde inzwischen die Symptome der Krankheit Ehlanas niederschreiben.«

»Das ist nicht nötig, Vanion«, wandte Sephrenia ein. »Ich kenne ihren Zustand viel besser als Ihr.«

»Aber Ihr könnt nicht schreiben, Sephrenia«, erinnerte er sie.

»Das ist ebenfalls nicht nötig, Vanion«, antwortete sie mit verschmitztem Lächeln. »Ich werde den Ärzten von Borrata die Symptome persönlich darlegen.«

»Ihr wollt Sperber begleiten?« staunte Vanion.

»Natürlich. Da ist so einiges im Gange, das offenbar gegen ihn gerichtet ist. Er braucht vielleicht meine Hilfe, wenn er in Cammorien ist.«

»Ich komme ebenfalls mit!« erklärte Kalten. »Wenn Sperber Martel in Cammorien stellt, möchte ich dabei sein.« Er grinste seinen Freund an. »Ich überlasse dir Martel«, bot er ihm an, »wenn du mir Adus überläßt.«

»Das wäre akzeptabel«, antwortete Sperber.

»Ihr kommt auf Eurem Weg nach Borrata durch Chyrellos«, sagte nun Dolmant. »Ich werde bis dorthin mit Euch reiten.«

»Das ist uns eine Ehre, Eminenz.« Sperber blickte Graf Radun fragend an. »Möchtet Ihr mitkommen, Graf?«

»Nein. Trotzdem danke für das Angebot, Ritter Sperber. Ich kehre mit meinem Neffen und Hochmeister Abriel nach Arzium zurück.«

Mit leicht gerunzelter Stirn sagte Komier: »Ich möchte Euch nicht aufhalten, Sperber, aber Darellon hat recht. Annias ahnt bestimmt, wie unser nächster Schritt aussieht. Es gibt nicht sehr viele medizinische Forschungszentren in Eosien. Wenn dieser Martel sich bereits in Cammorien aufhält und noch Anweisungen von Annias bekommt, wird er zweifellos alles tun, um zu verhindern, daß Ihr Borrata erreicht. Ich halte es für das beste, wenn Ihr in Chyrellos wartet, bis sich Euch dort die erwählten Ritter unserer anderen Orden anschließen können. Es hilft manchmal, Schwierigkeiten zu vermeiden, wenn man seine Überlegenheit zur Schau stellt.«

»Das ist eine ausgezeichnete Idee«, stimmte Vanion zu. »Die anderen können sich im pandionischen Ordenshaus in Chyrellos mit ihm treffen und dann gemeinsam weiterreiten.«

Sperber stand auf. »Das wär's dann wohl.« Er blickte Sephrenia an. »Laßt Ihr Flöte hier?«

»Nein, sie kommt mit.«

»Es wird gefährlich werden«, warnte er.
»Ich kann sie beschützen, falls sie Schutz braucht. Außerdem liegt die Entscheidung nicht bei mir.«
»Macht es nicht Spaß, sich mit der ehrwürdigen Sephrenia zu unterhalten?« fragte Kalten. »Man ist richtig gefordert, wenn man zu deuten versucht, was sie meint.«
Sperber überging es.

Als sie gerade aufsitzen wollten, um loszureiten, kam der Novize Berit auf den Hof und meldete Sperber: »Am Tor steht ein lahmer Betteljunge. Er behauptet, er müsse Euch etwas sehr Dringendes mitteilen.«
»Laßt ihn ein«, bat Sperber.
Berit wirkte schockiert.
»Ich kenne den Jungen«, versicherte ihm Sperber. »Er arbeitet für mich.«
»Wie Ihr wünscht, Ritter Sperber.« Berit verbeugte sich und kehrte zum Tor zurück.
»Ach Berit«, rief ihm Sperber nach.
»Herr?«
»Geht nicht zu dicht neben dem Jungen. Er ist ein Dieb und kann Euch unbemerkt alles stehlen, was Ihr bei Euch tragt, noch ehe Ihr zehn Schritte getan habt.«
»Ich werde daran denken.«
Ein paar Minuten später kam Berit mit Talen wieder.
»Ich habe ein Problem, Sperber«, sagte der Junge.
»So?«
»Einige von des Primas Männern haben anscheinend herausgefunden, daß ich Euch geholfen habe. Sie suchen bereits ganz Cimmura nach mir ab.«
»Ich habe dir gesagt, daß du dich in Schwierigkeiten bringen wirst!« knurrte Kurik. Dann blickte er Sperber an. »Was machen wir mit ihm? Ich möchte nicht, daß sie ihn ins Domverlies werfen.«
Sperber kratzte sich am Kinn. »Wir werden ihn wohl mitnehmen müssen. Zumindest bis Demos.« Plötzlich grinste er. »Wir können ihn bei Aslade und den Jungs lassen.«

»Bist du wahnsinnig, Sperber?«

»Ich dachte, du wärst begeistert, Kurik.«

»Das ist das Lächerlichste, was ich je gehört habe.«

»Möchtest du denn nicht, daß er seine Brüder kennenlernt?« Sperber blickte den Jungen an. »Wieviel hast du Berit geklaut?« fragte er den Dieb streng.

»Gar nicht viel, ehrlich.«

»Gib ihm alles zurück!«

»Ihr enttäuscht mich sehr, Sperber.«

»Das Leben ist voller Enttäuschungen. Gib es jetzt zurück!«

11

Es war bereits Nachmittag, als sie über die Zugbrücke auf die Straße ritten, die nach Demos und darüber hinaus führte. Immer noch blies der Wind, doch es hatte aufgeklart. Es herrschte lebhafter Verkehr auf dieser langen Landstraße. Fuhrwerke und Karren ratterten daher. Bauern in einfachen braunen und grauen Kitteln schleppten ihre Erzeugnisse in Säcken auf Schulter und Rücken zu den Märkten von Cimmura.

Der schneidende Winterwind drückte das gelbe Gras an den Straßenrändern zu Boden. Sperber ritt ein paar Schritte vor den anderen, und die Reisenden, die nach Cimmura unterwegs waren, machten ihm Platz. Faran stolzierte und tänzelte, während die anderen ruhig dahintrotteten.

»Euer Pferd ist etwas unruhig, Sperber«, bemerkte Patriarch Dolmant, der über seiner Soutane einen dicken schwarzen Umhang trug.

»Er will bloß angeben«, entgegnete Sperber über die Schulter. »Er bildet sich ein, er könnte mich damit beeindrucken.«

»So beschäftigt er sich, bis sich eine Gelegenheit ergibt, jemanden zu beißen.« Kalten lachte.

»Er ist wohl sehr angriffslustig?«

»Das muß ein Streitroß sein, Eminenz«, erwiderte Sperber. »Sie werden für den Kampf gezüchtet. Nur ist man in Farans Fall wohl etwas zu weit gegangen.«

»Hat er Euch schon mal gebissen?«

»Einmal. Daraufhin erklärte ich ihm, daß er das lieber nicht mehr tun sollte.«

»Erklärte?«

»Ich benutzte dazu einen dicken Prügel. Er verstand sofort, was ich meinte.«

»Wir werden vor Einbruch der Dunkelheit nicht mehr sehr weit kommen, Sperber«, rief Kurik, der mit ihren zwei Lastpferden am Schluß ritt. »Wir sind spät aufgebrochen. Etwa drei Meilen vor uns liegt ein Gasthaus. Was hältst du davon, wenn wir dort übernachten und morgen ganz früh aufbrechen?«

»Ich bin auch dafür, Sperber«, stimmte Kalten zu. »Ich habe keine große Lust mehr, auf dem gefrorenen Boden zu schlafen.«

»Also gut.« Sperber war einverstanden. Er schaute nach Talen, der auf einem müde aussehenden Falben neben Sephrenias Schimmelzelter ritt. Der Junge spähte immer wieder besorgt über die Schulter. »Du bist erstaunlich still«, sagte er zu ihm.

»Junge Leute sollen in Gegenwart von Älteren nur reden, wenn sie gefragt werden, Sperber«, antwortete Talen schlagfertig. »Das hat man mir in der Schule beigebracht, auf die Kurik mich geschickt hat. Ich versuche mich daran zu erinnern – wenn ich es für sinnvoll halte.«

»Das Bürschchen ist naseweis!« bemerkte Dolmant.

»Und ein Dieb, Eminenz«, warnte Kalten. »Kommt ihm nicht zu nah, falls Ihr irgendwelche Wertsachen bei Euch tragt.«

Dolmant sah den Jungen streng an. »Ist dir denn nicht bewußt, daß die Kirche das Stehlen verdammt?«

»Doch.« Talen seufzte. »Ich weiß. Die Kirche beweist in solchen Dingen wenig Toleranz.«

»Hüte deine Zunge!« schnaubte Kurik.

»Ich kann sie nicht sehen. Die Nase ist im Weg.«

»Die Unverfrorenheit des Jungen ist vielleicht verständlich«, sagte Dolmant nachsichtig. »Ich bezweifle, daß er viel über Gebote oder Sittlichkeit gelernt hat.« Er seufzte. »In vieler Hinsicht sind die armen Straßenkinder so heidnisch wie die Styriker.« Er blickte ein wenig verlegen lächelnd auf Sephrenia, vor der Flöte, in einen alten Umhang gewickelt, im Sattel saß.

»Das stimmt nicht ganz, Eminenz«, widersprach Talen. »Ich besuche den Gottesdienst regelmäßig und höre mir die Predigten aufmerksam an.«

»Erstaunlich«, sagte der Patriarch.

»Eigentlich nicht«, widersprach Talen aufs neue. »Die meisten Diebe gehen in die Kirche. Opferstock und Klingelbeutel haben so allerlei zu bieten.«

Dolmant blickte ihn entsetzt an.

»Seht es so, Eminenz«, erklärte Talen mit gespieltem Ernst, »die Kirche verteilt Geld an die Armen, nicht wahr?«

»Selbstverständlich.«

»Nun, ich bin einer der Armen, also nehme ich mir meinen Teil, wenn der Klingelbeutel an mir vorbeikommt. Das erspart der Kirche die Zeit und Mühe, nach mir zu suchen, um mir das Geld zu geben. Ich helfe gern, wo ich kann.«

Dolmant starrte ihn an, dann lachte er plötzlich laut heraus.

Einige Meilen weiter sahen sie eine Schar Leute, deren grobe Kittel sie als Styriker auswiesen. Kaum hatten sie Sperber und seinen Trupp erblickt, rannten sie verängstigt in die nächste Wiese.

»Wovor fürchten sie sich?« fragte Talen verwundert.

»Neuigkeiten verbreiten sich in Styrikum rasch«, antwortete Sephrenia. »Es gab da in letzter Zeit gewisse Vorfälle.«

»Vorfälle?«

Sperber erzählte ihm knapp von der styrischen Ortschaft, auf die sie in Arzium gestoßen waren. Talen wurde blaß. »Das ist ja ungeheuerlich!« rief er.

»Die Kirche versucht seit Jahrhunderten mit dergleichen aufzuräumen«, sagte Dolmant bedrückt.

»Ich glaube, wir haben in jenem Teil von Arzium ziemlich wirkungsvoll damit aufgeräumt«, versicherte ihm Sperber. »Ich sandte einen Trupp aus, um die dafür Verantwortlichen zu bestrafen.«

»Habt Ihr sie aufgehängt?« fragte Talen heftig.

»Das wollte Sephrenia nicht zulassen, also peitschten meine Männer sie statt dessen aus.«

»Das war alles?«

»Sie benutzten Dornbüsche als Peitschen. In Arzium werden die Stacheln sehr lang, und ich wies meine Männer an, gründlich zu sein.«

»Ein wenig drastisch«, sagte Dolmant.

»Wir fanden es zu dem Zeitpunkt sehr passend, Eminenz. Die Ordensritter haben eine enge Beziehung zu Styrikern, und wir haben etwas gegen Leute, die unsere Freunde mißhandeln.«

Die blasse Wintersonne glitt in eine rotgetönte Wolkenbank, als sie an einem heruntergekommenen Gasthof an der Straße ankamen. Sie aßen eine nicht sehr zufriedenstellende Mahlzeit, bestehend aus dünner Suppe und fettem Hammelfleisch, und gingen früh schlafen.

Der folgende Morgen war klar und kalt, die Straße eisenhart gefroren und das Farnkraut an beiden Seiten weiß von Reif. Obwohl die Sonne blendend schien, strahlte sie kaum Wärme aus. Fest in die Umhänge gehüllt, um sich vor der beißenden Kälte zu schützen, trabte der kleine Trupp dahin.

Die Straße schlängelte sich über die Hügel und durch die Täler von Mittelelenien und teilte brachliegende Felder. Sperber schaute sich im Sattel interessiert um. Kalten und er waren in diesem Landesteil aufgewachsen und wie jeder, der nach vielen Jahren an den Ort seiner Kindheit zurückkehrt, hatte er das Gefühl heimzukommen. Die Selbstzucht, die zur Ausbildung eines Pandioners gehörte, veranlaßte Sperber für gewöhnlich, jegliche Art von Gefühlsduselei zu unterdrücken, doch obwohl er sich dagegen wehrte, berührten ihn gewisse Dinge manchmal tief.

Am Vormittag rief Kurik nach vorn: »Hinter uns ist ein Reiter, der es offenbar sehr eilig hat.«

Sperber zügelte Faran und drehte ihn herum. »Kalten!« sagte er.

»In Ordnung«, antwortete der blonde Mann und öffnete den Umhang, um den Schwertgriff schnell packen zu können.

Auch Sperber legte sein Schwert frei, und die beiden ritten mehrere hundert Meter zurück, dem Fremden entgegen, um ihn nötigenfalls aufzuhalten.

Ihre Vorsichtsmaßnahme erwies sich jedoch als überflüssig. Der Reiter war der junge Novize Berit. Er trug einen einfachen Umhang, und seine Hände und Handgelenke waren von der Kälte aufgerissen. Sein Pferd jedoch war schweißüberströmt und dampfte. Er zügelte es und kam im Schritt auf sie zu. »Ich habe eine Botschaft von Hochmeister Vanion für Euch, Ritter Sperber«, sagte er.

»Was gibt es?« fragte ihn Sperber.

»Der Königliche Rat hat Prinz Lycheas als ehelich anerkannt.«

»Er hat *was*?«

»Als die Könige von Thalesien, Deira und Arzium darauf beharrten, daß ein Bastard nicht Prinzregent sein könne, berief Primas Annias den Rat ein, und der erklärte den Prinzen für ehelich. Der Primas legte eine Urkunde vor, die besagte, daß Prinzessin Arissa mit Herzog Osten von Vardenais vermählt gewesen war.«

»Das ist absurd!« rief Sperber wütend.

»Genau das dachte auch Vanion. Die Urkunde schien jedoch echt zu sein, und Herzog Osten starb bereits vor Jahren; daher gab es keine Möglichkeit, die Behauptung zu widerlegen. Der Graf von Lenda prüfte das Pergament eingehend, und schließlich mußte auch er Lycheas anerkennen.«

Sperber fluchte.

»Ich kannte Herzog Osten«, warf Kalten ein. »Er war eingefleischter Junggeselle und hat ganz gewiß nicht geheiratet. Er galt als absoluter Frauenfeind!«

»Gibt es ein Problem?« erkundigte sich Dolmant, der mit Sephrenia, Kurik und Talen ebenfalls umgekehrt war.

»Der Königliche Rat hat Lycheas für ehelich erklärt«, berichtete Kalten. »Annias hat dem Rat eine Heiratsurkunde von Prinzessin Arissa vorgelegt.«

»Wie merkwürdig«, murmelte Dolmant.

»Und wie gelegen«, fügte Sephrenia hinzu.

»Könnte das Dokument eine Fälschung sein?« fragte Dolmant.

»Ohne weiteres, Eminenz«, versicherte ihm Talen. »Ich kenne jemand in Cimmura, der Euch den unwiderlegbaren Beweis anfertigen könnte, daß der Erzprälat Cluvonus neun Gemahlinnen hat – darunter eine Trollin und eine menschenfressende Riesin.«

»Tja, jetzt ist es passiert«, sagte Sperber, »und es bringt Lycheas einen Schritt näher an den Thron, fürchte ich.«

»Wann ist das geschehen, Berit?« fragte Kurik den Novizen.

»Gestern, spätabends.«

Kurik kratzte sich am Bart. »Prinzessin Arissa ist im Kloster in Demos. Wenn Annias diese Idee erst kürzlich gekommen ist, weiß sie vielleicht gar nicht, daß sie verheiratet ist.«

»Verwitwet«, berichtigte Berit.

»Na gut, dann eben verwitwet. Arissa war stolz darauf, daß sie so gut wie mit jedem Mann in Cimmura geschlafen hat – verzeiht, Eminenz – und daß sie es unter ihren Bedingungen tat, ohne je vor den Traualtar zu treten. Wenn jemand es richtig anstellte, dürfte es nicht allzu schwierig sein, sie dazu zu bringen, eine Bestätigung zu unterschreiben, daß sie nie verheiratet war. Würde das den Triumph nicht trüben?«

»Wo hast du diesen Mann gefunden, Sperber?« fragte Kalten bewundernd. »Er ist unbezahlbar.«

Sperbers Gedanken überschlugen sich. »Ehelichkeit – oder Unehelichkeit – untersteht dem Zivilrecht, da es mit Erbrecht und dergleichen zusammenhängt. Die Hochzeitszeremonie ist jedoch immer Sache der Kirche, nicht wahr, Eminenz?«

»Ja«, bestätigte Dolmant.

»Wenn Ihr und ich diese Bestätigung, von der Kurik gerade sprach, von Arissa bekämen, wäre es da möglich, daß die Kirche eine schriftliche Erklärung ihres Ledigenstandes ausstellt?«

Dolmant dachte darüber nach. »Es wäre sehr ungewöhnlich.«

»Aber es *ist* möglich?«

»Ich nehme es an, ja.«

»Dann könnte die Kirche Annias befehlen, seine gefälschte Urkunde zurückzuziehen, richtig?«

»Natürlich.«

Sperber wandte sich an Kalten. »Wer hat Herzog Ostens Ländereien und Titel geerbt?«

»Sein Neffe – ein Paradebeispiel von einem Dummkopf. Er ist ungemein beeindruckt von seinem Herzogtum, und er wirft das Geld schneller aus dem Fenster, als es hereinkommt.«

»Wie würde er reagieren, wenn man ihn plötzlich enterbte und Lycheas Land und Titel bekäme?«

»Man würde sein Wutschreie bis nach Thalesien hören!«

Ein bedächtiges Lächeln zog über Sperbers Gesicht. »Ich kenne einen ehrlichen Richter in Vardenais, und diese Angelegenheit fiele unter seine Gerichtsbarkeit. Wenn der gegenwärtige Herzog den Fall vor Gericht brächte und wenn er die Erklärung der Kirche zur Unterstützung seiner Position vorlegte, würde der Richter doch zu seinen Gunsten entscheiden, oder nicht?«

Kalten grinste breit. »Er hätte gar keine andere Wahl.«

»Würde das Lycheas nicht quasi wieder die Legalität nehmen?«

Dolmant lächelte. Dann setzte er eine salbungsvolle Miene auf. »Beeilen wir uns, nach Demos zu kommen, meine Freunde. Ich verspüre ein plötzliches Bedürfnis, das Geständnis einer bestimmten Sünderin zu hören.«

»Wißt ihr was?« sagte Talen. »Ich habe mir bisher eingebildet, daß Diebe die hinterlistigsten Leute auf der Welt sind, aber verglichen mit Edlen und Kirchenherren sind wir armselige Stümper.«

»Was würde Platime in diesem Fall tun?« fragte ihn Kalten, als sie ihren Weg fortsetzten.

»Er würde Lycheas mit einem Messer durchlöchern.« Talen zuckte die Schultern. »Tote Bastarde können keinen Thron erben, richtig?«

Kalten lachte. »Ich muß zugeben, das hat etwas für sich.«

»Man kann Probleme nicht durch Mord lösen, Kalten«, sagte Dolmant mißbilligend.

»Aber Eminenz, wer spricht denn von Mord? Ordensritter sind Soldaten Gottes. Wenn Gott uns anweist, jemanden zu töten, ist das Glaubenssache, nicht Mord. Meint Ihr, die Kirche sähe eine Möglichkeit, Sperber und mir zu befehlen, Lycheas vor Gottes Gericht zu bringen – und Annias – und Otha, wenn wir schon dabei sind?«

»Auf keinen Fall!«

Kalten seufzte. »War ja auch nur so eine Idee.«

»Wer ist Otha?« erkundigte sich Talen neugierig.

»Wo bist du denn aufgewachsen, Junge?« fragte ihn Berit.

»Auf der Straße.«

»Selbst auf der Straße mußt du doch vom Kaiser von Zemoch gehört haben!«

»Wo ist Zemoch?«

»Wenn du in der Schule geblieben wärst, in die ich dich geschickt habe, wüßtest du es!« knurrte Kurik.

»Schulen langweilen mich, Kurik«, entgegnete der Junge. »Man hat monatelang versucht, mir das Alphabet beizubringen. Nachdem ich gelernt hatte, meinen Namen zu schreiben, war ich der Meinung, daß es genügte.«

»Deshalb weißt du nicht, wo Zemoch ist – oder weshalb Otha dich vielleicht umbringen wird.«

»Warum sollte mich irgend jemand, den ich gar nicht kenne, umbringen wollen?«

»Weil du ein Elenier bist!«

»Alle sind Elenier – außer natürlich die Styriker.«

»Der Junge hat noch viel zu lernen«, bemerkte Kalten. »Jemand sollte sich seiner annehmen.«

»Wenn Ihr gestattet, meine Herren«, sagte Berit gewählt – Sperber nahm an, hauptsächlich deshalb, weil der hochwürdige Patriarch von Demos anwesend war –, »ich weiß, daß Ihr mit dringlichen Angelegenheiten beschäftigt seid. Ich war nie mehr als ein einigermaßen guter Schüler in Geschichte, aber ich bin gern bereit, diesem Bengel zumindest das Wesentlichste in diesem Fach beizubringen.«

»Ich liebe es, diesem jungen Mann zuzuhören«, bemerkte Kalten. »Seine Ausdrucksweise ist eine wahre Freude.«

»Bengel?« entrüstete sich Talen.

Berits Miene blieb unbewegt. Mit fast gleichmütigem Rückhandschlag warf er Talen aus dem Sattel. »Das erste, was du lernen mußt, junger Mann, ist Respekt vor deinem Lehrer. Stelle seine Worte nie in Frage!«

Wütend und mit einem kleinen Dolch in der Hand sprang Talen auf. Berit lehnte sich in seinem Sattel zurück und versetzte ihm einen so heftigen Tritt gegen die Brust, daß der Junge nach Luft rang.

»Findest du nicht auch, daß Lernen etwas Schönes ist?« wandte sich Kalten an Sperber.

»Und jetzt klettere wieder auf dein Pferd«, befahl Berit, »und paß gut auf! Ich werde dich hin und wieder prüfen, und wehe, wenn deine Antworten nicht stimmen!«

»Läßt du ihm das durchgehen?« fragte Talen seinen Vater hoffnungsvoll.

Kurik grinste nur.

»Das ist gemein!« beschwerte sich Talen, während er wieder aufsaß. Er wischte sich die blutende Nase ab. »Seht Ihr, was Ihr da getan habt?« wandte er sich anklagend an Berit.

»Drück einen Finger an die Oberlippe«, wies ihn Berit an, »und sprich nicht mehr ohne Erlaubnis.«

»Wa-as?« rief Talen ungläubig.

Berit hob die Faust.

»Na gut. Na gut.« Unwillkürlich wich Talen zurück. »Fangt schon an. Ich werde zuhören.«

»Ich freue mich immer über die Wißbegierde junger Menschen«, sagte Dolmant väterlich.

Und so begann Talens Bildung auf dem Weg nach Demos. Zunächst hörte er nur mürrisch zu, doch nachdem er Berit mehrere Stunden gelauscht hatte, riß ihn die Geschichte mit. »Darf ich Fragen stellen?« bat er schließlich.

»Selbstverständlich«, versicherte ihm Berit.

»Ihr habt gesagt, daß es damals keine Königreiche gab, nur eine Menge Herzogtümer und dergleichen?«

Berit nickte.

»Wie gelang es dann diesem Abrech von Deira im fünfzehnten Jahrhundert, die Herrschaft über das ganze Land zu gewinnen? Bekämpften ihn die anderen Edelleute?«

»Abrech unterstanden die Eisenbergwerke von Mitteldeira. Seine Krieger verfügten über Stahlwaffen und Rüstungen, während ihre Gegner mit Bronze- oder gar Feuersteinwaffen kämpften.«

»Das ist natürlich ein Unterschied.«

»Nachdem er Deira fest in der Hand hatte, wandte er sich gen Süden in das Gebiet, das jetzt Elenien ist. Er brauchte nicht lange, es zu erobern. Danach zog er noch weiter südwärts ins jetzige Arzium und brachte das Land ebenfalls unter seine Herrschaft. Daraufhin nahm er sich Mitteleosien vor: Cammorien, Lamorkand und Pelosien.«

»Hat er ganz Eosien erobert?«

»Nein. Zu jener Zeit erstand die eshandistische Irrlehre in Rendor, und Abrech ließ sich von der wahren Kirche überzeugen, daß es nötig war, den Irrglauben auszurotten.«

»Ich habe von den Eshandisten gehört«, sagte Talen, »aber ich bekam nie so ganz mit, woran sie wirklich glaubten.«

»Eshand war antihierarchisch.«

»Was heißt das?«

»Die Hierarchie besteht aus hohen Kirchenherren: Primassen, Patriarchen und dem Erzprälaten. Eshand bestand darauf, daß die Priester theologische Fragen ihrer Kongregationen selbst entscheiden sollten und die Hierokratie aufgelöst werden müsse.«

»Jetzt kann ich verstehen, daß die hohen Kirchenmänner gegen ihn waren.«

»Jedenfalls scharte Abrech eine gewaltige Armee aus Kriegern von West- und Mitteleosien um sich, um sie gegen Rendor zu führen. Seine Augen waren zum Himmel gerichtet, und als die Grafen und Herzöge der von ihm eroberten Länder ihn um Stahlwaffen ersuchten – um wirkungsvoller gegen die Ketzer kämpfen zu können, wie sie sagten –, gab er sie ihnen, ohne an die Folgen zu denken. Es kam zu mehreren Schlachten, aber dann zerfiel Abrechs Reich plötzlich. Jetzt, wo auch sie über die gut entwickelte Waffenschmiedekunst verfügten, die bisher von den Deiranern geheimgehalten worden war, sahen sich die Edelleute von West- und Mitteleosien nicht mehr gezwungen, sich Abrech zu unterstellen. Elenien und Arzium erklärten ihre Unabhängigkeit, und Cammorien, Lamorkand und Pelosien entwickelten sich zu mächtigen Königreichen. Abrech fiel in einer Schlacht gegen die Eshandisten in Südcammorien.«

»Was hat all das mit Zemoch zu tun?«

»Dazu komme ich noch.«

Talen blickte zu Kurik hinüber. »Weißt du«, sagte er, »das ist eine interessante Geschichte. Warum hat sie niemand in der Schule erzählt, in die du mich gesteckt hast?«

»Wahrscheinlich bist du nicht lange genug geblieben.«

»Das wäre natürlich möglich.«

»Wie weit ist es noch bis Demos?« fragte Kalten und blinzelte in die Spätnachmittagssonne, um die Zeit abzuschätzen.

»Etwa fünfunddreißig Meilen«, antwortete Kurik.

»Das ist unmöglich vor Einbruch der Nacht zu schaffen. Gibt es eine Herberge oder einen Gasthof in der Nähe?«

»Ein Stück weiter ist ein Dorf mit einem Gasthof.«

»Was meinst du, Sperber?« fragte ihn Kalten.

»Kehren wir dort ein«, stimmte Sperber zu. »Es wäre auch für die Pferde nicht gut, bei dieser Kälte die ganze Nacht durchzureiten.«

Als sie eine lange Steigung zu dem Dorf hochtrotteten, warf die Sonne ihre Schatten weit voraus, bis sie hinter ihnen unterging. Das Dorf war klein, und die strohgedeckten Steinhäuser standen eng aneinandergereiht zu beiden Straßenseiten. Das Wirtshaus am Dorfende war nicht viel mehr als eine Schankstube mit einem Schlafboden unter dem Dach im ersten Stock. Das Abendessen, das ihnen hier vorgesetzt wurde, war jedoch viel schmackhafter als das in dem größeren Gasthof, in dem sie in der Nacht zuvor abgestiegen waren.

»Besuchen wir in Demos das Mutterhaus?« fragte Kalten Sperber, nachdem sie in der niedrigen Wirtsstube gegessen hatten.

Sperber überlegte.

»Es wird wahrscheinlich beobachtet«, sagte er schließlich. »Daß wir den Patriarchen nach Chyrellos geleiten, gibt uns einen Grund, durch Demos zu kommen, aber ich möchte lieber nicht, daß jemand sieht, wie Seine Eminenz und ich das Kloster aufsuchen, um mit Arissa zu reden. Wenn Annias zu ahnen beginnt, was wir vorhaben, wird er alles daransetzen, uns aufzuhalten. Kurik, könntest du uns in deinem Haus unterbringen?«

»Auf dem Dachboden und dem Heuboden wäre Platz.«

»Gut. Dann schlüpfen wir dort unter.«

»Aslade wird sich freuen.« Plötzlich wirkte er besorgt. »Könnte ich kurz unter vier Augen mit dir reden, Sperber?«

Sperber schob seinen Hocker zurück und folgte seinem Knappen zur hinteren Seite der mit Fliesen ausgelegten Stube.

»Du hast es doch nicht wirklich ernst gemeint, daß du Talen bei Aslade lassen willst?« fragte Kurik leise.

»Nein«, antwortete Sperber. »Ich glaube nicht. Du hast recht, daß es sie sehr unglücklich machen würde, wenn sie von deinem Fehltritt erführe, und Talen hat ein sehr loses Mundwerk. Es könnte ihm schon etwas entschlüpfen.«

»Was willst du dann mit ihm tun?«

»Da bin ich mir noch nicht schlüssig. Berit ist recht gut mit ihm zurechtgekommen.«

Kurik lächelte. »Ich glaube, das ist das erste Mal in seinem Leben, daß Talen an jemand geraten ist, der seine Frechheiten nicht durchgehen läßt. Diese Lektion ist vielleicht wichtiger als alles, was er über Geschichte lernt.«

»Das denke ich auch.« Sperber warf einen raschen Blick auf den Novizen, der sich respektvoll mit Sephrenia unterhielt. »Ich glaube, daß Berit einen sehr guten Pandioner abgeben wird. Er hat Charakter, ist intelligent, und bei dem Kampf in Arzium hat er sich sehr gut geschlagen.«

»Er kämpfte zu Fuß«, sagte Kurik. »Wir werden mehr wissen, wenn wir sehen, wie er mit der Lanze umgehen kann.«

»Kurik, du hast eine sture Ausbilderseele.«

»Jemand muß sich ja schließlich auch darum kümmern!«

Auch am nächsten Morgen war es bitterkalt, und der Atem der Pferde dampfte, als sie aufbrachen. Nach etwa einer Meile nahm Berit seinen Unterricht wieder auf. »Also gut«, wandte er sich an Talen, »erzähl, was du gestern gelernt hast.«

Talen hatte sich in einen geflickten grauen Umhang gehüllt, der Kurik gehört hatte, und zitterte vor Kälte, aber er rasselte herunter, was Berit am Tag zuvor erzählt hatte. Und soweit Sperber es beurteilen konnte, mit genau denselben Worten.

»Du hast ein ausgezeichnetes Gedächtnis, Talen«, lobte ihn Berit.

»Reine Gewohnheit«, entgegnete Talen mit ungewohnter Bescheidenheit. »Manchmal muß ich Botschaften von Platime übermitteln, also habe ich gelernt, wie man sich was merkt.«

»Wer ist Platime?«

»Der beste Dieb von Cimmura – zumindest ehe er so fett wurde.«

»Verkehrst du mit Dieben?«

»Ich bin selbst ein Dieb, Berit. Es ist ein alter ehrenwerter Stand.«

»Ehrenwert wohl kaum!«

»Das hängt von der persönlichen Einstellung ab. Aber erzählt, was geschah, nachdem König Abrech im Kampf gefallen war?«

Berit griff den Faden wieder auf. »Der Krieg gegen die Eshandisten blieb unentschieden. Es kam zu vereinzelten Raubzügen hin und her über das Innenmeer und die Arzische Meerenge, aber die Edelleute beider Seiten beschäftigten andere Dinge. Eshand war gestorben und seine Nachfolger waren bei weitem nicht so fanatisch, wie er es gewesen war. Die Hierokratie in Chyrellos versuchte weiterhin die Edlen dazu zu bringen, den Krieg fortzuführen, doch die Edelleute interessierten sich viel mehr für Politik denn für Theologie.«

»Wie lange ging das so?«

»Fast drei Jahrhunderte.«

»Sie haben ihre Kriege damals ernstgenommen, nicht wahr? Einen Moment! Wo waren die Ordensritter während dieser ganzen Zeit?«

»Dazu komme ich jetzt. Als offensichtlich war, daß die Edelleute die Lust am Kriegführen verloren hatten, traf sich die Hierokratie in Chyrellos, um Alternativen zu besprechen. Dabei kam man auf die Idee, Kriegerorden zu gründen, die den Kampf fortsetzen sollten. Die Ritter aller vier Orden erhielten eine Ausbildung, die weit über die normaler Krieger hinausging; außerdem wurden sie in den Geheimnissen von Styrikum unterwiesen.«

»Was sind das für Geheimnisse?«

»Wir nennen sie Magie.«

»Oh! Warum habt Ihr das nicht gesagt?«

»Habe ich gerade. Paß lieber auf, Talen.«

»Haben die Ordensritter den Krieg dann gewonnen?«

»Sie eroberten ganz Rendor, und die Eshandisten ergaben sich schließlich. Während ihrer ersten Jahre waren die Kriegerorden sehr ehrgeizig; jedenfalls machten sie sich daran, Rendor in vier riesige Herzogtümer aufzuteilen. Doch dann kam eine viel größere Gefahr aus dem Osten.«

»Zemoch?«

»Richtig. Die Invasion von Lamorkand erfolgte ohne ...«

»Sperber!« rief Kalten scharf. »Dort oben!« Er deutete auf einen nahen Hügel. Ein Dutzend Reiter waren plötzlich über die Kuppe gekommen und brausten nun halsbrecherisch den Hang quer durch die Farne herab.

Sperber und Kalten zogen die Schwerter und galoppierten den Angreifern entgegen. Kurik scherte ein wenig seitwärts aus und riß den Schaft eines Morgensterns aus dem Sattelgurt. Berit übernahm die andere Seite und schwang seine schwere Streitaxt.

Die beiden gerüsteten Ritter stürmten mitten in den Trupp hinein. Sperber fällte zwei Angreifer unmittelbar hintereinander, und Kalten hob einen dritten mit wuchtigen Schwerthieben aus dem Sattel. Ein Gegner versuchte seitwärts an sie heranzukommen, stürzte jedoch zuckend auf den Boden, nachdem Kuriks Morgenstern seine Schläfe zerschmettert hatte. Sperber und Kalten befanden sich inzwischen mitten in der angreifenden Schar und schwangen ihre mächtigen Breitschwerter in weiten, hohen Schlägen. Berit stürmte von außen heran und hieb mit seiner Streitaxt auf die Reiter ein. Nach einigen Augenblicken heftigen Geklirrs und Hufgestampfes ergriffen die überlebenden Feinde die Flucht.

»Was hatten sie eigentlich gegen uns?« keuchte Kalten mit rotem Gesicht.

»Ich fange einen und frage ihn, Ritter Kalten«, erbot sich Berit eifrig.

»Nein«, sagte Sperber entschieden.

Berit senkte enttäuscht den Blick.

»Ein Novize darf sich nicht freiwillig melden«, sagte Kurik streng zu dem jungen Mann. »Zumindest nicht, ehe er mit seinen Waffen wirklich verwachsen ist.«

»Ich habe es doch gut gemacht, Kurik!«

»Aber nur, weil diese Leute ziemliche Stümper waren. Ihr holt zu weit aus, Berit, und gebt dem Gegner dadurch die Gelegenheit zum schnellen Parieren. Wenn wir erst auf meinem Hof in Demos sind, werde ich Euch zeigen, wie man es macht.«

»Sperber«, schrie Sephrenia vom Fuß des Hügels.

Sperber wirbelte Faran herum und sah fünf Männer in einfachen styrischen Kitteln aus dem hohen Dickicht am Straßenrand in Richtung Sephrenia, Dolmant und Talen laufen. Sperber fluchte und gab Faran die Sporen.

Es wurde rasch klar, daß die Styriker es auf Sephrenia und Flöte abgesehen hatten. Sephrenia war jedoch keineswegs wehrlos. Ein

Styriker fiel mit gellendem Schrei auf den Boden und drückte die Hände auf den Bauch.

Ein zweiter sank in die Knie und schlug die Hände vor die Augen. Die drei anderen zögerten und verspielten damit ihr Leben, denn Sperber erreichte sie. Ein Hieb seines Schwertes trennte einem den Kopf vom Rumpf, einem anderen durchbohrte die Klinge die Brust. Der letzte Styriker suchte sein Heil in der Flucht, doch Faran rannte ihn nieder und trampelte ihn mit den Vorderhufen in den weichen Boden.

»Da!« rief Sephrenia scharf und deutete zu der Hügelkuppe. Ein Vermummter saß dort beobachtend auf einem Falben. Als die zierliche Styrikerin mit ihrer Beschwörung begann, drehte er sich um und ritt über den Hügel außer Sicht.

»Was waren das für Leute?« fragte Kalten, als er Sperber erreichte.

»Söldner. Das ist aus ihrer Rüstung zu erkennen.«

»Der Vermummte auf dem Hügel, war das ihr Führer?« fragte Dolmant.

Sephrenia nickte.

»Ein Styriker, nicht wahr?«

»Vielleicht. Vielleicht aber auch etwas anderes. Etwas ging von ihm aus, das mir nicht unbekannt war. Es hat schon einmal versucht, das kleine Mädchen anzugreifen. Was immer es gewesen sein mag, es konnte damals vertrieben werden. Diesmal bediente es sich direkterer Mittel.« Sephrenias Gesicht wurde düster. »Sperber«, sagte sie, »ich glaube, wir sollten so rasch wie möglich nach Demos weiterreiten. In freiem Gelände sind wir in großer Gefahr.«

»Wir könnten die Verwundeten befragen«, meinte er. »Vielleicht wissen sie etwas über diesen geheimnisvollen Styriker, der sich offenbar so sehr für Euch und Flöte interessiert.«

»Sie werden uns nicht das Geringste sagen können, Sperber. Wenn das auf dem Hügel das war, was ich vermute, haben sie nicht die leiseste Erinnerung daran.«

»Gut, dann reiten wir sofort weiter.«

Am Nachmittag gelangten sie auf Kuriks beachtliches Gehöft ein Stück außerhalb von Demos. Der Hof verriet Kuriks Sorgfalt. Die geschälten Baumstämme, aus denen sein großes Haus errichtet war, waren so genau behauen, daß sie fugenlos aneinanderlagen. Das Dach war mit überlappenden Schindeln gedeckt. Es gab mehrere Nebengebäude, wie Ställe und Schuppen, die alle in die Hügelseite hinter dem Haus gebaut waren, beachtlich war vor allem die riesige, zweistöckige Scheune. Den liebevoll gepflegten Küchengarten umgab ein fester Lattenzaun. Ein scheckiges Kalb stand an diesem Zaun und blickte verlangend auf das welke Möhrenkraut und die frostbraunen Kohlköpfe.

Zwei junge Männer, etwa in Berits Alter, hackten Brennholz, und zwei andere, die um ein paar Jahre älter waren, reparierten das Scheunendach. Sie alle trugen dicke Baumwollkittel.

Kurik schwang sich aus dem Sattel und ging auf die zwei im Hof zu. »Wann habt ihr die Äxte das letzte Mal geschliffen?« fragte er barsch.

»Vater!« rief einer der jungen Männer. Er ließ sein Beil fallen und umarmte Kurik. Sperber bemerkte, daß er mindestens einen Kopf größer als sein Vater war.

Der andere brüllte seinen Brüdern auf dem Scheunendach zu. Sie rutschten an den Rand und sprangen hinunter, offenbar ohne Sorge um Gliedmaßen oder Leben.

Da kam Aslade aus dem Haus gerannt. Sie war eine mollige Frau in einfachem, grauem Kleid und weißer Schürze. An den Schläfen war ihr Haar mit Silber durchzogen, aber die Grübchen in den Wangen ließen sie mädchenhaft aussehen. Sie umarmte Kurik voll herzlicher Wärme, und eine Weile war Sperbers Knappe von seiner Familie umringt, was Sperber mit ein wenig Neid und heimlichem Verlangen beobachtete.

»Bedauern über verpaßte Gelegenheiten, Sperber?« fragte Sephrenia ihn leise.

»Ein bißchen«, gestand er.

»Ihr hättet auf mich hören sollen, als ihr jünger wart. Das könntet Ihr sein!«

»Mein Stand ist ein wenig zu gefährlich, als daß ich eine Frau an mich binden könnte, und dann noch die Verantwortung für Kinder . . .« Er seufzte.

»Wenn es soweit ist, lieber Sperber, werdet Ihr daran nicht einmal denken.«

»Diese Zeit, fürchte ich, habe ich längst verpaßt.«

»Wir werden sehen«, sagte sie geheimnisvoll.

»Wir haben Besuch, Aslade«, sagte Kurik zu seiner Frau.

Aslade tupfte mit dem Schürzenzipfel auf ihre leicht feuchten Augen, dann ging sie zu Sperber und den anderen hinüber, die noch in den Sätteln saßen. »Willkommen in unserem Haus«, sagte sie herzlich. Sie knickste vor Sperber und Kalten, die sie kannte, seit sie Kinder waren. »Meine Herren«, sagte sie förmlich. Dann mußte sie lachen. »Kommt herunter, ihr beiden, und gebt mir einen Kuß.«

Wie zwei verlegene Knaben rutschten die beiden von ihren Pferden und umarmten sie. »Du siehst gut aus, Aslade.« Sperber bemühte sich um ein wenig Würde vor dem Patriarchen.

»O danke, mein Herr«, sagte sie mit einem neuerlichen, übertriebenen Knicks. Dann lächelte sie über das ganze Gesicht und tätschelte ihre üppigen Hüften. »Ich habe zugenommen, Sperber. Ich fürchte, das kommt vom Abschmecken beim Kochen.« Verschmitzt zuckte sie die Schultern. »Aber wie soll man wissen, ob das Essen gut ist, wenn man nicht kostet.« Sie wandte sich an die Styrikerin. »Liebe, liebe Sephrenia. Wir haben uns *so* lange nicht mehr gesehen!«

»Zu lange, Aslade.« Sephrenia glitt von ihrem weißen Zelter hinunter und schloß Aslade in die Arme. Dann sagte sie etwas auf styrisch zu Flöte, woraufhin die Kleine schüchtern näherkam und Aslade die Hände küßte.

»Welch schönes Kind!« Fast scheu blickte Aslade Sephrenia an. »Ihr hättet es mir sagen sollen, meine Liebe. Ich bin eine sehr gute Hebamme, wißt Ihr, und es kränkt mich ein bißchen, daß ihr mich nicht gerufen habt.«

Sephrenia blinzelte sie verwirrt an, dann lachte sie plötzlich laut. »Oh, so ist es nicht, Aslade. Es besteht zwar eine Art Verwandtschaft zwischen uns, doch nicht die, die Ihr vermutet.«

Aslade lächelte Dolmant an. »Kommt herunter, Eminenz«, forderte sie den Patriarchen herzlich auf. »Gestattet die Kirche eine Umarmung – eine völlig keusche, natürlich? Es soll Euch gelohnt sein. Ich habe soeben fünf Laib Brot aus dem Backofen geholt, es ist noch heiß und knusprig.«

Dolmants Augen leuchteten auf, und er saß sogleich ab. Aslade warf die Arme um seinen Hals und küßte ihn schmatzend auf die Wange. »Er hat Kurik und mich getraut, wißt Ihr?« sagte sie zu Sephrenia.

»Ja, Liebes, ich war dabei. Erinnert Ihr Euch?«

Aslade errötete. »Ich erinnere mich nur vage an die Feier«, gestand sie.

»Meine Gedanken müssen woanders gewesen sein.« Sie lächelte Kurik verschmitzt zu.

Sperber unterdrückte ein Grinsen, als er bemerkte, daß auch sein Knappe rot wurde.

Aslade blickte Berit und Talen fragend an.

»Der Stämmige ist Berit«, stellte Kurik ihn ihr vor. »Er ist ein pandionischer Novize.«

»Seid willkommen hier, Berit«, sagte Aslade.

»Und der Junge ist mein – äh – Anlernling«, stammelte Kurik. »Er soll Knappe werden, und ich bilde ihn aus.«

Aslade musterte den jungen Dieb. »Du solltest dich seiner Kleidung schämen, Kurik«, rügte sie. »Hättest du ihm nicht etwas Besseres besorgen können?«

»Er ist erst vor kurzem zu uns gekommen, Aslade«, erklärte Kurik ein wenig zu schnell.

Sie musterte Talen eingehender. »Weißt du was, Kurik?« sagte sie schließlich. »Er sieht fast genauso aus wie du in seinem Alter.«

Kurik hüstelte nervös. »Zufall«, murmelte er.

Aslade lächelte Sephrenia an. »Könnt ihr Euch vorstellen, daß ich schon mit sechs Jahren hinter Kurik her war? Ich brauchte dann noch zehn, bis ich ihn bekam. Steig ab, Talen. Ich habe eine Truhe voll Sachen, aus denen meine Söhne herausgewachsen sind. Da finden wir bestimmt was Passendes für dich.«

Talens Miene wirkte fast wehmütig, als er absaß, und Sperber verspürte plötzliches Mitgefühl, als ihm bewußt wurde, was der für gewöhnlich so schnodderige Junge empfinden mußte. Seufzend wandte er sich an Dolmant. »Wollt Ihr Euch gleich zum Kloster begeben, Eminenz?« fragte er.

»Daß Aslades frischgebackenes Brot kalt wird?« wehrte Dolmant ab. »Was denkt Ihr Euch eigentlich, Sperber?«

Sperber lachte, als sich der Patriarch an Kuriks Weib wandte. »Ihr habt doch hoffentlich auch frische Butter?«

»Gestern früh erst habe ich gebuttert, Eminenz. Außerdem habe ich, bevor ihr kamt, einen Steintopf Pflaumenmus aufgemacht, das Ihr so gern mögt. Wollen wir in die Küche gehen?«

»Worauf warten wir noch?«

Fast ohne daß es ihr bewußt war, hob Aslade Flöte auf den Arm und legte den anderen um Talens Schultern. So ging sie mit ihnen ins Haus.

Das von hohen Mauern umschlossene Kloster, in das Prinzessin Arissa verbannt worden war, stand auf einer Lichtung außerhalb der Stadt. Selten durften Männer dieses strenge Damenstift betreten, doch Dolmants Stand und Autorität verschafften ihnen sofortigen Zutritt. Eine demütige kleine Nonne mit Rehaugen und Pickeln führte sie in ein Gärtchen an der Südmauer, wo die Schwester des verblichenen Königs Aldreas in der schwachen Wintersonne auf einer Steinbank saß, mit einem großen Buch auf dem Schoß.

Arissa hatte sich in all den Jahren kaum verändert. Ihr langes, dunkelblondes Haar glänzte, und ihre Augen waren von einem so blassen Blau, daß sie den grauen Augen ihrer Nichte, Königin Ehlana, sehr ähnelten. Allerdings sprachen die dunklen Ringe unter ihnen von schlaflosen Nächten voller Bitterkeit und tiefem Groll. Ihre Lippen waren schmal, nicht mehr sinnlich, und die Unzufriedenheit hatte zwei harte Linien in die Mundwinkel gezeichnet. Sperber wußte, daß sie nahe Vierzig war, doch sie sah viel jünger aus. Sie trug keine Schwesterntracht, sondern ein Gewand aus weicher roter Wolle mit offenem Ausschnitt und einen zur kunstvollen Haube geschlungenen Schal. »Euer Besuch ehrt mich, meine Herren«, sagte sie mit sinnlicher Stimme und blieb sitzen. »Ich bekomme so wenig Besuch.«

»Eure Hoheit«, grüßte Sperber sie förmlich. »Ich hoffe, es geht Euch gut.«

»Außer über Langeweile kann ich mich nicht beklagen, Sperber.« Dann blickte sie Dolmant an. »Ihr seid gealtert, Eminenz«, bemerkte sie gehässig und klappte ihr Buch zu.

»Im Gegensatz zu Euch«, erwiderte er. »Darf ich Euch meinen Segen geben?«

»Nein, lieber nicht, Eminenz. Die Kirche hat bereits zuviel für mich getan.« Sie schaute abfällig auf die Mauer um den Garten und genoß es sichtlich, daß sie den üblichen Segen zurückgewiesen hatte.

Dolmant seufzte. »Ich verstehe. Was lest Ihr da?«

Sie hielt das Buch so, daß er den Titel sehen konnte.

»*Die Predigten des Primas Subata*«, las er laut. »Ein sehr lehrreiches Werk.«

Arissa lächelte maliziös. »Diese Ausgabe sogar ganz besonders. Sie wurde speziell für mich angefertigt, Eminenz. Innerhalb dieses unschuldigen Einbands, der meine Wärterin, die Äbtissin, täuscht, befindet sich ein Band mit wollüstigen erotischen Gedichten aus Cammorien. Möchtet Ihr, daß ich Euch ein paar Verse vorlese?«

Hart blickte er sie an und sagte kalt: »Nein, danke, Prinzessin. Ich stelle fest, daß Ihr Euch nicht geändert habt.«

Sie lächelte mokant. »Ich wüßte auch nicht, warum ich das sollte, Dolmant. Lediglich meine Umstände haben sich verändert.«

»Wir sind nicht auf einem Freundschaftsbesuch hier, Prinzessin«, erklärte er. »In Cimmura geht ein Gerücht um, daß Ihr heimlich mit Herzog Osten von Vardenais verheiratet wart, ehe Ihr hierhergebracht wurdet. Möchtet Ihr das bestätigen – oder bestreiten?«

»Osten?« Sie lachte. »Dieser saftlose Hagestolz? Welche Frau, die noch alle Sinne beisammen hat, würde einen wie den heiraten? Ich bin für jüngere, feurige Männer!«

»Das heißt, daß dieses Gerücht jeglicher Grundlage entbehrt?«

»Was habt Ihr gedacht? Ich bin wie die Kirche, Dolmant. Ich schenke meine Gunst *allen* – wie jeder in Cimmura weiß.«

»Würdet Ihr eine Erklärung unterschreiben, daß dieses Gerücht unwahr ist?«

»Das muß ich mir erst überlegen.« Sie blickte Sperber an. »Wieso seid Ihr eigentlich nach Elenien zurückgekehrt, Herr Ritter? Ich dachte, mein Bruder hätte Euch verbannt?«

»Ich wurde zurückgerufen, Arissa.«

»Wie interessant!«

Sperber fiel etwas ein. »Bekamt Ihr die Erlaubnis, an der Beisetzung Eures Bruders teilzunehmen, Prinzessin?« fragte er sie.

»Aber ja, Sperber. Die Kirche gestattete mir großzügig drei volle Trauertage. Mein armer, dümmlicher Bruder sah aufgebahrt in seinem Prunkgewand sehr majestätisch aus.« Sie begutachtete ihre langen, spitzen Fingernägel. »Der Tod vermag aus manchen sogar etwas zu machen«, fügte sie hinzu.

»Ihr habt ihn gehaßt, nicht wahr?«

»Ich verachtete ihn, Sperber. Das ist ein Unterschied. Ich habe jedesmal gebadet, wenn ich von ihm kam.«

Sperber streckte die Hand aus und deutete auf den blutroten Stein seines Ringes. »Ist Euch zufällig aufgefallen, ob er einen Ring wie diesen am Finger trug?«

Sie hob die Brauen. »Nein«, antwortete sie. »Er hat ganz sicher keinen getragen. Vielleicht hat das Balg ihn gestohlen, als er tot war.«

Sperber biß die Zähne zusammen.

»Armer, armer Sperber«, spottete sie. »Ihr ertragt es nicht, die Wahrheit über Eure verehrte Ehlana zu hören. Wir fanden es erheiternd, wie Ihr schon damals in sie vernarrt wart, als sie noch in Kinderschuhen herumrannte. Hattet Ihr Euch Hoffnungen gemacht, hehrer Streiter? Ich sah sie bei der Bestattung meines Bruders. Sie ist kein Kind mehr, Sperber. Sie hat die Hüften und den Busen einer Frau. Aber sie ist jetzt in einen Diamanten eingeschlossen, nicht wahr? Und Ihr könnt sie nicht einmal berühren. Diese sanfte, warme Haut, und nicht einmal mit einem Finger könnt Ihr darauf tupfen.«

»Ich glaube, wir sollten von etwas anderem reden, Arissa.« Er kniff die Augen zusammen. »Wer ist der Vater Eures Sohnes?« fragte er unerwartet, weil er hoffte, das würde sie so überraschen, daß sie unwillkürlich die Wahrheit sagte.

Sie lachte. »Wie sollte ich das wissen?« entgegnete sie. »Nach der Vermählung meines Bruders amüsierte ich mich in gewissen Etablissements in Cimmura.« Sie rollte die Augen. »Es war sowohl vergnüglich wie einträglich. Ich verdiente sehr viel Geld. Die meisten Mädchen dort verkauften sich zu teuer, während ich schon als Kind das Geheimnis gelernt hatte, Reichtum zu erlangen, nämlich billig an viele zu verkaufen.« Sie blickte Dolmant boshaft an. »Außerdem«, fügte sie hinzu, »kommen die Käufer immer wieder.«

Dolmants Miene erstarrte, und Arissa lachte hämisch.

»Das genügt, Prinzessin!« rügte Sperber. »Ihr legt wohl keinen Wert darauf, darüber nachzudenken, wer der Vater Eures Bastards sein könnte?« Er reizte sie mit voller Absicht, in der Hoffnung, sie würde ungewollt einen Hinweis geben.

Flüchtig blitzten ihre Augen vor Wut, dann aber lehnte sie sich auf der Steinbank zurück und bedachte ihn mit einem amüsierten, sinnlichen Blick und legte die Hände auf den Busen. »Ich bin ein wenig außer Übung, aber ich könnte sicher improvisieren. Möchtet Ihr es mit mir versuchen, Sperber?«

»Ich glaube nicht«, sagte er tonlos.

»Ah, die wohlbekannte Prüderie Eurer Familie. Wie schade, Sperber. Als junger Ritter habt Ihr mich interessiert. Jetzt habt Ihr Eure Königin verloren, und nicht einmal das Ringpaar kann die Verbindung zwischen euch beiden beweisen. Bedeutet das nicht, daß Ihr nicht mehr ihr Streiter seid? Vielleicht – falls sie gesundet – könnt Ihr eine engere Beziehung zu ihr eingehen. Ehlana und ich haben das gleiche Blut, wißt Ihr? Vielleicht fließt es durch ihre Adern ebenso heiß wie meines. Wenn Ihr es mit mir versucht, könntet Ihr es in Erfahrung bringen und später Vergleiche ziehen.«

Angewidert wandte er sich ab, und wieder lachte sie.

»Soll ich um Pergament und Tinte rufen, Prinzessin?« fragte Dolmant, »damit wir, um das Gerücht zum Verstummen zu bringen, Eure Erklärung aufsetzen können, daß Ihr nicht vermählt wart?«

»Nein, Dolmant«, entgegnete sie. »Lieber nicht. Euer Vorschlag riecht mir zu sehr nach kirchlichem Interesse an dieser Sache. Die Kirche hat in letzter Zeit wenig Nettes für mich getan, weshalb also sollte ich mich ihretwegen dieser Mühe unterziehen? Wenn die Cimmuraner sich mit Gerüchten über mich vergnügen wollen, dann laßt sie doch. Sie haben sich die Lippen über die Wahrheit geleckt, laßt sie jetzt eine Lüge genießen.«

»Das ist Euer letztes Wort?«

»Nicht unbedingt. Sperber ist Ordensritter, Eminenz, und Ihr seid Patriarch. Warum befehlt Ihr ihm nicht, daß er versuchen soll, mich zu überreden? Manchmal lasse ich mich ganz leicht überreden, manchmal auch nicht. Es kommt ganz darauf an, wer es versucht.«

»Ich glaube, wir sind hier fertig«, sagte Dolmant. »Guten Tag, Prinzessin.« Er drehte sich um und überquerte den winterbraunen Rasen.

»Kommt doch mal wieder, wenn Ihr Euren verknöcherten Freund nicht mitnehmen müßt, Sperber«, sagte Arissa. »Wir könnten uns prächtig amüsieren.«

Er wandte sich ohne eine Antwort ab und folgte dem Patriarchen aus dem Garten. »Wir haben nur unsere Zeit vergeudet«, brummte er mit finsterer Miene.

»Aber nein, mein Junge«, entgegnete Dolmant heiter. »In ihrem Eifer, anstößig zu sein, hat die Prinzessin einen wichtigen Punkt im Kirchenrecht übersehen. Sie hat in Anwesenheit von zwei Kirchenmännern – Euch und mir – eine Aussage gemacht. Das ist ebenso gültig wie eine unterzeichnete Erklärung. Es genügt, daß wir unseren Eid auf ihre Richtigkeit ablegen.«

Sperber blinzelte. »Dolmant«, sagte er staunend, »Ihr seid der gerissenste Mann, den ich je kannte!«

»Es freut mich, daß Ihr zufrieden seid, mein Sohn.« Der Patriarch lächelte.

12

Sie verließen Kuriks Hof früh am nächsten Morgen. Aslade und ihre vier Söhne standen am Tor und winkten ihnen nach. Kurik wollte noch in Ruhe Abschied nehmen und versprach, den anderen bald zu folgen und rasch wieder zu ihnen zu stoßen.

»Reiten wir durch die Stadt, Sperber?« fragte Kalten.

»Lieber nicht. Wir können der Straße folgen, die im Norden vorbeiführt. Ich bin zwar ziemlich sicher, daß wir gesehen werden, aber wir wollen es ihnen nicht zu leicht machen.«

»Würdest du mir eine persönliche Bemerkung übelnehmen?«

»Wahrscheinlich nicht.«

»Du solltest ernsthaft daran denken, Kurik in den Ruhestand treten zu lassen, weißt du? Er wird älter und sollte mehr Zeit bei seiner Familie verbringen, statt daß du ihn durch die ganze Welt mitschleppst. Außerdem bist du, soviel ich weiß, der einzige Ordensritter, der noch einen Knappen hat. Gib ihm ein anständiges Ruhegeld, und laß ihn zu Hause bleiben.«

Sperber blinzelte in die Sonne, die über dem bewaldeten Berg östlich von Demos aufging. »Du hast wahrscheinlich recht.« Er nickte. »Aber wie soll ich ihm das beibringen? Mein Vater hat Kurik in meinen Dienst gestellt, noch ehe ich mein Noviziat beendet hatte. Es hat was damit zu tun, daß ich der Erbstreiter des Königshauses von Elenien bin.« Er lächelte schief. »Es ist eine archaische Position, die archaisches Brauchtum erfordert. Kurik ist mir mehr Freund denn Knappe, und ich werde ihm ganz gewiß nicht sagen, daß er zu alt ist, mir weiterhin zu dienen.«

Kurik holte sie ein, als sie an dem Kloster vorbeikamen, in das Prinzessin Arissa verbannt war. Sein bärtiges Gesicht wirkte ein bißchen wehmütig, doch rasch verdrängte eine entschlossene Miene diesen Ausdruck, und er straffte die Schultern.

Sperber blickte seinen Freund nachdenklich an und versuchte sich ein Leben ohne ihn vorzustellen. Er schüttelte den Kopf, er vermochte es nicht.

Die Straße nach Chyrellos führte durch einen Nadelwald. Die Sonne spitzte hier durch die Zweige und streute ihr Gold auf den Boden. Die Luft war zwar kalt und klar, doch frostfrei. Nach etwa einer Meile nahm Berit seinen Geschichtsunterricht mit Talen wieder auf. »Die Ordensritter stärkten ihre Position in Rendor, als die Kunde nach Chyrellos gelangte, daß Kaiser Otha von Zemoch eine gewaltige Armee zusammengestellt hatte und in Lamorkand einmarschierte.«

»Wartet!« unterbrach ihn Talen. »Wann geschah das alles?«

»Vor etwa fünfhundert Jahren.«

»Das war also nicht derselbe Otha, von dem Kalten vor ein paar Tagen sprach?«

»Soviel wir wissen, schon.«

»Das ist unmöglich, Berit!«

»Otha ist etwa neunzehnhundert Jahre alt«, warf Sephrenia ein.

»Ich dachte, dies sei Geschichte, keine Mär«, sagte der Junge leicht verärgert.

»Als Knabe begegnete Otha dem Älteren Gott Azash«, erklärte sie. »Die Älteren Götter von Styrikum verfügen über unbeschreibliche Kräfte und sind durch keinerlei Sittlichkeitsgefühl gebunden. Zu den Gaben, mit denen sie Menschen bedenken können, gehört die Verlängerung des Lebens. Das ist auch der Grund, weshalb manche Sterbliche bereit sind, diese Götter anzubeten.«

»Unsterblichkeit?« fragte Talen sie ungläubig.

»Nein«, entgegnete sie, »nicht Unsterblichkeit. Die kann kein Gott verleihen.«

»Der Gott der Elenier kann es«, widersprach Dolmant. »In geistiger Hinsicht jedenfalls.«

»Das ist ein interessanter theologischer Standpunkt, Eminenz.« Sephrenia lächelte. »Vielleicht kommen wir einmal dazu, uns darüber zu unterhalten. Jedenfalls«, fuhr sie fort, »als Otha versprach, Azash zu verehren, verlieh ihm der Gott ungeheure Macht, und Otha wurde schließlich Kaiser von Zemoch. Die Styriker und Elenier in Zemoch sind verschwägert, deshalb haben Zemocher nicht das unverfälschte Blut der einen oder der anderen Rasse.«

»Abscheulich in den Augen Gottes«, fügte Dolmant hinzu.

»Die styrischen Götter sehen es nicht viel anders«, pflichtete Sephrenia ihm bei. Wieder blickte sie Talen an. »Um Otha zu verstehen – und Zemoch – muß man Azash verstehen. Er ist die absolut böse Macht auf Erden. Die Rituale seiner Anbetung sind grauenvoll. Er schwelgt in Abartigkeit und Blut und den Qualen jener Bedauernswerten, die ihm als Opfer dargebracht werden. Dadurch, daß sie ihn anbeteten, verloren die Zemocher alles, was den Menschen gut macht, und als sie im Lamorkand einfielen, begingen sie unsagbare Greuel. Hätten ihre Armeen nur aus Zemochern bestanden, wäre es den normalen Streitkräften wahrscheinlich gelungen, die Invasoren zurückzuschlagen, doch Azash hatte sie mit Kreaturen der Unterwelt verstärkt.«

»Kobolde?« fragte Talen ungläubig.

»Nein, aber benutzen wir dieses Wort, denn ich würde gewiß den ganzen Vormittag dazu brauchen, die zwanzig oder noch mehr

Arten unmenschlicher Kreaturen zu beschreiben, welche Azash unterstehen, und ich glaube nicht, daß dir ihre Beschreibung gefallen würde.«

»Dieses Gerede wird von Minute zu Minute unglaubhafter«, sagte Talen kopfschüttelnd. »Ich finde die Geschichte und die Schlachten interessant, aber wenn ihr anfangt, von Kobolden und Feen zu schwafeln, habe ich bald genug. Ich bin schließlich kein Kind mehr!«

»Vielleicht wirst du es einmal verstehen – und glauben.« Sephrenia lächelte. »Fahrt fort, Berit.«

»Ja, Erhabene. Als die Kirche erkannte, welcher Art diese Streitkräfte waren, die Lamorkand überfallen hatte, riefen sie die Ordensritter aus Rendor zurück. Sie füllten die Reihen der vier Orden mit anderen Rittern und einfachen Kriegern auf, bis die Streitkräfte des Westens zahlenmäßig fast ebenso stark wie Othas zemochische Horden waren.«

»Kam es dann zur Schlacht?« fragte Talen da wieder eifrig.

»Zur größten Schlacht in der Geschichte der Menschheit«, erwiderte Berit. »Die gegnerischen Armeen prallten auf der Ebene von Lamorkand nahe dem Randerasee aufeinander. Die normale Schlacht war gewaltig, doch die übernatürliche, die dort ausgefochten wurde, war noch viel ungeheuerlicher. Wogen der Finsternis und Waberlohen fegten über das Schlachtfeld. Blitze zuckten vom Himmel, und Feuerzungen regneten herab. Ganze Bataillone wurden von der aufklaffenden Erde verschlungen oder vom plötzlichen Feuer zu Asche verbrannt. Donner krachte unaufhörlich von Horizont zu Horizont, und der Erdboden wurde von Beben und hervorbrechenden Lavamassen zerrissen. Aber die geballte Magie der Ordensritter vermochte die Zauberangriffe der zemochischen Priester zu parieren. Drei volle Tage tobte die Schlacht, ehe die Zemocher zurückgeschlagen werden konnten. Ihr Rückzug wurde immer hektischer und planloser. Schließlich ergriffen Othas Horden die Flucht und rannten Hals über Kopf zur Grenze zurück.«

»Großartig!« rief Talen aufgeregt. »Ist unsere Armee dann in Zemoch eingezogen?«

»Sie war zu erschöpft«, erklärte Berit. »Die Schlacht hatte sie zwar gewonnen, doch mit schlimmen Verlusten. Die Hälfte der

Ordensritter lag gefallen auf dem Feld, und die elenischen Könige zählten ihre Toten zu Tausenden.«

»*Etwas* hätten sie doch tun können, oder nicht?«

Berit nickte traurig. »Sie versorgten ihre Verwundeten und begruben ihre Gefallenen. Dann schleppten sie sich nach Hause zurück.«

»Das war alles?« fragte Talen enttäuscht. »Das ist aber keine großartige Geschichte, wenn das alles ist, was sie taten!«

»Sie hatten gar keine Wahl. Alle kampffähigen Männer waren von den vier Königreichen abgezogen worden, und die Frauen waren mit der Landwirtschaft überfordert. Es gab kaum Vorräte für den Winter. Zwar gelang es ihnen, diesen Winter zu überstehen, aber es waren so viele Kämpfer gefallen oder verstümmelt worden, daß es im Frühjahr nicht genug Männer gab – sowohl im Westen wie in Zemoch –, die Felder zu bestellen. Das führte zur Hungersnot. Ein Jahrhundert lang gab es in Eosien nur den einen Kampf – den Kampf um Nahrungsmittel. Schwerter und Lanzen wurden weggelegt und die Streitrosse an die Pflüge gespannt.«

»Davon ist in den anderen Geschichten, die ich gehört habe, nie die Rede gewesen.« Talen rümpfte die Nase.

»Das kommt daher, weil es eben nur Geschichten sind. Was ich erzähle, hat sich wirklich zugetragen. Jedenfalls«, setzte er fort, »führten der Krieg und die ihm folgende Hungersnot zu großen Veränderungen. Die Ordensritter sahen sich gezwungen, mit den einfachen Leuten auf den Feldern zu arbeiten, und distanzierten sich allmählich von der Kirche. Verzeiht, Eminenz«, wandte sich Berit an Dolmant, »doch zu jener Zeit hatte sich die Hierokratie zu sehr von den gemeinen Menschen abgesondert, als daß sie verstanden hätte, wie sehr sie litten.«

»Ihr braucht Euch nicht zu entschuldigen, Berit«, entgegnete Dolmant traurig. »Die Kirche hat ihre Fehler während jener Zeit offen zugegeben.«

Berit nickte. »Die Ordensritter wurden zusehends weltlicher. Die Kirche hatte sich diese Ritter ursprünglich als gerüstete Mönche vorgestellt, die in ihren Ordenshäusern lebten, wenn sie nicht im Einsatz waren. Doch es kam anders. Die schrecklichen Verluste in ihren Reihen machten es erforderlich, eine neue Quelle für Nachwuchs zu suchen. Die Hochmeister der Orden reisten nach Chyrellos und trugen der Hierokratie dieses Problem mit fester Entschlossenheit vor. Dank der Unnachgiebigkeit der Hochmeister entband die Hierokratie die Ordensritter vom Zölibat, und sie durften heiraten und Kinder zeugen.«

»Seid Ihr verheiratet, Sperber?« fragte Talen plötzlich.

»Nein«, antwortete der Ritter.

»Warum nicht?«

»Weil er keine Frau gefunden hat, die so dumm gewesen wäre, sich an ihn zu binden«, warf Kalten lachend ein. »Er ist weder eine Schönheit noch leicht zu ertragen.«

Talen blickte Berit an. »Das ist also das Ende der Geschichte?« fragte er unzufrieden. »Eine gute Geschichte braucht ein gutes Ende, wißt Ihr? Etwas wie › . . .und alle waren glücklich und zufrieden‹. Eure hört einfach auf, sie hat keinen Schluß.«

»Die Historie geht weiter, Talen. Da gibt es keinen Schluß. Heute befassen sich die Ritterorden ebenso mit politischen wie mit kirchlichen Angelegenheiten, und niemand vermöchte zu sagen, wie ihre Zukunft aussieht.«

Dolmant seufzte. »Wie wahr. Ich wollte, es wäre anders gekommen, aber vielleicht hatte Gott seine Gründe, es so zu fügen.«

»Einen Moment!« protestierte Talen. »Ihr habt mit dieser Geschichte angefangen, die ihr mir von Otha und Zemoch erzählen wolltet. Davon seit Ihr weit abgekommen. Weshalb macht Ihr Euch jetzt Othas wegen solche Sorgen?«

»Otha stellt zur Zeit wieder eine Armee zusammen«, erklärte ihm Sperber.

»Tun wir etwas dagegen?«

»Wir beobachten ihn. Wenn er wieder gegen uns vorrückt, stellen wir uns ihm entgegen wie das letzte Mal.« Sperber schaute auf das gelbliche Gras, das in der Morgensonne schimmerte. »Falls wir Chyrellos noch vor Ende dieses Monats erreichen wollen, müssen wir uns schon ein wenig beeilen«, meinte er und gab Faran ganz sanft die Sporen.

Drei Tage ritten sie ostwärts und übernachteten in Herbergen an der Straße. Sperber verbarg seine Belustigung, wenn Talen, angespornt durch Berits kriegerische Geschichte, mit einem Stock die

Disteln am Straßenrand köpfte. Am Nachmittag des dritten Tages, nachdem sie eine Bergkuppe überquert hatten, sahen sie Chyrellos, den Sitz der elenischen Kirche, ausgebreitet unter sich liegen. Die Stadt befand sich in keinem bestimmten Königreich, sondern lag an dem Punkt, wo sich Elenien, Arzium, Cammorien, Lamorkand und Pelosien berührten. Chyrellos war die älteste Stadt in ganz Eosien, und da sie eine Kirchenstadt war, prangte sie mit Türmen und Kuppeln, und wenn zu bestimmten Tageszeiten die Glocken die Gläubigen zum Gebet riefen, flirrte die Luft von ihrem Klang. Doch keine Stadt von dieser Größe konnte auf lange Sicht vollends in den Händen der Kirche bleiben. Der Handel beherrschte die Gesellschaft hier kaum weniger als die Religion, und die Paläste der Kaufherren wetteiferten in Prunk und Größe mit jenen der Patriarchen. Zentrum und Blickfang war jedoch die Basilika, eine gewaltige Kuppelkathedrale aus schimmerndem Marmor, die zum Ruhme Gottes errichtet war. Die Macht, die von ihr ausging, war ungeheuerlich und berührte das Leben aller Elenier, von den öden Schneefeldern Nordthalesiens bis zu den rendorischen Wüsten.

Talen, der bisher noch nie aus Cimmura herausgekommen war, riß unwillkürlich Mund und Augen weit auf, als er die riesige Stadt erblickte, die in der Wintersonne glänzte. »Guter Gott!« hauchte er fast andächtig.

»Ja«, bestätigte Dolmant. »Er ist gut, und dies ist eines seiner prächtigsten Werke.«

Flöte dagegen blieb unbeeindruckt. Sie holte ihre Syrinx hervor und spielte eine spöttische Weise, als täte sie alle Herrlichkeit Chyrellos' als unwichtig ab.

»Wollt Ihr jetzt gleich zur Basilika, Eminenz?« erkundigte sich Sperber.

»Nein. Es war eine anstrengende Reise, und ich brauche einen klaren Kopf, wenn ich der Hierokratie unsere Sache vortrage. Annias hat einflußreiche Freunde im Hohen Rat der Kirche, denen meine Worte nicht gefallen werden.«

»Sie können sie nicht anzweifeln, Eminenz.«

»Vielleicht nicht, aber sie können versuchen, meine Worte zu verdrehen.« Dolmant zupfte nachdenklich an einem Ohrläppchen. »Ich glaube, mein Bericht hätte mehr Gewicht, wenn ich jemanden an meiner Seite hätte, der sie bestätigen kann. Wie gut seid Ihr bei öffentlichen Auftritten, Sperber?«

»Er ist nur richtig gut, wenn er sein Schwert schwingt«, brummte Kalten.

Dolmant lächelte leicht. »Kommt morgen in mein Haus, Sperber. Dann gehen wir die Aussage gemeinsam durch.«

»Ist das legal, Eminenz?« fragte Sperber.

»Ich habe nicht vor, Euch zu bitten, unter Eid zu lügen, Sperber. Ich möchte lediglich vorschlagen, wie Ihr Eure Antworten auf gewisse Fragen formulieren sollt.« Wieder lächelte er. »Ich hätte es nicht gern, daß Ihr mich vor der Hierokratie mit unerwarteten Aussagen überrascht. Ich hasse Überraschungen.«

»Also gut, Eminenz«, erklärte sich Sperber einverstanden.

Sie ritten die Bergstraße hinunter zum Bronzetor der heiligen Stadt. Die Wachen salutierten Dolmant und ließen seine Gruppe passieren, ohne sie aufzuhalten. Durch das Tor gelangte man auf eine breite Prunkstraße. Hohe Häuser erstreckten sich an beiden Seiten. Sie schienen sich in ihrem Eifer, die Aufmerksamkeit von Vorüberkommenden auf sich zu lenken, übertrumpfen zu wollen. Es wimmelte von Passanten. Zwar trugen viele die einfachen Kittel von Arbeitern, die meisten jedoch waren in das strenge Schwarz von Kirchenleuten gekleidet.

»Sind alle hier Priester?« fragte Talen. Der Anblick dieser Stadt überwältigte ihn offensichtlich.

Der zynische junge Dieb aus den Hintergassen von Cimmura war endlich auf etwas gestoßen, das sich nicht mit einem Schulterzucken abtun ließ.

»Wohl kaum«, antwortete Kalten. »Aber in Chyrellos glaubt man respekteinflößender zu wirken, wenn man für einen Kirchenmann gehalten wird. Deshalb tragen die meisten Schwarz.«

»Ich persönlich würde ganz gern ein bißchen mehr Farbe auf den Straßen sehen«, gestand Dolmant. »Dieses trostlose Schwarz deprimiert mich.«

»Wie wäre es, wenn Ihr eine neue Kleidung für Priester einführen würdet, Eminenz?« schlug Kalten vor. »Zieht eine rosa Soutane an, wenn Ihr das nächste Mal in die Basilika geht. Oder vielleicht eine smaragdgrüne. Euch würde Grün gut stehen.«

»Die Kuppel würde einstürzen, sollte ich das wagen«, antwortete Dolmant trocken.

Im Gegensatz zu den Palästen der meisten hohen Kirchenherren war das Haus des Patriarchen einfach und zierlos. Es stand ein wenig abseits der Straße und war von einer ordentlich gestutzten Hecke und einem Eisenzaun umgeben.

»Wir anderen reiten zum Ordenshaus weiter, Eminenz«, sagte Sperber, als sie vor dem Gartentor anhielten.

Der Patriarch nickte. »Wir sehen uns dann morgen.«

Sperber salutierte und ritt den anderen voraus.

»Er ist ein guter Mann, nicht wahr?« meinte Kalten.

»Einer der besten«, bestätigte Sperber. »Die Kirche kann froh sein, daß sie ihn hat.«

Das Ordenshaus der Pandioner in Chyrellos war ein düsteres Steingebäude an einer Seitenstraße mit wenig Verkehr. Zwar war es nicht von einem schützenden Graben umgeben, wohl aber von einer hohen Mauer, und ein mächtiges Tor verwehrte Unbefugten den Eintritt. Sperber spulte das Ritual herunter, das ihnen Zutritt gewährte, und saß mit seinen Begleitern auf dem Innenhof ab. Der Leiter des hiesigen Ordenshauses, ein wohlbeleibter Mann namens Nashan, kam die Treppe hinuntergeeilt, um sie zu begrüßen. »Es ist eine Ehre für unser Haus, Ritter Sperber.« Er nahm die Hand des großen Ritters fest in die seine. »Wie ist die Sache in Cimmura ausgegangen?«

»Es ist uns gelungen, Annias die Zähne zu ziehen«, erwiderte Sperber.

»Wie hat er es aufgenommen?«

»Nun, er war ein wenig grün im Gesicht.«

»Gut!« Nashan drehte sich zu Sephrenia um. »Willkommen, kleine Mutter.« Er küßte ihre beiden Handteller.

»Nashan«, sagte sie ernst. »Ich sehe, daß Ihr kaum eine Mahlzeit auslaßt.«

Er lachte und klatschte sich auf den Bauch. »Jeder braucht ein Laster oder auch zwei. Tretet ein, ihr alle. Ich habe einen Ziegenbeutel arzischen Rotwein eingeschmuggelt – als Magenmittel natürlich. Er reicht bestimmt für zwei Becher für jeden.«

»Siehst du, wie man es macht, Sperber?« sagte Kalten. »Regeln lassen sich beugen, wenn man die richtigen Leute kennt.«

Rote Vorhänge und ein roter Teppich gaben Nashans Studierzimmer eine eigene Note, ebenso wie der kunstvoll geschnitzte und mit Gold und Perlmutt eingelegte Tisch, der ihm als Schreibtisch diente. »Reine Schau«, entschuldigte er sich, als sie sich in dem Gemach umsahen. »In Chyrellos müssen wir diese kleinen Zugeständnisse von Prunk machen, wenn wir ernstgenommen werden wollen.«

»Ist schon gut, Nashan«, beruhigte ihn Sephrenia. »Ihr wurdet ja nicht wegen Eurer Bescheidenheit zum Leiter dieses Hauses ernannt.«

»Man muß eben einen gewissen Schein waren, Sephrenia.« Er seufzte. »Ich war nie ein besonders guter Ritter«, gestand er. »Mit der Lanze bin ich bestenfalls mittelmäßig, und meine Zauber lassen mich gewöhnlich mittendrin im Stich.« Er atmete tief ein und schaute sich um. »Aber ich bin ein guter Verwalter. Ich kenne die Kirche und ihre Politik, und ich kann dem Orden und Hochmeister Vanion auf diesem Gebiet wahrscheinlich von viel größerem Nutzen sein als auf dem Schlachtfeld.«

»Wir tun alle, was wir können«, versicherte ihm Sperber. »Man sagt, daß Gott unseren guten Willen zählt.«

»Manchmal habe ich das Gefühl, daß ich ihn enttäuschte«, gestand Nashan. »Ganz tief im Innern glaube ich, daß ich es hätte besser machen können.«

»Quält Euch nicht selbst, Nashan«, rief ihm Sephrenia. »Der elenische Gott ist sehr nachsichtig, wie man sagt. Ihr habt getan, was Ihr konntet.«

Sie setzten sich um den prächtigen Tisch, und der Leiter des Ordenshauses rief einen Akolythen, der ihnen Kelche und den Beutel mit rubinrotem arzischen Wein brachte. Auf Sephrenias Bitte schickte Nashan ihn auch nach Tee für sie selbst und Milch für Flöte und Talen.

»Wir müssen das doch nicht unbedingt Hochmeister Vanion gegenüber erwähnen, oder?« wandte Nashan sich an Sperber, als er den Weinbeutel hob.

»Nicht einmal Folter könnte es mir entlocken«, beruhigte ihn Sperber und streckte seinen Kelch aus.

»Was tut sich in Chyrellos?« erkundigte sich Kalten.

»Es ist eine sorgenvolle Zeit, Kalten«, antwortete Nashan. »Eine sorgenvolle Zeit. Der Erzprälat altert, und die ganze Stadt hält in Erwartung seines Ablebens den Atem an.«

»Wer wird der neue Erzprälat?« fragte Sperber.

»Das ist momentan schwer zu sagen. Cluvonus ist nicht in der Verfassung, einen Nachfolger zu bestimmen, und Annias von Cimmura wirft mit Geld um sich, um auf den Thron zu kommen.«

»Was ist mit Dolmant?« wollte Kalten wissen.

»Ich fürchte, er ist zu zurückhaltend«, antwortete Nashan. »Er widmet sich so sehr der Kirche, daß ihm das Selbstwertgefühl fehlt, das man braucht, um auf den goldenen Thron in der Basilika zu kommen. Und nicht nur das, er hat sich auch Feinde gemacht.«

»Ich mag Feinde!« Kalten grinste. »Sie geben einem Grund, das Schwert blank zu halten.«

Nashan blickte Sephrenia an. »Braut sich in Styrikum etwas zusammen?«

»Wie meint Ihr das?«

»Es wimmelt in der Stadt plötzlich von Styrikern. Sie behaupten, sie wären gekommen, um in den elenischen Glauben eingewiesen zu werden.«

»Das ist absurd!«

»Ganz meine Meinung. Die Kirche versucht seit dreitausend Jahren ohne viel Erfolg, die Styriker zu bekehren, und jetzt kommen sie aus eigenem Antrieb nach Chyrellos und betteln darum, unseren Glauben annehmen zu dürfen.«

»Das würde kein Styriker bei klarem Verstand tun«, sagte Sephrenia kopfschüttelnd. »Unsere Götter sind eifersüchtig und bestrafen Abtrünnigkeit strengstens.« Sie kniff die Augen zusammen. »Haben irgendwelche dieser Pilger belegt, von woher sie kommen?«

»Nicht daß ich wüßte. Sie sehen alle wie gewöhnliche Styriker aus ländlichen Gegenden aus.«

»Vielleicht haben sie eine längere Reise hinter sich, als sie zugeben wollen.«

»Ihr glaubt, es könnte sich um Zemocher handeln?« fragte Sperber.

»Otha hat Ostlamorkand bereits mit seinen Spitzeln gespickt«, entgegnete Sephrenia. »Chyrellos ist das Herz der elenischen Welt, also der logische Ausgangspunkt für Spionage und Unterwanderung.« Sie überlegte. »Wir werden voraussichtlich eine Zeitlang hier bleiben«, bemerkte sie. »Wir müssen warten, bis die Ritter der anderen Orden eintreffen. Inzwischen könnten wir uns diese ungewöhnlichen Bittsteller näher ansehen.«

»Ich kann mich wirklich nicht allzusehr in diese Sache verwickeln lassen«, entgegnete Sperber. »Mich beschäftigt jetzt viel Wichtigeres. Um Otha und seine Zemocher kümmern wir uns, wenn die Zeit dafür gekommen ist. Im Augenblick ist mir nur eines wichtig, Ehlana wieder auf den Thron zu verhelfen und den Tod einiger Freunde zu verhindern.« Er ging nicht näher darauf ein, denn er hatte die Einzelheiten, was sich im Thronsaal in Cimmura zugetragen hatte, für sich behalten.

»Ist schon gut, Sperber«, versicherte sie ihm. »Ich verstehe Eure Besorgnis. Kalten wird mich begleiten, und wir werden sehen, was wir herausfinden können.«

Den Rest des Tages verbrachten sie bei entspanntem Gespräch in Nashans prunkvollem Studierzimmer, und am folgenden Morgen ritt Sperber in Kettenrüstung und einfachem Kapuzenumhang durch die Stadt zu Dolmants Haus. Dolmant und er gingen noch einmal alles sorgfältig durch, was in Cimmura und Arzium vorgefallen war.

»Es wäre sinnlos, Annias direkt anzuklagen«, meinte Dolmant. »Deshalb ist es vermutlich das beste, wenn wir jegliche Hinweise auf ihn – oder auf Harparin unterlassen. Stellen wir die Sache lediglich als Komplott dar, den pandionischen Orden in Verruf zu bringen, und belassen es dabei. Die Hierokratie wird ihre eigenen Schlüsse ziehen.« Er lächelte schwach. »Der harmloseste davon wird sein, daß Annias sich in der Öffentlichkeit blamiert hat. Das trägt vielleicht dazu bei, die Entschlossenheit der neutralen Patriarchen bei der Wahl des neuen Erzprälaten zu stärken.«

»Das ist zumindest etwas«, sagte Sperber. »Werden wir auch die Geschichte von Arissas angeblicher Heirat bei dieser Gelegenheit vortragen?«

»Ich glaube nicht«, antwortete Dolmant. »Sie ist nicht wirklich so bedeutend, daß die gesamte Hierokratie sich damit beschäftigen müßte. Die Erklärung, daß Arissa unverheiratet ist, kann der Patriarch von Vardenais abgeben. Die angebliche Vermählung fand in seinem Amtsbereich statt, folglich ist es an ihm, die Erklärung aufzusetzen, daß Arissa nicht getraut wurde.« Ein Lächeln überzog sein asketisches Gesicht. »Außerdem«, fügte er hinzu, »ist er mein Freund.«

»Sehr klug«, lobte Sperber bewundernd.

»Ich bin in der Tat nicht unzufrieden«, gestand Dolmant bescheiden.

»Wann treten wir vor die Hierokratie?«

»Morgen früh. Es wäre unklug, länger zu warten. Das gäbe Annias nur Zeit, seine Freunde in der Basilika einzuweihen.«

»Möchtet Ihr, daß ich zuerst hierherkomme und dann mit Euch zur Basilika reite?«

»Nein. Betreten wir sie getrennt. Wir werden ihnen nicht den kleinsten Hinweis darauf geben, was wir vorhaben.«

»Ihr seid sehr geschickt mit politischen Kniffen, Eminenz.« Sperber grinste.

»Gewiß. Wie glaubt Ihr, daß ich Patriarch wurde? Kommt in der dritten Stunde nach Sonnenaufgang in die Basilika. Das sollte mir Zeit geben, zuerst meinen Bericht vorzulegen – und alle Fragen zu beantworten und Einwände zu widerlegen, die Annias' Anhänger wahrscheinlich vorbringen werden.«

»Sehr gut, Eminenz.« Sperber erhob sich.

»Seid morgen vorsichtig, Sperber. Man wird versuchen, Euch Fallstricke zu legen. Und um Gottes willen verliert die Beherrschung nicht!«

»Ich werde es versuchen.«

Am nächsten Morgen kleidete sich Sperber sorgfältig. Seine schwarze Rüstung glänzte, sein Mantel und der silberne Wappenrock waren frisch geplättet. Faran war gestriegelt, bis sein rotes Fell schimmerte, und seine Hufe waren eingeölt, daß sie glänzten.

»Laß dich nicht in die Enge treiben, Sperber«, mahnte Kalten, als er und Kurik dem breitschultrigen Mann in den Sattel halfen. »Kirchenmänner können sehr gerissen sein!«

»Ich passe schon auf.« Sperber griff nach den Zügeln und stupste Faran mit den Fersen. Der mächtige Fuchs tänzelte durch das Tor des Ordenshauses hinaus auf die belebten Straßen der heiligen Stadt. Der Kuppelbau der Basilika beherrschte das Stadtbild. Sie stand auf einem Hügel und streckte sich in der Wintersonne schimmernd dem Himmel entgegen. Die Wachen am Bronzetor ließen Sperber voll Respekt ein, und er saß vor der marmornen Freitreppe ab. Farans Zügel händigte er einem Mönch aus, ehe er den Gurt seines Schildes straffte. Dann stieg er die Stufen hinauf, und seine Sporen klirrten auf dem Marmor.

Am Kopfende der Treppe versperrte ihm ein wichtigtuerischer Kirchenmann in schwarzer Soutane den Weg. »Herr Ritter«, erklärte ihm der junge Mann. »Ihr dürft nicht bewaffnet eintreten.«

»Ihr täuscht Euch, Hochwürden«, entgegnete Sperber. »Diese Vorschrift gilt nicht für Ordensritter.«

»Von einer solchen Ausnahme habe ich nie gehört!«

»Dann habt Ihr es jetzt. Ich will Euch keine Schwierigkeiten machen, Freund, aber ich wurde von Patriarch Dolmant hierherbestellt und werde hineingehen.«

»Aber . . .«

»Es gibt hier eine sehr umfangreiche Bibliothek, guter Mann. Wie wär's, wenn Ihr dort die Bestimmungen noch einmal durchgeht? Ich bin sicher, Ihr werdet feststellen, daß Ihr einige übersehen habt. Und jetzt, geht zur Seite.« Er drängte sich an dem Mann in der schwarzen Soutane vorbei und betrat die kalte Kathedrale, in der es nach Weihrauch roch. Er verbeugte sich, der Sitte entsprechend, in Richtung des edelsteinbesetzten Altars, ehe er im farbigen Licht, das durch die hohen bemalten Fenster fiel, den breiten Mittelgang entlangschritt. Ein Kirchendiener stand am Altar und polierte gedankenverloren einen silbernen Kelch.

»Guten Morgen, Freund«, grüßte ihn Sperber.

Der Mann ließ beinah den Kelch fallen. »Ihr habt mich erschreckt, Herr Ritter.« Er lachte verlegen. »Ich hörte Euch nicht kommen.«

»Das liegt an dem dicken Läufer«, meinte Sperber. »Er dämpft die Schritte. Die Mitglieder der Hierokratie halten eine Sitzung ab, nicht wahr?«

Der Kirchendiener nickte.

»Patriarch Dolmant befahl mich herbei, um in einer Angelegenheit auszusagen, die er heute vorbringt. Könnt Ihr mir sagen, wo die Sitzung stattfindet?«

»In der Audienzkammer des Erzprälaten, glaube ich. Möchtet Ihr, daß ich Euch den Weg weise, Herr Ritter?«

»Ich weiß, wo sie ist. Danke, guter Mann.« Sperber ging am Altar vorbei durch eine Seitentür und gelangte auf einen marmornen Korridor. Er nahm den Helm ab, klemmte ihn sich unter den Arm und ging mit hallenden Schritten den Korridor hinunter, bis er zu einem größeren Gemach kam, wo ein Dutzend Kirchenmänner an Tischen saßen und Stöße von Schriftstücken ordneten.

Einer der Schwarzgewandeten blickte auf, sah Sperber an der Tür und erhob sich. »Darf ich Euch helfen, Herr Ritter?« fragte er höflich. Sein Kopf war kahl, von dünnen Haarbüscheln abgesehen, die wie Flügel über die Ohren ragten.

»Mein Name ist Sperber, Hochwürden. Patriarch Dolmant hat mich hierherbestellt.«

»Ach ja«, sagte der kahlköpfige Kirchenmann. »Seine Eminenz wies mich darauf hin, daß er Euch erwartet. Ich werde ihm ausrichten, daß Ihr hier seid. Möchtet Ihr nicht einstweilen Platz nehmen?«

»Nein, danke, Hochwürden, ich stehe lieber. Es ist ein wenig schwierig, mit Rüstung und Schwert zu sitzen.«

Der Kirchenmann lächelte fast ein wenig wehmütig. »Ich trug noch nie ein Schwert. Welch ein Gefühl ist es?«

»Es wird überbewertet«, versicherte ihm Sperber. »Hättet Ihr die Güte, dem Patriarchen Bescheid zu geben?«

»Sofort, Ritter Sperber.« Der Kirchenmann drehte sich um; seine Sandalen klatschten auf den Marmorboden, als er zur gegenüberliegenden Tür ging. Nach wenigen Augenblicken kehrte er zurück. »Dolmant bittet euch, sogleich einzutreten. Der Erzprälat ist anwesend.«

»Das ist eine Überraschung. Ich hörte, er sei krank.«

»Er hat heute offenbar einen seiner besseren Tage, glaube ich.« Der Kirchenmann führte Sperber durch das Gemach und öffnete ihm die Tür.

Zu beiden Seiten des Audienzsaales erstreckten sich stufenförmig Reihen von hochlehnigen Bänken, auf denen ältliche Kirchenherren in strengem Schwarz saßen – die Hierokratie der elenischen Kirche. Vorne im Saal stand auf einem Podest ein großer, goldener Thron, auf dem, in weißer Satinrobe und goldener Mitra, Erzprälat Cluvonus saß. Der Greis döste. In Saalmitte befand sich ein prunkvolles Rednerpult. Dolmant stand dort und hatte ein Pergament vor sich ausgebreitet. »Ah«, sagte er, »Ritter Sperber. Wie liebenswürdig, daß Ihr gekommen seid.«

»Es ist mir eine Ehre, Eminenz«, entgegnete Sperber.

»Brüder«, wandte sich Dolmant an die anderen Mitglieder der Hierokratie, »ich habe die Ehre, euch Ritter Sperber vom Pandionorden vorzustellen.«

»Wir haben von Ritter Sperber gehört«, sagte ein hagerer Patriarch in der linken untersten Sitzreihe mit kühler Stimme. »Weshalb ist er hier, Dolmant?«

»Um in der Angelegenheit auszusagen, die wir gerade besprachen, Makova«, erwiderte Dolmant ebenso kühl.

»Ich habe bereits genug gehört!«

»Ihr vielleicht, Makova«, sagte ein verschmitzt aussehender dicker Mann auf der rechten Seite. »Die Kriegerorden sind die Waffe der Kirche, und ihre Angehörigen sind bei unseren Beratungen immer willkommen.«

Die beiden Männer funkelten einander an.

»Da Ritter Sperber dieses Komplott aufgedeckt und verhindert hat«, sagte Dolmant in die Stille, »dachte ich, daß sich seine Aussage als erhellend erweisen könnte.«

»Ah, macht schon weiter, Dolmant«, brummte der hagere Patriarch an der linken Seite gereizt. »Wir haben heute morgen noch viel wichtigere Sachen zu besprechen.«

»Ganz wie der verehrte Patriarch von Coombe wünscht.« Dolmant verneigte sich. »Ritter Sperber, legt Ihr Euren Eid als Streiter der Kirche ab, daß Eure Aussage der Wahrheit entsprechen wird?«

»Jawohl, Eminenz«, bestätigte Sperber.

»Bitte erzählt den Anwesenden, wie Ihr dieses Komplott aufgedeckt habt.«

»Selbstverständlich, Eminenz.«

Sperber wiederholte sodann den Großteil des belauschten Gesprächs zwischen Harparin und Krager, ließ jedoch ihre Namen sowie den des Primas Annias aus sowie jegliche Hinweise auf Ehlana und ihre Krankheit.

»Ist es Eure Angewohnheit, Privatgespräche zu belauschen?« fragte Makova anzüglich.

»Wenn es um die Sicherheit der Kirche oder des Staates geht, dann ja, Eminenz. Ich habe geschworen, beides zu verteidigen.«

»Ach ja. Ich hatte vergessen, daß Ihr auch der Streiter der elenischen Königin seid. Gerät dadurch nicht manchmal Eure Loyalität in Konflikt, Ritter Sperber?«

»Bis jetzt nicht, Eminenz. In Elenien geraten die Interessen der Kirche selten mit denen des Staates in Widerspruch.«

»Gut gesagt, Ritter Sperber!« lobte der wohlbeleibte Kirchenmann zur Rechten.

Der Patriarch von Coombe beugte sich zu seinem Nachbarn hinüber, einem Mann mit kränklich blassem Gesicht, und flüsterte ihm etwas zu.

»Was habt Ihr getan, nachdem Ihr von dieser Verschwörung erfahren hattet, Ritter Sperber?« fragte nun Dolmant.

»Wir sammelten unsere Leute und ritten nach Arzium, um die Männer aufzuhalten, die den Überfall durchführen sollten.«

»Und weshalb habt Ihr den Primas von Cimmura nicht von dieser sogenannten Verschwörung unterrichtet?« fragte Makova.

»Bei dem Komplott ging es um den Angriff auf eine Burg in Arzium, Eminenz«, erwiderte Sperber. »Der Primas von Cimmura ist nicht für dieses Gebiet zuständig, infolgedessen betraf die Angelegenheit ihn nicht.«

»Ebensowenig die Pandioner, sollte man meinen. Warum habt Ihr nicht die cyrinischen Ritter alarmiert und die Angelegenheit ihnen überlassen?« Makova blickte selbstgefällig in die Runde, als hätte er einen tödlichen Treffer gelandet.

»Das Komplott war gegen *unseren* Orden gerichtet, Eminenz. Wir waren daher der Meinung, daß wir hinreichenden Grund hatten, die Sache selbst zu bereinigen. Außerdem haben die Cyriniker auch so genug zu tun, als daß wir sie noch zusätzlich mit einer für sie unwichtigen Sache belästigen wollten.«

Makovas Miene wirkte nun verdrossen.

»Was geschah dann, Ritter Sperber?« fragte Dolmant weiter.

»Es verlief im großen und ganzen wie erwartet, Eminenz. Wir unterrichteten Graf Radun; dann, als die Söldner ankamen, griffen wir sie von hinten an. Es entkamen nicht sehr viele.«

»Ihr habt sie ohne Warnung aus dem Hinterhalt überfallen?« rief Patriarch Makova empört. »Ist dies der Heldenmut, dessen sich die Pandioner brüsten?«

»Gebt es auf, Makova«, riet der verschmitzte Dicke auf der anderen Seite. »Euer geliebter Primas Annias hat sich selbst zum Narren gemacht. Hört auf, es ausbügeln zu wollen, indem Ihr diesen Ritter angreift oder versucht, seine Aussage in Frage zu stellen.« Er blickte Sperber listig an. »Möchtet Ihr nicht eine Vermutung anstellen, wer der Drahtzieher dieser Verschwörung ist, Ritter Sperber?«

»Wir sind nicht hier, um Vermutungen anzuhören, Emban!« protestierte Makova rasch. »Der Zeuge darf nur aussagen, was er weiß, nicht was er sich zusammenreimt.«

»Der Patriarch von Coombe hat recht, Eminenz«, wandte sich Sperber an Patriarch Emban. »Ich schwor, die Wahrheit zu sagen, und Vermutungen schießen gewöhnlich weit über das Ziel hinaus. Der pandionische Orden hat im vergangenen Jahrhundert viele Leute auf die eine oder andere Weise gekränkt. Wir sind zuweilen eine unduldsame Gemeinschaft, halsstarrig und nachtragend. Das macht uns bei so manchen unbeliebt, und alter Haß ist zäh.«

»Das stimmt wohl«, räumte Emban ein. »Doch wenn es um die Verteidigung des Glaubens ginge, würde ich mich ganz auf euch hartnäckigen und nachtragenden Pandioner verlassen, statt auf andere, deren Namen ich nennen könnte. Ich habe gehört, was in Elenien vorgeht, und es ist wahrhaftig nicht schwer, den Finger auf einen zu legen, dem es sehr zustatten käme, wenn die Pandioner aus dem Weg wären.«

»Ihr wagt es, den Primas Annias anzuschuldigen?« rief Makova mit hervorquellenden Augen und sprang auf.

»Ach, setzt Euch wieder, Makova«, sagte Emban abfällig. »Ihr vergiftet uns allein schon durch Eure Anwesenheit. Jeder in diesem Saal weiß, nach wessen Pfeife Ihr tanzt!«

»Ihr greift *mich* an?«

»Wer hat denn für Euren neuen Palast bezahlt, Makova? Vor sechs Monaten habt Ihr noch versucht, Geld von mir zu leihen, doch jetzt habt Ihr offenbar reichlich. Ist das nicht merkwürdig? Von wem bekommt Ihr denn Zuschüsse, Makova?«

»Was wird denn hier so herumgebrüllt?« tadelte eine schwache Stimme.

Sperber blickte scharf auf den goldenen Thron. Erzprälat Cluvonus war aufgewacht und blinzelte verwirrt. Der Kopf des Greises wackelte auf dem dürren Hals, und seine Augen waren verschleiert.

»Nur eine etwas hitzige Diskussion, Allerheiligster«, antwortete Dolmant milde.

»Jetzt habt ihr mich aufgeweckt!« sagte der Erzprälat verdrießlich. »Dabei hatte ich einen so erfreulichen Traum.« Er hob die Hand, zog die Mitra vom Kopf und warf sie zu Boden. Dann lehnte er sich schmollend in seinen Thron zurück.

»Möchte der Erzprälat sich den Diskussionspunkt anhören?« fragte Dolmant.

»Nein, möchte ich nicht!« schnaufte Cluvonus. »Jetzt wißt ihr's.« Dann kicherte er, als wäre sein kindischer Ausbruch ein mitreißender Witz gewesen. Sein Lachen erstarb, und er blickte sich mißbilligend um. »Ich will in mein Gemach zurück«, erklärte er. »Raus hier! Alle!«

Die Hierokratie erhob sich und verließ den Saal.

»Ihr auch, Dolmant!« befahl der Erzprälat mit schriller Stimme. »Und schickt mir Schwester Clentis. Sie ist die einzige, die wirklich um mich besorgt ist.«

»Selbstverständlich, Allerheiligster.« Dolmant verbeugte sich.

Sperber schritt neben dem Patriarchen von Demos her. »Wie lange ist er schon so?« erkundigte er sich.

Dolmant seufzte. »Über ein Jahr. Seine geistigen Fähigkeiten lassen schon seit längerem nach, doch erst im Laufe dieses Jahres hat seine Senilität ein solches Maß erreicht.«

»Wer ist Schwester Clentis?«

»Seine Pflegerin.«

»Ist der Öffentlichkeit sein Zustand bekannt?«

»Gerüchte sind leider unvermeidlich, aber es ist uns gelungen, sein tatsächliches Befinden geheimzuhalten.« Wieder seufzte Dolmant. »Beurteilt ihn nicht nach seiner jetzigen Verfassung, Sperber.

Als er noch ein wenig jünger war, hätten wir keinen fähigeren Erzprälaten haben können.«

Sperber nickte. »Ich weiß. Wie ist sein Gesundheitszustand ansonsten?«

»Nicht gut. Cluvonus ist sehr gebrechlich. Er wird es nicht mehr lange machen.«

»Vielleicht ist das der Grund für Annias' plötzliche Eile.« Sperber rückte seinen gepunzten, silberüberzogenen Schild zurecht. »Die Zeit arbeitet für ihn, wißt Ihr?«

Dolmant verzog das Gesicht. »Ja. Deshalb ist Eure Mission ja so wichtig.«

Ein anderer Kirchenmann schloß sich ihnen an. »Nun, Dolmant, das war ein äußerst interessanter Morgen«, stellte er fest. »Wie tief hatte Annias denn die Hand in dem Komplott?«

»Ich habe kein Wort über den Primas von Cimmura gesagt, Yarris«, wehrte Dolmant mit übertriebener Unschuldsmiene ab.

»Das war auch nicht nötig. Es fügt sich alles nur zu gut zusammen. Ich glaube nicht, daß das irgend jemandem im Rat entging.«

»Kennt Ihr den Patriarchen von Vardenais, Sperber?« fragte Dolmant.

»Wir sind uns mehrmals begegnet.« Sperbers Rüstung knarrte, als er sich vor dem anderen Kirchenmann verbeugte. »Eminenz.«

»Es freut mich, Euch wiederzusehen, Ritter Sperber«, sagte Patriarch Yarris. »Wie ist die Lage in Cimmura?«

»Angespannt«, erwiderte Sperber.

Yarris blickte Dolmant an. »Es ist euch doch klar, daß Makova Annias alles berichten wird, was heute im Rat gesprochen wurde?«

»Ich hatte nicht erwartet, daß es geheimbleiben würde. Annias hat sich selbst zum Esel gemacht. Wenn man seine Ambitionen berücksichtigt, ist dieser Wesenszug sehr aufschlußreich.«

»Das allerdings, Dolmant. Ihr habt Euch heute morgen einen neuen Feind gemacht.«

»Makova war mir schon zuvor nicht gerade gewogen. Übrigens, Yarris, Sperber und ich möchten Euch etwas zu bedenken geben.«

»Ach?«

»Es handelt sich um einen weiteren Schlich des Primas von Cimmura.«

»Dann wollen wir sehen, was wir dagegen tun können!«

»Ich hatte gehofft, daß Ihr das sagen würdet.«

»Was führt er denn jetzt im Schilde?«

»Er hat dem Königlichen Rat von Cimurra eine gefälschte Heiratsurkunde vorgelegt.«

»Wer soll geheiratet haben?«

»Prinzessin Arissa und Herzog Osten.«

»Lächerlich!«

»Das sagte auch Prinzessin Arissa.«

»Ihr seit bereit, das zu beschwören?«

Dolmant nickte. »Sperber ebenfalls.«

»Ich vermute, der Zweck war, Lycheas für ehelich zu erklären. Habe ich recht?«

Wieder nickte Dolmant.

»Aha. Dann wollen wir mal etwas dagegen unternehmen. Sprechen wir mit meinem Sekretär. Er kann das nötige Dokument aufsetzen.« Der Patriarch von Vardenais schmunzelte. »Mir deucht, Annias hat einen schlechten Monat. Das sind zwei Komplotte hintereinander, bei denen er sein Ziel nicht erreicht hat – und nicht zuletzt Sperbers wegen.« Er blickte den stämmigen Pandioner an. »Junge, zieht Eure Rüstung lieber gar nicht erst aus«, riet er. »Annias könnte auf die Idee kommen, Euren Rücken zwischen den Schulterblättern mit einem Dolch zu verzieren.«

Nachdem Dolmant und Sperber ihre Aussage, was Prinzessin Arissas mündliche Bestätigung betraf, zu Protokoll gegeben und beeidigt hatten, verließen sie den Patriarchen von Vardenais und kehrten durch den Korridor in Richtung Kirchenschiff zurück.

»Dolmant«, fragte Sperber, »habt Ihr eine Ahnung, weshalb sich so viele Styriker hier in Chyrellos aufhalten?«

»Ich habe davon gehört. Angeblich wollen sie in unserem Glauben unterwiesen werden.«

»Sephrenia findet das absurd.«

Dolmant verzog das Gesicht. »Da hat sie vermutlich recht. Ich habe mich ein Leben lang darum bemüht, doch es ist mir nie gelungen, auch nur einen einzigen Styriker zu bekehren.«

»Sie hängen sehr an ihren Göttern«, meinte Sperber. »Versteht es nicht falsch, Dolmant, aber offenbar gibt es eine sehr persönliche

Beziehung zwischen den Styrikern und ihren Gottheiten. Unser Gott ist vielleicht ein bißchen zu entrückt.«

»Ich werde darauf hinweisen, wenn ich das nächste Mal zu ihm spreche.« Dolmant lächelte. »Ich bin überzeugt, daß er Eure Meinung würdigt.« Sperber lachte. »Ich war wirklich ein wenig anmaßend, nicht wahr?«

»Da möchte ich Euch nicht widersprechen. Was meint Ihr, wann könnt Ihr nach Borrata aufbrechen?«

»Einige Tage wird es schon noch dauern. Ich vergeude ungern Zeit, aber die Ritter der anderen Orden haben einen langen Weg nach Chyrellos, und mir bleibt kaum eine andere Wahl, als auf sie zu warten. Ich fürchte nur, das Warten wird mich sehr ungeduldig machen.« Er schürzte die Lippen. »Ich glaube, ich werde die Zeit nutzen und hier ein wenig herumschnüffeln. Das gibt mir etwas zu tun, zumal diese vielen Styriker mich neugierig machen.«

»Seid vorsichtig auf den Straßen von Chyrellos, Sperber«, warnte Dolmant ihn ernst. »Es kann hier sehr gefährlich sein.«

»Es ist seit einiger Zeit auf der ganzen Welt gefährlich, Dolmant. Ich werde Euch auf dem laufenden halten.« Sperber drehte sich um, und seine Sporen klirrten, als er über den Marmorboden von dannen schritt.

13

Als das Mittagsläuten erklang, kehrte Sperber ins Ordenshaus zurück. Er war nachdenklich durch die belebten Straßen der Heiligen Stadt geritten, ohne viel auf die Menschenmassen um ihn herum zu achten. Der Verfall des Erzprälaten Cluvonus betrübte ihn. Trotz der Gerüchte, die er in der letzten Zeit gehört hatte, war es doch ein schwerer Schock gewesen, den hochwürdigen alten Herrn persönlich in diesem Zustand zu erleben.

Sperber hielt am Tor an und ließ das Einlaßritual über sich ergehen. Kalten erwartete ihn auf dem Hof. »Nun?« Der Blonde blickte ihm entgegen. »Wie war es?«

Sperber saß schwerfällig ab und hob den Helm vom Kopf. »Ich weiß nicht, ob sich durch unsere Aussage etwas geändert hat. Die Patriarchen, die Annias unterstützen, werden es auch weiterhin tun; jene, die gegen ihn sind, bleiben auf unserer Seite; und die Neutralen haben sich auch jetzt nicht entschieden.«

»Dann war es also nur Zeitvergeudung?«

»Nicht ganz, glaube ich. Nach der heutigen Sitzung dürfte es Annias schwerfallen, weitere Stimmen zu gewinnen.«

»Ich wollte, du würdest dir selbst darüber klarwerden, was du meinst, Sperber.« Kalten musterte seinen Freund. »Deine Laune ist auch nicht gerade rosig. Was ist wirklich passiert?«

»Cluvonus war dort.«

»Das ist eine Überraschung. Wie sah er aus?«

»Erschreckend.«

»Er ist immerhin fünfundachtzig, Sperber. Da konntest du doch nicht erwarten, daß er wie das blühende Leben aussieht. Auch Menschen verschleißen, weißt du?«

»Sein Verstand hat gelitten, Kalten«, erklärte Sperber traurig. »Er ist vollkommen kindisch. Dolmant glaubt nicht, daß er es noch lange machen wird.«

»Ist es so schlimm?«

Sperber nickte.

»Das bedeutet, daß wir nach Borrata eilen und möglichst rasch wieder zurückkommen müssen, nicht wahr?«

»Ja. Eile tut not«, bestätigte Sperber.

»Meinst du, wir sollten schon mal losreiten und die Ritter der anderen Orden nachkommen lassen?«

»Ich wollte, wir könnten es.Es gefällt mir gar nicht, daß Ehlana allein in ihrem Thronsaal ist. Aber ich fürchte, wir können es nicht wagen. Komier hat recht, daß es wichtig ist, unsere Einigkeit zu demonstrieren. Die anderen Orden können manchmal ein wenig empfindlich sein. Wir wollen sie doch nicht von vornherein vor den Kopf stoßen.«

»Habt ihr mit jemandem über Arissa gesprochen?«

Sperber nickte. »Der Patriarch von Vardenais nimmt die Sache in die Hand.«

»Dann war die Zeit doch nicht völlig vergeudet.«

Sperber brummte. »Ich will raus aus diesem Panzer!« Er klopfte mit den Fingerknöcheln auf die Brustplatte.

»Soll ich Faran den Sattel abnehmen?«

»Nein, danke, ich werde noch einmal ausreiten. Wo ist Sephrenia?«

»In ihrem Gemach, glaube ich.«

»Laß bitte ihr Pferd satteln.«

»Reitet sie auch aus?«

»Wahrscheinlich.« Sperber stieg die Treppe hoch und betrat das Ordenshaus.

Etwa eine Viertelstunde später klopfte er an Sephrenias Tür. Er hatte seinen schweren Panzer abgelegt und trug nun ein Kettenhemd unter einem unauffälligen grauen Umhang ohne Rangabzeichen und Ordenswappen. »Ich bin es, Sephrenia«, sagte er durch die Tür.

»Kommt herein, Sperber«, forderte sie ihn auf.

Er öffnete die Tür und trat ein.

Sephrenia saß in einem weichen Sessel und hatte Flöte auf dem Schoß. Das Kind schlief mit einem zufriedenen Lächeln. »Ging alles gut in der Basilika?« fragte die Styrikerin.

»Das ist schwer zu sagen«, antwortete er. »Kirchenleute verstehen sich darauf, ihre Gefühle zu verbergen. Habt Ihr und Kalten gestern irgend etwas über die Flut von Styrikern hier in Chyrellos herausgefunden?«

Sephrenia nickte. »Sie halten sich alle in dem Viertel beim Osttor auf. Sie haben irgendwo dort ein Haus, das offenbar eine Art Hauptquartier ist. Wir konnten jedoch nicht herausfinden, wo genau dieses Haus sich befindet.«

»Wie wär's, wenn wir es suchen?« schlug Sperber vor. »Ich muß etwas tun. Ich bin kribbelig.«

»Kribbelig? Ihr, Sperber? Der Mann aus Stein?«

»Ungeduld, nehme ich an. Ich kann es nicht erwarten, nach Borrata weiterzureiten.«

Sephrenia nickte. Sie hob Flöte auf die Arme, stand auf und trug das Kind zum Bett. Behutsam wickelte sie die Kleine in eine graue Wolldecke. Flöte öffnete flüchtig die dunklen Augen, lächelte und schlief weiter. Sephrenia küßte das Gesichtchen, dann drehte sie sich zu Sperber um. »Wollen wir gehen?«

»Ihr mögt sie sehr, nicht wahr?« fragte Sperber, als sie den Korridor entlangschritten, der zum Innenhof führte.

»Es ist mehr als das. Vielleicht werdet Ihr es irgendwann einmal verstehen.«

»Wißt Ihr ungefähr, wo dieses Styrikerhaus sein könnte?«

»Auf dem Markt am Osttor hat ein Schlächter seinen Stand. Er verkaufte große Mengen Fleisch an Styriker. Sein Knecht, der es ihnen lieferte, weiß, wo das Haus ist.«

»Warum habt Ihr dann nicht den Knecht befragt?«

»Er war gestern nicht da.«

»Vielleicht ist er heute zur Arbeit gekommen.«

»Wir können ja nachsehen.«

Sperber blieb stehen und blickte Sephrenia an. »Ich will Euch nicht bedrängen, mir Geheimnisse zu verraten, die Ihr für Euch behalten wollt, Sephrenia, aber vielleicht könntet Ihr mir sagen, ob Ihr imstande seid, gewöhnliche, ländliche Styriker von Zemochern zu unterscheiden?«

»Es ist möglich, sofern sie nicht darauf achten, ihre wahre Identität zu verbergen.«

Sie stiegen hinunter auf den Hof, wo Kalten mit Faran und Sephrenias Zelter wartete. Der blonde Ritter wirkte verärgert. »Dein Pferd hat mich gebissen, Sperber«, sagte er anklagend.

»Du solltest Faran wahrhaftig gut genug kennen, um zu wissen, daß du ihm nicht den Rücken zuwenden darfst. Hat er so kräftig zugebissen, daß es geblutet hat?«

»Nein«, mußte Kalten zugeben.

»Dann war er nur verspielt. Das beweist, daß er dich mag.«

»Oh, vielen Dank«, sagte Kalten verdrossen. »Willst du, daß ich mitkomme?«

»Nein, wir möchten unauffällig bleiben, und dir fällt das hin und wieder schwer.«

»Manchmal überwältigt mich dein Charme, Sperber.«

»Wir haben gelobt, die Wahrheit zu sagen.« Sperber half Sephrenia auf den Zelter, dann schwang er sich auf Faran. »Wir werden vor Einbruch der Dunkelheit zurück sein«, erklärte er seinem Freund.

»Meinetwegen brauchst du dich nicht zu beeilen.«

Sperber führte die zierliche Styrikerin durch das Tor auf die Nebenstraße.

»Er nimmt alles mit Humor, nicht wahr?« bemerkte Sephrenia.

»Das meiste, ja. Er lacht über die Welt, seit er ein Kind war. Ich glaube, deshalb mag ich ihn so sehr. Ich neige dazu, die Dinge etwas düsterer zu sehen, und er hilft mir, sie ins richtige Licht zu rücken.«

Sie ritten durch die nun überfüllten Straßen von Chyrellos. Zwar trugen viele einheimische Kaufleute das strenge Schwarz der Kirchenherren, doch Besucher üblicherweise nicht, und ihre bunte Kleidung hob sich wohltuend ab. Vor allem Reisende aus Cammorien fielen in ihren leuchtenden Farben auf, denn ihre gewöhnlich seidenen Kleidungsstücke verblaßten nicht, sondern behielten ihr helles Rot, ihr grelles Grün oder ihr strahlendes Blau bei.

Der Marktplatz, zu dem Sephrenia Sperber führte, war ein gutes Stück vom Ordenshaus entfernt, und sie brauchten eine gute Dreiviertelstunde, bis sie ihn erreichten.

»Wie seid Ihr auf diesen Kaufmann gekommen?« fragte Sperber.

»Styriker haben ihre Vorlieben, wenn es ums Essen geht, und benötigen dazu Nahrungsmittel, die von Eleniern weniger gefragt sind.«

»Ihr sagtet, er hätte ihnen Fleisch geliefert.«

»Ziegenfleisch, Sperber. Elenier mögen den Geschmack von Ziegenfleisch nicht sehr.«

Er schauderte.

»Ihr und Eure Vorurteile!« sagte sie leichthin. »Wenn es nicht von der Kuh kommt, eßt Ihr es nicht.«

»Ich glaube, es ist hauptsächlich Gewöhnungssache.«

»Ich werde lieber allein zu dem Stand gehen«, meinte sie. »Ihr schüchtert die Leute manchmal ein, Lieber. Wir wollen doch Antworten von diesem Knecht, und die bekommen wir womöglich nicht, wenn Ihr ihn verängstigt.« Sie reichte ihm ihre Zügel und ging über den Markt. Sperber beobachtete, wie sie durch die Menschenmenge trippelte und schließlich mit einem Burschen in einem rotverschmierten Kittel sprach. Nach wenigen Minuten kehrte sie zurück. Sperber saß ab, um ihr in den Sattel zu helfen.

»Hat er Euch gesagt, wo das Haus ist?« fragte er.

Sie nickte. »Gar nicht weit – ganz in der Nähe des Osttors.«

»Dann sehen wir uns dort mal um.«

Als sie weiterritten, tat Sperber etwas Impulsives, was für ihn völlig uncharakteristisch war. Er streckte den Arm aus und drückte die Hand der zierlichen Frau. »Ich liebe Euch, kleine Mutter.«

»Das weiß ich«, antwortete sie ruhig. »Aber ich freue mich, daß Ihr es sagt.« Dann lächelte sie. Es war ein warmes, ein wenig schelmisches Lächeln, das ihn merkwürdigerweise an Flöte erinnerte. »Doch ein Rat: Wenn Ihr es mit Frauen zu tun habt, dürft Ihr nicht zu oft sagen: *Ich liebe dich*.«

»Ich werde es mir merken. Gilt das auch für elenische Frauen?«

»Für alle Frauen, Sperber. Das Geschlecht ist viel ausschlaggebender als ihre Rasse.«

»Ich lasse mich gerne von Euch unterweisen, Sephrenia.«

»Habt Ihr etwa wieder Lyrik aus dem Mittelalter gelesen?«

»Ich?«

Sie ritten über den Marktplatz in den heruntergekommenen Stadtteil am Osttor. Er war vielleicht nicht ganz so trostlos wie die Elendsviertel von Cimmura, aber von der Pracht der Gegend um die Basilika war hier rein gar nichts mehr zu spüren. Die Farben auf den Straßen wirkten hier sogar noch bedrückender. Die Kittel der ihrer Arbeit nachgehenden Bürger waren von eintönigem Graubraun, und selbst die Gewänder der wenigen Kaufleute in der Menge waren verschossen und verschlissen. Die Miene dieser Händler und Krämer allerdings war so selbstbewußt wie die ihrer Standesgenossen überall sonst. Am Ende der Straße bemerkte Sperber einen gedrungenen Mann in einem Kittel aus grobgewebter, ungebleichter Wolle. »Styriker«, brummte er.

Sephrenia nickte. Sie zog die Kapuze ihres weißen Umhangs über den Kopf, daß das Gesicht verdeckt war. Sperber richtete sich im Sattel auf und bemühte sich um jene hochnäsige, herablassende Miene, zu der Diener einer hochgestellten Persönlichkeit neigen.

Sie ritten an dem Styriker vorbei, der vorsichtshalber auswich, ohne sie sonderlich zu beachten. Wie alle Angehörigen seiner Rasse hatte er dunkles, fast schwarzes Haar und bleiche Haut. Er war kleiner als die Elenier, die in dieser engen Straße dicht an ihm vorüberkamen, und die Knochen seines Gesichts stachen hervor, so daß es irgendwie unfertig wirkte.

»Zemocher?« erkundigte sich Sperber, nachdem sie an ihm vorbei waren.

»Das ist unmöglich zu sagen«, erwiderte Sephrenia.

»Verbirgt er seine Herkunft mit einem Zauber?«

Hilflos spreizte sie die Hände. »Das läßt sich nicht feststellen, Sperber. Entweder ist er ein styrischer Hinterwäldler, der an nichts anderes denkt als an die nächste Mahlzeit, oder aber ein sehr vorsichtiger Magier, der den Tölpel spielt und von dem alle Versuche abprallen, ihn zu durchschauen.«

Sperber murmelte eine Verwünschung. »Das ist offenbar nicht so leicht, wie ich dachte. Reiten wir weiter und sehen wir, was wir herausfinden können.«

Das Haus, zu dem der Knecht den Weg gewiesen hatte, befand sich am Ende einer kurzen Sackgasse.

»Es wird sich kaum beobachten lassen, ohne daß es auffällt«, befürchtete Sperber, als sie am Eingang dieser Gasse vorbeiritten.

»Ist auch nicht nötig«, entgegnete Sephrenia und zügelte ihren Zelter. »Wir müssen mit dem Kaufmann dort an der Ecke sprechen.«

»Wollt Ihr etwas kaufen?«

»Nicht direkt kaufen, Sperber. Kommt mit, dann seht Ihr selbst.« Sie rutschte vom Sattel und band die Zügel ihres zierlichen Schimmels an den Pflock vor dem Laden, auf den sie gedeutet hatte. Kurz schaute sie sich um. »Wird Euer ungestümes Streitroß Diebe abhalten, die es auf meine sanfte kleine Ch'iel abgesehen haben?« fragte sie. Sie legte zärtlich die Hand auf den Nacken der Schimmelstute.

»Ich werde mit ihm reden.«

»Würdet Ihr das tun?«

»Faran«, wandte sich Sperber an den häßlichen Fuchs, »bleib hier und paß gut auf Sephrenias Stute auf.«

Faran wieherte und spitzte eifrig die Ohren.

»Du alter Narr!« Sperber lachte.

Faran schnappte nach ihm, und seine Zähne klickten nur wenige Zoll von Sperbers Ohr entfernt in der Luft zusammen.

»Benimm dich!«

Im Laden, einem Raum, in dem billige Möbel ausgestellt waren, benahm sich Sephrenia schmeichlerisch, ja fast duckmäuserisch. »Guter Meister Kaufmann«, sagte sie in ungewohntem Tonfall, »Wir dienen einem hohen pelosischen Edelmann, der Chyrellos besucht, um in dieser Heiligen Stadt Trost für seine Seele zu suchen.«

»Ich verkaufe nicht an Styriker«, erklärte der Mann grob und starrte Sephrenia abweisend an. »Es treiben sich schon zu viele von euch dreckigen Heiden in Chyrellos herum.« Seine Miene verriet tiefe Abscheu, und er machte die ganze Zeit Gesten, die Magie abwehren sollten, im Ernstfall jedoch, wie Sperber erkannte, völlig wirkungslos gewesen wären.

»Hört mir gut zu, Trödler!« warnte ihn der breitschultrige Ritter beleidigend mit pelosischem Akzent. »Nehmt Euch nicht zuviel heraus! Ihr habt meines Herrn Kastellanin und mich mit Respekt zu behandeln, trotz Eurer armseligen selbstgerechten Frömmelei!«

Erzürnt schnaubte der Ladeninhaber: »Das ist unver...«

Mit einem Fausthieb zerschmetterte Sperber die Platte eines billigen Tisches. Dann packte er den Mann am Kragen und zog ihn heran, daß sich das Gesicht des Händlers unmittelbar vor dem seinen befand. »Verstehen wir einander?« fragte er mit bedrohlich leiser Stimme.

»Was wir benötigen, guter Meister Kaufmann«, sagte Sephrenia sanft, »ist eine Gemächerflucht an der Straßenseite. Unser Herr vergnügt sich gern damit, die Höhen und Tiefen der Menschheit zu beobachten.« Sie senkte schamhaft die Wimpern. »Habt Ihr vielleicht oben in eurem Haus dergleichen?«

Die widersprüchlichsten Gefühle stritten sich in der Miene des Ladenbesitzers, ehe er sich umdrehte und ihnen voraus die Treppe hochstieg.

Die oberen Räume waren schäbig und verwahrlost. Irgendwann einmal waren sie gestrichen worden, doch die erbsensuppengrüne Farbe war inzwischen abgeblättert und hing noch da und dort brüchig von den Wänden. Sperber und Sephrenia interessierten sich jedoch nicht für die Farbe. Ihre Blicke flogen sogleich zu den schmutzigen Fensterscheiben des mittleren Zimmers.

»Es sind noch mehr Gemächer, meine Dame«, sagte der Hauswirt nun respektvoller denn zuvor.

»Wir wollen uns in aller Ruhe umsehen, guter Meister Kaufmann.« Sie legte den Kopf ein wenig schief. »Waren das Schritte eines Kunden, die ich von unten hörte?«

Der Mann blinzelte, dann rannte er hinunter.

»Könnt Ihr von diesem Fenster aus das Haus am Gassenende sehen?« fragte Sephrenia Sperber.

»Die Scheiben sind dreckig.« Sperber hob den Saum seines grauen Umhangs, um Staub und Schmutz wegzuwischen.

»Tut das nicht!« rief Sephrenia hastig. »Styriker haben scharfe Augen.«

»Na gut. Dann spähe ich eben durch den Schmutz. Elenische Augen sind ebenso scharf.« Er blickte sie an. »Passiert das jedesmal, wenn Ihr ausgeht?« fragte er.

»Ja. Gewöhnliche Elenier sind nicht klüger als gewöhnliche Styriker. Ehrlich gesagt, ich unterhalte mich lieber mit einer Kröte als mit ihnen.«

»Kröten können sprechen?« fragte er erstaunt.

»Wenn man weiß, worauf man achten muß, ja. Sie sind allerdings keine sehr anregenden Gesprächspartner.«

Das Haus am Ende der Straße wirkte nicht sehr imposant. Das Erdgeschoß war aus unbehauenem Feldstein, die Fugen stümperhaft mit Mörtel gefüllt, und der erste Stock aus grob zurechtgeschnittenem Holz. Irgendwie paßte es nicht zu den anderen Häusern rundum, und man gewann den Eindruck, als sondere es sich von seinen Nachbarn ab. Während sie es beobachteten, kam ein Styriker in dem grobgewebten Wollkittel, welcher charakteristisch für die styrische Landbevölkerung war, die Gasse hinauf und ging auf das Haus zu. Ehe er es betrat, schaute er sich verstohlen um.

»Nun?« fragte Sperber.

»Schwer zu sagen«, antwortete Sephrenia auch diesmal. »Es ist wie bei dem anderen, an dem wir vorbeikamen. Er ist entweder ein sehr einfacher oder ein sehr fähiger Mann.«

»Das könnte uns viel Zeit kosten.«

»Nur bis zum Abend, wenn ich mich nicht täusche«, beruhigte sie ihn und zog sich einen Stuhl ans Fenster.

Während der nächsten Stunden betraten verhältnismäßig viele Styriker das Haus, und als die Sonne in einer dichten, schmutziggrauen Wolkenbank im Westen unterging, trafen auch noch andere Landsleute ein. Ein Cammorier in leuchtend gelbem Seidengewand stahl sich die Sackgasse hoch und wurde sogleich eingelassen. Ein Lamorker in poliertem Stahlharnisch und hohen Stiefeln marschierte in Begleitung von zwei Armbrustschützen arrogant zu dem Haus und wurde ebenso rasch hineingebeten. Dann, als die winterliche Abenddämmerung sich über Chyrellos senkte, kam eine Dame in Purpurumhang mit einem Lakai in Lederharnisch, wie sie in Pelosien üblich waren, die Gasse entlang. Sie bewegte sich eigenartig steif und ruckartig, und ihre Augen wirkten leer, doch aus ihrer Miene sprach unbeschreibliche Ekstase.

»Merkwürdige Besucher für ein styrisches Haus«, murmelte Sephrenia. Sperber nickte und schaute sich in dem schon fast dunklen Zimmer um. »Soll ich Licht machen?«

»Nein, es ist besser, wenn man nicht weiß, daß sich jemand hier aufhält.« Sie lehnte sich an ihn, daß ihm der würzige Duft edler Hölzer in die Nase stieg. »Doch Ihr dürft meine Hand halten«, bot sie ihm an. »Ich weiß nicht warum, aber ich hatte schon immer ein wenig Angst vor der Dunkelheit.«

»Gern«, versicherte er ihr und nahm ihre kleine Hand in seine riesige Pranke. So saßen sie etwa eine Viertelstunde, während es auch auf der Straße zusehends dunkler wurde.

Plötzlich stieß Sephrenia ein schmerzliches Ächzen aus.

»Was ist geschehen?« fragte Sperber erschrocken.

Sie antwortete nicht sogleich, sondern stand auf und hob die Arme über den Kopf, wobei sie die Handflächen nach oben drehte. Eine verschwommene Gestalt schien vor ihr zu stehen, ein Mann, der mehr Schatten als Fleisch war. Ein schwach glühendes, längliches Etwas schimmerte zwischen seinen weit ausgebreiteten, behandschuhten Armen. Langsam streckte er diesen silbrig leuchtenden Stab vor. Er strahlte kurz auf, dann zog er sich zusammen und wurde zu einem festen Gegenstand, während der Schattenmann sich verflüchtigte. Sephrenia sank auf den Stuhl zurück und hielt den langen, schmalen Gegenstand mit einer seltsamen Mischung aus Trauer und Hochachtung.

»Was war das, Sephrenia?« fragte Sperber bestürzt.

»Noch einer der zwölf Ritter ist gefallen.« Es klang wie ein Stöhnen. »Das ist sein Schwert, ein Teil meiner Bürde.«

»Vanion?« fragte er und erstickte fast vor Angst.

Ihre Finger betasteten den Schwertknauf, erforschten das Muster in der Dunkelheit. »Nein«, erwiderte sie schließlich. »Lakus.«

Sperber spürte einen schmerzlichen Stich im Herzen. Lakus war ein älterer Pandioner gewesen, ein Herr mit schneeweißem Haar und grimmiger Miene, den alle Ritter aus Sperbers Generation als Lehrer und Freund verehrt hatten.

Sephrenia barg das Gesicht an Sperbers gerüsteter Schulter und weinte. »Ich kannte ihn schon als Jungen, Sperber«, wisperte sie.

»Kehren wir ins Ordenshaus zurück«, schlug er mitfühlend vor. »Wir können hier ein andermal weitermachen.«

Sie hob den Kopf und trocknete sich die tränennassen Augen. »Nein, Sperber«, sagte sie fest. »Etwas tut sich heute abend in diesem Haus – etwas, das sich wahrscheinlich nicht so rasch wiederholen wird.«

Er setzte zu einer Erwiderung an, doch plötzlich spürte er einen gewaltigen Druck unmittelbar hinter den Ohren. Es war, als hätte soeben jemand die Handteller auf seinen Hinterkopf gelegt und presse sie mit mächtiger Kraft zusammen.

Sephrenia beugte sich angespannt vor. »Azash!« zischte sie.

»Was?«

»Sie beschwören Azashs Geist«, sagte sie entsetzt.

»Dann gibt es also keinen Zweifel mehr, nicht wahr?« Sperber stand auf.

»Setzt Euch wieder, Sperber. Ungeduld schadet nur!«

»So viele können es doch nicht sein!«

»Und was glaubt Ihr, erfahren wir, wenn Ihr die Gasse hochstürmt und das Haus mit allen, die sich darin aufhalten, in Stücke haut? Setzt Euch. Beobachtet und lernt!«

»Dazu bin ich verpflichtet, Sephrenia. Es ist Teil des Schwures – schon seit fünf Jahrhunderten.«

»Schwur oder nicht«, fauchte sie, »das ist viel wichtiger!«

Beunruhigt und unsicher ließ er sich auf den Stuhl zurückfallen. »Was machen sie?«

»Ich sagte es bereits. Sie beschwören Azashs Geist. Das kann nur bedeuten, daß sie Zemocher sind.«

»Was machen die Elenier dann dort? Und der Cammorier, der Lamorker, diese Pelosierin?«

»Ihre Anweisungen entgegennehmen, denke ich. Die Zemocher kamen nicht zum Lernen hierher, sondern um zu unterweisen! Das ist sehr ernst, Sperber – so todernst, daß Ihr es Euch nicht einmal vorstellen könntet.«

»Was sollen wir tun?«

»Im Augenblick nichts. Wir bleiben hier sitzen und beobachten.«

Wieder spürte Sperber diesen ungeheuren Druck auf den Hinterkopf, dann ein brennendes Prickeln, das durch alle seine Adern zu ziehen schien.

»Azash ist dem Ruf gefolgt«, erklärte Sephrenia leise. »Es ist außerordentlich wichtig, daß wir uns jetzt völlig still verhalten und nur Unverfängliches denken. Azash spürt Feindseligkeit.«

»Ich verstehe nicht, warum Elenier an den Ritualen für Azash teilnehmen.«

»Wahrscheinlich der Belohnung wegen, die sie erwartet, wenn sie ihn anbeten. Die Älteren Götter waren immer sehr verschwenderisch mit ihrer Belohnung – wenn es ihnen gefiel.«

»Welche Belohnung könnte eine annehmbare Bezahlung für den Verlust der Seele sein?«

Sephrenia zuckte die Schultern, was in der zunehmenden Dunkelheit kaum zu sehen war. »Ein sehr langes Leben, vielleicht. Reichtum, Macht – und für Frauen Schönheit. Es könnte auch vieles andere sein – an das ich nicht einmal denken mag. Azash ist entartet. Er verdirbt jene, die ihn verehren, nur allzu rasch.«

Unten auf der Gasse zog ein Arbeiter mit einer Fackel klappernd einen Karren über das Kopfsteinpflaster. Am Haus hielt er an, nahm eine Fackel aus dem Karren, steckte sie in einen Eisenring neben dem Ladeneingang und zündete sie an. Dann ratterte er weiter.

»Gut«, murmelte Sephrenia. »Jetzt können wir sie sehen, wenn sie aus dem Haus kommen.«

»Wir haben sie bereits gesehen.«

»Sie werden anders sein, fürchte ich.«

Die Tür des styrischen Hauses öffnete sich und der Cammorier im Seidengewand trat heraus. Als er durch den Lichtkreis unten kam, sah Sperber ein unnatürlich blasses Gesicht und von Grauen geweitete Augen.

»Dieser Mann wird nicht mehr zurückkehren«, prophezeite Sephrenia leise. »Wahrscheinlich wird er den Rest seines Lebens versuchen, seinen Ausflug in die Finsternis durch Buße wiedergutzumachen.«

Wenige Minuten später stolzierte der Lamorker die Gasse hinunter. Seine Augen glänzten, und sein Gesicht war zu einer Miene wilder Grausamkeit verzerrt. Seine Armbrustschützen marschierten gleichmütig hinter ihm her.

»Verloren«, seufzte Sephrenia.

»Was?«

»Der Lamorker ist verloren. Azash hat ihn.«

Dann kam die Pelosierin aus dem Haus. Ihr purpurner Umhang war offen, und es war nicht zu übersehen, daß sie darunter nichts anhatte. Als sie den Fackelschein erreichte, erkannte Sperber, daß ihre Augen glasig wirkten und ihr nackter Leib blutbespritzt war. Ihr stämmiger Lakai wollte ihr den Umhang schließen, doch sie zischte ihn an, schlug seine Hand zur Seite und schwebte die Gasse entlang, wobei sie ohne Scham ihre Nacktheit zur Schau stellte.

»Und diese ist mehr als verloren«, sagte Sephrenia. »Sie wird von jetzt an gefährlich sein. Azash belohnte sie mit Macht.« Sephrenia runzelte die Stirn. »Ich bin versucht vorzuschlagen, daß wir ihr folgen und sie töten.«

»Ich glaube nicht, daß ich eine Frau töten könnte, Sephrenia.«

»Sie ist keine Frau mehr. Aber wir müßten ihr den Kopf abschlagen, und das könnte zur Empörung in Chyrellos führen.«

»*Was?*«

»Sie köpfen. Nur dadurch können wir sichergehen, daß sie wirklich tot ist. Ich glaube, wir haben hier genug gesehen, Sperber. Kehren wir ins Ordenshaus zurück und reden mit Nashan. Morgen sollten wir dann Dolmant alles berichten. Die Kirche hat ihre Möglichkeiten, gegen dergleichen vorzugehen.« Sephrenia erhob sich.

»Laßt mich das Schwert für Euch tragen.«

»Nein, Sperber. Es ist *meine* Bürde. Ich muß es selbst tragen.«

Sie schob Lakus' Schwert unter ihren Umhang und ging voraus zur Tür.

Unten kam ihnen der Hauswirt händereibend entgegen. »Nun?« erkundigte er sich eifrig. »Nehmt Ihr die Gemächer?«

»Sie sind völlig ungeeignet!« Sephrenia rümpfte die Nase. »Ich würde sie nicht einmal den Hunden meines Herrn zumuten.« Ihr Gesicht war sehr bleich, und sie zitterte unverkennbar.

»Aber . . .«

»Sperrt die Tür auf, Mann«, brummte Sperber, »Dann gehen wir.«

»Wenn Ihr sie nicht haben wollt, was habt Ihr so lange dort oben gemacht?«

Sperber antwortete lediglich mit einem eisigen Blick. Der Kaufmann schluckte schwer, trat an die Tür und kramte den Schlüssel aus seiner Kitteltasche.

Faran stand als mächtiger Beschützer neben Sephrenias Zelter. Ein Fetzen grobgewebten Stoffes ragte auf dem Kopfsteinpflaster unter seinem Huf hervor.

»Schwierigkeiten?« fragte ihn Sperber.

Faran schnaubte abfällig.

»Ich verstehe«, murmelte Sperber.

»Worum ging es?« erkundigte Sephrenia sich müde, als Sperber ihr in den Sattel half.

»Jemand hat versucht, Eure Stute zu stehlen.« Er zuckte die Schultern. »Faran hat ihm klargemacht, daß das nicht ratsam ist.«

»Könnt Ihr Euch wahrhaftig mit ihm verständigen?«

»Nun ja, ich weiß in etwa, was er denkt. Wir sind schon so lange zusammen.«

Er schwang sich aufs Pferd, und sie ritten die Gasse zurück und in Richtung des pandionischen Ordenshauses.

Sie waren etwa eine halbe Meile weit gekommen, als Sperber eine plötzliche Vorahnung befiel. Er reagierte sofort, indem er Farans Schulter gegen den Schimmel stieß. Das kleinere Pferd taumelte zur Seite, gerade als ein Armbrustbolzen durch die Luft pfiff, wo Sephrenia soeben noch gewesen war.

»Reitet, Sephrenia!« drängte Sperber, während der Bolzen gegen eine Hauswand krachte. Der stämmige Ritter blickte über die

Schulter und zückte das Schwert. Aber Sephrenia hatte bereits die Fersen in die Flanken der Schimmelstute gepreßt und galoppierte hufklappernd davon. Sperber folgte ihr dichtauf und beschirmte ihren Körper mit dem seinen.

Nachdem sie mehrere Straßen überquert hatten, ritt Sephrenia langsamer. »Habt Ihr ihn gesehen?« fragte sie. Sie hielt jetzt Lakus' Schwert in der Hand.

»Ich brauchte ihn nicht zu sehen. Armbrust bedeutet Lamorker. Niemand sonst benutzt sie.«

»Jener, der im Haus der Styriker war?«

»Wahrscheinlich – außer Ihr habt Euch in letzter Zeit bemüht, andere Lamorker tödlich zu beleidigen. Könnte es sein, daß Azash oder einer seiner Zemocher Eure Anwesenheit irgendwie gewittert hat?«

»Es wäre möglich«, antwortete sie nachdenklich. »Niemand weiß mit Sicherheit, wie weit die Macht der Älteren Götter reicht. Woher habt Ihr überhaupt gewußt, daß ein Angriff bevorstand?«

»Durch unsere Ausbildung, nehme ich an. Ich habe gelernt zu spüren, wenn jemand eine Waffe auf mich richtet.«

»Ich dachte, sie war auf mich gerichtet.«

»Das kommt aufs selbe hinaus, Sephrenia.«

»Jedenfalls hat er nicht getroffen.«

»*Diesmal.* Ich glaube, ich werde mit Nashan sprechen, daß er ein Kettenhemd für Euch besorgt.«

»Seid Ihr von Sinnen, Sperber?« protestierte sie. »Allein das Gewicht würde mich in die Knie zwingen – und dann dieser gräßliche Geruch!«

»Besser Gewicht und Geruch als ein Pfeil zwischen den Schulterblättern!«

»Kommt überhaupt nicht in Frage!«

»Wir werden sehen. Steckt das Schwert weg. Sehen wir zu, daß wir weiterkommen. Ihr müßt Euch ausruhen, und ich möchte Euch sicher im Ordenshaus haben, ehe Euch noch jemand als Zielscheibe benutzt.«

14

Am Vormittag des nächsten Tages traf Ritter Bevier am Tor des pandionischen Ordenshauses in Chyrellos ein. Bevier war ein cyrinischer Ordensritter aus Arzium. Sein Paradepanzer war silberglänzend poliert, und sein Umhang war weiß. Sein Helm hatte kein Visier, dafür jedoch schweren Wangen- und Nasenschutz. Er saß auf dem Hof ab, hängte Schild und die langschäftige, mit einem Haken versehene Lochaber-Streitaxt an den Sattelknauf und nahm den Helm ab. Bevier war jung und schlank, hatte braune Haut und blauschwarzes Kraushaar.

Feierlich schritt Nashan mit Sperber und Kalten die Treppe hinunter, um ihn förmlich zu begrüßen. »Ihr ehrt unser Haus, Ritter Bevier.«

Bevier neigte steif den Kopf. »Ritter Nashan«, erwiderte er den Gruß. »Ich habe den Befehl des Hochmeisters meines Ordens, Euch seine Grüße zu übermitteln.«

»Danke, Ritter Bevier«, entgegnete Nashan, insgeheim etwas bestürzt über die starre Förmlichkeit des jungen Ordensmannes.

»Ritter Sperber«, sagte Bevier und verneigte sich wieder knapp.

»Kennen wir uns, Bevier?«

»Unser Hochmeister hat Euch beschrieben, Ritter Sperber – Euch und Euren Begleiter, Ritter Kalten. Sind die anderen bereits angekommen?«

Sperber schüttelte den Kopf. »Nein. Ihr seid der erste.«

»Tretet ein, Ritter Bevier«, bat Nashan. »Wir geben Euch eine Zelle, damit Ihr aus diesem Panzer schlüpfen könnt, und ich gehe in die Küche und sorge dafür, daß Ihr ein warmes Mahl bekommt.«

»Wenn Ihr nichts dagegen habt, würde ich zuerst gern Eure Kapelle besuchen. Ich war mehrere Tage unterwegs und empfinde das dringende Bedürfnis, an einem geweihten Ort zu beten.«

»Die Kapelle steht Euch zur Verfügung«, versicherte ihm Nashan.

»Wir kümmern uns um Euer Pferd«, sagte Sperber zu dem jungen Mann.

»Vielen Dank, Ritter Sperber.« Wieder verneigte sich Bevier und folgte Nashan die Stufen hinauf.

»Na, der verspricht ein unterhaltsamer Reisegefährte zu werden«, sagte Kalten ironisch.

»Er wird schon lockerer werden, wenn er uns erst besser kennt«, meinte Sperber.

»Ich hoffe nur, du hast recht. Ich hatte ja gehört, daß die Cyriniker ein wenig steif sind, aber ich fürchte, unser junger Freund übertreibt es.« Neugierig nahm er die Lochaber vom Sattelknopf. »Kannst du dir vorstellen, daß man das Ding gegen jemanden benutzt?« Er schauderte. Die Streitaxt, eher eine Hellebarde, hatte ein schweres, zwei Fuß langes Blatt mit einer rasiermesserscharfen, schnabelähnlichen Spitze am oberen Ende. Ihr dicker Stiel war gut vier Fuß lang. »Damit könnte man einen Mann aus seiner Rüstung schälen wir eine Auster aus ihrer Muschel.«

»Das dürfte auch der Zweck sein. Sie ist tatsächlich einschüchternd, nicht wahr? Leg sie weg, Kalten. Man spielt nicht mit anderer Leute Spielzeug.«

Nachdem Ritter Bevier seine Andacht beendet und seinen Panzer ausgezogen hatte, schloß er sich ihnen in Nashans prunkvollem Studiergemach an.

»Hat man Euch was zu essen gebracht?« fragte ihn Nashan.

»Das ist nicht nötig«, erwiderte Bevier. »Wenn Ihr gestattet, esse ich mit Euch und Euren Rittern zu Mittag im Speisesaal.«

»Selbstverständlich«, versicherte ihm Nashan. »Wir freuen uns, wenn Ihr Euch uns anschließt.«

Sperber stellte Sephrenia den jungen Mann vor. Bevier verbeugte sich tief vor ihr.

»Ich habe viel von Euch gehört, Erhabene«, sagte er respektvoll. »Unsere Lehrer, die uns in styrischen Geheimnissen unterweisen, schätzen Euch sehr hoch.«

»Welch freundliche Worte, Herr Ritter. Doch meine Fähigkeiten sind das Ergebnis von Alter und Übung, nicht von besonderem Können.«

»Alter? Gewiß nicht, meine Dame. Ihr könnt nicht viel älter sein als ich, und ich werde erst in einigen Monaten dreißig. Die Blüte der Jugend färbt Eure Wangen, und Eure Augen verzaubern mich.«

Sephrenia lächelte ihn warm an, dann warf sie Kalten und Sperber mißbilligende Blicke zu. »Ich hoffe, ihr beide lernt ein wenig dazu. Ein bißchen Galanterie könnte euch nicht schaden.«

»In höfischem Benehmen war ich nie gut, kleine Mutter«, gestand Kalten.

»Das ist mir nicht entgangen.« Sie blickte das Kind an und tadelte ein wenig müde: »Flöte, leg das Buch weg! Ich habe dir schon so oft gesagt, daß du keines anfassen sollst!«

Einige Tage später kamen Ritter Tynian und Ritter Ulath gemeinsam an. Tynian war ein gutmütiger alzionischer Ordenskrieger aus Deira, dem Königreich nördlich von Elenien. Sein rundes, volles Gesicht wirkte offen und freundlich. Er hatte durch das jahrelange Tragen deiranischer Rüstung, der schwersten auf der Welt, außerordentlich muskulöse Schultern und eine gewölbte Brust. Über den Panzer hatte er einen himmelblauen Umhang geschlungen. Ulath war ein hünenhafter genidianischer Ritter, einen guten Kopf größer als Sperber. Er trug keinen Panzer, sondern ein einfaches Kettenhemd und darüber einen grünen Umhang, dazu einen unverzierten Spitzhelm. Bewaffnet war er mit einer wuchtigen Streitaxt, und von seinem Sattel hing ein großer Rundschild. Ulath war ein stiller, in sich gekehrter Mann, der selten sprach. Sein blondes Haar hatte er zu zwei Zöpfen geflochten, die auf den Rücken hingen.

»Guten Morgen, die Herren«, rief Tynian Sperber und Kalten zu, als er auf dem Hof des Ordenshauses absaß. Er betrachtete die beiden. »Ich müßt Ritter Sperber sein«, sagte er schließlich. »Unser Hochmeister erwähnte, daß Ihr Euch irgendwann einmal die Nase gebrochen habt.« Unwillkürlich grinste er. »Keine Angst, Sperber, es tut Eurer besonderen Art und Schönheit keinen Abbruch.«

»Ich glaube, ich werde diesen Mann mögen«, stellte Kalten fest.

»Und Ihr seid bestimmt Kalten«, sagte Tynian nun. Er streckte die Hand aus, und Kalten nahm sie, ehe er bemerkte, daß der Alzioner eine tote Maus in der Handfläche versteckt hatte. Mit einer Verwünschung riß Kalten die Hand zurück. Tynian brüllte vor Lachen.

»Ich glaube, ich werde ihn auch mögen«, bemerkte Sperber.

»Ich heiße Tynian«, stellte sich der Ritter nun vor. »Mein schweigsamer Freund hier ist Ulath aus Thalesien. Er holte mich vor ein paar Tagen ein. Hat seither keine zehn Worte geredet.«

»Ihr redet genug für uns beide«, brummte Ulath und rutschte aus dem Sattel.

»Das ist leider nur allzu wahr«, gab Tynian zu. »Ich habe dieses überwältigende Bedürfnis, den Klang meiner Stimme zu hören.«

Ulath streckte die Prankenhand aus. »Sperber«, sagte er.

»Keine Maus?« fragte Sperber.

Ein Lächeln huschte über Ulaths Gesicht, als sie sich die Hand gaben. Dann schüttelte Ulath auch Kaltens Hand, und die vier stiegen die Freitreppe zum Ordenshaus hinauf.

»Ist Bevier schon da?« fragte Tynian Kalten.

»Seit ein paar Tagen bereits. Kennt Ihr ihn persönlich?«

»Ich bin ihm einmal flüchtig begegnet, als unser Hochmeister und ich einen Besuch in Larium machten und den Cyrinikern in ihrem Mutterhaus vorgestellt wurden. Ich fand ihn damals etwas steif und förmlich.«

»Daran hat sich offenbar nichts geändert.«

»Das habe ich eigentlich auch nicht erwartet. Verratet mir, was sollen wir eigentlich unten in Cammorien? Unser Hochmeister kann manchmal geradezu unverschämt verschwiegen sein.«

»Warten wir, bis Bevier dabei ist«, schlug Sperber vor. »Ich habe das Gefühl, daß er leicht zu kränken ist, also beleidigen wir ihn nicht dadurch, daß wir uns ohne sein Beisein über Dinge unterhalten, die auch ihn betreffen.«

»Gut bedacht, Sperber. Unsere Demonstration von Einigkeit würde nicht sehr überzeugend wirken, wenn Bevier zu schmollen anfängt. Ich muß ihm jedoch zugestehen, daß er ein guter Kämpfer ist. Trägt er immer noch diese Lochaber?«

»O ja«, erwiderte Kalten.

»Furchteinflößend, nicht war? Ich habe ihn in Larium damit üben sehen. Im Galopp hackte er damit die Spitze eines Pfostens ab, die so dick war wie mein Schenkel. Ich gewann den Eindruck, daß er durch einen Trupp Fußsoldaten reiten und einen zehn Meter breiten Pfad abgetrennter Schädel hinter sich zurücklassen könnte.«

»Hoffen wir, daß es nicht dazu kommt«, warf Sperber ein.

»Wenn das Eure Einstellung ist, Sperber, nehmt Ihr unserer Reise jegliche Aussicht auf Vergnügen.«

»Ich werde diesen Mann ganz bestimmt mögen!« sagte Kalten.

Nach dem Mittagsgottesdienst schloß sich ihnen Ritter Bevier in Nashans Studiergemach an. Soweit Sperber wußte, hatte Bevier seit seiner Ankunft nicht einen Gottesdienst ausgelassen.

»Nun denn«, begann Sperber und stand auf, nachdem sie alle beisammen waren, »es sieht folgendermaßen aus: Annias, Primas von Cimmura, gelüstet nach dem Erzprälatenthron hier in Chyrellos. Er hat die Stimmenmehrheit des Königlichen Rates von Elenien, wodurch er frei über das Staatssäckel verfügen kann. Er bedient sich dieses Geldes, um genügend Stimmen in der Hierokratie zu kaufen, damit er nach Cluvonus' Tod gewählt wird. Die Hochmeister der vier Orden möchten das verhindern.«

»Kein ehrenhafter Kirchenmann würde Geld für seine Stimme annehmen!« entrüstete sich Bevier.

»Das ist richtig«, pflichtete Sperber ihm bei. »Bedauerlicherweise aber sind viele Kirchenmänner alles andere denn redlich. Seien wir doch ehrlich, meine Herren. In der Elenischen Kirche ist Korruption weit verbreitet. Auch wenn es uns nicht gefällt, müssen wir den Tatsachen ins Auge sehen. Viele dieser Stimmen *sind* käuflich. Verschlimmert wird das Ganze durch Königin Ehlanas bedauerlichen Zustand, denn wäre sie gesund und könnte selbst regieren, würde sie Annias' Griff in das Staatssäckel nicht zulassen. Die Hochmeister sind der einhelligen Meinung, daß Annias am ehesten aufzuhalten wäre, wenn sich ein Heilmittel für die Königin finden ließe, damit sie die Herrschaft wieder selbst übernehmen kann. Deshalb reiten wir nach Borrata. Die Ärzte an der dortigen Universität sind vielleicht imstande festzustellen, an welcher Krankheit sie leidet, und ein Mittel dagegen zu finden.«

»Nehmen wir Eure Königin mit?« erkundigte sich Tynian.

»Nein, das ist völlig unmöglich.«

»Dann dürften die Ärzte sich aber schwerlich ein Bild machen können, findet Ihr nicht?«

Sperber schüttelte den Kopf. »Sephrenia, die Geheimnislehrerin der Pandioner, begleitet uns. Sie kann Königin Ehlanas Symptome in allen Einzelheiten beschreiben und, falls das die Ärzte weiterbringt, ein Abbild der Königin erschaffen.«

»Klingt ein bißchen umständlich«, meinte Tynian. »Aber wenn es so gemacht werden muß, machen wir es eben so.«

»In Cammorien ist es zur Zeit ziemlich unruhig«, fuhr Sperber fort. »In den mittleren Königreichen wimmelt es von zemochischen Agenten, die alles daransetzen, Unruhen und Feindschaften zu schüren. Und nicht nur das. Annias wird ziemlich sicher vermuten, was wir vorhaben, also wird er es zu vereiteln versuchen.«

»Borrata ist ziemlich weit von Cimmura, oder nicht? Hat Primas Annias denn einen so langen Arm?« fragte Tynian.

»Ja«, antwortete Sperber, »leider. In Cammorien lebt ein ehemaliger Pandioner, der manchmal für Annias arbeitet. Er heißt Martel und wird uns wahrscheinlich aufzuhalten versuchen.«

»Nur einmal«, brummte Ulath.

»Wir wollen jedoch nicht selbst den Kampf suchen«, mahnte Sperber. »Unsere Hauptaufgabe besteht darin, Sephrenia sicher nach Borrata und wieder zurückzubringen. Es wurde bereits ein Anschlag auf sie verübt.«

»Wir werden weiteren Meuchlern den Mut nehmen!« versprach Tynian grimmig. »Begleitet uns sonst noch jemand?«

»Mein Schildknappe Kurik«, antwortete Sperber. »Und wahrscheinlich ein junger pandionischer Novize namens Berit. Er beweist Geschick, und Kurik wird jemanden brauchen, der ihm bei der Versorgung der Pferde hilft.« Er überlegte kurz, dann fügte er hinzu: »Ich glaube, wir nehmen auch noch einen Jungen mit.«

»Talen?« rief Kalten überrascht. »Hältst du das wirklich für eine gute Idee, Sperber?«

»Chyrellos' Straßen haben schon ohne ihn einen schlechten Ruf, da wäre es nicht ratsam, auch noch den kleinen Dieb darauf loszulassen. Außerdem glaube ich, seine besonderen Fähigkeiten könnten uns gelegen kommen. Ansonsten wird uns nur noch ein kleines Mädchen namens Flöte begleiten.«

Kalten starrte ihn mit noch größerer Bestürzung an.

»Sephrenia wird sie nicht zurücklassen«, erklärte Sperber. »Und ich bin auch gar nicht sicher, daß sie zurückgelassen werden *könnte*! Erinnerst du dich, wie leicht sie aus dem Nonnenkloster in Arzium verschwunden ist?«

»Hm. Da ist was dran«, gab Kalten zu.

»Das sind klare Worte, Ritter Sperber«, lobte Bevier. »Wann brechen wir auf?«

»Gleich morgen in aller Frühe«, antwortete Sperber. »Es ist ein weiter Weg bis Borrata, und der Erzprälat wird nicht jünger. Patriarch Dolmant meint, daß er jederzeit sterben könnte, und Annias wird keine Zeit verlieren.«

»Dann sollten wir unsere Vorbereitungen treffen«, sagte Berit und erhob sich. »Werden die Herren sich mir zur Vesper in der Kapelle anschließen?«

Kalten seufzte. »Ich glaube, das sollten wir. Schließlich sind wir Ordensritter.«

»Und ein bißchen Gotteshilfe kann nicht schaden«, fügte Tynian hinzu.

Am Spätnachmittag traf eine Kompanie Kirchensoldaten am Tor des Ordenshauses ein. »Ich habe eine Vorladung von Patriarch Makova für Euch und Eure Kameraden, Ritter Sperber«, erklärte der Hauptmann des Trupps, als Sperber und die anderen auf den Hof hinunterkamen. »Er möchte Euch sofort in der Basilika sprechen.«

»Wir holen unsere Pferde«, erklärte Sperber. Er führte die anderen Ritter in die Stallung. Insgeheim fluchte er wütend.

»Schwierigkeiten?« fragte ihn Tynian.

»Makova ist ein Anhänger von Primas Annias«, erwiderte Sperber, während er Faran aus seiner Box holte. »Ich bin fast sicher, daß er versuchen wird, uns Steine in den Weg zu legen.«

»Wir müssen seiner Aufforderung jedoch folgen«, entgegnete Bevier und schwang den Sattel auf sein Pferd. »Wir sind Ordensritter und haben den Befehlen eines Mitglieds der Hierokratie zu gehorchen, gleich, welche Politik er verfolgt.«

»Außerdem wartet da draußen eine ganze Kompanie Soldaten«, gab Kalten zu bedenken. »Ich würde sagen, daß Makova keine großen Risiken eingeht.«

»Er wird doch nicht annehmen, daß wir uns weigern könnten?« entrüstete sich Bevier.

»Ihr kennt Sperber noch nicht so gut«, entgegnete Kalten. »Er kann zuweilen recht eigenwillig sein.«

»Aber ich fürchte, wir haben hier keine Wahl«, sagte Sperber.

»Also begeben wir uns in die Basilika und hören uns an, was der Patriarch zu sagen hat.«

Sie führten ihre Pferde auf den Hof und saßen auf. Auf einen raschen Befehl des Hauptmanns formierten sich die Soldaten um sie.

Der Platz vor der Basilika war merkwürdigerweise menschenleer, als Sperber und seine Begleiter absaßen.

»Sieht ganz so aus, als erwarteten sie Schwierigkeiten«, bemerkte Kalten, während er und die anderen die breite Marmorfreitreppe hinaufstiegen.

Beim Betreten des riesigen Kirchenschiffs kniete Bevier sich nieder und faltete die Hände.

Der Hauptmann und eine Abteilung seiner Soldaten traten hinter ihnen ein. »Wir dürfen den Patriarchen nicht warten lassen«, rief der Hauptmann. Sein arroganter Tonfall reizte Sperber, doch er beherrschte sich und sank neben Bevier auf die Knie. Kalten grinste und kniete sich ebenfalls nieder. Tynian stupste Ulath, und auch sie knieten sich hin.

»Ich sagte ...«, begann der Hauptmann mit leicht erhobener Stimme.

»Wir haben Euch gehört, Hauptmann«, versicherte ihm Sperber. »Wir sind gleich soweit.«

»Aber ...«

»Ihr dürft dort drüben warten. Wir brauchen nicht lange.«

Der Hauptmann drehte sich um und stampfte davon.

»Gut gemacht, Sperber«, murmelte Tynian.

»Schließlich sind wir Ordensritter«, flüsterte Sperber zurück. »Es kann nicht schaden, wenn Makova ein wenig warten muß. Das erhöht seine Vorfreude.«

»Da bin ich sicher«, pflichtete Tynian ihm bei.

Die fünf Ritter blieben etwa zehn Minuten knien, während der Hauptmann ungeduldig hin und her marschierte.

»Seid ihr fertig, Bevier?« erkundigte Sperber sich höflich, als der Cyriniker die Hände öffnete.

»Ja«, antwortete Bevier mit verklärtem Gesicht. »Ich fühle mich jetzt geläutert und im Frieden mit der Welt.«

»Versucht, dieses Gefühl beizubehalten. Der Patriarch von

Coombe wird uns wahrscheinlich bis aufs Blut reizen.« Sperber erhob sich. »Wollen wir gehen?«

»Na *endlich*!« schnaubte der Hauptmann, als sie zu ihm und seinen Soldaten traten.

Bevier blickte ihn kalt an. »Habt Ihr einen Titel, Hauptmann, außer Eurem militärischen Rang, meine ich?«

»Ich bin ein Markgraf, Ritter Bevier.«

»Ausgezeichnet. Wenn Euch unsere Andacht beleidigt, bin ich mehr denn bereit, Euch Genugtuung zu geben. Ihr dürft mir jederzeit Eure Adjutanten schicken. Ich stehe zu Eurer Verfügung.«

Der Hauptmann erbleichte sichtlich und wich zurück. »Ich führe lediglich Befehle aus, Ritter Bevier. Es würde mir nie einfallen, einen Streiter der Kirche zu beleidigen.«

»Ah«, sagte Bevier von oben herab. »Dann wollen wir gehen. Wie Ihr zuvor so trefflich bemerktet, dürfen wir den Patriarchen von Coombe doch nicht warten lassen.«

Der Hauptmann führte sie zu einem vom Kirchenschiff abzweigenden Gang.

»Gut gemacht, Bevier«, flüsterte Tynian ihm zu.

Der Cyriniker lächelte flüchtig.

»Nichts hilft so sehr, einem Mann seine guten Manieren in Erinnerung zu rufen, als der Gedanke an einen Meter Stahl im Bauch«, warf Kalten ein.

Das Gemach, in das der Hauptmann sie führte, prangte mit polierten Marmorwänden, einem dickem Teppich und teuren Vorhängen, beides in Weinrot. Der hagere Patriarch von Coombe saß an einem langen Tisch und las ein Pergament. Bei ihrem Eintreten blickte er zornig hoch. »Was hat euch so lange aufgehalten?« knurrte er den Hauptmann an.

»Die Ordensritter hatten das Bedürfnis, vor dem Hauptaltar zu beten, Eminenz.«

»Oh. Natürlich.«

»Darf ich mich zurückziehen, Eminenz?«

»Nein. Bleibt hier! Ihr habt dafür zu sorgen, daß die Befehle, die ich hier erteilen werde, auch durchgeführt werden.«

»Jawohl, Eminenz.«

Mit strengem Blick wandte sich Makova nunmehr an die Ritter.

»Ich habe erfahren, daß Ihr Herren eine Reise nach Cammorien plant«, sagte er.

»Wir machten daraus keinen Hehl, Eminenz«, gab Sperber ihm zu verstehen.

»Ich verbiete es.«

»Dürfte man fragen, wieso, Eminenz?« erkundigte sich Tynian mild.

»Nein, das darf man nicht! Die Ordensritter unterstehen der Hierokratie. Erklärungen sind nicht erforderlich. Ihr werdet alle zum pandionischen Ordenshaus zurückkehren und dort bleiben, bis es mir gefällt, Euch weitere Anweisungen zu erteilen.« Er lächelte eisig. »Ich glaube, Ihr werdet alle bald nach Hause zurückkehren.« Dann richtete er sich auf. »Das ist alles. Ihr habt meine Erlaubnis, Euch zurückzuziehen. Hauptmann, Ihr sorgt dafür, daß diese Ritter das pandionische Ordenshaus nicht verlassen!«

»Jawohl, Eminenz.«

Alle verneigten sich und verließen stumm das Gemach.

»Das war kurz und bündig, nicht wahr?« brummte Kalten, als sie hinter dem Hauptmann, der ein gutes Stück vorausschritt, den Korridor zurückgingen.

»Es wäre sinnlos gewesen, die Tatsachen mit lahmen Ausreden zu vertuschen«, entgegnete Sperber.

Kalten beugte sich zu seinem Freund hinüber. »Werden wir seinen Befehlen gehorchen?« wisperte er.

»Nein.«

»Ritter Sperber!« stieß Bevier hervor. »Ihr werdet doch nicht den Befehlen eines Patriarchen der Kirche zuwiderhandeln?«

»Nein, nicht wirklich. Ich brauche lediglich andere Befehle.«

»Dolmant?« fragte Kalten.

»Nun, sein Name springt einem doch regelrecht entgegen, oder nicht?«

Sie hatten jedoch keine Gelegenheit, einen kleinen Umweg zu machen. Der diensteifrige Hauptmann beharrte darauf, sie direkt zum Ordenshaus zu geleiten. »Ritter Sperber«, sagte er, als sie die schmale Straße erreichten, in der es sich befand, »Ihr werdet so gut sein, den Leiter Eures Ordenshauses zu unterrichten, daß dieses Tor geschlossen zu bleiben hat! Niemand darf hinein oder hinaus!«

»Ich werde es ihm sagen«, antwortete Sperber. Dann stieß er Faran leicht die Hacken in die Weichen und ritt in den Hof.

»Ich hätte nicht gedacht, daß er uns wirklich festsetzen würde«, murmelte Kalten. »Wie sollen wir da Dolmant benachrichtigen?«

»Ich lasse mir was einfallen«, versicherte ihm Sperber.

Später, als die Abenddämmerung sich über die Stadt senkte, stapfte Sperber auf der Brustwehr der Mauer hin und her und blickte dann und wann auf die Straße hinunter.

»Sperber?« erklang Kuriks rauhe Stimme auf dem Hof. »Bist du da oben?«

»Ja, komm rauf.«

Schritte knirschten auf der steinernen Treppe zum Wehrgang. »Wolltest du was von uns?« fragte Kurik, als er, Berit und Talen aus der Dunkelheit der Treppe stiegen.

»Ja. Da draußen bewacht eine Kompanie Kirchensoldaten das Tor, damit ja niemand ein oder aus geht. Ich muß aber Dolmant eine Nachricht schicken. Irgendwelche Vorschläge?«

Kurik kratzte sich am Kopf, während er darüber brütete.

»Gebt mir ein schnelles Pferd, dann stürme ich durch«, erbot sich Berit.

»Er wird mal ein guter Ritter«, sagte Talen. »Ritter stürmen leidenschaftlich gern, wie ich hörte.«

Berit blickte den Jungen durchdringend an.

»Keine Ohrfeigen mehr!« Talen wich zurück. »Wir haben uns geeinigt, daß Ihr mich nicht mehr schlagt. Ich passe gut auf, wenn Ihr mir was beibringt, und Ihr schlagt mich nicht mehr!«

»Hast du eine bessere Idee?« fragte ihn Berit.

»Mehrere.« Talen schaute über die Mauer. »Patrouillieren die Soldaten die Straßen rundum?«

»Ja«, antwortete Sperber.

»Nun, es ist im Grunde kein Problem, aber es wäre leichter, wenn sie es nicht täten.« Talen schürzte die Lippen und überlegte. »Berit«, fragte er schließlich, »seid Ihr gut mit dem Bogen?«

»Bogenschießen gehörte zu meiner Ausbildung«, erwiderte der Novize steif.

»Das habe ich nicht gefragt. Ich möchte wissen, ob Ihr gut mit dem Bogen umgehen könnt?«

»Ich treffe aus hundert Schritten ins Schwarze.«

Talen blickte Sperber an. »Habt ihr Ordensritter eigentlich nichts Besseres zu tun?« Er wandte sich wieder an Berit. »Seht Ihr den Stall dort drüben?« Er deutete über die Straße. »Den mit dem Strohdach?«

»Ja.«

»Könnt Ihr einen Pfeil in das Stroh schießen?«

»Mühelos.«

»Vielleicht macht sich Üben doch bezahlt.«

»Wie viele Monate hast du geübt, Säckel zu klauen?« knurrte Kurik.

»Das ist etwas anderes, Vater. Es bringt was ein.«

»Vater?« fragte Berit verblüfft.

»Es ist eine lange Geschichte«, brummte Kurik.

»Jeder auf der Welt lauscht, wenn eine Glocke läutet, gleichgültig aus welchem Grund«, sagte Talen in Schulmeisterton, »und keiner bringt es fertig, einen Brand zu ignorieren. Könnt Ihr ein Seil besorgen, Sperber?«

»Wie lang muß es sein?«

»Daß es bis auf die Straße reicht. Paßt auf. Berit wickelt Zunder um seinen Pfeil und zündet ihn an. Dann schießt er damit auf das Strohdach, daß es Feuer fängt. Daraufhin werden die Soldaten alle zu dieser Straße rennen, um sich das Schauspiel nicht entgehen zu lassen. Ich werde dann auf der hinteren Mauer am Seil hinunterklettern. Ich kann in weniger als einer Minute unten sein, ohne daß es irgend jemand merkt.«

»Du kannst doch nicht einfach jemandes Stall in Brand stecken!« sagte Kurik entsetzt.

»Sie werden das Feuer rasch löschen«, versicherte Talen ihm geduldig. »Sie werden schnell und unüberhörbar alarmiert werden, denn wir werden hier oben stehen und ›Feuer!‹ brüllen. Dann rutsche ich an der Rückseite am Seil hinunter und bin mindestens fünf Straßen entfernt, ehe sich die Aufregung legt. Ich weiß, wo Dolmant wohnt, und ich kann ihm ausrichten, was Ihr ihm mitteilen wollt.«

»Gut«, erklärte sich Sperber einverstanden.

»Sperber!« entrüstete sich Kurik. »Das kannst du doch nicht zulassen!«

»Es ist taktisch ausgezeichnet, Kurik. Ablenkung und Irreführung sind Teil jedes guten Planes.«

»Hast du eine Ahnung, wieviel Stroh – und Holz – es in diesem Teil der Stadt gibt?«

»Es wird eine nützliche Beschäftigung für die Kirchensoldaten sein.« Sperber zuckte die Schultern.

»Das ist hart, Sperber!«

»Bei weitem nicht so hart wie die Vorstellung, daß Annias auf dem Thron des Erzprälaten sitzt! Besorgen wir, was wir brauchen. Ich will Chyrellos bereits ein gutes Stück hinter mir haben, wenn die Sonne morgen aufgeht, und das kann ich nicht, wenn diese Soldaten vor dem Tor kampieren.«

Sie stiegen die Treppe hinunter, um ein Seil und einen gefüllten Köcher zu holen.

»Was tut sich?« erkundigte sich Tynian, als er, Kalten, Bevier und Ulath den anderen auf dem Hof begegneten.

»Wir benachrichtigen Dolmant«, erklärte Sperber.

Tynian blickte auf den Bogen in Berits Hand. »Damit?« fragte er. »Ist das nicht ein etwas zu weiter Schuß?«

»Es steckt ein wenig mehr dahinter«, entgegnete Sperber und weihte sie rasch in den Plan ein. Dann, als sie die Treppe hinaufstiegen, legte er die Hand auf Talens Schulter. »Es wird nicht ungefährlich sein«, warnte er den Jungen. »Ich möchte, daß du da draußen sehr vorsichtig bist.«

»Ihr macht Euch zuviel Sorgen, Sperber«, erwiderte Talen. »Das schaffe ich im Schlaf.«

»Du wirst etwas Schriftliches für Dolmant brauchen«, überlegte Sperber.

»Das meint Ihr doch nicht ernst? Wenn ich aufgehalten werde, kann ich mich aus Schwierigkeiten rauslügen, aber nicht, wenn ich eine Botschaft in der Tasche habe. Dolmant kennt mich, und er weiß, daß ich in Eurem Auftrag komme. Also überlaßt das lieber mir, Sperber.«

»Aber mach unterwegs keine langen Finger!«

»Natürlich nicht«, versicherte ihm Talen etwas zu glatt.

Sperber seufzte. Dann sagte er dem Jungen rasch, was er dem Patriarchen von Demos ausrichten sollte.

Der Plan verlief mehr oder weniger, wie Talen ihn vorgeschlagen hatte. Sobald die Streife die schmale Straße passiert hatte, schoß Berits Pfeil wie eine Sternschnuppe durch die Luft und grub sich in das strohgedeckte Stalldach. Dort schwelte er kurz, dann züngelten bläuliche Flammen zum First hoch, färbten sich zunächst rußig orange, dann leuchtend gelb, während sie sich ausbreiteten.

»Feuer!« brüllte Talen.

»Feuer!« fielen die anderen ein.

Unten auf der Straße hasteten die Kirchensoldaten um die Ecke und wurden von dem leicht hysterischen Besitzer des Stalles empfangen. »Gute Herren!« rief der Bedauernswerte händeringend. »Mein Stall! Meine Pferde! Mein Haus! Mein Gott!«

Der pflichtbewußte Hauptmann zögerte. Sein Blick wanderte unentschlossen von dem Feuer zu der hohen Mauer des Ordenshauses.

»Wir helfen Euch, Hauptmann!« rief Tynian von der Brustwehr hinunter. »Öffnet das Tor.«

»Nein!« brüllte der Hauptmann zurück. »Ihr bleibt drinnen!«

»Ist Euch klar, daß Ihr die halbe Heilige Stadt den Flammen preisgeben könntet, Hohlkopf!« brüllte Kalten ihn an. »Das Feuer wird sich ausbreiten, wenn Ihr nicht sofort was dagegen unternehmt!«

»Ihr!« schnauzte der Hauptmann den Stallbesitzer an. »Holt Eimer und zeigt mir den nächsten Brunnen!« Er drehte sich zu seinen Leuten um: »Bildet eine Reihe!« befahl er. »Und du läufst zum Tor des Pandionerhauses und holst jeden Mann, den wir dort entbehren können.« Er klang nun sehr entschlossen. Dann spähte er zu den Rittern auf der Brustwehr hoch. »Aber eine Abteilung muß zur Bewachung dortbleiben!«

»Wir können auch so helfen, Hauptmann«, erbot sich Tynian. »Hier ist ein tiefer Brunnen. Wir brauchen bloß eine Reihe zu bilden und Eimer an Eure Männer vor dem Tor weitergeben. Unsere Hauptsorge muß es sein, Chyrellos zu retten. Alles andere ist jetzt zweitrangig.«

Der Hauptmann zögerte.

»Bitte, Hauptmann.« Tynians besorgte Stimme klang absolut ehrlich. »Ich flehe Euch an, laßt uns mithelfen!«

»Also gut«, brummte der Hauptmann. »Öffnet euer Tor. Aber keiner darf das Grundstück des Ordenshauses verlassen!«

»Das wird auch niemand«, versicherte ihm Tynian.

»Gut gemacht«, brummte Ulath und klopfte Tynian mit der Faust anerkennend auf die Schulter.

Tynian grinste ihn an. »Reden macht sich manchmal doch bezahlt, mein schweigsamer Freund. Ihr solltet es hin und wieder versuchen.«

»Ich benütze lieber eine Streitaxt.«

»Ich werde jetzt verschwinden, meine Herren«, erklärte Talen. »Möchtet ihr, daß ich irgend etwas für euch besorge, da ich ja ohnehin unterwegs bin?«

»Achte lieber auf das, was du tun sollst«, mahnte Sperber. »Es genügt, wenn du mit Dolmant sprichst.«

»Und sei vorsichtig«, brummte Kurik. »Du enttäuschst mich zwar manchmal als Sohn, aber ich möchte dich trotzdem nicht verlieren.«

»Sentimentale Gefühle, Vater?« tat Talen erstaunt.

»So würde ich es nicht gerade nennen«, entgegnete Kurik. »Nur Verantwortungsgefühl gegenüber deiner Mutter.«

»Ich begleite ihn«, erbot sich Berit.

Talen musterte den schlaksigen Novizen kritisch. »Vergeßt es. Ihr würdet mir bloß im Weg sein. Verzeiht mir, verehrter Lehrer, aber Eure Füße sind zu groß, und Eure Ellbogen stehen zu weit heraus, als daß Ihr Euch lautlos bewegen könntet, und mir fehlt jetzt die Zeit, Euch beizubringen, wie man richtig schleicht.« Der Junge verschwand in der Dunkelheit des Wehrgangs.

»Wo habt Ihr diesen ungewöhnlichen Jungen gefunden?« erkundigte sich Bevier.

»Ihr würdet es nicht glauben, Bevier«, entgegnete Kalten. »Ihr würdet es bestimmt nicht glauben.«

»Unsere pandionischen Brüder sind vielleicht ein wenig weltlicher als wir anderen«, sagte Tynian salbungsvoll. »Uns, die wir die Augen fest auf den Himmel richten, ist die Schattenseite des Lebens nicht so vertraut wie ihnen.« Er blickte Kalten mit frommer Miene an. »Aber wir alle sind Diener des Herrn, und ich bin sicher, Gott würdigt Eure Bemühungen, wie verworfen sie auch sein mögen.«

»Gut gesagt«, lobte Ulath mit unbewegtem Gesicht.

Das Feuer auf dem Strohdach rauchte und dampfte, als die Soldaten die nächste Viertelstunde Eimer um Eimer darauf gossen. Allmählich erlosch es unter den Unmengen von Wasser. Nun jammerte der Stallbesitzer zwar, daß seine Futtervorräte völlig durchweicht waren, aber die Ausbreitung des Brandes war jedenfalls verhindert.

»Bravo, Hauptmann, bravo!« rief Tynian von der Brustwehr hinunter.

»Übertreibt nicht!« mahnte ihn Ulath.

»Es ist das erste Mal, daß ich diese Burschen etwas Nützliches tun sah! So etwas muß doch belohnt werden!« erklärte Tynian.

»Wir könnten noch so allerlei in Brand stecken«, schlug der hünenhafte Genidianer vor, »und dafür sorgen, daß sie die ganze Woche lang Wasser schleppen.«

Tynian zupfte an einem Ohr. »Nein«, wehrte er nach scheinbarem Nachdenken ab. »Sie könnten es leid werden und vielleicht beschließen, die Stadt niederbrennen zu lassen.« Er wandte sich an Kurik: »Ist der Junge aus dem Ordenshaus gekommen?«

»So glatt, wie sich eine Schlange in ein Rattenloch windet«, antwortete Sperbers Knappe und versuchte den Stolz zu verbergen, der sich auch auf seine Stimme schlagen wollte.

»Eines Tages müßt Ihr uns erzählen, weshalb der Junge Euch so beharrlich Vater nennt.«

»Vielleicht ergibt sich einmal die Gelegenheit, Ritter Tynian«, brummte Kurik.

Als der Morgen im Osten zu grauen begann, war der Marschtritt Hunderter von Stiefeln in der engen Straße vor dem Tor des pandionischen Ordenshauses zu hören. Patriarch Dolmant kam in Sicht. Er ritt auf einem weißen Maultier an der Spitze eines Bataillons rotuniformierter Soldaten.

»Eminenz!« rief der rußbeschmierte Hauptmann, der mit seinen Leuten das Tor blockiert hatte, und rannte salutierend vorwärts.

»Ihr dürft mit Euren Männern in die Kaserne zurückkehren, Hauptmann«, sagte Dolmant. Er rümpfte mißbilligend die Nase. »Sorgt dafür, daß sie sich waschen und umkleiden. Sie sehen ja wie Schornsteinfeger aus!«

»Eu-eure Eminenz«, stammelte der Hauptmann. »Ich habe den Befehl des Patriarchen von Coombe, dieses Haus zu bewachen. Darf ich zu ihm, um eine Bestätigung des Gegenbefehls Eurer Eminenz zu schicken?«

Dolmant dachte darüber nach. »Nein, Hauptmann, das dürft Ihr nicht. Zieht Euch sofort zurück.«

»Aber, Eminenz!«

Dolmant klatschte schallend in die Hände. Die Truppen hinter ihm formierten sich mit angelegten Piken. »Oberst«, wandte sich Dolmant mit milder Stimme an den kommandierenden Offizier seiner Truppen, »hättet Ihr die Güte, den Hauptmann und seine Männer zur Kaserne zurück zu geleiten?«

»Jawohl, Eminenz.« Der Offizier salutierte zackig.

»Und ich glaube, sie sollten dort bleiben, bis sie präsentabel sind.«

»Selbstverständlich, Eminenz«, antwortete der Oberst unbewegt. »Ich werde die Inspektion persönlich durchführen.«

»Mit allergrößter Gründlichkeit, Oberst. Die Ehre der Kirche muß sich im Erscheinungsbild ihrer Soldaten spiegeln!«

»Eure Eminenz können sich darauf verlassen, daß ich auch auf die kleinste Kleinigkeit achten werde«, versicherte ihm der Oberst. »Die Ehre unserer Streitkräfte muß sich auch im Erscheinungsbild unserer niedrigsten Soldaten spiegeln.«

»Gott würdigt Eure Hingabe, Oberst.«

»Ich lebe nur, ihm zu dienen, Eminenz.« Der Oberst verbeugte sich tief.

Keiner der beiden Männer lächelte oder zwinkerte.

»Oh«, sagte Dolmant da, »ehe Ihr losreitet, schafft doch diesen zerlumpten Betteljungen hierher. Ich glaube, ich werde ihn bei den guten Brüdern dieses Ordens lassen – als eine Tat der Nächstenliebe, natürlich.«

»Natürlich, Eminenz.« Der Oberst schnippte mit den Fingern, und ein stämmiger Sergeant zerrte Talen am Kragen seines Umhangs zum Patriarchen. Dann bewegte sich Dolmants Bataillon auf den Hauptmann und seine Männer zu und drängte sie mit den Piken gegen die hohe Mauer des Ordenshauses. Die rußigen Soldaten des Patriarchen Coombe wurden rasch entwaffnet und mußten unter strenger Bewachung losmarschieren.

Dolmant tätschelte liebevoll den schlanken Hals seines weißen Maultiers, ehe er mißbilligend zur Brustwehr hinaufschaute. »Seid Ihr noch nicht weg, Sperber?«

»Wir bereiten uns gerade auf den Abritt vor, Eminenz.«

»Der Tag schreitet voran, mein Sohn«, mahnte ihn Dolmant. »Gottes Werk läßt sich nicht durch Trägheit schaffen!«

»Ich werde es mir merken, Eminenz«, versicherte ihm Sperber. Da kniff er die Augen zusammen und blickte scharf zu Talen hinunter. »Gib es sofort zurück!« befahl er.

»Was?« fragte Talen leicht gequält.

»Alles! Auch das letzte Stück!«

»Aber Sperber . . .«

»*Sofort*, Talen!«

Brummelnd holte der Junge allerlei kleine Pretiosen aus seinen Kleidungsstücken und lud sie auf den Handtellern des verblüfften Patriarchen von Demos ab. »Seid Ihr jetzt zufrieden, Sperber?« rief er mürrisch zur Brustwehr hinauf.

»Nicht ganz, aber es ist zumindest ein Anfang. Ich werde mehr wissen, nachdem ich dich durchsucht habe, sobald du durchs Tor gekommen bist.«

Talen seufzte herzerweichend und fummelte in mehreren, noch besser verborgenen Taschen; dann legte er weitere Kleinode in Dolmants bereits überquellende Hände.

»Ich vermute, Ihr nehmt diesen Jungen mit, Sperber?« fragte Dolmant, während er seine Wertgegenstände unter seiner Soutane verstaute.

»Ja, das habe ich vor, Eminenz«, versicherte ihm Sperber.

»Gut. Ich werde besser schlafen, wenn ich weiß, daß er sich nicht auf der Straße herumtreibt. Gott mit Euch. Beeilt Euch, mein Sohn.« Der Patriarch wendete sein Maultier und ritt die Straße zurück.

15

»Jedenfalls«, setzte Ritter Tynian die zweifellos ausgeschmückte Erzählung von Abenteuern aus seiner Jugend fort, »hatten die lamorkischen Barone genug von diesen Räubern und kamen in unser Ordenshaus, um Hilfe zu erbitten. Wir erklärten uns dazu bereit, denn nur die zemochische Grenze zu patrouillieren war auf die Dauer ohnehin langweilig. Um ehrlich zu sein, wir sahen diese Sache als herausfordernde Abwechslung – ein schneller Ritt von ein paar Tagen und zum Schluß ein flotter Kampf.«

Sperbers Gedanken wanderten. Seit sie Chyrellos verlassen und die Grenze zum südlichen Königreich Cammorien überquert hatten, redete Tynian fast unentwegt. Seine Geschichten waren zunächst recht unterhaltsam gewesen, doch mit der Zeit wiederholten sie sich. Hörte man Tynian so erzählen, müßte er sich in jeder größeren Schlacht und allen Scharmützeln auf dem eosischen Kontinent in den vergangenen zehn Jahren hervorgetan haben. Sperber schloß, daß der alzionische Ritter weniger ein schamloser Maulheld war denn ein begabter Märchenerzähler, der sich zum Mittelpunkt jeder Geschichte machte, um ihr größere Spannung zu verleihen. Es war eine harmlose Kurzweil, die die Zeit vertrieb und die Meilen auf dem Weg nach Borrata verkürzte.

Die Sonne war hier wärmer als in Elenien, und die Brise, die Federwölkchen über den strahlend blauen Himmel trieb, roch schon fast nach Frühling. Die vom Frost unberührten Wiesen hatten ihr Grün nicht verloren, und die Straße wand sich wie ein weißes Band dahin, zog sich durch Täler und schlängelte sich grüne Hänge empor. Es war ein angenehmer Tag für einen Ritt, und Faran genoß ihn offensichtlich.

Sperber hatte sich allmählich ein Bild von ihren neuen Gefährten zu machen begonnen. Tynian war fast so unbekümmert wie Kalten. Sein mächtiger Oberkörper und die auf Erfahrung hindeutende Art und Weise, wie er seine Waffen behandelte, ließen den Schluß zu, daß er in einem Kampf, sollte es dazu kommen, mehr als seinen Mann stehen würde. Bevier war ein etwas komplizierter Mensch. Die cyrinischen Ritter waren für ihre Förmlichkeit und

Frömmigkeit bekannt, außerdem waren sie schnell pikiert. Bevier würde mit Glacéhandschuhen angefaßt werden müssen. Sperber beschloß, ein paar Worte unter vier Augen mit Kalten zu reden. Die Vorliebe seines Freundes für harmlose, aber manchmal anzügliche Scherze mußte gedämmt werden, soweit es Bevier betraf. Aber der junge Cyriniker würde im Ernstfall eine Bereicherung sein.

Ulath war Sperber ein Rätsel. Ihm ging ein beachtlicher Ruf voraus, aber Sperber hatte nicht oft mit den genidianischen Rittern des fernen Nordthalesien zu tun gehabt. Man erzählte sich, daß sie furchteinflößende Krieger waren, doch Sperber machte sich ein wenig Sorgen, weil Ulath Ketten- statt Panzerrüstung trug. Er beschloß, den hünenhaften Thalesier dahingehend auszuhorchen. Er zügelte Faran leicht, damit Ulath ihn einholen konnte.

»Ein herrlicher Morgen«, sagte Sperber.

Ulath brummte. Ihn zum Reden zu bringen, mochte sich als schwierig erweisen. Doch erstaunlicherweise sagte der Hüne von selbst etwas. »In Thalesien liegt der Schnee noch zwei Fuß hoch.«

»Das muß trostlos sein.«

Ulath zuckte die Schultern. »Man gewöhnt sich daran. Und im Schnee läßt sich gut jagen – Wildschweine, Hirsche, Trolle und dergleichen.«

»Ihr jagt wahrhaftig Trolle?«

»Manchmal. Hin und wieder dreht ein Troll durch. Wenn er dann in die Täler kommt, wo Elenier leben, und anfängt, Kühe zu töten – oder Menschen –, müssen wir ihn jagen.«

»Ich hörte, daß sie ziemlich groß sind.«

»Ja. Ziemlich.«

»Ist es nicht gefährlich, nur in einer Kettenrüstung gegen einen Troll zu kämpfen?«

»Das ist nicht weiter schlimm. Sie sind bloß mit Knüppeln bewaffnet. Es kommt vor, daß sie einem die Rippen zerschlagen, aber das ist auch schon alles.«

»Wäre ein Plattenpanzer nicht sicherer?«

»Nicht, wenn man einen Fluß überqueren muß – und wir haben viele Flüsse in Thalesien. Ein Kettenhemd läßt sich ausziehen, selbst wenn man auf dem Grund eines Flusses sitzt. Es dürfte jedoch etwas schwierig sein, den Atem so lange anzuhalten, bis man aus einer Panzerrüstung heraus ist.«

»Hört sich logisch an.«

»Ist es auch. Wir hatten vor einiger Zeit einen Hochmeister, der wollte, daß wir alle Panzerrüstung tragen sollten wie die anderen Orden – um der äußeren Erscheinung willen. Wir warfen einen unserer Brüder im Kettenhemd in den Emsater Hafen. Er war in etwa einer Minute herausgeschlüpft und an der Oberfläche. Der Hochmeister trug Panzerrüstung. Als wir ihn hineinwarfen, kam er nicht mehr hoch. Vielleicht fand er etwas Interessantes da unten.«

»Ihr habt Euren Hochmeister ertränkt!« rief Sperber erschrocken aus.

»Nein«, verbesserte ihn Ulath. »Sein Panzer hat ihn ertränkt. Daraufhin wählten wir Komier zum Hochmeister. Er hat gesünderen Menschenverstand, als so törichte Vorschläge zu machen.«

»Ihr Genidianer scheint ein recht selbständiger Orden zu sein. Ihr wählt tatsächlich Eure eigenen Präzeptoren?«

»Ihr nicht?«

»Wir nicht, nein. Wir schicken eine Liste mit Namen an die Hierokratie und überlassen ihr die Wahl.«

»Da machen wir es ihr leichter. Wir schicken ihr nur einen Namen.«

Kalten kam im leichten Galopp die Straße zurück. Er war etwa eine Viertelmeile vorausgeritten, um mögliche Gefahren auszukundschaften. »Da ist etwas Seltsames vor uns, Sperber«, sagte er nervös.

»Was meinst du mit seltsam?«

»Auf der Kuppe des nächsten Hügels sitzen zwei Pandioner auf ihren Pferden.« Seine Stimme klang angestrengt, und er schwitzte sichtlich.

»Wer sind sie?«

»Ich bin nicht hinaufgeritten, um sie zu fragen.«

Sperber blickte seinen Freund scharf an. »Was ist los?« fragte er.

»Ich bin nicht sicher«, antwortete Kalten. »Ich hatte jedoch ein starkes Gefühl, daß ich ihnen nicht zu nahe kommen sollte. Ich glaube, sie wollen mit dir reden. Und frag mich nicht, wieso ich dieses Gefühl ebenfalls habe.«

»Ist gut«, beruhigte ihn Sperber. »Ich werde feststellen, was sie wollen.« Er spornte Faran zum Galopp und donnerte die Straße den langen Hang zur Hügelkuppe hoch. Die beiden Berittenen trugen die schwarze Rüstung der Pandioner, machten jedoch nicht die üblichen Grußzeichen, als Sperber sich ihnen näherte, und keiner hob sein Visier. Ihre Pferde waren mager, fast nur noch Fell und Gerippe.

»Was gibt es, Brüder?« erkundigte sich Sperber und zügelte Faran ein paar Meter vor dem Paar. Flüchtig schlug ihm ein unangenehmer Geruch entgegen, und eisiger Schauder durchzog ihn.

Einer der Gerüsteten drehte sich leicht und richtete den Arm im Rüsthandschuh hinunter aufs nächste Tal. Er sprach nicht, doch es sah so aus, als deute er auf einen winterkahlen Ulmenhain an der Straßenseite, etwa eine halbe Meile von der Kuppe.

»Ich verstehe nicht recht . . .«, begann Sperber, da spiegelte sich plötzlich zwischen den Gerippen der unteren Äste Sonnenschein auf glänzendem Stahl. Er beschirmte die Augen mit einer Hand und spähte angestrengt auf die Baumgruppe. Etwas bewegte sich dort flüchtig, und wieder blitzte es dort unten auf. »Jetzt versteh ich«, sagte er ernst. »Ich danke euch, meine Brüder. Möchtet ihr euch uns anschließen, wenn wir uns diese Kerle vornehmen?«

Einen Augenblick verharrten die beiden Schwarzgerüsteten reglos, dann neigte einer zustimmend den Kopf, und die beiden lenkten ihre Pferde zu den Straßenseiten, wo sie einander gegenüber wartend stehen blieben.

Sperber wunderte sich über ihr eigenartiges Benehmen, während er zu seinen Gefährten zurückritt. »Eine unerfreuliche Überraschung«, berichtete er. »Ein Trupp Bewaffneter lauert in einem Hain im nächsten Tal.«

»Ein Hinterhalt?« fragte Thynian.

»Man lauert gewöhnlich nur, wenn man was Hinterhältiges im Schilde führt.«

»Konntet Ihr feststellen, wie viele es sind?« erkundigte sich Bevier und löste die Schlaufe seiner Lochaber vom Sattelknopf.

»Leider nicht.«

»Es gibt eine Möglichkeit, das herauszufinden«, brummte Ulath und griff nach seiner Streitaxt.

»Wer sind die beiden Pandioner?« fragte Kalten nervös.

»Das haben sie mir nicht gesagt.«

»Jagten sie dir auch so ein Gefühl ein wie mir?«

»Was für ein Gefühl?«

»Mir war, als gefriere mein Blut.«

Sperber nickte. »Ja, so ähnlich«, gab er zu. Er drehte sich um. »Kurik, du und Berit bringt Sephrenia, Flöte und Talen außer Sichtweite.«

Der Knappe nickte.

»Also gut, meine Herren«, wandte sich Sperber an die anderen Ritter. »Sehen wir es uns genauer an.«

Die fünf schwergerüsteten Ritter – jeder hatte eine andere furchteinflößende Waffe gezückt – gaben ihren Streitrossen die Sporen. Auf der Hügelkuppe schlossen sich ihnen die beiden schweigsamen Männer in schwarzem Panzer an. Wieder stieg Sperber der üble Geruch in die Nase, und wieder verspürte er einen eisigen Schauer.

»Hat jemand ein Horn?« fragte Thynian. »Wir sollten sie wissen lassen, daß wir kommen.«

Ulath öffnete eine seiner Satteltaschen und kramte ein gewundenes und verschlungenes Tierhorn heraus. Es war überraschend groß und an der Spitze mit einem Mundstück aus Messing versehen.

»Welches Tier hat denn ein solches Horn?« staunte Kalten.

»Ein Oger«, brummte Ulath. Er setzte das Mundstück an die Lippen und schmetterte ohrenbetäubend.

»Zum Ruhme Gottes und zur Ehre der Kirche!« rief Bevier. Er richtete sich in den Steigbügeln auf und schwang seine Lochaber.

Sperber hob sein Schwert und gab Faran die Sporen. Der mächtige Hengst stürmte mit zurückgelegten Ohren und entblößten Zähnen bereitwillig vorwärts.

Zornige Rufe wurden aus dem Ulmenhain laut, als die Ordensritter den Hang hinuntergaloppierten, daß das Gras die Beine ihrer Streitrosse peitschte.

Da lösten sich etwa achtzehn Berittene in schweren Rüstungen aus dem Dickicht im Hain und stürmten ihnen entgegen.

»Sie wollen kämpfen!« schrie Tynian begeistert.

»Haltet im Gemenge die Augen offen«, mahnte Sperber. »Möglicherweise lauern noch weitere im Hain.«

Ulath schmetterte bis zum letzten Augenblick ins Horn. Dann schob er es hastig in die Satteltasche zurück und wirbelte seine gewaltige Streitaxt über dem Kopf.

Drei der Feinde hatten sich zurückgehalten. Kurz ehe die beiden Trupps zum Gefecht aufeinandertrafen, ergriffen sie die Flucht und peitschten panikerfüllt ihre Pferde voran.

Das Klirren und Rasseln der Waffen war gewiß eine gute Meile weit zu hören. Sperber und Faran stürmten voraus, während die anderen dicht dahinter zur Keilformation ausscherten. Sperber richtete sich in den Steigbügeln auf, um das Schwert in wuchtigen Überhandschlägen nach links und rechts schwingen zu können, als er zwischen die Fremden preschte. Er spaltete einen Helm, und Blut spritzte, als der Getroffene aus dem Sattel kippte. Der nächste Hieb durchschnitt einen erhobenen Schild, und ein Schrei gellte, als die Klinge durch den Arm drang, der den Schild gehalten hatte. Hinter sich hörte Sperber Krachen und Schreien, als seine Freunde ihm durch das Gemenge folgten.

Nach ihrem ersten Durchgang lagen zehn Gegner tot oder verstümmelt am Boden, doch als die Ordenskrieger zum neuerlichen Sturm herumwirbelten, brachen zehn weitere Feinde aus dem Hain, um sie von hinten anzugreifen.

»Macht weiter!« rief Bevier, während er sein Pferd wieder wendete. »Ich halte sie auf, bis ihr die anderen geschlagen habt!« Er hob seine Lochaber und griff an.

»Hilf ihm, Kalten!« rief Sperber seinem Freund zu, dann führte er Tynian, Ulath und die zwei fremden Pandioner gegen die benommenen Überleben der ersten Angriffswoge. Tynians Schwert hatte eine viel breitere Klinge als die Schwerter der Pandioner und war dadurch bedeutend schwerer. Durch dieses Gewicht war diese Waffe in Tynians Händen besonders wirkungsvoll, denn sie schnitt mit gleicher Leichtigkeit durch Fleisch wie Stahl. Ulath benutzte seine Axt ohne kämpferische Feinheiten. Er hieb auf die Feinde ein wie ein Holzfäller auf einen Baum.

Flüchtig sah Sperber, wie sich einer der seltsamen Pandioner in den Steigbügeln aufrichtete und zum heftigen Schlag ausholte.

Doch was dieser Ritter in der Hand hielt war kein Schwert, sondern dieselbe Art von Leuchten, wie Sephrenia es in der schäbigen Kammer in Chyrellos von Ritter Lakus entgegengenommen hatte. Das Leuchten drang offenbar völlig durch den Körper des plumpen Söldners, gegen den der Pandioner kämpfte. Das Gesicht des Getroffenen wurde totenbleich, und er starrte entsetzt auf seine Brust. Doch da war kein Blut, und der rostfleckige Panzer blieb unversehrt. Mit einem Panikschrei warf der Söldner sein Schwert von sich und floh. Dann wurde Sperbers Aufmerksamkeit von einem Gegner abgelenkt.

Als der letzte der Männer des ersten gegnerischen Trupps gefallen war, wirbelte Sperber Faran herum, um Bevier und Kalten zu Hilfe zu eilen, sah jedoch, daß sie kaum noch Hilfe benötigten. Drei des halben Dutzends waren bereits tot. Ein vierter saß noch verkrümmt im Sattel und preßte die Hände auf den Leib. Die beiden letzten mühten sich verzweifelt, die Hiebe von Kaltens Schwert und Beviers Lochaber zu parieren. Kalten fintete und schlug seinem Gegner das Schwert aus der Hand, während Bevier im gleichen Augenblick mit einem Rückhandschlag seinem Gegner den Kopf abtrennte.

»Töte ihn nicht!« rief Sperber hastig, als Kalten das Schwert hob.

»Aber . . .«, protestierte der Blonde.

»Ich will ihn befragen.«

Enttäuscht zuckte Kalten die Schulter. Sperber ritt durch das blutige Gras auf ihn und Bevier zu.

Vor dem erschöpften und furchterfüllten Gefangenen zügelte er Faran. »Runter vom Pferd!« befahl Sperber.

Der Mann rutschte hinunter. Genau wie die Rüstungen seiner gefallenen Kameraden bestand auch die seine aus den verschiedensten, nicht immer zusammenpassenden Teilen. Sie war rostig und wies mehrere Dellen auf, doch das Schwert, das Kalten ihm aus der Hand geschlagen hatte, war blank und scharf.

»Du bist Söldner, nehme ich an«, sagte Sperber zu ihm.

»Ja-jawohl, Euer Gnaden«, stammelte der Mann mit pelosischem Akzent.

»Es ging wohl nicht ganz so, wie ihr erwartet hattet?« sagte Sperber fast kameradschaftlichen Tones.

Der Bursche lachte nervös und blickte auf die Toten ringsum. »Nein, Euer Gnaden, ganz gewiß nicht.«

»Ihr habt euer Bestes getan«, versicherte ihm Sperber. »Aber jetzt brauchen wir den Namen eures Auftraggebers.«

»Ich habe nicht nach seinem Namen gefragt, Euer Gnaden.«

»Dann beschreib ihn.«

»Das – das kann ich nicht, Euer Gnaden.«

»Diese Befragung wird wohl doch unangenehmer werden, glaube ich«, meinte Kalten.

»Setzt ihn auf ein Feuer«, schlug Ulath vor.

»Ich war eigentlich immer mehr dafür, siedendes Pech in die Rüstung zu gießen«, warf Tynian ein.

»Daumenschrauben«, sagte Bevier fest.

»Du siehst selbst, wie es ist«, wandte sich nun wieder Sperber an den Gefangenen, dem alle Farbe aus dem Gesicht gewichen war. »Du wirst reden. Wir sind hier, euer Auftraggeber dagegen nicht. Er hat euch vielleicht mit recht unangenehmen Dingen gedroht, wir aber tun sie dir an. Du kannst dir viel Schmerz ersparen, wenn du meine Fragen beantwortest.«

»Euer Gnaden«, krächzte der Mann. »Ich *kann* es nicht, selbst wenn Ihr mich zu Tode foltert.«

Ulath rutschte aus dem Sattel und ging auf den panikerfüllten zurückweichenden Gefangenen zu. »Hör auf damit!« brummte der Genidianer. Er hob eine Hand, streckte sie über den Kopf des Söldners und sprach in einer rauhen, schnarrenden Sprache, die Sperber nicht verstand, aber für eine nichtmenschliche hielt. Die Augen des Gefangenen wurden leer, und er sank auf die Knie. Stockend und völlig ausdruckslos redete er in der gleichen Sprache wie Ulath.

»Ein Zauber band ihn«, erklärte der genidianische Ritter. »Keine Folter der Welt hätte ihm ein Wort entlocken können.«

Der Söldner fuhr in dieser befremdlichen Sprache fort. Seine Worte kamen zunehmend hastiger.

»Zwei Männer haben ihn gedungen«, übersetzte Ulath. »Ein vermummter Styriker und ein Mann mit weißem Haar.«

»Martel!« rief Kalten.

»Höchstwahrscheinlich«, pflichtete Sperber ihm bei.

»Der Styriker hat den Zauberbann über ihn verhängt«, sagte Ulath. »Es ist ein Bann, mit dem ich nicht vertraut bin.«

»Ich fürchte, ich auch nicht«, gestand Sperber. »Aber vielleicht kennt Sephrenia ihn.«

»Oh«, fügte Ulath hinzu, »da ist noch was. Dieser Angriff galt ihr.«

»*Was?*«

»Der Befehl dieser Männer lautete, die Styrikerin zu töten.«

»Kalten!« rief Sperber, doch der Blonde ritt bereits los.

»Was ist mit ihm?« Tynian deutete auf den Gefangenen.

»Laßt ihn laufen«, schrie Sperber, während er schon hinter Kalten hergaloppierte.

Als sie über die Kuppe ritten, blickte Sperber über die Schulter. Die zwei merkwürdigen Pandioner waren verschwunden. Doch da sah er sie voraus. Ein weiterer Trupp Gegner hatte den Felsbuckel umzingelt, auf dem Kurik Sephrenia und die anderen versteckt hatte. Die beiden Schwarzgepanzerten saßen unbewegt auf ihren Pferden zwischen den Angreifern und dem Buckel. Sie machten keine Anstalten zu kämpfen, sondern hielten lediglich die Stellung. Während Sperber beobachtete, sah er, wie der Wurfspieß eines Angreifers offenbar wirkungslos durch einen dieser Pandioner drang.

»Faran!« zischte Sperber. »Lauf!« Diesen Befehl gab er selten. Er berief sich auf Farans Treue, nicht auf seine Ausbildung. Das mächtige Pferd erschauderte leicht, dann setzte es zu einem Galopp an, der die anderen rasch zurückfallen ließ.

Die Angreifer waren etwa zu zehnt. Sie wichen sichtlich von den schattenhaften Pandionern zurück, die ihnen den Weg versperrten. Da bemerkte einer den herbeistürmenden Sperber und die anderen, die ihm folgten, und schrie eine Warnung. Einen Augenblick standen die Söldner wie gelähmt, dann flohen sie so panikerfüllt, wie Sperber es bei Berufskriegern selten erlebt hatte. Er preschte die Flanke des Felsbuckels hinauf, daß Farans Hufe Funken schlugen. Kurz vor der Kuppe hielt er an. »Alles in Ordnung?« rief er Kurik zu.

»Uns ist nichts passiert«, versicherte ihm Kurik. Er blickte über die Brustwehr, die er und Berit hastig errichtet hatten. »Es sah jedoch ziemlich bedenklich aus, bis diese zwei Ritter kamen.« Kuriks Augen wirkten ein bißchen wirr, als er auf das Paar starrte, das ihre Angreifer abgewehrt hatte. Sephrenia trat nun ebenfalls an den Schutzwall. Ihr Gesicht war leichenblaß.

Sperber drehte sich zu den beiden eigenartigen Pandionern um. »Ich glaube, es ist jetzt an der Zeit, uns miteinander bekannt zu machen«, sagte er. »Und für eine Erklärung.«

Die beiden antworteten nicht. Er betrachtete sie genauer. Ihre Pferde erschienen ihm nun noch skeletthafter, und Sperber schauderte, als er bemerkte, daß die Tiere keine Augen hatten, nur leere Augenhöhlen und ihre Knochen durch ihr zerfetztes Fell schauten. Da nahmen die beiden Ritter die Helme ab. Ihre Gesichter wirkten verschwommen und fast durchsichtig, und auch ihre Augenhöhlen waren leer. Einer schien noch sehr jung zu sein und hatte butterfarbenes Haar. Der andere war alt und sein Haar weiß. Unwillkürlich zuckte Sperber leicht zusammen. Er kannte beide und wußte, daß sie tot waren.

»Ritter Sperber«, sagte Parasims Geist mit hohler, unbewegter Stimme. »Verfolgt Eure Aufgabe mit Eifer. Die Zeit wird nicht halten für Euch.«

»Wieso seid ihr aus dem Haus der Toten zurückgekehrt?« fragte Sephrenia. Ihre Worte klangen höflich, fast formell, aber ihre Stimme zitterte leicht.

»Unser Schwur hat die Kraft, uns aus den Schatten zu entlassen, wenn die Not es erfordert, kleine Mutter.« Auch Lakus' Geiststimme klang hohl und unbewegt. »Andere werden ebenfalls fallen. Unsere Zahl wird wachsen, ehe die Königin ihre Gesundheit zurückerlangt.« Der Geist Lakus' wandte sich an Sperber. »Beschützt unsere geliebte kleine Mutter gut, Sperber. Sie befindet sich in größter Gefahr. Sollte sie fallen, wäre unser Tod sinnlos gewesen, und die Königin müßte sterben.«

»Ich werde gut auf sie aufpassen, Lakus«, versprach Sperber.

»Eines müßt Ihr noch wissen. Mit Ehlana würdet ihr mehr als nur eine Königin verlieren. Die Finsternis lauert am Tor, und Ehlana ist unsere einzige Hoffnung auf Licht.« Mit einemmal schimmerten die beiden und verschwanden.

Die vier anderen Ritter kamen den Felsenhang hinauf und hielten an. Kaltens Gesicht war bleich. Er zitterte merklich. »Wer waren sie?« fragte er.

»Parasim und Lakus«, antwortete Sperber leise.

»Parasim? Er ist tot!«

»Ebenso wie Lakus.«

»Geister?«

»Es scheint so.«

Tynian saß ab und befreite sich von seinem schweren Helm. Auch er war bleich und schwitzte. »Ich hatte ein paarmal mit Nekromantie zu tun«, sagte er, »allerdings nicht aus freiem Willen. Üblicherweise müssen Geister beschworen werden, aber manchmal erscheinen sie auch von sich aus – gewöhnlich, wenn sie etwas Wichtiges unerledigt zurückließen.«

»Das war wichtig«, sagte Sperber düster.

»Ist da vielleicht sonst noch etwas, was Ihr uns erzählen wollt, Sperber?« fragte Ulath. »Ihr scheint einiges übergangen zu haben.«

Sperber blickte Sephrenia fragend an. Ihr Gesicht war noch immer bleich, aber sie richtete sich auf und nickte.

Sperber holte tief Atem. »Ehlana wäre tot, wenn nicht ein Zauber sie am Leben erhielte, der sie in Kristall gehüllt hat. Dieser Zauber ist der gemeinsamen Bemühung von Sephrenia und zwölf Pandionern zu verdanken.«

»Ich hatte mir schon Gedanken gemacht«, gestand Tynian.

»Das Problem dabei ist allerdings, daß die Ritter einer nach dem anderen sterben werden«, fuhr Sperber fort, »bis nur noch Sephrenia übrigbleibt.«

»Und dann?« fragte Bevier und seine Stimme zitterte.

»Dann werde auch ich sterben«, antwortete Sephrenia ruhig.

Ein unterdrücktes Schluchzen entrang sich dem jungen Cyriniker. »Nicht, solange noch ein Atemzug in mir ist«, sagte er gepreßt.

»Aber jemand versucht, die Dinge zu beschleunigen«, fuhr Sperber fort. »Das war bereits der dritte Anschlag auf Sephrenia, seit wir Cimmura verließen.«

»Ich bin ihnen jedoch entgangen«, sagte Sephrenia, als wäre es belanglos. »Konntet ihr herausfinden, wer für diesen Angriff verantwortlich war?«

»Martel und ein Styriker«, berichtete Kalten. »Der Styriker hatte den Söldnern einen Schweigebann auferlegt, aber Ulath gelang es, ihn zu brechen. Er redete zu einem Gefangenen in einer Sprache, die ich nicht verstand. Der Mann antwortete in der gleichen Sprache.«

Sephrenia blickte den thalesischen Ritter fragend an.

»Wir unterhielten uns in der Zunge der Trolle«, erklärte Ulath. »Es ist eine nichtmenschliche Sprache, deshalb ließ sich der Bann auf diese Weise umgehen.«

Sephrenia starrte ihn entsetzt an. »Ihr habt die Trollgötter angerufen?« stieß sie hervor.

»Das ist manchmal erforderlich, Ehrwürdige«, entgegnete Ulath. »Es ist gar nicht so gefährlich, wenn man vorsichtig ist.«

Beviers Gesicht war tränenüberströmt. »Wenn Ihr gestattet, Ritter Sperber«, sagte er, »werde ich die erhabene Sephrenia persönlich beschützen. Ich werde nicht von ihrer Seite weichen, und sollte es zu weiteren Angriffen kommen, gelobe ich bei meinem Leben, daß ihr kein Leid geschehen wird.«

Sephrenias Gesicht verriet einen Augenblick Bestürzung, und sie blickte Sperber beschwörend an.

»Wahrscheinlich keine schlechte Idee«, sagte er und überging ihren stummen Einwand. »Also gut, Bevier, bleibt bei ihr.«

»Beerdigen wir die Toten?« fragte Tynian.

Sperber schüttelte den Kopf. »Wir haben keine Zeit, Gräber zu schaufeln. Meine Brüder sterben einer nach dem anderen, und Sephrenia steht am Ende der Liste. Falls wir irgendwelchem Landvolk begegnen, sagen wir ihnen, wo sie die Toten finden können. Die Beute, die sie dabei ergattern, wird sie reichlich für das Ausheben von Gräbern entlohnen. Reiten wir weiter.«

Borrata war eine Universitätsstadt, die um das staatliche Gebäude des ältesten Lehrzentrums von Eosien herumgewachsen war. Des öfteren hatte die Kirche darauf gedrängt, daß die Universität nach Chyrellos verlegt würde, doch der Lehrkörper hatte sich widersetzt. Er wollte ganz offensichtlich seine Unabhängigkeit bewahren und eine unmittelbare Überwachung durch die Kirche vermeiden.

Sperber und seine Gefährten stiegen am Nachmittag ihrer Ankunft in einem Gasthof der Stadt ab. Er hatte viel mehr Annehmlichkeiten und war weit sauberer als die Herbergen und Gasthöfe, in denen sie unterwegs in Elenien und hier in Cammorien übernachtet hatten.

Am folgenden Morgen schlüpfte Sperber in sein Kettenhemd und schlang seinen schweren Wollumhang darüber.

»Sollen wir mitkommen?« fragte Kalten, als sein Freund in die Wirtsstube im Parterre herunterkam.

»Nein«, lehnte Sperber ab. »Es soll ja nicht in eine Prozession ausarten. Die Universität liegt ganz in der Nähe, und das kurze Stück Weg kann ich Sephrenia auch allein beschützen.«

Ritter Bevier schien protestieren zu wollen. Er nahm seine selbsterwählte Rolle als Sephrenias Beschützer sehr ernst und war während der Reise nach Borrata kaum je mehr als ein paar Fuß von Sephrenias Seite gewichen. Sperber blickte den pflichtbewußten jungen Cyriniker an. »Ich weiß, daß Ihr jede Nacht vor Sephrenias Tür Wache gehalten habt, Bevier. Ruht Euch jetzt besser ein wenig aus. Ihr würdet ihr – und uns – wenig nützen, wenn Ihr aus dem Sattel fallt.«

Beviers Gesicht erstarrte.

»Er meinte es nicht persönlich, Bevier«, versicherte ihm Kalten. »Er ist nur noch nicht so recht mit dem Wort *diplomatisch* vertraut. Wir hoffen alle, daß er eines Tages dessen Bedeutung verstehen wird.«

Bevier lächelte zunächst schwach, doch dann mußte er lachen. »Ich glaube, ich werde noch eine Zeitlang brauchen, bis ich mich an Euch Pandioner gewöhnt habe.«

»Betrachtet es als Bildungsreise«, schlug Kalten vor.

»Euch ist sicher klar, daß wir auf dem Rückweg nach Cimmura mit so allerlei Schwierigkeiten rechnen müssen, falls es der Erhabenen und Euch gelingt, ein Heilmittel zu bekommen«, wandte sich Tynian an Sperber. »Möglicherweise stellt man uns ganze Armeen entgegen.«

»Madol«, murmelte Ulath rätselhaft, »oder Sarrinium.«

»Tut mir leid, aber ich verstehe nicht«, gestand Tynian.

»Die Armeen, von denen Ihr spracht, werden versuchen, uns den Weg nach Chyrellos zu versperren und uns abhalten wollen, dorthin zu gelangen – und von dort nach Elenien. Wenn wir südwärts reiten, zu einer dieser beiden Hafenstädte, können wir ein Schiff heuern und bis Vardenais an der Westküste von Elenien segeln. Auf dem Seeweg geht es ohnehin schneller.«

»Besprechen wir das, nachdem wir eine Heilmöglichkeit gefunden haben«, schlug Sperber vor.

Sephrenia kam mit Flöte die Treppe herunter. »Können wir aufbrechen?«

Sperber nickte.

Sephrenia redete kurz mit Flöte. Die Kleine nickte und ging durch die Gaststube zu Talen. »Du wurdest auserwählt, Talen«, sagte Sephrenia zu ihm. »Paß auf sie auf, während ich weg bin.«

»Aber . . .«, wollte er protestieren.

»Tu, was sie sagt, Talen«, befahl Kurik ihm müde.

»Ich wollte gerade los und mich ein bißchen umsehen.«

»Nein«, widersprach sein Vater. »Daraus wäre sowieso nichts geworden.«

Talen verzog mürrisch das Gesicht. »Na gut«, brummte er, als Flöte auf seinen Schoß kletterte.

Da es nur einen Katzensprung bis zur Universität war, entschloß sich Sperber, die Pferde beim Gasthof zu lassen, und so spazierten er und Sephrenia durch die schmalen Straßen von Borrata. Die zierliche Frau schaute sich um. »Ich war schon lange nicht mehr hier«, murmelte sie.

»Ich kann mir nicht vorstellen, von welchem Interesse eine Universität für Euch sein könnte.« Sperber lächelte. »Wenn man Eure Einstellung zum Lesen bedenkt.«

»Ich habe hier nicht studiert, Sperber, ich habe gelehrt.«

»Das hätte ich mir denken müssen. Wie kommt Ihr mit Bevier zurecht?«

»Ganz gut. Nur will er nicht zulassen, daß ich irgend etwas selbst tue – und er versucht, mich zum elenischen Glauben zu bekehren.« Es klang ein wenig spitz.

»Er will Euch ja nur beschützen – Eure Seele ebenso wie Euren Leib.«

»Soll das ein Witz sein?«

Sperber entschied sich, nicht darauf zu antworten.

Die Gebäude der Universität von Borrata befanden sich in einem parkähnlichen Gelände. Studenten und Lehrer spazierten gedankenversunken über die gepflegten Rasenflächen.

Sperber hielt einen jungen Mann in limettengrünem Wams an. »Entschuldigt, werter Herr, könntet Ihr mir sagen, wie ich zum Medizinischen Institut komme?«

»Seid Ihr krank?«

»Nein, aber eine Bekannte von uns.«

»Ah. Ihr findet die Ärzte in dem Gebäude dort drüben.« Der Student deutete auf ein gedrungenes Haus aus grauem Stein.

»Vielen Dank, guter Mann.«

»Ich hoffe, Eure Bekannte wird rasch wieder gesund.«

»Das hoffen auch wir.«

Als sie das Haus betraten, stießen sie auf einen rundlichen, schwarzgekleideten Mann.

»Verzeiht, mein Herr«, redete ihn Sephrenia an. »Seid Ihr Arzt?«

»Ja.«

»Wunderbar. Hättet Ihr einen Augenblick Zeit für uns?«

Der Dicke hatte Sperber eingehend gemustert. »Tut mir leid«, sagte er barsch. »Ich bin beschäftigt.«

»Könntet Ihr uns dann sagen, wo wir einen Eurer Kollegen finden?«

»Versucht es an irgendeiner Tür.« Er deutete auf einen Korridor und schritt rasch weiter.

»Das ist eine merkwürdige Einstellung für einen Heiler«, meinte Sperber.

»Jeder Stand hat seine Rüpel«, entgegnete Sephrenia.

Sie überquerten die Eingangshalle, und Sperber klopfte an eine dunkelgestrichene Tür.

»Was ist los?« erkundigte sich eine müde Stimme.

»Wir möchten einen Arzt konsultieren.«

Nach einer längeren Pause antwortete die müde Stimme. »Na gut. Tretet ein.«

Sperber hielt die Tür für Sephrenia auf und folgte ihr.

Der Mann, der hinter einem überhäuften Schreibtisch in der Kammer saß, hatte tiefe Ringe um die Augen und sah aus, als hätte er sich seit Wochen keine Zeit mehr genommen, sich barbieren zu lassen. »Welcher Art ist Eure Krankheit?« fragte er Sephrenia mit einer Stimme, die verriet, daß er sich am Rande der Erschöpfung befand.

»Nicht ich bin krank«, entgegnete sie.

»Er?« Der Arzt deutete auf Sperber. »Er sieht ziemlich robust aus.«

»Nein«, erwiderte sie, »ihm fehlt auch nichts. Wir sind einer Freundin wegen hier.«

»Ich mache keine Hausbesuche.«

»Wir hatten nicht vor, Euch darum zu bitten«, versicherte ihm Sephrenia. »Wir dachten, wenn wir Euch die Symptome ihrer Krankheit beschreiben, könntet Ihr vielleicht eine Vermutung anstellen, was die Ursache ist.«

»Ich stelle keine Vermutungen an«, erwiderte er knapp. »Was sind die Symptome?«

»Sie ähneln jener der Fallsucht«, erklärte Sephrenia.

»Dann ist sie es wohl. Ihr habt die Diagnose selbst gestellt.«

»Es bestehen jedoch gewisse Unterschiede.«

»Also gut, beschreibt sie mir.«

»Sie hat Fieber – sehr hohes Fieber sogar – und starke Schweißausbrüche.«

»Das paßt nicht zusammen, kleine Dame. Bei Fieber ist die Haut trocken.«

»Ja, ich weiß.«

»Habt Ihr medizinische Ausbildung?«

»Ich bin mit gewissen alten Hausmitteln vertraut.«

Er schnaubte. »Die Erfahrung hat mich gelehrt, daß Hausmittel meist eher schaden als helfen. Was habt Ihr sonst noch für Symptome bemerkt?«

Sephrenia beschrieb in allen Einzelheiten die Krankheit, die Ehlana das Bewußtsein geraubt hatte.

Der Arzt schien ihr jedoch gar nicht mehr zuzuhören, statt dessen starrte er Sperber an. Er wirkte plötzlich wachsam, kniff die Augen zusammen und verzog das Gesicht. »Tut mir leid«, sagte er, als Sephrenia geendet hatte. »Ich finde, Ihr solltet zu Eurer Bekannten zurückkehren und sie Euch noch einmal genau ansehen. Was Ihr gerade beschrieben habt, paßt auf keine bekannte Krankheit.« Sein Tonfall war jetzt beinahe schroff.

Sperber richtete sich auf und ballte die Faust, doch Sephrenia legte beruhigend die Hand auf seinen Arm. »Habt Dank, gelehrter Herr«, sagte sie ausdruckslos. »Kommt jetzt«, forderte sie daraufhin Sperber auf.

Sie traten wieder auf den Korridor.

»Zwei hintereinander«, murmelte Sperber.

»Zwei was?«

»Männer mit schlechten Manieren.«

»Es ist erklärlich.«

»Ich verstehe nicht, was Ihr meint.«

»Viele, die lehren, besitzen einen natürlichen Hochmut.«

»*Ihr* wart nie hochmütig!«

»Ich halte es unter Kontrolle. Versuchen wir es bei einer anderen Tür, Sperber.«

In den nächsten zwei Stunden sprachen sie mit sieben Ärzten. Nach einem forschenden Blick auf Sperbers Gesicht behauptete jeder, sich keinen Reim aus den Symptomen machen zu können.

»Ich habe so ein merkwürdiges Gefühl«, gestand Sperber, als sie einen weiteren Arzt verließen. »Sie werfen einen Blick auf mich und werden plötzlich unwissend. Oder bilde ich es mir bloß ein?«

»Es ist mir ebenfalls aufgefallen«, antwortete sie nachdenklich.

»Ich weiß, daß mein Gesicht nicht sonderlich anziehend ist, aber sprachlos hat es bisher nie jemanden gemacht.«

»Es ist ein gutes Gesicht, Sperber.«

»Es bedeckt die Vorderseite meines Kopfes. Was kann man von einem Gesicht anderes erwarten?«

»Die Ärzte von Borrata scheinen weniger tüchtig zu sein, als man sie rühmt.«

»Dann haben wir also nur weitere Zeit vergeudet?«

»Wir haben noch nicht alle durch. Verliert nicht gleich die Hoffnung.«

Sie kamen schließlich zu einer kleinen, ungestrichenen Tür hinter einem schäbigen Alkoven. Sperber klopfte, und eine nuschelnde Stimme brummte: »Verschwindet!«

»Wir brauchen Eure Hilfe, gelehrter Herr«, sagte Sephrenia.

»Sucht sie bei einem anderen. Ich bin momentan ganz und gar damit beschäftigt, mich zu betrinken.«

»Das geht zu weit!« knurrte Sperber. Er griff nach der Klinke und drückte sie herunter. Aber die Tür war von innen verschlossen. Wütend trat er sie ein, daß der Rahmen zersplitterte.

Der Mann in der winzigen Kammer blinzelte. Er war klein, sah ungepflegt aus und hatte einen krummen Rücken und trübe Augen. »Ihr klopft aber sehr laut, Freund!« bemerkte er. Dann rülpste er. »Steht nicht so herum. Kommt herein!« Sein Kopf wackelte vor und zurück. Er war schäbig gekleidet und sein dünnes graues Haar stellte sich in alle Richtungen auf.

»Ist in dieser Gegend irgend etwas im Trinkwasser, das alle in unhöfliche Dummköpfe verwandelt?« fragte Sperber beißend.

»Woher soll ich das wissen«, entgegnete der ungepflegte Mann. »Ich trinke nie Wasser.« Er nahm einen gluckernden Schluck aus einem eingebeulten Krug.

»Sieht ganz so aus!«

»Wollen wir den Rest des Tages damit verbringen, uns gegenseitig Beleidigungen an den Kopf zu werfen, oder wollt ihr mir lieber euer Problem schildern?« Der Arzt blinzelte kurzsichtig in Sperbers Gesicht. »Aha. Ihr seid derjenige«, stellte er fest.

»Derjenige was?«

»Der, dem wir nicht helfen sollen.«

»Würdet Ihr uns das bitte erklären?«

»Vor ein paar Tagen war ein Mann hier. Er sagte, er würde jedem Arzt im Haus hundert Goldstücke geben, wenn Ihr erfolglos wieder abzieht!«

»Wie sah er aus?«

»Er hatte militärische Haltung und weißes Haar.«

»Martel«, sagte Sperber zu Sephrenia.

»Das hätten wir uns gleich denken können«, meinte sie.

»Verliert nicht den Mut, Freunde«, beruhigte sie der schlampige kleine Mann freundlich. »Ihr habt zu dem besten Arzt in Borrata gefunden.« Er grinste plötzlich. »Meine Kollegen fliegen alle im Herbst mit den Enten gen Süden. ›Quak, quak, quak.‹ Ihr könntet keine vernünftige Diagnose von irgendeinem unter ihnen bekommen. Der Weißhaarige sagte, daß Ihr einige Symptome beschreiben würdet. Irgendwo ist irgendeine sehr kranke Dame, wenn ich ihn recht verstanden habe, und Euer Freund – dieser Martel, den

Ihr erwähntet – würde es vorziehen, wenn sie nicht gesundete. Wollen wir ihn nicht ein wenig enttäuschen?« Er nahm einen tiefen Schluck.

»Ihr macht Eurem Stand Ehre, guter Doktor«, lobte Sephrenia.

»Nein. Ich bin ein boshafter alter Trunkenbold. Wollt Ihr wissen, warum ich bereit bin, Euch zu helfen? Weil ich mich auf den Zorn meiner Kollegen freue, wenn ihnen dieses schöne Geld durch die Lappen geht.«

»Das ist ein Grund so gut wie jeder andere, würde ich sagen«, meinte Sperber.

»Genau.« Der leicht beschwipste Arzt musterte Sperbers Nase. »Warum habt Ihr sie nicht einrichten lassen, nachdem Ihr sie gebrochen habt?« fragte er.

Sperber berührte seine Nase. »Ich war mit anderen Dingen beschäftigt.«

»Ich kann sie Euch richten, wenn Ihr möchtet. Ich brauche bloß einen Hammer zu nehmen und sie noch einmal zu brechen. Dann kann ich sie Euch gerade richten.«

»Danke, aber ich habe mich so an sie gewöhnt.«

»Wir Ihr meint. Also gut, was sind das für Symptome, derentwegen Ihr hierhergekommen seid?«

Wieder beschrieb Sephrenia sie eingehend.

Der Arzt hatte die Augen zusammengekniffen und kratzte sich am Ohr. Dann kramte er in dem Durcheinander auf seinem Schreibtisch und zog ein dickes Buch mit zerrissenem Ledereinband hervor. Er blätterte eine Weile darin herum, dann schlug er es zu. »Genau wie ich dachte!« sagte er triumphierend. Wieder rülpste er laut.

»Und?« frage Sperber.

»Eure Freundin wurde vergiftet. Ist sie schon tot?«

Ein Eisbrocken schien sich in Sperbers Bauch auszubreiten. »Nein.«

»Dann ist es nur noch eine Sache der Zeit.« Der Arzt zuckte die Schultern. »Es handelt sich um ein seltenes Gift aus Rendor, das absolut tödlich ist.«

Sperber knirschte mit den Zähnen. »Ich werde nach Cimmura zurückkehren und Annias die Eingeweide herausschneiden. Mit einem stumpfen Messer!«

Der kleine Arzt blickte ihn plötzlich interessiert an. »Ihr müßt es folgendermaßen machen«, erklärte er, »einen lateralen Schnitt unmittelbar unter dem Nabel. Dann tretet den Mann, daß er sich rückwärts krümmt. In diesem Augenblick müßte alles aus ihm herausquellen.«

»Danke.«

»Ich verlange nichts. Wenn Ihr etwas tun wollt, tut es richtig. Ich nehme an, daß dieser Annias derjenige ist, den Ihr für den Schuldigen haltet?«

»Zweifellos.«

»Dann tötet ihn. Ich verachte Giftmörder zutiefst.«

»Gibt es ein Gegengift?« erkundigte sich Sephrenia.

»Ich kenne keines. Ich würde euch ja raten, noch einige mir bekannte Ärzte in Cippria zu konsultieren, aber Eure Freundin wäre bereits tot, ehe ihr zurückkämt.«

»Nein«, versicherte Sephrenia ihm. »Sie wird am Leben erhalten.«

»Ich würde gern wissen, wie ihr das fertigbringt.«

»Die Dame ist Styrikerin«, erklärte Sperber ihm. »Sie ist einiger ungewöhnlicher Dinge fähig.«

»Magie? Und sie wirkt tatsächlich?«

»Manchmal ja.«

»Also gut. Vielleicht habt ihr die Zeit.« Der schlampig aussehende Arzt riß von einem der Papiere auf seinem Schreibtisch eine Ecke ab und tauchte einen Federkiel in ein fast trockenes Tintenfaß. »Die ersten beiden Namen sind die von zwei ziemlich tüchtigen Ärzten in Cippria«, erklärte er, während er auf das Papier kritzelte. »Der letzte ist der Name des Giftes.« Er reichte Sperber den Zettel. »Viel Glück«, wünschte er. »Aber geht jetzt, damit ich weitermachen kann, womit ich gerade beschäftigt war, als Ihr mir die Tür eingetreten habt.«

16

»Weil ihr nicht wie Rendorer ausseht!« betonte Sperber. »Ausländer erregen dort einige Aufmerksamkeit – und werden normalerweise nicht gerade freundlich aufgenommen. Ich kann in Cippria für einen Einheimischen durchgehen. Kurik ebenfalls. Und Rendorerinnen tragen Schleier; infolgedessen wird auch Sephrenia nicht auffallen. Ihr anderen könnt nicht mitkommen!«

Sie hatten sich in einem großen Zimmer im ersten Stock des Gasthofs zusammengesetzt. Die Einrichtung bestand lediglich aus Wandbänken, und es gab nicht einmal einen Vorhang, den man vor das schmale Fenster hätte ziehen können. Sperber hatte berichtet, was sie von dem beschwipsten Arzt erfahren hatten und daß Martel es diesmal mit Bestechung statt Gewalt versucht hatte.

»Wir können uns das Haar färben«, schlug Kalten vor. »Würde es dann nicht gehen?«

»Das hilft nicht. Entscheidend ist, wie man sich in Rendor benimmt, wie man dort auftritt, Kalten«, erklärte Sperber. »Ich könnte dich grün einfärben, und die Rendorer würden dich trotzdem als Elenier erkennen. Das gleiche gilt mehr oder weniger für euch alle. Ihr habt die Haltung von Rittern, und ihr würdet Jahre brauchen, sie abzulegen.«

»Ihr wollt also, daß wir hierbleiben?« fragte Ulath.

»Nein, wir reisen zunächst gemeinsam nach Cippria. Dort kann ich euch schneller eine Nachricht zukommen lassen, falls es erforderlich sein sollte.«

»Ich fürchte, du übersiehst etwas, Sperber«, gab Kalten zu bedenken. »Wir wissen, daß Martel sich hier unten herumtreibt, und wahrscheinlich hat er seine Augen überall. Wenn wir alle in voller Rüstung aus Borrata reiten, wird er es erfahren, noch ehe wir eine Meile weit gekommen sind.«

»Pilger«, brummte Ulath.

Kalten blickte ihn stirnrunzelnd an. »Ich verstehe nicht ganz.«

»Wenn wir unsere Rüstungen auf einen Karren laden, so daß sie nicht zu sehen sind, und einfache, unauffällige Kleidung tragen, können wir uns einem Pilgerzug anschließen, und niemand wird einen zweiten Blick an uns verschwenden.« Er blickte Bevier an. »Kennt Ihr Euch in Madol aus?«

»Wir haben da ein Ordenshaus, das ich manchmal besuche.«

»Gibt es dort irgendwelche Schreine oder heilige Stätten?«

»Mehrere. Aber Pilger reisen selten im Winter.«

»Sie werden es tun, wenn man sie dafür bezahlt. Wir engagieren ein paar – und einen Geistlichen, der unterwegs Kirchenlieder anstimmt.«

»Das ist keine schlechte Idee, Sperber«, warf Kalten ein. »Martel weiß ja nicht, welchen Weg wir von hier aus nehmen, also werden seine Spione verhältnismäßig weit verstreut sein.«

»Wie können wir diesen Martel erkennen?« erkundigte sich Bevier. »Falls wir ihm begegnen, während Ihr in Cippria seid, meine ich.«

»Kalten kennt ihn«, erwiderte Sperber, »und Talen hat ihn einmal gesehen.« Da fiel ihm etwas ein. Er blickte zu dem Jungen hinüber, der ein Garnspiel mit Flöte machte. »Talen«, rief er, »könntest du Bilder von Martel und Krager zeichnen?«

»Sicher.«

»Wir sollten ihnen auch Adus beschreiben«, warf Sephrenia ein.

»Nichts einfacher als das.« Kalten grinste. »Steckt einen Gorilla in eine Rüstung, dann habt ihr ihn.«

»Na gut. Machen wir es so«, sagte Sperber. »Berit.«

»Ja, Ritter Sperber?«

»Geht zu einer Kirche – einer armen. Sprecht mit dem Vikar. Sagt ihm, wir bezahlen eine Pilgerreise zu den Schreinen von Madol. Ersucht ihn, etwa ein Dutzend seiner bedürftigsten Schäfchen auszuwählen und sie morgen früh hierherzubringen. Wir möchten, daß auch er mitkommt – als Hirte unserer Seelen. Und versprecht ihm eine beachtliche Spende für seine Kirche, wenn er sich zu der Pilgerreise bereit erklärt.«

»Und wenn er fragt, warum wir das tun wollen, Ritter Sperber?«

»Sagt ihm, wir hätten eine schreckliche Sünde begangen und möchten dafür büßen.« Kalten zuckte die Schultern. »Geht aber nicht näher auf die Art dieser Sünde ein!«

»Ritter Kalten!« rief Bevier entsetzt. »Ihr wollt einen Kirchenmann belügen?«

»Es ist keine wirkliche Lüge, Bevier. Jeder von uns hat auf die eine oder andere Weise gesündigt – ich allein in dieser Woche bestimmt schon ein halbes dutzendmal. Außerdem wird der Vikar einer bedürftigen Kirche nicht zu viele Fragen stellen, wenn eine Spende zu erwarten ist.«

Sperber holte einen Lederbeutel aus seinem Wams. Er schüttelte ihn ein paarmal, und das Klimpern von Münzen war unüberhörbar. »Also gut, meine Herren«, sagte er und zog die Verschlußschnur des Beutels auf, »kommen wir jetzt zu jenem Teil, der euch allen sicherlich der liebste ist – die Kollekte. Gott schätzt einen freigebigen Spender, also geniert euch nicht. Der Vikar wird Geld brauchen, um Pilger aufzutreiben.« Er ließ den Beutel reihum gehen.

»Meinst du, Gott würde auch einen Schuldschein annehmen?« fragte Kalten.

»Gott vielleicht. Ich nicht. Steck was in den Beutel, Kalten.«

Die Gruppe, die sich am nächsten Morgen im Hof des Gasthauses einfand, war ausnahmslos ärmlich gekleidet – Wittibe in geflicktem Trauergewand, arbeitslose Handwerker und mehrere ausgehungerte Bettler. Sie saßen allesamt entweder auf mitleiderregenden Kleppern oder müden Maultieren. Sperber betrachtete sie vom Fenster aus. »Weise den Wirt an, ihnen zu essen zu geben«, wandte er sich an Kalten.

»Es sind aber ziemlich viele, Sperber«, gab dieser zu bedenken.

»Ich möchte nicht, daß sie eine Meile außerhalb der Stadt vor Hunger aus dem Sattel kippen. Kümmere du dich darum, während ich mit dem Vikar spreche.«

»Was immer du sagst.« Kalten zuckte die Schultern. »Soll ich sie vielleicht auch baden? Einige sehen arg ungewaschen aus.«

»Das wird nicht nötig sein. Laß auch ihre Pferde und Maultiere füttern.«

»Findest du das nicht übertrieben großzügig?«

»Du darfst gern die Pferde schleppen, die unterwegs zusammenbrechen.«

»Oh! Ich kümmere mich sofort um alles.«

Der Vikar der armen Kirche war ein dünner, bekümmert wirkender Mann in den Sechzigern. Er hatte silbergraues Kraushaar und tiefe Sorgenfalten. »Euer Gnaden.« Er verbeugte sich untertänig vor Sperber.

»Es genügt, wenn Ihr mich ›Pilger‹ nennt, guter Vikar. Im Dienste Gottes sind wir alle gleichgestellt. Meine Gefährten und ich möchten uns lediglich Euren frommen Gemeindemitgliedern anschließen, um mit ihnen nach Madol zu pilgern, damit wir an den heiligen Schreinen um Trost für unsere Seelen beten können, im Bewußtsein der unendlichen Güte Gottes.«

»Gut gesagt – äh – Pilger.«

»Würdet Ihr bei uns am Tisch Platz nehmen, guter Vikar?« lud Sperber ihn ein. »Wir haben viele Meilen vor uns, ehe wir uns heute abend zur Ruhe begeben können.«

Die Augen des Vikars leuchteten auf. »Es wäre mir eine Ehre, Euer Gnaden – äh, verzeiht – Pilger wollte ich sagen.«

Die Verköstigung der cammorianischen Pilger und Fütterung ihrer Reittiere dauerte eine ziemliche Zeit und erschöpfte die Küchen- und Futtervorräte.

»Nie sah ich Leute so viel essen«, brummte Kalten. Er hatte sich einen dicken, einfachen Umhang umgeworfen und war gerade dabei, sich auf dem Hof des Gasthauses in den Sattel zu schwingen.

»Sie sind hungrig«, entgegnete Sperber. »Zumindest können wir dafür sorgen, daß sie ein paar gute, reichliche Mahlzeiten kriegen, ehe sie nach Borrata zurückkehren müssen.«

»Wohltätigkeit, Ritter Sperber?« fragte Bevier. »Das paßt doch nicht zu Pandionern! Eure grimmigen Kameraden sind nicht gerade für ihre Feinfühligkeit und Großzügigkeit bekannt.«

»Wie wenig Ihr sie doch kennt, Ritter Bevier«, murmelte Sephrenia. Sie ließ sich auf ihren Schimmelzelter helfen, dann beugte sie sich aus dem Sattel und bedeutete Flöte aufzusitzen, doch die Kleine schüttelte den Kopf. Sie trippelte zu Faran und streckte ein Händchen aus. Der mächtige Fuchs senkte den Kopf, und sie streichelte seine samtige Nase. Sperber spürte, wie ein seltsames Zittern den Körper seines Pferdes durchzog. Dann streckte Flöte fordernd die Hand zu dem großen Pandioner hoch. Ernst beugte Sperber sich zur Seite, hob die Kleine auf ihren gewohnten Platz vor dem Sattel und schlug seinen Umhang auch um sie. Sie kuschelte sich an ihn, holte ihre Syrinx heraus und spielte die gleiche Mollweise wie damals, als die Ritter sie gefunden hatten.

Der Vikar an der Spitze ihres Zuges stimmte ein kurzes Gebet an, um den Schutz des elenischen Gottes während ihrer Reise zu erbitten – ein Gebet, das mehrmals von fragenden, ja skeptischen Trillern aus Flötes Syrinx übertönt wurde.

»Benimm dich!« mahnte Sperber leise. »Er ist ein guter Mann und tut, was er für richtig hält.«

Sie rollte schelmisch die Augen, dann gähnte sie, schmiegte sich noch dichter an Sperber und schlief sogleich ein.

Unter einem klaren Morgenhimmel ritten sie südwärts aus Borrata, und der zweirädrige Karren, auf den sie ihre Rüstungen und anderes Gepäck geladen hatten, klapperte, von Kurik gezogen, hinterher.

Der Wind war lebhaft und zerrte an den armseligen Lumpen der geduldig hinter ihrem Vikar hertrottenden Pilger. Eine niedrige Bergkette erstreckte sich im Westen. Die Gipfel trugen Schneekappen, und die Sonne glitzerte auf den vereinzelt noch von Schnee bedeckten oberen Hängen. Sie ritten gemächlich, ja lustlos, wie es Sperber schien, doch das Schnaufen und Keuchen der armen Tiere der Pilger verriet, daß sie ihr Bestes gaben.

Gegen Mittag trabte Kalten von seinem Posten am Ende des Zuges nach vorn. »Hinter uns nähern sich Reiter«, meldete er leise, um die dichtauf folgenden Pilger nicht zu erschrecken. »Sie sind offensichtlich in größter Eile!«

»Hast du eine Ahnung, wer sie sind?«

»Sie tragen Rot.«

»Also Kirchensoldaten.«

»Da seht ihr mal, wie schnell er denkt«, wandte sich Kalten an die übrigen Gefährten.

»Wie viele sind es?« erkundigte sich Tynian.

»Eine verstärkte Schwadron, wie es aussieht.«

Bevier lockerte seine Lochaber an der Schlaufe.

»Versteckt sie«, riet Sperber ihm. »Verbergt auch ihr anderen eure Waffen!« Dann hob er die Stimme. »Guter Vikar«, rief er. »Wie wäre es mit einer Hymne? Die Meilen werden kürzer bei heiligen Liedern.«

Der Vikar räusperte sich und begann mit etwas rostig klingender Stimme zu singen, und ein wenig falsch obendrein. Gewohnheitsmäßig, wenngleich müde, fielen die Pilger sogleich ein.

»Singt!« forderte Sperber seine Gefährten auf und alle stimmten in die Hymne ein. Während sie ihr Lied hinausbrüllten, hob Flöte ihre Syrinx und spielte eine spöttische kleine Begleitmelodie.

»Hör damit auf!« murmelte Sperber ihr zu. »Und wenn es zum Kampf kommen sollte, dann rutsch sofort hinunter und versteck dich da drüben in dem Gestrüpp.«

Sie blickte ihn an und rollte die Augen.

»Tu, was ich sage, kleine Dame. Ich möchte nicht, daß du bei einem Kampf unter die Hufe kommst.«

Die Kirchensoldaten donnerten jedoch an dem Zug Hymnen singender Pilger vorbei, ohne ihnen mehr als einen flüchtigen Blick zu gönnen, und waren rasch in der Ferne verschwunden.

»Glück gehabt«, brummte Ulath.

»Und wie!« bestätigte Tynian. »Inmitten eines Haufens verstörter Pilger zu kämpfen hätte allerdings interessant werden können.«

»Glaubt Ihr, sie waren hinter uns her?« fragte Berit.

»Schwer zu sagen«, entgegnete Sperber. »Ich hatte allerdings nicht die Absicht, sie anzuhalten und zu fragen.«

Sie führten die Reise gen Süden, nach Madol, in einzelnen Abschnitten durch, um die armseligen Reittiere der Schäfchen des Vikars nicht zu überanstrengen, und erreichten den Stadtrand des Hafenortes gegen Mittag des vierten Tages nach ihrem Aufbruch aus Borrata. Als die Stadt in Sicht kam, ritt Sperber an die Spitze zu dem Vikar. Er überreichte dem guten Mann einen Beutel, der prall mit Münzen gefüllt war. »Wir verlassen Euch hier«, sagte er. »Eine dringende Angelegenheit erfordert unsere Aufmerksamkeit.«

Der Vikar blickte ihn abschätzend an. »Das war alles nur eine List, nicht wahr, Euer Gnaden?« fragte er ernst. »Ich bin zwar nur der arme Pfarrer einer äußerst bedürftigen Gemeinde, aber ich weiß Ordensritter an ihrer Haltung und ihrem Benehmen zu erkennen.«

»Verzeiht uns, guter Vikar«, bat Sperber. »Führt Eure Schäfchen zu den heiligen Stätten hier in Madol. Betet mit ihnen und sorgt dafür, daß sie ausreichend zu essen bekommen. Dann kehrt mit ihnen nach Borrata zurück und verwendet den Rest des Geldes, wie Ihr es für richtig erachtet.«

»Und kann ich das reinen Gewissens tun, mein Sohn?«

»Mit dem reinsten, guter Vikar. Meine Freunde und ich dienen der Kirche in einer Angelegenheit von größter Dringlichkeit, und die Hierokratie in Chyrellos – zumindest der Großteil derselben – wird Eure Hilfe zu schätzen wissen.« Dann drehte Sperber Faran herum und ritt zu seinem Begleitern zurück. »So, Bevier, bringt uns jetzt in Euer Ordenshaus.«

»Ich habe darüber nachgedacht, Ritter Sperber«, entgegnete Bevier. »Nicht nur die amtlichen Stellen hier halten ständig ein waches Auge auf unser hiesiges Ordenshaus, sondern auch alle möglichen anderen Leute. Selbst in unserer momentanen Kleidung würden wir zweifellos erkannt werden.«

»Ihr habt wahrscheinlich recht«, brummte Sperber. »Wüßtet Ihr irgendwelche anderen Möglichkeiten?«

»Vielleicht. Ich habe einen Verwandten – einen Markgrafen aus Ostarzium –, der ein Landhaus vor der Stadt besitzt. Ich habe ihn zwar seit Jahren nicht mehr gesehen – unsere Familie mißbilligt ihn, da er im Handelsgeschäft tätig ist –, aber vielleicht erinnert er sich an mich. Er ist ein gutmütiger Mensch, und wenn ich es richtig angehe, lädt er vielleicht uns alle zu sich ein.«

»Einen Versuch ist es auf jeden Fall wert. Also gut, führt uns dorthin.«

Sie ritten um den westlichen Stadtrand von Madol zu einem großen Haus, das von einer niedrigen Mauer aus einheimischem Sandstein umgeben war. Das Haus lag ein Stück abseits der Straße und war von hohen Nadelbäumen und gepflegten Rasenflächen umgeben. Unmittelbar vor dem Eingang befand sich ein mit Kies bedeckter Hof. Dort saßen sie ab. Ein Lakai in grauer Livree trat aus dem Haus und näherte sich ihnen mit fragendem Gesichtsausdruck.

»Würdet Ihr so gut sein und dem Markgrafen mitteilen, daß sein Vetter zweiten Grades, Ritter Bevier, mit einigen Freunden hier ist und sich freuen würde, ihn zu sehen?« wies der Cyriniker den Diener höflich an.

»Sofort, Euer Gnaden.« Der Lakai drehte sich um und kehrte ins Haus zurück.

Der Mann, der wenige Augenblicke später herauseilte, war korpulent und hatte ein rotes Gesicht. Er trug eines der farbenfrohen Gewänder, wie sie in Südcammorien üblich waren, statt des arzianischen Wamses und dazugehörigen engen Beinkleides. Mit einem breiten Grinsen hieß er seinen entfernten Vetter herzlich willkommen. »Bevier«, er schüttelte ihm die Hand, »was machst du denn hier?«

»Zuflucht suchen, Lycien«, antwortete Bevier. Sein offenes junges Gesicht verdüsterte sich. »Ich weiß, die Familie hat dich nicht gut behandelt, Lycien. Ich könnte es dir nicht übelnehmen, wenn du mich und meine Freunde fortschicktest.«

»Unsinn, Bevier. Ich entschied mich für den Beruf des Händlers, obwohl ich wußte, was die Familie davon halten würde. Ich freue mich, dich wiederzusehen. Du suchst Zuflucht, sagtest du?«

Bevier nickte. »Wir sind in einer geheimen kirchlichen Angelegenheit hier, und ein bißchen zu viele Augen beobachten das cyrinische Ordenshaus in der Stadt. Ich weiß, daß es unverschämt ist, dich darum zu bitten, aber könntest du uns Gastfreundschaft gewähren?«

»Selbstverständlich, mein Junge, selbstverständlich!« Markgraf Lycien klatschte laut in die Hände, und mehrere Knechte eilten aus den Stallungen herbei. »Kümmert euch um die Pferde meiner Gäste und um ihren Karren«, befahl er. Dann legte er eine Hand auf Beviers Schulter. »Nur alle herein! Fühlt euch wie zu Hause.« Er drehte sich um und ging voraus durch den niedrigen, aber breiten Türbogen ins Haus, wo er sie in ein gemütliches Gemach mit bequemen Polstermöbeln und einem offenen Kamin führte, in dem ein wohliges Feuer prasselte. »Bitte, Freunde, nehmt Platz«, forderte er seine unerwarteten Gäste auf. Dann betrachtete er sie nachdenklich. »Diese Kirchensache muß sehr wichtig sein, Bevier«, sagte er. »Wenn ich mir deine Freunde so ansehe, scheint mir, daß sie von allen vier der Kriegerorden kommen.«

»Ihr habt scharfe Augen, Herr Markgraf«, sagte Sperber.

»Werde ich wegen dieser Sache in Schwierigkeiten geraten?« fragte Lycien. Dann grinste er. »Nicht daß es mir etwas ausmachen würde. Ich möchte nur gern vorbereitet sein.«

»Es ist nicht sehr wahrscheinlich«, versicherte ihm Sperber. »Und ganz sicher nicht, wenn wir Erfolg mit unserer Mission haben. Sagt mir, Euer Gnaden, kennt Ihr jemanden im Hafen?«

»Ich habe gute Beziehungen zu mehreren Personen, die mit dem Hafen zu tun haben, Ritter ...«

»Sperber«, stellte sich der Pandioner rasch vor.

»Der Streiter der Königin von Elenien?« Lycien blickte ihn überrascht an. »Ich hörte, daß Ihr aus Eurer Verbannung in Rendor zurück seid. Aber befindet Ihr Euch jetzt nicht weitab? Solltet Ihr nicht in Cimmura sein, um die Versuche des Primas Annias zu vereiteln, sich der Königin zu entledigen?«

»Ihr seid gut unterrichtet, Euer Gnaden«, stellte Sperber fest.

»Meine Handelsverbindungen reichen weit.« Lycien zuckte die Schultern. Er zwinkerte Bevier zu. »Das war es, womit ich der Familie Schande bereitete – aus ihrer Sicht gesehen, jedenfalls. Meine Vertreter und die Kapitäne meiner Schiffe tragen im Zuge ihrer Geschäfte viele Informationen zusammen.«

»Ich schließe, daß Ihr kein großer Freund des Primas von Cimmura seid, Herr Markgraf?«

»Der Mann ist ein Halunke.«

»Ganz unserer Meinung«, bestätigte Kalten.

»Nun, Euer Gnaden«, sagte Sperber, »wir möchten den Versuch unternehmen, der wachsenden Macht des Primas entgegenzuwirken. Wenn wir Erfolg haben, können wir ihm einen Strich durch die Rechnung machen. Ich würde Euch mehr sagen, aber es könnte gefährlich für Euch sein, wenn Ihr zu viele der Einzelheiten kennt.«

»Das weiß ich zu schätzen, Ritter Sperber«, versicherte ihm Lycien. »Auf welche Weise kann ich Euch helfen?«

»Drei von uns müssen nach Cippria«, erklärte Sperber. »Um Eurer Sicherheit willen wäre es bestimmt besser, wenn wir das Schiff eines unabhängigen Kapitäns nähmen statt eines der Euren. Wenn Ihr uns mit einem solchen Mann bekannt machen oder uns ein unverfänglich formuliertes Empfehlungsschreiben für ihn geben würdet, könnten wir den Rest selbst erledigen.«

»Sperber!« rief Kurik, der sich im Gemach umschaute, plötzlich scharf. »Wo ist Talen?«

Sperber drehte sich rasch um. »Ich dachte, er käme hinter uns her, als wir eintraten.«

»Das dachte ich auch.«

»Berit«, bat Sperber, »sucht ihn.«

»Sofort, Ritter Sperber.« Der Novize eilte aus dem Gemach.

»Gibt es ein Problem?« erkundigte sich Lycien.

»Ein etwas unberechenbarer Junge, Vetter«, erklärte Bevier. »Soviel ich weiß, darf man ihn nicht aus den Augen lassen.«

»Berit wird ihn finden.« Kalten lachte. »Ich habe großes Zutrauen zu diesem jungen Mann. Es könnte schon sein, daß Talen mit ein paar Beulen und Blutergüssen zurückkommt, doch das dürfte sehr lehrreich für ihn sein.«

»Nun, wenn alles unter Kontrolle ist«, meinte Lycien, »werde ich in der Küche Bescheid geben lassen. Ich bin sicher, Ihr alle seid sehr hungrig. Wir wäre es, wenn wir uns in der Zwischenzeit ein Glas Wein gönnen?« Er setzte eine fromme Miene auf, die ganz offensichtlich gespielt war. »Ich weiß natürlich, daß die Ordensleute abstinent sind, aber ein Schluck Wein ist gut für die Verdauung, habe ich mir sagen lassen.«

»Ich habe auch davon gehört«, bestätigte Kalten rasch.

»Dürfte ich Euch um eine Tasse Tee ersuchen, Euer Gnaden?« fragte Sephrenia, »und etwas Milch für das Kind? Ich fürchte, Wein würde uns beiden nicht sehr bekommen.«

»Selbstverständlich, gnädige Frau«, antwortete Lycien herzlich. »Ich hätte selbst daran denken müssen.«

Der Nachmittag war schon fortgeschritten, als Berit mit Talen zurückkehrte. »Er war schon fast am Hafen«, meldete der Novize, ohne den Jungen loszulassen, den er am Kragen hielt. »Ich habe ihn gründlich durchsucht. Er war glücklicherweise noch nicht dazu gekommen, etwas zu stehlen.«

»Ich wollte doch bloß das Meer sehen!« behauptete der Junge. »Ich hatte es noch nie zuvor gesehen!«

Kurik nahm grimmig seinen breiten Ledergürtel ab.

»Halt! Einen Moment, Kurik!« protestierte Talen und versuchte, sich aus Berits Griff zu befreien. »Das würdest du doch nicht wirklich tun, oder?«

»Das wirst du gleich spüren!«

»Ich habe was aufgeschnappt!« rief Talen hastig. »Wenn du mich haust, behalt' ich es für mich.« Er blickte Sperber flehend an. »Es ist wichtig!« versicherte er ihm. »Sagt ihm, er soll seinen Gürtel wieder umschnallen, dann verrate ich, was ich erfahren habe.«

»Laß es gut sein, Kurik«, sagte Sperber. »Für den Augenblick jedenfalls.« Dann blickte er den Jungen streng an. »Wehe, wenn es nichts Wichtiges ist, Talen!« drohte er.

»Ist es aber, Sperber, ganz bestimmt!«

»Dann heraus damit.«

»Also, ich lief diese Straße hinunter. Wie ich schon sagte, ich wollte mir den Hafen ansehen und die vielen Schiffe und überhaupt alles dort. Jedenfalls kam ich dabei an einer Weinstube vorbei, aus der gerade ein Mann trat.«

»Erstaunlich«, warf Kalten ein. »Besuchen die Leute hier tatsächlich Weinstuben?«

»Ihr beide kennt diesen Mann. Es war Krager, den ich in Cimmura für Euch beschatten sollte. Ich folgte ihm. Er ging in einen heruntergekommenen Gasthof am Hafen. Ich kann euch dorthin bringen, wenn ihr möchtet.«

»Schnall deinen Gürtel wieder um, Kurik«, sagte Sperber.

»Haben wir Zeit dafür?« fragte Kalten.

»Wir sollten uns die Zeit dafür nehmen. Martel hat schon zweimal versucht, uns aufzuhalten. Wenn es tatsächlich Annias war, der Ehlana vergiftete, wird er alles tun, um zu verhindern, daß wir irgendein Gegenmittel finden. Das bedeutet, daß Martel versuchen wird, vor mir nach Cippria zu gelangen. Wir können dies aus Krager herausquetschen, falls wir ihn in die Finger kriegen.«

»Wir kommen mit«, erbot sich Tynian eifrig. »Das Ganze wird einfacher, wenn wir Annias' Helfershelfer hier in Madol unschädlich machen können.«

Sperber überlegte, dann schüttelte er den Kopf. »Nein, lieber nicht. Martel und seine Henkersknechte kennen Kalten und mich, nicht aber Euch anderen. Wenn Kalten und ich Krager nicht in die Finger bekommen, werdet Ihr in ganz Madol Ausschau nach ihm halten müssen. Und das wird bedeutend leichter sein, wenn er nicht weiß, wie Ihr ausseht.«

»Hört sich vernünftig an«, brummte Ulath.

Tynian wirkte sehr enttäuscht. »Manchmal denkt Ihr einfach zu viel, Sperber!«

»Das ist typisch für ihn«, erklärte Kalten.

»Was meint Ihr, werden wir in diesen Umhängen Aufsehen auf den Straßen von Madol erregen, Euer Gnaden?« fragte Sperber den Markgrafen.

Lycien schüttelte den Kopf. »Es ist eine Hafenstadt. Menschen aus aller Welt kommen hierher, also werden zwei weitere Fremde nicht sonderlich auffallen.«

»Gut.« Sperber ging zur Tür, gefolgt von Kalten und Talen. »Wir werden bald zurück sein«, sagte er.

Sie ließen ihre Pferde im Landhaus und gingen zu Fuß in die Stadt. Madol lag direkt an der Flußmündung. Der Geruch des Meeres, den ein steifer Wind landeinwärts trug, war hier sehr ausgeprägt. Die Straßen waren eng und krumm und wurden zunehmend schäbiger, wie die beiden Ritter feststellten, als sie sich mit dem Jungen dem Hafen näherten.

»Wie weit ist es noch bis zu diesem Gasthof?« erkundigte sich Kalten.

»Nur noch ein kleines Stück«, antwortete Talen.

Sperber blieb stehen. »Hast du dich noch ein wenig umgesehen, nachdem Krager hineingegangen war?« fragte er den Jungen.

»Nein, das wollte ich zwar, aber Berit packte mich am Schlafittchen, ehe ich dazu kam.«

»Wie wär's, wenn du es jetzt tust? Wenn Kalten und ich zum Eingang marschieren und Krager zufällig herausschaut, wird er durch die Hintertür verschwinden, ehe wir drin sind. Schau mal, ob du sie finden kannst.«

»Mach' ich.« Talens Augen blitzten vor Eifer. Er rannte die Straße hinunter.

»Ein tüchtiger Junge«, meinte Kalten, »trotz seiner schlechten Angewohnheiten.« Er runzelte die Stirn. »Woher weißt du, daß dieser Gasthof eine Hintertür hat?« fragte er.

»Jedes Gasthaus hat eine Hintertür, Kalten – falls Feuer ausbricht, wenn schon aus keinem anderen Grund.«

»Hm. Daran hatte ich nicht gedacht.«

Als Talen zurückkehrte, lief er so schnell er konnte, verfolgt von etwa zehn Männern, ihnen voraus Adus, der etwas Unverständliches brüllte.

»Paß auf!« schrie Talen, als er an Sperber und Kalten vorbeihastete.

Die beiden Ritter rissen ihre Schwerter unter den Umhängen hervor und sprangen ein wenig auseinander, um die Verfolger aufzuhalten. Außer Adus waren sie ärmlich gekleidet und trugen die verschiedensten Waffen: rostige Schwerter, Äxte und Streitkolben. »Tötet sie!« brüllte Adus, verlangsamte kurz seinen Schritt und winkte seine Männer herbei.

Der Kampf war rasch vorüber. Die Kerle, die auf der schmalen Straße herbeistürmten, waren offenbar primitive Schlägertypen. Vier lagen auf der Straße, ehe den anderen bewußt war, daß sie einen Fehler begangen hatten. Zwei weitere brachen auf dem blutigen Kopfsteinpflaster zusammen, bevor der Rest umdrehen und fliehen konnte. Dann sprang Sperber über die verstreut daliegenden Leichen auf Adus zu. Der tierhafte Riese parierte den ersten Hieb des Ritters; dann nahm er sein Schwert in beide Hände und schwenkte es wie einen Dreschflegel. Sperber wehrte diese Schläge mühelos ab und konnte dem Hünen schmerzhafte Schnittwunden und Blutergüsse unter der Rüstung an Rippen und Schultern zufügen. Nach wenigen Augenblicken ergriff auch Adus die Flucht. Er rannte, so schnell er konnte, und drückte eine blutige Hand an seine Seite.

»Warum bist du ihm nicht nach?« fragte Kalten, der sich keuchend, mit seinem blutbesudelten Schwert in der Faust, aufrichtete.

»Weil Adus schneller rennen kann als ich«, antwortete Sperber schulterzuckend. »Das weiß ich seit Jahren.«

Talen kam schwer atmend die Straße zurück. Er blickte bewundernd auf das Schlachtfeld. »Gut gemacht, meine Herren Ritter«, beglückwünschte er sie.

»Was ist passiert?« erkundigte sich Sperber.

»Ich ging am Gasthof vorbei«, sagte Talen schulterzuckend, »dann hinten herum. Der große Klotz, der gerade entkommen ist, lauerte mit den anderen in der Gasse dahinter. Er griff nach mir, aber ich duckte mich, und dann rannte ich los.«

»Gut gemacht«, lobte ihn Kalten.

Sperber steckte sein Schwert in die Scheide zurück. »Verschwinden wir.«

»Warum verfolgen wir Adus nicht?« fragte Kalten.

»Weil wir in eine Falle laufen könnten. Martel benutzt Krager als Köder, um uns an der Nase herumzuführen. Das ist wahrscheinlich der Grund, weshalb wir ihn so leicht entdeckt haben.«

»Soll das heißen, daß sie auch mich erkennen?« fragte Talen erschrocken.

»Wahrscheinlich«, erwiderte Sperber. »Sie haben ja schließlich herausgefunden, daß du in Cimmura für mich gearbeitet hast, oder hast du das vergessen? Krager wußte vermutlich, daß du ihn beschattet hast, und gab Adus deine Beschreibung. Adus mag zwar strohdumm sein, aber er hat scharfe Augen.« Sperber murmelte eine Verwünschung. »Martel ist noch schlauer, als ich dachte, und er fängt an, mich wütend zu machen.«

»Wird auch Zeit«, brummte Kalten, während sie die gewundene Straße zurückgingen.

DRITTER TEIL

DABUR

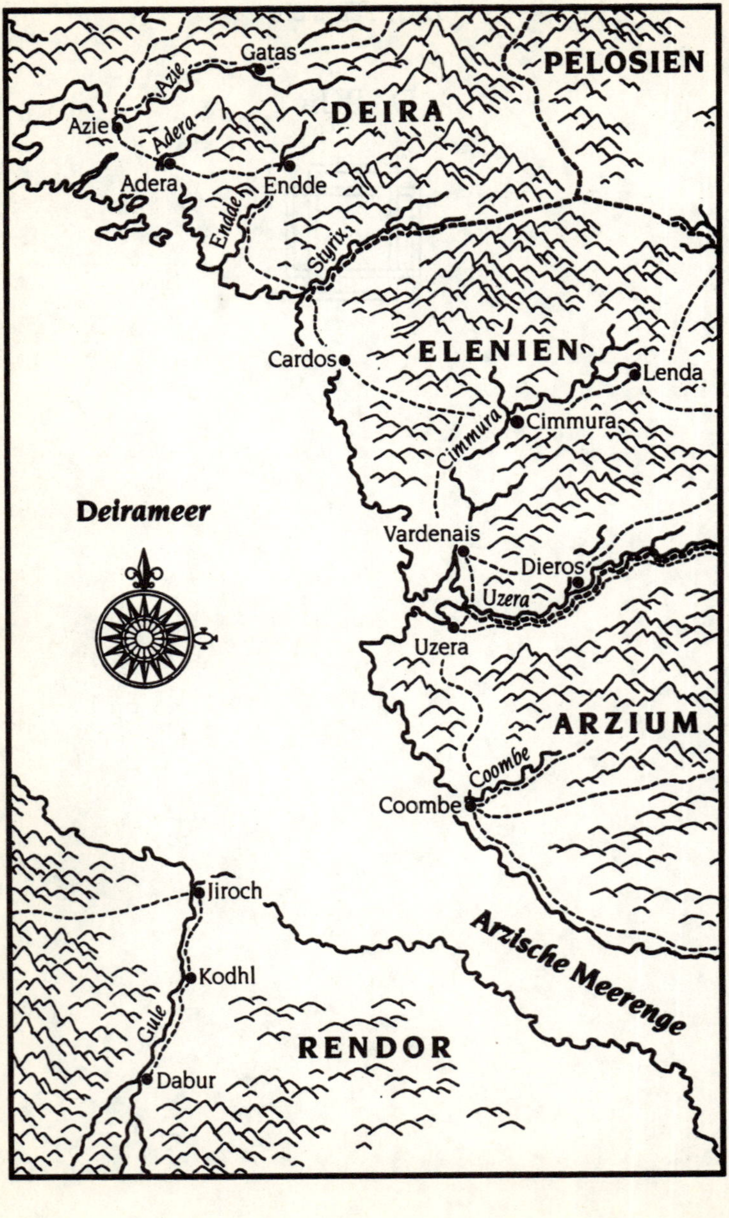
Gatas
PELOSIEN
Azie
DEIRA
Azie
Adera
Adera
Endde
Endde
Styrix
ELENIEN
Cardos
Lenda
Cimmura
Cimmura
Deirameer
Vardenais
Dieros
Uzera
Uzera
ARZIUM
Coombe
Coombe
Jiroch
Arzische Meerenge
Kodhl
Gule
RENDOR
Dabur

17

Bläulich breitete sich die Dämmerung zwischen den Häusern von Madol aus, und die ersten Sterne blinkten. Sperber, Kalten und Talen huschten durch die schmalen, winkeligen Straßen, änderten häufig die Richtung und nahmen manchen Weg sogar doppelt, um mögliche Verfolger abzuschütteln.

»Übertreiben wir nicht ein bißchen mit unserer Vorsicht?« fragte Kalten nach einer guten halben Stunde.

»Bei Martel dürfen wir kein Risiko eingehen«, entgegnete Sperber. »Er opfert bedenkenlos das Leben anderer, wenn er damit ans Ziel kommt. Ich möchte nicht mitten in der Nacht aufwachen und feststellen, daß Lyciens Haus von Söldnern umzingelt ist.«

»Das würde mir allerdings auch nicht gefallen«, meinte Kalten.

Während die Dämmerung sich vertiefte, schlichen sie durch das Westtor von Madol. »Dort hinein!« forderte Sperber seine Begleiter auf, als sie ein Stück weiter zu einem Dickicht am Straßenrand kamen. »Warten wir hier eine Weile, bis wir sicher sein können, daß uns niemand folgt.«

Sie kauerten sich zwischen raschelnde Schößlinge und spähten die Straße zur Stadt entlang. Irgendwo im Dickicht schimpfte ein schläfriger Vogel über die Störenfriede, und nach einer Weile holperte ein Ochsenkarren mit ratternden Rädern langsam aus Richtung Madol vorbei.

»Es ist nicht sehr wahrscheinlich, daß jemand so kurz vor Einbruch der Nacht die Stadt verläßt, oder was denkst du?« fragte Kalten leise.

»Ich bin ganz deiner Meinung«, antwortete Sperber. »Jeder, der jetzt noch herauskommt, ist wahrscheinlich hinter einer dringenden Sache her.«

»Und diese dringende Sache könnten wir sein, nicht wahr?«

Von der Stadt her war ein Knarren zu hören, dann ein Krachen und schließlich das Rasseln einer schweren Kette.

»Sie haben soeben das Tor geschlossen«, flüsterte Talen.

»Darauf habe ich gewartet«, sagte Sperber und stand auf. »Los, gehen wir.«

Sie traten hinter dem Dickicht hervor und folgten der Straße. Vereinzelte Baumgruppen hoben sich aus der Dunkelheit zu beiden Seiten, und Büsche waren schattenhaft entlang der Wiesen zu erkennen, die sich in der Nacht verloren.

Talen stapfte nervös zwischen den beiden Rittern dahin, und sein Blick schoß unruhig hin und her.

»Was hast du denn, Junge?« fragte ihn Kalten.

»Ich war noch nie im Dunkeln auf freiem Feld«, erklärte Talen. »Ist es immer so schwarz?«

Kalten zuckte die Schultern. »Das ist in der Nacht so üblich.«

»Warum stellt niemand Fackeln auf?« jammerte Talen.

»Warum? Etwa damit die Kaninchen sehen können, wohin sie laufen?«

Lyciens Haus stand in den tiefen Schatten der Nadelbäume, die es umgaben. Nur am Tor brannte eine Fackel. Talen war sichtlich erleichtert, als sie den kiesbedeckten Hof betraten.

»Hattet ihr Glück?« erkundigte sich Tynian, der ihnen aus dem Haus entgegenkam.

»Wir hatten einige Schwierigkeiten«, antwortete Sperber. »Aber gehen wir erst mal hinein.«

»Ich sagte doch, Ihr hättet uns mitkommen lassen sollen«, brummte der breitschultrige Alzioner vorwurfsvoll, als sie das Haus betraten.

»*So* groß waren die Schwierigkeiten auch wieder nicht«, versicherte ihm Kalten.

Die anderen warteten in dem gemütlichen Gemach, in das Lycien sie bei ihrer Ankunft geführt hatte. Sephrenia stand auf und betrachtete die Blutspritzer auf den Umhängen der beiden Pandioner. Ihre Stimme verriet ihre Besorgnis, als sie fragte: »Seid ihr verletzt?«

»Wir stießen auf eine Gruppe unternehmungslustiger Burschen«, antwortete Kalten leichthin. Er blickte jetzt ebenfalls auf seinen Umhang. »Es ist alles ihr Blut.«

»Was ist passiert?« erkundigte sich Sephrenia.

»Adus versuchte, uns am Gasthof einen Hinterhalt zu stellen«, erklärte Sperber. »Er hatte einen Haufen Schläger aus dem Hafen bei sich.« Er hielt grübelnd inne. »Wißt Ihr, jedesmal wenn wir uns umdrehen, stoßen wir auf Krager. Einmal – sogar zweimal –

hätte noch Zufall sein können, aber jetzt ist es wirklich schon zu häufig passiert, und jedesmal wenn wir ihm zu folgen versuchen, überrascht er uns mit einem Hinterhalt.«

»Glaubt Ihr, es ist Absicht?« fragte Tynian.

»Es hat ganz den Anschein, nicht wahr?«

»Würde dieser Martel denn einen Freund in Gefahr bringen?« Beviers Stimme klang sehr überrascht.

»Martel hat keine Freunde«, erklärte ihm Sperber. »Adus und Krager sind seine Handlanger, nichts weiter. Sie sind nützlich, aber er hängt nicht an ihnen. Ich glaube nicht, daß er auch nur eine Träne vergießen würde, wenn Krager etwas zustieße.« Sperber begann hin und her zu stapfen und blickte nachdenklich auf den Boden. »Vielleicht sollten wir den Spieß umdrehen?« Er sah Kalten an. »Wie wär's, wenn du dich auf den Straßen von Madol sehen läßt?« schlug er vor. »Geh keine großen Risiken ein, sondern laß die Leute nur wissen, daß du in der Stadt bist.«

»Warum nicht?« Kalten zuckte gleichmütig die Schultern.

Tynian grinste. »Martel und seine Knechte kennen uns andere nicht, also können wir hinter Kalten herschlendern, ohne daß sie auf uns aufmerksam werden. Hattet Ihr es Euch so vorgestellt?«

Sperber nickte. »Wenn sie glauben, Kalten wäre allein, könnte sie das vielleicht ins Freie locken. Ich werde Martels Spielchen ein wenig leid, darum halte ich es an der Zeit für ein paar eigene.«

Er blickte Beviers Vetter an. »Wie stehen die hiesigen Ordnungshüter zu Handgreiflichkeiten auf den Straßen, Euer Gnaden?« fragte er ihn.

Lycien lachte. »Madol ist eine Hafenstadt, Ritter Sperber. Seeleute würden sich ohne Raufereien gar nicht wohl fühlen. Unsere Schutzleute schenken dem kaum Beachtung – das heißt, sie sorgen natürlich dafür, daß die Leichen entfernt werden. Der öffentlichen Gesundheit wegen, Ihr versteht?«

»Gut!« Sperber blickte seine Freunde an. »Möglicherweise kriegt ihr keine Gelegenheit, an Krager oder Adus heranzukommen, aber vielleicht gelingt es euch, Martel abzulenken, so daß Sephrenia, Kurik und ich unbemerkt an Bord eines Schiffes gehen könnten. Es wäre gut, wenn wir nicht ständig über die Schulter schauen müssen, wenn wir in Cippria sind.«

»Das Schwierigste wird sein, unbemerkt zum Hafen zu gelangen«, meinte Kalten.

»Es wird gar nicht nötig sein, daß ihr euch zum Hafen begebt«, warf Lycien ein. »Ich habe mehrere Lagerhäuser, etwa fünf Meilen entfernt am Fluß. Viele selbständige Kapitäne liefern ihre Fracht dort ab. Ich bin sicher, es läßt sich etwas arrangieren, so daß Ihr gar nicht mehr in die Stadt müßt.«

»Vielen Dank, Euer Gnaden, das befreit uns von einem großen Problem«, versicherte ihm Sperber.

»Wann wollt Ihr aufbrechen?« fragte Tynian.

»Es gibt eigentlich keinen Grund, länger zu zögern«, antwortete Sperber.

»Dann also morgen?«

Sperber nickte.

»Ich muß mit Euch sprechen«, sagte Sephrenia. »Würdet Ihr mich auf mein Gemach begleiten?«

Ein wenig verwirrt folgte er ihr durch die Tür. »Gibt es etwas, das wir vor den anderen nicht besprechen können?« fragte er.

»Es wäre vielleicht besser, wenn sie uns nicht streiten hören.«

»Werden wir denn streiten?«

»Wahrscheinlich.« Sie öffnete die Tür zu ihrem Gemach und bat ihn einzutreten. Flöte saß mit verschränkten Beinen auf dem Bett und konzentrierte sich mit zusammengezogenen Brauen auf die verwickelte Anordnung des Garnspiels, das sie mit Wollfaden von einem Knäuel um die Finger beider Hände geschlungen hatte. Es war viel komplizierter als das Muster, das Talen ihr gezeigt hatte. Sie blickte auf und lächelte die beiden an, dann streckte sie stolz die Hände aus, um auf ihr Werk aufmerksam zu machen.

»Ich nehme sie mit«, sagte Sephrenia.

»Kommt nicht in Frage!« wehrte Sperber scharf ab.

»Seht Ihr? Wir streiten uns.«

»Es ist eine völlig absurde Idee, Sephrenia!«

»Wir alle tun viele absurde Dinge, Lieber.« Sie lächelte ihn herzlich an.

»Hört damit auf«, bat er. »Ihr werdet mich damit nicht überzeugen können.«

»Gebt es auf, Sperber. Ihr müßtet inzwischen wissen – schließlich ist sie jetzt lange genug bei uns – , daß sie immer das tut, wozu sie sich entschlossen hat. Und nun hat sie sich entschlossen, mit uns nach Rendor zu kommen.«

»Das wird sie nicht, wenn ich ein Wörtchen mitzureden habe!«

»Darum geht es ja, Sperber. Das ist hier nicht der Fall. Ihr habt es mit etwas zu tun, das Ihr nicht versteht. Wie auch immer, sie wird mitkommen. Also, warum fügt Ihr Euch nicht mit Würde dieser Entscheidung?«

»Weder Fügsamkeit noch Würde sind meine starken Seiten.«

»Das ist mir nicht entgangen.«

»Sephrenia«, sagte er schließlich leise, »wer ist sie? Ihr habt sie auf den ersten Blick erkannt, nicht wahr?«

»Natürlich.«

»Warum ist das so natürlich? Sie ist höchstens sechs Jahre alt, und Ihr habt die Pandioner seit Generationen nicht verlassen. Wie kann es da überhaupt möglich sein, daß Ihr sie kennt?«

Sephrenia seufzte. »Elenische Logik verschleiert alles mit Tatsachen. Das Kind und ich sind auf eine für euch ziemlich ungewöhnliche Weise vom selben Schlag. Wir kennen uns auf eine Art, die Ihr einfach nicht verstehen könntet!«

»Danke«, sagte er trocken.

»Ich will damit nicht Eure Intelligenz herabsetzen, Lieber«, versicherte sie ihm. »Aber es gibt da einen Teil des styrischen Lebens, den zu akzeptieren Euch das Rüstzeug fehlt – intellektuell und philosophisch.«

Er runzelte leicht die Stirn und kniff nachdenklich die Augen zusammen. »Also gut, Sephrenia, laßt es mich mit der elenischen Logik versuchen, die Ihr so gern abtut. Flöte ist ein Kind, ein kleines Kind.«

Flöte schnitt ihm eine Grimasse.

Er ignorierte es und fuhr fort. »Sie tauchte plötzlich in einer unbewohnten Gegend nahe der arzischen Grenze auf, fern jeglicher Behausung. Wir haben versucht, sie in dem Nonnenkloster südlich von Dara zurückzulassen. Es gelang ihr jedoch, sich nicht nur von dort wieder aus dem Staub zu machen, sondern eine beachtliche Strecke vor uns wieder aufzutauchen, obwohl wir im Galopp ritten. Dann brachte sie es fertig, auf Farans Rücken zu klettern, und das, obwohl der Hengst niemanden auch nur in seine Nähe läßt, wenn ich es ihm nicht befehle. Als Dolmant sie zum erstenmal erblickte, war seinem Gesicht abzulesen, daß er etwas sehr Ungewöhnliches in ihr sah. Doch nicht nur das, Sephrenia, Ihr kommandiert gestandene Ritter wie ein Ausbildungssergeant herum, doch wann immer Flöte beschließt, etwas zu tun oder sich irgendwo hinzubegeben, laßt Ihr es widerspruchslos zu. Würdet Ihr nicht auch sagen, all das deutet darauf hin, daß sie kein gewöhnliches Kind ist?«

»Ihr seid es, der seine Logik walten läßt. Ich würde nicht im Traum daran denken, mich da einzumischen.«

»Also gut. Sehen wir weiter, wohin uns die Logik führt. Ich bin schon vielen Styrikern begegnet. Von Euch und den anderen Magiern abgesehen sind sie alle ziemlich primitiv und nicht sehr klug. Das soll natürlich keine Beleidigung sein.«

»Natürlich nicht«, antwortete sie sichtlich belustigt.

»Da wir nun die Tatsache festgestellt haben, daß Flöte kein gewöhnliches Kind ist, was können wir daraus folgern?«

»Nun, was folgert Ihr daraus, Sperber?«

»Da sie nicht gewöhnlich ist, muß sie etwas Besonderes sein. In Styrikum kann das nur eines bedeuten: Sie ist eine Magierin. Nur so ist es zu erklären!«

Sie applaudierte ironisch. »Ausgezeichnet, Sperber«, lobte sie.

»Aber das ist unmöglich, Sephrenia! Sie ist noch ein Kind! Sie hatte noch gar nicht die Zeit, die Geheimnisse zu lernen!«

»Einige werden damit geboren. Außerdem ist sie älter, als sie aussieht.«

»Wie alt ist sie?«

»Ihr wißt genau, daß ich Euch das nicht sagen werde. In der Hand des Feindes kann es eine mächtige Waffe sein, wenn er weiß, wann jemand geboren ist, auf den er es abgesehen hat.«

Ein beängstigender Gedanke kam ihm. »Ihr bereitet Euch auf Euren Tod vor, Sephrenia, nicht wahr? Wenn wir versagen, werden auch die übrigen der zwölf Pandioner, die mit Euch im Thronsaal waren, einer nach dem anderen sterben, und zuletzt Ihr. Ihr bereitet Flöte darauf vor, Eure Nachfolgerin zu werden!«

Sephrenia lachte. »Also *das* ist wirklich eine sehr interessante

Idee, Sperber. Wenn man die Tatsache bedenkt, daß Ihr Elenier seid, überrascht es mich, daß sie Euch in den Sinn kam.«

»Was Ihr Euch da in letzter Zeit angewöhnt habt, ist nicht sehr nett, Sephrenia, wißt Ihr? Ihr braucht mir gegenüber nicht so geheimnisvoll zu tun. Und behandelt mich nicht wie ein Kind, nur weil ich Elenier bin!«

»Ich werde versuchen, daran zu denken. Ihr seid also einverstanden, daß sie mitkommt?«

»Habe ich eine Wahl?«

»Um ehrlich zu sein – nein.«

Sie standen am nächsten Morgen schon früh auf und trafen sich im taubedeckten Hof von Markgraf Lyciens Landhaus. Die eben aufgehende Sonne sandte ihre Strahlen schräg durch die Bäume, die ihre für den Morgen typischen bläulichen Schatten warfen.

»Ich werde euch dann und wann eine Nachricht zukommen lassen«, versprach Sperber den Zurückbleibenden.

»Sei vorsichtig da unten, Sperber«, mahnte Kalten.

»Ich bin immer vorsichtig.« Sperber schwang sich auf Farans Rücken.

»Gott mit Euch, Ritter Sperber«, sagte der Cyriniker zum Abschied.

»Danke, Bevier.« Sperbers Blick wanderte von einem Ritter zum anderen. »Schaut nicht so düster drein, meine Herren. Wenn wir Glück haben, wird es nicht lange dauern.« Er wandte sich an Kalten. »Wenn du Martel siehst, dann bestell ihm meine Grüße.«

Kalten nickte. »Mit einer Axt ins Gesicht, würde ich sagen.«

Markgraf Lycien stieg auf einen fetten Falben und ritt voraus auf die Straße, die an seinem Haus vorbeiführte. Der Morgen war frisch, aber nicht kalt. Sperber dachte kurz daran, daß der Frühling nicht mehr fern sein konnte. Er bewegte die Schultern ganz leicht. Das gedeckte Wams eines Geschäftsmannes, das Lycien ihm geliehen hatte, paßte ihm nicht so ganz; es spannte an manchen Stellen und war dafür an anderen zu weit.

»Wir biegen gleich da vorne ab«, rief der Markgraf über die Schulter. »Dort verläuft ein Pfad durch den Wald, der direkt zu meinen Anlegeplätzen und zu der kleinen Siedlung führt, die darum herum aus dem Boden geschossen ist. Soll ich eure Pferde mit zurücknehmen, wenn ihr an Bord gegangen seid?«

»Nein, danke, Euer Gnaden, sie kommen mit. Wir wissen nicht, wie es in Rendor weitergeht. Es könnte sein, daß wir verläßliche Tiere brauchen, und ich weiß, was man in Cippria als Pferde ansieht.«

Was Lycien bescheiden ›kleine Siedlung‹ genannt hatte, erwies sich als beachtliche Ortschaft mit Werft, Hafen, Wohnhäusern, Gasthöfen und Schenken. Ein gutes Dutzend Schiffe hatten an den Piers angelegt, und Hafenarbeiter löschten oder beluden sie.

»Ein beachtlicher Besitz, Euer Gnaden«, sagte Sperber anerkennend, während sie über die ungepflasterte, etwas schlammige Straße zum Fluß ritten.

»Nun ja, ich hatte ein bißchen Erfolg«, entgegnete Lycien bescheiden. Er lächelte. »Außerdem spare ich auf diese Weise die hohen Hafengebühren, das macht die Erhaltung dieser kleinen Siedlung wett.« Er schaute sich um. »Wie wär's, wenn Ihr und ich uns ein Weilchen in die Schenke dort drüben setzten, Ritter Sperber?« schlug er vor. »Die freien Kapitäne kehren dort gern ein.«

»Nichts dagegen«, versicherte ihm Sperber.

»Ich werde Euch als Meister Cluff vorstellen«,sagte Lycien, ehe er sich von seinem Falben schwang. »Es ist kein sonderlich origineller Name, das gebe ich zu, dafür aber unauffällig. Ich habe nämlich die Erfahrung gemacht, daß Seeleute gern reden, sich ihre Zuhörer aber meist nicht sorgfältig auswählen, und ich dachte mir, daß Ihr Eure Mission doch mehr oder weniger geheimhalten wollt.«

»Ihr seid sehr scharfsinnig, Euer Gnaden«, antwortete Sperber und saß ebenfalls ab. »Es dauert wahrscheinlich nicht lange«, wandte er sich an Sephrenia und Kurik.

»Hast du das nicht auch gesagt, als du das letzte Mal nach Rendor gereist bist?« entgegnete Kurik.

»Wir können nur hoffen, daß es diesmal anders sein wird.«

Lycien führte Sperber in eine verhältnismäßig ruhige Hafenschenke. Von den Balken der niedrigen Decke hingen da und dort Schiffslaternen. An der Straßenseite war ein breites Fenster, durch das die Morgensonne golden schien, daß das frische Stroh auf dem

Boden schimmerte. Mehrere gewichtige Männer mittleren Alters saßen an einem Tisch bei diesem Fenster und unterhielten sich bei schäumenden Krügen. Sie blickten auf, als der Markgraf mit Sperber auf sie zuging. »Euer Gnaden«, grüßte einer der Männer Lycien respektvoll.

»Meine Herren«, sagte Lycien, »dies ist Meister Cluff, ein guter Bekannter. Er bat mich, euch vorgestellt zu werden.«

Alle blickten Sperber fragend an.

»Ich habe ein kleines Problem, meine Herren«, sagte Sperber. »Darf ich mich zu euch setzen?«

»Bitte nehmt Platz«, forderte ihn einer der Kapitäne auf, ein stattlicher Mann mit lockigem, silberdurchzogenem Haar.

»Dann lasse ich euch allein, meine Herren. Ich habe noch etwas zu erledigen.« Lycien neigte leicht den Kopf, wandte sich um und verließ die Schenke.

»Er will wahrscheinlich nachsehen, ob er nicht einen Grund findet, die Anlegegebühr zu erhöhen«, sagte ein Kapitän ironisch.

»Ich heiße Sorgi«, machte sich der Mann mit dem lockigen Haar bekannt. »Was ist das für ein Problem, das Ihr erwähnt habt, Meister Cluff?«

Sperber hüstelte scheinbar verlegen. »Nun«, sagte er, »es begann vor ein paar Monaten. Ich hörte von einer Dame, die nicht weit von hier lebt. Ihr Vater ist alt und sehr reich, sie wird also ein beachtliches Vermögen erben. Eines meiner Probleme war immer, daß ich einen etwas aufwendigen Lebensstil habe, doch nie genug im Beutel, ihn mir leisten zu können. Da kam ich auf den Gedanken, daß vielleicht eine reiche Gattin die Lösung wäre.«

»Da mag was dran sein«, meinte Kapitän Sorgi. »Ich finde, das ist auch der einzige Grund, daß man überhaupt heiraten soll.«

»Wie recht Ihr habt!« Sperber nickte. »Jedenfalls schrieb ich ihr und behauptete, daß wir gemeinsame Freunde hätten. Ich war ein wenig überrascht, als sie mir unerwartet freundlich antwortete. Unsere Briefe wurden zunehmend herzlicher, und schließlich lud sie mich ein, ihr meine Aufwartung zu machen. Ich stürzte mich bei meinem Schneider sogar noch tiefer in Schulden und machte mich mit großen Erwartungen und in prächtiger neuer Gewandung auf den Weg zu ihres Vaters Haus.«

»Hört sich an, als verlief alles nach Eurem Plan, Meister Cluff«, sagte Sorgi. »Wo liegt das Problem?«

»Ich komme gerade dazu, Herr Kapitän. Die Dame ist mittleren Alters und ungemein reich. Wenn sie auch nur ein bißchen ansehnlich wäre, hätte jemand sie sich schon vor Jahren geschnappt, also schraubte ich meine Hoffnungen nicht sehr hoch, was ihr Aussehen betraf. Ich vermutete, daß sie unansehnlich, ja vielleicht sogar häßlich sei. Ein Schreckgespenst hatte ich jedoch nicht erwartet.« Er schüttelte sich. »Meine Herren, ich kann sie euch nicht beschreiben. Und wenn ich durch sie zu noch soviel Geld gekommen wäre, ich hätte es nicht ausgehalten, jeden Morgen neben *so was* aufzuwachen. Wir unterhielten uns flüchtig – über das Wetter, glaube ich –, dann entschuldigte ich mich und ging. Sie hat keine Brüder, infolgedessen machte ich mir keine Sorgen über die Möglichkeit, daß einer mich meines schlechten Benehmens wegen zur Rechenschaft ziehen könnte. Ich wußte allerdings nichts von ihren Vettern. Sie hat, wie es scheint, eine ganze Schwadron davon, und sie folgen mir nun bereits seit Wochen!«

»Sie wollen Euch doch nicht umbringen, oder?« fragte Sorgi.

»Nein«, antwortete Sperber mit gequälter Stimme. »Sie wollen mich zu ihr zurückzerren und mich zwingen, sie zu heiraten!«

Die Kapitäne brüllten vor Lachen und hämmerten dabei auf den Tisch. »Da habt Ihr Euch in etwas hineingeritten, Meister Cluff«, sagte einer und wischte sich die Lachtränen aus den Augen.

Sperber nickte düster. »Das läßt sich leider nicht leugnen.«

»Ihr hättet sie Euch wenigstens erst aus der Ferne ansehen müssen, ehe Ihr zur Feder greift.« Sorgi grinste.

»Das ist mir jetzt auch klar«, gestand Sperber. »Jedenfalls halte ich es für angebracht, das Land eine Weile zu verlassen, bis es den Vettern zu dumm wird, nach mir zu suchen. Ich habe einen Schwestersohn in Cippria in Rendor, der es in letzter Zeit zu etwas gebracht hat. Ich bin sicher, er nimmt mich auf, bis ich wieder Boden unter den Füßen habe. Es fährt nicht zufällig einer der Herren in Kürze dorthin? Wenn ja, würde ich gern die Überfahrt für mich und zwei Dienstboten buchen, die schon lange in unserer Familie sind. Ich würde mich ja im Hafen von Madol umsehen, aber ich befürchte sehr, daß die Vettern mir dort auflauern.«

»Nun, was meint Ihr, Freunde?« wandte sich Sorgi an die anderen Kapitäne. »wollen wir diesem Bedauernswerten helfen?«

»Ich fahre zwar nach Rendor«, sagte einer, »aber ich habe eine Fracht für Jiroch.«

Sorgi überlegte. »Ich muß ebenfalls nach Jiroch und von dort weiter nach Cippria, aber vielleicht läßt es sich auch anders herum machen.«

»Ich fürchte, ich werde nicht helfen können«, warf ein dritter Kapitän mit rauher Stimme ein. »Mein Schiff liegt gerade im Dock. Aber einen Rat hätte ich. Wenn diese Vettern den Hafen von Madol beobachten, werden sie den hier möglicherweise auch im Auge behalten. Jeder in der Stadt weiß von Lyciens Piers.« Er zupfte sich am Ohrläppchen. »Ich habe im Lauf der Zeit so einige Leute von irgendwo weggeschmuggelt – wenn sich die Bezahlung gelohnt hat.« Er blickte den Kapitän an, der nach Jiroch mußte. »Wann segelt Ihr los, Kapitän Mabin?«

»Mit der Mittagsflut.«

»Und Ihr?« fragte der hilfsbereite Kapitän den lockenköpfigen Sorgi.

»Ebenfalls.«

»Gut. Falls die Vettern die Piers beobachten, könnte es schon sein, daß sie ein Schiff heuern und unserem Junggesellenfreund hier folgen. Ich schlage vor, daß er offen auf Mabins Schiff geht. Dann, wenn ihr außer Sicht seid, soll er zu Sorgi umsteigen. Wenn die Vettern tatsächlich folgen, kann Mabin sie hinter sich her nach Jiroch locken, und Meister Cluff ist sicher auf seinem Weg nach Cippria. So würde ich es jedenfalls machen.«

»Ihr seid sehr einfallsreich, mein Freund.« Sorgi lachte. »Seid Ihr sicher, daß Personen das einzige waren, was Ihr je geschmuggelt habt?«

»Wir alle sind dem Zoll von Zeit zu Zeit aus dem Weg gegangen, nicht wahr, Sorgi?« Der Kapitän mit der rauhen Stimme lachte. »Wir leben auf See. Warum sollten wir Steuern bezahlen, um den Königreichen der Landratten die Säckel zu füllen? Ich würde willig dem König des Meeres Steuern entrichten, aber ich habe sein Schloß immer noch nicht gefunden.«

»Bravo, mein Freund«, applaudierte Sorgi.

»Meine Herren, ich stehe auf ewig in eurer Schuld«, bedankte sich Sperber.

»Nicht gerade auf ewig, Meister Cluff«, entgegnete Sorgi. »Jemand, der von vornherein zugibt, daß er in Geldnot ist, bezahlt für die Seereise, *ehe* er an Bord geht! So halte ich es zumindest!«

»Würdet Ihr Euch einstweilen mit einer Hälfte begnügen und mir die zweite stunden, bis wir in Cippria angekommen sind?«

»Ich fürchte nein, mein Freund. Ich kann Euch gut leiden, aber Ihr müßt auch meine Lage verstehen.«

Sperber seufzte. »Wir haben Pferde. Ich nehme an, Ihr werdet für sie extra verlangen?«

»Das ist so üblich.«

»Das hatte ich befürchtet.«

Das Einschiffen von Faran, Sephrenias Zelter und Kuriks kräftigem Wallach ging hinter einem Schirm aus Segeltuch vor sich, das Sorgis Leute scheinbar flickten. Kurz vor Mittag begaben sich Sperber und Kurik an Bord des Schiffes, das nach Jiroch fuhr. Sie stiegen offen die Laufplanke hoch, gefolgt von Sephrenia, die Flöte auf dem Arm trug.

Kapitän Mabin empfing sie auf dem Achterdeck. Er grinste breit. »Ah, hier ist ja unser widerstrebender Bräutigam. Wie wär's, wenn Ihr auf Deck herumspaziertet, bis wir in See stechen? Gebt den Vettern reichlich Gelegenheit, Euch zu sehen.«

»Ich ließ mir das inzwischen durch den Kopf gehen, Kapitän Mabin«, sagte Sperber. »Wenn die Vettern ein Schiff heuern und Euch folgen – und einholen – wird ihnen doch klar sein, daß ich nicht an Bord bin.«

»Niemand holt mich ein, Meister Cluff.« Mabin lachte. »Ich habe das schnellste Schiff auf dem Innenmeer. Es ist offensichtlich, daß Ihr nicht viel über die Seemannsetikette wißt. Niemand will unterwegs an Bord eines fremden Schiffes, außer er ist auf einen Kampf aus. Das wäre nämlich gegen Seefahrersitten.«

»Oh!« murmelte Sperber. »Das wußte ich tatsächlich nicht. Na gut, dann spazieren wir jetzt auf dem Deck herum.«

»Bräutigam?« fragte Sephrenia, als der Kapitän sie verlassen hatte.

»Das ist eine lange Geschichte«, sagte Sperber.

»In letzter Zeit kommt es offenbar immer häufiger zu langen Geschichten. Irgendwann werden wir uns zusammensetzen müssen, damit Ihr sie mir erzählen könnt.«

»Ja, irgendwann einmal, vielleicht.«

»Flöte«, rief Sephrenia scharf, »komm sofort herunter!«

Sperber blickte hoch. Die Kleine war eine Strickleiter hinaufgeklettert, die von der Reling zur Rahnock führte. Sie schmollte ein wenig, gehorchte jedoch.

»Ihr wißt immer ganz genau, wo sie ist, nicht wahr?« fragte er Sephrenia.

»Immer«, versicherte sie ihm.

Sie wechselten das Schiff mitten auf dem Fluß, in einiger Entfernung von Lyciens Anlegeplätzen, unter der tarnenden Betriebsamkeit beider Besatzungen. Kapitän Sorgi führte seine Passagiere hastig unter Deck, damit sie nicht gesehen werden konnten, dann setzten beide Schiffe gemächlich ihre Fahrt flußab fort wie zwei Matronen, die von der Kirche nach Hause zurückkehren.

»Wir kommen gleich am Madoler Hafen vorbei«, rief Sorgi kurze Zeit später den Niedergang hinunter. »Laßt Euch jetzt nicht sehen, Meister Cluff, sonst könnte es schon sein, daß ich es mit einem Deck voll Vettern Eurer Versprochenen zu tun bekomme.«

»Ich muß gestehen, ich werde nun *wirklich* neugierig, Sperber«, sagte Sephrenia. »Könntet Ihr mir nicht wenigstens einen winzigen Hinweis geben?«

»Ich habe eine Geschichte erfunden«, gestand er. »Sie war aufregend genug, daß sich einige Seeleute dafür interessierten.«

»Sperber war immer schon gut im Erfinden von Geschichten«, mischte sich nun Kurik ein. »Als Novize hat er sich damit ständig in und aus Schwierigkeiten gebracht.« Der graumelierte Knappe saß auf einer Koje und hatte die schläfrige Flöte auf dem Schoß. »Wißt ihr«, sagte er leise, »ich hatte nie eine Tochter. Sie riechen besser als Knaben, nicht wahr?«

Sephrenia lachte laut. »Sagt das lieber nicht zu Aslade«, warnte sie ihn, »sonst kommt sie vielleicht auf den Gedanken, es noch einmal versuchen zu wollen.«

Kurik rollte entsetzt die Augen. »Nicht schon wieder! Ich habe ja nichts gegen Säuglinge im Haus, aber das nächtliche Geschrei würde ich nicht mehr ertragen!«

Etwa eine Stunde später kam Sorgi den Niedergang herunter. »Wir haben die Bucht jetzt hinter uns«, meldete er, »und nicht ein Schiff folgt uns. Ich würde sagen, Ihr seid den Vettern entkommen, Meister Cluff.«

»Gott sei Dank«, hauchte Sperber inbrünstig.

»Sagt mir, Freund, ist die Dame wirklich so häßlich?« fragte Sorgi nachdenklich.

»Kapitän Sorgi, Ihr könnt Euch nicht vorstellen, *wie* häßlich!«

»Vielleicht seid Ihr bloß ein bißchen zu anspruchsvoll, Meister Cluff. Das Meer wird kälter, mein Schiff älter und müder, und meine Knochen vertragen die Winterstürme nicht mehr so gut. Ich könnte mich mit großer Häßlichkeit abfinden, wenn der Besitz der Dame tatsächlich so groß ist, wie Ihr sagt. Ich könnte mich sogar überreden lassen, Euch für ein Empfehlungsschreiben einen Teil des Fahrgelds zurückzugeben. Vielleicht habt Ihr einige der guten Eigenschaften dieser Dame übersehen.«

»Darüber könnten wir uns vielleicht noch unterhalten«, erwiderte Sperber.

»Ich muß wieder nach oben«, erklärte Sorgi. »Wir sind nun weit genug von der Stadt entfernt, daß Ihr und Eure Begleiter Euch gefahrlos an Deck begeben könnt.« Er drehte sich um und stieg den Niedergang wieder hoch.

»Ich glaube, ich kann Euch die Mühe ersparen, mir diese lange Geschichte zu erzählen«, sagte Sephrenia zu Sperber. »Ihr habt doch nicht etwa diese überstrapazierte alte Mär von der häßlichen Erbin wieder aufgewärmt?«

Er zuckte die Schultern. »Wie Vanion zu sagen pflegt, die alten sind die besten.«

»O Sperber, Ihr enttäuscht mich! Wie wollt Ihr es dem armen Kapitän klarmachen, ohne ihn zutiefst zu kränken, daß Ihr ihm den Namen der Dame nicht geben könnt?«

»Ich muß mir etwas einfallen lassen. Wir wär's, wenn wir an Deck ein bißchen frische Luft schöpfen, ehe die Sonne untergeht?«

»Ich glaube, die Kleine schläft«, flüsterte Kurik. »Ich möchte sie nicht aufwecken. Geht ohne mich.«

Sperber nickte und führte Sephrenia aus der engen Kabine.

»Ich vergesse immer, wie sanft er ist«, sagte Sephrenia weich.

Sperber nickte. »Er ist der beste und gütigste Mann, den ich kenne. Wenn es diese Klassenunterschiede nicht gäbe, hätte er ein Ritter werden können, mit dem sich so leicht keiner messen kann.«

»Darf Klassenzugehörigkeit so hoch bewertet werden?«

»Ich tu's nicht, aber ich habe die Regeln nicht gemacht.«

Sie traten aus dem Niedergang in die schräg fallenden Strahlen der Spätnachmittagssonne. Eine steife Brise blies vom Meer her und verwandelte die Wellenkämme zu sonnenblitzenden Schaumkronen. Kapitän Mabins Schiff, das sich auf Westkurs nach Jiroch in Richtung der Arzischen Meerenge von ihnen entfernte, krängte in dieser Brise. Seine geblähten Segel schimmerten schneeweiß, während es wie ein Seevogel vor dem Wind dahinbrauste.

»Wie weit ist es nach Cippria, Kapitän Sorgi?« erkundigte sich Sperber, als er und Sephrenia auf das Achterdeck hinaufstiegen.

»Hundert Seemeilen, Meister Cluff«, antwortete Sorgi. »Drei Tage, wenn dieser Wind anhält.«

»Das ist eine gute Zeit, nicht wahr?«

»Sie könnte besser sein, wenn dieser arme alte Eimer nicht so stark leckte«, brummte Sorgi.

»Sperber!« keuchte Sephrenia und griff heftig nach seinem Arm.

»Was ist los?« Er blickte sie besorgt an. Ihr Gesicht hatte die Farbe verloren.

»Seht!« Sie streckte den Arm aus.

Ein Stück entfernt von der Stelle, wo Kapitän Mabins behendes Schiff durch die Wellen schnitt, hatte sich am ansonsten wolkenlos blauen Himmel eine drohend schwarze Wolke gebildet. Sie schien seltsamerweise gegen den Wind zu treiben, wuchs zusehends und wurde mit jedem Augenblick finsterer. Plötzlich begann sie sich zu drehen, langsam zunächst, dann immer schneller. Im Wirbeln löste sich ein langer dunkler Finger zuckend aus ihrer Mitte und stieß hinunter, bis seine schwarze Spitze die aufgewühlten Wogen berührte. Tonnenweise sog der wirbelnde Schlund Wasser ein, während der ungeheure Trichter über die tobende See hüpfte.

»Wasserhose!« brüllte der Ausguck vom Mastkorb. Die Seeleute rannten zur Reling und starrten entsetzt auf den Wirbelwind.

Unaufhaltsam näherte er sich Mabins hilflosem Schiff, das plötzlich unendlich zerbrechlich und winzig wirkte. Und dann verschwand es in dem wirbelnden Trichter. Hunderte von Fuß in der Luft spuckte die gewaltige Wasserhose Plankenstücke und andere Trümmer aus, die mit quälender Langsamkeit aufs Meer regneten. Ein Stück Segel flatterte hinunter wie ein vom Pfeil getroffener weißer Vogel.

Und dann, so plötzlich wie sie gekommen, waren die schwarze Wolke und die Wasserhose verschwunden.

Genau wie Mabins Schiff.

Trümmerstücke schwammen auf dem Wasser, und ein großer Schwarm Möwen segelte über den Wrackteilen und stieß hinunter, als wolle er auf das traurige Ende des Schiffes aufmerksam machen.

18

Kapitän Sorgi durchkämmte bis Einbruch der Dunkelheit die mit Wrackteilen übersäte Wasseroberfläche, dort, wo Mabins Schiff gesunken war, fand jedoch keine Überlebenden. Dann wendete er südostwärts ab und nahm den Kurs nach Cippria wieder auf.

Sephrenia seufzte und drehte sich an der Reling um. »Gehen wir hinunter, Sperber.«

Er nickte und folgte ihr den Niedergang hinab.

Kurik hatte eine Öllampe angezündet, die an einem niedrigen Deckenbalken baumelte und die kleine, mit dunklem Holz verkleidete Kabine mit schwankenden Schatten füllte. Flöte war aufgewacht. Sie saß an dem festgenagelten Tisch in der Mitte der Kabine und blickte mißtrauisch in die von ihr stehende Schüssel.

»Das sind nur Fleischstücke, Kindchen«, sagte Kurik zu ihr. »Die beißen nicht.«

Vorsichtig tauchte sie die Finger in die dicke Soße und hob ein tropfendes Stück Fleisch heraus. Sie roch daran, dann blickte sie den Knappen fragend an.

»Gepökeltes Schweinefleisch«, erklärte er ihr.

Sie schüttelte sich, ließ das Fleischstück zurück in die Schüssel fallen und schob sie von sich.

»Der Schiffskoch hat gesagt, daß die Seeleute so was essen«, verteidigte er sich. Er blickte Sperber an. »Konnte der Kapitän Überlebende von dem anderen Schiff finden?«

Sperber schüttelte den Kopf. »Die Wasserhose vernichtete das ganze Schiff und wahrscheinlich auch die Besatzung.«

»Da hatten wir ja Glück, daß wir nicht an Bord waren.«

»Sehr viel Glück!« betonte Sephrenia. »Wasserhosen sind wie Tornados. Sie tauchen nicht plötzlich aus völlig heiterem Himmel auf. Sie bewegen sich auch nicht gegen den Wind oder wechseln die Richtung, wie diese es tat. Sie wurde bewußt gelenkt!«

»Magie?« fragte Kurik. »Ist das denn wirklich möglich? So ein Wetter zu rufen, meine ich?«

»Ich glaube nicht, daß *ich* es könnte.«

»Wer dann?«

»Ich weiß es nicht.« Ihre Augen verrieten jedoch einen bestimmten Argwohn.

»Rückt heraus damit, Sephrenia«, bat Sperber. »Ihr habt einen Verdacht, nicht wahr?«

Etwas mehr Sicherheit sprach nun aus ihrer Miene. »In den letzten Monaten hatten wir mehrmals Schwierigkeiten durch eine vermummte Gestalt in styrischer Gewandung. Ihr selbst habt sie in Cimmura gesehen, und sie hat uns auf dem Weg nach Borrata überfallen. Styriker bedecken selten ihr Gesicht. Ist Euch das nie aufgefallen?«

»Doch. Aber ich verstehe nicht ganz, was Ihr meint.«

»Diese Kreatur muß ihr Gesicht verbergen, Sperber. Sie ist nicht menschlich.«

Er starrte Sephrenia an. »Seid Ihr sicher?«

»Ich kann erst sicher sein, wenn ich ihr Gesicht gesehen habe, aber es fügt sich alles zusammen, findet Ihr nicht?«

»Könnte Annias so etwas tatsächlich fertigbringen?«

»Es ist nicht Annias. Er mag zwar ein bißchen was von Magie verstehen, aber nie könnte er eine Kreatur wie diese beschwören. Dazu dürfte nur Azash imstande sein. Er ist der einzige, der es wagt, solche Wesen zu rufen. Die Jüngeren Götter tun es nicht, und sogar die Älteren haben sich entschlossen, dies aufzugeben.«

»Weshalb sollte Azash Kapitän Mabin und seine Mannschaft töten wollen?«

»Das Schiff wurde vernichtet, weil die Kreatur glaubte, wir wären an Bord.«

»Das will mir nicht in den Kopf, Sephrenia«, wehrte Kurik skeptisch ab. »Wenn sie so mächtig ist, weshalb hat sie dann das falsche Schiff versenkt?«

»Die Kreaturen der Unterwelt sind nicht sehr gescheit, Kurik«, erklärte sie. »Unsere einfache List könnte sie getäuscht haben. Macht und Klugheit gehen nicht immer Hand in Hand. Viele der größten styrischen Magier waren strohdumm.«

»Ich komme da nicht ganz mit«, gestand Sperber mit verwirrt gerunzelter Stirn. »Unser ganzes Unternehmen hat nichts mit Zemoch zu tun. Weshalb sollte Azash sich die Mühe machen, Annias zu helfen?«

»Es könnte durchaus sein, daß es gar keine Verbindung gibt. Azash hat seine eigenen Beweggründe. Es ist nicht von der Hand zu weisen, daß seine Pläne überhaupt nichts mit Annias zu tun haben.«

»Es paßt nicht zusammen, Sephrenia. Wenn Ihr recht habt, was diese Kreatur betrifft, dann arbeitet sie für Martel, und Martel arbeitet für Annias.«

»Seid Ihr sicher, daß sie für Martel arbeitet und nicht umgekehrt? Azash kann die Schatten der Zukunft sehen. Einer von uns könnte ihm möglicherweise zur Bedrohung werden. Der scheinbare Pakt zwischen Martel und der Kreatur ist vielleicht nicht mehr als Zweckdienlichkeit.«

Sperber kaute besorgt an einem Fingernagel. »Das hat mir gerade noch gefehlt«, brummte er, »noch etwas, worum ich mir Gedanken machen muß.« Da fiel ihm etwas ein. »Einen Moment! Erinnert Ihr Euch, was Lakus' Geist gesagt hat – daß die Finsternis am Tor stünde und Ehlana unser einziger Hoffnungsstrahl sei? Könnte Azash diese Finsternis sein?«

Sie nickte. »Es wäre möglich.«

»Wenn das der Fall ist, könnte es doch sein, daß es Ehlana ist, die er vernichten will! Sie ist zwar durch den Kristall geschützt, aber wenn uns etwas zustößt, ehe wir ihr Heilung bringen können, wird auch sie sterben. Vielleicht hat sich Azash deshalb mit Annias zusammengetan.«

»Zieht ihr beide die Dinge nicht ein wenig an den Haaren herbei?« meinte Kurik. »Ihr deutet recht viel in einen einzigen Vorfall hinein!«

»Es schadet nie, auf Möglichkeiten vorbereitet zu sein, Kurik«, entgegnete Sperber. »Ich hasse Überraschungen!«

»Ich werde mal in die Kombüse schauen und euch was zum Abendessen bringen. Dann können wir uns weiter unterhalten, während ihr speist.«

»Kein Schweinefleisch!« mahnte Sephrenia.

»Dann vielleicht Brot und Käse?« schlug er vor. »Und Obst dazu?«

»Das wäre fein, Kurik. Bringt davon auch genug für Flöte mit. Sie wird diese Fleischsoße bestimmt nicht essen.«

»Schon gut«, erwiderte er. »Ich werde ihre essen. Ich habe keine solche Vorurteile wie ihr Styriker.«

Unter einem bedeckten Himmel erreichten sie drei Tage später den Hafen von Cippria. Die Wolkendecke war hoch und dünn und ohne eine Spur von Feuchtigkeit. Die Stadt war flach, mit gedrungenen weißen Häusern und dicken Mauern, um die Hitze der südlichen Sonne abzuwehren. Die weit in den Hafen hinausreichenden Piers waren aus Stein, da Holz in Rendor rar war.

Als Kapitän Sorgis Männer das Schiff an einem Pier festmachten, kamen Sperber und seine Begleiter an Deck. Alle trugen schwarze Kapuzenumhänge. Sie stiegen die drei Stufen zum Achterdeck zu Kapitän Sorgi hinauf.

»Hängt ein paar Fender zwischen Seite und Pier!« brüllte Sorgi den Männern zu, die die Leinen abstoppten. Verärgert schüttelte er den Kopf. »Jedesmal, wenn wir anlegen, muß ich es ihnen aufs neue sagen«, brummte er. »Kaum laufen wir ein, denken sie an nichts anderes mehr als an die nächste Schenke.« Er blickte Sperber an. »Nun, Meister Cluff, habt Ihr es Euch nicht doch noch überlegt?«

»Ich fürchte nein, Kapitän«, bedauerte Sperber und setzte das Bündel mit seiner restlichen Kleidung ab. »Ich würde Euch ja gern helfen, aber die Dame, um die es geht, hat sich offenbar auf mich versteift. Glaubt mir, es ist zu Eurem eigenen Besten. Wenn Ihr mit einem Empfehlungsschreiben von mir an ihre Tür klopft, könnte es sehr leicht sein, daß ihre Vettern auf die Idee kommen, Euch nach meinem Aufenthaltsort auszuquetschen. Und solcherart ausgequetscht zu werden würde Euch bestimmt keinen Spaß machen. Außerdem möchte ich nicht gern irgendwelche Risiken eingehen.«

Sorgi seufzte. Dann musterte er sie alle neugierig. »Wo habt ihr denn die rendorische Gewandung her?«

»Ich habe gestern in Eurer Back ein wenig gefeilscht.« Sperber zuckte die Schultern und zupfte an der Kapuze seines Umhangs. »Ein paar von Euren Leuten möchten nicht auffallen, wenn sie in Rendor an Land gehen.«

»Das weiß ich nur zu gut!« sagte Sorgi ein wenig verärgert. »Als wir das letzte Mal in Jiroch waren, mußte ich unseren Koch drei Tage lang suchen.« Er blickte Sephrenia an, die ebenfalls schwarz gewandet war und eine dichten Schleier vor dem Gesicht trug. »Wo habt Ihr etwas für sie gefunden?« erkundigte er sich. »Keiner meiner Leute ist so klein.«

»Sie ist sehr geschickt mit der Nadel.« Sperber hielt es für besser, nicht zu erwähnen, daß Sephrenia nur die Farbe ihres weißen Umhangs geändert hatte.

Sorgi kratzte sich unter seinen Locken. »Ich verstehe einfach nicht, weshalb die meisten Rendorer Schwarz tragen. Wissen sie denn nicht, daß es darunter doppelt so heiß ist?«

»Das haben sie vielleicht noch nicht erkannt«, antwortete Sperber. »Rendorer sind von Natur aus nicht übermäßig klug, und sie sind ja auch erst fünftausend Jahre hier.«

Sorgi lachte. »Wahrscheinlich liegt's daran.« Er zwinkerte Sperber zu. »Viel Glück in Cippria, Meister Cluff. Und falls mir irgendwelche Vettern über den Weg laufen, sag' ich ihnen, daß ich nie von Euch gehört habe.«

»Vielen Dank, Kapitän.« Sperber drückte Sorgis Hand. »Ihr wißt nicht, wie hoch ich Euch das anrechne.«

Sie führten ihre Pferde die Laufplanke hinunter zum Pier. Auf

Kuriks Rat warfen sie Decken über die Sättel, um zu verbergen, daß sie nicht rendorische Handarbeit waren. Dann befestigten alle ihre Bündel an den Sätteln, saßen auf und entfernten sich in unauffälligem Schritt vom Hafen.

Auf den Straßen wimmelte es von Rendorern. Die Städter trugen zum Teil hellere Kleidung, doch die Wüstenbewohner nur schmuckloses Schwarz, und sie hatten ohne Ausnahme die Kapuze über die Stirn gezogen. Die wenigen Frauen in der Öffentlichkeit waren alle verschleiert. Sephrenia ritt unterwürfig hinter Sperber und Kurik her. Sie hatte die Kapuze tief ins Gesicht und den Schleier fest über Nase und Mund gezogen.

»Ihr kennt offenbar die hiesigen Sitten«, sagte Sperber über die Schulter zu ihr.

»Ich war vor vielen Jahren hier«, antwortete sie und schlang ihren Umhang über Flötes Knie.

»Vor wie vielen Jahren?«

»Wollt Ihr hören, daß Cippria damals nur ein winziges Fischerdorf war?« fragte sie schelmisch. »Im Höchstfall zwanzig Lehmhütten?«

Er blickte sie scharf an. »Sephrenia, Cippria ist seit über fünfzehnhundert Jahren einer der wichtigsten Seehäfen!«

»So was!« sagte sie. »Ist es wirklich schon so lange her? Mir erscheint es wie gestern. Wo bleibt nur die Zeit?«

»Das ist unmöglich!«

Sephrenia lachte verschmitzt. »Wie leichtgläubig Ihr manchmal sein könnt, Sperber. Ihr wißt doch ganz genau, daß ich so eine Frage nicht beantworte. Warum versucht Ihr es also immer wieder?«

Er kam sich plötzlich ein bißchen dumm vor. »Das habe ich wohl verdient, nicht wahr?«

»Allerdings.«

Kurik grinste breit.

»Los, sag es schon!« knurrte Sperber mürrisch.

Kurik blickte ihn unschuldsvoll an. »Was soll ich sagen, mein Gebieter?«

Sie verließen die Hafengegend und mischten sich unter die Rendorer in den engen, gewundenen Straßen. Obwohl die Wolkendecke die Sonne verschleierte, spürte Sperber die Hitze, die von den weißgetünchten Wänden der Häuser abgestrahlt wurde. Die vertrauten Gerüche von Rendor steigen ihm in die Nase. Die Luft war stickig und trug den allgegenwärtigen Geruch von Hammelfleisch, das in Olivenöl brutzelte, von Gewürzen aller Art, und den widerlich süßen Duft schwerer Parfüme. Und all das wurde vom Gestank des Viehhofs überlagert.

Nahe der Stadtmitte kamen sie am Eingang einer engen Gasse vorbei. Plötzlich überlief es Sperber eiskalt, und so deutlich, als läuteten sie tatsächlich, hörte er wieder das Klingen von Glocken.

»Stimmt was nicht?« erkundigte sich Kurik, als er sah, daß Sperber schauderte.

»Das ist die Gasse, in der ich Martel das letzte Mal gesehen habe.«

Kurik spähte hinein. »Da kann man sich ja kaum umdrehen!« stellte er fest.

»Genau diesem Umstand verdanke ich mein Leben«, entgegnete Sperber. »Sie konnten nicht alle gleichzeitig über mich herfallen.«

»Wohin reiten wir eigentlich, Sperber?« rief Sephrenia von hinten.

»Zu dem Kloster, in dem ich nach meiner Verwundung Zuflucht fand«, erwiderte er. »Es ist besser, wenn wir nicht zu häufig auf den Straßen gesehen werden. Der Abt und die meisten Mönche sind aus Arzium, und Geheimnisse sind bei ihnen sicher aufgehoben.«

»Werde ich dort denn willkommen sein?« fragte Sephrenia zweifelnd. »Arzische Mönche sind sehr konservativ und haben Vorurteile gegen Styriker.«

»Dieser eine Abt zumindest ist etwas weltaufgeschlossener«, versicherte ihr Sperber. »Außerdem habe ich so meine Vermutungen, was dieses Kloster betrifft.«

»Ach?«

»Ich glaube, daß diese Mönche nicht ganz das sind, was sie zu sein vorgeben, und es würde mich ganz und gar nicht wundern, wenn ich hinter den Klostermauern eine geheime Rüstkammer mit brünierten Plattenpanzern, blauen Wappenröcken und einer Vielzahl von Waffen fände.«

»Cyriniker?« fragte sie überrascht.

»Die Pandioner sind nicht die einzigen, die Rendor im Augen behalten wollen.«

Kurik rümpfte die Nase. »Was ist das für ein Gestank?« fragte er, als sie sich dem westlichen Stadtrand näherten.

»Er kommt von den Viehhöfen«, erklärte ihm Sperber. »Cippria beliefert die halbe Welt mit Rindfleisch.«

»Müssen wir durch irgendein Tor, um aus der Stadt zu kommen?«

Sperber schüttelte den Kopf. »Die Stadtmauern wurden während der Unterdrückung der Eshandistischen Häresie niedergerissen. Die Einheimischen haben sich nicht die Mühe gemacht, sie wieder zu errichten.«

Die enge Straße, der sie gefolgt waren, mündete in eine breitere, welche durch schier endlose Höfe voller Pferche mit muhenden, schmutzigen Kühen führte. Es war inzwischen Spätnachmittag, und die Wolkendecke begann silbrig zu schimmern.

»Wie weit ist es noch bis zum Kloster?« wollte Kurik wissen.

»Etwa eine Meile.«

»Das ist eine ganz schöne Strecke von jener Gasse aus«, stellte Kurik fest.

»Das ist mir vor zehn Jahren ebenfalls klar geworden.«

»Warum hast du dir keinen näheren Zufluchtsort gesucht?«

»Weil ich nirgendwo sonst sicher gewesen wäre. Ich konnte die Glocken des Klosters hören und folgte einfach ihrem Läuten. Das hat mich ein wenig abgelenkt.«

»Du hättest auf dieser langen Strecke verbluten können!«

»Genau dieser Gedanke kam auch mir in jener Nacht mehrmals.«

»Meine Herren«, rief Sephrenia. »Meint Ihr, wir könnten uns ein bißchen beeilen? In Rendor bricht die Nacht sehr plötzlich herein, und nach Sonnenuntergang ist es empfindlich kalt in der Wüste.«

Das Kloster lag hinter den Viehhöfen auf einer hohen, felsigen Erhebung. Es war von einer dicken Mauer umgeben, und das Tor war verschlossen. Sperber saß davor ab und zog an einem Seil, das an der Seite herabhing. Eine kleine Glocke bimmelte im Innern. Kurz darauf schwang der Laden eines schmalen, vergitterten Fensters auf, das in den Stein gehauen war. Das braunbärtige Gesicht eines Mönches spähte wachsam hindurch.

»Guten Abend, Bruder«, grüßte Sperber. »Ich würde gern mit Eurem Abt sprechen. Wäre das möglich?«

»Darf ich ihm Euren Namen nennen?«

»Sperber. Vielleicht erinnert er sich an mich. Ich war vor einigen Jahren eine Weile hier.«

»Wartet«, antwortete der Mönch knapp und schloß den Fensterladen wieder. »Nicht sehr freundlich«, stellte Kurik fest.

»Kirchenmänner werden in Rendor nicht gern gesehen«, erklärte Sperber. »Da ist etwas Vorsicht sehr wohl angebracht.«

Sie warteten, während das Zwielicht schwand.

Da schwang der Fensterladen erneut auf. »Ritter Sperber!« donnerte eine Stimme, die besser auf einen Übungsplatz gepaßt hätte denn in eine religiöse Gemeinschaft.

»Ehrwürdiger Abt«, grüßte Sperber.

»Einen Moment, bitte. Wir öffnen das Tor.«

Kettenrasseln war zu hören und ein Scharren, als ein schwerer Balken durch dicke Eisenringe glitt. Dann öffnete sich das Tor schwerfällig, und der Abt trat heraus, um sie zu begrüßen. Er war ein rauh aber herzlich wirkender Mann, sehr groß und breitschultrig, mit rotem Gesicht und stattlichem schwarzen Bart. »Wie schön, Euch wiederzusehen, mein Freund.« Er zerquetschte Sperbers Hand beinahe, als er sie drückte. »Ihr seht gut aus. Als Ihr uns damals verlassen habt, wart Ihr arg blaß.«

»Das ist zehn Jahre her, ehrwürdiger Abt«, erinnerte Sperber ihn. »In so langer Zeit wird man entweder gesund oder stirbt.«

»Das ist wahr, Ritter Sperber. Das ist wahr. Bringt Eure Freunde herein.«

Sperber lenkte Faran durch das Tor. Kurik und Sephrenia folgten ihm dichtauf.

Sie gelangten in einen Innenhof. Die Wände, die ihn umgaben, waren so dunkel wie die Außenmauern der Anlage. Im Gegensatz zu den Wänden rendorischer Häuser waren sie nicht weißgetüncht, und die Fenster waren sicherlich eine Spur schmäler als bei Klöstern üblich. Sperber kam der Gedanke, daß sie gute Schießscharten für Bogenschützen abgeben würden.

»Wie kann ich Euch behilflich sein, Sperber?« erkundigte sich der Abt.

»Ich brauche wieder Zuflucht, ehrwürdiger Abt«, antwortete Sperber. »Das wird schon fast zur Gewohnheit, nicht wahr?«

Der Abt grinste. »Wer ist diesmal hinter Euch her?«

»Niemand, soviel ich weiß, ehrwürdiger Abt, und ich hätte gern, daß es so bleibt. Könnten wir uns vielleicht irgendwo ungestört unterhalten?«

»Selbstverständlich.« Der Abt wandte sich an den braunbärtigen Mönch, der bei ihrer Ankunft den Fensterladen geöffnet hatte. »Kümmert Euch um ihre Pferde, Bruder.« Das war keine Bitte, sondern klang wie ein militärischer Befehl. Der Mönch nahm unwillkürlich stramme Haltung an. Es fehlte nicht viel, und er hätte die Hacken zusammengeschlagen.

»Kommt mit, Sperber«, forderte der Abt ihn auf und klatschte dem großen Ritter die fleischige Pranke auf die Schulter.

Kurik saß ab und ging zu Sephrenia, um ihr vom Zelter zu helfen. Sie reichte ihm Flöte hinunter und glitt allein aus dem Sattel.

Der Abt führte sie durch den Eingang in einen gewölbten Steinkorridor, der von vereinzelten kleinen Öllampen entlang den Wänden nur schwach beleuchtet wurde. Vielleicht lag es am Duft des Öles, jedenfalls vermittelte dieser Ort ein Gefühl von Geborgenheit. Dieser Geruch erinnerte Sperber stark an jene Nacht vor zehn Jahren. »Hier hat sich offenbar kaum etwas verändert«, stellte er fest, während er sich umsah.

»Die Kirche ist zeitlos, Ritter Sperber«, antwortete der Abt salbungsvoll, »und ihre Einrichtungen versuchen es ihr gleichzutun.«

Am Ende des Korridors öffnete der Abt eine schmucklose Tür, und sie folgten ihm in einen Raum mit Büchern an den Wänden, einer hohen Decke und einem kalten Holzkohlebecken in einer Ecke. Dieses Zimmer war keineswegs so nüchtern wie die Studierzimmer der meisten Äbte der nördlicheren Klöster. Die Fensterscheiben waren aus dicken, dreieckigen Glasstücken, die mit Bleistreifen zusammengehalten wurden, und an den Seiten hingen blaßblaue Vorhänge. Auf dem Boden lagen weiße Schaffelle, und das ungemachte Bett in der hinteren Ecke war ein gutes Stück breiter als die üblichen Klosterpritschen. Die vollgestopften Bücherregale reichten vom Boden bis zur Decke.

»Bitte nehmt Platz.« Der Abt deutete auf die Stühle um einen Tisch, der mit hohen Stößen von Schriftstücken bedeckt war.

»Immer noch der alte Kampf, ehrwürdiger Abt?« Sperber blickte lächelnd auf die Pergamente, ehe er sich auf einem Stuhl niederließ.

Der Abt verzog das Gesicht. »Jeden Monat.« Er zuckte die Schultern. »Manche sind eben nicht für Papierkram geboren.« Er starrte verdrießlich auf die Schriftstücke. »Manchmal glaube ich, ein kleines Feuer hier drin würde das Problem zufriedenstellend lösen, denn ich bin sicher, daß die Schreiber in Chyrellos meine Berichte überhaupt nicht vermissen würden.« Er ließ den Blick neugierig über Sperbers Gefährten schweifen.

»Kurik, mein Knappe«, stellte Sperber ihn dem Abt vor.

»Kurik.« Der Abt nickte.

»Und die Dame ist Sephrenia, die uns Pandioner in die Geheimnisse einweist.«

»Sephrenia höchstpersönlich?« Der Abt machte große Augen und erhob sich respektvoll. »Seit Jahren höre ich Geschichten über Euch, Erhabene. Ihr seid berühmt!« Er lächelte sie herzlich an.

Sie nahm den Schleier ab und erwiderte sein Lächeln. »Wie liebenswürdig Ihr seid, ehrwürdiger Abt.« Sie setzte sich und hob Flöte auf den Schoß. Die Kleine schmiegte sich an sie und betrachtete den Abt mit großen dunklen Augen.

»Ein bildschönes Kind, Sephrenia«, bemerkte der Abt. »Eure Tochter?«

Sephrenia lachte. »O nein, Herr Abt. Sie ist ein styrisches Findelkind. Wir nennen sie Flöte.«

»Welch eigenartiger Name«, murmelte er. Dann wandte er sich wieder Sperber zu. »Ihr habt angedeutet, daß es um etwas geht, das geheim bleiben soll.« Aus seiner Stimme klang Neugier. »Erzählt mir davon.«

»Seid Ihr auf dem laufenden, was sich auf dem Kontinent tut, ehrwürdiger Abt?«

»Man hielt mich informiert, ja«, antwortete der bärtige Abt vorsichtig und setzte sich ebenfalls.

»Dann kennt Ihr also die Lage in Elenien?«

»Die Krankheit der Königin, meint Ihr? Und die Ambitionen des Primas Annias?«

»Richtig. Vor einiger Zeit nun dachte sich Annias einen sehr komplizierten Plan aus, den pandionischen Orden in Verruf zu bringen. Wir konnten es glücklicherweise vereiteln. Nach der offiziellen Versammlung im Schloß kamen die Hochmeister der vier Orden zu einem privateren Treffen zusammen. Annias ist begierig auf den Thron des Erzprälaten, und er weiß, daß die Kriegerorden sich gegen ihn stellen werden.«

»Mit Schwertern, wenn nötig!« pflichtete ihm der Abt heftig bei. »Am liebsten würde ich ihn mir selbst vornehmen«, fügte er hinzu. Da wurde ihm offenbar bewußt, daß er eine Spur zu weit gegangen war. »Wenn ich nicht Angehöriger eines Klosterordens wäre«, schloß er lahm.

»Ich verstehe völlig, ehrwürdiger Abt«, versicherte ihm Sperber. »Die Hochmeister besprachen die Sache eingehend und folgerten, daß die Macht des Primas – und jegliche Hoffnung, sie auf Chyrellos auszudehnen – auf seiner Stellung in Elenien beruht und daß er diese Macht nur so lange behält, als Königin Ehlana indisponiert ist.« Er verzog das Gesicht. »Ein dummes Wort, ich weiß. Sie ist dem Tode so nah, und ich sage *indisponiert*! Nun ja, Ihr wißt, wie ich es meine.«

»Es passiert jedem mal, daß er sich falsch ausdrückt, Sperber«, versicherte ihm der Abt großzügig. »Ich kenne die meisten Einzelheiten. Erst vergangene Woche erhielt ich eine Nachricht von Patriarch Dolmant über die neuesten Ereignisse. Was habt Ihr in Borrata erreicht?«

»Wir unterhielten uns dort mit einem Arzt, der aus den Symptomen mit Sicherheit schloß, daß Königin Ehlana vergiftet wurde.«

Der Abt sprang auf und fluchte wie ein Seeräuber. »Ihr seid Streiter, Sperber! Weshalb seid Ihr nicht nach Cimmura zurückgeeilt und habt Annias mit Eurem Schwert durchbohrt?«

»Ich war drauf und dran«, gestand Sperber, »hielt es jedoch für wichtiger, ein Gegengift zu finden. Mit Annias abzurechnen, dazu ist später noch genug Zeit, und wenn es soweit ist, möchte ich es wohlüberlegt tun. Nun, dieser Arzt in Borrata vermutet, daß das Gift rendorischen Ursprungs ist, und er verwies uns an zwei seiner Kollegen hier in Cippria.«

Der Abt stapfte hin und her; sein Gesicht war immer noch finster vor Zorn. Als er wieder sprach, klang nicht die geringste mönchische Demut aus seiner Stimme. »Wie ich Annias kenne, hat er versucht, Euch bei jedem Schritt aufzuhalten. Oder sollte ich mich täuschen?«

»Nein, Ihr täuscht Euch nicht.«

»Und die Straßen von Cippria sind nicht gerade die sichersten auf der Welt – wie Ihr in jener Nacht vor zehn Jahren am eigenen Leib erfahren mußtet. Also gut«, sagte er in einem Tonfall, der keinen Widerspruch zuließ, »wir werden es so machen. Annias weiß, daß Ihr ärztlichen Rat sucht, richtig?«

»Wenn er es nicht weiß, müßte er geschlafen haben!«

»Genau. Wenn Ihr Euch einem Arzt nähert, werdet Ihr ihn höchstwahrscheinlich für Euch selbst brauchen, also werde ich es nicht zulassen.«

»Es nicht zulassen, Herr Abt?« fragte Sephrenia milde.

»Verzeiht«, murmelte der Abt. »Ich bin da wohl ein wenig zu weit gegangen. Ich will damit sagen, daß ich unbedingt davon abraten würde, daß Ihr es selbst tut. Ich werde statt dessen einen meiner Brüder ausschicken, um die Ärzte hierherzubringen. Auf diese Weise könnt Ihr Euch mit ihnen unterhalten, ohne daß Ihr Euch auf den Straßen von Cippria in Gefahr begebt. Danach wird uns schon etwas einfallen, wie wir Euch unbemerkt aus der Stadt bringen können.«

»Glaubt Ihr wirklich, daß sich ein elenischer Arzt bereiterklärt, einen Hausbesuch zu machen?« fragte Sephrenia ihn.

»Er wird es, wenn ihm seine eigene Gesundheit etwas bedeutet«, antwortete der Abt finster. Plötzlich blickte er verlegen drein. »Das hört sich nicht sonderlich mönchisch an, nicht wahr?« entschuldigte er sich.

»Oh, ich weiß nicht«, antwortete Sperber freundlich. »Es gibt solche Mönche und andere.«

»Ich werde die Brüder sofort in die Stadt schicken, um die Ärzte zu holen. Wie heißen sie?«

Sperber fischte den Pergamentfetzen, den der beschwipste Arzt in Borrata ihm gegeben hatte, aus einer Innentasche und reichte ihn dem Abt.

Der breitschultrige Mann studierte ihn. »Ihr kennt den ersten bereits, Sperber«, sagte er. »Er hat Euch behandelt, als Ihr das letzte Mal hier wart.«

»Ach? Ich fürchte, ich habe seinen Namen damals gar nicht mitbekommen.«

»Kein Wunder, Ihr wart ja die meiste Zeit im Delirium.« Der Abt warf noch einmal einen Blick auf den Zettel. »Der andere starb vor etwa einem Monat, aber Doktor Voldi kann Euch wahrscheinlich jede Frage beantworten, die Ihr ihm stellen werdet. Er ist ein bißchen von sich eingenommen, aber er ist auch wirklich der beste Arzt in Cippria.«

Er stand auf, trat an die Tür und öffnete sie. Zwei jugendliche Mönche standen davor. Wie Sperber fand, ähnelten sie sehr dem Paar junger Pandioner, die üblicherweise im Ordenshaus von Cimmura vor Vanions Tür Wache hielten. »Ihr«, wandte sich der Abt scharf an einen, »eilt in die Stadt und bringt Doktor Voldi zu mir. Und laßt keine Entschuldigung gelten.«

»Sofort, ehrwürdiger Abt«, antwortete der junge Mönch. Amüsiert bemerkte Sperber, daß die Füße des Mannes zuckten. Der Abt schloß die Tür und kehrte zu seinem Stuhl zurück. »Er könnte in etwa einer Stunde hier sein.« Er bemerkte Sperbers nicht völlig unterdrücktes Grinsen. »Irgend etwas Komisches, mein Freund?«

»Durchaus nicht, ehrwürdiger Abt. Ich dachte nur, wie zackig Eure jungen Mönche sind.«

»Fällt es tatsächlich auf?« fragte der Abt ein wenig erschrocken.

»Ja, ehrwürdiger Abt. Wenn man weiß, wonach man Ausschau hält, dann schon.«

Der Abt verzog das Gesicht. »Glücklicherweise wissen die Einheimischen nicht viel von diesen Dingen. Ihr werdet die Entdeckung doch für Euch behalten, Sperber?«

»Selbstverständlich, ehrwürdiger Abt. Ich war mir der Eigenart Eures Ordens schon ziemlich sicher, als ich Euch vor zehn Jahren verließ, und habe mit niemanden darüber gesprochen – außer mit meinen Gefährten, als wir in Cippria ankamen und ich beschloß, Euch um Unterschlupf zu bitten.«

»Ich hätte es mir eigentlich denken können. Ihr Pandioner habt sehr scharfe Augen.« Der Breitschultrige stand auf. »Ich werde ein Abendessen heraufbringen lassen. Hier in der Gegend gibt es ziemlich große Sandhühner, und ich habe einen außerordentlich geschickten Falken.« Er lachte. »Jetzt wißt ihr, was ich tue, statt die Berichte zusammenzustellen, die nach Chyrellos gehen sollten. Was haltet ihr von Brathähnchen?«

»Sehr viel«, versicherte ihm Sperber auch für seine Gefährten.

»Und darf ich euch inzwischen etwas Wein anbieten? Es ist leider kein arzischer Rotwein, aber dennoch nicht schlecht. Wir bauen ihn hier selbst an. Außer für Reben taugt der Boden hier nicht viel.«

»Vielen Dank, Herr Abt«, sagte Sephrenia, »hättet Ihr statt des Weines Milch für das Kind und mich?«

»Ich fürchte, wir haben hier nur Ziegenmilch, ehrwürdige Sephrenia.«

Ihre Augen leuchteten auf. »Ziegenmilch wäre genau richtig. Kuhmilch ist so mild, und wir Styriker ziehen Kräftigeres vor.«

Sperber schauderte.

Der Abt sandte den anderen jungen Mönch um Milch und Abendessen in die Küche, dann schenkte er Sperber, Kurik und sich Wein ein. Danach lehnte er sich auf seinem Stuhl zurück und drehte abwesend den Stiel seines Glases zwischen den Fingern. »Können wir offen zueinander sein, Sperber?« fragte er ihn.

»Selbstverständlich.«

»Habt Ihr in Jiroch davon gehört, was sich in Cippria zutrug, nachdem Ihr uns verlassen habt?«

»Kaum etwas«, antwortete Sperber. »Ich war zu der Zeit sozusagen untergetaucht.«

»Ihr wißt doch, was Rendorer von Magie halten?«

Sperber nickte. »Sie nennen sie Hexerei.«

»Das tun sie allerdings, und sie erachten sie als schlimmeres Verbrechen denn Mord. Jedenfalls, kaum daß Ihr weg wart, kam es hier zu einem regelrechten Ausbruch von Magie. Ich wurde unter anderen mit der Untersuchung betraut, da ich der ranghöchste Kirchenmann in diesem Gebiet bin.« Er lächelte ironisch. »Gewöhnlich spucken die Rendorer auf den Boden, wenn ich vorüberkomme, aber kaum flüstert jemand ›Hexerei‹, rennen sie mir mit weißen Gesichtern und hervorquellenden Augen das Kloster ein. Der Durchschnittsrendorer könnte sich nicht einmal, wenn sein Leben davon abhinge, die styrischen Worte des einfachsten Zaubers merken, aber immer wieder kommt es zu Beschuldigungen – gewöhnlich aus Bosheit, Neid und kleinlichem Haß. Jenes Mal aber war es ganz anders. Es gab tatsächliche Beweise, daß jemand in Cippria Magie höheren Grades einsetzte.« Er blickte Sperber an. »War irgendeiner der Männer, die Euch in jener Nacht überfielen, in den Geheimnissen bewandert?«

»Einer ja. Und er ist es noch.«

»Vielleicht beantwortet das die Frage. Die Magie war offenbar Teil eines Versuchs, etwas – oder jemanden – aufzuspüren. Möglicherweise suchte man Euch.«

»Ihr sagtet, diese Magie sei höheren Grades gewesen, Herr Abt«, warf Sephrenia ein. »Könntet Ihr das genauer erklären?«

»Eine glühende Erscheinung schlich durch die Straßen von Cippria«, erklärte er. »Sie schien in Blitze gehüllt gewesen zu sein.«

Sie sog scharf Luft ein. »Und was hat diese Erscheinung genau getan?«

»Sie befragte die Leute. Nicht einer konnte sich später noch erinnern, was sie hatte wissen wollen. Die Befragung war jedoch erbarmungslos. Ich habe einige der Verbrennungen mit eigenen Augen gesehen.«

»Verbrennungen?«

»Die Erscheinung packte, wen immer sie befragen wollte. Wo sie die Bedauernswerten berührte, hinterließ sie Brandwunden. Eine Frau hatte eine Verbrennung um den ganzen Unterarm herum. Ich würde fast sagen, daß sie von der Form einer Hand gewesen war – nur waren es zu viele Finger.«

»Wie viele?«

»Neun und zwei Daumen.«

»Ein Damork!« zischte sie.

»Ich dachte, Ihr habt gesagt, die Jüngeren Götter hätten Martel die Macht genommen, diese Kreaturen zu beschwören?« erinnerte Sperber Sephrenia.

»Martel hat ihn nicht gerufen«, sagte sie überzeugt. »Jemand anderer sandte ihn zu ihm, damit er seinen Willen tue.«

»Das läuft doch fast auf das gleiche hinaus, oder nicht?«

»Nicht genau. Der Damork gehorchte Martel nur in bestimmten Dingen.«

»Aber das liegt doch alles zehn Jahre zurück!« warf Kurik ein. »Was spielt es jetzt noch für eine Rolle?«

»Ihr seht das Wesentliche nicht, Kurik«, antwortete sie sehr ernst. »Wir hatten gedacht, der Damork wäre erst vor kurzem erschienen, dabei war er bereits vor zehn Jahren in Cippria, ehe irgend etwas von dem, womit wir jetzt zu tun haben, überhaupt begonnen hatte!«

»Ich fürchte, ich verstehe Euch nicht ganz«, gestand Kurik.

Sephrenia blickte Sperber an. »Ihr seid das Ziel, Lieber«, erklärte sie beängstigend leise. »Nicht ich oder Kurik oder Ehlana oder gar Flöte. Die Angriffe des Damorks sind alle gegen Euch gerichtet. Seid sehr, sehr vorsichtig, Sperber. Azash will Euch töten.«

19

Doktor Voldi war ein überspannter kleiner Mann in den Sechzigern. Sein Haar lichtete sich, und damit das nicht zu sehr auffiel, hatte er es sorgfältig nach vorn gekämmt. Offensichtlich war auch, daß er es färbte, um das Grau zu verbergen. Er nahm seinen schwarzen Umhang ab, und Sperber bemerkte, daß er einen weißen Linnenkittel trug und stark nach Arzneimitteln roch. Ebenso fiel ihm auf, daß der gute Doktor eine sehr hohe Meinung von sich hatte.

Es war schon ziemlich spät, als der untersetzte Arzt ins Studiergemach des Abts geführt wurde. Er bemühte sich ohne viel Erfolg, seinen Ärger zu unterdrücken, daß man ihn zu so später Stunde noch geholt hatte. »Herr Abt«, grüßte er den schwarzbärtigen Kirchenmann steif mit einer knappen Verbeugung.

»Ah, Voldi«, sagte der Abt und stand auf. »Ich bin sehr froh, daß Ihr kommen konntet.«

»Euer Mönch sagte, es handle sich um einen dringenden Fall, ehrwürdiger Abt. Bringt mich am besten gleich zu dem Patienten.«

»Nur, wenn Ihr zu einer sehr weiten Reise bereit wärt, Doktor Voldi«, sagte Sephrenia.

Voldi musterte sie kurz. »Ihr seid offenbar keine Rendorerin, gnädige Frau«, bemerkte er. »Euren Zügen nach Styrikern.«

»Ihr habt sehr scharfe Augen, Doktor.«

»Ich bin sicher, Ihr erinnert Euch an diesen Mann.« Der Abt deutete auf Sperber.

Der Arzt blickte den großen Pandioner an, offenbar ohne ihn wiederzuerkennen. »Nein«, brummte er. »Nicht, daß ich . . .« Dann runzelte er die Stirn. »Halt, sagt nichts!« Abwesend strich er das Haar nach vorn. »Es war vor zehn Jahren, nicht wahr? Wart Ihr nicht der, der in die Messerstecherei geraten war?«

»Ihr habt ein sehr gutes Gedächtnis, Doktor Voldi«, staunte Sperber. »Wir möchten Euch nicht zu lange aufhalten, also kommen wir gleich zur Sache. Ihr wurdet uns von einem Arzt in Borrata empfohlen. Er hält sehr viel von Eurer Meinung auf bestimmten Gebieten.« Nach einer weiteren kurzen Abschätzung des kleinen Mannes beschloß Sperber, ihm noch ein bißchen zu schmeicheln. »Natürlich hätten wir Euch wahrscheinlich auch ohne sein Loblied konsultiert«, fügte er hinzu. »Eurer Ruf hat sich weit über die Grenzen von Rendor verbreitet.«

»Nun.« Voldi schwoll sichtlich die Brust, aber er bemühte sich um eine bescheidene Miene. »Es tut gut zu hören, daß meine Behandlung Leidender ein wenig Anerkennung findet.«

»Was wir brauchen, guter Doktor«, sagte nun wieder Sephrenia, »ist Euer Rat, wie eine Freundin geheilt werden kann, der man vor kurzem Gift verabreichte.«

»Gift?« Voldi horchte auf. »Seid Ihr sicher?«

»Der Arzt in Borrata war zweifellos sicher«, antwortete Sephrenia. »Wir beschrieben ihm ihre Symptome in allen Einzelheiten, und er diagnostizierte ihren Zustand als Folge eines seltenen, rendorischen Giftes, das . . .«

»Bitte, gnädige Frau«, unterbrach er Sephrenia. »Ich ziehe es vor, eigene Diagnosen zu stellen. Beschreibt mir die Symptome.«

»Selbstverständlich.« Geduldig wiederholte sie, was sie den Ärzten in der Universität von Borrata geschildert hatte.

Während sie die Symptome aufzählte, trippelte der kleine Arzt hin und her. Die Hände hatte er auf dem Rücken verschränkt und den Blick auf den Boden gerichtet. »Ich denke, wir können die Fallsucht von vornherein ausschließen«, sagte er, als Sephrenia geendet hatte. »Allerdings führen auch einige andere Krankheiten zu starken Krämpfen.« Er bemühte sich um eine möglichst gelehrte Miene. »Die Verbindung von Fieber und Schweiß liefert jedoch den ausschlaggebenden Hinweis. Die Krankheit Eurer Freundin ist nicht natürlichen Ursprungs. Mein Kollege in Borrata hat mit seiner Diagnose völlig recht: Eure Freundin wurde vergiftet, und ich schließe, daß es sich bei dem Gift um Darestim handelt. Die hiesigen Wüstennomaden nennen es Todeskraut. Es ist für Schafe ebenso tödlich wie für Menschen. Es ist jedoch ein sehr seltenes Gift, da die Nomaden jeden Busch dieses Todeskrauts ausreißen, sobald sie ihn sehen. Stimmt meine Diagnose mit der meines cammorischen Kollegen überein?«

»Ganz genau, Doktor Voldi«, versicherte ihm Sephrenia bewundernd.

»Nun, das war es dann wohl.« Er griff nach seinem Umhang. »Ich freue mich, daß ich Euch helfen konnte.«

»Schön«, sagte Sperber, »aber was können wir jetzt tun?«

»Trefft Vorbereitungen für die Bestattung«, riet Voldi schulterzuckend.

»Was ist mit einem Gegengift?«

»Es gibt keines. Tut mir leid, aber ich fürchte, eurer Freundin ist nicht zu helfen.« Ein aufreizend selbstgefälliger Ton schwang in Voldis Stimme mit. »Im Gegensatz zu den meisten Giften greift Darestim das Gehirn an, nicht das Blut. Sobald es eingenommen ist – puff!« Er schnippte mit den Fingern. »Sagt, hat eure Freundin reiche und mächtige Feinde? Darestim ist außerordentlich teuer.«

»Hinter ihrer Vergiftung stecken politische Gründe«, erwiderte Sperber düster.

»Ah, die Politik!« Voldi lachte. »Diese Burschen haben das ganze Geld, nicht wahr?« Er zog plötzlich die Brauen zusammen. »Mir deucht ...« Wieder strich er sein Haar in die Stirn. »Wo habe ich es bloß gehört?« Er kratzte sich am Kopf und zerzauste so seine sorgfältig gekämmte Frisur. »Ah ja!« triumphierte er. »Jetzt erinnere ich mich. Ich hörte Gerüchte – wohlgemerkt nur Gerüchte –, daß ein Arzt in Dabur ein paar Angehörige der königlichen Familie in Zand behandelte und heilte. Normalerweise hätten alle anderen Ärzte rasch davon gehört, aber ich habe da so meine Ahnungen. Ich kenne diesen Mann. Schon seit einigen Jahren machen in Arztkreisen recht häßliche Geschichten über ihn die Runde. Manche Kollegen sind überzeugt, daß er seine Wunderheilungen gewissen verbotenen Praktiken verdankt.«

»Welche Art von Praktiken?« erkundigte sich Sephrenia angespannt.

»Magie, gnädige Frau. was sonst? Es würde meinem Freund in Dabur sogleich den Kopf kosten, wenn bekannt würde, daß er Hexerei betreibt.«

»Ich verstehe«, murmelte Sephrenia. »Dieses Gerücht über die Wunderheilungen, stammt es nur aus einer Quelle?«

»O nein!« antwortete er. »Ich habe es von den verschiedensten Seiten erfahren. Des Königs Bruder und mehrere Neffen erkrankten. Der Arzt von Dabur – Tanjin heißt er – wurde ins Schloß beordert. Er bestätigte, daß man allen Betroffenen auf irgendeine Weise Darestim eingegeben hatte. Dann hat er sie geheilt. Aus Dankbarkeit veranlaßte der König, daß kein Außenstehender erfahren sollte, wie es zu der Heilung gekommen war. Außerdem gab er Tanjin vorsorglich einen schriftlichen Schulderlaß.« Voldi lächelte ein wenig schief. »Nicht daß dieser Schulderlaß viel nützen würde, da des Königs Macht nicht weit über die Schloßmauern in Zand reicht.« Ein bißchen von oben herab sagte er: »Ich würde mich nie auf so etwas einlassen, aber Doktor Tanjin ist für seine Habgier berüchtigt, und ich kann mir vorstellen, daß der König ihn sehr gut bezahlte.«

»Wir danken Euch für Eure Hilfe, Doktor Voldi«, sagte Sperber.

»Tut mir leid wegen eurer Freundin, aber bis ihr nach Dabur und zurück kommt, wird sie bereits tot sein, fürchte ich.« Doktor Voldi zuckte die Schultern. »Darestim wirkt zwar ziemlich langsam, ist jedoch immer tödlich.«

»Das ist auch ein Schwert durch den Bauch!« entgegnete Sperber grimmig. »Zumindest werden wir unsere Freundin rächen.«

»Welch schrecklicher Gedanke!« Voldi schauderte. »Wißt Ihr denn überhaupt, welchen Schaden ein Schwert jemandem zufügen kann?«

»Aus eigener Erfahrung«, versicherte ihm Sperber.

»O natürlich! Das hatte ich ganz vergessen. Möchtet Ihr, daß ich mir Eure alten Verwundungen noch einmal ansehe?«

»Das ist nicht nötig, Doktor. Sie sind völlig verheilt. Trotzdem vielen Dank.«

»Gut. Ich muß gestehen, ich bin ein wenig stolz auf die Art, wie ich sie damals behandelte. Ein nicht so erfahrener Arzt hätte Euch verloren. So, jetzt muß ich aber gehen. Ich habe morgen einen anstrengenden Tag.« Er wickelte sich in seinen Umhang.

»Vielen Dank, Doktor Voldi«, sagte nun auch der Abt. »Der Bruder an der Tür wird Euch heimgeleiten.«

»Es war mir eine Ehre, Herr Abt. Selten ist eine Unterhaltung so anregend.« Voldi verbeugte sich und verließ das Gemach.

»Ein aufgeblasener Mensch!« brummte Kurik.

»Das stimmt«, bestätigte der Abt, »aber es ist ein sehr guter Arzt.«

»Viel war das nicht, Sperber.« Sephrenia seufzte. »Wir haben nur Gerüchte, und uns fehlt die Zeit, hinter möglichen Hirngespinsten herzujagen.«

»Ich fürchte nur, wir haben keine andere Wahl. Wir müssen nach Dabur. Wir können es uns einfach nicht leisten, uns eine mögliche Chance entgehen zu lassen, auch wenn sie noch so klein ist.«

»Sie ist vielleicht gar nicht so klein, wie Ihr meint, Ritter Sperber«, warf der Abt ein. »Ich kenne Voldi sehr gut. Er würde nichts bestätigen, was er nicht mit eigenen Augen gesehen hat. Aber ich selbst hörte einige Gerüchte, daß mehrere Angehörige der Königsfamilie sehr krank waren und sich wieder erholt haben.«

»Da wir ohnehin nichts anderes haben, werden wir dieser Sache nachgehen«, bestimmte Sperber.

»Dann nehmt ihr am besten den kürzesten Weg mit dem Schiff die Küste entlang und dann den Gule hoch«, riet der Abt.

»Nein«, sagte Sephrenia entschieden. »Die Kreatur, die Sperber zu töten versucht, hat inzwischen wahrscheinlich erkannt, daß es ihr das letzte Mal nicht geglückt ist. Ich glaube nicht, daß es uns Spaß machen würde, ständig über die Schulter nach einer Wasserhose Ausschau zu halten.«

»Aber Ihr werdet auf jeden Fall über Jiroch nach Dabur reisen müssen«, sagte der Abt. »Ihr könnt den Landweg nicht nehmen.

Niemand durchquert die Wüste zwischen hier und Dabur, nicht einmal zu dieser Jahreszeit. Sie ist unpassierbar.«

»Wir werden uns wohl nach den Gegebenheiten richten müssen«, sagte Sperber.

»Ihr müßt äußerst vorsichtig sein!« warnte der Abt ernst. »Es kommt jetzt immer wieder zu Unruhen in Rendor.«

»War das je anders?«

»Diesmal ist es anders. Arasham ist in Dabur und predigt einen neuen heiligen Krieg!«

»Das macht er doch inzwischen schon seit zwanzig Jahren, oder nicht? Den ganzen Winter über hetzt er die Wüstenbewohner auf, und im Sommer kehren sie zu ihren Herden zurück.«

»Genau das ist diesmal anders, Sperber. Niemand schenkt den Nomaden sonderliche Beachtung, aber irgendwie ist es dem alten Irren gelungen, die Stadtleute für sich zu gewinnen, und das macht die Sache etwas ernster. Arasham ist in Hochstimmung und hält seine Wüstennomaden mit fester Hand in Dabur. Er hat bereits eine beachtliche Armee um sich geschart!«

»Die Städter sind doch selbst in Rendor nicht so dumm! Was beeindruckt sie denn so sehr?«

»Ich hörte, daß einige Leute Gerüchte verbreiten. Sie machen den Stadtleuten weis, daß in den nördlichen Reichen die Sympathien für die Wiederkehr der Eshandistischen Bewegung groß sind.«

»Absurd!« sagte Sperber wegwerfend.

»Natürlich. Trotzdem ist es ihnen gelungen, ziemlich viele Menschen hier in Cippria zu überzeugen, daß eine Rebellion gegen die Kirche zum erstenmal seit Jahrhunderten Erfolg haben könnte. Und nicht nur das, es werden Waffen ins Land geschmuggelt – große Lieferungen!«

Ein Verdacht beschlich Sperber. »Habt Ihr eine Ahnung, wer diese Gerüchte verbreitet?« fragte er.

Der Abt zuckte die Schultern. »Kaufleute, Reisende aus dem Norden und dergleichen. Es sind alles Ausländer. Gewöhnlich steigen sie in dem Viertel um das elenische Konsulat ab.«

»Ist *das* nicht merkwürdig?« murmelte Sperber. »Ich wurde damals, am Abend des Überfalls, ins Konsulat beordert. Ist Elius noch der Konsul?«

»Allerdings. Worauf wollt Ihr hinaus, Sperber?«

»Zuerst noch eine Frage, ehrwürdiger Abt. Haben Eure Leute vielleicht einen weißhaarigen Mann im Konsulat ein und aus gehen sehen?«

»Das kann ich wirklich nicht sagen. Sie hatten keinen Auftrag zu einer solchen Beobachtung. Ihr denkt an einen ganz bestimmten Mann, nicht wahr?«

»Ja.« Sperber stand auf und stiefelte hin und her. »Was meint Ihr, Sephrenia, soll ich es nicht doch wieder mit elenischer Logik versuchen?« Er zählte an den Fingern ab. »Erstens: Primas Annias ist scharf auf den Erzprälatenthron. Zweitens: Alle vier Kriegerorden sind gegen ihn, und ihre Opposition könnte verhindern, daß er sein Ziel erreicht. Drittens: Um auf den Thron zu gelangen, muß er die Ordensritter in Mißkredit bringen oder sie ablenken. Viertens: Der elenische Konsul hier in Cippria ist sein Vetter. Fünftens: Der Konsul und Martel haben schon früher gemeinsame Sache gemacht. Das habe ich vor zehn Jahren am eigenen Leib erfahren.«

»Ich wußte gar nicht, daß Elius mit dem Primas verwandt ist«, sagte der Abt erstaunt.

»Ich glaube, daß sie es auch gar nicht an die große Glocke hängen wollen«, meinte Sperber. »Aber weiter. Annias will die Ordensritter nicht mehr in Chyrellos haben, wenn es soweit ist, einen neuen Erzprälaten zu wählen«, fuhr er fort. »Was würden die Ordensritter tun, wenn es in Rendor zu einem Aufstand käme?«

»Wir würden in voller Schlachtordnung über das Königreich kommen«, erklärte der Abt und vergaß, daß er damit Sperbers Verdacht über die Art seines Ordens bestätigte.

»Und damit wären die Kriegerorden fern der Debatte über die Wahl in Chyrellos, richtig?«

Sephrenia blickte Sperber nachdenklich an. »Was ist dieser Elius für ein Mensch?«

»Einer, der skrupellos jede Gelegenheit beim Schopf packt, sofern er sich dabei nicht anstrengen muß. Es mangelt ihm ebenso an Vorstellungskraft wie an Intelligenz.«

»Hört sich nicht sehr beeindruckend an.«

»Man kann auch ihn nicht beeindruckend nennen.«

»Das würde bedeuten, daß er nach Anweisung handelt, nicht wahr?«

»Genau«, versicherte ihr Sperber. Er wandte sich wieder an den Abt. »Euer Gnaden, habt Ihr eine Möglichkeit, Hochmeister Abriel in Eurem Mutterhaus in Larium Nachrichten zukommen zu lassen? Botschaften, die nicht abgefangen werden können?«

Der Abt antwortete mit einem eisigen Blick.

»Wir beschlossen offen zueinander zu sein«, erinnerte ihn Sperber. »Es liegt wahrhaftig nicht in meiner Absicht, Euch in Verlegenheit zu bringen, aber es handelt sich wirklich um eine Sache von äußerster Dringlichkeit.«

»Schon gut, Sperber«, erwiderte der Abt etwas steif. »Ja, ich kann Hochmeister Abriel Nachrichten zukommen lassen.«

»Gut. Sephrenia kennt alle Einzelheiten und kann Euch alles erklären. Kurik und ich müssen etwas erledigen.«

»Was habt Ihr vor?« fragte der Abt scharf.

»Ich werde Elius meine Aufwartung machen. Er weiß, was vorgeht, und ich glaube, ich kann ihn davon überzeugen, daß er keine Geheimnisse vor mir zu haben braucht. Wir müssen Gewißheit haben, ehe Ihr die Nachricht nach Larium senden könnt.«

»Es ist zu gefährlich.«

»Nicht gefährlicher, als Annias auf dem Erzprälatenthron zu sehen, oder?« Sperber überlegte. »Habt Ihr eine sichere Zelle?«

»Wir haben eine Büßerzelle im Keller. Die Tür kann verschlossen werden, wenn es nötig ist.«

»Gut. Ich glaube, wir bringen Elius zur Befragung hierher. Danach könnt Ihr ihn einsperren. Ich kann ihn nicht mehr frei herumlaufen lassen, wenn er erst weiß, daß ich hier bin, und Sephrenia billigt keinen willkürlichen Mord. Wenn er einfach verschwindet, wird niemand wissen, was aus ihm geworden ist.«

»Wird er nicht schreckliches Geschrei erheben, wenn Ihr ihn gefangennehmt?«

»Sehr unwahrscheinlich, Euer Gnaden«, beruhigte ihn Kurik. Er zog seinen schweren Dolch und klatschte den Griff fest in die Handfläche. »Ich kann so gut wie garantieren, daß er schlafen wird.«

Es war still auf den Straßen. Die Wolkendecke hatte sich aufgelöst, und die Sterne funkelten hell am Nachthimmel.

»Kein Mond«, stellte Kurik fest, während er und Sperber durch die verlassenen Straßen huschten. »Das ist günstig.«

»Seit drei Nächten geht er schon spät auf«, erklärte Sperber.

»Wie spät?«

»Uns bleiben mindestens noch zwei Stunden.«

»Schaffen wir es bis dahin zurück ins Kloster?«

»Wir müssen es schaffen.« Sperber hielt kurz vor einer Kreuzung an und spähte um eine Hausecke. Ein Mann in kurzem Cape, der einen Spieß und eine kleine Laterne trug, schlurfte müde die Straße entlang.

»Ein Nachtwächter«, flüsterte Sperber und zog Kurik in die Dunkelheit einer tief eingelassenen Haustür.

Der Nachtwächter schleppte sich vorbei. Die Laterne schwang in seiner Hand hin und her und warf hohe Schatten an die Hauswände.

»Er sollte wachsamer sein«, brummte Kurik mißbilligend.

»Unter den gegebenen Umständen ist dein Pflichtgefühl etwas fehl am Platz.«

»Was recht ist, ist recht«, knurrte Kurik unbeirrt.

Als der Nachtwächter außer Sicht war, schlichen sie die Straße weiter entlang.

»Gehen wir direkt zum Tor des Konsulats?« fragte Kurik.

»Nein. Kurz davor klettern wir über die Dächer.«

»Ich bin keine Katze, Sperber. Von Dach zu Dach zu springen zählt nicht zu meinen Freizeitvergnügen.«

»In diesem Teil der Stadt sind die Häuser aneinandergebaut und die Dächer wie Straßen.«

»Oh«, brummte Kurik. »Das klingt beruhigend.«

Das Konsulat des Königreichs Elenien war ein verhältnismäßig großes, von einer hohen, weißgetünchten Mauer umgebenes Gebäude.

An jeder Ecke brannten Fackeln auf langen Stangen, und ein schmaler Weg führte an der Wand entlang.

»Dieser Weg«, fragte Kurik, »führt er ganz herum?«

»Als ich das letzte Mal hier war, schon.«

»Dann ist ein ziemliches Loch in deinem Plan, Sperber. Ich kann unmöglich von einem der Dächer bis zur Mauerkrone springen.«

»Ich glaube, das schaffe ich auch nicht.« Sperber zog die Brauen zusammen. »Schauen wir uns die andere Seite an.«

Sie schlichen durch eine Reihe schmaler Straßen und Gassen, die um die Hinterseite der Häuser gegenüber der Konsulatsmauer führten. Ein Hund kam irgendwo heraus und bellte sie an, bis Kurik einen Stein nach ihm warf. Daraufhin japste der Hund und flüchtete auf drei Beinen.

»Jetzt weiß ich, wie sich ein Einbrecher fühlt«, murmelte Kurik.

»Dort!« zischte Sperber.

»Wo?«

»Gleich da drüben. Ein zuvorkommender Mann repariert sein Dach. Siehst du die Balken, die an der Wand aufgestapelt sind? Schauen wir mal nach, wie lang sie sind.«

Sie überquerten die Gasse. Kurik maß die Balken gewissenhaft mit den Füßen ab. »Sehr knapp«, meinte er.

»Wir werden es nie genau erfahren, wenn wir es nicht ausprobieren«, entgegnete Sperber.

»Also gut. Wie kommen wir aufs Dach?«

»Wir lehnen die Balken an die Wand. Wenn sie schräg genug stehen, müßten wir an ihnen hinaufklettern und sie dann hinter uns hochziehen können.«

»Ich bin froh, daß du nicht deine eigenen Belagerungsmaschinen entwerfen mußt«, brummte Kurik mürrisch. »Also gut, versuchen wir es.«

Sie lehnten mehrere Balken an die Wand, und Kurik kletterte brummelnd und schwitzend auf das Dach. »Alles klar«, flüsterte er über den Rand, »komm rauf.«

Beim Hinaufklettern zog sich Sperber einen langen Holzsplitter in die Hand. Als auch er auf dem Dach war, zerrten er und Kurik die Balken mühsam hoch und trugen einen nach dem anderen über das Dach auf die Seite gegenüber der Konsulatsmauer. Die flackernden Fackeln auf der Mauer warfen einen schwachen Schein über die Dächer.

Während sie den letzten Balken trugen, blieb Kurik plötzlich stehen. »Sperber!« rief er gedämpft.

»Was?«

»Zwei Dächer weiter, schau doch! Da liegt eine Frau.«

»Woher weißt du, daß es eine Frau ist?«

»Weil sie splitternackt ist, deshalb!«

»Oh, das«, entgegnete Sperber. »Das ist eine rendorische Sitte. Sie wartet, daß der Mond aufgeht. Es gibt hier einen Aberglauben, daß die ersten Strahlen des Mondes auf dem Bauch einer Frau ihre Fruchtbarkeit erhöhen.«

»Wird sie uns denn nicht sehen?«

»Selbst wenn, wird sie sich nicht an uns stören. Sie ist viel zu sehr damit beschäftigt, auf den Mond zu warten. Mach schon weiter, Kurik. Steh nicht einfach herum und glotz sie an.«

Sie mühten sich redlich, einen Balken über den schmalen Weg zu schieben, wobei ihre Kräfte zusehends erlahmten, zumal der Balken immer schwerer wurde, je weiter er über das Dach ragte. Endlich aber krachte der eigensinnige Balken auf die Mauerkrone hinunter. Auf diesem schoben sie noch weitere hinüber und rollten sie dann herum, bis die Balken einen Steg bildeten. Als sie den letzten hinüberschoben, hielt Kurik mit einer nur halb unterdrückten Verwünschung inne.

»Was ist denn los?« fragte Sperber besorgt.

»Wie sind wir auf dieses Dach gekommen, Sperber?« fragte Kurik ätzend.

»Indem wir einen schräg angelehnten Balken hinaufgeklettert sind«, erinnerte ihn Sperber.

»Und wo wollten wir hin?«

»Auf die Mauerkrone da drüben.«

»Warum mühen wir uns dann ab, Brücken zu bauen?«

»Weil . . .« Sperber kam sich plötzlich sehr dumm vor. »Wir hätten nur einen Balken an die Konsulatsmauer zu lehnen brauchen, richtig?«

»Du hast es erfaßt, mein Gebieter«, beglückwünschte Kurik ihn sarkastisch.

»Der Steg war eine so perfekte Lösung des Problems«, verteidigte sich Sperber.

»Aber völlig unnötig.«

»Das macht die Lösung des Problems aber nicht völlig nichtig, oder?«

»Natürlich nicht.«

»Warum steigen wir dann nicht einfach hinüber?«

»Geh du. Ich glaube, ich werde mich ein Weilchen mit der nackten Dame unterhalten.«

»Das wirst du bleiben lassen, Kurik. Sie ist mit den Gedanken woanders.«

»Ich bin Experte, wenn es um Fruchtbarkeit geht, falls es wirklich das ist, was ihr zu schaffen macht.«

»Gehen wir, Kurik.«

Sie überquerten ihren behelfsmäßigen Steg zur Mauerkrone, die sie dann entlangkrochen, bis sie eine Stelle erreichten, wo ein gut bewässerter Feigenbaum sich aus den tiefen Schatten unter ihnen hob. Sie kletterten den Baum hinunter und blieben daneben kurz stehen, bis Sperber sich orientieren konnte.

»Du weißt nicht zufällig, wo das Schlafgemach des Konsuls ist, oder?« flüsterte Kurik.

»Nein«, antwortete Sperber leise, »aber ich kann es mir denken. Alle elenischen Amtsgebäude haben in etwa die gleiche Bauweise. Die Privatunterkünfte müßten sich auf der Rückseite im oberen Stockwerk befinden.«

»Sehr gut, Sperber«, lobte Kurik trocken. »Das erleichtert die Suche. Jetzt brauchen wir uns nur noch in einem Viertel des Hauses umzusehen.«

Sie schlichen durch den dunklen Garten und gelangten durch eine unverschlossene Hintertür ins Haus und in eine unbeleuchtete Küche, von dort auf einen schwach erhellten Korridor. Plötzlich zerrte Kurik Sperber in die Küche zurück.

»Was, zum . . .«, begann Sperber heiser flüsternd zu protestieren.

»Psst!«

Auf dem Korridor war plötzlich der hüpfende Schein einer Kerze zu sehen. Eine matronenhafte Frau, vielleicht eine Köchin oder Haushälterin, ging auf die Küche zu. Sperber drückte sich an die Wand, als ihre Gestalt sich an der Tür abhob. Sie griff nach der Klinke und schloß klickend die Tür.

»Woher hast du gewußt, daß sie kam?« wisperte Sperber.

»Keine Ahnung«, flüsterte Kurik zurück. »Ich wußte es einfach.« Er drückte ein Ohr an die Tür. »Sie marschiert weiter.«

»Was macht sie zu dieser nachtschlafenden Zeit?«

»Wer weiß? Vielleicht vergewissert sie sich nur, daß alle Türen geschlossen sind. Das tut Aslade jede Nacht.« Er lauschte wieder. »Ah«, murmelte er, »sie hat gerade noch eine Tür geschlossen, und ich kann sie nicht mehr hören. Ich glaube, sie ist ins Bett gegangen.«

»Die Treppe dürfte gegenüber dem Haupteingang sein«, flüsterte Sperber. »Sehen wir zu, daß wir in den ersten Stock kommen, ehe noch jemand herumgeistert.«

Sie eilten auf den Korridor und eine breite Treppe hinauf.

»Such nach einer verzierten Tür. Der Konsul ist der Herr des Hauses und wird sicher die prächtigsten Gemächer haben. Nimm du diese Seite.«

Sie trennten sich und schlichen auf Zehenspitzen in entgegengesetzte Richtungen. Am Ende des Korridors fand Sperber eine kunstvoll geschnitzte und vergoldete Tür. Er öffnete sie vorsichtig und spähte hinein.

Im Licht einer schwach glühenden Öllampe sah er einen fetten Mann von etwa fünfzig Jahren mit rotem Gesicht, der auf dem Rücken im Bett lag und laut schnarchte. Sperber erkannte ihn. Er schloß leise die Tür und suchte Kurik. Am Kopfende der Treppe kam ihm sein Knappe entgegen.

»Wie alt ist der Konsul?« wisperte Kurik.

»Ungefähr fünfzig.«

»Dann war's der nicht, den ich gesehen habe. Am Ende des Korridors ist eine geschnitzte Tür. Dahinter liegt ein Bursche von etwa zwanzig mit einer älteren Frau im Bett.«

»Haben sie dich gesehen?«

»Nein. Dazu waren sie zu beschäftigt.«

»Oh. Der Konsul schläft allein – an diesem Ende des Korridors.«

»Meinst du, die Frau am anderen Ende könnte seine Gemahlin sein?«

»Das ist ihre Sache, nicht wahr?«

Gemeinsam schlichen sie auf Zehenspitzen zur vergoldeten Tür. Sperber öffnete sie, und sie gingen beide leise zum Bett. Sperber streckte die Hand nach der Schulter des Schlafenden aus. »Eure

Exzellenz«, sagte er leise und schüttelte den Mann. Der Konsul riß die Augen auf, die sich verschleierten, als Kurik ihm den Dolchgriff hinters Ohr schlug. Sie wickelten den Bewußtlosen in eine dunkle Decke, und Kurik warf sich die schlaffe Gestalt unsanft über die Schulter. »Ist das alles, was wir von hier mitnehmen?«

»Ja. Gehen wir.«

Sie schlichen die Treppe hinunter und zurück zur Küche. Sorgfältig schloß Sperber die Tür, die zum Haupttrakt führte. »Warte hier«, sagte er leise zu Kurik. »Ich sehe mich noch schnell im Garten um. Wenn alles klar ist, pfeife ich.« Er huschte hinaus in den dunklen Garten und schlich wachsam von Baum zu Baum.

Dabei wurde ihm plötzlich bewußt, wie sehr er das genoß. Er hatte nicht mehr solchen Spaß gehabt, seit er und Kalten Kinder gewesen waren und sie sich regelmäßig mitten in der Nacht aus seines Vaters Haus gestohlen hatten, um irgend etwas Harmloses anzustellen.

Er versuchte, nicht sehr geschickt, das Pfeifen einer Nachtigall nachzuahmen.

Einen Moment später flüsterte Kurik heiser durch die Küchentür. »Bist du es?«

Er war versucht, ›nein‹ zu antworten, doch dann verkniff er es sich.

Es war gar nicht so leicht, den reglosen Konsul den Feigenbaum hochzubekommen, aber mit vereinten Kräften schafften sie es schließlich. Dann überquerten sie ihren Steg und zogen die Balken zurück aufs Dach.

»Sie ist noch dort!« flüsterte Kurik.

»Wer?«

»Die nackte Frau.«

»Es ist ja schließlich ihr Dach.«

Sie zerrten die Balken zur anderen Dachseite und ließen sie vorsichtig hinunter. Dann kletterte Sperber zu Boden und fing den Konsul auf, als Kurik ihn herunterließ. Einen Augenblick später war auch Kurik unten. Gemeinsam stapelten sie die Balken wieder auf.

Sperber rieb sich zufrieden die Hände. »Alle Spuren beseitigt.«

Kurik hob den Bewußtlosen wieder über die Schulter. »Wird seine Frau ihn nicht vermissen?«

»Nicht sehr, würde ich sagen – wenn sie die Frau in dem Schlafgemach am anderen Ende des Korridors war. Wie wär's, wenn wir ins Kloster zurückkehrten?«

Sie wechselten sich beim Tragen ab und erreichten den Stadtrand nach etwa einer halben Stunde, nachdem sie unterwegs mehreren Nachtwächtern ausgewichen waren. Der über Sperbers Schulter liegende Konsul begann zu stöhnen und sich zu regen.

Kurik schlug ihm noch einmal den Dolchgriff auf den Kopf.

Als sie wieder im Studiergemach des Abtes waren, ließ Kurik den Bewußtlosen unsanft auf den Boden fallen. Er und Sperber blickten einander kurz an; dann brachen sie beide zugleich in schallendes Gelächter aus.

»Was ist so komisch?« erkundigte sich der Abt mit scharfer Stimme.

»Ihr hättet dabei sein sollen, Euer Gnaden«, keuchte Kurik. »Soviel Spaß hatte ich seit Jahren nicht mehr.« Wieder lachte er. »Die Brücke war das Beste, glaube ich.«

»Nein, ich finde, die nackte Dame«, widersprach Sperber.

»Habt Ihr beiden getrunken?« fragte der Abt argwöhnisch.

»Keinen Tropfen, ehrwürdiger Abt«, versicherte ihm Sperber. »Es wäre aber keine schlechte Idee, falls Ihr etwas zur Hand habt. Wo ist Sephrenia?«

»Ich konnte sie überreden, sich mit dem Kind schlafen zu legen.« Der Abt machte eine Pause. »*Welche* nackte Dame?« Seine Augen leuchteten vor Neugier.

»Auf einem Dach lag eine Frau, die dieses Fruchtbarkeitsritual vollzog«, erklärte ihm Sperber immer noch lachend. »Kurik war nur schwer davon abzuhalten, ihr einen Besuch abzustatten.«

»War sie hübsch?« Der Abt grinste Kurik an.

»Das weiß ich nicht, ehrwürdiger Abt. Ich habe mir nicht ihr Gesicht angesehen.«

»Herr Abt«, sagte Sperber ein wenig ernster, obwohl er sich immer noch jungenhaft ausgelassen fühlte. »Wir werden Elius befragen, sobald er aufwacht. Bitte erschreckt nicht über so einiges, was wir zu ihm sagen werden.«

»Ich verstehe vollkommen, Sperber«, versicherte ihm der Abt.

»Gut.« Sperber wandte sich an Kurik. »Komm, wecken wir Seine Exzellenz auf und hören uns an, was er alles zu sagen hat.«

Kurik wickelte den Bewußtlosen aus der Decke und zwickte ihn an den Ohren und der Nase. Nach einem Moment flatterten die Lider des Konsuls. Dann stöhnte er und öffnete die Augen. Verständnislos blickte er sie an, dann setzte er sich rasch auf. »Wer seid ihr? Was hat das alles zu bedeuten?« fragte er scharf.

Kurik schlug ihm mit der Faust kräftig auf den Hinterkopf.

»Ihr seht, wie es ist, Elius«, sagte Sperber freundlich. »Es macht Euch doch nichts aus, wenn ich Euch Elius nenne, oder? Ihr erinnert Euch wahrscheinlich an mich. Ich heiße Sperber.«

»Sperber?« krächzte der Konsul. »Ich dachte, Ihr seid tot!«

»Das ist ein sehr übertriebenes Gerücht, Elius. Aber jetzt möchte ich Euch mitteilen, daß Ihr entführt worden seid, damit wir Euch in aller Ruhe so einige Fragen stellen können. Es wird viel angenehmer für Euch sein, wenn Ihr sie frei heraus beantwortet. Denn wenn Ihr das nicht tut, müßt Ihr mit einer sehr schlimmen Nacht rechnen.«

»Ihr würdet es nicht wagen!«

Kurik schlug ihn wieder.

»Ich bin der Konsul des Königreichs Elenien«, schrie Elius, während er seinen Hinterkopf mit beiden Händen zu schützen versuchte. »Und der Vetter des Primas von Cimmura. Ihr könnt mir nichts tun!«

Sperber seufzte. »Brich ihm ein paar Finger, Kurik«, schlug er vor. »Nur damit er einsieht, daß wir es sehr wohl tun können!«

Kurik stellte den Fuß auf des Konsuls Brust, drückte ihn zu Boden und packte den sich schwach Wehrenden am rechten Handgelenk.

»Nein!« quiekte Elius. »Nicht! Ich sage Euch alles, was Ihr wissen wollt!«

»Ich hatte recht, ehrwürdiger Abt«, wandte sich Sperber im Plauderton an den Abt. Er nahm seinen rendorischen Umhang ab und stand nun im Kettenhemd und mit gegürtetem Schwert da. »Daß er reden würde, sobald er den Ernst seiner Lage erkennt.«

»Eure Methoden sind sehr direkt, Ritter Sperber«, stellte der Abt seinerseits fest.

»Ich bin ein einfacher Mann, ehrwürdiger Abt«, entgegnete Sperber und kratzte sich durch die Kettenrüstung an der Achselhöhle. »Vornehme Zurückhaltung liegt mir nicht.« Er stupste den Gefangenen mit dem Fuß. »Also gut, Elius, ich werde es Euch leichtmachen. Ihr braucht zunächst nichts zu tun, als einige Feststellungen zu bestätigen.« Er zog sich einen Stuhl heran, setzte sich und verschränkte die Beine. »Als erstes: Euer Vetter, der Primas von Cimmura, hat ein Auge auf den Erzprälatenthron geworfen. Richtig?«

»Das könnt Ihr nicht beweisen!«

»Brich ihm den Daumen, Kurik!«

Kurik, der den Konsul noch immer am Handgelenk festhielt, stemmte ihm die verkrampfte Faust auf und packte den Daumen. »An wie vielen Stellen, mein Gebieter?« fragte er Sperber höflich.

»An so vielen, wie du nur kannst, Kurik. Gib ihm was zum Nachdenken.«

Elius riß die Augen vor Entsetzen weit auf. »Nein! Nein! Es stimmt!« keuchte er.

»Ah, wir machen gute Fortschritte«, bemerkte Sperber mit entspanntem Lächeln. »Also weiter. Ihr hattet früher geschäftliche Verbindung mit einem weißhaarigen Mann namens Martel. Er arbeitet hin und wieder für Euren Vetter. Richtig?«

»J-ja«, gestand Elius stockend.

»Na seht Ihr, es wird immer leichter. Vor zehn Jahren habt Ihr Martel und seine bezahlten Meuchler auf mich angesetzt. Richtig?«

»Es war *seine* Idee!« verteidigte sich Elius hastig. »Ich hatte Anweisungen von meinem Vetter bekommen, mit ihm zusammenzuarbeiten. Ich sollte Euch an diesem Abend vorladen. Ich hatte keine Ahnung, daß er Euch töten wollte.«

»Dann seid Ihr sehr naiv, Elius. In letzter Zeit verbreiten erstaunlich viele Reisende aus den nördlichen Königreichen hier in Cippria das Gerücht, daß in eben diesen Königreichen rendorischen Bestrebungen sehr viel Sympathie entgegengebracht wird. Hat Martel etwas mit dieser Kampagne zu tun?«

Elius preßte verängstigt die Lippen zusammen und starrte ihn stumm an.

Kurik machte sich daran, ihm langsam den Daumen rückwärts zu biegen.

»Ja! Ja!« quiekte Elius schmerzerfüllt und versuchte zurückzuweichen.

»Fast wärt Ihr wieder in Euren alten Fehler verfallen, Elius«, rügte Sperber. »Das würde ich an Eurer Stelle lassen. Der Zweck von Martels Kampagne hier ist lediglich, die Städter von Rendor dazu zu bringen, sich den Wüstennomaden in einem eshandistischen Aufstand gegen die Kirche anzuschließen. Richtig?«

»So sehr vertraut sich mir Martel nicht an, aber ich denke, daß er dieses Ziel verfolgt.«

»Und er besorgt die Waffen. Richtig?«

»Das ist mir auch zu Ohren gekommen.«

»Die nächste Frage ist etwas kitzlig, Elius, also paßt gut auf. Der eigentliche Zweck, den Aufruhr zu schüren, ist doch der, die Ordensritter hierherzulocken, um den Aufstand niederzuschlagen. Richtig?«

Elius nickte mürrisch. »Martel hat das zwar nicht gesagt, aber mein Vetter ließ es in seinem letzten Brief durchblicken.«

»Und der Aufstand soll etwa zur selben Zeit stattfinden wie die Wahl des Erzprälaten in der Basilika von Chyrellos. Richtig?«

»Das weiß ich ehrlich nicht, Ritter Sperber. Das müßt Ihr mir glauben! Ihr habt wahrscheinlich recht, aber ich könnte es nicht mit Gewißheit bestätigen.«

»Übergehen wir diese Frage momentan, dafür müßt Ihr meine brennende Neugier befriedigen. Wo ist Martel jetzt?«

»In Dabur, um mit Arasham zu reden. Der Alte versucht seine Anhänger aufzupeitschen, daß sie Kirchen niederbrennen und Kirchenländereien enteignen. Martel war sehr aufgebracht, als er das hörte, und eilte sofort nach Dabur, um es zu verhindern.«

»Wahrscheinlich, weil es dafür noch zu früh wäre?«

»Ja, das nahm ich an.«

»Das ist einstweilen alles, Elius«, sagte Sperber freundlich. »Ich bedanke mich für Eure Unterstützung heute nacht.«

»Ihr laßt mich gehen?« fragte der Konsul ungläubig.

»Nein, das ist unmöglich, fürchte ich. Martel ist ein alter Freund. Ich möchte ihn überraschen, wenn ich in Dabur eintreffe, da kann ich nicht riskieren, daß Ihr ihn möglicherweise auf mein Kommen hinweist. Im Keller dieses Klosters ist eine Büßerzelle. Ich bin sicher, Ihr fühlt Euch gegenwärtig sehr bußfertig, und ich möchte Euch die Chance geben, über Eure Sünden nachzudenken. Die Zelle ist recht bequem, wie ich mir sagen ließ. Sie hat eine Tür, vier Wände, eine Decke, und sogar einen Fußboden.« Er blickte den Abt an. »Sie hat doch einen Fußboden, ehrwürdiger Abt?«

»O ja«, bestätigte ihm der Abt, »einen schönen kalten aus Stein.«

»Das könnt Ihr nicht tun!« protestierte Elius schrill.

»Sperber«, warf Kurik ein, »er hat recht. Man darf niemand gegen seinen Willen in eine Büßerzelle sperren. Es ist gegen das Kirchengesetz.«

»Oh«, brummte Sperber verärgert. »Du hast leider recht. Ich wollte ja eigentlich auch bloß das ganze unangenehme Saubermachen vermeiden. Na ja, dann müssen wir es eben auf uns nehmen. Tue, was sein muß.«

»Jawohl, mein Gebieter«, erwiderte Kurik respektvoll. Er zog seinen Dolch. »Eine Frage noch, ehrwürdiger Abt. Hat Euer Kloster einen Gottesacker?«

»O ja, einen sehr schönen sogar.«

»Das freut mich. Es widerstrebt mir, wenn ich jemand in die Wildnis schleppen und den Schakalen überlassen muß.« Er packte den Konsul an den Haaren und zog seinen Kopf nach hinten; dann setzte er die Dolchschneide an den Hals des furchterfüllt zappelnden Mannes. »Es geht ganz schnell, Exzellenz«, versicherte er ihm.

»Ehrwürdiger Abt!« quiekte Elius.

»Ich fürchte, ich kann nichts für Euch tun, Exzellenz«, erklärte der Abt salbungsvoll. »Die Ordensritter haben ihre eigenen Gesetze, da darf ich mich nicht einmischen.«

»Bitte, ehrwürdiger Abt«, flehte Elius, »sperrt mich in die Büßerzelle.«

»Bereut Ihr Eure Sünden denn wahrhaftig und aufrichtig?« fragte ihn der Abt.

»Ja! Ja! Ich schäme mich ihrer.«

»Ich bedaure, Ritter Sperber, aber ich muß mich für diesen armen Sünder einsetzen«, sagte der Abt fest. »Ich darf nicht zulassen, daß Ihr ihn tötet, ehe er seinen Frieden mit Gott gemacht hat.«

»Ist das Euer fester Entschluß, ehrwürdiger Abt?« vergewisserte sich Sperber scheinbar ungehalten.

»Tut mir leid, Ritter Sperber, aber so ist es.«

»Na gut. Gebt uns gleich Bescheid, wenn er seine Buße beendet hat. Dann schicken wir ihn zu Gott.«

Nachdem zwei kräftige Mönche den heftig zitternden Elius abgeführt hatten, lachten die drei Männer im Studiergemach schallend.

»Großartig gemacht, ehrwürdiger Abt!« lobte Sperber. »Das war genau der richtige Ton.«

»Auch ich bin kein Grünschnabel in derlei Spielchen, Sperber«, versicherte ihm der Abt.

Er blickte den großen Pandioner nachdenklich an. »Ihr Pandioner seid berüchtigt für eure Brutalität – vor allem bei der Befragung von Gefangenen.«

»Mir deucht, ich habe dergleichen Gerüchte ebenfalls bereits gehört«, gestand Sperber.

»Aber in Wirklichkeit tut ihr den Leuten gar nichts, oder?«

»Normalerweise nicht. Unser Ruf genügt meistens, die Leute zum Reden zu bringen. Habt Ihr eine Ahnung, welch schwere – und schmutzige – Arbeit Foltern ist? Wir haben diese Gerüchte über unseren Orden selbst in die Welt gesetzt. Warum körperlich arbeiten, wenn es mit Köpfchen viel einfacher geht?«

»Genau das sage ich mir auch, Sperber. Wie wär's«, fuhr der Abt neugierig fort, »wenn Ihr mir von der nackten Dame und der Brücke erzählt – und worüber Ihr sonst noch gestolpert seid? Laßt nichts aus. Ich bin nur ein armer Mönch hinter Klostermauern, dem nicht viele Vergnügungen vergönnt sind.«

20

Sperber zuckte zusammen und stöhnte. »Sephrenia, müßt Ihr so tief hineinstechen?« klagte er.

»Seid nicht so empfindlich«, tadelte sie und fuhr fort, mit der

Nadel nach dem Holzsplitter in seiner Hand zu stochern. »Wenn ich ihn nicht ganz herauskriege, wird es schwären.«

Er seufzte, biß die Zähne zusammen und ließ es notgedrungen über sich ergehen, dabei fiel ihm auf, daß sich Flöte beide Hände vor den Mund hielt, als unterdrücke sie ein Kichern.

»Du hältst das wohl für spaßig?« brummte er verärgert.

Sie hob ihre Syrinx und trillerte spöttisch.

»Ich habe überlegt, Sperber«, sagte der Abt. »Wenn Annias in Jiroch ebenso seine Leute hatte wie hier in Cippria, wäre es doch sicherer, einen Bogen um die Stadt zu machen, um von vornherein zu vermeiden, daß ihr erkannt werdet, meint Ihr nicht?«

»Ich fürchte, uns bleibt nichts übrig, als dieses Risiko einzugehen, ehrwürdiger Abt«, entgegnete Sperber. »Ich muß mit einem Bekannten in Jiroch sprechen, ehe wir flußauf fahren können.« Er blickte auf seinen schwarzen Umhang. »Das dürfte verhindern, daß man durch beiläufige Blicke auf uns aufmerksam wird.«

»Ich halte es für gefährlich, Sperber.«

»Nicht, wenn wir vorsichtig sind, hoffe ich zumindest.«

Kurik hatte ihre Pferde gesattelt und das Maultier beladen, das der Abt ihnen mitgab, und trat nun mit einer langen schmalen Kiste ein. »Müßt Ihr das unbedingt mitschleppen?« wandte er sich an Sephrenia.

»Ja, Kurik«, antwortete sie. »Unbedingt.«

»Was ist denn in dieser Kiste?«

»Zwei Schwerter. Sie sind Teil der Last, die ich zu tragen habe.«

»Für nur zwei Schwerter ist das aber eine reichlich große Kiste.«

»Ich fürchte, es werden noch mehr.« Sie seufzte, dann machte sie sich daran, Sperbers Hand mit einem Linnenstreifen zu verbinden.

»Ein Verband ist nicht nötig, Sephrenia«, wehrte Sperber ab. »Es war ja nur ein Splitter.«

Sie blickte ihn wortlos, aber durchdringend an.

Er resignierte. »Na gut«, brummte er. »Tut, was Ihr für das beste haltet.«

»O danke.« Sie knüpfte das Ende fest.

»Ihr werdet Larium benachrichtigen, ehrwürdiger Abt?« wandte sich Sperber an den Abt.

»Mit dem nächsten Schiff, das ausläuft, Ritter Sperber.«

Sperber überlegte kurz. »Ich glaube nicht, daß wir über Madol zurückkehren werden. Aber wir haben dort im Haus des Markgrafen Lycien ein paar Gefährten zurückgelassen.«

Der Abt nickte. »Ich kenne ihn.«

»Könntet Ihr auch ihnen Bescheid geben? Teilt ihnen bitte mit, daß wir direkt von Dabur aus nach Hause reisen werden – falls in Dabur alles wie erhofft verläuft.«

»Ich kümmere mich darum, Sperber.«

Sperber zupfte geistesabwesend am Knoten seines Verbands.

»Hört damit auf!« rügte Sephrenia.

Er zog rasch die Hand zurück. »Es soll wahrhaftig nicht so aussehen, als versuchte ich dem Hochmeister Vorschriften zu machen«, sagte er zu dem Abt. »Aber vielleicht könntet Ihr in Eurer Nachricht darauf hinweisen, daß es nicht schaden würde, wenn ein paar kleinere Abteilungen Kirchenritter die Bürger der rendorischen Städte aufmerksam machten, wie unangenehm es werden könnte, wenn sie allzusehr auf diese Gerüchte achteten.«

»Es könnte auch verhindern, daß später ganze Armeen benötigt werden.« Der Abt nickte. »Darauf werde ich in meinem Bericht ganz gewiß hinweisen!«

Sperber stand auf. »Ich stehe schon wieder in Eurer Schuld, ehrwürdiger Abt. Ihr helft stets bereitwillig, wenn ich Hilfe brauche.«

»Wir dienen demselben Herrn, Sperber«, antwortete der Abt. Plötzlich grinste er. »Außerdem mag ich Euch. Ihr Pandioner tut so manches zwar anders, als wir es täten, aber ihr erreicht offenbar, was ihr euch vorgenommen habt, und das ist es doch, was zählt, oder?«

»Wir hoffen es.«

»Seid vorsichtig in der Wüste, mein Freund, und viel Glück!«

»Vielen Dank, ehrwürdiger Abt.«

Als die Glocken zur Morgenandacht riefen, stiegen sie zum Mittelhof des Klosters hinunter. Kurik befestigte Sephrenias lange Kiste am Sattel des Maultiers, und alle saßen auf. Und während noch die Glocken läuteten, ritten sie aus dem Tor.

Sperber war in nachdenklicher Stimmung, als sie die staubige Küstenstraße erreichten und westwärts, Richtung Jiroch, abbogen.

»Was habt Ihr, Sperber?« fragte Sephrenia.

»Diese Glocken haben mich seit zehn Jahren gerufen«, antwortete er. »Irgendwie wußte ich immer, daß ich eines Tages in dieses Kloster zurückkehren würde.« Er richtete sich im Sattel auf. »Es ist ein guter Ort«, sagte er. »Es tut mir ein bißchen leid, ihn zu verlassen, aber ...« Er zuckte die Schultern und ritt weiter.

Die strahlende Morgensonne brach sich blendend in dem Ödland aus Steinen, Sand und Kies links der Straße. Rechts fiel ein Hang steil zu einem schimmernd weißen Strand ab, der zu dem tiefen Blau des Innenmeers führte. Innerhalb einer Stunde wurde es sehr warm, eine halbe Stunde später war es bereits brütend heiß.

»Gibt es hier denn nie Winter?« fragte Kurik und wischte sich den strömenden Schweiß vom Gesicht.

»Es *ist* Winter, Kurik«, versicherte ihm Sperber.

»Wie ist es dann im Sommer?«

»Unangenehm. Im Sommer muß man des Nachts reisen.«

»Wie weit ist es bis Jiroch?«

»Etwa dreihundert Meilen.«

»Also brauchen wir mindestens drei Wochen.«

»Ich fürchte ja.«

»Wir hätten doch ein Schiff nehmen sollen – mit oder ohne Wasserhose.«

»Nein, Kurik«, widersprach Sephrenia. »Keiner von uns kann Ehlana noch nützen, wenn wir alle auf dem Meeresgrund liegen.«

»Wird uns denn diese Kreatur, die hinter uns her ist, nicht ohnehin mit Magie aufspüren?«

»Das kann sie offenbar nicht«, antwortete Sephrenia. »Als sie Sperber vor zehn Jahren suchte, mußte sie die Leute befragen.«

»Das hatte ich nicht bedacht«, gab Kurik zu.

Sie standen jeden Morgen auf, noch ehe die Sterne erloschen, und trieben ihre Tiere während der frühen Stunden hart an, bis die Sonne um Mittag schier unerträglich herabbrannte. Dann ruhten sie sich in der kärglichen Kühle des Zeltes aus, das der Abt ihnen aufgedrängt hatte, während ihre Pferde in der schattenlosen, glühenden Hitze lustlos an den strohigen Gras knabberten. Sobald die Sonne schräg fiel, ritten sie weiter, gewöhnlich bis tief in die Dunkelheit hinein. Hin und wieder stießen sie auf eine winzige Oase mit üppigem Grün und willkommenem Schatten. Dort rasteten sie manchmal einen ganzen Tag lang, um ihre Pferde ausruhen zu lassen und Kraft zu schöpfen, sich wieder der prallen Sonne zu stellen.

In einer solchen Oase, wo kristallklares Wasser aus einem felsigen Hang in einen himmelblauen, von Palmen umsäumten Teich sprudelte, besuchte sie der Geist eines schwarzgerüsteten Pandionritters.

Sperber, nur mit Lendentuch bekleidet, trat gerade tropfnaß aus dem Teich, als er sah, wie sich der Berittene aus dem Westen näherte. Obwohl die Sonne hinter diesem Reiter stand, warfen weder er noch sein Pferd Schatten, und Sperber konnte durch beide hindurch die sonnenglühenden Hügel sehen. Wieder schlug ihm Beinhausgeruch entgegen, und als der Reiter näherkam, sah er, daß das Pferd kaum mehr war denn ein Gerippe mit leeren Augen. Sperber dachte gar nicht daran, nach einer Waffe zu greifen. Er blieb stehen und fröstelte trotz der Backofenhitze, als der Geist auf seinem Knochenpferd herankam. Ein paar Meter entfernt hielt er unendlich langsam sein Reittier an und zog das Schwert.

»Kleine Mutter«, wandte er sich mit hohler Stimme an Sephrenia, »ich tat, was ich konnte.« Er hob salutierend den Griff des Schwertes zum Visier, dann drehte er es um und streckte es ihr auf dem durchscheinenden Arm entgegen.

Sephrenia ging bleich und stockend über den heißen Kies und faßte den Schwertgriff mit beiden Händen. »Euer Opfer wird in immerwährender Erinnerung bleiben, Herr Ritter«, sagte sie mit zitternder Stimme.

»Was bedeutet Erinnerung im Haus der Toten, Sephrenia? Ich tat, was die Pflicht mir befahl. Das allein ist mein Trost in der ewigen Stille.« Nunmehr wandte er das visiergeschützte Gesicht Sperber zu. »Seid gegrüßt, Bruder«, sagte er mit gleich hohler Stimme. »Wisset, daß Euer Weg richtig ist. In Dabur findet Ihr die Antwort, die Ihr sucht. Wenn Eure Mission zum Erfolg führt, werden wir Euch im Haus der Toten salutieren.«

»Ich grüße Euch auch, Bruder«, entgegnete Sperber mit zusammengeschnürter Kehle. »Friede mit Euch.«

Da verschwand der Geist.

Sephrenia sank mit einem langen, zittrigen Stöhnen zusammen, als hätte das Gewicht des so plötzlich erschienenen Schwertes sie niedergeschmettert.

Kurik rannte zu ihr, hob die zierliche Gestalt auf die Arme und trug sie zurück in den Schatten am Rand des Wassers.

Sperber aber eilte barfüßig, ohne auf die sengenden Kiesel zu achten, entschlossen zu der Stelle, wo Sephrenia zusammengebrochen war, und hob das Schwert seines gefallenen Bruders auf.

Hinter ihm ertönte Flötes Syrinx. Sie spielte eine Weise, die er noch nie gehört hatte: Sie war fragend und gleichermaßen voll tiefer Trauer und schmerzender Sehnsucht. Sperber drehte sich mit dem Schwert in der Hand um. Sephrenia lag im Schatten der Palmen auf einer Decke. Ihr Gesicht wirkte eingefallen, und um ihre geschlossenen Augen hatten sich nun dunkle Ringe gegraben. Kurik kniete besorgt neben ihr, und Flöte saß mit verschränkten Beinen in der Nähe und schickte ihre seltsame, hymnengleiche Weise hoch in die Lüfte.

Sperber überquerte den Kies und blieb im Schatten stehen. Da stand Kurik auf und stellte sich zu ihm. »Sie wird heute nicht weiterreiten können«, sagte er leise, »wahrscheinlich auch morgen noch nicht.«

Sperber nickte.

»Es schwächte sie schrecklich, Sperber«, fuhr Kurik ernst fort. »Jedesmal, wenn einer dieser zwölf Ritter stirbt, verliert sie mehr Kraft. Wäre es nicht besser, sie nach Cimmura zurückzuschicken, sobald wir Jiroch erreichen?«

»Vielleicht, aber sie wird sich nicht zurückschicken lassen!«

»Du hast wahrscheinlich recht«, bestätigte Kurik düster. »Es ist dir doch klar, daß du und ich viel rascher vorankämen, wenn wir sie und das kleine Mädchen nicht dabei hätten, nicht wahr?«

»Ja. Aber was würden wir ohne sie tun, wenn wir da sind?«

»Stimmt, das ist ein wunder Punkt. Hast du diesen Geist erkannt?«

Sperber nickte. »Ritter Kerris«, sagte er knapp.

»Ich habe ihn nie näher kennengelernt«, gestand Kurik. »Er erschien mir immer arg steif und förmlich.«

»Aber er war ein guter Mann.«

»Was hat er zu dir gesagt? Ich war zu weit entfernt, um ihn zu hören.«

»Daß wir auf dem richtigen Weg sind und die gewünschte Antwort in Dabur finden werden.«

»Wenigstens das ist tröstlich«, sagte Kurik. »Ich muß zugeben, ich hatte schon Angst, daß wir wieder nicht viel weiterkommen.«

»Ich auch.« Sperber nickte.

Flöte hatte ihre Syrinx zur Seite gelegt und sich neben Sephrenia gesetzt. Sie nahm die Hand der Bewußtlosen in ihre Händchen. Ihr niedliches Gesicht war ernst, verriet jedoch ansonsten keine Gefühlsregung.

Sperber kam eine Idee. Er ging zu dem Kind. »Flöte«, sagte er leise.

Das kleine Mädchen blickte fragend zu ihm auf.

»Kannst du Sephrenia helfen?«

Flöte schüttelte traurig den Kopf.

»Es ist verboten!« Sephrenias Stimme war kaum mehr als ein Wispern, und sie hatte die Augen noch geschlossen. »Nur wer dabei war, kann diese Last tragen.« Sie holte tief Atem. »Zieht Euch was an, Sperber«, befahl sie dann. »Lauft nicht so vor dem Kind herum!«

Den restlichen und den ganzen nächsten Tag blieben sie in der schattigen Oase. Am Morgen des dritten Tages stand Sephrenia auf und packte entschlossen ihre Sachen zusammen. »Die Zeit fliegt dahin, meine Herren«, sagte sie fest, »und wir haben noch einen weiten Weg vor uns.«

Sperber musterte sie eingehend. Ihr Gesicht war noch immer eingefallen, und auch die dunklen Ringe lagen noch um ihre Augen. Als sie sich nach ihrem Schleier bückte, sah er silberne Strähnen in ihrem glänzend schwarzen Haar. »Würdet Ihr Euch nicht kräftiger fühlen, wenn wir noch einen Tag blieben?« fragte er.

»Nicht sehr, Sperber«, antwortete sie müde. »Ruhe verbessert meinen Zustand nicht. Sehen wir zu, daß wir vorankommen. Es ist ein weiter Weg bis Jiroch.«

Sie ritten zunächst im Trott, doch nach wenigen Minuten sagte Sephrenia scharf: »Sperber, wenn wir so dahinschleichen, brauchen wir den ganzen Winter!«

»Also gut, Sephrenia, wie Ihr meint!«

Etwa zehn Tage später erreichten sie Jiroch. Wie Cippria war die

Hafenstadt in Westrendor eine niedrige Stadt, deren Häuser flache Dächer und dicke, weißgetünchte Wände hatten. Sperber führte sie durch mehrere gewundene Gassen zu einem Viertel in der Nähe des Flusses, wo Ausländer zwar nicht gerade willkommen, aber doch zumindest geduldet waren. Zwar waren die meisten Passanten auf den Straßen Rendorer, aber Sperber und die anderen sahen auch die Farbkleckse von verhältnismäßig vielen hellgewandeten Cammoriern, außerdem einige Lamorker und sogar mehrere Elenier in der Menge. Sperber und seine Begleiter behielten ihre Kapuzen auf und ritten langsam, um nicht Aufmerksamkeit zu erregen.

Am späten Vormittag kamen sie zu einem bescheidenen Haus, das etwa abseits der Straße stand. Der Besitzer war Ritter Voren, ein pandionischer Ordenskrieger, was allerdings wenige in Jiroch wußten. Die meisten in dieser Hafenstadt hielten ihn für einen elenischen Kaufmann, der zwar nicht übermäßig reich, aber auch nicht arm war. Tatsächlich betrieb er Handelsgeschäfte, und vor einigen Jahren hatte er sogar Gewinn gemacht. Der wirkliche Grund für Ritter Vorens Aufenthalt in Jiroch war jedoch nicht geschäftlicher Art. Unter Rendors Bevölkerung gab es beachtlich viele pandionische Ritter, deren einzige Verbindung zum Mutterhaus in Demos Ritter Voren war. Alle ihre Botschaften und Berichte gingen durch seine Hand und wurden in den Kisten und Ballen seiner Fracht an Bord des nächsten auslaufenden Schiffes gebracht.

Ein Diener mit Hängelippe und stumpfem, gleichgültigem Blick führte Sperber und die anderen durch das Haus in einen Garten, der von einer hohen Steinmauer umgeben war. Feigenbäume spendeten hier willkommenen Schatten, die Fontänen eines marmornen Springbrunnens sprudelten melodisch, und liebevoll gepflegte Blumen blühten in leuchtend bunten Farben. Voren saß auf einer Bank am Brunnen. Er war ein großer, dünner Mann mit sarkastischem Humor. Die Jahre in diesem südlichen Königreich hatten seine Haut gebräunt, bis sie die Farbe eines alten Sattels angenommen hatte. Obgleich seine mittleren Jahre sich bereits ihrem Ende zuneigten, durchzog kein Grau sein Haar, wohl aber war sein sonnengegerbtes Gesicht von einem Netz von Fältchen gezeichnet. Statt eines Wamses trug er ein einfaches Linnenhemd mit offenem Kragen. Er erhob sich, als sie in den Garten kamen.

»Ah, Mahkra«, begrüßte er Sperber mit einem raschen, verstohlenen Blick auf seinen Diener, »wie schön, euch wiederzusehen, alter Junge.«

»Seid gegrüßt, Voren«, bedankte sich Sperber mit einer rendorischen Verneigung: einer geschmeidigen Bewegung, die schon fast eine Kniebeuge war.

»Jintal«, wandte Voren sich nun an seinen Diener, »seid so gut und bringt das meinem Faktor im Hafen.« Er faltete ein Stück Pergament und reichte es dem dunkelhäutigen Rendorer.

»Wie Ihr befehlt, Gebieter.« Der Diener verneigte sich.

Sie warteten, bis das Schließen der Haustür verriet, daß Jintal gegangen war.

»Kein schlechter Kerl«, bemerkte Voren. »Natürlich ist er strohdumm. Ich achte bei der Auswahl meiner Hausdiener stets darauf, daß sie nicht sehr klug sind. Intelligente Diener sind gewöhnlich Spitzel.« Er kniff die Augen zusammen. »Wartet einen Moment«, bat er. »Ich möchte sichergehen, daß der Bursche das Haus auch wirklich verlassen hat.« Er durchquerte den Garten und verschwand im Innern.

»Ich kann mich nicht erinnern, daß er früher schon so unruhig war«, sagte Kurik.

»Wir sind hier in einem unruhigen Teil der Welt«, entgegnete Sperber.

Nach wenigen Augenblicken kehrte Voren zurück. »Kleine Mutter«, begrüßte er Sephrenia herzlich und küßte ihre Handfläche, »gebt Ihr mir Euren Segen?«

Sie lächelte, berührte seine Stirn und sprach ein paar Worte in Styrisch.

»Das hat mir gefehlt«, gestand er, »obwohl ich in letzter Zeit nicht viel getan habe, was einen Segen verdiente.« Dann blickte er Sephrenia näher an. »Fühlt Ihr Euch nicht wohl, Sephrenia?« fragte er. »Ihr seht so abgespannt aus.«

»Das liegt vielleicht an der Hitze.« Sie strich sich müde über die Augen.

»Setzt Euch hierher.« Voren deutete auf seine Marmorbank. »Das ist das kühlste Fleckchen in ganz Jiroch.« Er lächelte ironisch. »Was leider nicht viel zu bedeuten hat.«

Sephrenia setzte sich auf die Bank, und Flöte kletterte daneben hoch.

»Nun, Sperber«, Voren drückte die Hand seines Freundes, »was führt dich schon so rasch nach Jiroch zurück? Hast du vielleicht gar etwas hier zurückgelassen?«

»Nichts, was ich vermisse«, antwortete Sperber trocken.

Voren lachte. »Nur um dir zu beweisen, welch ein guter Freund ich bin, werde ich Lillias nicht verraten, daß du das gesagt hast. Hallo, Kurik. Wie geht es Aslade?«

»Gut, Ritter Voren.«

»Und Euren Söhnen? Ihr habt drei, nicht wahr?«

»Vier. Der letzte kam auf die Welt, als Ihr Demos bereits verlassen hattet.«

»Meinen Glückwunsch«, sagte Voren, »zwar reichlich spät, aber nicht minder herzlich.«

»Danke.«

»Ich muß mit dir reden, Voren«, unterbrach Sperber die Höflichkeiten, »und wir haben nicht viel Zeit.«

»Und ich dachte, es wäre ein Freundschaftsbesuch.« Voren seufzte.

Sperber überging es. »Ist es Vanion gelungen, dich zu informieren, was in Cimmura vorgeht?«

Vorens leicht ironisches Lächeln schwand und er nickte ernst. »Deshalb bin ich ja so überrascht, euch hier zu sehen. Ich dachte, ihr wärt in Borrata. Hattet ihr dort kein Glück?«

»Wie man es nimmt. Wir folgen einem Hinweis, den wir dort erhielten.« Er knirschte mit den Zähnen. »Voren«, sagte er finster, »Ehlana wurde vergiftet!«

Voren starrte ihn einen Augenblick lang an, dann fluchte er. »Wie lange brauche ich bis Cimmura?« Seine Stimme klang eisig. »Ich möchte rechtzeitig dort sein, um Annias ein wenig zu verschönern. Er würde ohne Kopf einen sehr viel erfreulicheren Anblick bieten, meinst du nicht?«

»Ihr müßtet Schlange stehen, Ritter Voren«, versicherte ihm Kurik. »Ich kenne mindestens ein Dutzend andere, die das gleiche Verlangen haben.«

»Jedenfalls«, fuhr Sperber fort, »fanden wir heraus, daß es sich um ein rendorisches Gift handelt, und wir hörten von einem Arzt in Dabor, der möglicherweise ein Mittel dagegen kennt. Zu ihm wollen wir.«

»Wo sind Kalten und die anderen?« fragte Voren. »Vanion schrieb, daß du auch Ritter der anderen Orden bei dir hast.«

»Wir ließen sie in Madol zurück«, erwiderte Sperber. »Ihr Aussehen und ihr Verhalten waren zu wenig rendorisch. Hast du je von einem Doktor Tanjin in Dabur gehört?«

»Von dem man behauptet, er habe des Königs Bruder von einer geheimnisvollen Krankheit geheilt? Natürlich. Er wird jedoch wahrscheinlich nicht darüber reden wollen. Es gibt so einige peinliche Vermutungen, wie er diese Heilung zustande brachte, und du weißt ja, was Rendorer von Magie halten.«

»Ich werde ihn dazu bringen, daß er darüber spricht«, versicherte Sperber ihm.

»Es könnte leicht sein, daß du dir noch wünschst, du hättest Kalten und die anderen trotz allem mitgenommen«, meinte Voren. »Dabor ist momentan recht ungemütlich.«

»Ich fürchte, ich werde allein zurechtkommen müssen. Ich ließ den Kameraden von Cippria aus Bescheid geben, daß sie nach Hause zurückkehren und dort auf mich warten sollen.«

»Wen hast du denn in Cippria gefunden, dem du solche Botschaften anvertrauen konntest?«

»Den Abt des arzischen Klosters am Ostrand der Stadt. Ich kenne ihn schon lange.«

Voren lachte. »Versucht er immer noch zu verbergen, daß er ein Cyriniker ist?«

»Weißt du eigentlich *alles*, Voren?«

»Dafür bin ich doch hier. Er ist ein guter Mann. Seine Methoden sind zwar etwas langweilig, aber er erreicht, was er sich vornimmt.«

»Was tut sich momentan in Dabur?« erkundigte sich Sperber. »Ich möchte nicht blind in irgendwas hineinstolpern.«

Voren hockte sich neben Sephrenias Füßen ins Gras und verschränkte die Hände um ein Knie. »Dabur war schon immer ein merkwürdiger Ort. Eshand hat dort gelebt, und für die Wüstennomaden ist Dabur eine heilige Stadt. Zu jeder Zeit, die du aufs

Geratewohl auswählen kannst, kämpften dort etwa ein Dutzend religiöser Gemeinschaften um die Kontrolle über die heiligen Stätten.« Voren lächelte schief. »Kannst du dir vorstellen, daß es in Dabur dreiundzwanzig Mausoleen gibt, in denen Eshand angeblich bestattet ist? Ich vermute stark, daß das eine Übertreibung ist – außer sie haben den heiligen Mann nach dem Tod zerstückelt und jeden Teil an einem anderen Ort beigesetzt.«

Sperber ließ sich neben dem Freund ins Gras fallen. »Da fällt mir etwas ein«, sagte er. »Meinst du, wir könnten die eine oder andere dieser Gruppen heimlich unterstützen, um Arashams Position zu unterminieren?«

»Die Idee ist gut, Sperber, nur gibt es momentan keine verschiedenen Gruppen. Nachdem Arasham seine göttliche Erscheinung hatte, rottete er vierzig Jahre lang alle möglichen Rivalen aus. In Mittelrendor kam es zu einem ungeheuren Blutbad. Wahre Pyramiden aus Schädeln ragen dort aus der Wüste. Schließlich errang er die Herrschaft über Dabur, und er regiert dort so despotisch, daß verglichen mit ihm selbst Otha von Zemoch gemäßigt wirkt. Arasham hat Tausende von fanatischen Anhängern, die jeden, auch den wahnsinnigsten seiner Befehle blind ausführen. Sie streifen mit sonnengedörrtem Hirn und brennenden Augen durch die Straßen und halten Ausschau, ob nicht irgend jemand irgendein verrücktes religiöses Gesetz bricht. Horden ungewaschener, verlauster und kaum menschlich zu nennender Fanatiker lauern nur auf die Gelegenheit, ihre Nachbarn auf dem Scheiterhaufen verbrennen zu können.«

»Das genügt«, sagte Sperber. Er warf einen raschen Blick auf Sephrenia. Flöte hatte ein Taschentuch in den Brunnen getaucht und betupfte nun sanft das Gesicht der zierlichen Styrikerin. Eigenartigerweise lehnte Sephrenia den Kopf an die Schultern des kleinen Mädchens, als wäre sie und nicht Flöte das Kind. »Dann hat Arasham also eine Armee um sich geschart?«

Voren schnaufte verächtlich. »Nur ein Dummkopf würde das als Armee bezeichnen. Sie können nirgendwohin marschieren, weil sie jede halbe Stunde beten müssen, und sie gehorchen blind den sich offenkundig widersprechenden Befehlen des senilen Greises.«

Er lachte rauh. »Manchmal stolpert Arasham über seine eigenen

Worte – was nicht verwunderlich ist, da er vermutlich wenigstens zur Hälfte ein Affe ist – und einmal, während eines Feldzugs im Hinterland, erteilte er einen Befehl. Er wollte sagen, ›stürzt euch auf den Feind›, statt dessen kam heraus: ›stürzt euch in die Schwerter‹, und drei ganze Regimenter haben genau das getan. Arasham ritt an diesem Tag allein nach Hause und überlegte verzweifelt, was eigentlich schiefgegangen war.«

Sperber lachte. »Du bist schon zu lange hier, Voren. Rendor verdirbt dein freundliches Gemüt.«

»Ich halte Dummheit und Schmutz einfach nicht aus, Sperber. Und Arashams Anhänger glauben voll Inbrunst, daß Unwissenheit und Unsauberkeit heiligen!«

»Du entwickelst allerdings einen feinen Sinn für Rhetorik«, stellte Sperber fest.

»Verachtung ist eine kräftige Würze für die Ausdrucksweise«, gab Voren zu. »Ich kann hier in Rendor nicht offen sagen, was ich denke, darum habe ich viel Zeit, meine Phrasen im geheimen aufzupolieren.« Er wurde ernst. »Seid vorsichtig in Dabur, Sperber«, mahnte er. »Arasham hat hier etwa zwei Dutzend Jünger. Sie sind die wahren Herren der Stadt, und sie sind alle genauso verrückt wie er.«

»So schlimm sieht's aus?«

»Wahrscheinlich noch schlimmer!«

»Du warst schon immer ein aufmunternder Bursche, Voren«, sagte Sperber trocken.

»Das ist einer meiner Fehler. Ich bemühe mich eben, immer nur die gute Seite von allem zu sehen. Übrigens, tut sich was in Cippria, wovon ich wissen sollte?«

»Da ist etwas, dem du vielleicht nachgehen möchtest.« Sperber zupfte abwesend an einem Grashalm. »Einige Ausländer gehen dort herum und behaupten, die Bauernschaft der elenischen Königreiche im Norden stünde vor einer offenen Rebellion gegen die Kirche, weil sie die Ziele der Eshandistischen Bewegung unterstützen.«

»Das habe ich gerüchteweise bereits gehört«, erwiderte Voren. »In Jiroch hat sich allerdings glücklicherweise noch nicht viel getan.«

»Das ist vermutlich nur eine Frage der Zeit, fürchte ich. Das Ganze ist sehr gut organisiert.«

»Hast du eine Ahnung, wer dahintersteckt?«

»Martel. Und wir wissen ja, für wen er arbeitet. Der Plan ist, die Städter aufzuwiegeln, daß sie sich Arasham in einem Aufstand gegen die Kirche hier in Rendor anschließen, und zwar zur gleichen Zeit, zu der sich die Hierokratie in Chyrellos zusammensetzt, um einen neuen Erzprälaten zu wählen. Die Ordensritter müßten hierherkommen, um den Aufstand niederzuwerfen, und das würde Annias und seinen Anhängern freie Hand bei der Wahl geben. Wir ließen die Kriegerorden bereits benachrichtigen, damit sie schon etwas unternehmen können.« Sperber stemmte sich aus dem Gras hoch. »Wie lange wird dein Diener für seine Besorgung brauchen?« erkundigte er sich. »Es wäre vielleicht besser, wenn wir bei seiner Rückkehr bereits fort sind. Er mag ja wirklich nicht sehr gescheit sein, aber ich kenne Rendorer, und sie tratschen alle gern.«

»Ich glaube, eine Weile bleibt er schon noch aus. Viel schneller als eine Schnecke ist Jintal nicht. Ihr habt noch genug Zeit, einen Bissen zu essen, und ich kann euch Proviant zum Mitnehmen herrichten.«

»Gibt es eine sichere Unterkunft in Dabur?« fragte Sephrenia den ironischen Mann.

»Kein Fleckchen in Dabur ist wirklich sicher, Sephrenia«, erwiderte Voren. Er blickte Sperber an. »Erinnerst du dich an Peraine?«

»So ein hagerer Bursche? Sehr wortkarg?«

»Genau der. Er ist in Dabur und gibt sich als Viehhändler aus. Man kennt ihn dort unter dem Namen Mirrelek. Er hat ein Haus nahe dem Viehhof. Die Wüstenleute brauchen ihn – wenn sie ihre Kühe nicht alle selbst aufessen wollen –, deshalb kann er sich ziemlich ungehindert in der Stadt bewegen. Er wird euch bei sich aufnehmen und für eure Sicherheit sorgen. Und weil wir schon von Sicherheit sprechen, Sperber«, Voren grinste, »würde ich dir dringend raten, aus Jiroch zu verschwinden, ehe Lillias dahinterkommt, daß du zurück bist.«

»Trauert sie mir denn immer noch nach?« wunderte sich Sperber. »Ich war überzeugt, daß sie inzwischen längst Trost bei einem anderen gefunden hat.«

»Hat sie ganz bestimmt – bei mehreren, vermutlich –, aber du kennst Lillias doch. Sie ist sehr nachtragend.«

»Ich überschrieb ihr den Laden«, verteidigte sich Sperber. »Sie müßte doch ein sehr gutes Auskommen haben, wenn sie nur ein bißchen aufs Geschäft achtet.«

»Soviel ich hörte, macht sie ordentlichen Gewinn, aber darum geht es ja nicht. Das Problem ist, daß du alles schriftlich gemacht hast, nicht nur die Besitzüberschreibung, sondern auch dein Lebewohl. Du hast ihr nicht die Gelegenheit gegeben, zu schreien, zu weinen und zu drohen, daß sie sich umbringen würde.«

»Deshalb habe ich es ja schriftlich gemacht!«

»Das war sehr herzlos von dir, mein Freund! Lillias blüht auf bei großen Szenen. Als du dich einfach mitten in der Nacht davongeschlichen hast, hast du sie der wundervollen Gelegenheit beraubt, ihre dramatischen Fähigkeiten zu beweisen.« Voren grinste breit.

»Mußt du wirklich in dieser alten Sache herumwühlen?«

»Es ist doch nur eine gutgemeinte Warnung, Sperber. In Dabur mußt du dich höchstens vor ein paar tausend hirnlosen Fanatikern hüten. Hier in Jiroch aber vor Lillias, und sie ist viel, viel gefährlicher!«

21

Etwa eine halbe Stunde später verließen sie unauffällig Vorens Haus. Sperber musterte Sephrenia besorgt. Obwohl der Nachmittag gerade erst angefangen hatte, wirkte sie bereits müde. »Könnte diese Kreatur auch auf dem Fluß eine Wasserhose zuwege bringen?« fragte er.

Sie runzelte die Stirn. »Das ist schwer zu sagen. Normalerweise würde ich es auf dieser kleinen Wasserfläche nicht für möglich halten, doch diese Kreaturen der Unterwelt haben die Macht, manche Naturgesetze zu umgehen, wenn sie es darauf anlegen.« Sie überlegte kurz. »Wie breit ist der Fluß denn hier?«

»Nicht sehr«, antwortete Sperber. »Es gibt in ganz Rendor nicht genug Wasser für einen breiten Fluß.«

»Die Ufer erschweren ganz sicher die Lenkung solch einer Wasserhose«, meinte sie nachdenklich. »Ihr habt selbst gesehen, wie unstet sich der Wirbel bewegte, der Mabins Schiff versenkt hat.«

»Dann werden wir es wagen«, bestimmte er. »Ihr seid zu erschöpft für einen so weiten Ritt. Und je weiter nach Süden wir kommen, desto heißer wird es werden.«

»Geht meinetwegen keine unnötigen Risiken ein, Sperber.«

»Es ist nicht allein Euretwegen«, versicherte er ihr. »Wir haben bereits eine Menge Zeit verloren, und mit dem Schiff kommen wir schneller voran. Wir werden uns auf jeden Fall dicht am Ufer halten, um rasch von Bord zu kommen, falls es sich als erforderlich erweisen sollte.«

»Was immer Ihr für das beste haltet.« Sie sank noch ein wenig tiefer im Sattel zusammen.

Sie ritten hinaus auf die belebte Straße, wo sich schwarzgewandete Wüstennomaden, aber auch farbenprächtig gekleidete Bürger der Stadt und Kaufleute der nördlichen Königreiche tummelten. Es ging sehr laut und lebhaft zu, und in der Luft hing der für Rendorer typische Geruch von Gewürzen, Parfümen und rauchendem Olivenöl.

»Wer ist diese Lillias?« fragte Kurik neugierig, während sie nebeneinander ritten.

»Unwichtig«, brummte Sperber.

»Wenn diese Person gefährlich ist, halte ich es aber schon meiner eigenen Sicherheit wegen für wichtig, etwas über sie zu erfahren!«

»So gefährlich ist Lillias auch wieder nicht.«

»Wenn ich es recht verstanden habe, ist Lillias eine Frau.«

Es war offensichtlich, daß Kurik keine Ruhe geben würde. Sperber verzog das Gesicht; er würde wohl oder übel in den sauren Apfel beißen müssen. »Na gut«, sagte er. »Ich war zehn Jahre lang in Jiroch. Voren richtete mir einen kleinen Laden ein, den ich unter dem Namen Mahkra führte. Als Tarnung, um mir Martels Knechte vom Leib zu halten. Um mich nicht zu langweilen, sammelte ich Informationen für Voren. Damit mir das überhaupt möglich war, mußte ich mich den anderen Kaufleuten der Gegend anpassen. Da sie alle Frauen aushielten, tat ich es auch. Meine war Lillias. Zufrieden?«

»Da fehlen wichtige Einzelheiten. Wenn ich Voren richtig verstand, ist diese Dame wohl sehr temperamentvoll?«

»Auf jeden Fall sehr nachtragend, Kurik.«

»Ah, so eine. Ich würde sie gern kennenlernen.«

»Das würde dir bestimmt nicht gefallen. Ich glaube nicht, daß du ihre Szenen und ihr Gezeter aushalten würdest.«

»So schlimm?«

»Warum glaubst du, habe ich mich mitten in der Nacht davongeschlichen? Könnten wir dieses Thema jetzt fallenlassen?«

Kurik kicherte. »Entschuldige, wenn ich lache, aber ich erinnere mich, daß du auch nicht gerade sehr mitfühlend warst, als ich dir von meinem Fehltritt mit Talens Mutter erzählte.«

»Na schön, dann sind wir jetzt quitt!« Sperber preßte die Lippen zusammen und versuchte beim Weiterreiten Kuriks Lachen zu ignorieren.

Die Anlegestege, die in den schlammigen Gule hineinreichten, waren wackelig und mit übelriechenden Fischernetzen behängt. Dutzende der breitbauchigen Flußschiffe, die zwischen Jiroch und Dabur verkehrten, waren dort vertäut. Dunkelhäutige Schiffer in Ledenschurzen und gewickelten Kopftüchern lümmelten auf ihren Decks. Sperber saß ab und näherte sich einem finster aussehenden Einäugigen in weitem, gestreiftem Gewand. Der Einäugige stand auf dem Pier und brüllte wütend auf ein faulenzendes Trio auf einer schlammbeschmierten Prahm ein.

»Euer Kahn?« erkundigte sich der Ritter.

»Und wenn?«

»Kann man ihn heuern?«

»Das hängt davon ab, wieviel Ihr dafür bezahlt.«

»Darüber können wir reden. Wie viele Tage bis Dabur?«

»Drei, vielleicht vier. Hängt vom Wind ab.« Der Eigner schätzte Sperber und seine Begleiter mit seinem einen Augen ab. Seine finstere Miene schwand, und er lächelte ölig. »Nun, dann reden wir doch über den Preis, edler Herr«, schlug er vor.

Sperber tat, als feilschte er, dann langte er in den Beutel mit Münzen, den Voren ihm gegeben hatte, und zählte Silberstücke auf die schmutzige Hand des Flußschiffers. Das Auge des Mannes leuchtete auf, als er den Beutel sah.

Sie stiegen an Bord und banden ihre Pferde mittschiffs an, während die drei Flußschiffer das Tau lösten, den Kahn in die Strömung stießen und das Segel aufzogen. Der Fluß war träge, und die steife Brise, die von der Arzischen Meerenge her blies, schob sie mit beachtlicher Schnelligkeit gegen die Strömung.

»Seid vorsichtig«, mahnte Sperber seine Gefährten leise, als sie ihre Pferde von den Sätteln befreiten. »Unser Kapitän ist offenbar selbständiger Geschäftsmann, der sich keine Gelegenheit entgehen läßt.« Er ging nach achtern, wo der Einäugige am Ruder stand. »Ich möchte, daß Ihr Euch so dicht wie möglich am Ufer haltet«, sagte er.

»Warum?« Das Auge des Kapitäns wirkte plötzlich mißtrauisch.

»Meine Schwester hat Angst vor Wasser«, improvisierte Sperber. »Wenn ich es Euch sage, legt Ihr am Ufer an, damit sie eine Weile an Land gehen kann.«

»Ihr bezahlt.« Der Kapitän zuckte die Schultern. »Wir tun, wie Ihr es wünscht.«

»Fahrt Ihr auch des Nachts?« erkundigte sich Sperber.

Der Kapitän schüttelte den Kopf. »Manche schon, ich nicht. Es gibt für meinen Geschmack zu viele Untiefen, herausragende Felsen und dergleichen. Wir legen am Ufer an, sobald es dunkel wird.«

»Gut. Ich lobe mir Vorsicht bei einem Schiffer. Das macht die Fahrt sicherer – ah, da fällt mir etwas ein.« Sperber öffnete den Umhang und deutete auf sein Kettenhemd und das schwere Breitschwert an seiner Seite. »Ihr versteht, was ich damit sagen möchte?« fragte er.

Das Gesicht des Kapitäns verfinsterte sich. »Ihr habt kein Recht, mir auf meinem eigenen Schiff zu drohen«, sagte er verärgert.

»Wie Ihr selbst festgestellt habt: Ich bezahle. Eure Mannschaft sieht mir nicht sehr ehrbar aus, Käpt'n, und auch Euer eigenes Gesicht flößt nicht gerade Vertrauen ein.«

»Ihr müßt nicht auch noch beleidigend werden«, brummte der Einäugige verdrossen.

»Falls ich Euch falsch eingeschätzt habe, entschuldige ich mich später. Wir haben gewisse Wertsachen bei uns, die wir ganz gern behalten möchten. Meine Gefährten und ich werden auf dem Vorderdeck schlafen. Ihr und Eure Männer könnt das Achterdeck haben. Das wird Euch doch sicher keine zu großen Umstände machen, oder?«

»Übertreibt Ihr Eure Vorsicht nicht ein wenig?«

»Unsichere Zeiten, mein Freund. Sehr unsichere Zeiten. Also denkt daran, sobald wir für die Nacht am Ufer angelegt haben, sorgt Ihr dafür, daß Eure Männer auf dem Achterdeck bleiben – und warnt sie, daß sich Schlafwandeln als sehr ungesund für sie erweisen könnte.« Er drehte sich um und ging zum Bug.

Dichtes, üppiges Gestrüpp wuchs entlang beider Ufer, während die Hügel, die hinter diesen beiden schmalen Grünstreifen anstei-gen, kahl und steinig waren. Sperber und seine Gefährten setzten sich aufs Vorderdeck, behielten den Kapitän und seine Männer im Auge und achteten auf Anzeichen ungewöhnlicher Wetterverände-rung. Flöte saß rittlings auf dem Bugspriet und spielte auf ihrer Syrinx, während Sperber sich leise mit Sephrenia und Kurik unter-hielt.

Sephrenia kannte die Sitten und Gebräuche des Landes bereits, so richtete Sperber seine Erklärungen hauptsächlich an seinen Knappen. Er machte ihn auf die vielen scheinbar unbedeutenden Dinge aufmerksam, die von einem Strenggläubigen als persönliche Beleidigung ausgelegt werden könnten, und auf andere, die als frevlerisch erachtet wurden.

»Wer hat denn all diese verrückten Regeln aufgestellt?« fragte Kurik gereizt.

»Eshand«, antwortete Sperber. »Er war verrückt, und Verrückte finden Rituale sehr beruhigend.«

»Was noch alles?«

»Eines noch. Sollten dir zufällig Schafe in den Weg laufen, mußt du ihnen Platz machen.«

»Was?« fragte Kurik ungläubig.

»Es ist sehr wichtig, Kurik!«

»Das kann doch nicht dein Ernst sein?«

»Und ob. Eshand hütete als Junge Schafe und fuhr aus der Haut, wenn jemand durch seine Herde ritt. Als er an die Macht kam, behauptete er, Gott sei ihm erschienen und habe ihm gesagt, daß Schafe heilige Tiere seien und man ihnen Platz machen müsse.«

»So was Verrücktes!« entrüstete sich Kurik.

»Natürlich, aber hier ist es Gesetz.«

»Ist es nicht merkwürdig, wie die Offenbarungen des elenischen Gottes immer den Wünschen seiner Propheten entsprechen?« murmelte Sephrenia.

»Tun sie überhaupt irgendwas wie normale Menschen?« fragte Kurik.

»Nicht sehr viel, nein.«

Als die Sonne unterging, legte der Kapitän am Ufer an, und er und seine Leute breiteten Decken auf dem Achterdeck aus. Sperber stand auf und ging mittschiffs. Er legte die Hand auf Farans Nacken. »Bleib wach«, wies er den mächtigen Fuchs an. »Falls jemand des Nachts herumzuschleichen beginnt, dann laß es mich wissen.«

Faran fletschte die Zähne und drehte sich um, bis er mit dem Kopf in Richtung Achterdeck stand. Sperber tätschelte liebevoll des Hengstes Hinterbacke und kehrte zum Vorderdeck zurück.

Ihr Abendmahl an diesem Tag bestand aus Brot und Käse. Als sie gegessen hatten, breiteten auch sie ihre Decken aus.

»Sperber«, sagte Kurik, nachdem sie sich niedergelegt hatten.

»Ja?«

»Mir ist eine Idee gekommen. Reiten in Dabur viele Fremde ein und aus?«

»Normalerweise ja. Und Arashams Anwesenheit dürfte noch größere Menschenmassen anlocken.«

»Das dachte ich mir. Würden wir nicht weniger auffallen, wenn wir ein paar Meilen von Dabur von Bord gingen und uns einem Pilgerzug anschlössen, der in die Stadt reitet?«

»Du denkst aber auch an alles, Kurik!«

»Dafür bezahlst du mich ja, Sperber, oder etwa nicht? Manchmal denken Ritter nicht sehr praktisch. Um dich aus all den Schwierigkeiten herauszuhalten, brauchst du eben deinen Knappen.«

»Das weiß ich zu schätzen, Kurik.«

»Du siehst, ich biete was fürs Geld.«

Die Nacht verlief ruhig, und im Morgengrauen stießen die Männer des Einäugigen die Prahm wieder in die Strömung und setzten das Segel. Am Vormittag des nächsten Tages kamen sie an der Stadt Kodhl vorbei und segelten, ohne anzuhalten, weiter zur heiligen Stadt Dabur. Zwischen den beiden Städten herrschte reger, aber sichtlich ungeregelter Verkehr auf dem Fluß. Immer wieder prallten Schiffe gegeneinander, was gewöhnlich zu einem heftigen Austausch von Verwünschungen und Beleidigungen führte.

Gegen Mittag des vierten Tages stieg Sperber auf das Achterdeck, um mit dem Kapitän zu sprechen. »Es ist nicht mehr weit, oder?« erkundigte er sich.

»Noch etwa fünfzehn Meilen«, antwortete der Einäugige und drehte das Ruder ein wenig, um einem entgegenkommenden Schiff auszuweichen. »Räudiger Sohn eines dreibeinigen Esels!« brüllte er zu dem Steuermann des anderen Schiffes hinüber.

»Mögen deiner Mutter am ganzen Leib Warzen wuchern«, erwiderte der Steuermann freundlich.

»Meine Freunde und ich möchten von Bord gehen, ehe wir die Stadt erreichen«, erklärte Sperber dem Kapitän. »Wir wollen uns erst ein wenig umsehen, ehe wir Arashams Anhängern begegnen, und der Hafen wird wahrscheinlich gut überwacht.«

»Das halte ich für eine weise Entscheidung.« Der Einäugige nickte. »Außerdem habe ich das Gefühl, daß Ihr was im Schilde führt, und da ist es mir lieber, wenn ich nicht mit hineingezogen werde.«

»Dann ist es also zu unser beider Bestem.«

Am Frühnachmittag drehte der Kapitän das Ruder und fuhr den Bug auf einen schmalen Streifen Sandstrand. »Das ist die letzte Möglichkeit, Euch von Bord zu lassen«, sagte er zu Sperber. »Von hier ab werden die Ufer zu schlammig.«

»Wie weit ist es noch bis Dabur?«

»Vier bis fünf Meilen.«

»Das ist nahe genug.«

Der Kapitän ließ die Laufplanke vom Mittschiff auf den Sand klappen, und Sperber führte mit seinen Freunden die Pferde und das beladene Maultier zum Strand. Kaum waren sie unten angekommen, zogen die Männer die Laufplanke ein und stießen den Kahn mit langen Stangen wieder hinaus auf den Fluß. Dann manövrierte der Kapitän ihn in die Strömung und fuhr ohne Lebewohl flußab.

»Könnt Ihr es auch durchhalten?« fragte Sperber Sephrenia besorgt. Sie wirkte noch abgespannt, aber die dunklen Ringe um ihre Augen waren nicht mehr so tief.

»Mir geht es gut, Sperber«, beruhigte sie ihn.

»Aber mit jedem Ritter, den wir verlieren, wird es Euch schlechter gehen, nicht wahr?«

»Ich weiß es nicht«, entgegnete sie. »Ich war noch nie zuvor in dieser Lage. Sehen wir zu, daß wir nach Dabur kommen und mit Doktor Tanjin sprechen.«

Sie ritten durch das Gestrüpp am Rand des Strandes und gelangten alsbald zu der staubigen Straße nach Dabur. Viele Reisende waren hier unterwegs, hauptsächlich schwarzgewandete Nomaden, deren dunkle Augen in religiösem Eifer brannten. Einmal wurden sie durch eine Schafherde von der Straße abgedrängt. Die Schäfer ritten hochmütig auf ihren Maultieren und blockierten die Straße mit ihrer Herde absichtlich mehr, als nötig gewesen wäre. Dabei blickten sie jeden herausfordernd an, dem das vielleicht nicht passen mochte.

»Ich war nie ein großer Freund von Schafen«, murmelte Kurik, »und von Schäfern noch weniger.«

»Laß es dir ja nicht anmerken«, warnte Sperber.

»Hier wird viel Schaffleisch gegessen, nicht wahr?«

Sperber nickte.

»Aber wie paßt es denn zusammen, ein Tier für heilig zu erklären und es dann zu schlachten und aufzuessen?«

»Konsequenz ist keine starke Seite der Rendorer.«

Als die Schafe vorüber waren, setzte Flöte ihr Instrument an die Lippen und spielte eine eigenartig mißtönende Weise. Die Schafe blickten plötzlich gehetzt drein, drängten sich rasch aneinander, dann rasten sie in blinder Flucht über die Wüste, und die Schäfer galoppierten verzweifelt hinterher. Flötes Gesicht verriet, daß sie lautlos kicherte.

»Hör auf!« tadelte Sephrenia.

»Habe ich mir das alles nur eingebildet?« fragte Kurik verblüfft.

»Das glaube ich nicht!« entgegnete Sperber.

»Das kleine Mädchen gefällt mir immer besser, weißt du?« Kurik grinste breit.

Sie ritten dicht hinter einer gewaltigen Schar Pilger her. Nach einer Weile erreichten sie eine Hügelkuppe und sahen Dabur vor sich liegen. Die in Rendor üblichen weißgetünchten Häuser drängten sich um den Fluß, doch dahinter reihten sich Hunderte von großen schwarzen Zelten in alle Richtungen aneinander.

Sperber beschirmte mit einer Hand die Augen und versuchte sich zu orientieren. »Die Rinderpferche sind da drüben.« Er deutete auf den Ostrand der Stadt. »Dort irgendwo müßten wir Perraine finden.«

Sie ritten den Hang schräg hinunter und machten einen Bogen um die Häuser und Zelte des südlichen Teils der Stadt. Als sie durch eine Zeltstadt ritten, die den Viehhöfen vorgelagert war, kam ein bärtiger Nomade mit einem glasverzierten Messinganhänger hinter einem Zelt hervor, um ihnen den Weg zu verwehren. »Wo wollt ihr denn hin?« fragte er scharf. Er machte eine gebieterische Geste mit einer Hand, und sofort eilten ein Dutzend Schwarzgewandete mit langen Piken herbei.

»Wir haben geschäftlich im Viehhof zu tun, edler Herr«, erwiderte Sperber sanftmütig.

»Ach, wirklich?« höhnte der Bärtige. »Ich sehe keine Kühe.« Er schaute sich mit selbstzufriedener Miene unter seinen Anhängern um, als wäre er ungemein stolz auf seine Klugheit.

»Die Kühe sind bereits unterwegs, edler Herr«, versicherte ihm Sperber. »Wir wurden vorausgeschickt, um den Preis auszuhandeln.«

Der Mann mit dem Anhänger runzelte finster die Stirn, weil ihm offenbar kein neuer Geistesblitz kam. »Weiß du, wer ich bin?« fragte er schließlich in streitsüchtigem Tonfall.

»Ich fürchte nein, edler Herr«, entschuldigte sich Sperber. »Ich hatte nicht die Ehre, Eure Bekanntschaft zu machen.«

»Du hältst dich wohl für sehr klug, was?« fragte der gebieterische Mann heftig. »Deine Duckmäuserantworten täuschen mich nicht im geringsten!«

»Ich hatte nicht die Absicht, Euch zu täuschen, guter Mann«, entgegnete Sperber unwillkürlich mit leichter Schärfe, »ich wollte nur höflich sein.«

»Ich bin Ulesim, der Lieblingsjünger des heiligen Arasham«, erklärte der Bärtige und klopfte mit der Faust auf seine Brust.

»Ich bin überwältigt von der Ehre, Euch kennenzulernen«, versicherte ihm Sperber und verbeugte sich im Sattel.

»Mehr hast du nicht zu sagen?« rief Ulesim und seine Augen quollen ihm bei dieser vermeintlichen Respektlosigkeit schier aus den Höhlen.

»Wie ich bereits sagte, edler Ulesim, ich bin überwältigt. Ich hätte nie erwartet, von einem so hohen Herrn begrüßt zu werden.«

»Ich bin nicht hier, um dich zu begrüßen, Hirt! Ich bin hier, um euch festzunehmen. Steigt alle ab!«

Sperber bedachte ihn mit einem langen Blick, während er die Lage einschätzte. Dann schwang er sich von Farans Rücken und half Sephrenia beim Absitzen.

»Was soll das alles, Sperber?« flüsterte sie, als sie ihm Flöte hinunterreichte.

»Ich nehme an, daß er ein kleiner Speichellecker ist, der sich seine Wichtigkeit beweisen will«, flüsterte Sperber zurück. »Wir wollen nicht in einem Ameisenbau stochern, also tun wir einstweilen, was er verlangt.«

»Schafft die Gefangenen in mein Zelt«, befahl Ulesim nach kurzem Zögern großspurig. Der Lieblingsjünger wußte ganz offensichtlich nicht so recht, was er tun sollte.

Die Pikenträger traten drohend herbei, und einer ging voraus zu einem Zelt, auf dem ein schlaffes Banner aus schmutzigem grünem Tuch hing.

Sie wurden grob in das Zelt geschubst. Danach band jemand die Klappe zu.

Kurik murmelte mit verächtlicher Miene: »Sie halten ihre Piken wie Hirtenstäbe und durchsuchen uns nicht einmal nach Waffen.«

»Sie mögen vielleicht Anfänger sein, Kurik«, entgegnete Sephrenia leise, »doch es ist ihnen gelungen, uns gefangenzunehmen.«

»Aber sie werden uns nicht lange gefangenhalten«, knurrte Kurik und tastete unter seinem Umhang nach dem Dolch. »Ich schneide ganz einfach ein Loch in die Hinterseite des Zelts, dann können wir verschwinden.«

»Nein«, entgegnete Sperber leise. »Wir hätten innerhalb von Minuten eine ganze Horde Fanatiker auf den Fersen.«

»Wir werden uns doch nicht einfach fügen und hier herumhocken?« empörte sich Kurik.

»Überlaß es mir, Kurik.«

Die Minuten zogen sich dahin, während sie in dem zum Ersticken heißen Zelt warteten.

Nach einer Weile öffnete sich die Zeltklappe und Ulesim trat ein, dicht gefolgt von zwei Männern. »Ich muß deinen Namen wissen, Hirt!« forderte er hochmütig.

»Ich heiße Mahkra, edler Ulesim«, antwortete Sperber untertänig, »und das ist meine Schwester, ihre Tochter und mein Diener. Darf ich fragen, weshalb wir festgenommen wurden?«

Ulesim kniff die Augen zusammen. »Es gibt Menschen, die sich weigern, die Herrschaft des heiligen Arasham anzuerkennen«, erklärte er. »Ich, Ulesim, sein Lieblingsjünger, habe es mir zum Ziel gesetzt, diese falschen Propheten auszurotten und auf den Scheiterhaufen zu bringen. Der heilige Arasham verläßt sich völlig auf mich.«

»Ich dachte, aller Widerstand gegen Arasham wäre schon vor Jahrzehnten ausgemerzt worden?« fragte Sperber scheinbar überrascht.

»Nein, nein! Keineswegs!« kreischte Ulesim. »Immer noch verstecken sich Verschwörer in der Wüste und lauern in den Städten. Ich werde nicht rasten noch ruhen, bis ich jeden einzelnen dieser Verbrecher aufgespürt und den Flammen übergeben habe.«

»Ihr habt weder von mir noch von meinen Leuten etwas zu befürchten, edler Ulesim«, versicherte ihm Sperber. »Wir verehren den heiligen Propheten Gottes zutiefst und schließen ihn in unsere Gebete ein.«

»Das behauptest du, Mahkra, aber kannst du beweisen, daß du bist, wer du sagst, und daß du ehrliche Geschäfte in der heiligen Stadt tätigst?« Der Fanatiker grinste höhnisch und blickte seine beiden Anhänger an, als hätte er gerade eine besonders kluge Bemerkung gemacht.

»Selbstverständlich, edler Ulesim«, versicherte Sperber ihm ruhig. »Das kann ich. Wir sind hier, um mit einem Viehhändler namens Mirrelek zu verhandeln. Kennt Ihr ihn vielleicht?«

Ulesim plusterte sich auf. »Was sollte ich, der Lieblingsjünger des heiligen Arasham, mit irgendeinem gemeinen Viehhändler zu tun haben?«

Einer der Speichellecker des Jüngers beugte sich vor und flüsterte ziemlich lange in Ulesims Ohr. Die Miene des Bärtigen wurde zusehends unsicherer und schließlich sogar ein wenig ängstlich. »Ich werde nach diesem Viehhändler schicken«, erklärte er sich widerstrebend bereit. »Wenn er deine Geschichte bestätigt, dann schön und gut; aber wenn nicht, werde ich euch zur Verurteilung zum heiligen Arasham höchstpersönlich bringen.«

»Wie Ihr es für richtig erachtet, edler Ulesim.« Sperber verbeugte sich. »Wenn Ihr die Güte hättet, Mirrelek von Eurem Boten ausrichten zu lassen, daß Mahkra mit Grüßen von seiner kleinen Mutter hier ist, bin ich sicher, er wird sofort hierhereilen und alles klären.«

»Ihr könnt nur hoffen, daß es so ist, Mahkra!« sagte der Bärtige drohend. Er wandte sich an den Knecht, der ihm ins Ohr geflüstert hatte. »Geh und hol diesen Mirrelek. Richte ihm aus, was dieser Hirt gesagt hat, und teile ihm mit, daß ich, Ulesim, Lieblingsjünger des heiligen Arasham, ihm befehle, sogleich hierherzukommen!«

»Ich eile, Auserwählter«, antwortete der Bursche und hastete aus dem Zelt. Ulesim funkelte Sperber kurz an, dann verließen er und sein anderer Speichellecker das Zelt ebenfalls.

»Du hast immer noch dein Schwert, Sperber«, erinnerte ihn Kurik. »Warum hast du diesem aufgeblasenen Prahlhans nicht einfach die Luft rausgelassen? Ich hätte die beiden anderen übernehmen können.«

»Es war nicht nötig.« Sperber zuckte die Schultern. »Ich kenne Perraine gut genug und bin sicher, daß es ihm inzwischen gelungen ist, sich Arasham unentbehrlich zu machen. Er wird in Kürze hier sein und diesen Heiligen-Arashams-Lieblingsjünger-Ulesim zurechtstutzen.«

»Geht Ihr da nicht ein ziemliches Risiko ein, Sperber?« gab Sephrenia zu bedenken. »Was ist, wenn Perraine der Name Mahkra nichts sagt? Soviel ich mich entsinne, wart Ihr in Jiroch, und er ist schon seit Jahren hier in Dabur.«

»Schon möglich, daß er den Namen nicht kennt, den ich in Rendor benutze«, antwortete Sperber, »aber Eurer sagt ihm sehr viel, kleine Mutter. Er ist ein altes Kennwort. Die Pandioner benutzen es seit vielen Jahren.«

Sephrenia blinzelte. »Ich fühle mich geschmeichelt, aber warum hat mir das nie jemand gesagt?«

Ehrlich überrascht blickte Sperber sie an. »Wir dachten alle, daß Ihr das wüßtet.«

Etwa eine Viertelstunde später trat Ulesim mit einem hageren, finster wirkenden Mann in gestreiftem Gewand herein. Ulesim benahm sich sichtlich unterwürfig, und seine Miene verriet Besorgnis. »Das ist der Mann, von dem ich Euch erzählte, ehrenwerter Mirrelek«, sagte er untertänig.

»Ah, Mahkra!« Der Hagere eilte auf Sperber zu und nahm herzlich seine Hand. »Wie schön, Euch wiederzusehen. Worum geht es hier eigentlich?«

»Nur ein kleines Mißverständnis, Mirrelek«, erwiderte Sperber und verbeugte sich leicht vor seinem pandionischen Bruder.

»Nun, dann ist ja jetzt alles geklärt.« Ritter Perraine wandte sich an den Lieblingsjünger. – »Nicht wahr, Ulesim?«

»Na-natürlich, ehrenwerter Mirrelek«, versicherte ihm Ulesim stockend und mit bleichem Gesicht.

»Was in aller Welt hat Euch veranlaßt, meine Freunde festzunehmen?« Perraines Stimme klang mild, und trotzdem war der scharfe Unterton nicht zu überhören.

»Ich – ich versuche nur, den heiligen Arasham zu beschützen.«

»Ach? Hat er denn um Euren Schutz gebeten?«

»Nun – nicht direkt.«

»Ich verstehe. Das war sehr mutig von Euch, Ulesim. Sicher wißt Ihr, was der heilige Arasham von jenen hält, die selbständig handeln, statt sich nach seinen Anweisungen zu richten? Viele verloren ihren Kopf, weil sie zuviel auf sich nahmen!«

Ulesim zitterte nun sichtlich.

»Ich bin jedoch überzeugt, daß er Euch vergeben wird, wenn ich ihm von dem Vorfall berichte. Ein Geringerer würde natürlich sofort zum Richtblock geschleift, aber immerhin seid Ihr sein Lieblingsjünger, nicht wahr? War sonst noch etwas, Ulesim?«

Stumm und mit teigig bleichem Gesicht schüttelte der Bärtige den Kopf.

»Meine Freunde und ich gehen jetzt. Kommt Ihr, Mahkra?« Ritter Perraine schritt voraus aus dem Zelt.

Während sie durch die Zeltstadt ritten, die am Rand von Dabur wie Pilze aus dem Boden geschossen war, sprach Perraine lang und breit über die Flaute auf dem Rindermarkt. Die Zelte, an denen sie vorüberkamen, waren ohne erkennbare Ordnung aufgestellt, und es gab nichts, was auch nur im entferntesten als Straße hätte bezeichnet werden können. Horden schmutziger Kinder rannten herum und spielten im Sand, und erbärmlich aussehende Hunde erhoben sich auf der Schattenseite eines jeden Zeltes, an dem sie vorbeiritten, und bellten ein paarmal gelangweilt, ehe sie sich wieder müde fallen ließen.

Perraines Haus war ein klotzähnlicher Bau inmitten eines Grundstücks unmittelbar vor den Zelten, auf dem sich zähes Unkraut hartnäckig hielt. »Tretet ein«, forderte der Ritter sie betont laut auf, als sie die Tür erreichten. »Ich möchte Näheres über Eure Rinderherde hören.«

Er schloß die Tür hinter ihnen. Im Innern war es dämmrig und angenehm kühl. Das Haus hatte nur einen einzigen Raum. Auf einer Seite befanden sich ein Herd und das Nötigste an Küchenutensilien, auf der anderen ein ungemachtes Bett. Von den Deckenbalken hingen mehrere poröse Krüge, aus denen Wasser in Lachen auf den Boden tropfte. Ein Tisch und zwei Bänke standen in der Mitte der Stube. »Es ist nicht gerade herrschaftlich«, entschuldigte sich Perraine.

Sperber blickte unmißverständlich zu dem einzigen Fenster an der Rückseite des Hauses, das offenbar nur einen dünnen Laden hatte. »Können wir belauscht werden?« fragte er leise.

Perraine lachte. »Ganz gewiß nicht, Sperber«, versicherte er ihm. »In meiner Freizeit habe ich mit viel Aufwand einen Dornbusch vor dem Fenster großgezogen. Du würdest staunen, wie hoch er ist und wie lang seine Dornen sind. Du siehst gut aus, mein Freund. Ich habe dich nicht mehr gesehen, seit wir Novizen waren.« Perraine sprach mit leichtem Akzent. Im Gegensatz zu den meisten Pandionern war er kein Elenier, sondern stammte aus den schier endlosen Weiten Mitteleosiens. Sperber hatte ihn immer gemocht.

»Ihr habt offenbar zu reden gelernt, Perraine«, stellte Sephrenia fest. »Früher wart Ihr so schweigsam.«

»Daran war mein Akzent schuld, kleine Mutter«, erklärte er. »Ich wollte nicht, daß man mich auslachte.« Er nahm ihre Handgelenke und küßte zur Begrüßung ihre Handflächen, dann bat er sie um ihren Segen.

»Erinnert du dich an Kurik?« fragte ihn Sperber.

»Natürlich«, versicherte ihm Perraine. »Er hat mich im Lanzenstechen ausgebildet. Hallo, Kurik. Wie geht es Aslade?«

»Sehr gut, Ritter Perraine. Ich werde ihr ausrichten, daß Ihr Euch nach ihr erkundigt habt. Worum ging es eigentlich – bei diesem Ulesim, meine ich?«

»Er ist einer dieser wichtigtuerischen Speichellecker, die sich an Arashams Rockzipfel gehängt haben.«

»Ist er wirklich sein Jünger?«

Perraine schnaufte verächtlich. »Ich bezweifle, daß Arasham überhaupt seinen Namen kennt. Allerdings gibt es Tage, da weiß Arasham nicht einmal, wie er selber heißt. Von Ulesims Sorte gibt es Dutzende – selbsternannte Jünger, die herumstreunen und rechtschaffene Leute belästigen. Ulesim ist jetzt wahrscheinlich schon fünf Meilen weit in der Wüste und reitet seinen Gaul zuschanden, nur um Arashams Strafe zu entgehen. Arasham geht sehr scharf gegen Leute vor, die das bißchen Machtbefugnis überschreiten, das er ihnen überlassen hat. Wollen wir uns nicht setzen?«

»Wie ist es Euch gelungen, solchen Einfluß zu gewinnen?« fragte Sephrenia. »Ulesim benahm sich, als wärt Ihr ein König.«

»Das war gar nicht so schwierig. Arasham hat nur noch zwei Zähne – und die kann er nicht zusammenbeißen. Als Zeichen meiner unaussprechlichen Wertschätzung verehre ich ihm jede zweite Woche das zarte Fleisch eines mit Milch aufgepäppelten Kalbes. Alte Männer sind sehr für die Pflege ihrer Bäuche, und so lohnt Arasham es mir mit überschwenglichem Dank. Und da die Jünger nicht blind sind, zollen sie mir, um Arashams Gunst willen, großen Respekt. Aber jetzt zu euch. Was führt euch nach Dabur?«

»Voren meinte, wir sollten uns an dich wenden«, erklärte Sperber. »Wir müssen hier mit jemandem reden und wollten nicht zuviel Aufmerksamkeit erregen.«

»Mein Haus – soweit man es als solches bezeichnen kann – steht ganz zu eurer Verfügung«, sagte Perraine ironisch. »Mit wem müßt ihr denn sprechen?«

»Einem Arzt namens Tanjin«, antwortete Sephrenia und nahm ihren Schleier ab.

Perraine musterte sie ziemlich eingehend. »Ihr seht wirklich nicht sehr gesund aus, Sephrenia«, stellte er fest. »Aber konntet Ihr denn in Jiroch keinen Arzt aufsuchen?«

Sie lächelte flüchtig. »Es geht nicht um mich, Perraine. Wir sind wegen jemand anderem hier. Kennt Ihr diesen Tanjin?«

»Jeder in Dabur kennt ihn. Er wohnt in den hinteren Räumen einer Apotheke am Stadtplatz. Sein Haus wird jedoch beobachtet, denn es heißt, daß er sich manchmal der Hexerei bediene, und die Eiferer versuchen ihn nun mit allen Mitteln dabei zu ertappen.«

»Es wäre vermutlich am besten, wenn wir uns zu Fuß zu dem Platz begeben, oder was meinst du?« fragte Sperber.

Perraine nickte.

»Ich glaube, wir warten damit bis kurz vor Sonnenuntergang. Dann ist es bereits dunkel, wenn wir Tanjin verlassen, und wer weiß, ob wir den Schutz der Dunkelheit nicht brauchen.«

»Soll ich euch begleiten?« fragte Perraine.

»Es ist besser, wenn Sephrenia und ich allein gehen«, antwortete Sperber. »Du mußt in dieser Stadt bleiben, wir nicht. Wenn Tanjin unter Beobachtung steht, könnte es deine Position hier in Dabur gefährden.«

»Halte dich von Seitengassen fern, Sperber«, brummte Kurik.

Sperber winkte Flöte, und sie kam gehorsam zu ihm. Er legte ihr die Hände auf die Schultern und blickte sie fest an. »Ich möchte, daß du hier bei Kurik bleibst«, sagte er.

Sie blickte ihn ernst an, dann zeigte sie ihm frech eine lange Nase.

»Benimm dich!« rügte er sie. »Und hör mir gut zu, junge Dame, ich meine es sehr ernst!«

»Ihr braucht sie nur zu bitten, Sperber«, riet Sephrenia ihm. »Versucht nicht, sie herumzukommandieren.«

»Bitte, Flöte«, flehte er sie an. »Bleibst du *bitte* hier?«

Sie lächelte süß, legte die Hände zusammen und machte einen Knicks.

»Seht Ihr, wie einfach es ist?« sagte Sephrenia.

»Da noch genügend Zeit ist, werde ich uns etwas zu essen bereiten«, sagte Perraine und stand auf.

»Ist Euch klar, daß alle Eure Flaschen auslaufen, Ritter Perraine?« Kurik deutete auf die tropfenden Tongefäße, die von den Deckenbalken hingen.

»Durchaus«, versicherte ihm Perraine. »Das gibt zwar Lachen auf dem Fußboden, hält es jedoch kühl hier drin.« Er trat an den Herd und hantierte kurz mit Feuerstein, Stahl und Zunder. Er machte ein kleines Feuer mit Reisig von den dürren Wüstensträuchern, dann setzte er einen Kessel auf, griff nach einer großen Pfanne, goß Öl hinein und stellte sie auf die Holzkohle. Als das Öl zu rauchen begann, gab er mehrere Fleischstücke hinein, die er aus einer zugedeckten Schüssel genommen hatte. »Ich habe leider nur Hammelfleisch anzubieten«, entschuldigte er sich. »Ich hatte nicht mit Besuch gerechnet.«

Er würzte das brutzelnde Fleisch stark, um den Eigengeschmack zu mildern, dann stellte er schwere Teller auf den Tisch. Er kehrte zum Feuer zurück und öffnete eine irdene Dose; daraus nahm er Teeblätter, gab sie in eine Schale und goß mit dem inzwischen siedenden Wasser auf. »Für Euch, kleine Mutter.« Er reichte ihr die Schale mit einem Kratzfuß.

»Wie zuvorkommend!« sagte sie erfreut. »Ihr seid ein Schatz, Perraine.«

»Ich lebe, um zu dienen«, erwiderte er mit Pathos. Er brachte frische Feigen und eine große Kante Käse herbei, schließlich stellte er die rauchende Pfanne mitten auf den Tisch.

»Du hast den Beruf verfehlt, mein Freund«, bemerkte Sperber.

»Ich habe schon vor langer Zeit begonnen, für mich selbst zu kochen. Zwar könnte ich mir einen Diener leisten, aber ich traue Fremden nicht.« Er setzte sich. »Sei vorsichtig da draußen, Sperber«, warnte er, als er zu essen begann. »Arashams Anhänger haben nicht viel im Kopf und sind alle nur von dem Wunsch besessen, irgend jemanden bei einer Gesetzesübertretung zu ertappen, und sei sie auch noch so geringfügig. Arasham predigt jeden Abend gleich nach Sonnenuntergang, und dabei fällt ihm jedesmal ein neues Verbot ein.«

»Was ist das neueste?«

»Fliegen zu töten. Er behauptet, sie wären die Boten Gottes.«

»Das ist doch nicht dein Ernst!«

Perraine zuckte die Schultern. »Ich glaube, er tut sich bereits schwer, noch irgendwas zu finden, was er verbieten könnte, und sonderlich groß ist seine Vorstellungskraft sowieso nicht. Möchtest du noch ein Stück Fleisch?«

»Danke, nein, Perraine, mehr als eine Scheibe Hammelfleisch bringe ich beim besten Willen nicht hinunter.« Er griff statt dessen nach einer Feige.

»Nur eine Scheibe pro Tag?«

»Nein, pro Jahr!«

22

Die Sonne hatte den Himmel im Westen rostrot gefärbt, als Sperber und Sephrenia den Stadtplatz von Dabur erreichten. Das Spätnachmittagslicht tauchte die Hauswände und die Gesichter der Passanten in rötliches Glühen. Sephrenia trug ihren Arm in einer behelfsmäßigen Schlinge, und Sperber stützte sie beim Gehen fürsorglich am anderen Ellbogen.

»Es ist gleich da drüben«, sagte er und deutete mit dem Kopf auf die gegenüberliegende Seite des Platzes.

Sephrenia zog den Schleier ein bißchen fester über Nase und Mund, dann bahnten sie sich einen Weg durch die dichtgedrängte Menge in der Mitte des Platzes.

Da und dort lehnten Nomaden in schwarzen Kapuzengewändern an Hauswänden und spähten jedem Vorüberkommenden mißtrauisch ins Gesicht.

»Wahre Gläubige«, murmelte Sperber sarkastisch. »Stets auf der Suche nach den Sünden ihrer Nachbarn.«

»So war es schon immer, Sperber«, antwortete Sephrenia. »Selbstgerechtigkeit ist einer der verbreitetsten – und unschönsten – Wesenszüge der Menschen.« Sie kamen an einem der Beobachter vorbei und betraten die übelriechende Apotheke.

Der Apotheker war ein rundlicher kleiner Mann mit ängstlichem Gesicht. »Ich weiß nicht, ob er euch vorlassen wird«, antwortete er, als sie baten, mit Doktor Tanjin sprechen zu dürfen. »Er wird beobachtet, wißt Ihr?«

»Ja«, erwiderte Sperber. »Wir sahen draußen mehrere Beobachter. Bitte teilt ihm trotzdem mit, daß wir hier sind. Der Arm meiner Schwester muß unbedingt behandelt werden.«

Der nervöse Apotheker hastete durch einen Vorhang ganz hinten im Ladenraum. Einen Augenblick später kam er bereits zurück. »Es tut mir leid«, bedauerte er. »Aber er nimmt keine neuen Patienten mehr an.«

Sperber hob die Stimme. »Wie kann ein Heiler sich weigern, einem Verletzten zu helfen? Bedeutet der ärztliche Eid hier in Dabur denn so wenig? In Cippria halten die Ärzte ihn getreulich ein. Mein guter Freund, Doktor Voldi, würde einem Verletzten oder Kranken nie die Hilfe versagen!«

Die Worte schienen schwer in der Luft zu hängen. Dann öffnete sich der Vorhang. Der Mann, der den Kopf hindurchstreckte, hatte eine auffallend große Nase, eine hängende Unterlippe, abstehende Ohren und blasse, wässerige Augen. Er trug einen weißen Arztkittel. »Sagtet Ihr Voldi?« fragte er mit hoher näselnder Stimme. »Kennt Ihr ihn?«

»Natürlich!« versicherte ihm Sperber. »Er ist ein kleiner Mann mit stark gelichtetem Haar, das er färbt. Er ist sehr von sich eingenommen.«

»Ihr hättet ihn nicht besser beschreiben können. Bringt Eure Schwester hier herein – und beeilt euch. Niemand außerhalb der Apotheke darf euch sehen!«

Sperber faßte Sephrenia wieder am Ellbogen und führte sie durch den Vorhang.

»Hat jemand euch hereinkommen sehen?« fragte der Großnasige nervös.

»Jede Menge Leute, schätze ich.« Sperber zuckte die Schultern.

»Sie reihen sich an den Hauswänden um den Platz wie eine Schar Geier und schnüffeln nach Sündern wie Spürhunde nach Beute.«

»Es ist gefährlich, in Dabur so zu reden, mein Freund«, warnte Doktor Tanjin.

»Möglich.« Sperber schaute sich um. In den Ecken des armseligen Zimmers häuften sich offene, leere Kisten und Bücherstapel. Eine hartnäckige Hummel schlug in ihrer Verzweiflung, ins Freie zu gelangen, immer wieder mit dem Kopf gegen das schmutzige Fenster. An einer Wand war eine niedrige Couch, und in der Zimmermitte standen mehrere hochlehnige Holzstühle um einen Tisch. »Wollen wir gleich zur Sache kommen, Doktor Tanjin?« schlug Sperber vor.

»Ja, natürlich. Setzt Euch hierher«, forderte er Sephrenia auf, »damit ich mir Euren Arm ansehen kann.«

»Gern, wenn Euch das glücklich macht, Doktor«, entgegnete sie. Sie setzte sich auf den angebotenen Stuhl und nahm den Arm aus der Schlinge. Dann zog sie den Ärmel ihres Gewands hoch, und ein erstaunlich mädchenhafter Arm kam zum Vorschein.

Der Arzt blickte Sperber etwas verlegen an. »Ihr müßt verstehen, daß ich mir nichts Ungebührliches mit Eurer Schwester erlaube, aber ich muß sie untersuchen.«

»Ich weiß, wie Ärzte vorgehen, Doktor.«

Tanjin holte tief Luft und bog Sephrenia Handgelenk mehrmals vor und zurück. Dann betastete er behutsam den Unterarm und abgewinkelten Ellbogen. Nunmehr schluckte er schwer und untersuchte den Oberarm. Er bewegte ihn vorsichtig auf und ab, während seine Finger ganz leicht auf ihrer Schulter ruhten. Er kniff die eng beisammenstehenden Augen zusammen. »Dem Arm fehlt absolut nichts!« sagte er fast anklagend.

»Wie nett von Euch, das zu sagen«, murmelte Sephrenia und nahm den Schleier ab.

»Gnädige Frau!« rief er erschrocken. »Bedeckt bitte Euer Gesicht wieder.«

»Seid vernünftig, Doktor«, entgegnete sie. »Wir sind nicht gekommen, um über Arme und Beine zu reden.«

»Ihr seid Spione!« keuchte er.

»In gewisser Hinsicht, ja«, erwiderte sie ruhig. »Doch selbst Spione haben manchmal Grund, einen Arzt zu konsultieren.«

»Geht sofort!« befahl Tanjin.

»Wir sind ja eben erst gekommen«, entgegnete Sperber und schob seine Kapuze zurück. »Rede du, teure Schwester«, bat er Sephrenia. »Erklär ihm, weshalb wir hier sind.«

»Tanjin«, wandte sie sich an den Arzt, »sagt euch das Wort ›Darestim‹ etwas?«

Er fuhr schuldbewußt zusammen, starrte zum Türvorhang und wich vor Sephrenia zurück.

»Keine falsche Bescheidenheit, Doktor«, sagte Sperber. »Es hat sich herumgesprochen, daß Ihr den Bruder und mehrere Neffen des Königs geheilt habt, nachdem man sie mit Darestim vergiftet hatte.«

»Dafür gibt es keinen Beweis.«

»Ich brauche keinen Beweis. Ich brauche die Heilmöglichkeit. Eine Freundin hat dieselben Symptome.«

»Für Darestim gibt es kein Gegengift.«

»Wie kommt es dann, daß des Königs Bruder noch lebt?«

»Ihr arbeitet mit ihnen zusammen«, beschuldigte sie der Arzt und deutete vage zum Platz. »Ihr wollt mir bloß ein Geständnis entlocken!«

»Wen meint Ihr mit ›ihnen‹?« fragte Sperber.

»Die Fanatiker, die Arasham folgen. Sie wollen beweisen, daß ich mich bei meiner Behandlung der Hexerei bediene.«

»Und tut Ihr es?«

Der Arzt wich noch weiter zurück. »Bitte, geht«, flehte er. »Ihr bringt mein Leben in schreckliche Gefahr.«

»Wie Ihr zweifellos bereits bemerkt habt, Doktor, sind wir keine Rendorer«, beruhigte ihn Sephrenia. »Wir teilen die Vorurteile Eurer Landsleute nicht. Wir verachten Magie nicht. In unserem Land gehört sie mit zum Leben.«

Er blinzelte sie verunsichert an.

»Unsere Freundin – die ich bereits erwähnte – ist uns sehr teuer«, erklärte ihm Sperber. »Und wir würden alles tun, um sie zu heilen.« Zur Bekräftigung seiner Worte öffnete er den Umhang.

Der Arzt riß den Mund auf, als er auf das Kettenhemd und das Schwert in seiner Hülle starrte.

»Es ist nicht nötig, dem guten Doktor zu drohen, teurer Bruder«, sagte Sephrenia. »Ich bin sicher, er wird uns auch so die Heilmöglichkeit beschreiben, die er gefunden hat. Schließlich ist er ja Arzt!«

»Gnädige Frau, ich weiß nicht, wovon Ihr redet!« sagte Tanjin verzweifelt. »Es gibt keine Hoffnung bei einer Vergiftung durch Darestim. Ich weiß nicht, wo Ihr all diese Gerüchte gehört habt, aber ich versichere Euch, sie entbehren jeglicher Wahrheit. Ich benutze keine Hexerei bei meiner Behandlung.« Wieder warf er einen nervösen Blick auf den Türvorhang.

»Aber Doktor Voldi in Cippria versicherte uns, daß Ihr tatsächlich Angehörige der königlichen Familie geheilt habt.«

»Nun ja, das habe ich auch. Aber das Gift war nicht Darestim.«

»Was war es dann?«

»Äh – Porgutta, glaube ich.« Ganz offensichtlich log er.

Sephrenia ließ nicht locker. »Warum hat der König dann nach Euch geschickt, Doktor? Ein einfaches Abführmittel spült Porgutta aus. Das weiß jeder, der sich für Medizin interessiert. Ganz gewiß kann es kein so mildes Gift gewesen sein.«

»Äh – nun, daß war es vielleicht etwas anderes. Ich habe es vergessen.«

»Teurer Bruder«, sagte Sephrenia da zu Sperber, »ich glaube, der gute Doktor braucht einen Beweis, daß er uns vertrauen kann und daß wir sind, was wir zu sein behaupten.« Sie blickte die gereizte Hummel an, die immer noch verzweifelt versuchte, durch die Fensterscheibe zu kommen. »Habt Ihr Euch je gefragt, weshalb man des Nachts nie Hummeln sieht?« Sie blickte den verängstigten Arzt an.

»Darüber habe ich nie nachgedacht.«

»Vielleicht solltet Ihr es.« Sie begann in Styrisch zu murmeln, während ihre Finger das Muster des Zaubers zeichneten.

»Was macht Ihr da?« rief Tanjin entsetzt. »Hört auf!« Er wollte mit ausgestreckter Hand auf sie zueilen, doch Sperber hielt ihn zurück.

»Ihr dürft sie nicht unterbrechen!« warnte der große Ritter.

Da deutete Sephrenia mit einem Finger und gab den Zauber frei.

Dem sirrenden Schlag kleiner Insektenflügel gesellte sich ein feines Stimmchen zu, das fröhlich in einer den Menschen unbekannter Sprache sang.

Sperber blickte rasch zu dem staubbedeckten Fenster. Die Hummel war verschwunden. An ihrer Stelle schwebte ein winziges weibliches Figürchen wie aus einem Volksmärchen. Das helle Haar wallte den Rücken zwischen den flinken, schleierfeinen Flügeln hinunter. Der nackte Körper war von makelloser Vollkommenheit, und das niedliche Gesichtchen war atemberaubend schön.

»So sehen sich Hummeln selbst«, sagte Sephrenia völlig ruhig. »Und vielleicht sind sie auch wirklich so – tagsüber ein gewöhnliches Insekt, doch des Nachts ein wundersames Geschöpf.«

Tanjin war rückwärts mit weit aufgerissenen Augen und offenem Mund auf die Couch gesunken.

»Komm her, kleine Schwester«, lockte Sephrenia das Elflein und streckte den Arm aus.

Die Elfe flog im Zimmer herum, ihre zarten Flügel sirrten, und ihr Stimmchen hob sich glücklich. Dann ließ sie sich vorsichtig auf Sephrenias Handteller nieder, während ihre Flügel immer noch fächelten.

Sephrenia drehte sich um und hielt die Hand vor das Gesicht des am ganzen Leib zitternden Arztes. »Ist sie nicht bezaubernd?« fragte sie. »Ihr dürft sie auf die Hand nehmen – aber paßt auf ihren Stachel auf.« Sie deutete auf den winzigen Degen in der Hand des Elfleins.

Tanjin verbarg rasch die Hände hinter seinem Rücken. »Wie habt Ihr das gemacht?« fragte er mit bebender Stimme.

»Heißt das, daß Ihr es nicht könnt? Dann müssen die Beschuldigungen gegen Euch falsch sein. Das ist ein ganz einfacher Zauber – schon Anfänger beherrschen ihn.«

»Wie Ihr sehen könnt, Doktor, scheuen wir Magie keineswegs. Ihr könnt frei zu uns sprechen, ohne Angst haben zu müssen, daß wir Euch bei Arasham oder seinen eifernden Anhängern denunzieren«, versicherte ihm Sperber.

Tanjin preßte die Lippen zusammen und starrte unentwegt auf das Elflein, das mit flatternden Flügeln auf Sephrenias Hand sitzen geblieben war.

»Schmollt nicht, Doktor«, tadelte ihn Sephrenia. »Ihr braucht uns bloß zu sagen, wie Ihr den Bruder des Königs geheilt habt, dann machen wir uns sogleich wieder auf den Weg.«

Tanjin rückte so weit von ihr ab, wie er nur konnte.

»Teurer Bruder, ich fürchte, wir vergeuden hier nur unsere Zeit«, meinte Sephrenia seufzend. »Der gute Doktor weigert sich, uns zu helfen.« Sie hob die Hand. »Flieg, kleine Schwester«, sagte sie zu dem Elflein, und das winzige Geschöpf erhob sich wieder in die Luft. »Wir verlassen Euch jetzt, Tanjin.«

Sperber wollte protestieren, da legte sie rasch abwehrend eine Hand auf seinen Arm und ging zur Tür.

»Und was werdet Ihr mit dem da machen?« rief Tanjin und deutete auf die in der Luft kreisende Elfe.

»Machen?« fragte Sephrenia scheinbar verwundert. »Nichts, Doktor. Sie fühlt sich hier recht wohl. Gebt ihr hin und wieder etwas Zucker, und stellt ein Schälchen Wasser für sie auf. Sie wird es Euch mit ihrem Gesang danken. Versucht jedoch nicht, sie einzufangen. Das würde sie sehr erzürnen!«

»Ihr könnt sie doch nicht hierlassen!« jammerte er verzweifelt. »Wenn jemand sie hier sieht, verbrennt man mich wegen Hexerei auf dem Scheiterhaufen!«

»Siehst du«, wandte sich Sephrenia an Sperber. »Er hat den springenden Punkt sogleich erkannt.«

»Das ist bei einem wissenschaftlich geschulten Verstand nicht anders zu erwarten.« Sperber grinste. »Also, gehen wir?«

»Wartet!« rief Tanjin.

»Wollt Ihr uns etwas sagen, Doktor?« frage Sephrenia sanft.

»Nun gut. Nun gut. Aber ihr müßt schwören, daß ihr geheimhalten werdet, was ich euch jetzt gestehe.«

»Selbstverständlich. Unsere Lippen sind versiegelt.«

Tanjin holte zitternd Atem und huschte zum Türvorhang, um sich zu vergewissern, daß niemand davor stand und lauschte. Dann drehte er sich um und bedeutete ihnen, ihm in die hinterste Ecke zu folgen, wo er ihnen heiser zuflüsterte: »Darestim ist so bösartig, daß es kein Gegengift oder ein sonstiges natürliches Mittel dagegen gibt«, begann er.

»Das hat uns Voldi bereits erklärt«, warf Sperber ein.

»Es wird euch aufgefallen sein, daß ich sagte, ›kein *natürliches* Mittel‹«, fuhr Tanjin fort. »Vor einigen Jahren, während ich Studien betrieb, stieß ich auf ein sehr altes und merkwürdiges Buch. Es stammte aus einer Zeit vor Eshand, und es war geschrieben worden, ehe seine Verbote in Kraft traten. Zu jener Zeit war es völlig alltäglich, daß die primitiven Heiler hier in Rendor sich bei der Behandlung ihrer Patienten der Magie bedienten. Manchmal wirkte sie, manchmal nicht, aber sie brachten hin und wieder erstaunliche Heilungen zuwege. Diese Art von Behandlung hatte ein gemeinsames Element. Es gibt einige Dinge von ungeheurer Macht auf der Welt. In alter Zeit benutzten die Ärzte sie, um ihre Patienten zu heilen.«

»Ich verstehe«, sagte Sephrenia. »Auch styrische Heiler bedienen sich manchmal in ihrer Verzweiflung eines solchen Hilfsmittels.«

»Dieser Brauch ist im Tamulischen Reich auf dem daresischen Kontinent üblich«, sprach Tanjin weiter, »hier in Eosien jedoch ist er verpönt. Eosische Ärzte ziehen wissenschaftliche Methoden vor, nicht nur, weil sie zuverlässiger sind, sondern weil Elenier der Magie schon immer mißtrauten. Aber Darestim ist so stark, daß keine der üblichen Mittel seine Wirkung aufheben können. Magische Dinge sind das einzige, was helfen kann.«

»Und was habt Ihr benutzt, um Bruder und Neffen des Königs zu heilen?« fragte Sephrenia.

»Einen ungeschliffenen Edelstein von eigenartiger Farbe. Ich glaube, er kam ursprünglich aus Daresien, mit Sicherheit weiß ich es allerdings nicht. Aber ich bin überzeugt, daß die tamulischen Götter ihm ihre Kraft einhauchten.«

»Und wo ist dieser Edelstein jetzt?« fragte Sperber gespannt.

»Es gibt ihn nicht mehr. Ich mußte ihn zu Pulver zermahlen und mit Wein mischen, um die Verwandten des Königs zu heilen.«

»Ihr Idiot!« fuhr Sephrenia auf. »*So* benutzt man ein solches Hilfsmittel nicht! Man braucht den Kranken nur damit zu berühren und die magischen Kräfte herbeizurufen.«

»Ich bin ein gelernter Arzt, gnädige Frau«, entgegnete er steif. »Ich kann weder Insekten in Elfen verwandeln noch in der Luft schweben noch meine Feinde verzaubern. Ich kann mich lediglich an die Methoden meines Berufs halten, und das bedeutet, daß der Patient das Heilmittel einnehmen muß!«

»Ihr habt wegen einiger weniger einen Stein zerstört, der Tausende hätte heilen können.« Es kostete Sephrenia Mühe, ihren Zorn zu beherrschen. »Wißt Ihr noch von anderen solcher unbezahlbarer Hilfsmittel?« fragte sie.

»Nur von ein paar.« Er zuckte die Schultern. »Im Schloß von Tamul gibt es einen großen Speer, in Zemoch mehrere Ringe, allerdings bezweifle ich, daß sie zum Heilen taugen. Dann erzählt man sich von einem edelsteinbesetzten Armband, das irgendwo in Pelosien sein soll, aber das ist vielleicht bloß eine Mär. Der König des Inselreichs Mithrium soll ein Schwert von ungeheurer Macht besessen haben, aber Mithrium versank schon vor langer Zeit im Meer. Ich hörte, daß auch die Stryriker eine beachtliche Zahl von Zauberstäben haben.«

»Das ist ebenfalls eine Mär«, versicherte sie ihm. »Holz ist zu zerbrechlich für diese Art von Kräften. Sonst noch welche?«

»Nur noch der Edelstein in der thalesischen Königskrone, doch die ging zur Zeit des zemochischen Einfalls verloren und wurde nicht mehr gefunden.« Er runzelte die Stirn. »Ich möchte noch etwas erwähnen, obwohl ich nicht glaube, daß es irgendwie von Nutzen sein könnte«, fügte Tanjin hinzu, »Arasham hat einen Talisman, von dem er behauptet, er sei der heiligste und mächtigste Gegenstand auf der Welt. Ich habe ihn nie selbst gesehen und weiß nicht, was davon zu halten ist, denn was Arasham so von sich gibt, ist ein bißchen wirr, gelinde gesagt. Und selbst wenn es stimmen sollte, würdet Ihr ihm dieses Ding nie wegnehmen können.«

Sephrenia befestigte den Schleier wieder über ihrer unteren Gesichtshälfte. »Vielen Dank für Eure Offenheit, Doktor Tanjin. Und habt keine Angst, Euer Geheimnis ist bei uns gut aufbewahrt.« Sie überlegte kurz. »Ich glaube, Ihr solltet mir meinen Arm lieber schienen.« Sie streckte ihn aus. »Das müßte die Beobachter überzeugen, daß wir einen guten Grund hatten, Euch aufzusuchen.«

»Das ist eine sehr gute Idee, gnädige Frau.« Tanjin holte zwei Schienen und einen langen weißen Stoffstreifen.

»Darf ich Euch einen wohlgemeinten Rat geben, Doktor Tanjin?« sagte Sperber zu dem Arzt, der nun Sephrenias geschienten Arm umwickelte.

»Bitte.«

»Ich an Eurer Stelle würde einen Teil meiner Habe zusammenpacken und schleunigst nach Zand reisen. Dort kann der König

Euch beschützen. Verlaßt Dabur, solange noch Zeit ist. Fanatiker, fürchte ich, machen keinen großen Unterschied zwischen Verdacht und Überzeugung. Und was würde es Euch nutzen, wenn sich Eure Unschuld herausstellte, *nachdem* Ihr auf dem Scheiterhaufen verbrannt wurdet?«

»Aber alles, was ich besitze, ist hier!«

»Oh, ich bin sicher, Ihr werdet das als sehr tröstlich empfinden, wenn Eure Zehen bereits brennen.«

»Meint Ihr wirklich, daß ich in so großer Gefahr schwebe?« fragte Tanjin gepreßt und blickte von seiner Arbeit auf.

Sperber nickte. »Mit viel Glück habt Ihr vielleicht noch eine Woche, wenn Ihr in Dabur bleibt.«

Der Arzt begann am ganzen Leibe heftig zu zittern, während Sephrenia ihren geschienten Arm in die Schlinge schob.

Als die beiden Besucher sich zum Gehen wandten, hielt Tanjin sie zurück. »Was ist damit?« Er deutete auf das Elflein, das nahe dem Fenster durch die Luft schwirrte.

»Oh!« hauchte Sephrenia. »Verzeiht. Ich hätte sie fast vergessen.« Sie murmelte ein paar Worte und machte eine Geste. Das Elflein wurde wieder zur Hummel, die ihnen nun durch die Tür folgte.

Es war bereits dunkel, als sie aus der Apotheke auf den inzwischen fast menschenleeren Platz traten.

»Viel haben wir nicht erreicht«, meinte Sperber.

»Das würde ich nicht sagen. Wir wissen jetzt jedenfalls, wie wir Ehlana heilen können. Wir brauchen nur noch eines dieser wunderkräftigen Dinge zu finden.«

»Würdet Ihr erkennen, ob Arashams Talisman wirklich irgendwelche Kräfte hat?«

»Ich denke schon.«

»Gut. Perraine sagte, daß Arasham jeden Abend predigt. Sehen wir nach, wo. Ich höre mir gern Dutzende von Predigten an, wenn es uns Ehlanas Heilung näherbringt.«

»Und wie wollt Ihr ihm diesen Talisman wegnehmen, wenn er wirklich wunderkräftig ist?«

»Ich muß mir erst noch etwas einfallen lassen.«

Ein Schwarzgewandeter verstellte ihnen den Weg. »Bleibt sofort stehen!« befahl er.

»Was habt Ihr für ein Problem, guter Mann?« fragte Sperber ihn.

»Weshalb liegt Ihr nicht dem heiligen Arasham zu Füßen?« fragte der Mann drohend.

»Wir sind auf dem Weg zu ihm«, versicherte Sperber ihm.

»Ganz Dabur weiß, daß der heilige Arasham bei Sonnenuntergang zu den Gläubigen spricht! Wie könnt ihr es da wagen, euch mit voller Absicht fernzuhalten?«

»Wir sind erst heute hier angekommen«, erklärte Sperber, »und mußten als erstes einen Arzt aufsuchen. Meine Schwester hat sich nämlich den Arm gebrochen.«

Der Fanatiker blickte mißtrauisch auf Sephrenias Schlinge. »Ihr habt ihn doch nicht etwa bei dem Hexer Tanjin behandeln lassen?« entrüstete er sich.

»Wenn man Schmerzen hat, fragt man den Heiler nicht erst lange nach seinem Ruf«, warf nun Sephrenia ein. »Ich kann Euch jedoch versichern, daß der Doktor sich keiner Hexerei bediente. Er richtete den gebrochenen Knochen und schiente meinen Arm auf genau die gleiche Weise, wie jeder andere Arzt es auch getan hätte.«

»Gläubige lassen sich nicht mit Hexern ein!« sagte der Fanatiker starrköpfig.

»Wißt Ihr was, guter Mann«, sagte Sperber freundlichen Tones. »Ich werde *Euren* Arm brechen, dann könnt Ihr diesen Arzt selbst aufsuchen. Wenn Ihr gut aufpaßt, müßtet Ihr eigentlich imstande sein zu erkennen, ob er sich der Hexerei bedient oder nicht.«

Der Fanatiker wich erschrocken zurück.

»Kommt schon, Freund«, forderte Sperber ihn auf, scheinbar begeistert von seinem Einfall. »Seid tapfer. So weh tut es nun auch wieder nicht. Und überlegt doch nur, wie sehr sich der heilige Arasham freuen wird, wenn er erfährt, wie eifrig Ihr gegen Hexerei vorgeht.«

Rasch fragte Sephrenia: »Ach, könntet Ihr uns vielleicht erklären, wie wir zu dem Platz kommen, wo der heilige Arasham zu den Gläubigen spricht? Unsere Seelen hungern und dürsten nach seinen Worten.«

Der verängstigte Fanatiker streckte nervös den Arm aus. »Gleich da drüben! Man kann den Fackelschein sehen.« Er zog den Arm hastig wieder zurück.

»Danke, Freund.« Sperber verneigte sich knapp. Dann runzelte er die Stirn. »Wie kommt es, daß Ihr Euch die Predigt des heiligen Arasham nicht anhört?«

»Ich – äh – habe andere Pflichten«, stammelte der Mann. »Ich muß Ausschau nach jenen halten, die grundlos fernbleiben, und sie zur Bestrafung einliefern.«

»Aha«, murmelte Sperber. »Ich verstehe.« Er wandte sich zum Gehen, drehte sich dann aber wieder um. »Seid Ihr ganz sicher, daß ich Euch nicht den Gefallen erweisen soll, Euch den Arm zu brechen? Es geht ganz schnell.«

Der Fanatiker stürzte davon.

»Müßt Ihr denn jedem drohen, dem Ihr begegnet, Sperber?« fragte Sephrenia.

»Er hat mich gereizt!«

»Und Ihr seid schnell gereizt, nicht wahr?«

Er dachte darüber nach. »Ja«, gab er zu, »ich glaube schon. Wollen wir nicht weitergehen?«

Sie schritten durch die dunklen Straßen Daburs, bis sie die Zelte am Rand der Stadt erreichten. Im Süden strebte in einiger Entfernung rötlicher Schein den glitzernden Sternen entgegen. Sie gingen durch die Zelte auf die Lichter zu.

Die Fackeln flackerten auf hohen Stangen rings um ein natürliches Amphitheater – eine Mulde zwischen zwei Hügeln – am Südrand der Stadt. In der riesigen Mulde standen Arashams Anhänger dicht gedrängt, und der geistesgestörte heilige Mann stand auf einem großen Felsblock auf halber Höhe eines der Hügelhänge. Er war groß und hager und hatte einen langen grauen Bart und buschige schwarze Brauen. Mit schriller Stimme hielt er eine Strafpredigt, doch die Worte waren sehr schwer zu verstehen, da er, wie Perraine schon erwähnt hatte, nur noch zwei Zähne besaß. Als Sperber und Sephrenia die Menge erreichten, war der alte Mann gerade dabei, umständlich zu beweisen, wie ihm Gottes besondere Gunst in einem Traum zuteil geworden war. Seine Ausführung war äußerst verwirrend und voll von logischen Fehlern.

»Ergibt das Ganze denn überhaupt einen Sinn?« flüsterte Sephrenia Sperber verwundert zu, während sie Schienen, Verband und Schlinge abnahm.

»Ich kann keinen entdecken«, flüsterte er zurück.

»Dacht' ich's mir doch! Ermutigt der elenische Gott tatsächlich zu dieser Art von hysterischem Geschwätz?«

»Mich hat er noch nicht dazu aufgefordert.«

»Können wir ein bißchen näher an Arasham herankommen?«

»Ich glaube nicht. Vor ihm ist die Menge besonders dicht.«

Arasham wandte sich nun einem seiner Lieblingsthemen zu: der Anprangerung der Kirche. Gott, behauptete er, habe die organisierte elenische Religion verflucht, weil sie seinen erhabenen Status als der Auserwählte und geliebte Sprecher des Allerhöchsten nicht anerkennen wolle.

»Aber die Verruchten werden bestraft!« geiferte er, daß Speichel aus seinem fast zahnlosen Mund spritzte. »Meine Getreuen sind unbesiegbar! Habt noch eine kurze Weile Geduld, dann werde ich meinen heiligen Talisman erheben und euch in einem Krieg gegen diese Verruchten anführen! Sie werden ihre unseligen Ordensritter gegen uns schicken, doch ihr braucht sie nicht zu fürchten! Die Macht dieser heiligen Reliquie wird sie wie Staub im Wind vertreiben!« Er hielt etwas in seiner festgeschlossenen Faust hoch über den Kopf. »Der Geist des heiligen Eshand hat es mir selbst bestätigt!«

»Nun?« flüsterte Sperber Sephrenia zu.

»Er ist zu weit weg«, murmelte sie. »Ich fühle nichts. Ich weiß nicht einmal, was er in der Hand hält.«

Arasham senkte die Stimme zu einem rauhen, verschwörerischen Ton. »Höret, o ihr Getreuen, und wisset, daß meine Worte die Wahrheit sind. Die Stimme Gottes hat mir offenbart, daß unsere Bewegung sich bereits durch die Wälder und Wiesen der Königreiche im Norden ausbreitet. Die einfachen Leute dort – unsere Brüder und Schwestern – sind das Joch der Kirche leid und werden sich unserer heiligen Sache anschließen!«

»Es war Martel, der ihm das sagte«, flüsterte Sperber. »Und wenn er Martel für die Stimme Gottes hält, ist er sogar noch verrückter, als ich dachte.«

Er stellte sich auf Zehenspitzen und blickte über die Köpfe der Menge. Ein Stück unterhalb von Arasham stand ein großes Zelt, das von einer Palisade hoher Pflöcke umgeben war. »Sehen wir zu, daß wir um diese Menge herum kommen«, schlug er vor. »Ich glaube, ich habe das Zelt des Alten entdeckt.«

Langsam bahnten sie sich einen Weg durch die Massen, bis sie den Rand erreicht hatten. Arasham redete immer noch geifernd, doch seine undeutlichen Worte verloren sich in der Ferne und im Gemurmel seiner Anhänger.

Sperber und Sephrenia huschten abseits der Menge auf den Palisadenzaun und das dunkle Zelt in dessen Mitte zu. Als sie noch gute zwanzig Schritt davon entfernt waren, legte Sperber die Hand auf Sephrenias Arm, und sie hielten inne. Mehrere Bewaffnete standen am Eingang der Palisaden. »Wir werden warten müssen, bis er mit Predigen aufgehört hat«, murmelte Sperber.

»Würdet Ihr mich vielleicht in Euren Plan einweihen?« sagte Sephrenia. »Ich hasse Überraschungen.«

»Ich will sehen, ob wir irgendwie in sein Zelt gelangen können. Wenn sein Talisman wirklich über Kräfte verfügt, dürfte es schwierig sein, ihm das gute Stück mitten in der Menge abzunehmen.«

»Und wie wollt Ihr es dann bewerkstelligen, Sperber?«

»Ich glaube, ich versuche es mal mit Schmeichelei.«

»Ist das nicht ein wenig gefährlich – und sehr augenfällig?«

»Natürlich ist es augenfällig, aber bei geistig nicht Zurechnungsfähigen muß es augenfällig sein. Ihnen fehlt die Fähigkeit, Finessen zu begreifen.«

Arashams Stimme hob sich zu einem schrillen Höhepunkt, und seine Anhänger jubelten am Ende jeder seiner Verkündigungen. Dann segnete er sie, und schließlich begann sich die Menge aufzulösen.

Von einer dichtgedrängten Schar aufeinander eifersüchtiger Jünger umringt, schritt der heilige Mann langsam durch die Massen auf sein Zelt zu. Sperber und Sephrenia gelang es, sich ihm in den Weg zu stellen.

»Zur Seite!« befahl einer der Jünger erzürnt.

»Verzeiht, o erhabener Jünger«, sagte Sperber so laut, daß der tattrige Greis es hören mußte. »Ich habe eine Botschaft des Königs von Deira für den heiligen Arasham. Seine Majestät sendet Grüße an das wahre Oberhaupt der elenischen Kirche.«

Sephrenia würgte einen Laut herunter, der ihr fast entschlüpft wäre.

»Den heiligen Arasham interessieren Könige nicht«, erklärte der Jünger von oben herab und verzog höhnisch das Gesicht.

»Einen Augenblick, Imkad«, rief Arasham mit überraschend schwacher Stimme. »Wir wollen mehr von dieser Botschaft unseres deiranischen Bruders hören. Es könnte sein, daß sie die Nachricht ist, die Gott erwähnte, als er das letzte Mal zu uns sprach.«

»Allerheiligster Arasham«, sagte Sperber mit einer tiefen Verbeugung. »Seine Majestät, König Obler von Deira, grüßt Euch als Bruder. Unser König ist sehr alt, und Alter bringt stets Weisheit mit sich.«

»Wahr, wahr«, bestätigte Arasham und strich durch seinen langen grauen Bart.

»Seine Majestät beschäftigt sich schon lange mit der Lehre des heiligen Eshand«, fuhr Sperber fort. »Und ebenso interessiert hat er Euren Weg hier in Rendor verfolgt. Die Kirche hingegen betrachtet er mit wachsendem Mißfallen. Er findet die Kirchenherren heuchlerisch und selbstsüchtig.«

»Ganz meine Meinung!« rief Arasham erfreut. »Genau dasselbe sagte auch ich schon hundertmal und öfter.«

»Seine Majestät macht keinen Hehl daraus, heiliger Arasham, daß Ihr der Urquell seiner Überzeugung seid.«

»Ah, ja« murmelte Arasham, und seine Brust schwoll sichtlich.

»Seine Majestät ist der Ansicht, daß die Zeit für eine Läuterung der elenischen Kirche gekommen sei, und er ist überzeugt, daß Gott Euch auserwählt hat, die Kirche von ihren Sünden zu erlösen.«

»Habt Ihr meine Predigt heute abend gehört?« fragte der Greis eifrig. »Genau darüber sprach ich.«

»Ja, in der Tat«, bestätigte Sperber. »Mit Erstaunen habe ich festgestellt, wie sehr Eure Worte mit jenen Seiner Majestät übereinstimmen, die ich Euch in seinem Auftrag mitteilen soll. Wisset jedoch, o heiliger Arasham, daß Seine Majestät beabsichtigt, Euch mehr Unterstützung zukommen zu lassen als nur die Versicherung seiner respektvollen Zuneigung. Die Einzelheiten seiner weiteren Pläne sind jedoch einstweilen nur für Eure Ohren bestimmt.« Sperber schaute scheinbar mißtrauisch über die Massen, die gegen sie drängten. »In einer so gewaltigen Menge wie dieser könnten doch so einige nicht das sein, was sie zu sein vorgeben, und wenn das, was ich Euch übermitteln soll, Chyrellos erreichen sollte, würde die Kirche alles tun, um dem Plan Seiner Majestät entgegenzuwirken.«

Arasham versuchte pfiffig zu wirken, was ihm jedoch nicht recht gelang. »Eure Vorsicht ehrt Euch, junger Mann«, lobte er. »Begeben wir uns in meinen Pavillon, wo Ihr mir die Pläne meines teuren Bruders Obler ungestört mitteilen könnt.«

Sperber bahnte sich einen Weg durch die übereifrigen Jünger, um dem greisen Zeloten die Stütze seines Armes anzubieten. »Heiliger«, sagte er liebdienernd, »scheut nicht, Euch auf mich zu stützen, denn wie der heilige Eshand verkündete, ist es die Pflicht der Jungen und Starken, den Älteren und Weisen zu dienen.«

»Wie wahr, mein Sohn, wie wahr.«

So schritten sie durch das Palisadentor und über den von Schaflosung bedeckten Sandstreifen.

Im Innern war Arashams Zelt viel luxuriöser, als dem nüchternen Äußeren nach zu erwarten gewesen war. In der Mitte brannte teures Öl in einer Lampe, und kostbare Teppiche bedeckten den Sandboden. Ein seidener Vorhang teilte das Zelt, und durch ihn hindurch war das Kichern von Knaben zu hören.

»Bitte setzt Euch und macht es Euch bequem«, forderte Arasham Sperber und Sephrenia auf, während er sich selbst auf einen Seidenkissenhaufen sinken ließ. »Gönnen wir uns eine kleine Erfrischung, ehe Ihr mich über die Vorhaben meines teuren Bruders Obler von Deira unterrichtet.« Er klatschte laut in die Hände, und ein Knabe mit sanften Rehaugen trat durch den Seidenvorhang.

»Bring uns von den frischen Melonen, Sabud!« wies ihn Arasham an.

»Sogleich, Eure Heiligkeit.« Der Junge verbeugte sich und verschwand wieder hinter dem Vorhang.

Arasham lehnte sich in seinen Kissen zurück. »Ich muß gestehen, Eure Botschaft, daß in Deira immer mehr von unserer guten Sache angetan sind, überrascht mich gar nicht«, lispelte er. »Ich erfuhr bereits, daß in den Königreichen des Nordens viele mit uns sympathisieren. Tatsächlich erreichte mich erst kürzlich eine entsprechende Botschaft.« Er hielt nachdenklich inne. »Da kommt mir der Gedanke – vielleicht durch Gott selbst gesandt –, daß Ihr und der andere Bote Euch kennt.« Er wandte sich in die Richtung einer anderen seidenbehangenen Abteilung des Zeltes. »Kommt zu uns, mein Freund und Berater. Schaut das Antlitz unseres edlen Besuchers aus Deira und sagt mir, ob Ihr ihn kennt.«

Ein Schatten bewegte sich hinter dem Seidenvorhang. Er schien kurz zu zögern, dann trat ein Vermummter in den Lampenschein. Er war nur ein wenig kleiner als Sperber und hatte die kräftigen Schultern eines Kriegers. Ohne zu zaudern, warf er die Kapuze zurück, so daß stechende schwarze Augen und eine dichte weiße Mähne zum Vorschein kamen.

»Wahrlich, heiligster Arasham«, sagte Martel mit tiefer, klangvoller Stimme. »Sperber und ich kennen uns schon seit langem.«

23

»Es ist lange her, Sperber, nicht wahr?« sagte Martel scheinbar gleichgültig. Sein Blick war jedoch wachsam.

Es fiel Sperber nicht leicht, seine verkrampften Muskeln zu entspannen. »Allerdings«, erwiderte er. »Mindestens zehn Jahre. Wir sollten versuchen, uns öfter zu sehen.«

»Ja, das sollten wir.«

Die beiden blickten einander unverwandt in die Augen. Die Luft schien zu knistern, während beide darauf warteten, daß der andere den ersten Zug machte.

»Sperber«, murmelte Arasham nachdenklich. »Ein sehr ungewöhnlicher Name, doch mir deucht, ich hätte ihn schon einmal irgendwo gehört.«

»Es ist ein sehr alter Name«, erklärte ihm Sperber. »Schon seit Generationen wird er in meiner Familie weitergegeben. Einige meiner Vorfahren waren sehr berühmt.«

»Aha. Vielleicht kenne ich ihn daher«, murmelte Arasham zufrieden. »Ich freue mich, daß ich zwei alte Freunde wieder zusammenführen konnte.«

»Wir stehen zutiefst in Eurer Schuld, Eure Heiligkeit«, entgegnete

Martel. »Ihr könnt Euch nicht vorstellen, wie sehr ich mich nach Sperbers Anblick sehnte.«

»Nicht mehr als ich nach deinem«, sagte Sperber. Dann wandte er sich an den greisen Irren. »Früher einmal waren Martel und ich fast wie Brüder, Eure Heiligkeit. Es ist wahrhaftig bedauerlich, daß die Jahre uns fern voneinander hielten.«

»Ich habe versucht, dich zu finden, Sperber«, versicherte ihm Martel kalt. »Mehrmals.«

»Ich habe schon davon gehört. Und ich bin daraufhin jedesmal sofort zu dem Ort geeilt, wo du zuletzt gesehen wurdest. Doch als ich dort ankam, warst du bereits wieder weg.«

»Dringende Geschäfte«, murmelte Martel.

»So ist es immer«, lispelte Arasham salbungsvoll, und sein nahezu zahnloser Mund sank bei diesen Worten in sich zusammen. »Die Freunde unserer Jugend entgleiten uns, und im Alter sind wir allein.« Er schloß die Augen in schwermütiger Erinnerung. Er öffnete sie auch nicht wieder, sondern begann bereits einen Moment später zu schnarchen.

»Er ermüdet schnell«, erklärte Martel leise. Dann wandte er sich an Sephrenia, ließ Sperber jedoch nicht aus den Augen. »Kleine Mutter«, grüßte er in einem Tonfall zwischen Ironie und Bedauern.

»Martel.« Sie neigte knapp den Kopf.

»Ah«, stellte er fest, »ich habe Euch offenbar enttäuscht.«

»Nicht so sehr, wie Ihr Euch selbst enttäuscht habt, denke ich.«

»Eine Strafe, Sephrenia?« fragte er spöttisch. »Glaubt Ihr, ich wäre nicht bereits genug bestraft?«

»Es liegt nicht in meiner Natur, jemanden zu bestrafen, Martel. Die Natur kennt weder Belohnung noch Strafe – nur Folgen.«

»Nun gut, ich nehme die Folgen auf mich. Gestattet Ihr mir wenigstens, Euch gebührend zu begrüßen – und Euch um Euren Segen zu bitten?« Er nahm ihre Handgelenke und drehte ihre Handteller nach oben.

»Nein, Martel«, antwortete sie und schloß die Hände. »Lieber nicht. Ihr seid nicht mehr mein Schüler. Ihr habt einen anderen gefunden, dem Ihr folgt.«

»Das war nicht ganz beabsichtigt, Sephrenia. Ihr habt mich abgelehnt, Ihr erinnert Euch noch?« Seufzend gab er ihre Handgelenke frei. Dann blickte er Sperber wieder an. »Es überrascht mich ehrlich, dich wiederzusehen, teurer Bruder«, sagte er, »wenn ich bedenke, wie oft ich Adus geschickt habe, sich deiner anzunehmen. Ich werde ein sehr ernstes Wort mit ihm reden müssen – vorausgesetzt natürlich, du hast ihn nicht umgebracht.«

»Als ich ihn das letzte Mal sah, blutete er ein bißchen«, entgegnete Sperber, »aber nicht ernsthaft.«

»Adus achtet Blut nicht sonderlich – nicht einmal sein eigenes.«

»Würdet Ihr bitte aus dem Weg gehen, Sephrenia?« Sperber öffnete seinen Umhang und schob seinen Schwertgriff ein wenig nach vorn. »Martel und ich hatten eine kleine Meinungsverschiedenheit, als wir uns das letzte Mal sahen. Ich finde, wir sollten sie jetzt fortsetzen.«

Martel kniff die Augen zusammen und öffnete seinen Umhang ebenfalls. Wie Sperber trug auch er Kettenrüstung und ein Breitschwert. »Eine großartige Idee, Sperber.« Er hatte seine tiefe Stimme zum Wispern gesenkt.

Sephrenia trat zwischen sie. »Hört auf damit, beide!« befahl sie. »Dazu ist weder die richtige Zeit noch der rechte Ort. Wir befinden uns inmitten einer Armee. Wenn ihr euer Spielchen hier in Arashams Zelt austragt, habt ihr halb Rendor auf dem Hals, noch ehe es vorbei ist.«

Bittere Enttäuschung überflutete Sperber wie eine brandende Woge, aber er wußte, daß Sephrenia recht hatte. Er löste widerwillig die Hand vom Schwertgriff. »Wir werden es jedoch bald nachholen, Martel«, versprach er mit leiser Stimme.

»Mit größtem Vergnügen, teurer Bruder.« Martel verneigte sich spöttisch. Dann kniff er nachdenklich die Augen zusammen. »Was macht ihr beide hier in Rendor?« fragte er. »Ich dachte, ihr wärt noch in Cammorien.«

»Eine Dienstreise.«

»Ah, ihr habt von dem Darestim erfahren. Ich verstehe. Es tut mir leid, wenn ich euch enttäuschen muß, aber ihr vergeudet nur eure Zeit. Es gibt kein Gegenmittel. Dessen vergewisserte ich mich sorgfältigst, ehe ich es einem gewissen Freund in Cimmura empfahl.«

»Du stellst dein Glück hart auf die Probe!« knirschte Sperber.

»Das habe ich immer getan, teurer Bruder. Du kennst ja das alte Sprichwort: ›Wer nicht wagt, der nicht gewinnt‹. Ehlana wird sterben, fürchte ich. Lycheas besteigt ihren Thron, und Annias wird Erzprälat. Das wird mir einen beachtlichen Gewinn einbringen.«

»Ist das alles, was für dich noch zählt?«

»Was gäbe es denn sonst?« Martel zuckte die Schultern. »Alles andere ist nur Illusion. Wie war Vanions Befinden in letzter Zeit?«

»Es geht ihm gut. Ich werde ihm ausrichten, daß du dich nach ihm erkundigst hast.«

»Vorausgesetzt natürlich, daß du lange genug am Leben bleibst, ihn wiederzusehen. Deine Lage hier ist prekär, mein alter Freund.«

»Genau wie deine, Martel.«

»Ich weiß, aber ich bin es gewöhnt. Du dagegen bist mit Skrupeln und dergleichen belastet. Das habe ich alles längst abgestreift.«

»Wo ist denn Euer zahmer Damork, Martel?« fragte Sephrenia unerwartet.

Er wirkte für einen Moment bestürzt, fing sich jedoch rasch. »Ich habe nicht die geringste Ahnung, kleine Mutter«, versicherte er ihr. »Er taucht plötzlich auf, ohne daß ich ihn rufe, also weiß ich nie, wann er erscheinen wird. Vielleicht ist er an den Ort zurückgekehrt, von dem er kam. Das muß er nämlich in bestimmten Abständen, wie Ihr sicher wißt.«

»So neugierig war ich nie, was die Kreaturen der Unterwelt betrifft.«

»Das könnte sich als ernster Fehler erweisen.«

»Möglich.«

Arasham rührte sich in seinen Kissen und öffnete die Augen. »Bin ich eingenickt?« erkundigte er sich.

»Nur ganz kurz, Eure Heiligkeit«, beruhigte ihn Martel. »Das gab Sperber und mir Zeit, unsere Freundschaft wiederaufzufrischen. Wir hatten viel zu erzählen.«

»Sehr viel«, bestätigte Sperber. Er zögerte kurz, dann sagte er sich, Martel sei so von sich überzeugt, daß ihm wahrscheinlich die Bedeutung der Frage entgehen würde. »Ihr habt bei Eurer Predigt einen Talisman erwähnt, Heiliger«, sagte er zu Arasham. »Dürften wir ihn sehen?«

»Die heilige Reliquie? Selbstverständlich.« Der Greis fummelte in seinem Gewand und brachte schließlich etwas hervor, das ein Stückchen gedrehtes Horn zu sein schien. Stolz streckte er es aus. »Wißt Ihr, was da ist, Sperber?« fragte er.

»Nein, Allerheiligster. Ich fürchte nicht.«

»Der heilige Eshand begann sein Leben als Schäfer, wißt Ihr?«

»Ja, das ist mir bekannt.«

»Eines Tages, als er noch sehr jung war, gebar ein Schaf seiner Herde ein makellos weißes Lamm, dessengleichen er noch nie zuvor gesehen hatte. Im Gegensatz zu allen anderen Schafen dieser Rasse hatte dieser neugeborene Widder Hörner. Das war natürlich ein Zeichen Gottes. Das reinweiße Lamm symbolisierte offenbar den heiligen Eshand, und die Tatsache, daß das Lamm gehörnt war, konnte nur eines bedeuten: daß Eshand auserwählt war, die Kirche ihrer Sündhaftigkeit wegen zu bestrafen.«

»Wie wundersam die Wege Gottes sind!« staunte Sperber.

»Wahrlich, mein Sohn, wahrlich. Eshand sorgte liebevoll für den Schafbock, und schließlich begann dieser mit der Stimme Gottes zu ihm zu sprechen. Auf solche Weise lehrte Gott Eshand, was er tun mußte. Diese heilige Reliquie ist ein Stück des Hornes jenes heiligen Widders. Jetzt versteht Ihr sicher, weshalb es so ungeheure Kräfte besitzt.«

»Ja, Eure Heiligkeit«, versicherte ihm Sperber mit ehrfürchtiger Stimme. »Komm näher, kleine Schwester«, rief er Sephrenia zu. »Sieh dir diese wundersame Reliquie an!«

Sie trat heran und betrachtete eingehend das Stückchen verdrehtes Horn in Arashams Hand. »Wundervoll«, murmelte sie. Sie blickte Sperber an und schüttelte fast unmerklich den Kopf.

Bittere Enttäuschung zog ihm den Mund zusammen.

»Die Kraft dieses Talismans wird die gesammelte Macht der verfluchten Ordensritter und ihrer abscheulichen Hexerei vernichten!« erklärte Arasham. »Gott hat mir das gesagt!« Er lächelte fast schüchtern. »Ich habe etwas wahrlich Bemerkenswertes entdeckt«, gestand er ihnen vertraulich. »Wenn ich allein bin und die heilige Reliquie ans Ohr halte, kann ich die Stimme Gottes hören. So unterweist er mich, wie er einst den heiligen Eshand unterwies.«

»Ein Wunder!« rief Martel mit gespieltem Staunen.

»Ja, nicht wahr?« Arasham strahlte.

»Wir sind Euch unendlich dankbar, daß Ihr uns die Möglichkeit gewährt habt, diesen Talisman zu sehen, Eure Heiligkeit«, versicherte ihm Sperber. »Wir werden in allen Königreichen des Nordens von ihm berichten. Nicht wahr, Martel?«

»Oh. O ja, natürlich.« Martel wirkte leicht verwirrt und blickte Sperber mißtrauisch an.

»Ich erkenne nun, daß unsere Reise hierher ein Teil von Gottes Fügung ist«, fuhr Sperber fort. »Ich betrachte es hinfort als meine Mission, allen Königreichen des Nordens dieses Wunder zu verkünden – in jeder Stadt, in jeder Ortschaft, an jeder Straßenkreuzung. Ich spüre bereits, wie die Gnade Gottes meiner Zunge Beredtheit schenkt, damit ich besser beschreiben kann, was ich hier sehen durfte.« Er streckte die Rechte aus und schloß sie um Martels linke Schulter – sehr fest. »Spürst du es nicht auch, Bruder?« fragte er begeistert.

Martel wand sich unmerklich, und Sperber fühlte, wie sich ihm die Schulter zu entziehen suchte. »Ja«, erwiderte Martel mit leicht gequälter Stimme. »Ja, wahrhaftig. Ich spüre es ebenfalls!«

»Wundersam ist die Macht Gottes!« rief Arasham glücklich.

»Ja«, bestätigte Martel und rieb sich die Schulter. »Wundersam.«

Es hatte zunächst eine Weile gedauert, bis ihm die Idee gekommen war, was zum Teil an der Überraschung gelegen haben mochte, Martel so unerwartet wiederzusehen. Doch jetzt paßte alles zusammen, und plötzlich freute sich Sperber, daß Martel anwesend war. »Und nun, Eure Heiligkeit«, fuhr er mit verschwörerischer Stimme fort, »gestattet mir, daß ich Euch den Rest der Botschaft Seiner Majestät König Oblers mitteile.«

»Selbstverständlich. Mein Ohr gehört ganz Euch.«

»Seine Majestät befahl mir, Euch anzuflehen, ihm Zeit zu geben, seine Streitkräfte zusammenzuziehen, ehe Ihr gegen die bestechliche Kirche hier in Rendor marschiert. König Obler muß bei seiner Mobilmachung mit größter Vorsicht vorgehen, da die Hierokratie ihre Spione überall hat. Er wünscht sich inbrünstig, Euch zu unterstützen, doch die Kirche ist mächtig, und er muß eine große Armee zusammenstellen, um ihre Macht in Deira mit einem Streich so zu zerschmettern, daß sie nicht mehr genug Kräfte für einen Gegenschlag zu sammeln vermag. Sein Vorschlag ist, daß Ihr Euren Feldzug hier im Süden gleichzeitig mit seinem im Norden beginnt, denn das wird die Kirche so verwirren, daß sie in eine Zwickmühle gerät und nicht wissen wird, wohin sie sich zuerst wenden soll. Und wenn Ihr dann rasch handelt, könnt Ihr ihre Verwirrung nutzen und Sieg um Sieg erringen. Das wird die Streitkräfte der Kirche entmutigen und demoralisieren, und Ihr und König Obler könnt des Erfolges gegen Chyrellos sicher sein.«

»Gott sei gepriesen!« rief Arasham. Er stand auf und schwang das Widderhorn wie eine Waffe.

Sperber hob eine Hand. »*Aber*«, warnte er, »dieser großartige Plan, der nur von Gott persönlich gekommen sein kann, hat nur dann eine Chance auf Erfolg, wenn Ihr und Seine Majestät gleichzeitig zuschlagt.«

»Das ist doch ganz klar. Gottes eigene Stimme hat mich genau in dieser Strategie unterwiesen.«

»Daran zweifelte ich nicht«, versicherte ihm Sperber und setzte eine listige Miene auf. »Ihr wißt sicher, daß die Kirche schlau wie eine Schlange ist, und sie hat ihre Ohren überall. Selbst wenn wir uns noch so sehr um Geheimhaltung bemühen, könnte es ihr gelingen, unseren Plan aufzudecken. Und wie immer wird sie dann als erstes zum Mittel der Täuschung greifen.«

»Das ist anzunehmen.« Arasham nickte.

»Es könnte also leicht sein, daß sie uns zu täuschen versucht, wenn sie erst hinter unseren Plan gekommen ist. Und wie könnte sie Euch besser täuschen als durch falsche Boten, die Euch mitteilen sollen, daß Seine Majestät bereit ist zuzuschlagen, wenn das noch gar nicht der Fall ist? Auf diese Weise könnte die Kirche Euch und Eure Jünger einen nach dem anderen vernichten.«

Arasham runzelte die Stirn. »Das ist wahr«, murmelte er. »Aber wie könnten wir eine solche Täuschung verhindern?«

Sperber tat, als dächte er nach. Plötzlich schnippte er mit den Fingern.

»Ich habe es!« rief er. »Wie könnten wir die Hinterlist der Kirche besser vereiteln als durch das Wort – ein Wort, das nur Euch und mir und König Obler von Deira bekannt ist? Dadurch würdet Ihr erkennen, daß die Botschaft echt ist. Sollte einer mit der Behauptung zu Euch kommen, daß es soweit ist, Euch aber das Wort nicht nennen können, dann ist dieser Bote zweifellos eine Schlange der Kirche, gesandt, Euch zu täuschen. Ihr müßtet dann entsprechend gegen ihn vorgehen.«

Arasham dachte nach. »Ja«, sagte er schließlich, »damit ließe sich der Heimtücke der Kirche begegnen. Aber welches Wort können wir so in unseren Herzen verborgen halten, daß niemand es uns entlocken kann?«

Sperber warf einen heimlichen Blick auf Martels plötzlich verärgertes Gesicht. »Es muß ein Wort der Macht sein«, meinte er und starrte scheinbar grübelnd auf die Zeltdecke. Das Ganze war durchsichtig – ja kindisch –, aber genau das mußte es sein, wenn es dem senilen Arasham zusagen sollte, und es bot eine großartige Gelegenheit, ein paar alte Rechnungen mit Martel zu begleichen.

Sephrenia seufzte und hob ergeben die Augen. In diesem Moment schämte sich Sperber flüchtig. Er blickte Arasham an, der sich erwartungsvoll vorlehnte, mit dem zahnlosen Munde leere Luft kaute und damit seinen langen Bart zum Wackeln brachte.

»Ich werde Euer Versprechen, das Wort geheimzuhalten, selbstverständlich ohne Bedingung akzeptieren, Eure Heiligkeit«, versicherte ihm Sperber mit scheinbarer Demut. »Ich jedoch schwöre bei meinem Leben, daß das Wort, das ich Euch nun so sagen werde, daß niemand außer euch es zu hören vermag, nie wieder über meine Lippen kommen wird, bis ich es König Obler in Azie, der Hauptstadt seines Reiches, mitteile.«

Überschwenglich rief der Greis: »Auch ich, edler Freund Sperber, schwöre dieses Wort geheimzuhalten. Selbst Folter würde es mir nicht entlocken können!« Er bemühte sich um eine königliche Haltung.

»Euer Schwur ehrt mich, Eure Heiligkeit«, erwiderte Sperber mit einer tiefen rendorischen Verbeugung.

Er trat zu dem alten Mann, beugte sich vor und flüsterte: »*Widderhorn!*« Arasham roch nicht sonderlich angenehm, wie Sperber bei dieser Gelegenheit feststellte.

»Das vollkommene Wort!« rief Arasham. Er nahm Sperbers Kopf zwischen die dürren Arme und drückte ihm einen schmatzenden Kuß auf den Mund.

Martel, dessen Gesicht vor Ärger bleich war, hatte versucht, nahe genug heranzukommen, um mitzuhören, doch Sephrenia hatte sich ihm in den Weg gestellt. Seine Augen blitzten wütend, und er unterdrückte offenbar mit großer Anstrengung seinen ersten Impuls, sie zur Seite zu stoßen.

Sie hob das Kinn und blickte ihm ins Gesicht. »Nun?« sagte sie.

Er brummelte etwas, drehte sich um und stapfte zur hinteren Seite des Zeltes, wo er in hilfloser Wut an seinen Handknöcheln kaute.

Arasham klammerte sich immer noch an Sperbers Hals. »Mein geliebter Sohn und Erlöser«, rief er, während sich seine altersschwachen Augen mit Tränen füllten. »Gewiß hat Gott Euch mir gesandt. Nun muß uns alles gelingen! Gott ist auf unserer Seite! Mögen die Bösen vor uns erzittern!«

»Wahrlich«, bestätigte Sperber und löste sanft die Hände des Greises von seinem Hals.

Martels Gesicht war noch weiß vor Wut, als er verschlagen einwarf: »Da ist allerdings noch etwas, Heiliger, was Ihr nicht übersehen dürft. Sperber ist nur ein Mensch und deshalb sterblich, und die Welt steckt voll Gefahren. Wäre es nicht klüger ...«

»Wo bleibt dein Glaube, Martel?« unterbrach ihn Sperber rasch. »Es ist Gottes Plan, nicht meiner. Gott wird nicht zulassen, daß ich sterbe, ehe ich diese Mission für ihn zu Ende geführt habe. Verlaß dich auf ihn, teurer Bruder. Gott wird mir beistehen und mich gegen alle Gefahren beschützen. Diese Aufgabe ist meine Bestimmung, und Gott wird dafür sorgen, daß ich nicht versage.«

In diesem Moment brachte der rehäugige Knabe die Melonen, und sie wandten sich allgemeineren Themen zu. Arasham hielt eine neuerliche Schmährede gegen die Kirche, während Martel Sperber stumm anfunkelte.

Sperber beschäftigte sich mit seiner Melone, die überraschend gut schmeckte. Es war alles zu einfach gewesen, und das beunruhigte ihn ein wenig. Er kannte Martel und wußte, wie gerissen er war, und es sah ihm gar nicht ähnlich, daß er sich so leicht hatte überlisten lassen. Er blickte nachdenklich auf den Weißhaarigen, den er schon so lange haßte. Martel wirkte verwirrt, frustriert – und auch das paßte absolut nicht zu ihm. Der Martel, den er in seiner Jugend gekannt hatte, hätte sich so etwas nie anmerken lassen. Sperber wurde nun selbst ein wenig unsicher.

»Mir ist noch ein Gedanke gekommen, Eure Heiligkeit«, sagte er. »Die Zeit ist in dieser Angelegenheit von entscheidender Bedeutung, deshalb ist es wichtig, daß meine Schwester und ich umgehend nach Deira zurückkehren, um Seiner Majestät zu berichten, daß Rendor bereit ist, und daß ich ihm dieses Wort nenne, das nur für seine Ohren bestimmt und in Eurem und meinem Herzen verschlossen ist. Wir haben selbstverständlich gute Pferde, doch ein schnelles Schiff könnte uns flußab Tage früher nach Jiroch bringen. Vielleicht kennt Ihr – oder einer Eurer Jünger – hier in Dabur einen verläßlichen Eigner, von dem ich ein Schiff heuern könnte?«

Arasham blinzelte ihn kurzsichtig an. »Ein Schiff?« murmelte er.

Aus dem Augenwinkel bemerkte Sperber, daß Sephrenia den Arm bewegte, als wolle sie nur den Ärmel zurückschütteln. Sofort wurde ihm bewußt, was sie die ganze Zeit getan hatte.

»Heuern, mein Sohn?« Arasham strahlte ihn an. »Wir wollen doch nicht von Heuern reden. Ich selbst habe ein prächtiges Schiff! Nehmt es mit meinem Segen. Ich werde Euch zum Schutz einen Trupp meiner gutbewaffneten Männer mitgeben – und ich schicke ein Regiment, nein, eine Legion an den Ufern entlang, um sicherzugehen, daß Ihr Jiroch unbeschadet erreicht.«

»Wie Ihr es für richtig haltet, Eure Heiligkeit«, bedankte sich Sperber, dann blickte er mit glücklichem Lächeln durch das Zelt zu Martel. »Ist es nicht wundersam, teurer Bruder? Wahrlich, solche Weisheit und Großzügigkeit kann nur von Gott kommen.«

»Ja«, antwortete Martel finster. »Ganz bestimmt.«

»Ich muß mich beeilen, heiliger Arasham.« Sperber stand auf. »Wir ließen unsere Pferde und unser Gepäck in der Obhut eines Dieners zurück, in seinem Haus am Stadtrand. Meine Schwester und ich werden sie sofort holen und spätestens in einer Stunde zurück sein.«

»Gut, mein Sohn. Und ich werde meine Jünger anweisen, Schiff und Soldaten für Eure Flußfahrt bereitstellen zu lassen.«

»Erlaub mir, dich bis zum Tor zu begleiten, teurer Bruder«, quetschte Martel zwischen den Zähnen hervor.

»Mit Freuden, teurer Bruder«, entgegnete Sperber. »Deine Gesellschaft erfreut mein Herz wie immer.«

»Kommt aber gleich zurück, Martel«, wies Arasham ihn an. »Wir müssen uns über diese wundersame und glückliche Fügung unterhalten und Gott dafür danken.«

»Jawohl, Eure Heiligkeit.« Martel verbeugte sich. »Ich komme sofort wieder.«

»Also in einer Stunde, Sperber«, sagte Arasham.

»In einer Stunde, Eure Heiligkeit«, bestätigte Sperber mit einer tiefen Verbeugung. »Also, komm, Martel.« Wieder klatschte er die Hand auf die Schulter des Verräters.

»Ja, natürlich.« Martel zuckte auch diesmal unter Sperbers scheinbar kameradschaftlicher Hand zusammen.

Kaum hatten sie das Zelt verlassen, fuhr Martel Sperber mit wutverzerrtem Gesicht an: »Was soll das Ganze eigentlich?«

»Du bist aber heute reizbar, alter Junge«, rügte Sperber milde.

»Was hast du vor, Sperber?« knurrte Martel und schaute sich heimlich um, um sich zu vergewissern, daß keiner in der Menge herumlungernder Jünger ihn hören konnte.

»Ich habe dir die Suppe versalzen, Martel«, antwortete Sperber. »Arasham wird wie angewurzelt hierbleiben, bis jemand mit dem Geheimwort ankommt. Ich kann dir jetzt schon garantieren, daß die Ordensritter in Chyrellos sein werden, wenn es an der Zeit ist, den neuen Erzprälaten zu wählen, denn in Rendor wird sich nichts tun, was ihren Einsatz erforderte.«

»Sehr schlau, Sperber.«

»Freut mich, daß es dir gefällt.«

»Das ist noch ein Punkt auf deiner offenstehenden Rechnung!« knirschte Martel.

»Ich stehe dir jederzeit zur Begleichung zur Verfügung, teurer Bruder«, versicherte ihm Sperber. »Es wird mir sogar ein besonderes Vergnügen sein!« Er nahm Sephrenia am Ellbogen und ging mit ihr davon.

»Habt Ihr völlig den Verstand verloren, Sperber?« fragte sie heftig, als sie außer Hörweite von Martel waren.

»Ich glaube nicht«, entgegnete er. »Allerdings wissen Verrückte das selbst nie, oder?«

»Was habt Ihr da drinnen überhaupt bezweckt? Ist Euch überhaupt klar, wie oft ich einschreiten mußte, um Euch vor Schwierigkeiten zu bewahren?«

»Es ist mir nicht entgangen. Ohne Euch hätte ich es auch gar nicht geschafft.«

»Wollt Ihr nun endlich mit Eurem selbstgefälligen Grinsen aufhören und mir sagen, was das alles sollte?«

»Martel kam dem wahren Grund unseres Hierseins bereits zu nahe«, erklärte er. »Ich mußte ihm etwas anderes zum Grübeln geben, damit ihm nicht bewußt wird, daß wir von einem möglichen Gegenmittel für das Gift erfahren haben. Ich finde, es ging alles recht gut aus, oder meint Ihr nicht?«

»Wenn Ihr schon vorher wußtet, was Ihr tun würdet, hättet Ihr mich dann nicht einweihen können, ehe wir in dieses Zelt gingen?«

»Wie hätte ich es vorher wissen können, Sephrenia? Ich hatte ja keine Ahnung, daß Martel dort war!«

»Heißt das ...« Ihre Augen weiteten sich plötzlich.

Sperber nickte. »Es war alles aus dem Stegreif«, gestand er.

»O Sperber!« stöhnte sie. »Wie konntet Ihr nur!«

Er zuckte die Schultern. »Es war das Beste, was mir in der Eile einfiel.«

»Warum habt Ihr Martel eigentlich immer so auf die Schulter geschlagen?«

»Er hat sich diese Schulter gebrochen, als er fünfzehn war. Seither war sie immer etwas empfindlich.«

»Das war grausam!« tadelte sie ihn.

»Nicht so grausam wie das, was man mir vor zehn Jahren in jener Seitengasse in Cippria angetan hat. Holen wir jetzt Kurik und Flöte. Ich glaube, was wir in Dabur tun konnten, haben wir getan.«

Arashams Barke war viel komfortabler als die Prahm, die sie flußauf gebracht hatte, und gut viermal so groß. Besetzte Ruderbänke reihten sich an beiden Seiten, und schwarzgewandete Zeloten, mit Schwertern und Spießen bewaffnet, drängten sich am Heck und am Bug, die beide von Fackeln beschienen wurden. Martel war vor ihnen zu dem wackeligen Anlegesteg gekommen, wo er nun einsam stand, ein Stück entfernt von den wildäugigen Jüngern am Ufer, als Sperber, Sephrenia, Kurik und Flöte an Bord gingen. Das weiße Haar des Abtrünnigen glänzte im Sternenschein, der so bleich wie sein Gesicht war.

»Damit kommst du nicht durch, Sperber!« drohte er leise.

»Nein?« entgegnete Sperber. »Du solltest dich umsehen, Martel. Ich glaube, ich bin es bereits. Du kannst natürlich versuchen, mich zu verfolgen, aber die zahlreichen Patrouillen am Ufer würden dir wahrscheinlich in die Quere kommen. Und sobald deine Wut dir nicht mehr den Kopf vernebelt, wirst du vermutlich einsehen, daß es nur eines für dich gibt: hierbleiben und versuchen, Arasham das magische Wort zu entlocken. Denn ehe du es nicht kennst, stockt alles, was du hier in Rendor geplant hast.«

»Dafür wirst du mir noch bezahlen, Sperber!« drohte Martel finster.

»Ich dachte, das hätte ich bereits, alter Junge«, entgegnete Sperber. »In Cippria, wenn ich mich nicht irre.« Er streckte die Hand aus, und Martel brachte rasch die Schulter außer Reichweite. Statt dessen tätschelte ihm Sperber jedoch anzüglich die Wange. »Paß auf dich auf, Martel. Ich möchte dich nämlich wiedersehen – bald –, und zwar gesund und im Vollbesitz deiner geistigen Kräfte. Glaub mir, du wirst sie brauchen!« Er drehte sich um und ging den Laufsteg zur wartenden Barke hinauf.

Ein paar Besatzungsmitglieder lösten die Trossen und stießen die Barke in die träge Strömung. Dann setzen sie sich an die Riemen und begannen den Fluß abwärts zu rudern. Der Anlegesteg und der einsame Mann an seinem Ende schrumpften außer Sicht.

»O Gott!« rief Sperber begeistert. »Das hat mir gefallen!«

Die Fahrt dauerte anderthalb Tage. Sperber und seine Gefährten gingen etwa drei Meilen vor Jiroch von Bord, um möglichen Beobachtern zu entgehen, die Martel vielleicht irgendwie vor ihnen in den Hafen beordert hatte. Wahrscheinlich war diese Vorsichtsmaßnahme überflüssig, das gab Sperber selbst zu, aber er wollte kein unnötiges Risiko eingehen.

Die Stadt betraten sie durchs Westtor und mischten sich unter die Menge, während sie sich wieder zu Vorens Haus begaben. Am Spätnachmittag erreichten sie es.

Voren war ein wenig überrascht. »Das ging aber schnell«, bemerkte er, als sie ihn im Garten aufsuchten.

»Wir hatten Glück«, erklärte Sperber schulterzuckend.

»Mehr als Glück«, murmelte Sephrenia finster. Die Laune der zierlichen Frau hatte sich seit Dabur nicht merklich gebessert. Sie weigerte sich immer noch, mit Sperber überhaupt ein Wort zu reden.

»Ist etwas schiefgegangen?« fragte Voren blinzelnd.

»Nicht daß *ich* wüßte«, antwortete Sperber vergnügt.

»Hör auf, dir selbst auf die Schulter zu klopfen, Sperber«, fauchte Sephrenia. »Ich bin verärgert über dich. Sehr verärgert!«

»Das bedauere ich, Sephrenia, aber ich habe das Bestmögliche getan.« Er wandte sich an Voren. »Wir stießen auf Martel, und es gelang mir, ihm einen Strich durch die Rechnung zu machen. Er mußte erkennen, daß seine ganze mühsame Arbeit umsonst war.«

Voren pfiff durch die Zähne. »Daran finde ich nichts auszusetzen, Sephrenia.«

»Es geht ja nicht darum, was er tat, sondern wie er es tat!«

»Ach?«

»Ich möchte nicht darüber reden.« Sie hob Flöte auf den Arm und setzte sich mit ihr auf die Bank am Springbrunnen, wo sie mit finsterem Gesicht zu der Kleinen sprach.

»Wir müssen an Bord eines schnellen Schiffes nach Vardenais gelangen, ohne daß man uns sieht«, erklärte Sperber Voren. »Kannst du uns helfen?«

»Nichts leichter als das«, versicherte ihm Voren. »Es kommt schließlich immer wieder vor, daß die Identität eines unserer Brüder aufgedeckt wird. Deshalb haben wir uns etwas ausgedacht, sie sicher aus Rendor zu bringen.« Er lächelte ironisch. »Es war gewissermaßen meine erste Amtshandlung, als ich hier nach Jiroch kam. Ich war ziemlich sicher, daß ich diesen Fluchtweg in kurzer Zeit für mich selbst benötigen würde. Ich habe einen Anlegeplatz unten im Hafen. Ganz in der Nähe ist eine Wirtschaft. Einer unserer Brüder führt sie. Sie hat alles, was man von einem Gasthof erwarten kann: Schankstube, Boxen für Pferde, Schlafräume im ersten Stock, eben alles, was dazu gehört. Sie hat auch einen Keller. Von dort führt ein Geheimgang zum Keller meines Hauptlagerhauses. Bei Ebbe kann man direkt von diesem Keller aus an Bord eines Schiffes gehen, ohne von irgend jemandem an Land gesehen zu werden.«

»Könnte das den Damork täuschen, Sephrenia?« fragte Sperber.

Sie funkelte ihn kurz an, dann ließ sie sich erweichen. Sie legte die Fingerspitzen einer Hand leicht an ihre Schläfe. Sperber fiel auf, daß das Haar dort inzwischen viel silberner geworden war. »Ich glaube schon«, antwortete sie. »Es steht ja nicht einmal fest, daß der Damork hier ist. Martel könnte tatsächlich die Wahrheit gesagt haben.«

»Darauf würde ich nicht zählen«, brummte Kurik.

»Wie auch immer«, fuhr Sephrenia fort, »ich glaube nicht, daß der Damork sich auch nur eine Vorstellung von einem Keller machen könnte, geschweige denn von unterirdischen Gängen.«

»Was ist ein Damork?« erkundigte sich Voren.

Sperber erklärte es ihm und beschrieb, was Kapitän Mabins Schiff im Innenmeer, unweit von Madol, zugestoßen war.

Voren stand auf und marschierte hin und her. »So etwas haben wir bei unserem Fluchtweg natürlich nicht bedacht«, gestand er. »Ich glaube, ich treffe besser einige zusätzliche Vorsichtsmaßnahmen. Momentan liegen sechs meiner Schiffe im Hafen. Was haltet ihr davon, wenn ich sie alle gleichzeitig auslaufen lasse? Es könnte die Verwirrung erhöhen, wenn ihr euch inmitten anderer Schiffe befindet.«

»Ist das nicht etwas übertrieben?« meinte Sperber.

»Ich weiß ja, wie bescheiden du bist, Sperber, aber gegenwärtig dürftest du der wichtigste Mann der Welt sein – jedenfalls bis du in Cimmura zurück bist und Vanion Bericht erstattet hast. Ich habe nicht vor, irgendwelche Risiken einzugehen, wenn ich sie vermeiden kann.« Er trat an die Gartenmauer und blinzelte in die untergehende Sonne. »Wir müssen uns beeilen«, sagte er. »Die Ebbe beginnt heute abend kurz nach Einbruch der Dunkelheit, und ich möchte euch bereits in dem Keller haben, wenn die Reling des Schiffs bis unter den Rand des Anlegestegs gesunken ist. Ich komme mit zum Hafen, um mich zu vergewissern, daß ihr auch sicher an Bord gelangt.«

Gemeinsam ritten sie in die Hafengegend. Ihr Weg führte sie durch das Viertel, in dem Sperber während der Jahre, die er sich hier verborgen hielt, seinen Laden gehabt hatte. Die Häuser zu beiden Straßenseiten erschienen ihm fast wie alte Freunde, und er vermeinte ein paar der Leute zu kennen, die durch die schmalen Straßen heimwärts eilten, als die Sonne allmählich unterging.

»Schuft!« Die Stimme hinter ihnen war vermutlich über die halbe Meerenge zu hören – und sie war schmerzhaft vertraut. »Meuchler!«

»O nein!« stöhnte Sperber und zügelte Faran. »Dabei waren wir schon so nah.« Sehnsüchtig blickte er zu dem nur noch eine Straße entfernten Hafengasthof, zu dem Voren sie führte.

»Ungeheuer!« fuhr die Stimme schrill fort.

»Äh – Sperber«, sagte Kurik sanft, »täusche ich mich, oder versucht die Dame, deine Aufmerksamkeit auf sich zu lenken?«

»Hör nicht hin, Kurik.«

»Wie Ihr meint, Meister!«

»Meuchler! Schuft! Ungeheuer! Betrüger!«

Nach kurzer Pause fügte die Frau hinzu: »Mörder!«

»Sie übertreibt«, murmelte Sperber. Dann drehte er Faran seufzend herum.

»Hallo, Lillias«, sagte er zu der Frau im langen Gewand und Schleier. Er hielt seine Stimme so sanft und friedfertig, wie er nur konnte.

»Hallo, Lillias?« kreischte sie. »*Hallo, Lillias!* Ist das alles, was du zu sagen hast, Räuber?«

Sperber mußte sich sehr anstrengen, nicht zu lachen. Auf gewisse Weise liebte er Lillias und freute sich, daß sie diesen Augenblick so sehr genoß. »Du siehst gut aus, Lillias«, sagte er im Plauderton, weil er wußte, daß eine solche Bemerkung sie erst richtig beflügeln würde.

»Gut? *Gut?* Wenn du mich gemordet hast? Wenn du mir das Herz aus der Brust gerissen hast? Wenn du mich in den Sumpf tiefster Verzweiflung gestoßen hast?« Sie lehnte sich in tragischer Haltung zurück, den Kopf erhoben, die Arme weit ausgebreitet. »Kaum einen Bissen habe ich über meine Lippen gebracht, seit jenem schrecklichen Tag, als du mich ohne auch nur ein Kupferstück in der Gosse ausgesetzt hast!«

»Ich habe dir den Laden überschrieben, Lillias!« wehrte er sich.

»Er ernährte uns beide, ehe ich wegging. Gewiß bringt er mehr als genug ein, dich, eine einzelne Person, zu ernähren!«

»Laden! Was schert mich der Laden, wenn du mein Herz gebrochen hast, Mahkra!« Sie warf ihre Kapuze zurück und riß den Schleier vom Gesicht. »Meuchler!« gellte sie. »Sieh dir an, was du getan hast!« Sie fing an, sich ihr langes, glänzendes schwarzes Haar zu raufen und die Fingernägel in ihr dunkles, vollippiges Gesicht zu krallen.

»Lillias!« donnerte Sperber in dem Ton, den er während ihrer gemeinsamen Jahre nur ein paarmal hatte anwenden müssen. »Hör damit auf! Du wirst dich verletzen!«

Aber Lillias war nun in vollem Schwung, und nichts konnte sie aufhalten.

»Verletzen?« rief sie mit tragischer Stimme. »Was schert mich das? Eine Tote kann man nicht mehr verletzen! Möchtest du sehen, was verletzt ist, Mahkra? Mein Herz, Mahkra!« Sie riß ihr Gewand vorn auf, doch was sie entblößte, war nicht gerade ihr Herz.

»O du meine Güte!« hauchte Kurik ehrfürchtig und starrte auf den plötzlich unbedeckten Busen. Voren wandte das Gesicht ab, um sein Lächeln zu verbergen. Sephrenia dagegen blickte Sperber mit leicht veränderter Miene an.

»O Gott!« stöhnte Sperber. Er schwang sich aus dem Sattel. »Lillias«, sagte er scharf, »verhülle dich! Denk an die Nachbarn – und die Kinder, die zusehen!«

»Was scheren mich die Nachbarn? Sollen sie doch gaffen!« Sie schob ihren vollen Busen noch weiter hinaus. »Was bedeutet einer Frau Scham, wenn ihr Herz tot ist?«

Grimmig ging Sperber auf sie zu. Als er nahe genug war, quetschte er leise durch die Zähne: »Sie sind sehr hübsch, Lillias, aber ich glaube nicht, daß sie für irgendeinen Mann im Umkreis von sechs Straßen etwas Neues sind. Möchtest du dich wirklich noch weiter brüsten?«

Plötzlich wirkte sie ein wenig unsicher, aber sie schloß das Gewand immer noch nicht.

»Ganz wie du willst.« Er zuckte die Schultern. Dann hob auch er die Stimme. »Dein Herz ist nicht tot, Lillias!« rief er, so daß die Gaffer auf den Balkonen der Straße ihn gut hören konnten. »Ganz im Gegenteil, glaube ich. Was ist mit Georgias, dem Bäcker? Und Nendan, dem Würstemacher?« Er wählte die Namen aufs Geratewohl.

Sie erbleichte, wich zurück und bedeckte ihren üppigen Busen mit dem Gewand. »Du weißt es?« stammelte sie.

Das schmerzte Sperber ein wenig, aber er verbarg es. »Natürlich!« erklärte er, immer noch laut genug für die Balkone. »Aber ich verzeihe dir. Du bist eine Vollblutfrau, Lillias, und nicht dazu bestimmt, allein zu sein.« Er streckte die Hand aus und zog fast zärtlich die Kapuze wieder über ihr Haar. »Ist es dir gut ergangen?« fragte er ganz leise.

»Ich komme zurecht«, flüsterte sie.

»Das freut mich. Ist die Sache jetzt erledigt?«

»Ich glaube, wir brauchten noch einen krönenden Abschluß. Meinst du nicht auch?« Sie blickte ihn hoffnungsvoll an.

Es kostete ihn große Mühe, nicht zu lachen.

»Es ist ernst, Mahkra!« zischte sie. »Meine Stellung hier im Viertel hängt davon ab.«

»Verlaß dich auf mich«, murmelte er. »Du hast mich betrogen, Lillias!« rief er dann zu den Balkonen hinauf. »Aber ich verzeihe dir, denn ich konnte nicht hier sein, um für deine Treue zu sorgen!«

Sie dachte darüber nach, dann schluchzte sie, fiel ihm in die Arme und vergrub das Gesicht an seiner Brust. »Es war ja nur, weil du mir so gefehlt hast, mein Mahkra. Ich wurde schwach. Ich bin bloß eine arme, unwissende Frau – eine Sklavin meines heißen Blutes. Kannst du mir je wirklich vergeben?«

»Was gibt es da zu vergeben, meine Lillias?« sagte er großmütig. »Du bist wie die Erde, wie das Meer. Zu geben ist Teil deines Wesens!«

Sie stieß sich von ihm ab. »Schlag mich!« verlangte sie. »Ich habe es verdient, geschlagen zu werden!« Große Tränen, wahrscheinlich sogar echte, quollen aus ihren feurigen schwarzen Augen.

»O nein«, wehrte er ab, weil er genau wußte, wohin *das* führen würde. »Keine Prügel, Lillias, nur das.« Er gab ihr einen keuschen Kuß auf die Lippen. »Laß es dir gutgehen, Lillias«, murmelte er. Dann trat er rasch zurück, ehe sie die Arme um seinen Hals schlingen konnte, denn er wußte nur zu gut, wie stark ihre Arme waren. »Und nun, obgleich mir das Herz bricht, muß ich dich wieder verlassen!« rief er theatralisch. Er streckte die Hand aus und zog ihr den Schleier zurück vors Gesicht. »Denk hin und wieder an mich, während ich jener Bestimmung nachgehe, die das Schicksal mir auferlegt hat.« Im letzten Moment widerstand er, die Hand auf sein Herz zu legen.

»Ich wußte es!« rief sie, mehr für die Zuschauer als für ihn. »Ich wußte, daß du ein Mann bist, auf den große Aufgaben warten! Ich werde unsere Liebe für alle Ewigkeit in meinem Herzen tragen, Mahkra, und werde dir die Treue halten bis ins Grab. Und wenn du am Leben bleibst, dann komm zu mir zurück!« Wieder hatte sie die Arme weit ausgebreitet. »Und wenn nicht, dann schicke deinen Geist in meine Träume, ich werde ihn trösten, so gut ich es vermag.«

Er wich vor ihren ausgestreckten Armen zurück. Dann drehte er sich so abrupt um, daß sein Umhang bühnenreif herumwirbelte – soviel zumindest schuldete er ihr –, und schwang sich auf Faran. »So lebe denn wohl, meine Lillias«, verabschiedete er sich melodramatisch und riß heftig an Farans Zügel, daß der Hengst sich aufbäumte und mit den Vorderhufen wild in der Luft schlegelte. Dann drückte er Faran die Fersen in die Flanken und galoppierte an Lillias vorbei.

»Habt Ihr das alles mit voller Absicht getan?« fragte Sephrenia, als sie auf dem Hof der Hafenwirtschaft absaßen.

»Ich wurde vielleicht ein bißchen mitgerissen«, gestand Sperber. »Lillias hat manchmal diese Wirkung auf einen Mann.« Er lächelte ein wenig verlegen. »Ihr Herz bricht im Durchschnitt dreimal die Woche. Sie konnte nicht treu sein und war bei der Kassenabrechnung nie ganz ehrlich. Sie ist eitel und vulgär und zügellos. Sie ist trügerisch und habgierig und hat eine übertriebene Vorliebe für Szenen.« Er machte eine Pause und dachte an die Zeit mit ihr. »Aber ich mochte sie irgendwie gern. Sie ist ein guter Mensch, trotz all ihrer Fehler, und das Leben mit ihr war nie langweilig. Ich war ihr diesen Auftritt schuldig. Nun wird sie wie eine Königin durch das Viertel stolzieren können, und es hat mich doch wirklich nicht viel gekostet, oder?«

»Sperber«, sagte Sephrenia ernst, »ich glaube, ich werde Euch nie verstehen.«

»Das ist ja das Schöne, nicht wahr, kleine Mutter?« Er grinste sie spitzbübisch an.

Flöte, die noch auf Sephrenias Schimmelzelter saß, trillerte spöttisch auf ihrem Instrument.

»Sprecht mit ihr, Sephrenia«, riet ihr Sperber. »Sie versteht es.«

Flöte blickte ihn an und rollte die Augen, dann gestattete sie ihm großmütig, sie vom Pferd zu heben.

24

Die Fahrt über die Arzische Meerenge verlief ohne Zwischenfälle. Sie segelten nordnordostwärts unter klarem Himmel und mit leichtem Rückenwind, geschützt von Vorens anderen Schiffen, die sich rings um sie geschart hatten.

Gegen Mittag des dritten Tages stieg Sperber an Deck, um sich zu Sephrenia und Flöte zu gesellen, die an der Bugreling standen und über die sonnenglitzernden Wellen blickten. »Seid Ihr mir noch böse?« fragte er.

Sie seufzte. »Nein, ich glaube nicht.«

Sperber wußte nicht so recht, wie er ihr seine innere Unruhe erklären sollte, deshalb ging er es etwas verblümt an. »Sephrenia«, sagte er, »hattet nicht auch Ihr das Gefühl, daß in Dabur alles ein bißchen zu glatt ging? Irgendwie ist mir, als würde ich wieder einmal an der Nase herumgeführt.«

»Könnt Ihr mir das genauer erklären?«

»Ich weiß, daß Ihr Arasham an dem Abend ein paarmal beeinflußt habt, aber habt Ihr auch etwas mit Martel gemacht?«

»Nein. Er hätte gespürt, wenn ich es versucht hätte, und etwas dagegen unternommen.«

»Das dachte ich mir. Aber was war dann mit ihm los?«

»Ich fürchte, ich verstehe nicht ganz.«

»Er hat sich fast wie ein Schuljunge benommen. Wir kennen

Martel doch beide. Er ist intelligent und besitzt eine schnelle Auffassungsgabe. Was ich tat, war so durchsichtig, daß er es eigentlich sofort hätte durchschauen müssen. Aber er hat nichts unternommen. Er stand bloß da wie ein Idiot und ließ zu, daß ich ihm das Fell über die Ohren zog. Es war einfach zu leicht, und das beunruhigt mich.«

»Er hatte nicht erwartet, uns in Arashams Zelt zu begegnen, Sperber. Vielleicht hat ihn das aus der Fassung gebracht.«

»So leicht ist Martel nicht aus der Fassung zu bringen!«

Sephrenia runzelte die Stirn. »Das stimmt.« Sie nickte, dann dachte sie nach. »Erinnerst du dich, was Ritter Darellon gesagt hat, ehe wir in Cimmura aufbrachen?«

»Nein, nicht genau.«

»Er sagte, daß Annias sich nicht gerade intelligent benommen hat, als er seinen Fall den elenischen Königen vortrug. Er klagte die Pandioner des Mordes an Graf Radun an, ohne sich vorher vergewissert zu haben, daß der Graf wirklich tot war.«

»O ja, ich erinnere mich jetzt. Und Ihr sagtet, daß sein ganzer Plan – der Versuch, den Grafen zu ermorden und die Schuld daran den Pandionern in die Schuhe zu schieben – von einem styrischen Magier stammen könnte.«

»Möglicherweise geht es sogar noch ein bißchen weiter. Wir wissen, daß Martel Verbindung zu einem Damork hatte, und das bedeutet, daß Azash in die Sache verwickelt ist. Azash hatte immer mit Styrikern zu tun und besitzt deshalb wenig Erfahrung mit den Feinheiten des elenischen Verstands. Die Götter von Styrikum sind sehr direkt und bereiten sich selten auf Eventualitäten vor – wahrscheinlich, weil es den Styrikern an geistiger Beweglichkeit mangelt. Der ganze Zweck des Komplotts in Arzium und des anderen in Rendor war es, die Ordensritter zum Zeitpunkt der Erzprälatenwahl von Chyrellos fernzuhalten. Annias benahm sich im Schloß von Cimmura, wie es ein Styriker getan hätte, und Martel in Arashams Zelt ebenso.«

»Ihr seid ein wenig inkonsequent, Sephrenia«, beklagte sich Sperber. »Zuerst sagt Ihr mir, daß Styriker nicht gewitzt sind, dann kommt Ihr mit einer so komplizierten Erklärung, daß ich ihr nicht einmal folgen kann. Warum sagt Ihr nicht einfach, was Ihr meint?«

»Azash hat schon immer den Geist seiner Anhänger beherrscht, und sie waren eben zum Großteil Styriker. Wenn nun Annias und Martel sich beide wie Styriker benehmen, zeigt das ein paar interessante Möglichkeiten auf, meint Ihr nicht?«

»Tut mir leid, Sephrenia, aber das glaube ich nicht. Welche Fehler Martel auch hat, er ist immer noch ein Elenier; und Annias ist ein Kirchenmann. Keiner von ihnen würde Azash seine Seele verschreiben.«

»Nicht bewußt, vielleicht. Aber Azash hat seine Mittel, den Geist von Menschen zu untergraben, die er für seine Zwecke als nützlich erachtet.«

»Worauf wollt Ihr hinaus?«

»Ich bin mir nicht völlig sicher, aber es sieht ganz so aus, als hätte Azash einen Grund, weshalb er Annias als Erzprälaten will. Das ist eine Sache, mit der wir uns näher beschäftigen sollten. Wenn Azash Annias und Martel lenkt, denken die beiden wie Styriker. Und Styriker reagieren nicht sehr schnell, wenn sie überrascht werden. Es ist Wesenszug dieser Rasse. Überraschung könnte sich als unsere wirksamste Waffe erweisen.«

»Wart Ihr deshalb so verärgert – weil ich Euch überraschte?«

»Natürlich. Ich dachte, das wüßtet Ihr.«

»Das nächste Mal werde ich versuchen, Euch zu warnen.«

»Das wäre lieb von Euch.«

Zwei Tage später bog ihr Schiff in die Mündung des Uzera ein und fuhr flußauf zur elenischen Hafenstadt Vardenais. Als sie sich den Piers näherten, bemerkte Sperber, daß Männer in roten Uniformen am Hafen patrouillierten. Das roch nach Schwierigkeiten.

»Was nun?« fragte Kurik, nachdem sie sich hinter das Kartenhaus geduckt hatten.

Sperber runzelte die Stirn. »Wir könnten über die Bucht segeln und auf der arzischen Seite von Bord gehen.«

»Wenn sie die Häfen beobachten, patrouillieren sie bestimmt auch an den Grenzen. Benutz doch deinen Kopf, Sperber!«

»Vielleicht könnten wir uns auch im Dunkeln über die Grenze stehlen.«

»Findest du nicht, daß unsere Mission ein bißchen zu wichtig ist, als daß wir uns auf ein *Vielleicht* verlassen sollten?« fragte Kurik spitz.

Sperber fing zu fluchen an. »Wir *müssen* nach Cimmura! Es dauert nicht mehr lange, und ein weiterer der zwölf Ritter wird sterben, und ich weiß nicht, wieviel Last Sephrenia noch tragen kann. Überleg, Kurik. Du warst schon immer ein besserer Taktiker als ich.«

»Das liegt daran, daß ich nicht in einer Rüstung herumstolziere. Das Gefühl, unschlagbar zu sein, wirkt sich mitunter seltsam auf das Gehirn aus.«

»Danke«, sagte Sperber trocken.

Kurik legte grübelnd die Stirn in Falten.

»Nun?« fragte Sperber ungeduldig.

»Ich denke nach. Dräng mich nicht!«

»Wir kommen dem Hafen immer näher, Kurik!«

»Das sehe ich auch. Kannst du erkennen, ob sie irgendwelche Schiffe durchsuchen?«

Sperber hob den Kopf und spähte über das Deckhaus. »Offenbar nicht.«

»Gut. Dann brauchen wir wenigstens keinen überstürzten Entschluß zu fassen. Wir können unter Deck gehen und einen Plan ausarbeiten.«

»Ist dir schon was eingefallen?«

»Du drängst, Sperber«, sagte Kurik mißbilligend. »Das ist einer deiner Fehler, weißt du. Du willst dich immer Hals über Kopf ins Getümmel stürzen, ehe du überlegt hast, was du tun wirst!«

Ihr Schiff legte neben einem teerbeschmierten Pier an, und die Seeleute warfen den dort herumstehenden Hafenarbeitern die Trossen zu. Dann schoben sie den Laufsteg hinüber und machten sich daran, Kisten und Ballen auf den Pier zu schleppen.

Aus dem Frachtraum war ein Klappern zu hören, und gleich darauf trottete Faran an Deck. Sperber starrte sein Streitroß ungläubig an. Flöte saß mit verschränkten Beinen auf dem breiten Rücken des Fuchses und blies in ihre Syrinx. Die Weise, die sie spielte, hörte sich seltsam einschläfernd an, fast wie ein Wiegenlied. Ehe Sperber und Kurik sie zurückhalten konnten, tippte sie mit der Fußseite auf Farans Rücken, und er stieg gleichmütig die Laufplanke zum Pier hinunter.

»Was *macht* sie?« rief Kurik.

»Ich habe nicht die leiseste Ahnung. Lauf, hol Sephrenia, schnell!«

Flöte ritt direkt auf den Trupp Kirchensoldaten am Ende des Piers zu. Die Soldaten hatten jeden von Bord gehenden Passagier und Seemann eingehend gemustert, doch auf Flöte und den Hengst achteten sie nicht. Frech ritt sie mehrmals vor ihnen hin und her, dann drehte sie sich um. Ohne in ihrer Melodie innezuhalten, schien sie direkt auf Sperber zu blicken, hob eine Hand und winkte ihm zu.

Er starrte sie an.

Sie verzog das Gesicht, dann ritt sie mit voller Absicht mitten durch den Trupp Soldaten. Abwesend machten sie ihr Platz, doch keiner von ihnen gönnte ihr auch nur einen Blick.

»Was geht da vor?« fragte Sperber Sephrenia scharf, als sie mit Kurik zu ihm hinter das Deckhaus kam.

»Ich bin mir nicht sicher«, entgegnete Sephrenia stirnrunzelnd.

»Warum achten die Soldaten überhaupt nicht auf sie?« fragte Kurik, als Flöte wieder mitten durch die Rotuniformierten ritt.

»Ich glaube, sie können sie nicht sehen.«

»Aber sie ist doch direkt vor ihren Augen!«

»Das spielt offenbar keine Rolle.« Ihre Miene verriet plötzlich Staunen. »Ich hatte davon gehört«, murmelte sie. »Ich hielt es jedoch nur für eine alte Volksmär. Aber vielleicht habe ich mich getäuscht.« Sie wandte sich an Sperber. »Hat sie schon mal zum Schiff zurückgeblickt, seit sie den Pier zum Kai hinaufgeritten ist?«

»Ja. Sie hat mir zugewinkt, als wollte sie, daß ich ihr folge.«

»Seid Ihr sicher?«

»Es sah jedenfalls so aus.«

Sephrenia holte tief Luft. »Nun, es gibt wohl nur eine Möglichkeit, das festzustellen.« Ehe Sperber sie aufhalten konnte, richtete sie sich auf und trat hinter dem Kartenhaus hervor.

»Sephrenia!« rief er ihr nach, doch sie achtete nicht darauf, sondern ging quer über das Deck. An der Reling blieb sie stehen.

»Himmel, jetzt kann jeder sie sehen!« stieß Kurik erschrocken hervor.

»Es ist nicht mehr zu ändern.«

»Ganz gewiß haben die Soldaten ihre Beschreibung. Hat sie den Verstand verloren?«

»Das bezweifle ich. Schau doch!« Sperber deutete auf die Soldaten am Kai. Obwohl Sephrenia in ihrem Blickfeld stand, beachteten die Männer sie offenbar überhaupt nicht.

Flöte jedoch sah sie und winkte erneut gebieterisch.

Sephrenia seufzte. Sie blickte Sperber an. »Wartet hier!« wies sie ihn an.

»Warten? Wo?«

»Hier – an Bord.« Sie drehte sich um, ging auf die Laufplanke und hinunter auf den Pier.

»Das wär's wohl«, brummte Sperber düster. Er stand auf und zog sein Schwert. Rasch zählte er die Soldaten am Kai. »Es sind nicht übermäßig viele«, sagte er zu Kurik. »Wenn wir sie überrumpeln, haben wir vielleicht eine Chance.«

»Aber keine gute, Sperber. Warten wir noch einen Moment und warten ab, was geschieht.«

Sephrenia schritt den Pier hoch und blieb unmittelbar vor den Soldaten stehen.

Sie achteten nicht auf sie.

Sie sprach zu ihnen.

Sie ignorierten sie.

Da wandte sie sich dem Schiff zu. »Alles in Ordnung, Sperber«, rief sie. »Sie können uns nicht sehen – auch nicht hören. Bringt die anderen Pferde und unser Gepäck.«

»Magie?« fragte Kurik verblüfft.

»Wenn, dann ist es eine, von der ich nie gehört habe«, entgegnete Sperber.

»Wir sollten besser tun, was Sephrenia sagt«, meinte Kurik. »Und möglichst rasch. Ich möchte nicht gern mitten unter diesen Soldaten sein, wenn der Zauber nachläßt.«

Es war gespenstisch, ungeschützt den Blicken der Kirchensoldaten preisgegeben den Laufsteg hinunterzugehen und dann scheinbar gleichmütig den Pier hochzuspazieren, bis die Rotuniformierten direkt vor ihnen waren. Die Soldaten wirkten gelangweilt und machten nicht den Eindruck, als hätten sie das Gefühl, daß etwas nicht stimmte. Sie hielten routinemäßig jeden Seemann und Passagier auf, der den Hafen verlassen wollte, achteten jedoch nicht im geringsten auf Sperber, Kurik und die Pferde. Ohne Befehl ihres Korporals machten sie ihnen Platz, schlossen jedoch sofort wieder ihre Reihen, als Sperber und Kurik die Pferde vom Kai auf das Kopfsteinpflaster der Straße führten.

Wortlos hob Sperber Flöte von Farans Rücken und sattelte den mächtigen Fuchs. »Also«, wandte er sich an Sephrenia, nachdem er damit fertig war. »Wie hat sie es gemacht?«

»Auf die übliche Weise.«

»Aber sie kann nicht reden – oder tut es zumindest nicht. Wie hat sie da den Zauber bewirkt?«

»Mit ihrer Syrinx, Sperber. Ich dachte, das wüßtet Ihr. Sie spricht die Zauberformel nicht, sie flötet sie.«

»Das ist möglich?« fragte er ungläubig.

»Ihr habt es doch gerade selbst gesehen.«

»Könntet Ihr es auch auf diese Weise tun?«

Sephrenia schüttelte den Kopf. »Dazu bin ich zu unmusikalisch, Sperber«, gestand sie. »Ich kann eine Note nicht von der anderen unterscheiden. Und in diesem Falle muß die Melodie ganz genau stimmen. Wollen wir jetzt weiter?«

Sie verließen das Hafenviertel und ritten durch die Straßen von Vardenais.

»Sind wir noch unsichtbar?« erkundigte sich Kurik.

»Wir sind nicht wirklich unsichtbar, Kurik«, erwiderte Sephrenia und wickelte ihren Umhang um Flöte, die immer noch die schläfrige Weise spielte. »Denn wenn wir es wären, könnten wir auch einander nicht sehen.«

»Ich fürchte, das verstehe ich nicht.«

»Die Soldaten wußten, daß wir da waren, Kurik. Sie haben uns Platz gemacht, erinnert Ihr Euch? Sie zogen es nur vor, uns keine Beachtung zu schenken.«

»Zogen es vor?«

»Da habe ich mich wohl mißverständlich ausgedrückt. Sagen wir, sie wurden dazu ermuntert.«

Ohne von den Wachen am Nordtor der Stadt aufgehalten zu werden, verließen sie Vardenais und gelangten auf die breite Straße nach Cimmura. Seit ihrer Abreise aus Elenien, die nun schon viele

Wochen zurücklag, hatte sich das Wetter geändert. Die Winterkälte war gewichen, und die ersten knospenden Blätter des Jahres spitzten aus den Zweigen der Bäume zu beiden Straßenseiten. Bauern pflügten ihre Äcker und warfen die dunklen, fruchtbaren Schollen auf. Es mußte vor kurzem noch geregnet haben, doch jetzt war der Himmel leuchtend blau und nur da und dort mit wattigen, weißen Wolken betupft. Der Wind war mild und würzig, und die Erde roch nach keimendem Grün. Ihre rendorischen Umhänge hatten sie bereits auf dem Schiff abgelegt, trotzdem fand Sperber sein Kettenhemd und den gepolsterten Unterkittel ungemütlich warm.

Kurik blickte beifällig über die frisch gepflügten Felder. »Ich hoffe, meine Jungens sind zu Hause ebenfalls mit dem Pflügen fertig. Ich wäre gar nicht erbaut, wenn ich heimkomme und es selbst tun müßte.«

»Ich bin sicher, daß Aslade sich bereits darum gekümmert hat«, beruhigte ihn Sperber.

»Du hast vermutlich recht.« Kurik verzog das Gesicht. »Wenn man es recht bedenkt, ist sie ein besserer Bauer als ich.«

»Das sind Frauen immer«, warf Sephrenia ein. »Sie sind mehr im Einklang mit dem Mond und den Jahreszeiten. In Styrikum bestellen immer die Frauen die Felder.«

»Und was machen die Männer?«

»So wenig wie nur möglich.«

Sie brauchten fast fünf Tage bis Cimmura und erreichten es an einem herrlichen Frühlingsnachmittag. Auf einem Hügel etwa eine Meile westlich der Stadt hielt Sperber an. »Kann sie es noch mal?« fragte er Sephrenia.

»Kann wer was noch einmal?«

»Flöte. Schafft sie es noch einmal, daß die Leute nicht auf uns achten?«

»Keine Ahnung. Warum fragt Ihr sie nicht?«

»Warum fragt *Ihr* sie nicht? Ich glaube, sie mag mich nicht.«

»Wie in aller Welt kommt Ihr auf die Idee? Sie betet Euch an!« Sephrenia beugte sich ein wenig vor und redete in Styrisch zu der Kleinen, die sich an sie schmiegte.

Flöte nickte und machte eine merkwürdige kreisende Bewegung mit einer Hand.

»Was hat sie gesagt?« fragte Sperber.

»Daß sich das Ordenshaus am anderen Ende von Cimmura befindet. Sie rät uns, nicht durch die Stadt zu reiten, sondern darum herum. So in etwa hat sie sich ausgedrückt.«

»In etwa?«

»Nun ja, durch die Übersetzung geht so manches verloren.«

»Also gut. Tun wir, was sie sagt. Annias soll auf keinen Fall erfahren, daß wir wieder in Cimmura sind.«

Sie machten einen Bogen um die Stadt, ritten über weite Felder und durch lichte Wälder und hielten sich dabei ständig ungefähr eine Meile von der Stadtmauer entfernt. Sperber fand, daß Cimmura keine sehr anziehende Stadt war. Ihre Lage und das vorherrschende Wetter sorgten gemeinsam dafür, daß der Rauch aus den Tausenden von Schornsteinen kaum aufstieg, sondern sich fast immer als dichte Decke über den Dächern hielt, was die Stadt rußig und schmutzig machte.

Endlich erreichten sie ein Dickicht, etwa eine halbe Meile entfernt von den Mauern des Ordenshauses.

Auch hier arbeiteten die Bauern überall auf ihren Feldern, und die bunten Tupfen von Reisenden belebten die Straße zum Osttor.

»Bitte sagt Flöte, daß es jetzt soweit ist«, wandte sich Sperber an Sephrenia. »Ich könnte mir gut vorstellen, daß so einige von diesen Leuten dort drüben für Annias arbeiten.«

»Sie weiß es auch so, Sperber. Sie ist ja nicht dumm.«

»Nein. Nur ein wenig flatterhaft.«

Flöte schnitt ihm ein Gesicht und fing zu blasen an. Es war die gleiche lethargische, fast einschläfernde Weise, die sie in Vardenais gespielt hatte.

Sie ritten nun querfeldein auf die paar Häuser zu, die in der Nähe der Ordensburg lagen. Obwohl Sperber sicher war, daß die Leute, an denen sie vorüberkamen, nicht auf sie achten würden, verkrampfte er sich bei jeder Bewegung.

»Entspannt Euch, Sperber«, mahnte Sephrenia ihn scharf. »So erschwert Ihr es Flöte nur!«

»Tut mir leid«, murmelte er. »Gewohnheit, nehme ich an.« Es kostete ihn ziemliche Mühe, ruhig zu wirken.

Ein Arbeitstrupp besserte die Straße aus, die zur Ordensburg führte.

»Spitzel«, brummte Kurik.

»Wie willst du das wissen?« fragte Sperber.

»Schau doch, wie sie die Kopfsteine verlegen, Sperber! Sie achten überhaupt nicht darauf, daß sie es ordentlich machen!«

»Es sieht tatsächlich sehr pfuscherhaft aus«, bestätigte Sperber und betrachtete kritisch das Straßenstück mit den neugelegten Steinen, während sie unbemerkt an dem Trupp vorbeiritten.

»Annias wird anscheinend alt«, meinte Kurik. »So auffällig ist er früher nie vorgegangen.«

»Er hat jetzt ja auch viel am Hals.«

Sie ritten die Straße zum Tor hinauf, dann über die Zugbrücke und auf den Hof, ohne daß die vier gerüsteten Ritter, die am Eingang Wache hielten, auf sie geachtet hätten.

Ein junger Novize schöpfte Wasser aus dem Brunnen in der Hofmitte. Keuchend drehte er die knarrende Winde, die an der Einfassung befestigt war. Nach einem spöttischen Tusch nahm Flöte die Syrinx von den Lippen.

Der erschrockene Novize stieß eine unterdrückte Verwünschung aus und zückte sein Schwert. Die Winde quietschte, als der Eimer zurück in die Tiefe sauste.

»Beruhigt Euch, Bruder«, mahnte Sperber und saß ab.

»Wie seid ihr an den Torwächtern vorbeigekommen?« krächzte der Novize.

»Ihr würdet es nicht glauben«, brummte Kurik und schwang sich vom Rücken seines Wallachs.

»Verzeiht mir, Ritter Sperber«, stammelte der Novize. »Ihr habt mich erschreckt.«

»Schon gut«, sagte Sperber. »Ist Kalten schon zurück?«

»Ja, Herr. Er traf schon vor einiger Zeit mit den Rittern von den anderen Orden ein.«

»Gut. Wißt Ihr, wo ich sie finden kann?«

»Ich glaube, sie sind bei Hochmeister Vanion – in seinem Studiergemach.«

»Danke. Würdet Ihr Euch bitte um unsere Pferde kümmern?«

»Selbstverständlich, Ritter Sperber.«

Sie betraten das Ordenshaus und folgten dem Mittelkorridor zum Südturm. Dort stiegen sie die schmale Treppe hoch.

»Ritter Sperber«, grüßte einer der jungen Ritter am Kopfende achtungsvoll. »Ich gebe Hochmeister Vanion Bescheid, daß Ihr zurück seid.

»Danke, Bruder.«

Der Ritter klopfte an die Tür, dann öffnete er sie. »Ritter Sperber ist hier, Herr Hochmeister«, meldete er.

»Ist auch allmählich Zeit«, hörte Sperber Kaltens Stimme aus dem Gemach.

»Bitte tretet ein, Ritter Sperber«, bat der junge Ordenskrieger und machte ihm mit einer Verbeugung Platz.

Vanion saß am Tisch. Kalten, Bevier, Ulath und Tynian hatten sich erhoben und kamen Sperber entgegen, um ihn und die anderen zu begrüßen. Berit und Talen saßen auf einer Bank in der Ecke.

»Wann seid ihr angekommen?« erkundigte sich Sperber, als Kalten seine Hand zu zerquetschen versuchte.

»Anfang letzter Woche«, antwortete der Blonde. »Warum habt ihr so lange gebraucht?«

»Wir hatten einen weiten Weg, Kalten«, entgegnete Sperber. Wortlos drückte er Tynians, Ulaths und Beviers Hand. Dann verbeugte er sich vor Vanion. »Hochmeister Vanion«, grüßte er.

»Sperber.« Vanion nickte.

»Habt Ihr meine Botschaften erhalten?«

»Wenn es nur zwei waren, ja.«

»Gut. Dann seid Ihr ziemlich im Bilde, was dort unten vorgeht.« Vanion achtete jedoch nicht auf ihn, sondern musterte Sephrenia eindringlich. »Ihr seht gar nicht gesund aus, kleine Mutter«, stellte er besorgt fest.

»Das wird schon wieder.« Müde strich sie sich über die Augen.

»Bitte setzt Euch.« Kalten rückte ihr einen Stuhl zurecht.

»Danke.«

»Was habt Ihr in Dabur erreicht, Sperber?« erkundigte sich Vanion angespannt.

»Wir fanden diesen Arzt«, berichtete Sperber. »Wie sich herausstellte, hat er tatsächlich mehrere Personen kuriert, die an dem gleichen Gift erkrankt waren, das Annias der Königin gab.«

»Gott sei Dank!« rief Vanion und stieß erleichtert den Atem aus.

»Freut Euch lieber nicht zu früh, Vanion«, mahnte ihn Sephrenia. »Wir kennen jetzt das Heilmittel, aber wir müssen es erst finden, ehe wir es benutzen können.«

»Was heißt das?«

»Das Gift ist außerordentlich stark. Seine tödliche Wirkung läßt sich nur mit Magie aufheben.«

»Hat der Arzt Euch den Zauberspruch mitgeteilt, den er dabei benutzte?«

»Offenbar gehört kein Zauberspruch dazu. Es gibt einige wenige Dinge auf der Welt, die über ungeheure Kräfte verfügen. Wir müssen eines davon finden.«

Vanion runzelte die Stirn. »Das kostet Zeit. Wer so etwas besitzt, versteckt es sicher gut, damit es ihm nicht gestohlen werden kann.«

»Ich weiß.«

»Seid Ihr absolut sicher, daß es auch wirklich dieses und kein anderes Gift ist?« fragte Kalten.

Sperber nickte. »Martel hat es mir persönlich bestätigt.«

»Martel? Du hast ihm tatsächlich Zeit gegeben, zu reden, ehe du ihn umgebracht hast?«

»Ich habe ihn nicht zu Gott befohlen. Dafür war nicht der richtige Zeitpunkt.«

»Jeder Zeitpunkt ist dafür richtig, Sperber.«

»Das dachte ich zunächst auch, als ich ihn sah, aber Sephrenia überzeugte uns beide, daß wir die Schwerter wieder einstecken mußten.«

»Ihr enttäuscht mich bitter, Sephrenia«, sagte Kalten.

»Ihr hättet wahrscheinlich dabei sein müssen, um es zu verstehen«, entgegnete sie.

»Warum habt ihr nicht einfach besorgt, was der Arzt zur Heilung dieser anderen Kranken benutzte?« fragte Tynian Sperber.

»Weil er es zu Pulver zerstieß und seinen Patienten mit Wein vermischt eingab.«

»Ist das die übliche Behandlungsweise?«

»Nein, wahrhaftig nicht«, antwortete Sephrenia grimmig.

»Es ist wohl das beste, wenn Ihr von Anfang an erzählt«, riet Vanion.

»Ja.« Sperber nickte und setzte sich. Kurz berichtete er von Arashams ›heiligem Talisman‹ und dem Vorwand, der ihnen Einlaß in das Zelt des alten Mannes verschafft hatte.

»Ihr seid sehr unbekümmert mit dem Namen meines Königs umgesprungen, Sperber!« sagte Tynian ungehalten.

»Wir brauchen es ihm doch nicht unbedingt zu erzählen, oder?« entgegnete Sperber. »Ich mußte ein Königreich nehmen, das weit von Rendor entfernt liegt«, verteidigte sich Sperber. »Arasham hat wahrscheinlich nur eine vage Ahnung, wo Deira ist.«

»Warum habt Ihr dann nicht gleich Thalesien genommen?«

»Weil ich bezweifle, daß Arasham je von Thalesien gehört hat. Jedenfalls erwies sich dieser ›heilige Talisman‹ als unbrauchbar. Martel war dort. Er versuchte den alten Irren zu überreden, mit seinem Aufstand zu warten, bis in Chyrellos ein neuer Erzprälat gewählt wird.« Er erzählte, auf welche Weise es ihm gelungen war, den Plan des Weißhaarigen zu vereiteln.

»Mein Freund«, rief Kalten bewundernd. »Ich bin stolz auf dich.«

»Danke, Kalten«, sagte Sperber bescheiden. »Ich muß zugeben, daß sich mein Stegreifplan als recht brauchbar erwies.«

»Er klopft sich, bildlich gesprochen, selbst auf die Schulter, seit wir Arashams Zelt verließen«, warf Sephrenia ungehalten ein. Dann blickte sie Vanion an. »Kerris ist gestorben«, sagte sie bedrückt.

Vanion nickte traurig. »Ich weiß. Aber wie habt Ihr es erfahren?«

»Sein Geist kam zu uns, um Sephrenia sein Schwert zu übergeben«, erklärte Sperber. »Vanion, wir müssen etwas unternehmen. Es kann so nicht weitergehen, daß Sephrenia alle diese Schwerter trägt und die Bürde, die sie verkörpern. Jedesmal, wenn ein weiteres Schwert hinzukommt, schwächt es sie mehr.«

»Es geht mir gut, Sperber«, versicherte sie ihm.

»Ich widerspreche Euch nur ungern, kleine Mutter, aber es ist offensichtlich, daß es Euch *nicht* gutgeht. Ihr könnt Euch nur mit Mühe aufrecht halten. Noch zwei Schwerter, und Ihr werdet zusammenbrechen.«

»Wo sind diese Schwerter jetzt?« erkundigte sich Vanion.

»Wir hatten ein Maultier dabei«, erklärte Kurik. »Dem luden wir die Kiste mit den Schwertern auf.«

»Würdet Ihr sie mir bitte holen?«

»Selbstverständlich.« Kurik ging zur Tür.

»Was habt Ihr vor, Vanion?« fragte Sephrenia mißtrauisch.

»Ich werde die Schwerter übernehmen.« Vanion zuckte die Schultern. »Und alles, was damit verbunden ist.«

»Das könnt Ihr nicht!«

»Und ob ich das kann, Sephrenia. Ich war mit im Thronsaal, und ich weiß, welcher Zauber nötig ist. Ihr müßt die Last nicht auf Euch nehmen. Das kann auch jeder andere, der dabei war.«

»Aber Ihr seid nicht kräftig genug, Vanion!«

»Wenn es erforderlich ist, kann ich Euch tragen und alles, was Ihr in den Armen habt, meine Lehrerin. Und Ihr seid jetzt wichtiger als ich.«

»Aber . . .«, protestierte sie.

Er hob die Hand. »Schluß damit, Sephrenia. Ich bin der Hochmeister! Mit oder ohne Euer Einverständnis nehme ich diese Schwerter an mich!«

»Ihr wißt ja nicht, was es bedeutet, mein Teuerster. Ich werde es nicht zulassen!« Tränen rannen ihr plötzlich über das Gesicht; sie rang die Hände und verriet ihre Gefühle, was sehr ungewöhnlich für sie war.

»Ich werde es nicht zulassen!«

»Ihr könnt mich nicht daran hindern«, entgegnete er sanft. »Ich kann den Zauber auch ohne Eure Hilfe erwirken, wenn es sein muß. Wenn Ihr Eure Zaubersprüche für Euch behalten wollt, kleine Mutter, dürft Ihr sie nicht laut sprechen. Ihr solltet inzwischen wissen, daß ich ein sehr gutes Gedächtnis habe.«

Sie starrte ihn an. »Ihr bestürzt mich, Vanion! In Eurer Jugend wart Ihr nicht so ungalant.«

»Das Leben ist voll von kleinen Enttäuschungen, nicht wahr?« sagte er freundlich.

»Ich kann Euch daran hindern!« rief sie, immer noch die Hände ringend. »Ihr vergeßt offenbar, daß meine Macht größer ist als Eure!« Es klang schrill und triumphierend.

»Natürlich ist sie das. Deshalb muß ich auch Hilfe hinzuziehen. Könnt Ihr gegen zehn Ritter etwas ausrichten, die im Chor sprechen? Oder gegen fünfzig? Oder ein halbes Tausend?«

»Das ist nicht fair!« rief sie. »Ich hätte nicht erwartet, daß Ihr so weit gehen würdet, Vanion – und ich habe Euch vertraut!«

»Und das solltet Ihr auch, meine Liebe«, erwiderte er bestimmt und befehlsgewohnt, »denn ich werde nicht zulassen, daß Ihr dieses Opfer auf Euch nehmt. Ich werde Euch zwingen, mir zu gehorchen, und Ihr werdet einsehen, daß ich recht habe. Ihr überlaßt mir die Bürde, weil Ihr wißt, daß Eure Aufgabe jetzt wichtiger ist als alles andere. Und Ihr werdet jedes Opfer bringen, um tun zu können, was getan werden muß!«

»Lieber . . .«, begann sie gequält, »mein Lieber . . .«

Er unterbrach sie. »Genug davon. Kein Wort mehr darüber!«

Eine lange, unbehagliche Stille setzte ein, während Sephrenia und Vanion einander anblickten.

»Konnte der Arzt in Dabur Euch irgendwelche Hinweise auf die Dinge geben, die möglicherweise zur Heilung der Königin benutzt werden könnten?« fragte Bevier Sperber ein wenig verlegen.

»Er erwähnte einen Speer in Daresien, mehrere Ringe in Zemoch, ein Armband irgendwo in Pelosien und einen Edelstein an der Königskrone von Thalesien.«

»Der Bhelliom«, brummte Ulath.

»Dann ist es ja gar kein so großes Problem«, sagte Kalten erleichtert. »Wir reiten nach Thalesien, borgen uns König Warguns Krone aus und bringen sie hierher.«

Ulath schüttelte den Kopf. »Wargun hat sie nicht.«

»Was soll das heißen, Wargun hat sie nicht? Er ist der König von Thalesien, oder etwa nicht?«

»Diese Krone ging vor fünfhundert Jahren verloren!«

»Könnten wir sie finden?«

»Alles ist möglich«, antwortete der hünenhafte Thalesier. »Aber viele Menschen haben in diesen fünfhundert Jahren ohne jeden Erfolg nach ihr gesucht und tun es auch jetzt noch. Meint Ihr, daß wir die nötige Zeit dafür haben?«

»Was ist dieser Bhelliom?« fragte ihn Tynian.

»Der Sage nach ein sehr großer, in Rosenform geschliffener Saphir. In ihm steckt angeblich die Macht der Trollgötter.«

»Und stimmt das?«

»Keine Ahnung. Ich habe ihn nie gesehen. Wie ich schon sagte, er ging verloren.«

»Es muß doch auch noch andere zauberkräftige Dinge geben!« warf Sephrenia ein. »Immerhin leben wir in einer Welt voll Magie. Ich könnte mir vorstellen, daß die Götter in all diesen Äonen, seit Anbeginn der Zeit, zahlreiche Dinge erschaffen haben, in denen jene Art von Kräften schlummert, die wir brauchen.«

»Warum stellen wir nicht selber so etwas her?« fragte Kalten. »Holt die richtigen Leute zusammen, die mit vereinten Kräften einen Zauber über etwas sprechen – über irgendeinen Edelstein oder einen Ring oder ein sonstiges Kleinod.«

»Jetzt verstehe ich, wieso Ihr es in den Geheimnissen nie weitergebracht habt, Kalten.« Sephrenia seufzte. »Ihr begreift ja nicht einmal die Grundregeln. Alle Magie kommt von den Göttern, nicht von uns. Sie gestatten uns, sie auszuleihen – wenn wir sie auf die richtige Weise darum bitten –, aber sie geben uns nicht die Macht, jene Art von Ding, nach dem wir suchen, selbst herzustellen. Die Kräfte in derlei Gegenständen sind Teil der Macht der Götter. Und die Götter trennen sich nicht so ohne weiteres davon.«

»Oh!« sagte der Blonde. »Das wußte ich nicht.«

»Müßtet Ihr aber wissen. Ich lehrte es Euch, als Ihr fünfzehn wart.«

»Tja, dann muß ich es wohl vergessen haben.«

»Wir können nur eines tun – uns auf die Suche machen«, sagte Vanion. »Ich werde die anderen Hochmeister benachrichtigen. Dann werden sich sämtliche Ordensritter aller vier Orden damit befassen.«

»Und ich werde den Styrikern in den Bergen Bescheid zukommen lassen«, fügte Sephrenia hinzu. »Es gibt viele solche Dinge, die nur in Styrikum bekannt sind.«

»Hat sich in Madol noch irgend etwas Interessantes ereignet?« fragte Sperber Kalten.

»Eigentlich nicht«, antwortete Kalten. »Wir haben Krager ein paarmal gesehen, doch immer nur aus der Ferne. Bis wir näherkamen, war er bereits irgendwo untergetaucht. Er ist ein gerissenes kleines Wiesel, nicht wahr?«

Sperber nickte. »Dadurch wurde mir schließlich klar, daß er den Köder spielte. Konntet ihr herausfinden, was er vorhatte?«

»Nein. Wir kamen nie nahe genug an ihn heran. Er führt aber irgendwas im Schilde. Er huschte um Martel herum wie eine Maus um den Käse.«

»Und Adus?«

»War nicht mehr zu sehen – erst als er und Krager die Stadt verließen, da bemerkten Talen und Berit die beiden.«

»In welche Richtung sind sie gezogen?«

Talen zuckte die Schultern. »Sie schlugen den Weg nach Borrata ein, als wir sie sahen. Aber sie können die Richtung geändert haben, nachdem sie außer Sichtweite waren.«

»Der Große hatte den Kopf verbunden, Ritter Sperber«, berichtete Berit, »und den Arm in einer Schlinge.«

Kalten lachte. »Sieht also ganz so aus, als hättest du ihn besser erwischt, als wir annahmen, Sperber.«

»Ich habe zumindest getan, was ich konnte«, versicherte ihm Sperber grimmig. »Adus' üblem Treiben ein Ende zu machen, ist jedenfalls eines meiner Hauptziele!«

Die Tür öffnete sich, und Kurik kam mit der schweren Kiste zurück, in der die Schwerter der gefallenen Ritter aufbewahrt wurden.

»Ihr beharrt darauf, Vanion?« fragte Sephrenia.

»Ich fürchte, ich habe gar keine andere Wahl«, entgegnete er. »Ihr müßt in guter Verfassung sein, um reisen zu können. Ich dagegen kann meine Arbeit im Sitzen tun – oder im Bett liegend – wahrscheinlich auch tot, wenn es soweit kommt.«

Sephrenias Augen bewegten sich kaum merklich. Sie blickte nur einen flüchtigen Moment auf Flöte, und die Kleine nickte. Sperber war überzeugt, daß es ihm als einzigem aufgefallen war, und es beunruhigte ihn zutiefst, obwohl er keinen Grund dafür hätte nennen können.

»Nehmt immer nur ein Schwert auf einmal«, riet Sephrenia Vanion. »Die Last ist beachtlich, und Ihr müßt Euch genügend Zeit nehmen, Euch daran zu gewöhnen.«

»Ich habe schon früher Schwerter getragen, Sephrenia.«

»Keine wie diese! Und ich spreche auch nicht vom Gewicht der Schwerter, sondern der Bürde, die damit verbunden ist.« Sie öffnete die Kiste und holte das Schwert von Ritter Parasim heraus, jenes jungen Ordenskriegers, den Adus in Arzium getötet hatte. Sie hielt es an der Klinge und streckte Vanion den Griff über ihren Unterarm entgegen.

Er erhob sich und nahm ihr das Schwert ab. »Bitte verbessert mich, wenn ich etwas falsch mache«, ersuchte er sie, und fing an, etwas auf styrisch zu rezitieren. Sephrenia fiel mit ein, doch ihre Stimme war weicher, unsicherer, und ihre Augen verrieten Zweifel. Der Zauberspruch gelangte zum Höhepunkt, als Vanion plötzlich zusammensank. Sein Gesicht wurde grau. »O Gott!« keuchte er und ließ das Schwert fast fallen.

»Ist es sehr schlimm, Lieber?« fragte Sephrenia besorgt und streckte die Hand nach ihm aus.

»Laßt mich kurz verschnaufen«, bat Vanion. »Wie haltet Ihr das aus, Sephrenia?«

»Wir tun, was wir müssen«, antwortete sie. »Ich fühle mich jetzt schon besser, Vanion. Es ist nicht nötig, daß Ihr die beiden anderen auch noch übernehmt.«

»O doch. Es muß sein! Es kann sich nur noch um Tage handeln, bis wir einen weiteren von uns zwölf verlieren, und sein Geist wird Euch sein Schwert bringen. Ich werde dafür sorgen, daß Eure Hände frei sind, wenn es soweit ist.« Er richtete sich auf. »Also gut«, sagte er grimmig. »Gebt mir das nächste.«

25

Sperber fiel auf, daß er an diesem Abend außergewöhnlich müde war. Offenbar forderte sein Körper jetzt plötzlich den Tribut für all die Anstrengungen, die er in Rendor hatte auf sich nehmen müssen. Doch trotz seiner Erschöpfung konnte Sperber nicht einschlafen und wälzte sich unruhig auf der schmalen Pritsche in der einer Klosterzelle ähnlichen Kammer herum. Der Vollmond warf seinen Schein durch das winzige Fenster geradewegs auf sein Gesicht. Er murmelte verärgert eine Verwünschung und zog die Decke über den Kopf, um die Augen vor dem Licht zu schützen.

Vielleicht döste er, vielleicht auch nicht. Stundenlang, wie ihm schien, quälte er sich am Rande des Schlafes dahin, ohne daß es ihm gelang hineinzusinken. Schließlich schob er die Decke von sich und setzte sich auf.

Es war Frühling. Zumindest war er nicht mehr fern. Der vergangene Winter war Sperber schier endlos erschienen, und dennoch, was hatte er erreicht? Die Monate waren verflossen und mit ihnen Ehlanas Leben. War er der Lösung zur Befreiung aus ihrer Kristallgruft denn wirklich näher? Im kalten Schein des mitternächtlichen Mondes kam ihm ein schrecklicher Gedanke. Wäre es nicht durchaus möglich, daß all diese komplizierten Komplotte und Pläne von Annias und Martel nur eines hatten bezwecken sollen: ihn aufzuhalten, die Zeit, die Ehlana noch hatte, mit sinnloser Herumreiserei zu vergeuden? Seit er nach Cimmura zurückgekehrt war, tappte er von einem Fehlschlag in den anderen. Vielleicht war gar nicht beabsichtigt gewesen, daß die Komplotte seiner Feinde Erfolg haben sollten. Vielleicht war ihr einziger Zweck gewesen, ihn aufzuhalten. Er hatte das Gefühl, daß man mit ihm spielte. Wer oder was immer auch dahintersteckte, genoß vielleicht seinen Zorn und seine Enttäuschung mit grausamer Belustigung. Er legte sich wieder nieder, um darüber nachzudenken.

Eine plötzliche Eiseskälte weckte ihn, eine Kälte, die bis in seine Knochen drang. Noch ehe er die Augen öffnete, wußte er, daß er nicht allein war.

Ein Gerüsteter stand am Fußende seiner Pritsche, und der emaillierte schwarze Stahl schimmerte im Mondlicht. Der inzwischen vertraute Beinhausgeruch füllte die Kammer. »Wacht auf, Ritter Sperber!« befahl die Erscheinung mit erschreckend hohler Stimme. »Ich möchte mit Euch sprechen.«

Sperber setzte sich auf. »Ich bin wach, Bruder«, erklärte er. Der Geist schlug das Visier zurück, und Sperber sah ein vertrautes Gesicht. »Es tut mir leid, Ritter Tanis«, sagte er.

»Alle Menschen sterben«, entgegnete der Geist. »Und mein Tod diente einem guten Zweck. Allein dieser Gedanke ist mir Trost im Haus der Toten. Hört mir aufmerksam zu, Sperber, denn nur wenig Zeit ist mir hier gegeben. Ich bringe Euch Anweisungen. Das ist der Zweck meines Besuches.«

»Ich höre, Tanis«, versprach ihm Sperber.

»Begebt Euch noch in dieser Nacht in die Krypta unter dem Dom von Cimmura. Dort wird ein anderer ruheloser Geist zu Euch sprechen. Er wird Euch den Weg weisen, dem ihr folgen müßt.«

»Wessen Geist?«

»Ihr werdet ihn kennen, Sperber.«

»Ich werde tun, was Ihr befehlt, mein Bruder.«

Der Geist am Fuß der Pritsche zog sein Schwert. »Und nun verlasse ich Euch, Sperber, denn ich muß mein Schwert abgeben, ehe ich in das immerwährende Schweigen zurückkehre.«

Sperber seufzte. »Ich weiß.«

»Lebt denn wohl, Bruder«, verabschiedete sich der Geist. »Gedenkt meiner in Euren Gebeten.« Der Gerüstete drehte sich um und schritt lautlos aus der Kammer.

Die Türme des Domes von Cimmura verdeckten die Sterne, und der bleiche Mond stand tief im Westen und füllte die Straßen mit silbrigem Licht und schwarzen Schatten. Sperber huschte durch eine enge Gasse und hielt an ihrem dunklen Ende an. Er befand sich nunmehr unmittelbar gegenüber dem Haupteingang des Domes. Unter seinem Reiseumhang trug er Kettenrüstung, und sein einfaches Schwert hing an seiner Seite.

Er empfand einen erstaunlichen Gleichmut, während er über die Straße auf die Kirchensoldaten blickte, die an der breiten Flügeltür Wache hielten. Der bleiche Mond hatte ihrer roten Uniform die Farbe geraubt, und sie lehnten lässig an den Steinen der Domwand.

Sperber überdachte die Lage. Die einzige Möglichkeit, um diese Zeit in den Dom zu gelangen, war der bewachte Haupteingang. Alle anderen Türen waren zweifellos verriegelt. Nach alter Sitte, wenn schon nicht durch Kirchengesetz, durften die Haupteingänge von Gotteshäusern jedoch nie verschlossen werden.

Die Wachen waren zweifellos schläfrig und alles andere denn wachsam. Die Straße war nicht breit. Ein rascher Angriff und das Problem wäre beseitigt. Sperber richtete sich auf und griff nach seinem Schwert. Dann hielt er inne. Der Gedanke, den Posten zu töten, bereitete ihm Unbehagen. Er war nicht zimperlich, aber es erschien ihm plötzlich unziemlich, mit Blut an den Händen zu dieser Begegnung zu gehen.

Ganz abgesehen davon würden zwei Leichen auf der Domtreppe lauter als Worte hinausschreien, daß jemand vor nichts zurückgescheut war, um ins Innere der Kirche zu gelangen.

Er brauchte ja eigentlich nur einen Augenblick, um die Straße zu überqueren und durch die Tür zu huschen. Er überlegte, was die Soldaten am ehesten von ihrem Posten weglocken könnte. Er ging ein halbes Dutzend Möglichkeiten durch, ehe er sich schließlich für eine entschied. Unwillkürlich lächelte er bei der Vorstellung. Dann ging er den Zauberspruch in Gedanken durch, um sich zu vergewissern, daß er auch wirklich noch alle Worte behalten hatte, ehe er sie leise auf styrisch aufsagte.

Es war eine ziemlich lange Beschwörung, und bestimmte Einzelheiten waren dabei ganz genau zu beachten, damit sie gelingen konnte. Als er fertig war, hob er die Hand und setzte den Zauber frei.

Die Gestalt, die am Ende der Straße erschien, war die einer Frau in samtenem Umhang, über dessen zurückgeschlagener Kapuze das lange blonde Haar den Rücken hinabwallte. Ihr Gesicht war von unbeschreiblichem Liebreiz. Mit verführerischer Anmut näherte sie sich dem Dom, und als sie die Freitreppe erreichte, blieb sie stehen und blickte zu den beiden nun hellwachen Kirchensoldaten hinauf. Sie redete nicht. Sprache hätte den Zauber nur unnötig kompliziert, und es war auch gar nicht notwendig, daß sie etwas sagte. Langsam löste sie die Spange ihres Umhangs und öffnete ihn. Darunter war sie nackt.

Ganz deutlich konnte Sperber das plötzlich heisere Atmen der Wachen hören.

Dann schwebte sie, mit einladenden Blicken über die Schulter, die Straße wieder zurück. Die beiden Soldaten starrten ihr nach, dann einander an und die Straße auf und ab, um sich zu vergewissern, daß niemand sie beobachtete. Sie lehnten ihre Piken an die Steinwand neben der Tür und rasten die Treppe hinunter.

Die Frau war unter der flackernden Fackel an der Ecke stehengeblieben. Sie winkte den beiden Männern auffordernd, dann trat sie aus dem Lichtkreis und ging die Nebenstraße hinauf.

Die Wachen stürmten ihr nach.

Sperber hatte die Schatten der Gassenmündung verlassen, noch ehe die beiden Posten um die Ecke flitzten. In Sekundenschnelle überquerte er die Straße und rannte die Treppe hinauf, mit jedem Schritt zwei Stufen auf einmal nehmend; dann faßte er nach dem schweren Drücker des einen Türflügels und zog. Schon war er im Innern. Er lächelte, als er sich fragte, wie lange die beiden wohl nach der inzwischen verschwundenen Erscheinung suchen würden, die er erschaffen hatte.

Im Innern war es ziemlich dunkel und kühl, und es roch nach Weihrauch und Kerzenwachs. Es brannten nur zwei hohe Kerzen, je eine an den Längsseiten des Altars, und der Luftzug, der Sperber in das Kirchenschiff gefolgt war, ließ sie für einen Augenblick unruhig flackern. Ihr Licht war nicht viel mehr als bewegte Pünktchen, die sich nur schwach in den Edelsteinen und dem Gold des Altarschmucks spiegelten.

Sperber huschte angespannt und wachsam den Mittelgang entlang. Es war zwar spätnachts, aber trotzdem war es durchaus möglich, daß einer oder mehrere der vielen Kirchenherren, die in den zahlreichen Domgemächern untergebracht waren, noch nicht schliefen und gar herumwanderten. Sperber wollte seinen Besuch jedoch unbedingt geheimhalten und irgendwelche möglicherweise geräuschvollen Begegnungen vermeiden.

Er kniete sich flüchtig vor den Altar, dann trat er durch die Ziergittertür, die vom Hauptschiff zu einem Nebengang des Altarraums führte. Voraus brannte schwaches, aber gleichmäßiges Licht. Sperber schlich an der Wand entlang, bis er zu einem Türbogen kam, der mit dickem Samt behangen war. Vorsichtig zog er den purpurnen Vorhang einen Spalt zur Seite und spähte hindurch.

Primas Annias, nicht in Satin, sondern in grober Mönchskutte, kniete vor einem kleinen steinernen Altar im Allerheiligsten. Sein ausgezehrtes Gesicht war in quälender Selbstverachtung verzerrt und er rang die Hände, als wolle er sich die Finger aus den Gelenken reißen. Tränen strömten über die eingefallenen Wangen, und sein Atem rasselte in der Kehle.

Sperbers Gesicht verfinsterte sich, und seine Hand fuhr wie von selbst zum Schwertgriff. Die Soldaten am Domeingang waren eines gewesen – sie zu töten hätte keinen wirklichen Zweck erfüllt. Annias jedoch war etwas völlig anderes. Der Primas war allein. Mit einem Satz und einem raschen Stoß wäre Elenien ein für allemal von dieser Pest befreit.

Einen Augenblick lang hing das Leben des Primas von Cimmura am seidenen Faden, als Sperber – zum erstenmal – daran dachte, einen Unbewaffneten vorsätzlich zu töten. Doch plötzlich vermeinte er eine helle, mädchenhafte Stimme zu hören und unbewegte graue Augen, von einer Fülle hellblonden Haares umgeben, vor sich zu sehen. Bedauernd ließ er den Samtvorhang wieder zufallen und ging, seiner Königin zu dienen, die sogar in ihrem Schlummer mit sanfter Hand nach ihm gegriffen hatte, um seine Seele zu retten. »Ein andermal, Annias!« versprach er lautlos.

Dann folgte er mit leisen Schritten dem Korridor weiter zum Eingang der Krypta.

Die Krypta lag unter dem Dom. Am Kopfende der Steintreppe flackerte eine Talgkerze in einer vollgetropften Wandhalterung. Behutsam, um kein Geräusch zu verursachen, brach Sperber die Kerze entzwei, zündete den in der Halterung zurückgebliebenen Teil mit seinem noch brennenden an, und stieg die Treppe im schwachen Schein seiner halben Kerze hinunter.

Die Tür am Fußende war aus schwerer Bronze. Sperber schloß die Hand um den Knauf und drehte ganz langsam, bis er spürte, daß die Verriegelung aufsprang. Dann öffnete er die schwere Tür vorsichtig Zoll um Zoll. Das schwache Knarren der Angeln erschien ihm in der Stille unsagbar laut, aber Sperber wußte, daß es oben nicht mehr gehört werden konnte. Außerdem war Annias viel zu sehr in seinen persönlichen Gram vertieft, als daß er überhaupt etwas hören würde.

Die Krypta war ein riesiges, niedriges Gewölbe, kalt und modrig riechend. Der Schein von Sperbers Kerzenstück reichte nicht weit, und außerhalb dieses Lichtkreises lag alles in tiefster Schwärze. Die Strebepfeiler, die die Decke stützten, waren mit Spinnweben behangen, und dichte Schatten verbargen die Ecken. Sperber drückte den Rücken gegen die Bronzetür und schloß sie ganz langsam. Trotzdem hallte das Knarren unheildrohend durch das Gewölbe.

Die Krypta reichte in undurchdringlicher Dunkelheit bis weit unter das Hauptschiff des Domes. Unter der Gewölbedecke und dem spinnwebbehangenen Strebewerk ruhten die ehemaligen Herrscher von Elenien in dichten Reihen, jeder in einem von der Zeit mehr oder weniger genarbten Steinsarkophag, dessen Deckel mit einem aus Blei gegossenen Abbild des Schlummernden versehen war. Die Gerechten lagen hier neben den Ungerechten, die Dummen neben den Weisen. Gleichmacher Tod hatte sie alle hierhergebracht. Die in Grüften üblichen Skulpturen schmückten die Steinwände und Ecken vieler der Sarkophage und trugen noch zusätzlich zu der trostlosen Atmosphäre der stillen Krypta bei.

Sperber schauderte. Die hitzige Begegnung von Blut, Fleisch und Knochen mit blankem scharfem Stahl war ihm wohlvertraut, nicht jedoch diese kalte, staubige Stille. Er wußte nicht so recht, wie er vorgehen sollte, da der Geist von Ritter Tanis ihm keine Einzelheiten mitgeteilt hatte. So stand er unsicher nahe der Bronzetür und wartete. Obwohl er wußte, wie töricht das war, umklammerte seine Rechte den Schwertgriff, doch eher zur Beruhigung denn im Glauben, die Waffe an seiner Seite könnte ihm an diesem bedrückenden Ort von Nutzen sein.

Zunächst erschien ihm der Laut nicht mehr als ein Hauch, eine leichte Bewegung der modrigen Luft. Dann erklang er wieder, etwas verständlicher diesmal. »Sperber«, seufzte es mit hohler Stimme.

Sperber hob seine tropfende Kerze und spähte in die Dunkelheit.

»Sperber!« erklang das Flüstern erneut.

»Ich bin hier.«

»Kommt näher!«

Das Flüstern ertönte aus der Reihe neuerer Sarkophage. Sperber ging darauf zu, und sein Schritt wurde sicherer. Schließlich hielt er vor dem vordersten Sarkophag an, in dem König Aldreas lag, der Vater von Königin Ehlana. Er blieb vor dem Bleiabbild des verstorbenen Monarchen stehen, des Mannes, dem zu dienen er geschworen, den er jedoch kaum hatte achten können. Der Künstler, der das Abbild geschaffen hatte, war bemüht gewesen, Aldreas' Züge majestätisch erscheinen zu lassen, doch in der leicht gequälten

Miene und dem schlaffen Kinn war die Schwäche dennoch unverkennbar.

»Seid gegrüßt, Sperber.« Das Wispern kam nicht von der Skulptur auf dem Marmordeckel, sondern aus dem Innern des Sarkophags.

»Seid gegrüßt, Aldreas«, sagte Sperber.

»Empfindet Ihr immer noch Feindseligkeit und Verachtung für mich, mein Streiter?«

Unzählige Kränkungen und Beleidigungen erwachten plötzlich in Sperbers Gedächtnis, die Erinnerung an zehn Jahre der Demütigung und Verunglimpfung durch diesen Mann, dessen Schatten jetzt aus der hohlen Enge seiner marmornen letzten Ruhestatt sprach. Doch was würde es nutzen, einen neuen Speer ins Herz eines Toten zu stoßen? Sperber beschloß, seinem König zu vergeben. »Das tat ich nie, Aldreas«, log er. »Ihr wart mein König. Alles andere hatte keine Bedeutung.«

»Ihr seid wahrhaftig gütig, Sperber.« Die hohle Stimme seufzte. »Und Eure Güte zerreißt mir mein totes Herz mehr, denn jeder Vorwurf es vermöchte.«

»Das tut mir leid, Aldreas.«

»Ich eignete mich nicht als Monarch«, gestand die Grabesstimme mit schwermütigem Bedauern. »Es passierten so viele Dinge, die ich nicht verstand, und Personen, die ich für Freunde hielt, erwiesen sich als Feinde.«

»Das wußten wir, Aldreas, aber wir hatten keine Möglichkeit, Euch zu beschützen.«

»Ich konnte doch nichts von den Komplotten um mich wissen, Sperber, nicht wahr?« Der Geist hatte offenbar das verzweifelte Bedürfnis, zu erklären und zu rechtfertigen, was Aldreas in seinem Leben falsch gemacht hatte. »Ich wurde erzogen, die Kirche zu verehren, und ich vertraute dem Primas von Cimmura über alles. Wie hätte ich ahnen können, daß er mich täuschte?«

»Das konntet Ihr nicht, Aldreas.« Das zu sagen fiel Sperber leicht. Aldreas war nicht mehr sein Feind, und ein paar beruhigende Worte kosteten nicht mehr als den Atem, sie auszusprechen; diesen schuldgequälten Geist jedoch mochten sie trösten.

»Aber ich hätte mich nicht von meinem einzigen Kind abwenden dürfen.« Tiefer Schmerz sprach aus Aldreas' Stimme. »Das bereue ich am meisten. Der Primas hat mich gegen sie aufgehetzt, nur hätte ich nicht auf seinen falschen Rat hören dürfen.«

»Ehlana wußte es, Aldreas«, sagte Sperber. »Sie wußte, daß Annias ihr Feind war, nicht Ihr.«

Nach einer langen Pause fragte der tote König: »Was ist aus meiner teuren Schwester geworden?« Es klang, als preßte er die Worte zwischen Zähnen hervor, die vor Haß zusammengebissen waren.

»Sie ist noch in dem Kloster bei Demos, Majestät«, erwiderte Sperber mit so gleichmütiger Stimme, wie es nur möglich war. »Sie wird bis an ihr Lebensende dort bleiben.«

»Dann bestattet sie dort, mein Streiter«, befahl Aldreas. »Beschmutzt meine letzte Ruhestätte nicht, indem Ihr meine Mörderin hier an meine Seite bettet.«

»Mörderin?« wiederholte Sperber benommen.

»Mein Leben war ihr lästig geworden. Ihr Günstling und Liebhaber, Primas Annias, sorgte dafür, daß sie mich heimlich aufsuchen konnte. Sie betörte mich mit wildester Leidenschaft, noch wilder als je zuvor. Erschöpft trank ich schließlich aus dem Kelch, den sie mir reichte – und mit ihm das Gift. Sie höhnte mich damit, stand in ihrer aufreizenden Nacktheit über meinem gelähmten Körper, und ihr Gesicht war vor Haß und Verachtung verzerrt, während sie mich schmähte. Rächt mich, mein Streiter. Nehmt Rache an meiner verderbten Schwester und ihrem verruchten Geliebten, denn sie waren es, die mich in den Schmutz zogen und meiner wahren Erbin alles nahmen, meiner Tochter, für die ich während ihrer ganzen Kindheit nur Lieblosigkeit und Verachtung hatte.«

»So wahr mir Gott den Atem gibt, werde ich tun, was Ihr sagt, Aldreas«, schwor Sperber.

»Und ich flehe Euch an, wenn mein bleiches Töchterchen ihren rechtmäßigen Platz auf dem Thron wieder eingenommen hat, dann sagt ihr, daß ich sie wahrlich liebte.«

»Wenn es, so Gott will, dazu kommt, Aldreas, werde ich es ihr sagen.«

»Es muß dazu kommen, Sperber. Es muß – denn wenn nicht, wird alles, was Elenien je gewesen ist, für immer verloren und vergessen sein. Einzig und allein Ehlana ist die rechtmäßige Thronerbin von Elenien. Ich betraue Euch damit, auf keinen Fall zuzulassen, daß mein Thron von der Frucht der unreinen Vereinigung meiner Schwester und des Primas von Cimmura usurpiert wird.«

»Mein Schwert wird es verhindern, mein König!« gelobte ihm Sperber inbrünstig. »Alle drei werden tot in ihrem Blute liegen, noch ehe diese Woche endet.«

»Wenn Ihr so überstürzt handeln würdet, Sperber, wäre auch Euer Leben verwirkt. Und wie sollte Euer Opfer meine Tochter an ihren rechtmäßigen Platz zurückbringen?«

Aldreas war im Tod viel weiser als er es im Leben gewesen war, stellte Sperber fest.

»Die Rache wird sich zur angemessenen Zeit von selbst ergeben, mein Streiter«, versicherte ihm der Geist. »Zunächst jedoch gebiete ich Euch, dafür zu sorgen, daß meine Tochter Ehlana wieder gesund wird. Und um das zu ermöglichen, darf ich Euch auf etwas aufmerksam machen. Kein Geheimmittel oder Talisman von geringeren Kräften vermag mein Kind zu heilen, einzig und allein der Bhelliom ist dazu imstande.«

Sperbers Herz wurde schwer.

»Verliert nicht den Mut, Sperber, denn die Zeit ist gekommen, da der Bhelliom sich von dem Ort erhebt, an dem er so lange verborgen gelegen hat, um die Welt mit seiner Macht zu erfüllen. Er entfaltet seine Kraft in seiner eigenen Zeit und aus eigenem Beweggrund. Und diese Zeit ist jetzt, denn die Ereignisse haben die Menschheit an jenen Platz gebracht, wo sein Zweck erfüllt werden kann. Keine Macht der Welt könnte den Bhelliom daran hindern, wieder ans Tageslicht zu kommen, und ganze Nationen warten darauf. *Ihr* jedoch müßt derjenige sein, der ihn findet, denn nur in *Eurer* Hand kann sich seine volle Macht entfalten, die nötig ist, die bereits jetzt auf Erden lauernde Finsternis zurückzutreiben. Von nun an seid Ihr nicht mehr mein Streiter, Sperber, sondern der Streiter der ganzen Welt. Solltet Ihr versagen, wird es keine Hoffnung mehr geben.«

»Und wo soll ich suchen, mein König?«

»Das darf ich Euch nicht sagen. Ich kann Euch jedoch erklären, wie Ihr seine Macht entfalten könnt, wenn er erst in Euren Händen ist. Der Reif mit dem blutroten Stein an Eurem Finger und jener, der im Leben den meinen zierte, sind viel älter als wir annahmen. Er, der dem Bhelliom die Form gab, fertigte auch diese Ringe. Sie sind die Schlüssel, die die Kräfte des Edelsteins freisetzen.«

»Aber Euer Ring ging verloren, Aldreas! Der Primas von Cimmura suchte immer wieder das ganze Schloß danach ab.«

Ein gespenstisches Kichern kam aus dem Sarkophag. »Ich habe ihn immer noch, Sperber. Nachdem meine teure Schwester mir den letzten und tödlichen Kuß gegeben hatte, war ich kurz bei klarem Verstand. Ich verbarg den Ring, damit er nicht meinen Feinden in die Hände fallen konnte. Trotz der verzweifelten Bemühungen des Primas' von Cimmura wurde er mit mir bestattet. Denkt zurück, Sperber. Erinnert Euch an die alten Sagen. Zu jener Zeit, als meine Familie und die Eure durch diese Ringe verbunden wurden, gab Euer Ahnherr dem meinen seinen Speer als Zeichen seiner Lehnstreue. Hiermit gebe ich ihn Euch zurück.«

Eine Geisterhand langte aus dem Sarkophag. Sie hielt einen Speer mit breiter Klinge und kurzem Schaft. Es war eine sehr alte Waffe, deren symbolische Bedeutung im Lauf der Jahrhunderte in Vergessenheit geraten war. Sperber streckte die Hand aus, um den Speer aus der Geisterhand Aldreas' entgegenzunehmen. »Ich werde ihn mit Stolz tragen, mein König.«

»Stolz ist etwas Hohles, Sperber. Die Bedeutung des Speeres ist weit größer. Löst die Klinge vom Schaft und blickt in den Klingenaufsatz.«

Sperber stellte seine Kerze ab, legte die Hand um die Klinge und drehte das feste Holz des Schaftes. Mit einem trockenen Quietschen trennten sich die beiden. Sperber blinzelte in den uralten Stahlaufsatz des Klingenteils. Das blutrote Glitzern eines Rubins funkelte ihm entgegen.

»Ich habe nur noch eine Anweisung für Euch, mein Streiter«, fuhr der Geist fort. »Solltet Ihr Eure Suche erst beenden können, nachdem meine Tochter sich mir im Haus der Toten angeschlossen hat, so ist es Eure Pflicht, den Bhelliom zu vernichten, obwohl Euch das ganz gewiß das Leben kosten wird.«

»Aber wie kann ich etwas vernichten, das solche Kräfte besitzt?« fragte Sperber zweifelnd.

»Bewahrt Ihr meinen Ring weiterhin an jenem Platz auf, an dem ich ihn versteckt hatte. Wenn alles gut geht, dann gebt ihn meiner Tochter zurück, sobald sie wieder gesund auf dem Thron sitzt; sollte sie jedoch sterben, so setzt die Suche nach dem Bhelliom trotzdem fort, wenn es sein muß, Euer Leben lang. Habt Ihr ihn schließlich gefunden, dann nehmt den Speer in die Hand, an dem Ihr Euren Ring tragt, und stoßt ihn mit aller Macht in das Herz des Bhellioms. Der Stein wird zersplittern, genau wie die Steine der beiden Ringe – und in diesem Augenblick werdet Ihr sterben. Zaudert nicht, Sperber! Ihr müßt es schaffen, denn eine finstere Macht schreitet über die Erde, und der Bhelliom darf nicht in ihre Hände fallen!«

Sperber verbeugte sich. »Es wird geschehen, wie Ihr befehlt, mein König!« gelobte er.

Ein Seufzen drang aus dem Sarkophag. »Dann ist es vollbracht«, wisperte Aldreas. »Ich habe getan, was ich konnte, um Euch zu helfen, und damit ist vollendet, was ich unbeendet ließ. Enttäuscht mich nicht, Sperber. Lebt wohl.«

»Gott mit Euch, Aldreas.«

Die Krypta war immer noch kalt und leer, von den Reihen königlicher Toter abgesehen. Das hohle Wispern war verstummt. Sperber schob die beiden Teile des Speeres wieder zusammen, ehe er die Hand in Höhe des Herzens auf die Brust des bleiernen Abbilds legte. »Ruhet in Frieden, Aldreas«, sagte er leise. Mit dem uralten Speer in der Hand wandte er sich um und verließ die Krypta.

ENDE

Die beiden folgenden Bände der Elenium-Trilogie sind im Gustav-Lübbe Verlag erschienen.

Das zweite Buch
Der Ritter aus Rubin
erzählt von ungewöhnlichen Abenteuern in fernen Ländern auf der verzweifelten Suche nach dem seit langer Zeit verschwundenen Bhelliom

Im dritten Buch
Die Rose aus Saphir
wird vom Kampf um das Leben der Königin berichtet und von der Macht des Bhelliom sowie von dem Preis, welchen jeder bezahlen muß, der sich ihrer bedient.

Der neue König der Fantasy
DAVID EDDINGS
DAVID EDDINGS
Herren des Westens
Die Malloreon-Saga
BASTEI LÜBBE
DAVID EDDINGS
König der Murgos
Die Malloreon-Saga
BASTEI LÜBBE
DAVID EDDINGS
Dämon von Karanda
Die Malloreon-Saga
BASTEI LÜBBE
DAVID EDDINGS
Zauberin von Darshiva
Die Malloreon-Saga
BASTEI LÜBBE
DAVID EDDINGS
Seherin von Kell
Die Malloreon-Saga
BASTEI LÜBBE
BASTEI LÜBBE
Taschenbücher
Die Malloreon-Saga.
Ein Epos voll Zauber
und magischer Poesie

Science Fiction · Fantasy
Jubiläums-Edition
Roboter-Visionen
Nr. 21201/DM 10,00
Wolfgang Hohlbein
Charity
Die beste Frau der Space Force
Nr. 21203/DM 10,00
Könige der Nebelinsel
Nr. 21202/DM 12,00
Die Farben des Alls
Nr. 21207/DM 5,00
Planeten-Träume
Nr. 21209/DM 8,00
Gefährtin des Lichts
Nr. 21208/DM 15,00

Traum-welten
Nr. 21205/DM 10,00
Die Kinder von Troja
Nr. 21204/DM 5,00
Die Zauberin von Alamut
Nr. 21206/DM 10,00
Himmels-Stürmer
Nr. 21210/DM 10,00
Die Marionetten-Spieler
Nr. 21211/DM 8,00
David Eddings
Der Thron im Diamant
Nr. 21212/DM 10,00